KB052298

물의 자흔을 쫓는다

3

물의 자흔을 쫓는다

Remember the river of the day

3

신여리 장편소설

물의 자흔을 쫓는다 3

지은이 신여리
펴낸이 이형기
펴낸곳 도서출판 가하

초판인쇄 2015년 11월 13일
초판발행 2015년 11월 20일
출판등록 2008년 10월 15일 제 318-2008-00100호

주소 서울 영등포구 양평로 67, 1209 (당산동5가, 한강포스빌)
전화 02-2631-2846 **팩스** 02-2631-1846

www.ixbook.co.kr

ISBN 979-11-295-8740-4   04810
      979-11-295-8737-4   04810(set)

값 12,000원

아홉 번째 장

한비의 여정

[트란실]

　그 새는 영물이라 칭해지는 오래된 존재였다. 나이는 세어본 적이 없지만 수십 번의 해를 넘겼다 생각한다. 새에게는 주인이 있었다. 천방지축이었던 까무잡잡한 어린 소녀였다. 사실, 주인이라는 이름보다는 친구라는 개념이 더 어울렸지만, 소녀는 스스로를 새의 주인이라고 생각했다. 새에게는 그다지 중요하지 않은 일이다.

　동쪽의 척박한 땅 밖에서 살아본 적 없는 새는 제게 이름을 지어준 소녀와 그들의 이웃들과 함께 살았다.

　'한비.'

　그게 소녀가 지어준 이름이었다.

　소녀와 이별하게 된 날은 털이 바짝 곤두서던 날이었다. 태양이 이글이글 타오르는 가뭄의 땅에서 느껴본 적 없는 한기에 부리를 딱딱 쪼아야 했다. 하늘이 어쩐지 시커멨다. 불길했다. 소녀가 달려와 애원하듯 소리쳤다.

　『도망쳐.』

　숨이 막히는 냄새가 났다. 불길에 타오르고 남은 재의 냄새였다. 산 것의 피 냄새도 섞여 있었다. 날개를 푸드덕거려 역한 냄새를 쫓아보지만, 이미 도처에 자욱했다.

　『이제 자유롭게 살아.』

　소녀는 그들을 향해 달려오는 수십 명의 남자를 등진 채로 새를 떠밀었다.

　『자유롭게 해주는 거야. 어서.』

　새는 알았다. 이건 작별이었다.

『가! 가라고!』

새는 뒷걸음질하며 키에에 울었다. 소녀가 결국 악을 쓰며 소리쳤다. 예민한 청각이 고통스럽게 찢기는 기분에 새는 크게 날개를 펼쳐 날아올랐다.

새는 하늘 위에서 그들을 굽어 내렸다. 손톱만큼 작아진 소녀가 새를 올려다보고 있었다. 남자들은 금세 소녀의 등 뒤에 서 있었다. 그녀가 손을 들었다. 번뜩거리는 넓적하고 얇은 것이 태양의 잔광을 남기며 휘둘러졌다. 그녀가 고꾸라졌다.

키에에.

영원한 이별이었다.

새는 광활한 하늘을 향해 크게 울었다.

'이제 자유롭게 살아, 한비.'

한비는 생각했다.

이제, 나는 어디로 가야 할까?

씨 좋은 종마만 한 크기의 거대한 새 한 마리는 불타버린 트란실 아카르 부족의 천공을 한참이나 배회하다 하늘 높은 곳으로 사라졌다. 그것은 시란력 713년 어느 무더운 여름의 시작이었다.

트란실은 꽤 오래전부터 버림받은 땅을 버리지 못하고 머물러온 강건한 민족이었다. 정확히는 여러 소수의 부족들이 뭉쳐 살며 일종의 자급자족 체제를 유지하는 사람들의 단위라 말하는 게 옳았다. 그들에겐 나라와 왕의 개념이 희박하고, 그보다는 세대마다 선출되는 각기 다른 부족의 지도자를 중심으로 규합하는 관습이 있었다. 지도자는 차르라는 이름으로 불리며 전 부족의 보호를 받는다. 차르 쟁탈전이 벌어지기 전까지는.

차르 쟁탈전은 크게 세 가지 방법이라 알려져 있다. 첫 번째로 각 부족에서 매 세대 한 명씩 선출되는 선출자를 꺾는 것. 그러나 대부분의 선출자들은 죽음을 불사하기에 그건 결국은 동족 살해로 이어지는 규율이었다. 두 번째로 당대의 지도자를 살해하는 것. 그러나 철통같은 보호를 받고 있는 차르를 죽이는 건 몹시도 어려운 일이었다. 세 번째는 역사상 단 한 번 존재했던 전례에 의거해, 트란실의 전사들이 인정할 수 있는 타국 지도자의 머리를 가져오는 것. 즉, 왕 살해였다.

열 개가 넘는 부족으로 이루어진 트란실은 전 차르의 칩거가 시작된 약 2년 전부터 차르 쟁탈전의 낌새를 보여왔다. 자연스럽게 부족들은 내정되어 있던 선출자를 속속 내놓았고, 1년 전 차르 쟁탈전이 선포되었다.

락혼은 로도 부족의 선출자였다. 어릴 적부터 부족의 장로들의 기대를 받고 자란 선출자답게 락혼은 스스로의 의무에 대해 아주 잘 알았다. 다른 열 개가 넘는 부족의 다른 선출자들 역시 마찬가지일 거라 생각했다. 그러나 동상이몽이라, 리이사 부족의 적륜이 본격적으로 움직이기 시작하면서 트란실의 세대교체는 큰 소용돌이에 휘말리기 시작했다.

리이사의 적륜은 온갖 방법으로 동족들을 살해하기 시작했다. 금지되어 있는 선출자 이외의 전사 살해 규율을 아무렇지도 않게 어기고 수많은 피를 흩뿌렸다. 선출자를 잃은 부족 중 일부는 이미 리이사의 휘하에 무릎 꿇고 한 덩어리의 세력이 되어 여타 다른 민족들을 압박하기 시작했다.

몇 달 전 그가 론희 사호를 찾으러 트란실의 영토 밖으로 나갔던 것 또한 그 때문이었다. 적륜을 막을 수 있는 건 론희뿐이었다. 론희와 적륜은 다른 부족 출신으로, 서로를 위협하는 선출자의 위치에 나란히 오르긴 했으나 특별한 관계를 가지고 있었다. 포악하고 저밖에 모르는 적륜도 론희에게만은 여러 수 저주는 건 물론이거니와, 론희에게 여러 차례 박살이 난 후 그녀를 스스로보다 한 수 위로 올려 보곤했다 하니까. 론희가 트란실의 영토를 벗어나자 그 틈을 타 움직이기 시작한 적륜의 치밀함만 보아도 알 수 있었다.

하여 적륜의 망행을 론희를 찾으러 갔으나, 결과적으로 락혼은 실패했다. 심지어 해적들에게 사로잡혀 험한 꼴을 당하고 카르시타 인의 도움을 받고 나서야 겨우 트란실로 돌아올 수 있었다. 론희에 대한 단서 하나 없이 무작정 찾아 헤맸던 상황인지라 트란실과 지척이었던 카르시타 요크 반도에 이르렀을 때, 그는 다시 부족으로 되돌아가지 않을 수 없었다.

그러나 락혼이 로도의 그리운 땅으로 되돌아왔을 때, 이미 부락은 적륜의 말굽에 짓밟힌 후였다. 부락은 이미 초토화되었다. 짓이겨져 부서진 울타리 너머로 간신히 숨만 붙은 이들이 죽음을 기다리고 있었다. 낮은 집은 이제는 더 이상 낮아질 수 없을 만큼 폭삭 주저앉았고, 아직 꺼지지 않은 불씨의 냄새가 났다. 좁은 물가의 하류에 모여 앉은 락혼과 일행들은 절망적으로 그들의 땅을 바라보았다.

『적륜, 이, 미, 미친 새끼가. 원로들을 죄 죽이고…… 외세까지 끌어들였다고.』

『생존자가 몇이나 되나?』

『마흔다섯. 그중 서른 정도는 어린아이와 늙은 전사들이야. 살아 있
는 놈들은 지하 땅굴 속에 모여 있어.』

혹시 모를 잔당을 피해 몰래 상황을 살피고 온 아란이 분을 이기지
못해 소리쳤다.

『외세?』

다우람이 당혹스럽다는 듯 물었다. 트란실은 자급자족이 충분히 가
능했고, 지리적으로도 대륙의 풍족한 땅과는 교류가 어려워 외세 개
입의 가능성은 극히 낮았다.

'하지만…….'

상대는 미친 개 적륜이었다. 그가 무슨 짓을 했는지 이젠 상상조차
가지 않았다. 실제로 적륜은 론희와 몹시 가까운 선출자였다. 론희는
대륙으로 나가 돌아오지 않고 있었다. 적어도 그들 둘에게 있어서만
큼은 대륙이 그리 멀기만 한 곳이 아닐 터다.

키에에에에.

돌연 거대한 울음소리가 정수리 위를 떠돌았다. 소스라치게 놀란 락
혼과 아란, 그리고 다우람은 그 새를 알아보고 표정을 굳혔다. 수르
부족의 어린 소녀가 데리고 있던 커다란 새는 그 자체로 영물이라며
모든 트란실 부족의 대우를 받아왔었다.

『……저거.』

락혼의 눈이 괴롭게 울리는 새 울음소리를 쫓아 하늘로 향했다. 새
는 멀어졌다.

『……그 꼬맹이가 데리고 있던.』

아란은 말을 잇지 못했다.

『어떻게 할지, 대책을 세워야 할 것 같은데…….』

대책이라 할 만한 것도 없었다. 이 땅의 터전을 지키는 영물마저 멀리 서쪽으로 뒤도 돌아보지 않고 날아가는 중이었다.

그들이 할 수 있는 건 황폐하고 추운 사막 곳곳에 숨어 있을 리이사의 눈을 피해 혹 아직 남아 있을 이들을 찾아내 규합하는 것이다.

차르 쟁탈전이 전 부족 간의 문제로 불거진 적이 없어 몹시 혼란한 와중이지만, 상황이 이렇게 된 이상 락혼 또한 선택해야 했다.

『일단, 아직 무사한 선출 부족들을 찾아 방문한다.』

『생존자들은?』

『당분간만 굴속에서 버티고 있으라고 해.』

락혼이 일어났다. 아란과 다우람, 새다함 등의 그를 따르던 전사들역시 참담함을 감추지 못하고 그를 뒤따랐다.

그러나 생존한 로도 부족의 일원들을 제외한 대부분의 부족들은 절대 중립을 주장하거나 그들을 문전박대했다. 락혼은 그들이 적륜에게로 기울어질 시기를 가늠하고 있다는 것을 알아차렸다. 심지어 그들중 일부는 락혼과 그들 일행을 사로잡아 적륜에게 갖다 바치려고도 했다.

'이게 말이 되나.'

가까스로 그들에게서 도망쳐 나온 락혼이 발끝부터 갉아 들어오는 절망에 몸서리쳤다.

『죽여버릴 거야.』

모두의 마음을 대변하듯 아란이 으르렁거렸다. 락혼은 멀거니 하늘을 올려다보았다. 트란실의 영물마저 이 땅을 떠났다.

진정으로 트란실은 하늘로부터 외면받은 것인가?

해가 서쪽으로 기울 때까지, 물 한 모금 마시지 않고 하늘을 젖혀 보던 락혼이 주먹을 꾹 쥐었다.

[카르시타]

한비는 벌써 열흘이 넘게 망망대해 위를 날고 있었다. 넘실거리는 파란 물결에 시야가 어지러웠지만 꿋꿋이 날갯짓을 계속했다. 육지는 나타날 기미도 보이지 않고 날개만 지쳐갔다. 이대로 바다 위로 떨어지면 그대로 가라앉아 죽을 것이다.

키에에.

그러던 중 한비의 눈앞에 낯선 것이 들었다. 망망대해 한가운데에 뜬 배였다.

[로마탄 그레온]

무슨 의미인지 모를 문장이 새겨진 깃발이 펄럭였다.

가까이 날아가니 사람이 갑판에 기대어 서 있는 게 보였다. 바다 볕 아래 반짝반짝 보석처럼 빛나는 갈색 머리칼이었다.

'아름답다.'

한비는 그렇게 생각했다.

갑판에 기대어 먼 바다를 응시하던 남자가 한비를 발견하고 몸을 곧게 세웠다.

"저거, 마음에 드네. 잡아."

은색 막대기가 제게 향한 것을 깨달은 한비가 허공에서 잠시 멈춰 날개를 퍼덕였다. 곧 어디선가 쏟아져 나온 남자들이 함성을 지르며 밧줄을 던져 올렸다.

퀸시오의 여름은 금세 스러져 사라졌다. 북쪽으로부터 내려오는 비구름이 거뭇거뭇했다. 저 비구름이 한바탕 찬비를 쏟고 나면 퀸시오는 다시 긴 겨울을 맞이해야 할 것이다. 즐거운 음악도, 노역꾼들의 노래도, 영지민들의 발소리도 잦아드는 잠잠한 밤.

그런데 오늘은 이상하게도 성벽 위가 소란스러웠다. 평소에는 횃불 몇 개가 전부인 곳에 오늘따라 인기척이 자잘하게 일었다. 달이 구름에 가려진 밤이었다. 자그마한 그림자들이 빠르게 움직였다.

"세 번째. 끝."

그것을 마지막으로 르니아의 숫자 세기는 끝났다.

르니아는 자신이 죽인 시체 위에 엉덩이를 붙이고 앉아 긴 한숨을 내쉬었다. 그녀의 손아귀에는 시체에게서 빼앗은 낯선 가문패가 쥐여 있었다. 이달만 벌써 두 번째였다. 카르시타의 가문들에 대해서 크게 아는 바가 없기에 이 문장이 누구의 것인지는 모르겠지만, 조금 알아보면 찾아내긴 어렵지 않을 것이다.

그녀가 곧 옷에 묻은 핏물을 툭툭 털어내며 일어섰다.

"계속 지켜보고 계셨어요. 아스난 님?"

성벽 가장자리에 서 있던 아스난이 그녀에게 다가왔다.

"일찍부터 와 계셨으면 좀 도와주시지."

르니아는 기지개를 켜며 죽은 밤손님의 너덜거리는 목을 발끝으로 툭 건드렸다. 검질긴 피로 일대가 온통 역한 피 냄새투성이였다. 구역질나는 광경에도 눈 하나 깜짝 않는 르니아를 곤혹스럽다는 듯 바라보던 아스난이 손수건을 건넸다.

"부상당했나?"

"아뇨. 그보다 오신 김에 이것 좀 봐주시겠어요?"

르니아가 들고 있던 동패를 내밀었다. 아스난이 눈살을 찡그렸다.

"룬다 령의."

"데바람에서 보낸 자는 아니라는 말이죠? ……룬다라면 여덟 살짜리 어린애가 영주 노릇을 하고 있다 들었는데. 아무 이유 없이 이런 짓을 하는 건 아닐 테고…… 아스난 님은 어떻게 생각하세요?"

르니아는 흐린 달빛을 쫓아 시선을 올렸다.

"룬다는 쇼하인의 산하에 귀속되어 있으니……."

"쇼하인이라고 하면, 그 녀석들…… 쇼하인이 배후일 가능성이 높다고 생각하세요? 그럼 이걸 멈추려면 쇼하인 각하를 죽여야 하나요?"

알 만한 이들은 잘 아는 사실이지만 르니아는 애완견이 아닌 사냥개였다. 제르를 위협하는 모든 것을 물어 죽이는 사냥개.

"이달만 두 번째이니 이제 더는 안 된다. 주군께 보고 후 성을 폐쇄하겠다."

"시나와 님이 알게 되는 건 바라지 않아요. 폐쇄해도 달라질 건 없을 거고요."

"더 이상 보고하지 않는 건 임무 방기다."

"정 걱정이 되신다면 각하고, 룬다의 그 어린 영주고 뭐고 다 목을 따 올게요."

아스난이 당혹스러운 표정을 감추지 못하고 눈을 크게 떴다.

때마침 구름이 바람에 흘러가며 가려졌던 달의 귀퉁이가 드러났다. 추락하는 달빛에 비친 르니아의 낯빛 위로 떠오른 것은 지극한 순수이며 진의였다.

"아니지, 이게 다 알렉시스 테피온 그 사람 때문 아닌가요?"

아스난은 알렉시스의 구애와 제르의 암살 위협이 긴밀한 관계가 있다고 생각지는 않았지만, 쇼하인이 끼어 있다는 것만으로도 섣불리 르니아의 말을 부정할 수는 없었다.

"그런 말은 그만두게."

그러나 르니아는 아스난의 불안을 듣는 척도 하지 않았다.

"알렉시스 테피온이 아무것도 모르고 내보이는 호의가 시나와 님을 위험하게 하니까, 결국 그놈이 문제네……. 아, 싫다. 징글맞은 놈들. 왜 남자들은 하나같이 한 번 들러붙으면 거머리처럼 떨어져 나갈 줄을 모르는 거죠? 여자들이 싫다, 하면 다 튕기는 줄 아는 남자들이 제일 최악이라니까요. 아무튼 어떻게 생각하세요? 그놈만 없으면 될까요?"

누군가 그녀의 의견에 조금이라도 동조하면 바로 달려가 그를 죽일 기세였다. 가끔 그녀가 해적의 딸이라는 것을 잊는다. 하지만 불변의 본질인 그녀의 태생은 로마탄 그레온. 살인과 약탈을 생업으로 자행하는 악명 높은 해적단이었다.

"정말 카르시타도 구역질나긴 마찬가지지만…… 뭐 어떻게 생각하면 이게 나은 것 같긴 해요. 본인이 누구인지 밝히고 정정당당하게, 요란하게, 그렇게 나타나주는 게 훨씬 좋죠."

르니아는 이내 타박타박 걸어 어둠에 잠긴 성벽의 끄트머리로 올라섰다.

"보고서를 작성하시는 것까진 막진 못하겠지만. 잘 생각해보세요."

르니아의 갈무리되지 않은 순수한 살의가 남서쪽을 향했다.

잘 훈련된 아스난의 감각 위로 기묘한 소름이 끼쳐 올랐다. 르니아가 제르에게 보이는 무조건적인 헌신은 대체 어디까지 맞닿아 있을까. 맹목적인 그 충성은 뭇 기사들보다도 강력했다. 아무런 조건 없는, 거칠 것 없는 애정.

아스난이 뭉개진 시체를 부축하듯 들어 올렸다. 그의 깨끗했던 제복은 순식간에 피로 얼룩덜룩해졌다.

"……일단, 이 시신은 내가 처리하지. 어찌 될지 모르니 르니아 양은 피 냄새를 지우고 주군의 곁으로 가라. 그리고 내일 아침 르니아 양의 오라비가 입항한다 하니, 틈틈이 쉬어두는 것이 좋겠다. 지금으로선 해적을 통제할 수 있는 권한이 있는 것은 르니아 양뿐이니까. 우기 내내 머물 모양이니 부탁한다."

그 말에 르니아의 표정이 순식간에 똥 씹은 얼굴로 변했다. 그녀는 피에 덕지덕지 뭉친 제 머리칼을 마구 휘젓더니 한숨과 함께 답했다.

"아…… 내 팔자야. 알겠어요, 아스난 님. 뒤처리를 좀 부탁드릴게요."

그 말과 함께 르니아는 내성벽 아래로 뛰어내렸다. 놀란 아스난이 당황해 아랠 내려다보았다. 아찔할 만큼 높은 높이. 그녀가 자살이라도 하려는 게 아니고서야 이런 높이에서 아무런 안전장치 없이 뛰어내릴 수는 없는 것이다. 성벽 아래 드리워진 그림자 속에 아무것도 보이지 않아 더욱 당혹스러워하는 그의 귓가에 르니아의 장난스러운 목소리가 닿았다.

"놀라시긴. 마스트를 제 안마당처럼 뛰어다니는 해적들에게 이 정도 높이는 아무것도 아니랍니다."

유심히 보니 그녀는 성벽 아래 튀어나온 횃불을 고정한 돌 지지대를 아슬아슬하게 붙잡은 채 매달려 있었다. 곧 그녀는 깡충깡충 토끼처럼 뛰어 내려가더니 곧 땅을 딛고 깔깔거리며 웃었다. 아스난이 긴 한숨을 내쉬었다.

"주군의 시종으로서의 체통을 좀…… 지켜줬음 좋으련만."

시종이라기보단 말 그대로 사냥개지만.

퀸시오의 루네비온 만에 거대한 해적선 한 대가 정박했다. 시모레
호였다. 휘황찬란한 옷을 입고 시모레 호에서 내리던 퀴네도사이가
르니아를 향해 돌진했다. 르니아는 기민하게 그의 팔을 피해 허릴 넙
죽 숙이며 소리쳤다.

"꺼져!"

우스꽝스럽게 헛손질을 하게 된 퀴네도사이는 허허롭게 웃었다.

"린, 이 오라비한테 한 번 안겨주는 게 뭐가 어때서 이리 부끄러워하
나."

"이 정신병자 새끼가."

갑판 위에서 환호성이 터져 나왔다.

"반펠트 님! 반펠트 님이다!"

"반펠트 님, 저예요! 캐퍼입니다! 건강히 잘 지내셨습니까아!"

광신도만큼이나 열정적인 고함이었다. 덕분에 루네비온 만은 온통
걸걸한 남자들의 고함으로 가득 찼다.

퀸시오의 영지민들은 거대한 해적선의 출현에 전부 문을 걸어 잠근
후였지만 예전처럼 혼란스러워하진 않았다. 퀸시오에서 얼마 떨어지
지 않은 에오판 섬의 위장 상선을 왕왕 보아오기도 했고, 지난 차 해적
들이 별 탈 없이 돌아간 것을 알고 있기 때문이기도 했다. 일부는 해적

들의 입항 소식에 되레 구경하러 나오기까지 했다.

퀴네도사이는 나비가 앉아도 주르륵 미끄러질 듯 매끄러운 재질의 연노랑빛 정장에 묻은 흙먼지를 툭툭 털며 말했다.

"그나저나 육지는, 역시 옷이 너무 쉽게 지저분해진단 말이야."

"이 고상병 환자야. 그렇게 고상 떠는 거 안 어울린다고!"

'어울리는데? 어울려……. 미치게 어울려서 해적이란 게 안 믿길 정도야.'

그들을 에워싼 기사들은 한결같이 그리 생각하며 긴장을 늦추지 않았다. 그래도 일단은 해적이니까.

곧 아스난이 벌써부터 아파오는 미간을 좁히며 다가왔다.

"입항 허가서는 여기 있소. 서류 처리에 협력하시오."

"아, 그런 건 아랫놈이 대신 할 겁니다. 종이 가지고 노는 건 영 취향에 맞지 않아서."

곧 퀴네도사이는 주위를 둘러보더니, 그의 분신 같은 은색 지팡이를 오른쪽으로 살짝 들었다가 앞으로 당기며 고개를 숙였다.

"구면이지만 다시 한 번 인사하지요. 반갑습니다. 르니아의 오라비인 로마탄 그레온의 선장, 퀴네도사이 에스펠라 펜 로만입니다."

그러니까, 예전부터 퀸시오의 기사였던 이들이나 병사였던 이들은 그리 놀라지 않았지만 새로 기사 임명을 받은, 혹은 신입 병사들은 정신의 붕괴를 느꼈다.

'해적' 하면 떠오르는 것은?

악랄하고 광폭한 바다의 도적들. 남의 것을 빼앗고 약탈하는 것에 주저함이 없는 짐승들. 술과 담배, 폭력, 강간, 살인 등의 온갖 죄목을 가져다 대도 이상하지 않을 국가의 적이자 바다의 적이었다. 그렇기에 '해적'이 아니겠는가. 게다가 로마탄 그레온은 북서해에서 건드리면 안 된다고 소문이 자자한 '3대 악' 중 하나였다.

헌데 실제로 마주친 그들이 보이는 건 상상도 못 할, 상식을 뛰어넘은 행태였다.

기사들은 벙찐 표정으로 배에서 출하되고 있는 화분들을 바라보았다. 거기엔 키가 사람만 한 나무도 있었고, 곱게 키워진 꽃이 담긴 화분도 있었다. 꽃봉오리가 매달린 건 특히나 애지중지 귀한 대접을 받으며 배에서 내려졌다.

퀴네도사이는 발판 근처에 서서 신이 난 사람처럼 지휘했다.

"너희는 흙을 갈고, 거름을 주고, 모처럼 물이 풍족한 대륙이니 물도 듬뿍듬뿍 주고, 너무 많이 줘서 썩히는 일이 없도록."

배 아래로 수십 개의 화분들을 낑낑거리며 가지고 내려오는 해적들의 표정엔 아무런 의심도 없었다. 익숙한 모양이었다.

"아, 그리고 선물이 있단다. 사랑스러운 린. 렌자르, 가져와라."

상황을 못마땅한 듯 노려보던 르니아의 미간이 꿈틀거렸다. 지난번엔 초록 도끼 해적단의 배를 통째로 약탈해서 퀸시오에 버리고 떠나갔던 미친놈이었다. 선물이라는 말만 들어도 이가 갈린다.

이윽고 배 위에서 낑낑거리며 내려오는 해적들을 바라보던 사람들이 술렁거렸다. 기사들 또한 충격을 감출 수 없었다.

전대미문의 거대한 새 한 마리가 발목에 밧줄을 달고 해적들에게 끌려 나오고 있었다.

퀴네도사이가 생글생글 웃으며 부연 설명을 했다.

"감히 내 사랑스러운 '르니아'의 열매를 뜯어 먹고 선상화원을 엉망으로 만든 녀석이지만…… 죽이기엔 이 오라비의 마음이 너무 심약해 너희에게 선물을 하기로 결정했단다."

그는 르니아와 너무나도 똑 닮은 눈매를 휘어 웃으며 사람 키만 한 크기의 나무를 가리켰다.

'설마…… 나무에 르니아라는 이름을 붙였냐! 도대체 얼마만큼 제 동생에 집착하는 거야!'

"그래도 다행히 '제르'는 내 선실에서 잘 자라고 있으니 망정이지…… 저 요망한 돼지 새가 제르마저 망가뜨렸으면 그냥 그 자리에서 목을 비틀어 죽여버렸을 거야."

'영주님 이름 붙인 화분도 있냐!'

얼빠진 표정으로 거무죽죽한 화분을 바라보던 르니아가 돌연 화분을 향해 달려가 날아차기를 했다. 화분이 나동그라지며 화분을 옮기던 해적들의 얼굴에서 핏기가 사라졌다.

르니아는 엉망진창이 되어 바닥을 뒹구는 화분을 만족스럽게 바라보며 주먹을 우드득 꺾었다.

"소름 끼치니까 죽어."

나동그라진 화분에서 쏟아진 나무의 두꺼운 가지가 꺾여 우그러지자, 퀴네도사이가 그답지 않게 충격을 받은 표정을 지어 보였다.

"린…… 너를 대신하려는 건 아니야. 그러니까 질투는……."

"네가 제일 소름 끼치니까 오라버니는 입 다물고 따라오기나 해!"

벌건 얼굴로 버럭 노성을 지르는 르니아로부터 슬금슬금 뒷걸음질한 해적들이 손톱을 깨물었다. 재앙, 재앙. 이건 재앙이었다.

르니아가 등을 돌려 걷기 시작하자 퀴네도사이가 긴 한숨을 내쉬며 고개를 돌려 명령했다.

"그리 망가뜨린 죄는 묻지 않을 테니, 살려놔라. 죽으면…… 알지?"

'반펠트 님! 어째서 저희에게 이런 시련을 주시나이까!'

해적들의 절규가 울려 퍼졌다.

일단 약탈의 의사가 없는 잠시간의 방문이라고는 했지만 명색이 해적인지라, 표면상 치안 강화는 어쩔 수 없었다. 바빠진 기사들 대신 르니아가 퀴네도사이를 안내하는 것도 피할 수 없었다. 원하든, 원하지 않든 그를 통제할 수 있다 여겨지는 이가 그녀뿐이었기 때문이다. 르니아에겐 속이 부글부글 끓는 시간이었다.

"대체 언제까지 네가 그렇게 선장 놀이를 하는 거야? 아버지는 대체 어딜 가시고?"

"그러게나 말이야."

"너 관심도 없지?"

"도켄은 우리에게 관심이 있었나?"

그가 무심히 대꾸했다. 긴 복도를 따라 걷는 동안 르니아는 한 걸음에 한 번씩 그를 때려주고 싶다는 충동을 참아야 했다.

"이번에는 왜 온 거야?"

"중요한 일이 있어서."

"뭔데?"

"젠에게 일이 있는 건데, 넌 젠이 아니잖아?"

그의 느른한 조롱에 르니아가 떨떠름한 표정을 지었다. 재수 없어.

"시나와 님, 아직 몸 상태 좋지 않으니까 적당히 해."

"또 아파?"

"자세한 건 네가 알 거 없어."

퀴네도사이를 제르의 집무실까지 안내한 르니아는 털썩 소파에 앉았다. 무슨 일이든 퀴네도사이와 제르를 단둘이 두고 싶지 않았다. 얼마 지나지 않아 문밖이 소란스러워졌다.

"주군. 오셨습니까."

문이 열리고 긴 검은 머리칼을 한쪽으로 땋아 내린 제르가 두툼한 코트를 입고 들어섰다. 창백한 낯빛엔 핏기가 없었다. 그녀의 뒤에 선 테일런은 무뚝뚝하게 퀴네도사이와 눈을 마주치곤 문가에 멈춰 섰다. 제르가 자리에 앉았다.

퀴네도사이가 서글서글하게 웃으며 인사를 건넸다.

"몸이 좋지 않다더니. 이거 귀한 분을 귀찮게 했나?"

제르는 인사치레에 힘쓸 생각 없는 사람처럼 대꾸했다.

"……너답지 않은 취미 덕에 기사들이 적잖게 당황했더군."

"아, 내 취미가 원예인 게 뭐 그리 이상하다는 거야?"

"'르니아'라 이름 붙였다고?"

제르가 놀리듯 르니아를 바라보자 르니아의 얼굴이 빨개졌다.

"……뭐, 대리만족이지. 그리고 내 선실에는 '제르'도 있어."

"썩 재미없는 식물이겠구나."

"잘 아네. 그래도 제법 분위기가 있어서 가만히 두면 볼 만은 하지. 내실이야 어찌 되었건 간에 말이야."

노골적인 빈정거림에 테일런의 눈빛이 매서워졌다. 하지만 정작 제르는 그다지 신경 쓰지 않는 기색이었다. 얼마간 생글거리며 웃던 퀴네도사이의 관심은 곧 두꺼운 털코트로 뒤덮인 제르의 옷차림으로 옮겨 갔다.

"그나저나 아직 한겨울도 아닌데 왜 그리 꽁꽁 싸매고 있어?"

"몸이 쉽게 차가워져서."

"정말 넌 불편하게도 산다."

퀴네도사이가 무심히 중얼거렸다. 제르는 아무렇지도 않은 척 앉아 있지만 식은땀까지 가릴 수는 없었다.

"몸도 안 좋은 것 같으니 오늘은 중요한 것만 이야기하고 나가지. 다들 내보내지 않아도 괜찮아? 약간은 주의를 요하는 정보인데."

퀴네도사이가 소파에 등을 깊숙이 기댄 채 중얼거리며 가슴께가 갈라진 옷의 안주머니에 손을 넣었다. 제르는 르니아와 테일런을 번갈아 응시한 후 담담히 답했다.

"괜찮아. 뭔데?"

퀴네도사이가 품속에서 서신 하나를 꺼내어 툭 던지듯 내려놓았다. 구깃한 구김살이 가득한 편지는 자세히 보니 두 장이었다. 제르가 고갤 들어 까만 눈동자로 그를 직시했다. 설명을 요하는 듯한 표정에 퀴네도사이가 느릿느릿 말을 이었다.

"하나는 트란실에서 카르시타로 향하던 녀석을 잡아 죽여 얻은 것이고, 또 하나는 데바람으로 가는 카르시타 왕의 편지다. 왕의 전함을 때려 부수고서 빼앗느라 이쪽도 약간의 피해를 입었으니까. 장기 투숙도 양해 부탁한다. 뭐, 장기도 그렇게 장기는 아니고."

놀란 제르가 편지를 살폈다. 분명 하나는 낡고 질 나쁜 종이로 만들어진 일반 서간이었지만, 다른 하나는 고급스러운 양피지 서신이었다. 반쯤 뜯겼지만 카르시타 왕가의 압인 또한 선명했다.

"와, 왕실 전함과 싸웠다고?"

르니아가 당황해 더듬거렸다. 카르시타 왕족에게 카르시타 왕실에서 직접 보낸 편지를 약탈해 가져오다니. 묵묵히 듣고 있던 테일런 또한 마찬가지였다.

제르는 가타부타 말없이 묵묵히 물었다.

"카르시타 왕실의 전함을 건드리는 건 꽤나 위험한 모험이었을 텐데. 유스카리의 친서라면 더더욱."

"물론 희생도 컸지…… 스패뉴다 호가 많이 부서지고 소실되었다. 죽기도 많이 죽었고…… 왕실의 전령이 탄 배여서 고생을 좀 했어. 화력이 대단했거든. 열흘 정도 후에 스패뉴다 호도 루네비온 만으로 올 텐데, 그때 배를 손보도록 장인들을 좀 모아주겠어?"

"왕실 함대의 추격을 받고 있나?"

"걱정 마. 카르시타 왕실에 이쪽 이름이 오르내리지 않도록 뒤처리도 깨끗하게 하고 왔으니까. 그런 의미에서 뒤의 기사님은 표정을 좀 푸시지요?"

퀴네도사이의 장난스러운 말투에 테일런이 휙 고갤 돌렸다. 퀴네도사이는 카르시타의 주적이 될 수도 있는 이 상황에도 풍랑 없는 바다처럼 평이했다.

"카르시타의 왕이 슬슬 왕위 후보들을 걸러내고 제 적자를 후계로 책봉할 모양이니까. 꽤나 시끄러워질 거야. 지금은 데바람도 영 좋지 않고, 트란실도 이래저래 문제가 많은 거 같더군. 그럼 일단 나는 가보지."

"왜, 이걸 내게 가져온 거지?"

"너 지금 이 나라 왕의 눈에 들어 이 자리에 있는 거 아닌가? 일이 잘못되더라도 내 동생만큼은 책임지고 무사히 내놓으라는 일종의 호의랄까."

"입 다물어, 퀴네도사이!"

르니아가 빽 소리쳤다. 그러건 말건 퀴네도사이는 가뿐히 몸을 일으켜 문을 향해 걸었다.

그가 문을 열려는 찰나, 제르가 다소 피곤한 목소리로 그를 멈춰 세웠다.

"신 나 보이는데? 너희는?"

"그게 뭐? 중요한가?"

뒤도 돌아보지 않고 밖으로 나가는 그의 뒷모습을 쫓던 제르가 곧 현기증을 이기지 못하고 등받이에 몸을 기댔다. 손에 쥐인 서신이 묵직하게 그녀를 누르고 있었다.

사로잡힌 한비는 우울하게 웅크리고 있었다.

발목을 묶은 밧줄이 너무너무 불편했다.

아스난이 퀸시오의 만에 출하되는 재화들을 가늠하고 있을 때였다. 로마탄 그레온은 에오판 섬을 임대하고 위장 상선의 보금자리를 제공해준 대가로 그들의 약탈품 2할을 퀸시오에 '버리기로' 했기 때문에 양이 적지 않았다. 일종의 권리금이었다.

그러나 '권리금'들의 양과 종류가 상상 이상이라 아스난은 몹시 바빴다. 대충 눈대중으로 짚어도 퀸시오령의 반년치 예산을 웃돈다는 것을 알 수 있다. 그의 눈이 몹시 날카로워졌다.

해적과 관련이 있다고 추측될 만한 물건들은 모조리 걸러내야 했다.

금은보화야 대개 거기서 거기지만, 이 해적단이 하는 노략질의 수준이 보통이 아니라 물품들이 다 어마어마하니 자칫 장물을 잘못 팔았다간 엄한 일에 휘말릴 수도 있다. 게다가 카르시타 왕실의 배와도 일전을 치렀다고 했다. 추적 가능한 장물들을 아무런 검열 없이 받는 것은 필패의 길이었다.

장부를 내려다보던 아스난이 돌연 어깨에서 힘을 풀고 시무룩한 표정을 지었다.

'……난감하군.'

펜을 놀리면 놀릴수록 점점…… 돌아올 수 없는 길을 떠나는 것 같은 기분이 들었다.

기사 작위를 잃고 성벽 수비대원이 된 페이랑이 이것저것 분류를 도와 일손을 덜어주고는 있지만 도리어 그래서 더 민망하고 부끄러웠다.

"저 새는 어쩌실 겁니까?"

"뭐라."

아스난은 애물단지가 된 살아 있는 '권리금'을 응시한 후 긴 한숨을 내쉬었다. 한비 또한 제게 향한 못마땅한 눈빛에 키에에, 울음으로 맞받아쳤다.

"그나저나 진짜, 로마탄 그레온은 상상을 초월하네요. 지난번에는 걸레짝 같은 배를 내던지고 가더니 이번엔 웬 처치곤란 새야……. 르니아가 바쁘겠네요. 주군께서 이 새 키우신대요?"

한비가 캬악거리며 발톱을 세우자 페이랑이 떫은 눈빛을 보냈다.

"시끄럽기도 엄청 시끄럽네. 펜시한테도 보여주고 싶은데…… 그렇잖아도 요즘 애완동물이라도 키워보자고 하더라고요. 아, 물론 저런 괴물 새 말고."

"같이 오지 그랬나?"

"아. 펜시는 요즘 퀸시오 주민들이랑 겨울 준비 하느라 바쁘다고 저 거들떠도 안 봐요."

아스난이 피식 웃었다. 세심하고 다정한 펜시의 성정에 몹시 어울리는 이야기였다.

"근데 형님, 그 선장은……."

"공무 중이다."

"아, 죄송합니다. 실언했습니다. 더 이상 작위를 가지고 있는 것도 아니고 기사도 뭣도 아니니 멋대로 '경'이라고 부를 수도 없는 노릇이고…… 그럼 대장님이라고 할까요? 르니아처럼 '아스난 님'이라고 해야…… 아, 이것도 이상한데."

냉정히 지적하긴 했으나 아스난 또한 그다지 내키지 않는 일인 건 마찬가지였다.

퀸시오로 돌아온 날, 그는 페이랑과 술 한 잔의 인생을 나누며 한 사람의 오롯한 가장으로서 이야기를 나누었다. 인생의 반절을 기사로서 살았으면서 아깝지 않은가. 그런 물음에 페이랑은 해맑게 답했다.

'나머지 인생의 반을 같이 보낼 사람을 찾았잖아요.'

사랑이 대단하긴 한 모양이었다.

아스난이 장부를 내려다보며 말했다.

"나중에 펜시 양에게 한 번 찾아간다 전해라."

"기뻐할 거예요. 주군도 함께 오시면 더 좋을 텐데!"

멀리서 한 병사가 페이랑을 소리 높여 불렀다. 여어! 페이랑! 페이랑은 너무 길게 사담에 빠져 있었다는 걸 깨닫고 허둥지둥 돌아갔다.

아스난은 멀어지는 페이랑의 뒷모습을 바라보다가 정신을 가다듬었다. 자신 역시 이리 놀고 있을 때가 아니었다.

다시 고개를 돌린 아스난은 잠깐 눈을 뗀 사이에 새로 출하된 물건들까지 곱절 쌓인 것을 발견하곤 입술을 내밀었다.

……정말 인정하기 싫지만.

그에게 내려진 지금의 임무는 속된 말로 세 글자로 표현할 수 있었다.

'돈세탁.'

늘 평정심을 유지하는 그의 얼굴에 드물게 자괴감이 서렸다.

밤이 되었다. 많은 이들이 잠든 밤중에도 현란한 횃불 빛에 한비는 내심 짜증스레 부리를 부딪쳤다. 딱. 딱. 딱. 이유는 잠을 잘 수가 없었기 때문이다.

항구에 포진한 무장한 남자들은 정박한 배를 중심으로 쉼 없이 뛰어다니며 소리를 질러댔다. 배 위에선 온갖 자질구레한 소리들이 끊일 줄 몰랐다. 요란한 웃음소리가 가장 귀에 잘 들렸다. 땅이 불편해 나무 위로 오르기 위해 발톱을 세워보지만 한비를 묶은 밧줄은 그보다 짧았다. 몹시도 괴로웠다. 한비는 열심히 부리로 밧줄을 갉아 긁었다. 하지만 그조차도 쉽지가 않아 다시 시무룩해졌다.

키에에.

차가운 대지 위로 구슬픈 새 울음이 괴기하게 울렸다.

그 시각 셀파는 퀴네도사이의 배를 감시하는 군사들의 책임자의 위치를 맡아, 선두에 서 있었다. 르니아도 함께였다. 르니아는 실질적으로 카르시타이 규칙에 얽매이지 않는 해적들을 통제할 수 있는 유일한 패였다. 우려와는 달리 퀴네도사이는 배로 돌아가 꼼짝도 않았고, 다른 해적들 또한 특별한 이유 없이는 하선하지 않아 큰일은 없었다. 그러나 하루 종일 그들의 동태를 살피며 고래고래 소리친 탓에 르니아 또한 지칠 대로 지쳐 있었다.

긴 한숨을 쉬던 르니아는 항만의 성긴 나무 사이에 묶여 있는 한비를 발견했다.

"불쌍해. 어쩌다가 퀴네도사이한테 잡혀서 꼴이 이게 뭐니."

르니아는 주머니에 든 호두 몇 알을 한비에게 내밀었다. 한비는 굶주렸던 터라, 단단한 부리로 호두알을 아그작 부숴 먹었다.

"그런데 이제 우기이니까 우기가 끝나면 다시 날려 보내줄게. 너한테도 그게 낫겠지."

듣던 중 반가운 소리라. 키에엑 하고 울자 르니아가 신기하단 듯 고개를 갸우뚱거렸다.

"내 말 알아듣니, 너?"

한비는 르니아의 말에 대꾸하는 대신 다리를 접어 바닥에 앉아 온몸의 털을 부풀렸다. 오색의 아름다운 깃털들이 어둠 속에서 은근한 채도로 빛났다. 르니아는 대답을 기다리듯 인내하다가 이내 뒤통수를 긁적였다.

"내가 뭐하는 거람."

"쌀쌀하오."

셸파가 다가와 그녀의 어깨 위에 얇은 코트를 얹어주었다.

"셸파 님?"

벌떡 일어난 르니아의 얼굴이 이내 확 달아올랐다.

"어휴, 셀파 님도 참. 이런 거 없어도 되는데."

그러면서도 르니아는 스스로 그의 코트를 벗어 돌려주지는 않았다. 도리어 더 꽉 동여매며 기분 좋게 웃어 보였다. 셀파는 짧게 웃은 후 말했다.

"오늘 밤 경비는 내가 보기로 했으니 르니아 양은 들어가서 좀 쉬는 게 낫지 않겠소? 요 며칠 제대로 쉬지 못한 것 같은데."

"아, 괜찮아요. 아시잖아요. 체력 하나 끝내주는 거."

그때, 으하하하하! 어찌나 크게 웃는지 높은 갑판 위의 웃음소리가 아래까지 닿았다. 해적선을 경계하는 기사들의 노고나 불안에 떠는 영지민들의 걱정은 아랑곳 않는 잔치였다.

"그래도 배 아래로 내려오지 않으니 다행이라 해야 하나."

"뭐…… 저것도 얼마 못 가서 좀이 쑤실걸요. 저놈들이 뭍을 얼마나 좋아하는데요."

르니아가 시큰둥하게 대꾸했다. 그때 갑판 위에서 더벅머리를 한 해적 하나가 고갤 내밀더니 르니아를 향해 손을 힘차게 흔들었다. 반펠트 님! 한 번 올라오세요! 르니아도 멋쩍게 바라보다가 손을 흔들어주었다. 닥쳐!

그들을 빤히 바라보던 셀파가 피곤한 음성으로 말했다.

"저 배의 해적들은 르니아 양을 무척 좋아하는군. 전부터 느꼈지만."

"어릴 때부터 저를 돌봐준 녀석들이 많아요. 나이는 세지 않아서 기억이 잘 나지 않는데 한 열 살? 그때까지는 저도 시모레 호에서 나고 자랐으니까요. 거칠긴 해도 심성이 다들 여려서."

그 말에 셀파가 부정적으로 말했다.

"거친 해적들에게 여리다니."

"사실인걸요. 셀파 님은 잘 모르시니 그렇게 말할 수 있는 거예요."

거기까지 말한 르니아는 자신의 어조가 다소 공격적이었다는 걸 깨닫곤 슬그머니 덧이었다.

"물론, 그러실 수도 있죠. 하지만 저는 배 위에서도 살아봤고, 뭍에서도 살아봤는걸요. 건방지다고 생각 안 하셨으면 좋겠어요. ……저는 사실 배 위에서 살 때보다 뭍에서 살 때 더 사람이 잔인하다는 걸 배웠거든요."

그녀의 의견에 구태여 토 달 생각이 없었던 셀파는 대답 대신 시선을 내려 르니아의 발그레한 귓가를 응시했다. 평소에는 왈패 같았지만 때로 이렇듯 귀여운 구석이 있었다.

"다시 배에 타고 싶지는 않소?"

그녀는 태어날 때부터 해적이었다고 했다. 사실 그는 해적인 그녀가 제르를 따라 이렇듯 대륙 사람들 사이에 자연스레 스며들어 산다는 것이 의외라 생각한 적도 있었다. 실제로 르니아는 종종 바다를 보고 멍하니 생각에 잠기기도 하지 않나. 그럴 때면 그녀 또한 다른 사람들과 다름없이 고향을 그리는가 짐작했을 따름이다.

"아직은요. 시나와 님께서 행복해지시는 걸 보고 나서 바다가 그리워진다면 다시 바다로는 떠날 수 있겠지요."

셀파는 무의식적으로 슥, 그녀의 머리를 향해 손을 뻗었다. 놀란 르니아의 표정에 그도 당황한 듯 금세 손을 뗐다. 르니아의 표정이 다소 멍해졌다.

"숙녀의 머리에, 아, 실례하였소."

"아, 아녜요. 아니에요. 좋은데요? 내키시면 아무 때나 하셔도 돼요. 아, 내가 뭐라니. 지금."

고개를 푹 숙인 르니아가 혼자 키득거리더니 발끝으로 딱딱한 땅을 툭툭 때렸다. 민망함이 여실했다. 속으로 웃음을 삼키던 셀파는 문득 어딘가에서 느껴지는 시선에 주위를 둘러보았다.

'……?'

병사들과 기사들은 모두 해적선을 향해 서 있었다. 그는 르니아를 돌아보았지만 르니아는 여전히 시선을 땅바닥에 처박은 채 무어라 중얼거리는 중이었다. 이내 셀파의 두 눈동자가 만에 정박된 시모레 호의 선수에 닿았다. 휘날리는 이물깃대 앞에 툭 튀어나온 '머메이드'의 상 옆에 한 쌍의 눈알이 보였다. 먹구름에 일부 가려진 달빛 아래 그들을 바라보고 있는 눈동자는 어둠 속에서도 선연했다. 그 눈빛은, 잊으려야 잊기 어려운 성질의 것이었다.

'로마탄 그레온의 선장.'

퀴네도사이 에스펠라 펜 로만이었다. 셀파는 해적이라는 이유에 더해 또 다른 이유로 그를 그다지 좋게 평가하고 있지 않았다. 퀴네도사이는 말로는 르니아를 아낀다고 하지만, 르니아의 손을 거의 못 쓰게 만들 뻔했었다. 그리 여동생을 아끼는 오라버니라면 절대 하지 않을 일이 아닌가.

셀파가 그들을 향해 떨어지는 시선을 똑바로 응수했다.

"셀파 님도 피곤하실 텐데. 오늘 반 교대 근무 할까요?"

"충분히 쉬면서 임무를 다하고 있으니, 르니아 양이 걱정할 정도는 아니오."

"그렇죠, 제일 걱정되는 건 테일런 님인데…… 아, 그래요. 이번에 다들 힘드니까, 우기가 본격적으로 시작되기 전에 같이 소풍이라도 갈까요."

어색한 침묵을 깨보려는 듯 조잘거리는 르니아의 음성은 달았으나, 퀴네도사이의 눈빛은 아플 정도로 선명했다. 셀파는 내색하지 않고 퀴네도사이를 노려보며 답했다.

"그것도 나쁘지 않겠소."

곧 퀴네도사이가 선수 너머로 사라졌다.

"르니아 양의 오라비 되는 사람은, 어떤 사람이오?"

르니아가 그제야 고갤 들어 셀파를 바라보았다.

"……그냥 속 꺼먼 녀석이에요. 이기적이고, 자기밖에 모르고."

"……르니아 양을 몹시 아끼는 것 같던데."

"그게, 이야기하려면 긴데, 퀴네도사이와 함께 지낸 시간은 얼마 안 돼요. 어릴 적 데바람과 아버지 도켄이 거래를 했거든요. 데바람 서해의 자유로운 활동을 비공식 허용받는 대가로, 우리가 약탈한 것들의 일부를 왕가에 헌상하는 조건으로 퀴네도사이가 데바람 왕실로 보내졌죠. 일종의 볼모였어요."

셀파는 묵묵히 그녀의 이야기를 들었다.

"그런데 중간에 일이 틀어졌었던 것 같아요. 이리 말하면 좀 그렇지만, 해적의 근본이 어디 가겠어요? 도켄이 데바람 왕실을 기만한 사건이 있었어요. 어떤 건진 모르겠지만 그때 몹시 분위기가 안 좋았다는 건 확실히 기억해요. 그 때문에 저까지 데바람의 산나 왕성으로 가게 됐죠. 저보다 훨씬 오래 산나에 머물고 있던 퀴네도사이는 제가 데바람으로 간 후 한 반년 정도 같이 지내다가…… 큰 사고를 쳐서 결국 내쫓겼고요."

"그러면 로마탄 그레온은 여전히 데바람의……."

"아뇨. 도켄이 칩거에 들어가고 제가 데바람을 떠나면서 그건 끝났어요. 일단 지금 단을 이끄는 퀴네도사이도 데바람을 정말 싫어하기도 하고……."

거기까지 말한 르니아가 시모레 호를 올려다보았다.

"좀 이상해 보이겠지만 어릴 때는 이렇게 싸우지 않았어요. 그런데 어느 순간부터 이렇게 되더라고요. 어쨌든 저도 퀴네도사이가 미리 저질러놓았던 사고 때문에 피해도 많이 봤죠. 퀴네도사이를 보고, 해적이 윗물 아랫물 가리지 않고 멋대로 왕성을 활보하게 둔 걸 실책이라 여겼는지 데바람의 왕성에서 저는 좀 가혹한 대접을 받았어요."

"그랬군. 그래서 해적선에 오르지 않는 건가? 얼마 전에 배가 크게 상한 사건이 있었다던데."

르니아의 시선이 흐리게 내리깔렸다.

"내일은 승선해보려고요."

침대에 길게 누운 제르는 탁상 위에 쌓인 서신들을 바라보았다. 양이 제법 되었다. 그중 대부분은 알렉시스로부터 온 '연서'들이었다. 개인적인 서간이다 보니 아스난에게 맡기기도 저어되었고, 집무실에 두기에도 적절하지 않았다. 하지만 방에 두자니 계속 신경이 쓰이는 게 사실이었다.

제르는 팔을 뻗어 손에 짚이는 서간 몇 통을 끌어왔다.

[아가씨, 요즘은 어찌 지내? 나는 다시 셀솔라로 돌아왔어. 이제 완연한 여름의 분위기가 물씬 풍기는구나. 네가 있는 퀸시오는 어때?]

[얼마 전 이한의 여왕 추보신 여자를 만났어. 이한이 네게 익숙한지는 모르겠다. 이한의 여자들도 몹시 드세. 그 여자를 보고 있으니 네 생각이 조금 더 나더라. 물론 평소에도 네 생각을 많이 하고 있으니까 염려 마. 몸 건강히……]

[어떻게 답신 한 번 없어? 제르, 조금 서운해지려고 해. 나같이 잘난 남자를 놓치는 건 정말 큰 실수라니까. 그나저나 곧 선물을 보낼 거야……]

[이번에 보낸 성의는 마음에 드는지 모르겠다. 다음번엔 남국에서 들어온 귀한 것들을 네게 보내줄 생각이야. 너는 요란하게 꾸미는 걸 좋아하지 않는 거 같지만 아마 너와 무척이나 어울릴 거라고 생각해.]

전서구로부터 전해지는 편지는 별다를 것 없는 내용들이었다. 그녀의 거듭된 무시도 그에겐 대수롭지 않은 모양이었다.

이 녀석을 어쩌면 좋은가.

절로 한숨이 나왔다. 이어 제르는 퀴네도사이로부터 건네받은 카르시타 왕실 서신을 걸러 들었다.

'본 카르시타 왕실은 데바람의 내전에 관여하지 않겠다. 불가침 조약은 여전히 유효하며 왕실은 현 데바람의 왕을 지지한다. 대가로 데바람 역시 조만간 있을 카르시타의 후계자 선포를 지지하여주기를 바

란다. 또한 귀국의 선왕의 치세에 정립된 불가침 조약의 기한 연장 회담을 제안한다.'

라는 이야기였다.

카르시타의 후계자 선포.

그것만으로도 제르의 심장을 옥죄긴 충분했다. 세드로 마르티사는 이제 고작 세 살 남짓이었다. 유스카리가 당장 죽는 것이 아니라면 이리 급할 이유가 있을까. 병질이라도 생긴 것일까. 아니면 그 밖의 다른 문제가 있는 걸까. 빠르게 세드로의 입지를 확정하는 것이 나쁜 이야기는 아니었지만 의문을 떨칠 수는 없었다.

이미 암암리에 떠도는 기정사실에 의거해 볼 때 대륙은 전례 없는 혼란의 시기로 맞이했다. 데바람은 일반 백성들과 농노들이 봉기한 내전이 일어났고, 트란실은 차르 쟁탈전으로 인해 격통을 앓고 있다 했다. 이제 카르시타까지 세 명의 왕위 후보들의 싸움으로 난잡해질 것이다.

전 대륙을 거의 세 토막 낸 두 개의 대국과 한 개의 부락국이 일제히 세대교체의 시기를 맞이하려 하는 것이다. 그 격변 속에서 자신의 아이는.

'……괜찮을까.'

불안했다. 스스로가 할 수 있는 건 몇 가지 없다는 걸 잘 아는데. 무엇이라도 해야 하지 않을까. 길을 잃은 기분이었다. 밀려드는 회의감에 배 속이 불쏘시개로 쑤신 듯 욱신거렸다. 일어난 통증에 침음하단 곧 제르는 서신을 접어 협탁 위에 성의 없이 밀어놓았다. 그러곤 가는 팔목으로 눈가를 가리고 긴 한숨을 내쉬었다.

문득 한동안 입에 대지 않았던 약주 생각이 났다. 벽난로 화톳불 튀는 소리가 그녀의 작은 충동을 부채질했다. 게슴츠레 눈을 뜨고 곁눈으로 벽난로를 응시하던 그녀가 쓰게 웃었다.

붉은 불길 속에 그 남자의 얼굴이 보였다.

더없이 쾌활하고 능청스러우며, 저와 닮은 삶을 겸허히 받아들인.

'오늘이 내 인생 최악의 날은 아니었어.'

인생 최악의 날이 아니었다 말한 남자는, 그녀에게 청혼했다. 농담처럼 하는 말이었지만 제르는 그의 감춰진 혈기와 진심이 섞여 있다는 걸 알았다. 그가 내민 것은 계산 없는 순수한 손이었다.

'왕위 후보라…….'

알렉시스 테피온. 그는 세드로의 적이었다. 만일 세드로를 위해 그를 죽여야 한다면 그녀는 주저 없이 죽일 각오도 되어 있었다. 이 모진 목숨 내던져서라도 세드로만큼은 온전한 삶을 누리게 해주리라는 각오로 지금껏 버텨오지 않았나. 그는 지금 아무것도 모르고 구애를 펼치지만 만일 알게 된다면 어떻게 될까.

사실, 영영 그녀는 죽은 어미이므로 가망 없는 경우의 수였다.

가슴과 목 사이 어딘가가 짓눌린 듯 아릿했다. 그는 충분히 카르시타의 의리를 보여주었다. 어떤 의미로는 아스난이나 테일런만큼이나, 의미 있는 사람이었다.

에르크에서의 일은 아직까지도 선연하다. 죽을지도 모른다는 것을 알면서도 적진에 단신으로 뛰어들어 자신을 구했던 남자의 호의와, 보호. 기억을 더듬는 뇌리가 혼잡했다. 제르는 베개에 얼굴을 묻은 채 자조했다.

'하지만…… 그 대신 쇼하인 공작이 바빠진 모양이니.'

정식 보고 아닌 비공식 귀띔으로 제르는 이미 저를 노리는 이들의 존재를 알았다. 쇼하인과 관련이 있을 거라는 것이 논리적인 설명이었다. 쇼하인은 알렉시스를 지지하는 거대 가문. 알렉시스가 세드로의 친모와 붙어먹을까 두려웠던 걸 터다. 그럴 수 있을 리가 없다는 걸, 그들은 모른다. 그들은 제 가슴이 얼마나 헤쳐 있는지, 얼마나 넝마가 되어 있는지, 얼마나 여유가 없는지 아무것도 모른다. 그 덕에 르니아만 매일 밤 쪽잠을 자며 성곽 언저리를 뛰어다니느라 바빴다.

얼마간 그리 착잡한 생각에 잠겨 있으니 문을 두드리는 소리가 들렸다.

"주군, 주무십니까?"

테일런이었다.

"들어와."

테일런의 손에는 탕약이 들려 있었다. 제르가 퍽 미간을 찡그리며 침대에서 벗어났다.

"……아까 마셨잖아?"

"귀한 약재를 우려 만든 탕약입니다. 꼬박꼬박 장기간 드셔야 효험이 있습니다."

며칠 전 또다시 월경에 의한 복통으로 나흘 내리 침상을 떠나지 못했던 그녀에게 반항의 여지란 없었다. 또한 약에 관한 건 테일런이 고집을 부리는 거의 유일한 것이었다. 제르는 우거지상으로 사발을 받아들어 단번에 마신 후 침대에 걸터앉았다.

"맛없어."

"몸에 좋은 건 입에 맞지 않는 법입니다."

"진짜 써."

"주군은 어린아이가 아니십니다."

그리 말하면서도 은연중 애 취급하는 듯한 투에 제르가 뚱한 표정을 지었다.

"너도 몸이 고될 테니 약이나 내려줄까?"

"사약입니까?"

"사약만큼 맛없는 걸로."

"주군께서 내리신다면 뭐든 달게 받겠습니다."

재미없는 녀석. 제르가 이어 들어온 시녀에게 사발을 건넨 후 탁자를 향해 턱짓했다.

"잠깐 앉았다 가라. 무료했던 참이니."

주저하던 테일런이 마지못한 사람처럼 의자에 앉았다. 제르도 마주 앉았다. 테일런의 시선은 이윽고 침대 맡 협탁에 놓인 알렉시스의 연서에 닿았다.

"저게 전부……."

"저건 신경 쓰지 마라."

제르가 침의 위로 외투를 하나 걸친 후, 벽난로의 불씨를 잠시 살피더니 시녀에게 술상을 준비하라 일렀다. 그에 테일런이 즉각 낯빛을 바꾸었다.

"몸이 아직 좋지 않으십니다. 방금 탕약을 드셨으니 오늘은……."

"그럼 네가 마시면 되지. 네가 안 마시면 내가 마시면 되고."

그녀의 방을 돌보는 두 시녀가 종종걸음으로 걸어와 술과 안주를 들여놓은 후 물러났다.

"지금 공무 중입니다, 저는……."

"그럼 내가 다 마셔야겠군."

반 협박이었다. 테일런은 곧 자포자기한 사람처럼 참담한 한숨을 내쉬었다.

"조금만 받겠습니다."

그가 술잔을 받아 마시자 제르가 턱을 괴며 보일 듯 말 듯한 미소를 지었다.

"엘보르트 경이었다면 내 허락이 없더라도 꼬장꼬장 따지며 상을 물렸을 거야. 헥터 경이라면 일하는 중이니 혼자 알아서 마시라고 했을 거고. 페이랑이라면 먼저 나서서 술타령을 했을 테지. 후안 경은 날 한심하게 보고 갔을 것 같군."

빈말로라도 그럴 리가 없습니다, 하고 말할 수가 없는 이야기였다. 제르는 무어라 답해야 할지 몰라 탁자 가에 시선만 박고 있는 테일런의 잔에 술을 채웠다.

"아이들은 말을 잘 따르던가?"

"아…… 예. 어느 정도 규율은 잡혀 있습니다. 전부 다 주군의 은덕입니다."

"은혜라."

제르가 고개를 비스듬 기울이며 제 술잔을 채웠다. 테일런의 눈썹이 들썩거렸다. 당장이라도 너무 많이 따랐다고 잔소리를 하고 싶은 기색이 역력했다.

"아이들은 약하지. 세심하게 잘 돌봐주지 않으면 안 된다. 고생해라, 클로이스 경."

테일런이 덤덤히 대꾸했다.

"주군께서 그리 말하시니 의외입니다."

"왜?"

"에노디에게 그런 말도 안 되는 내기를 걸지 않으셨습니까."

그건 어린아이의 목숨이 걸린 내기였다. 제르는 쓰게 웃었다. 그의 말도 사실이다.

"그때는 나도 제법 절박했으니까."

"지금은 그렇지 않으시다는 말이십니까?"

적막하게 흐르는 침묵을 헤쳐 제르가 한 모금, 술을 흘려 넘긴 후 덧붙였다.

"날 때부터 르니아처럼 강하게 태어나는 이가 있는가 하면, 날 때부터 몹시 심약하게 태어나는 나 같은 이도 있다. 나는 그 아이가 르니아 같은 아이이길 바랐다. 많은 아이들이 르니아 같은 아이이길 원해."

"페이랑이 들으면 몹시 놀랄 이야기입니다."

"사실이야."

그녀가 희미하게 웃어 보였다.

"누군가를 지키며 사는 사람이 있는가 하면, 시체만 딛고 살아야 버틸 수 있는 이들도 있다."

세드로에게 그녀가 존재조차 않는 이였다면, 그녀의 안에서 세드로는 유령이었다. 그녀가 유스카리에게 보냈던 첫 서신은 그를 제 안에서 죽이겠다는 불가능한 거짓. 죽이는 체라도 하기 위해 애쓰고 애쓰니 어느새 세드로는 그녀의 가슴속에만 살아 있는 유령이 되었다.

눈물이 마른다는 건 거짓말이다. 다만 무딤에 높아진 역치가 있을 뿐이다. 모진 세월 견디고도 서신 한 통에 숨이 넘어갈 만큼 울었다. 눈물에 젖어 서간이 흐늘거리면, 마를 때까지 기다려 그 위에 다시 글자를 써내려갔다. 아이를 살리기 위해서라는 명분 아래 그녀는 제 목숨도 연명했다. 이유야 어찌 되었든 간에 같은 결론이었다. 결론이 같다면 그건 변명의 여지가 없었다.

지나치게 깊은 속내까지 들추어낸 기분에 제르는 입술을 다물고 다시 술잔을 채우고, 비웠다.

　그녀는 심약한 사람이었다. 어느 날 제 앞에 던져진 어교에 새겨져 있던 어처구니없는 죄목을 보고도 단말의 소리조차 내지 못했다. 그리하여 체렌시와가 사형당했다. 왕의 총비라 일컬어지며 질시받던 그녀는 죽은 동생의 시신조차 제대로 수습하지 못했다. 같은 얼굴의 쌍둥이로 태어난 엔사와 엘지가 그리 억울하게 이승을 떠날 때조차도.

　문득 그녀의 시선이 벽난로의 타오르는 불길로 미끄러졌다. 온기가 따스했다.

　"알렉시스 테피온은…… 꽤 괜찮은 사람이야."

　"……."

　"내가 만나보았던 데바라노와 카르시탄을 통틀어 그자는, 가장 솔직한 사람이었다."

　그렇다 해도. 그게 전부였다.

　테일런이 떨어지지 않던 입을 열었다.

　"……주군은, 한평생 혼자 사실 생각이십니까?"

　"왜?"

　"외로움은 사람으로 채워진다 배웠습니다."

　"내가 외로워 보이나?"

　"……."

　"……내가 안타까운가 보군, 경은. 그럼 내가 알렉시스 테피온의 구애에 응하길 바라나?"

　노골적인 반문에 테일런은 잠시 말을 멈추었다. 그녀는 아르노만의 벗이라 말했다. 아르노만은 알렉시스와 척을 질 수밖에 없는 이이므로 제르가 그의 구애를 받아들이게 된다면 상황은 이상해질 것이다.

'하지만…….'

테일런은 얕게 한숨을 내쉬며 스스로 술잔을 입가에 가져다 댔다. 그의 판단을 가장 크게 좌지우지하는 건, 누구나 납득할 수 있는 그런 논리가 아니었다. 누구도 납득할 수 없는 이유였다.

얼어붙은 음성이 흘러나왔다.

"아니요."

제르가 덤덤히 웃었다.

"나도 그리 생각해. 말도 안 되는 일이지."

스스로에 대한 환멸을 이기지 못한 테일런이 시선을 피해 연거푸 술을 받아 넘겼다. 제르도 말없이 입술을 축였다.

얼마 지나지 않아, 피로를 이기지 못한 제르가 벽에 기대어 눈을 감았다. 그녀는 곧 잠든 사람처럼 새근새근 고른 숨을 내쉬었다. 그녀가 잠들고도 한참이나 홀로 병을 비운 테일런이 그녀를 옮기기 위해 일어서려 했다. 그가 마지막 잔을 내려놓는 것과 거의 동시에, 숨처럼 자그마한 목소리가 울렸다.

"클로이스 경."

"주군, 편히 누우십시오."

"……이게 편해. 그리고 클로이스 경, 난 지금은 그리 외롭지 않아. 가끔 이리 술상대가 되어주는 이가 있다면 그걸로도 충분하다, 나는."

가슴이 불붙은 듯 뜨거워졌다. 감히, 허락한다면 당신의 곁에 영원히 남아 있겠노라는, 그런 말이 목구멍까지 차올랐다 삼켜졌다.

창백한 낯빛, 흘러내린 머리칼이 연약한 숨결에 흔들렸다. 늘 날카롭던 눈이 평온히 감겨 있고, 늘 찡그린 듯 파여 있던 미간이 펴지자 그녀는 그 자체로 순수한 그 나이대의 여인처럼 보였다.

퀸시오의 성벽을 둘러싸고 소곤거리는 바람 소리가 벽난로의 불티 울음 사이로 섞여들었다. 깊어진 달밤, 적막에 잠긴 테일런은 주저 없이 그녀의 얼굴만을 눈에 담았다.

그가 감히 그녀를 허락받은 유일한 시간이었다. 별것 없는 침묵, 눈길조차 제게 닿지 않았지만 가는 시간이 아쉬웠다. 시간을 잡아 줄 수 있다면 영원히 이 시간을 놓지 않고 싶었다. 그러나 감히 그런 바람마저 불충이라.

그는 사그라져가는 달빛이 흘러드는 창가로 다가가 커튼을 친 뒤 어둑한 방을 가로질러 제르에게 다가갔다.

마른 입술이 열렸다. 제게서도 취한 내음이 나는 것 같다. 그녀에게로 뻗은 손끝에 검은 것이 묻었을까. 그의 손끝이 머뭇거렸다.

충분하다.

그래.

이 정도로 충분했다.

긴 시간 뜸을 들인 끝에 테일런은 조심스레 제르를 안아 들어 침대로 옮겼다. 그녀가 깨지 않길 바랐다. 그렇다면 그의 꿈도 깰 터이니.

이튿날 오후, 오랜만에 배에 오른 르니아는 달려드는 해적들을 하나둘씩 떼어내며 신경질적으로 소리쳤다.

"걸리적거린다고, 좀!"

"반펠트 니이이이임!"

"당장 눈 밖으로 꺼지지 않으면 상어 밥으로 만들어준다!"

그러자 신기한 일이 벌어졌다. 제1사장 인근 갑판에 오른 르니아의 주위로 바글바글 모여 금방이라도 들러붙을 듯하던 해적들이 눈 깜짝할 사이에 그녀를 중심으로 둥근 인간 울타리를 만들며 멀어져 아련한 시선만 보내는 것이다.

퀴네도사이는 그런 풍경을 익숙하다는 듯이 바라보다가 이내 고갤 저었다.

"요란 떨지 마. 자주 볼 거야. 레지, 아게곤은 아직 아래에 있나?"

"아게곤 일등 항해사님은 안 나오셨어요."

"린, 잠시 내려갔다 올게."

퀴네도사이는 대답을 듣곤 여유로운 걸음걸이로 갑판 아래 선실로 내려갔다.

퀴네도사이가 사라진 후, 고조되었던 분위기가 가라앉자 르니아는 마스트 기둥에 등을 기대며 물었다.

"……얼마나 죽었어?"

렌자르가 답했다.

"스패뉴다 호에 타고 있던 녀석들 중 여든 명이 죽었어요, 반펠트님."

"카르시타 전함과 붙었다고?"

"네…… 어쩌다 보니…… 그게, 저희가 선공한 것도 아니었어요. 아무리 저희라지만 미쳤다고 왕실 전함을 작정하고 털겠어요. 상대가 먼저 대포를 쏴대니 어쩔 수가 없었어요. 스패뉴다 호는 지금 걸레짝이 됐고…… 아게곤의 동생이 스패뉴다 호에 타고 있던 거 아시죠?"

"……응. 아게나가 있었지. 설마 아게나도 죽은 거야?"

"네. 난전 중에 바다에 빠졌어요. 웬지도 죽고, 베르눔도 죽고……
그래서 사실 시모레 호도 요즘 꽤나 분위기가 우울해서……."

거기까지 말한 렌자르가 슬그머니 꿈틀꿈틀 르니아를 향해 다가왔
다.

"그러니까, 우리는 반펠트 님이 필요해요!"

"반펠트 님은 우리 배의 꽃이잖아요."

해적들이 일제히 소리치기 시작했다. 르니아의 눈썹이 치켜 올라갔
다.

"꽃은 망할 오라버니도 많이 키우잖아."

"그건 원수 같은 풀쪼가리고요!"

어지간히 구박을 당했던 모양이었다.

르니아는 그들의 원성을 죄 뒤로한 후 갑판 아래로 내려갔다. 퀴네
도사이는 그녀에게 기다리라고 했지만 그의 명령을 따를 필요는 없었
다. 배의 구조에 대해서라면 오랜 대륙 생활에도 훤했다.

사다리를 타고 내려와 배의 하단에 이르니 선실들이 배치된 복도가
나타났다. 단조롭고 삭막한 분위기가 풍기는 회색 복도의 좁은 입구
에서 주위를 둘러보던 르니아는 아게곤이 머무는 선실을 찾아 걸어갔
다.

막 퀴네도사이가 밖으로 나오고 있었다.

"아, 린. 인사는 잘했나?"

"응. 그런데 아게곤은?"

"지금은 영 상태가 좋지 않아서, 만나러 온 거라면 나중에 만나는 게
나을 거다. 카르시타 전함과 전투를 치르면서."

"들었어."

가라앉은 르니아의 목소리에 퀴네도사이가 살짝 눈을 깔았다. 르니아 또한 씁쓸한 표정으로 바닥만을 내려다보았다.

"언제고 일어날 수 있는 일이야. 너도 알잖아."

어쩐지 상심한 르니아를 위로하는 말투였다. 르니아는 자신의 머리를 슥슥 문지르는 퀴네도사이의 손길을 웬일로 내치지 않으며 중얼거렸다.

"알아. 그래도 좋지 않은 소식은 좋지 않은 소식인 거잖아."

"그래도 카르시타 왕실 전함을 상대로 여든 명 정도밖에 안 되는 사상자가 나온 건 큰 손해는 아니었어."

"정 없는 새끼. 죽은 이들은?"

"수장시켰다."

"……묻어주지 그랬어?"

"넌 너무 오랫동안 대륙에 있었어."

퀴네도사이가 설핏 웃었다.

해적들이 제대로 된 장례를 치르지 않는다는 것은 모두가 다 아는 사실이었다. 시체들을 묻을 뭍을 찾을 때까지 배에 싣고 다닐 수도 없고, 장례 자체에 의미가 크지도 않았다. 그들은 오히려 바다를 좋아해 수장되는 것도 나쁘지 않다 생각하는 이가 태반이었다.

퀴네도사이가 복도의 차가운 벽에 등을 기댔다.

"린, 마음이 바뀐다면 배로 돌아와라. 그레스완 호 정도는 네게 줄 수 있어. 생각해보니 것도 나쁘지 않겠구나."

"됐어. 내가 미쳤다고 네 밑으로 들어갈 거 같아?"

"젠이 무슨 생각인지 궁금해 두고 볼 생각이지만, 해적인 네가 직접 대륙 국가들의 알력다툼에 끼어들 이유는 없어."

"내 자유라고. 넌 아버지도 아니잖아. 왜 신경 쓰는 체해."

단호한 르니아의 말에 퀴네도사이가 잠시 침묵하더니 어깨를 으쓱였다.

"도켄은 안 와."

"……뭐?"

돌아온 것은 언뜻 떠오른 경멸과 불호의 감정이었다.

"넌 왜 그리도 도켄을 따라?"

"아버지잖아."

"그놈이 우리에게 해준 게 뭔데?"

"너 지금 아버지가 일군 해적단의 선장놀음을 하면서 그런 말을 지껄이는 거야?"

퀴네도사이가 그답지 않게 소리 내어 웃으며 미간을 문질렀다. 웃음의 온도와는 판이하게 다른 서늘히 비틀린 입술이 열렸다.

"모르니 그런 소릴 하는 거겠지."

"뭘?"

"도켄은 안 와."

"그니까 무슨 소리냐고."

"글쎄. 근데 어젯밤에 보니 네 옆에 있던 기사 놈이 꽤나 건방진 태도로 날 보더군."

"이건 또 무슨 소리야?"

"마음에 안 드는 놈이야."

"너 대체…… 아니, 됐어. 말을 말자."

놀아나는 기분이었다.

돌연 기분이 확 상하는 것을 느끼며 르니아가 몸을 돌렸다. 그때 퀴네도사이가 르니아의 팔을 확 끌어당기더니 그녀를 좁은 선실 복도 벽으로 밀쳤다. 거칠게 밀려난 그녀가 본능적으로 검을 뽑기 위해 한쪽 팔을 아래로 가져갔지만 그마저도 퀴네도사이의 반대쪽 팔에 붙잡혀 버렸다.

"무슨 짓이야!"

벽과 그의 팔 사이에 갇힌 르니아가 주눅 들지 않고 외쳤다. 퀴네도사이의 얼굴이 순식간에 다가왔다. 흘러내린 갈색 머리칼 사이 드러난 눈동자 위로 희미한 광기가 일렁였다. 하지만 위협적으로 그녀를 강압한 그는 생각보다 긴 침묵을 고수했다.

르니아가 머리끝까지 치솟아 오른 화를 이기지 못해 소리치려 했을 때, 그가 입을 열었다.

"너무 젠에게 물들지 마, 린."

"뭐?"

"네가 바다 사람이라는 걸 잊지 마. 그들은 우리의 배가 아니야. 우린 저놈들이 언제든 쓰다 버릴 수 있는 뼈다귀에 불과해. 젠이라고 크게 다른가? 젠은 노골적으로 저 바라는 것밖에 볼 줄 모르는 얼간이잖아?"

"그렇게 제멋대로 지껄이지 말라고!"

"너야말로 제멋대로 굴지 마. 사실 나는 네가 계집애가 아니었다면 반병신을 만들어서라도 막았을 거야. 지금 이렇게 날 졸졸 따라다니며 감시하는 것도 사실 별로 달갑지 않아. 알지?"

경고인지, 조언인지 구분하기 애매한 어조였다. 무형의 위협 속에 등골이 싸해진 르니아가 거칠게 그의 팔을 뿌리쳤다.

"내가 그래서 널 좋아할 수가 없어."

"왜?"

"넌 너밖에 생각하지 않잖아. 네 마음에 안 들면 전부 다 억지로 네 마음에 들게 바꾸려고 하지. 아무리 네가 잘난 듯 말해도 너나 나나 분에 맞지 않게 사는 건 똑같아. 훈계하지 마."

"린."

퀴네도사이의 서늘한 호명에 르니아가 그의 형형한 눈빛을 받아쳤다.

"치려면 쳐보든가. 맞고만 있지는 않을 거야. 나도 네가 곤죽이 될 때까지 패줄 테니까."

얼마간 그녀를 뚫어져라 응시하던 퀴네도사이의 굳은 표정이 풀렸다. 그는 선실의 작은 창 안에서부터 전해지는 시선을 깨닫고는 언제나처럼 느른히 웃었다.

"아게곤에게 가서 물어봐. 왜 도켄이 오지 못하는지. 슬슬 너도 방향을 정할 때가 됐지."

"방향을 정해……?"

퀴네도사이는 그대로 복도 저편으로 걸어가기 시작했다. 르니아는 영문을 몰라 얼떨떨한 눈으로 그의 족적을 쫓다가, 반대쪽 복도 끝 아게곤의 선실을 응시했다.

"들어갈게, 아게곤."

선실의 작은 의자에 앉아 있던 아게곤이 반갑게 그녀를 맞았다.

"반펠트."

"……동생 일은 유감이야. 상심이 크다고 들었는데."

르니아의 진심 어린 조의에 아게곤이 순박한 눈꼬리를 내리며 웃었다.

"그래."

아게곤은 이래저래 피곤한 얼굴이었다.

"헌데 조금 전에 선장과 이야기하는 것 같던데."

그가 먼저 화두를 꺼냈다. 어떻게 말을 꺼내야 할지 주저하던 르니아로서는 고마운 일이었다.

"너도 나도 앉아서 잡담이나 할 성격 아니니까 그냥 물어볼게."

"뭘?"

"퀴네도사이가 이상한 말을 지껄이고 갔어. 아버지가 안 오실 거라고. 나더러 이제 길을 정할 때가 됐다고. 무슨 말이야?"

아게곤이 놀란 사람처럼 작게 입술을 벌렸다.

저녁 무렵부터 내리기 시작한 비에 한비는 나무 아래에 바짝 기대어 깃털을 부풀렸다. 우울한 물안개가 피어오르는 날씨가 우울했다. 키에에에. 거대한 새의 울음소리가 만의 곳곳을 유령처럼 떠돌았다.

르니아는 동이 트고 얼마 지나지 않아 돌아왔다.

"그럼 이번 우기엔 모든 공사를 일시 중지하고, 지난해보다 강우량이 많을 것 같다 하니 저수를 해두도록 하고……."

"시나와 님."

르니아가 비를 쫄딱 맞고 돌아온 모습에 놀란 제르가 눈을 깜빡였다. 제르에게 보고를 위해 짬을 내어 들렀던 셀파도, 문 옆을 지키고 있던 테일런도 놀랐다.

"이상한 이야길 들었어요."

"무슨?"

제르가 눈짓하자 셀파와 테일런이 물러갔다.

제르는 르니아의 흠뻑 젖은 머리칼 위로 급한 대로 손수건을 덮어 물기를 닦아주었다.

"일단 앉아. 리니, 무얼 듣고 온 거냐?"

"제가 시나와 님의 시종이 된 건, 우연이었어요?"

르니아의 떨리는 반문에 제르가 당혹한 사람처럼 입술을 찡그렸다.

"……에스펠라가 무슨 말을 했어?"

"아뇨. 퀴네도사이가 아니라……."

제르는 차분하게 그녀의 말을 기다렸다. 하지만 르니아는 끝끝내 말을 잇지 못했다. 어떤 예감에 제르는 뇌리 한구석에 남아 있던 일련의 기억을 떠올렸다.

제르가 산나의 왕성에서 죽은 시체처럼 살고 있을 때, 퀴네도사이는 좋게 말해 곱게 미친 놈이었다. 그녀와 엇비슷한 나이의 해적 소년은 매일같이 성 안을 드나드는 귀족들을 못살게 굴었다. 실제로 높은 귀족들의 고용인이 마음에 들지 않는다며 두들겨 팬다거나 하는 일도 잦았다. 귀한 것들을 훔쳐다 팔려다 발각된 적도 여러 번이었다. 그때마다 쥬세는 마지못한 관대함으로 큰 벌 대신 근신령이나 금족령을 내려 그의 벌을 대신하곤 했다. 물론 그렇다고 퀴네도사이가 순순히 따랐느냐 하면 그것도 아니었다. 그리도 제멋대로 구는 퀴네도사이를 보면서 그의 아비가 몹시 대단한 이일지 모른다, 그리 생각했었던 적도 있었다.

그러던 어느 날, 쥬세가 로마탄 그레온을 향한 저주를 퍼부으며 큰 분노를 드러냈던 적이 있었다. 단순히 퀴네도사이의 망행 때문이 아니라는 건, 갇혀 지내며 벽을 타고 흘러드는 이야기를 주워듣는 제르도 알 수 있었다. 로마탄 그레온 산하의 해적이 데바람의 재무부 고관이 탄 상선을 습격해 몰살시킨 것이 이유였다. 그뿐 아니라 은폐하려던 것이 발각되었다고도 했다.

볼모로서 잡혀 있던 퀴네도사이의 입지가 불안해진 것도 사실이었다. 사실 제르는 이제 퀴네도사이도 끝이 났구나 생각했다. 하지만 어째서인지 한동안 퀴네도사이에 대한 처분은 내려오지 않았고 오히려 한 달쯤 지나 새로운 로마탄 그레온의 딸이 산나에 발을 디뎠다.

그게 르니아였다.

그로 인해 퀴네도사이는 제르를 찾아와 가시 돋친 말이 아닌 절박한 부탁을 했다.

'나 대신 내 동생을 죽이려는 거야.'

사태에 대한 책임을 지워야 하기에 누군가는 피를 봐야 하는 상황이었다. 그러나 퀴네도사이는 명실상부 도켄의 장자였으므로 아예 로마탄 그레온과 연을 끊으려는 게 아니라면 섣불리 손댈 수 없었다. 그 와중에 도켄이 버림패로 르니아를 내놓은 것이다. 마찬가지로 르니아 역시 도켄의 딸이었다. 그들의 피로 사태를 마무리 지어야 한다면 딸을 내놓겠다. 그런 상황이라는 걸 제르 또한 짐작할 수 있었다.

'내가 어떻게?'

'어리석은 말대답 하지 마.'

'아니, 도대체 네가 무슨 말을 하고 싶은 건지, 내게 뭘 바라는 건지 모르겠어, 에스펠라.'

'쥬세 왕은 너를 아끼잖아.'

그답지 않게 절박했다.

'도와줘.'

산나 왕성에 들어 처음으로 보는 퀴네도사이의 나약한 모습이었다.

제르는 먼 저편, 낯선 환경에도 주눅 들지 않고 거친 해적들과 재잘재잘 떠드는 소녀를 응시했다.

퀴네도사이와 닮은 듯 닮지 않은, 쾌활한 소녀의 웃음이 어여뻤다.

자신은 잃어버린 그리운 함박웃음이 눈에 박혔다. 제르는 그날 저녁 쥬세에게 새로운 시중인을 들이겠다 말했고, 르니아를 요구했다. 쥬세는 거절했지만 제르의 고집이 더 셌다. 결국 사흘을 채 버티지 못한 쥬세가 마지못해 르니아를 제르에게 내어주었다.

'두 명의 볼모는 필요 없어.'

고맙다거나 감사한다거나 하는 말 대신, 퀴네도사이는 번거로운 시중 일을 배우다 잠든 르니아를 내려다보며 그리 중얼거렸다.

그리고 얼마 후, 퀴네도사이는 베제스에게 대련을 빙자한 칼부림을 해 크게 상처 입혔다. 몇십 대의 채찍질을 당하고 한 달간 옥에 갇혔던 그는 결국 데바람에서 추방당했다. 유일한 볼모는 제르의 곁에 남은 르니아가 되었다.

제르는 마른 입술을 끌어당겨 웃었다. 퀴네도사이는 속이 시커멓고 무슨 생각을 하는지 모를 놈이지만 분명 르니아에게 있어서 악인은 아니었다. 그녀 또한 처음에는 의도적으로 왕성에서 쫓겨난 퀴네도사이의 의중을 짐작지 못해 눈살을 찌푸린 적도 있었다. 하지만 그 후로 로마탄 그레온과의 마찰에 있어서도 쉬이 르니아를 저형하자는 이야기를 꺼내는 이는 없었다.

왕성에 남은 유일한 볼모를 함부로 할 수 없다는 것이 이유라.

"도켄이 죽었대요, 이미. 몇몇 산하 선장들만 알고 있었다고."

제르는 덤덤히 르니아의 음성을 귀담아들었다.

"……조의를 표해야겠구나."

"아니, 하지만 말이 안 되잖아요. 왜 갑자기……."

르니아는 슬프다기보다는 혼란한 기색이었다. 말끝을 흐리던 르니아가 이내 쥐어짜듯 이었다.

"퀴네도사이가 저에게 선택하라고 했어요."

"……."

"도켄이 죽었다는 게 알려지면 진짜로 배는 저와 퀴네도사이에게로 세습되게 되어요. 왜 여태까지 비밀로 하고 있었는지 모르겠지만 이제 와 그걸 공포하게 되면 정말."

제르는 가는 손가락을 감싸 쥐며 쓰게 웃었다. 르니아는 이해할 수 없다 말하지만 제르에게는 어렴풋이 그의 속이 보일 듯했다. 친불친과 함께 쌓아 올린 추억의 크고 작음을 떠나 퀴네도사이는 제법 좋은 오라비였다.

어두워진 제르의 낯빛을 알아차린 르니아가 떨리는 음성으로 말을 맺었다.

"……시나와 님, 걱정 마세요. 저는 안 떠날 거니까."

제르는 르니아의 손을 쥔 채로 고개를 숙였다.

"퀴네도사이에게 내가 몹시 미안하다고 전해줘."

"시나와 님이 왜 미안해요."

"……아마 그는 이해할 거야."

"어쩌려고? 한동안 더 덮고 있을 거라 했잖아. 무슨 생각으로 그랬
어?"

"별생각 없었어. 그냥 충동이었어."

"아휴. 모르겠다."

갑판의 비가리개 아래 기대어 있던 아게곤이 한숨을 푹 내쉬며 습기
에 젖어 눅눅한 담배를 바닥에 버렸다.

퀴네도사이는 조용히 하선해 만을 따라 걸었다. 한 손에는 검은 우
산을, 다른 한 손에는 은빛 지팡이를 쥔 채였다. 소박한 우산 위로 물
방울이 톡톡톡 떨어졌다.

한참을 걷고 걸어 만의 끄트머리에까지 이른 그는 곧 한 무리의 아
이들을 발견하고 고개를 갸웃했다. 엉성하게 형체만 유지하는 통나무
집 골조 아래엔 비슷한 또래의 크고 작은 소년들이 투덜거리며 하늘을
올려다보고 있었다. 어른은 한 명도 없었다. 아이들의 마을처럼.

무심히 그들을 지나치려는 퀴네도사이의 눈길을 잡아끈 건 그들과
는 조금 떨어진 곳에서 비를 피하기 위해 웅크린 한 소년과 소녀였다.

퀴네도사이가 다가가자 소년은 경계하듯 목검을 움켜쥐고 물었다.

"누구십니까?"

"너희는?"

나직한 미성에 에노디가 위축된 사람처럼 더듬더듬 대꾸했다.

"에노디라 하는데요. 얜 제 동생…… 이요. 그, 근데 제가 먼저 물었

는데.”

퀴네도사이는 대답 대신 에노디와 소녀가 앉은 오두막 지붕 아래 들어가 우산을 접었다. 그는 끝이 진흙에 젖은 지팡이로 가볍게 에노디의 손의 검을 밀어낸 후 루네비온 만 저편을 가리켰다.

“나 저 배의 가짜 주인.”

에노디가 놀란 표정을 지었다.

“해, 해적선이요? 선장님이에요? 영주님의 성에 사는 분 아니셨어요?”

에노디는 퀴네도사이의 진솔한 대답에도 불신 가득한 얼굴로 제 여동생을 숨겼다.

“예리하네? 비슷하게 왕성에서 살았던 적도 있거든. 그런데 거기 꼬마 숙녀분은 네 친동생이야?”

“네…… 아, 그, 근데 진짜 해적이에요? 진짜로?”

“못 믿겠으면 저기 배 위의 험상궂은 녀석들을 불러와서 확인시켜줄까?”

“근데 여기까진 왜 왔는데…… 요……?”

“여기가 어딘데?”

“영주님이 꾸려주신 소년병단 마을이에요.”

퀴네도사이가 헛바람 빠지는 웃음소릴 냈다. 어쩐지 아이들밖에 없다 했더니, 제르가 적적해 이런 장난감 마을을 만들어놓은 모양이었다. 땟국물이 꼬질꼬질하게 묻은 소녀는 그들의 대화가 이어질수록 더 몸을 움츠려 에노디의 뒤로 몸을 구겨 넣었다.

“……에노디.”

소녀는 거의 울 것 같은 얼굴이었다. 에노디가 괜찮다며 몇 번이고 소녀를 다독였지만 그다지 효과는 없었다. 결국 앙상하게 마른 소녀는 퀴네도사이를 피해 오두막 골조 뒤쪽으로 돌아가 숨었다.

에노디의 어깨 너머로 사라지는 소녀에게 힐긋 시선을 준 퀴네도사이가 나직이 말했다.

"숫기가 없네. 여동생은 강하게 키워야지."

에노디의 눈에도 스스로를 해적이라 말한 남자는 어딘지 모르게 위험한 냄새가 풍겼다. 그러나 당신이 좀 위험해 보여 그렇다라 솔직하게 말할 용기는 없었으므로 에노디는 입을 다물었다.

"나한테도 여동생이 하나 있어. 맨날 날 죽인다 죽인다 입에 달고 사는 애."

"자, 자주…… 싸우는 거예요?"

"아니, 꼭 그런 것도 아닌데 말이야."

"형도 동생이 좋은 거죠?"

퀴네도사이가 묘한 표정으로 먼 곳을 바라보았다. 글쎄다. 그리 중얼거리는 음성은 건조했다. 얼마간 침묵하던 그는 곧 물이 튄 옷자락을 정리하는 시늉을 하며 일어섰다.

"역시…… 땅은 쉽게 지저분해져. 잘 있어라, 꼬마."

퀴네도사이는 다시 빗속을 향해 걸으며 우산을 폈다. 몇 걸음 채 걷기도 전에 우아하고 단정한 바지 끝단이 빗물을 머금고 무거워졌다.

빗줄기 속에서 눈에 익은 인영이 비쳤다.

"야!"

르니아는 열 걸음 남짓 떨어진 곳에서 멈춰 서서 헐떡였다. 하지만 그것도 잠시, 그녀는 다짜고짜 주먹을 날려 그를 넘어뜨렸다.

"린…… 다짜고짜 이게 무슨."

"왜 여태까지 나한테 말 안 했어?"

그냥 넘어가지 않을 거란 건 알고 있었지만, 비 내리는 눅진 야외에서 이야기를 나누는 건 내키지 않았다. 퀴네도사이가 몸을 일으켜 세우며 나동그라진 우산을 고쳐 썼다. 이미 다 젖었지만 이 이상 지저분해지는 건 사양이었다.

"곤란해, 귀한 옷인데…… 다 젖었잖아. 일단 배로 가자."

"싫어."

막 걸음을 떼려던 퀴네도사이가 멈춰 서서 르니아를 응시했다.

르니아는 자신과 똑 닮은 눈매를 한 남자의 눈을 오랜만에 깊이 들여다보았다.

"너는 대체 나를 어떻게 생각하고 있는 거야? 내가 어떻게 할 거라고 생각하는 거야?"

퀴네도사이가 평소와 다름없는 웃음으로 가장하고 말했다.

"너는 내 하나뿐인 여동생이지."

"……."

"적어도 나한테는."

"야, 적어도는 뭐야."

르니아가 눈썹을 찡그렸다.

"네가 나를 그렇게 생각하지 않는다는 걸 알고 있다는 거야."

"뭐?"

"비난하려는 건 아니야. 아쉬울 뿐이지. 잘하면 너와 내가 좋은 남매가 될 수 있었을지도 모른다고 생각한 적도 있어. 하지만 넌 우리가 같이 있을 수 있었던 그 짧은 시간조차 체렌시와를 쫓았고, 체렌시와가 죽은 후엔 제르를 쫓았지."

그는 어깨 위로 떨어지는 빗물을 곁눈질한 후이었다.

"린, 너는 한 가지만 본다는 게 장점이자 단점이야. 네 눈에 든 것 외의 주위의 것들은 아무래도 좋지. 예전에는 조금은 그런 네가 얄미웠던 적도 있었던 것 같지만 지금은 아무래도 좋아."

르니아는 말문이 막힌 사람처럼 멍하니 그를 올려다보았다.

데바람에 이르러 제르의 시종이 된 후, 르니아는 체렌시와를 쫓았다. 그녀는 무언가를 지키고 누군가를 도울 수 있는 것이 좋았다. 제르는 분명 괴로운 여자였다. 가족의 괴로움에 덩달아 괴로워하는 이들을 보며 르니아는 많은 것을 보고 배웠다.

퀴네도사이가 그녀를 찾아왔을 때도 그녀는 체렌시와를 바라보고 있었다. 간간이 찾아와 속을 긁는 철없는 장난꾸러기 오빠보다도 상처를 딛고 의젓한 제르의 남매에게 더 마음이 쓰이는 것은 어쩔 수 없는 본능이었다.

쭉, 줄곧, 자신은 그랬다. 사실 왕성에서 퀴네도사이의 존재는 르니아에게 편견 어린 꼬리표를 하나 더 달아주는 거추장스러운 존재였다. 퀴네도사이의 동생이니 저 어린 계집애도 위험할 거다. 퀴네도사이의 동생이니 조심해야 한다. 퀴네도사이의 동생이니.

왕성에 들어와 제르의 시종이 된 후로 그녀의 우선순위는 해적선의 가족 같은 동료들도, 아버지도, 퀴네도사이도 아니었다. 해적선에서 느꼈던 유대감과는 또 다른 가슴 저린 가족애를 동경하며 르니아는 그들 속으로 스며들고 싶어 했다.

그러는 동안, 그녀는 변명할 여지없이 하나뿐인 혈육을 외면했다.

"……나, 난. 시나와 님의 밑으로 들어간 시종이었기 때문에……."

퀴네도사이는 부연 없이 담담히 말을 맺었다.

"그럴 것 없어, 린. 애초에 너와 내 길이 달랐을 뿐이다."

"……난 안 갈 거야."

"알아."

"바다도 좋지만, 나는 이곳이 더 좋아."

"바란 답은 아니었지만 의외인 것도 아니야."

"오라버니."

빗물이 세차게 르니아의 얼굴을 때렸다.

빗줄기가 그의 우산을 때리며 튕겨 떨어지는 소리가 괴이하게 크게 울렸다.

"하지만 린, 난 여전히 너를 언제까지고 대륙에 내버려둘 생각은 없어. 다만 때가 지금이 아닐 뿐이야."

퀴네도사이는 르니아의 앞에 서, 그녀의 어깨에 그의 검은 우산을 기대어 씌웠다. 르니아가 얼결에 떨어질 것 같은 우산의 손잡이를 쥐었다. 퀴네도사이는 곧 빗줄기 속으로 멀어졌다. 손잡이가 따스했다. 괜스레 울컥하는 기분에 르니아가 몸을 돌려 소리쳤다.

"내 말 아직 안 끝났어!"

퀴네도사이가 걸음을 멈췄다. 비에 젖은 머리칼에서 물이 흘러내렸다.

르니아가 파랗게 질린 입술로 말했다. 빗소리 사이로 섞여든 떨리는 음성이 이내 사그라졌다.

"……오라버니."

르니아가 울먹이는 듯한 음성으로 더듬더듬 말했다.

"시나와 님이 미안하대."

제르의 말을 비로소 이해했다. 퀴네도사이의 침묵에 르니아는 입술을 당겨 물었다. 제르는 퀴네도사이에게 있어 단 하나의 혈육을 빼앗아간 약탈자였다. 지난 긴 세월 동안, 앗아가 앞으로도 돌려주지 않을 잔인한 약탈자.

"전해달래."

퀴네도사이는 다시 멀어졌다.

체렌시와의 일이라면, 제르의 일이라면 발 벗고 뛰어다니는 것도 모자라다 생각했다. 그들과 함께 지내며 르니아는 단 한 번도 주위를 돌아본 적이 없었다. 퀴네도사이 또한 마찬가지였다. 얼마나 우스웠을까. 제 혈육은 돌아보지도 않으면서 가족의 의미를 제대로 알지 못한다며 무수히 퀴네도사이를 힐난했던 자신이다.

하지만…….

우산을 내려뜨린 르니아는 꽉 메인 목 언저릴 감싸 쥐었다. 눈물이 날 것처럼 눈가가 뜨거웠다. 사실 그녀는 도켄의 딸이었으나, 도켄과 함께 지낸 기억은 없었으므로 그에 대한 것은 곤혹스러움이 전부였다. 하지만.

"넌 미친놈이야! 이 속 시키면 악당아!"

그녀가 악 받친 사람처럼 아스라이 먼 뒷모습을 향해 소리 질렀다. 어느덧 그의 모습은 시야 밖으로 사라졌다.

르니아의 시선이 진흙탕이 된 바닥 위로 내리박혔다. 그는 언제나 그랬다. 그는 약한 소리를 하지 않는다. 이런 상황에서조차도 그는 모든 것을 침묵으로 마무리했다. 그는 너무나도 강한 사람이었다.

얼마간 그러고 있으니 우산을 내려뜨린 르니아의 주위로 빗물이 비껴 흘러내렸다.

고개 숙인 그녀의 시선 귀퉁이로 눈에 익은 기사의 가죽 군화가 비쳤다. 르니아가 투덜거리듯 중얼거렸다.

"비가 너무 많이 와서……, 발이 무거워서 힘이 하나도 안 들어가요. 못 가겠어요."

그녀의 내려뜨린 검은 우산 위로 고인 빗물을 내려다보던 셀파가 제 우산을 그녀의 머리 위로 바로 씌웠다. 르니아는 차마 고개를 들어 그의 얼굴을 볼 수가 없었다. 몹시 흉측하게 울먹이고 있는 얼굴을 보인다는 건 부끄러웠다.

그러나 셀파는 르니아를 재촉하거나 하지 않았다.

"그럼 여기서 그칠 때까지 기다려주겠소."

"장마철인데요?"

"……생각해보니 곤란하군."

르니아가 쓰게 웃으며 고갤 저었다. 빗물이 그녀를 비껴 떨어져 내렸다. 하지만 우산 속에도 비가 내리는 것 같았다.

산책하듯 나갔던 퀴네도사이가 흙탕물에 빠진 생쥐 꼴을 하고 나타나자 선원들이 놀라 호들갑을 떨었다. 렌자르가 선자아앙! 커다란 수건을 가져와 그의 몸을 꽁꽁 싸맸다.

"안 춥습니까! 선장! 감기 듭니다!"

"됐어."

"이스케! 이스케를 불러와! 선의를 불러!"

"됐다고."

"하, 하지만……!"

갑판 위가 떠들썩했다. 문득 어떤 시선을 깨달은 퀴네도사이는 마스트 옆에 걸터 선 아게곤을 발견하곤 긴 한숨을 내쉬며 젖은 머릴 털었다.

그가 돌연 목소릴 키워 선언했다.

"르니아 반펠트 엘 로만은 모든 배의 권한을 포기했다. 조만간 그 녀석이 정식으로 공포할 거다. 그러면 로마탄 그레온은 유일 후계자를 갖게 되는 거다. 너흰 이제 긴장하는 게 좋을 거야."

예?

갑판에 고인 물을 퍼내던 이들도, 짐들을 점검하던 이들도, 망루 위로 기어 올라가던 이들도 모두 충격이라도 받은 것처럼 멈춰 섰다. 아게곤은 어깨를 으쓱하더니 곧 조타실을 향해 걸어갔다. 그건 퀴네도사이도, 아게곤도 이미 예상했던 일이었다. 놀란 건 사정 모르고 바쁘게 지내던 해적들뿐이었다.

"하지만 여전히 우리 가족인 건 잊지 마."

퀴네도사이는 더 말을 잇지 않고 갑판을 가로질러 선장실로 향했다.

르니아는 어린 동생이었다. 어린 동생은 사랑에 빠져 형제를 돌아보지 않았다. 그래서 하나뿐인 혈육은 외톨이가 되었다. 어린 동생은 한 번도 자신을 따른 적이 없었지만 괜찮았다. 그래도 하나뿐인 동생이었으므로.

후회는 없었다. 동생이 무언가를 알게 되었다고 해서 변하는 것은 없었다. 이미 스쳐 지나간 상처처럼, 희미한 흔적만 남아 있을 뿐이다. 그는 그대로, 그녀는 그녀대로의 길을 걸을 뿐.

긴 장마에 물안개만이 자욱이 피어올랐다.

제르는 뛰쳐나간 르니아를 걱정스레 기다렸다. 성의 열린 문을 지키던 문지기들은 갸우뚱갸우뚱 그녀와 그녀의 기사를 응시했다.

그녀의 반걸음 뒤에 선 테일런은 우산을 든 채 성 저편을 응시하고 있었다. 그의 제복 어깨의 견장은 이미 모자란 우산을 따라 흘러내리는 빗물로 흥건히 젖어 있었다. 제르는 빗줄기를 응시하다가 고개를 돌려 테일런의 젖은 어깨를 돌아보았다. 그녀가 조금 더 테일런과 가깝게 섰다.

"비에 젖으면 젖는다고 해야지."

"괜찮습니다."

"클로이스 경이 앓아누우면, 경보다 더 고지식한 이들이 나를 괴롭힐 테니 그런 거지."

테일런이 조용히 입을 다물었다. 두 사람을 비껴 떨어지는 빗물은 고요했다.

"르니아 양을 기다리시는 겁니까? 차라리 사람을 시키는 것이."

"위로해줄 이는 있어야겠지."

테일런은 더 그녀를 만류할 수 없어 묵묵히 고개를 수그렸다.

얼마 지나지 않아 익숙한 두 개의 인영이 저편에서부터 가까워졌다. 셀파와 투닥거리며 걸어오는 건 흠뻑 비에 젖은 르니아였다. 무슨 일이 있었던 건지, 셀파 또한 그다지 멀쩡한 품새는 아니었다.

제르는 그들의 음성이 뚜렷이 들릴 만큼 가까워질 무렵, 몸을 돌렸다. 개운한 얼굴이었다.

"괜한 걱정이었군."

장마는 보름을 계속되었다. 보름 동안 줄기차게 내리는 비에 바닷물은 물론이고 못과 작은 시내마저 범람해버려 병사들은 수재민이 생길까 돕느라 이만저만 고생이 아니었다. 제르는 우기 내내 성 안에서 기사들의 보고를 듣고 공무를 처리하는, 별다를 것 없는 일을 반복적으로 행했다. 로마탄 그레온의 함선들은 비가 그치자마자 떠날 것을 알려왔다.

"오후에 그대로 출항할 거다. 나오지 않아도 돼."

르니아는 쏟아지는 폭우 속에서 셀파와 성으로 돌아온 지 이틀 후, 제르에게 양해를 구하곤 해적들의 감시 임무를 그만두고 성 안에 처박혀 꼼짝도 하지 않고 있는 와중이었다.

"나갈 생각도 없었어. 내가 너희를 배웅이라도 할 거라 생각했나. 아무리 그래도 입장이란 게 있다."

싸늘히 비웃는 제르의 대구에 퀴네도사이가 피식 웃으며 어깨를 으쓱했다.

"네가 보고 싶을 거야, 젠."

제르가 비웃듯 중얼거렸다.

"연기는 집어치워, 둘밖에 없는데."

"차가워. 너무 차갑잖아."

제르가 그런 그를 보며 웃다가 이내 천천히 미소를 거두었다. 그러곤 한층 낮은 목소리로 말했다.

"잊지 마라."

"그래. 어차피 우리도 그쪽에 만날 이가 있어 북향하려 했으니까.

또 엘올라의 북해엔 이미 우리 산하 해적단이 여럿 있어. 너야말로 잊지 마."

제르가 고개를 끄덕였다.

"이번에 네가 건넨 정보에 많은 도움을 받았다."

"내가 아닌 다른 카르시타 귀족에게 감사해."

제르가 은연중 궁금하던 것을 스치는 투로 물었다.

"그건 누구지?"

"비밀."

"조금 정도는 말해주는 게 도리 아닌가? 어디서 난 정보인지, 믿을 수 있는 자인지는 알아야."

"글쎄, 이쪽 사업 일은 네게 일일이 보고할 이유 없다고 생각하는데."

의혹을 떨치지 못하는 사람처럼 눈을 게슴츠레 뜨던 제르는 곧 말을 맺었다.

"……그렇다면 모쪼록, 무운을 빌지."

"그래, 나는 가볼게. 위험한 전쟁에 린을 밀어 넣지는 마라."

제르가 고개를 끄덕였다.

"르니아를 만나고 가지 않아도 괜찮겠나?"

퀴네도사이는 대답 대신 어깨를 으쓱인 후 문을 열다 멈췄다.

"괜찮……."

복도 저편에서 누군가가 쿵쾅쿵쾅 발소리를 내며 달려오고 있었다. 눈을 깜빡이며 멈춰 섰던 퀴네도사이는 저편으로부터 불어 닥치는 맹렬한 기세에 뒤늦게 쾅 소리가 나게 문을 닫았다.

"왜?"

퀴네도사이의 얼굴에서 핏기가 가셨다.

"……내가 뭐 실수라도 했나?"

"왜 그러는데?"

퀴네도사이가 떨떠름하게 등 뒤를 가리키며 중얼거렸다.

"딱히 이번에 사고를 일으킨 기억은 없는데."

쾅! 쾅! 쾅! 문 두드리는 소리가 났다.

문 열어! 시나와 님, 저예요. 좀 들어갈게요! 야! 너 안에 있는 거 봤어. 문 안 열어! 죽을래!

제르가 고개를 저으며 한숨을 내쉬는 것과 거의 동시에 퀴네도사이가 마지못해 물러났다. 곧 문이 발칵 열렸다.

제르는 씩씩 달아오른 얼굴의 르니아를 응시하다가 슬그머니 그들을 외면했다. 퀴네도사이는 저를 똑바로 노려보는 르니아의 시선을 피하지 않고 맞받았다.

"린, 오라버니에게 그런 살벌한 눈초리를 하면 쓰나."

"벌써 떠난다고?"

르니아가 다짜고짜 물었다.

소식이 이리 빨리 닿았을 리가 없는데 싶은 생각에 제르를 흘긴 퀴네도사이는 제르의 낯에 떠오른 능청스러움에 한숨 섞인 웃음소리를 냈다.

"비도 이제 거의 그쳤으니까."

"스패뉴다 호 정리도 다 안 됐잖아."

"이 열악한 퀸시오 조선 환경에서 고쳐봐야 얼마나 더 고친다고."

르니아가 이를 부득부득 갈았다. 퀴네도사이는 진심으로 지난 열흘 남짓의 시간 동안 해적들이 무슨 사고를 친 게 아닌가 의심하기 시작했다. 살기를 이기지 못한 사람처럼 부릅뜬 눈의 실핏줄이 두려울 정도였다.

르니아가 주먹을 쥐락펴락 하며 목을 좌우로 움직였다. 스트레칭하듯 몸을 푸는 모습에 퀴네도사이가 표정을 구겼다.

"지금 덤벼들려는 거면 마다하진 않겠다만, 이유라도 알고……."

르니아가 달려들어 와락 퀴네도사이의 목을 끌어안았다. 일순 얼어붙은 퀴네도사이가 말을 멈추고 눈동자를 굴렸다.

"아, 지, 진짜. 퀴네도사이. 모, 몸조심하고. 오, 오빠. 자, 자, 잘 다녀와."

르니아가 그의 목을 꽉 끌어안은 채로 더듬더듬 말을 이었다.

한참이나 넋을 놓은 사람처럼 눈동자만 내려 르니아의 작달막한 몸을 내려다보던 퀴네도사이가 그녀를 떼어냈다.

"징그럽게 왜 이래."

기껏 용기 낸 표현에 돌아오는 게 저딴 말이다. 괜한 짓을 했어! 싶은 생각에 막 그를 노려보며 으르렁거리려던 르니아는 입술을 멈췄다. 한눈에 봐도 이상하다 싶을 정도로 퀴네도사이의 표정이 희한하게 일그러져 있었다. 자세히 보니 그의 뺨이 미세한 경련을 일으킨 사람처럼 떨리고 있었다. 확 달아오른 얼굴을 감추기 위해 고갤 숙이던 르니아는 되레 큰 소릴 내며 황급히 자리를 피했다.

"돼, 됐어! 괜한 짓을 했지. 시나와 님, 저, 저, 저 그럼 가볼게요! 너도 잘 꺼져라! 애들한테도 안부 전하고!"

쾅! 방이 무너져라 세게 문을 닫고 나간 르니아로 인해 귀청이 따가웠다. 퀴네도사이는 르니아가 나가고 난 후로도 한참이나 망부석처럼 자리에 섰다. 침묵의 공백 속에서 제르가 농을 걸듯 운을 뗐다.

"부끄러워하지 마."

"나 참…… 이것도 곤욕이군."

아닌 체해도 기분 좋은 듯 퀴네도사이가 뒷목을 매만지며 세게 닫힌 문고리를 잡아 돌렸다. 복도 저편으로 도망친 르니아는 이미 머리칼 하나 보이지 않았다. 막 걸음을 옮기려던 퀴네도사이가 돌연 멈춰 섰다. 그러곤 뒤돌아 한 마디를 더했다.

"그리고 미리 말하는데, 린은 대륙 놈한테는 안 줄 거야. 아무리 생각해도 아까워서 안 되겠어."

"……어련하시겠어."

제르는 어쩔 수 없는 남매를 향해 웃었다.

곧 비는 대부분 그쳤다. 장마가 지났으니 차가운 외풍을 대비해야 할 때가 가까워졌다.

제르는 모처럼 떠오른 햇살을 따라 걷다 내정의 누각에 이르렀다. 성긴 나무들이 이룬 성 안의 자그마한 숲을 등지고 누각 주위의 물 위로 부연 물안개가 떠다녔다. 그 덕에 누각은 아지랑이 속을 부유하는 한 척의 배처럼 몽환적이었다.

누각의 언저리에서 악기를 조율하는 욜랑을 발견한 제르가 빙그레 웃으며 다가갔다.

"욜랑, 오늘도 나왔느냐?"

"영주님! 당연하죠. 돈을 받는데, 비 온다고 마음대로 안 올 수가 있나요."

제르는 실비를 피해 누각 위로 올라 욜랑의 건너편에 앉았다. 욜랑은 몹시 당황한 듯했다.

"아, 아직 손이 덜 풀렸는데."

테일런이 뒤따라 누각에 이르렀다.

"주군, 조금만 기다려달라 청 드리지 않았습니까."

"내가 왜 네 말을 들어야 하나?"

제르는 불퉁해진 테일런의 음성에도 아랑곳 않고 뻔뻔하게 받아쳤다. 욜랑은 테일런을 향해 안녕하세요, 인사하더니 혼자 키득거리며 웃기 시작했다.

욜랑은 냉큼 후카의 줄 위로 손을 얹었다. 훌쩍 자란 아이를 내려다보는 제르의 눈에 따스한 빛이 서렸다. 아이는 정말 쑥쑥 자란다, 처음에는 그녀의 가슴팍에도 오지 않던 아이의 머리는 어느덧 그녀의 어깨까지 닿아 있었다. 소년의 작고 고사리 같던 손 또한 충분치는 않지만 꽤나 늠름하게 커졌다.

연주 또한.

"많이 늘었구나."

욜랑이 배시시 웃으며 볼을 밝혔다.

"하지만 그래도 썩 훌륭하지는 않아. 네 손이 좀 더 자라고, 목소리가 안정이 된다면 훌륭한 악사가 될 수도 있겠지만……."

그녀의 꼬리를 흐리는 말에 욜랑이 주눅이 들어 고개를 푹 숙인 후 손가락을 고물거렸다.

"영주님 저 기죽이려고 오신 거죠."

"하지만 사실인걸?"

제르는 무심결에 손을 뻗어 아이의 머릴 쓱쓱 쓰다듬었다.

그때였다. 멀리서 밝은 갈색 머리에 초록 눈동자를 한 소년이 두리번거리며 주위를 둘러보는 게 보였다. 소년은 테일런과 그녀를 발견하고 번개처럼 빠르게 달려왔다.

에노디였다.

"아…… 어? 영주님, 안녕하세요!"

제르는 고갤 돌려 테일런을 돌아보았다. 테일런이 마뜩찮은 표정으로 소년을 향해 말했다.

"에노디, 주군께 인사드리는 예법을 알려줬지 않느냐."

"아…… ."

에노디가 당황하며 허둥거리다가, 어정쩡하게 주먹을 가슴 쪽으로 모은 후 고갤 꾸벅 숙였다. 빵을 빼앗기고 얻어맞아 금편 하나를 얻기 위해 목숨을 걸었던 소년은, 고치에서 갓 태어난 나비처럼 활기차고 생기가 넘쳤다.

"그렇게 빡빡하게 가르칠 것 없어. 저 녀석을 뭐 제대로 된 기사로 키울 생각인가?"

테일런이 시선을 내리며 물러났다.

"그래, 꼬마야. 클로이스 경을 찾아왔느냐?"

"아, 시, 실례하겠습니다. 영주님, 단장님을 뵈러 왔습니다."

"나는 신경 쓰지 말고, 이야기하렴."

"예, 예! 단장님! 말씀하신 대로 마을 입구 시내의 터진 둑을 전부 막았습니다! 이제 뭘 할까요? 다들 가만히 기다리고 있는데…… 명령만 내려주십시오!"

꽤나 혈기가 가상하지 않은가. 칭찬을 기대해 눈을 반짝이는 소년의 말에 테일런이 고저 없는 음성으로 치하했다.

"수고했다. 모두에게 가서 쉬어도 좋다 전해라."

"예! 그럼 전 이만 가보……."

"에노디, 병사 놀이는 즐거우냐? 뭐 그리 급해. 기껏 쉬라는 명을 받았는데 쉬다 가렴."

"쉬, 쉬다 가라고요?"

"내가 무얼 잘못 말했나?"

제르가 이러지도 저러지도 못하는 어린 소년에게 손짓해 옆자리를 툭툭 쳤다. 테일런의 눈썹이 순간 휙 치켜 올라갔다. 에노디는 어쩔 줄 몰라 하다가, 제 또래의 악사 소년이 그녀의 건너편에 앉아 있는 걸 보고 용기를 내어 슬그머니 제르의 옆에 붙어 앉았다.

"클로이스 경이 못되게 굴거나 한다면 언제든지 내게 고해 올려라. 확실히 혼쭐을 내줄 테니."

에노디가 숨을 들이켜며 테일런을 돌아보았다. 테일런이 속으로 한숨을 내쉬며 고개를 돌렸다.

에노디는 분위기를 살피다가, 테일런과 제르를 저울질하는 양 고심하더니 패기 넘치게 입술을 뗐다.

"아, 아닙니다! 단장님은 아주 잘해주십니다! 다만!"

"다만?"

"조금만 기상 시각을 늦춰주셨으면 좋겠습니다! 매일 꼭두새벽에 잠도 덜 깬 저희에게 복창 없이 칼처럼 명령하시고 가버리시는데, 잠결에 제대로 듣지 못하는 날 저녁엔 아주 그냥 죽어나는 게 억울합니다! 그리고 대표로 제가 자주 혼이 나는데, 저를 별로 안 좋아하는 놈들은 일부러 사고치고서 저 혼나는 거 구경하고 낄낄거립니다! 억울합니다! 제가 부당함을 고하면……!"

거기까지 말하던 에노디가 돌연 입을 다물고 눈동자를 굴리기 시작했다. 아차 하는 기색이 떠오르는 것이 보였다.

"고하면?"

제르의 채근에 에노디가 울상을 지으며 테일런을 곁눈질했다. 테일런의 부리부리하게 뜬 눈이 에노디를 노려보았다.

"나를 보고 말하렴. 저치는 무시하고. 거짓을 고한다면 큰일이 날 거다."

"여…… 여, 영주님을 따라가려면…… 한참 멀었다고…… 영주님이 세상에서 제일 막무가내라고……."

누각에 정적이 맴돌았다.

에노디는 순진하게 다 불어버린 소년답게 고개를 숙인 채로 울상을 지었다. 흥미진진하게 그를 바라보던 욜랑마저도 쩡하니 굳어 눈동자만 굴렸다. 제르가 몸을 바로 앉힌 후 무표정하게 테일런을 돌아보았다. 테일런 또한 노골적으로 당황한 기색을 감추지 못하고 그녀의 시선을 피했다.

에노디가 뒤늦게 수습하려 애썼다.

"……아니, 그게 아니라……."

그러나 에노디가 말을 맺기도 전에, 제르는 어깨를 떨며 웃기 시작했다.

"아아, 아니, 아니…… 클로이스 경이 콩알만 한 네 녀석에게 가서 하소연을 하고 있었다는 말이냐?"

얼어붙었던 분위기는 순식간에 반전되었다. 에노디도, 욜랑도 새삼 우스웠던 듯 작게 키득거렸다. 테일런만 식은땀을 닦아내며 표정을 굳힌 채였다.

"클로이스 경, 이런 어린 병사한테 험담을 할 만큼 불만이었던 거냐?"

"주, 주군…… 그게 아니라……."

"됐다. 난 언짢아졌어, 이미. 다음부턴 내게 직접 말해. 뒤에서 종알종알거리지 말고."

테일런이 창백한 얼굴로 고개를 조아렸다. 드물게 안절부절못하는 테일런을 바라보던 제르는 더 놀렸다간 에노디가 혼이 나겠구나 싶어 화제를 돌렸다.

"그나저나 내게 겁 없이 소리를 바락바락 지르며 노려보던 것이 엊그제 같은데 말이야. 벌써 이렇게 시간이 지난 건가……."

에노디도 옛 기억을 상기하곤 고갤 푹 숙이며 중얼중얼 사과했다.

"그, 그때는 죄송했습니다."

테일런이 다독이듯 에노디의 어깨에 손을 올렸다. 에노디는 이제 막 까칠한 수염이 막 나기 시작한, 얼마 지나지 않으면 청년이 될 소년이었다. 이 소년을 이렇듯 사람답게 만들어준 것은 제르였다.

저 소년뿐 아니라, 소년병단의 마을에 스스로 집을 짓고 지내는 아이들의 대부분을 사람답게 만들어준 것은 제르다.

테일런은 욜랑과 에노디를 번갈아 바라보며 희미하게 미소 짓는 그녀의 얼굴을 응시했다. 왠지 그녀가 아이들에게만 허락한 사랑스러움을 몰래 훔쳐보는 기분이었다. 곧 욜랑의 얼굴에 장난스러운 기색이 스쳤다.

욜랑은 헛기침을 하더니 말했다.

"자작님, 이 곡 한번 들어보시겠어요?"

욜랑은 가슴을 쭉 펴더니 후카를 바로 세워 연주를 시작했다.

차가운 땅도 당신과 함께라면
따스한 봄 햇살에 녹아버린답니다.
가녀린 당신의 뒷모습은
오오, 밤하늘의 별처럼 아름다워요.
당신의 곁에서라면 두려울 건 아무것도 없습니다.
뜨거운 깃발이 휘날리는 이곳에서,
차가운 대지가 초록빛으로 물들 때까지.
오오, 나의 별 같은 아가씨.
가끔은 뒤를 돌아 이 뜨거운 시선을 느껴주세요.
나는 당신이라는 사랑에 빠진
당신만의 기사랍니다.

욜랑은 노래가 끝나자 악동처럼 웃었다. 반응은 엉뚱한 데서 나왔다.
"우웩."
"뭐야, 에노디. 불만이야? 너 들으라고 한 거 아니고 영주님 들으시라고 한 거라고!"
욜랑이 흘깃 테일런을 보며 히죽거렸다. 제르의 뒤에 서 있던 테일런은 곤혹한 얼굴로 애써 표정을 감추려 하고 있었다. 그의 굳어졌던 얼굴은 점점 사나워졌다. 칼 같은 시선에 간이 작아진 욜랑은 슬그머니 제르에게로 시선을 옮겼다.
경건히 노래를 경청하던 제르가 말했다.

"처음 들어보는 곡인걸."

"제가 지었어요."

"즉흥곡이라고?"

"당연하죠!"

제르가 놀란 표정을 짓더니 욜랑을 칭찬했다. 제법 재기는 있구나. 도리어 테일런만 가시방석에 앉은 기분이었다. 그는 자꾸만 달아오르려는 얼굴의 열기에 바람이 불어오는 누각 밖을, 비 그친 하늘을 올려다보았다.

"그렇지? 클로이스 경."

막 고개를 돌리던 제르 또한 비가 그쳐 파문이 멎은 못 위의 물결에 시선을 앗겼다.

검은 구름은 바람에 쓸려가고, 귀퉁이를 드러낸 한낮의 태양이 내리쬐었다. 공기가 따스하게 달아올랐다. 자리에서 일어난 제르는 테일런의 옆으로 걸어가 난간을 짚고 처마 밑으로 떨어지는 물방울들을 바라보았다.

상쾌한 공기가 폐부를 채웠다.

"맑게 개는구나."

곧 도래할 찬 가을과 혹독한 겨울이 찾아온 후엔, 다시 언 땅을 녹이는 봄이 올 것이었다. 아마 그때가 되면 제르는 자신이 오늘의 이날을 꽤 그리워할 것을 짐작했다.

"욜랑, 다시 한 번 노래해주겠니?"

묵묵히 그녀와 같은 곳을 바라보던 테일런이 뜨끔하며 욜랑을 노려보았다. 욜랑은 당혹스러운 얼굴을 하며 머릴 긁적이더니 다시 후카를 켜기 시작했다. 테일런에겐 다행스럽게도, 기사의 사랑 노래 따위의 노래는 아니었다. 욜랑은 그저 떠도는 퀸시오의 아름다운 노래를 목청껏 불렀을 뿐이다.

곧 르니아가 한 무리의 사람들을 이끌고 나타났다.

"시나와 님! 저희도 왔어요!"

어느새 기운을 차린 르니아의 음성이 카랑카랑 내정을 울렸다. 그녀가 활기를 되찾은 건 제르로서는 좋은 일이었다. 그녀의 뒤에는 아스난과 셀파와 렐딘도 있었다. 그리고 페이랑과 펜시도. 페이랑 내외를 제외한 아스난과 셀파는 강제로 끌려온 기색이었다.

"르니아 양…… 아직도 검열이 끝나지 않은 것들이 산더미같이…….”

"아스난 님, 이러실 거예요? 그럴 거 없어요. 기사님들도 눈엣가시 같은 해적들이 떠났는데 좀 쉬어야죠!"

"……르니아, 이건 쉬는 게 아닌 거 같은데…….”

"셀파 님도 에헤이, 이러면 재미없어요! 렐딘 님도 동의하셨는데 다들 이러실 거예요? 펜시가 도시락도 쌌잖아요! 술도 다 챙겨 왔는데 빼면 섭섭하죠!"

렐딘이 그답지 않게 퉁명스레 답했다.

"동의한 건 아닙니다. 선택권이 없었을 뿐이지."

순식간에 내정은 소란해졌다. 눈을 둥글게 뜬 욜랑이 발딱 일어나 허리 숙여 인사했다. 에노디 역시 높으신 기사들이 우르르 몰려오자 당황한 얼굴로 테일런 뒤로 숨었다. 제르가 테일런을 바라보며 웃었다.

"오늘은 노는 날이라는군."

누가 성의 주인인지도 헷갈릴 지경이다.

아스난까지 못 이겨 끌려왔으니 더 어찌할 방도도 없었다. 페이랑이 돌연 "근데 나 이러고 놀다 잘리면 어떡해?" 하고 시무룩한 소릴 내자 르니아는 당당하게 제르를 가리키며 외쳤다. "누가 뭐라 하면 시나와 님을 팔아!" 왁자한 웃음이 터졌다.

차가운 땅은 평화로웠다. 햇살은 쏟아지고, 음악은 청명하니 귀에 달았다. 사람들은 가득했다.

"어?"

문득 하늘 위로 드리워지는 그림자에 고개를 든 이들은 모두 입을 쩍 벌렸다.

"저거, 해적들이 주고 간 그 새 아냐?"

키에에. 발목에 닳아 잘린 끈을 단 채로 새는 햇살을 업고 날아오르고 있었다.

오색 빛깔이 찬란히 하늘을 물들인다. 눈이 취하는 듯해 모두 한참이나 멀어지는 한비의 뒷모습을 응시했다.

새의 길고 날카로운 울음마저 들리지 않게 멀어질 무렵, 누군가가 말했다.

"저거, 도망간 거지?"

"그런 거 같은데요."

"저래도 되나?"

누군가가 답했다.

"됐어. 저걸 뭔 수로 키우겠어."

자, 자, 우리 이제 저 돼지 새는 잊어버리고.

영물은 자연 속에 있을 때에야 비로소 의미 있는 거라는 르니아의

82　　83

일장연설이 이어졌다.

　펜시, 이 녀석이 기사였을 때…… 충성 맹세를 어떻게 했는지 알아?
깔깔거리는 르니아의 웃음소리에 페이랑의 얼굴이 빨개지고, 욜랑의
음악에는 더욱 흥이 붙고, 테일런의 옆에서 움쯔러든 에노디 또한 기
사들의 틈 속에서 이야깃거리를 찾아내며 즐겁게 소리를 높였다.
　간혹 중간보고를 위해 아스난을 찾아오는 병사들에게 르니아가 윽
박을 지르면 셀파는 그녀를 붙잡아 만류하고, 그런 연속이었다. 평온
한 소란 속에서, 제르는 취하지 않는 술을 홀짝홀짝 마셨다. 이런 즐
거운 일상이 그녀의 인생의 끝이 아닐진대, 더욱 아픈 고통 또한 찾아
올 것을 모르는 것이 아닐진대 마음이 따뜻이 차올랐다.
　이 또한 일장춘몽처럼 스러질 하루라고 해도, 이 순간이 행복했다.
꼭 그만큼 짙어지는 서글픔을 안은 채, 제르는 묵묵한 미소로 술잔을
기울였다.

　퀸시오의 평화는 가을의 입구에서 바스러지기 시작했다.
　"지금 퀸시오 성벽 밖으로 트란실 인들이 와 있습니다, 자작님!"
　퀸시오가 한바탕 뒤집어졌다. 트란실로부터 도망친 로도 부족의 전
사들이 퀸시오의 문을 두드린 것은 전대미문의 사건이었다.

키에에에!
한비는 또다시 사로잡혀버린 자신의 멍청함에 울부짖었다.

키에에! 한비의 절규어린 울음소리에도 불구하고 동정심 없는 사냥꾼들은 이번에는 밧줄이 아닌 커다란 수레 감옥에 한비를 가두고 남서쪽으로 향했다.

한비가 이윽고 도착한 곳은 온통 활기로 넘치는 왕도, 엘올라였다.

최근 뉘사나의 거처에는 귀족들의 발길이 끊이지 않고 있었다. 얼마 전 아이를 낳은 리안이 또다시 회임을 했다는 소식이 퍼진 것이다. 귀족들은 그것을 빌미로 뉘사나에게 선물 공세를 아끼지 않았다.

"경하드립니다."

"그래, 고맙다."

찾아드는 귀족들에게 건성건성 대답하며 뉘사나는 동그란 눈을 말똥말똥 뜨고 있는 제 자식을 사랑스럽다는 듯 바라보다. 손가락을 슬쩍 자그마한 손바닥에 가져다대면 유치도 제대로 돋지 못한 잇몸을 드러내며 까르르 웃는 모습이 사랑스러워 녹아버릴 것만 같았다.

"장차 아름답게 장성하시길 기원합니다."

"아, 그래, 그래. 리안을 닮았으니 예쁘게 자랄 거야."

뉘사나는 그들의 인사에 관심이 없었다. 결국 귀족들은 몇 마디 더 건네지도 못하고 돌아갔다. 아이의 까르르 웃는 소리에 정신이 팔려 있던 뉘사나를 뒤이어 찾아온 건 베다시아와 체자스 공이었다.

"베다시아 헨로 경과 체자스 공작께서 방문하셨습니다."

누가 오건 무심한 태도로 일관하던 뉘사나의 눈빛이 바뀌었다. 그는 줄곧 첫째 딸 제일리에게 쏠려 있던 관심을 거두고 보모에게 제일리를 안긴 후, 자리에 바로 앉았다.

"들라 해."

이윽고 문 너머에서 근엄한 표정의 체자스 공작과 베다시아가 들어섰다. 그들은 작은 뉘사나의 딸에게 조용히 고갤 숙여 인사한 후 뉘사나의 맞은편에 앉았다.

"그래. 둘이 어쩐 일로 같이 들었지?"

"오는 길에 조우하여, 함께 발걸음 하였습니다."

뉘사나가 감흥 없는 음성으로 대꾸했다.

"그래, 뭐. 기다리고 있었다. 보고해."

"제 건은 사안이 사안이므로, 독대를 청하고 싶습니다."

체자스가 한발 물러나자 순서는 자연스럽게 베다시아에게 이르렀다.

"일은?"

"순조롭습니다. 그들을 포섭하는 것도 마무리 단계입니다."

"트란실은?"

"그쪽도 별 문제는 없는 듯합니다. 그리고…… 루덴 공작의 출병 후, 제피언의 금군이 왕성을 모두 장악하였습니다."

"뻔한 일이군. 그럼 잠깐 나가 있어."

뉘사나는 침묵하는 체자스를 의식하며 베다시아를 물렸다. 베다시아는 곧 고갤 꾸벅 숙이더니 조용히 물러났다.

사위가 침묵에 잠기자 뉘사나가 체자스 공작을 향해 물었다.

한참 후에야 체자스 공이 운을 뗐다.

"알렉시스 님께서 최근 보이신 기행이 우리에겐 득이 될 수 있습니다."

알렉시스가 요 근래 사랑에 빠진 남자처럼 굴고 있다는 건 엘올라의 만백성이 아는 사실이었다. 그는 노골적인 구애도 서슴지 않았다. 번

번이 거절당하는 모양이지만 어찌 되었건.

"그게 독대를 청할 만큼 중한 일인가?"

"그보다는, 그 여자가."

체자스 공작이 떨어지지 않는 입술을 떼며 말했다.

그는 제르의 망명 당시 그 의논장의 자리를 차지했던 이 중 한 명이었다. 제르가 누구인지, 세드로가 누구의 자식인지 잘 알았다. 기실 알렉시스를 따르는 쇼하인이나 중립을 표방하는 몬테인 공 쪽에서 먼저 이야기를 수면 위로 끌어올렸다면 좋았을 테지만 그럴 것 같지는 않았다. 알렉시스가 데바람의 전 총비에게 관심을 두고 있는 상황 속에서도 쇼하인이 직접 나서지 않는 것만 보아도 능히 짐작할 수 있는 일이었다. 섣불리 증좌 없는 말을 꺼냈다 유스카리의 숙청의 칼날을 받게 된다면 그야말로 몰락. 하지만 유스카리는 곧 후계자 선포를 하기 위한 포석을 깔고 있었다. 언제까지고 숨길 수만은 없었다.

"이건 극비입니다, 저하."

한층 낮아진 체자스 공의 음성에 뉘사나가 눈을 끔뻑였다.

"소신이 아는 바, 세드로 저하는 에사렛타 왕비를 비호하기 위해 현왕 유스카리 전하께서 외부에서 들이신 씨앗입니다."

뉘사나의 입술이 무겁게 다물렸다.

"……뭐?"

체자스 공은 어디서부터 설명을 해야 할지 갈피를 잡지 못한 사람처럼 몇 번이나 입술을 뗐다 다물길 반복했다. 결국 인내심이 바닥난 뉘사나가 사납게 되물었다.

"그럼 누구의 자식이란 말이냐?"

체자스 공이 나직이 말을 맺었다.

"데바람의, 전 총비로 고시대 카르시타의 왕족의 피를 승계했다 주장하는 어떤 여인입니다."

에사렛타의 최근 불안 증세는 늦둥이마냥 어린 세드로를 향한 사랑이 깊어지면 깊어질수록 심해졌다. 그 불안을 이해한 유스카리가 후계자 선포를 앞당기는 것으로 그녀의 황폐해진 심신을 어루만지려 했지만 쉽사리 나아지는 것이 아니었다. 왕실 후원에 앉아 유스카리와 티타임을 가지던 에사렛타는 뒤뚱거리며 뛰어다니는 세드로를 하염없이 응시했다.

"괜찮겠지요?"

이미 세드로가 그녀의 아이가 아니라는 걸 아는 이가 여섯이었다. 그들 중 일부는 살을 떼어줘도 좋을 만큼 충직한 유스카리의 가신이었으나, 일부는 어찌 나올지 모를 위인들이었다. 비록 증좌도, 무엇도 없으므로 큰 문제가 되진 않을 거라지만.

에사렛타는 세드로의 눈동자가 때때로 무서웠다.

보랏빛. 그것은 카르시타 왕실에서는 난 적 없는 눈동자였다. 누군가 저것을 빌미 삼을 것을 대비해 피노제의 족보까지 위조해두었지만 그것만으로는 마음이 편해지지 않았다.

그녀의 혼란한 심경이 고스란히 드러나는 표정에 유스카리는 조용히 그녀의 손을 맞잡았다.

"미안하오, 비. 내 부족하여……."

"……아니요. 제 허물을 덮어주시려는 전하의 마음에 감읍하고 있습니다. 그렇지 않았더라면 저는 지금 전하의 곁을 지키지 못하였을지도 모릅니다. 다만, 너무 이 아이가 어려 걱정이 될 뿐입니다. 알렉시스 또한 이토록 어려 내몰렸던 것을 떠올리면 가슴이 쿵 내려앉습니다.”

“하지만 내 형님 되시는 제누바시스는 서거하시었고, 나는 이리 살아 있지 않소.”

다정한 위로에 에사렛타가 애써 미소 지었다.

유스카리는 에사렛타가 얼마나 세드로를 아끼는지 옆에서 보아 알고 있었다. 제 배로 낳지 않은 자식이란 걸 잊은 사람처럼 끔찍이 아끼는 모습은 유스카리가 도리어 미안할 정도였다. 세드로를 볼 때마다 석녀인 자신의 처지를 떠올리게 될 것이 자명한데, 그녀는 단 한 번도 내색한 적 없었다.

어린 왕자 세드로는 유모의 손을 벗어나 뒤뚱거리며 다가왔다.

세드로를 번쩍 들어 무릎 위에 앉힌 에사렛타의 얼굴에 고운 웃음이 떠올랐다.

“분명, 이 아이의 어미는 참으로 아름다운 여인이었겠지요? 전하를 빼어 닮았으나, 간간이 보이는 고운 선은 여인인 어미를 닮은 것일 테니까요.”

“비⋯⋯.”

“전하를 괴롭게 하려는 것이 아니었습니다. 그저 궁금한걸요. 저는 이렇게나마 전하의 아들의 어머니가 되었다는 것이 행복하답니다.”

유스카리가 서글프게 웃었다.

“내가 부인 같은 여인을 얻다니 복이 많소.”

“저를 내치지 않고 지켜주시려는 전하의 은혜에 비하면 보잘것없는 몸입니다."

세드로의 고사리 같은 손이 뻗어 에사렛타의 뺨을 어루만졌다.

침묵으로 세드로를 응시하던 에사렛타가 천천히 입술을 열었다. 결연한 바람이, 견고한 각오가 흘러나왔다.

"전하께서 든든한 바람막이가 되어주셔야 합니다. 그래야 이 아이도, 저도 이 땅을 밟고 살아나갈 수가 있습니다."

세드로는 이내 지겨운 듯 바동거렸다.

에사렛타가 아이를 안은 손에서 힘을 풀자 세드로는 뒤뚱뒤뚱 유스카리에게 다가가 티 없이 말간 웃음을 지어 보였다.

유스카리는 무표정하게 세드로를 내려다보았다. 어느 가련한 여인이 보내었던 눈물 젖은 서신과, 자신을 바라보던 넋을 잃었던 얼굴이 번갈아 떠올라 마음이 불편했지만 그래도 제 자식이라.

썩 사랑스러웠다.

알렉시스는 왕궁 서쪽의 커다란 연못가에 의자를 두고 앉아 기다란 낚싯대를 드리우고 있었다. 유스카리의 불호령에 당분간 자중하겠다 마음먹긴 했지만 영 좀이 쑤신 탓이었다. 그러나 오죽 좋은 것들만 처먹어 낚시 미끼엔 흥미조차 없는 건지.

입질 한 번 없는 낚시마저 지겨워질 때쯤 쇼하인이 그를 찾아왔다.

"왕하, 고기잡이는 왕하께서 하실 만한 일이 아닙니다. 그리고 여긴 유스카리 전하의 개인 연못입니다."

"뭐 어때. 생선 한두 마리 없어져도 숙부는 신경도 안 쓰실걸?"

알렉시스가 기분 좋게 웃으며 쇼하인을 돌아보았다. 낚시는 포기했는지 물고기들을 잡기 위한 벌레들을 물가에 모인 고기들 위에 슬슬 뿌리고 장난치는 것을 보며 쇼하인이 머쓱한 표정을 지었다.

"근데 예서 뭐 하시나, 공께선?"

"자규 왕하의 거처에 드나드는 이들이 많아졌습니다. 소겔가드의 회임을 축하한다는 명목이라고는 합니다만."

"그중에 섞여 들어간 못된 녀석들이 분명 있을 테지. 좋은 눈속임이야. 금슬이 좋은 건지. 아니면 노린 건지. 이 시기에 또 회임이라니."

"……루덴 공의 출병 소식은 들으시었지요. 루덴 공이 저하를 찾았다는 소문이 들렸습니다만."

알렉시스는 출병 직전 저를 찾아왔던 루덴 공을 떠올리고 몸서리를 쳤다. 그는 호락호락한 자가 아니었다.

"별것 아니야. 그나저나 숙부께선 데바람과의 전쟁에 끼어들고 싶어 하지 않으셨던 것 같은데, 데바람으로 향하던 전함이 피격당해 침몰했다지?"

"……잔해 외의 그 어떤 흔적도 찾지 못했다 하더군요."

"해적의 소행이라는 말이 있던데, 대담하군. 우리 카르시타는 해군이 그리 대단하지 않다 소문이 나 있으니 후환이 없다 생각해도 어쩔 수 없지만 말이야."

알렉시스는 심드렁히 중얼거렸다. 문제의 무거움에 비해 지나치게 가벼운 투였다. 쇼하인은 슬그머니 주위를 살폈다.

'응?'

문득 쇼하인의 눈에 알렉시스의 시종들이 보살피고 있는 한 마리 새가 들었다. 아니, 새라기엔 괴물처럼 컸다.

"저게 뭡니까?"

"키에에야."

"예?"

"내는 소리라곤 키에에밖에 없더라고. 그제 누가 내게 진상하던데."

시종들의 호사스러운 대우를 받으며 나무 아래 앉아 있는 새의 아리따운 깃털들을 바라보는 쇼하인의 얼굴에 어처구니없는 기색이 스쳤다.

"길조? 드물게 크군요. 일이 잘 풀리려나 봅니다. 왕하."

"그럼 뭐하나. 내 연애 사업은 망해가는걸."

알렉시스가 중얼거리며 턱을 괴었다.

제르에겐 아무리 서신을 보내고 선물을 보내도 돌아오는 것 하나 없었다. 딱히 기대하지는 않았지만 막상 결과가 예상과 딱 맞아떨어지니 그건 그대로 입안이 썼다.

한동안 잠잠하기에 포기했나 싶어 마음을 놓았던 쇼하인의 눈빛이 서서히 매서워졌다.

"아직도 제이하이 왕하를 마음에 두고 계신 건 아니겠지요?"

"아니어야 하나?"

잠깐 간격을 둔 알렉시스의 음성이 건조하게 울렸다. 생각보다 거친 알렉시스의 반응에 쇼하인 공은 난처한 표정을 지었다.

"……왕하, 어쩌실 심산이신지요. 그 여자는 왕하께 하등 도움 되지 않습니다."

그가 애써 강경한 태도를 고수했다. 이제 슬그머니 다시 혼처를 알선해보려 찾아왔는데 알렉시스는 들을 것 같지가 않았다. 실제로 레피스가 미쳐버리겠다며 찾아올 만큼 알렉시스는 고집스럽게 모든 여자들과의 만남을 거절했다. 아무리 아름다운 여인, 심성이 고운 여인, 가세가 등등한 여인을 그의 앞에다 데려다놓아도 전혀 관심 없는 사람처럼 굴며 소블란의 딸을 핑계 삼아 내치는 걸 보고 있으면 속이 끓었다. 그 덕에 알렉시스가 퀸시오의 카르시탄에게 관심을 보이는 건 사실 연막이며 파혼한 라니 로웬, 소블란 영애를 잊으시지 못한 것이 아니냐는 말이 떠돌 정도였다.

"다들 왜 이리 급해?"

"곧 전하께선 후계자 선포를 하실 것입니다. 왕하께 어울리는 여인을 배필로 맞으시는 것이 옳습니다. 자규 왕하 측에서는 이미 발 빠르게 움직임을 보이고 있습니다. 걱정은 않으십니까?"

"레피스가 떨어져 나가 잠시 숨통이 트인다 싶었더니만, 이젠 공이 그러는군."

가시 돋친 듯한 음성에 쇼하인 공이 침음성을 흘렸다. 알렉시스가 혼잣말처럼 이었다.

"어차피 형님이나 나나 선택지는 하나밖에 없어. 왕태자 책봉이 되건 안 되건. 이미 훤히 보이는 수에 그리 조바심 낼 것이 있나? 죽기 위해 태어난 가련한 사촌 동생만 불쌍한 꼴인 거지…… 그걸 알고 숙부가 급히 후계자 선포를 하려는 것이기도 하고. 하지만 어차피 나의 것이었을 왕좌다. 나는 형님과 숙부가 피 흘리며 닦아놓은 자리에 가서 앉으면 되는 거야."

쇼하인은 아무런 반박도 할 수 없었다.

선왕 제누바시스가 젊은 나이로 서거한 이후 예견되어 있던 피바람이었다. 수많은 세력, 선왕 제누바시스를 따르던 무수한 사람들이 암암리 그를 위한 준비를 마치고 있었다.

하지만 그렇다면 더더욱 그는 제르와 엮여서는 안 되었다.

단호해질 필요가 있다고 생각한 쇼하인이 운을 떼었다.

"그렇다면 그 여자는 안 됩니다."

알렉시스는 그의 반응에도 말없이 잔잔한 낚시터를 응시하기만 했다.

쇼하인이 조금 더 힘주어 주장했다.

"그 여인은 왕하를 지지하지 않을 것입니다."

알렉시스가 낚싯대를 내려놓으며 팔짱을 꼈다. 그의 낯에 비린 미소가 떠올라 있었다.

"뭔가 아는 게 있는 모양인데, 이야기해보겠나?"

"망명한 여인이라는 것은 아실 거라 사료되니 간단히 말하겠습니다. 어떻게 그 여인이 망명했겠습니까. 유스카리 님께 충성을 다한다는 조건으로 퀸시오를 얻었습니다. 알렉시스 님, 그 여인은 적입니다. 멀리하심이 옳습니다."

쇼하인은 최대한 '적'에 강조를 두며 말했다. 알렉시스의 눈빛은 한 치의 흔들림도 없었다. 혹 아직도 미련을 뗄 생각이 없는 건가 싶은 조바심에 다시 한 번 의견을 피력하려던 쇼하인이 얼어붙었다.

"그게 다인가?"

알렉시스의 음성은 전에 없이 서늘했다.

"그것보다, 무언가 더 있지 않나? 쇼하인 공."

돌연 등줄기가 서늘해지는 것을 느끼며 쇼하인은 입을 다물었다. 알렉시스의 굳은 얼굴은 펴질 줄 몰랐다.

"내 이 말은 하지 않으려 했는데 말이야."

"말씀하십시오, 왕하."

"지난번 에르크를 방문했을 때 밀러에게 들은 이야기가 있는데……."

알렉시스의 파헤치는 듯한 눈빛에 쇼하인은 움찔하며 고갤 숙였다.

"숙부도, 그대도 나를 얼마나 더 얼간이 취급을 하려고?"

"왕하, 무슨……."

"내가 먼저 묻지. 카르시타 왕실이 데려간 그녀의 아이에 대해서 그대는 알고 있었나? 왕실의 사람들이 데려갔다고 말하더군."

순간 말을 잊은 쇼하인이 입을 다물고 침묵했다.

"그, 그것은……."

쇼하인이 말꼬리를 흐리다가 이내 입을 다물어버리자 알렉시스가 한쪽 입꼬릴 올리며 웃었다.

그는 이미 밀러로부터 밀러와 제르의 인연에 대해 들은 바가 있었다. 아마 그가 제르에게 청혼했다는 이야기에 밀러가 그를 말리기 위해 한 거라 짐작이 가능하지만, 사실 알렉시스에겐 크게 영향을 끼치진 못한 이야기였다. 사실 아이 따위 아무래도 좋았다. 어차피 그의 마음에 든 건 제르 그 자체였으므로.

"밀러의 이야기를 듣기 전엔 몰랐지."

말을 잇는 알렉시스의 표정에 드물게 분노가 서렸다.

"공의 아들 또한 정체를 알 수 없는 여인에게 호감을 표하는 내가 걱정스러워 이야기를 꺼낸 것일 테지만, 정작은 아무것도 알지 못하더군. 그대는 이유를 알고 나를 이리 막으려 하나?"

쇼하인이 멍한 얼굴로 그를 응시하다가, 뜨거워 델 듯 사나운 시선에 고개를 조아렸다. 알렉시스가 제르에게 보이는 관심은 주위 사람들에겐 집착으로 보여도 이상하지 않을 정도였다. 그저 가벼운 호감과 장난질 정도로 여겼는데. 저 정도의 반응이라면 이제 와 막긴 늦은 것일지도 모른다. 미리 언질을 넣어둔 이들이 그 여자를 적시에 제대로 처리해내길 바라야 할 뿐이었다.

알렉시스는 쇼하인의 침묵을 더 인내하기도 싫다는 듯 짜증스러운 목소리로 물었다.

"이도 저도 답하기가 곤란하다면, 하나만 묻지. 아이는 살아 있나?"

쇼하인의 얼굴에 깊은 회한의 그림자가 드리워졌다.

한비는 한숨을 내쉬었다.

왜 이리 제 부리에 과일이며 먹을 것을 욱여넣는지 몰라 몇 번이나 캑캑거리며 토해내야 할 정도였다. 더 드세요. 새님. 더요. 더.

'그만 좀 해! 키에에에!'

결국 짜증을 이기지 못해 꽉 부리를 다문 채 고개를 돌리던 한비의 눈에, 벌건 머리칼의 남자와 한 노년의 남성에게 재빠르게 다가가는 조그마한 것이 비쳤다. 눈 번쩍거리는 보석과 값비싼 장신구로 온몸을 도배한 여자였다. 오죽 화려한지, 꽤 멀찍이 떨어져 있다 생각했는데도 예민한 후각에 독한 향수 냄새가 났다.

'키에에! 냄새 난다! 키에에!'

아, 정말 여긴 빗속에 묶여 있어야 했던 추운 땅보다 더 싫었다.

당황해 말문이 막힌 쇼하인을 구제해준 건 다름 아닌 라니 로웬 엘마르카 소블란, 알렉시스의 전 약혼자였던 소위 거머리 라니였다.

"여기 있었…… 군요!"

코앞까지 달려온 라니는 뒤늦게 쇼하인을 발견하고 치마를 살짝 들어 그들에게 예를 표했다.

쇼하인이 표정을 가다듬고 고압적으로 물었다.

"소블란의 영애가 어쩐 일이오?"

쇼하인은 명실상부 알렉시스를 왕으로 만들고자 하는 남자. 온 카르시타에 두고두고 회자될 스캔들을 만든 라니를 곱게 볼 리가 없었다.

"오랜만에 뵈어요, 쇼하인 각하."

마음에 들지 않는다는 내색을 서슴없이 드러내며 휙 고개를 돌리는 쇼하인의 태도에 머쓱해진 라니가 몸을 움츠렸다. 알렉시스가 긴 한숨을 내쉬며 못마땅한 듯 물었다.

"됐어. 근데 넌 또 여기서 뭐해?"

"테피온, 아니, 왕하. 찾고 있었어요."

알렉시스는 라니와 쇼하인 공을 모두 등지며 다시 낚싯대를 잡았다.

"너와 할 이야기 없으니 돌아가라."

"테피온!"

"영애, 감히 어느 안전이라고 언성을 높이시오? 그리고 왕하를 그리 함부로 부르다니."

쇼하인의 싸늘한 일갈에 라니가 아랫입술을 깨물었다.

"정숙하시오."

하지만 라니는 쉽사리 물러나지 않았다.

"이리 찾아와 누를 끼친 것은 죄송합니다만, 미욱한 저도 이게 얼마나 큰 무례인지 모르지 않습니다, 쇼하인 각하."

쇼하인의 미간이 찡그려졌다.

"둘 다 시끄럽다. 고기들이 다 도망가겠어."

별로 잡을 생각도 없는 주제에 뻔뻔하게 중얼거린 알렉시스는 물결 반짝이는 넓은 연못을 응시했다.

"쇼하인 공, 오늘은 이만 돌아가라."

알렉시스의 말에 마지못해 쇼하인 공이 물러났다. 라니는 버티고 설 기세였다. 알렉시스는 지친다는 듯 라니를 곁눈질한 후 연거푸 한숨을 내쉬었다. 실제로 라니는 돌아가라 해도 물러날 생각이 전혀 없었다. 이미 열댓 번은 더 거절당한 만남이니 문전박대도 상처가 되지 않았다.

라니는 쇼하인 공이 멀어진 것을 확인한 즉시 우는소리를 냈다.

"도와줘, 테피온."

"뭘."

"들었잖아. 아버님이 이번에는 나를 촌구석 늙은이한테 시집보내버린다고 하셨다고!"

알렉시스가 그녀에게 시선조차 던지지 않으며 답했다. 만사가 귀찮다는 듯한 어조였다.

"그게 나랑 무슨 상관이야, 라니?"

"죽기보다 싫다고, 그런 건!"

거의 애원하다시피 하는 라니의 사정은 모르는 바 아니었다. 그러나 딱히 동정은 않았다.

"테피온, 제발 마지막으로 한 번만 부탁할게."

"내가 어떻게 하길 바라는 건데?"

"……나, 나, 나와 다시 정략 약혼을 해주면 좋겠지만…….."

알렉시스가 고갤 돌려 그녀를 쏘아보았다. 라니는 고스란히 읽히는 멸시를 깨닫고 말을 바꿨다.

"마, 말은 끝까지 들어! 아버지에게 네가 직접 말해줄 수 없을까? 아버지는 네 말이라면 아무 말도 못 하실 거야. 나는 그런 촌구석에 갇혀서는 살 수가 없는 몸이란 말이야!"

"그런 몸이 또 따로 있나 보지? 네가 친 사고는 생각 안 하냐."

"정말 뼈저리게 반성하고 있어. 제발. 한 번만. 부탁할게. 마지막이야, 정말."

"이미 혼기조차 지난 너를 데려가겠다고 하는 사람이 있으면 감사히 달려가야 하는 것 아냐?"

"이 속 좁은 놈아!"

라니는 한계에 몰린 게 사실인지 닥치는 대로 지껄이기 시작했다.

"언제까지 나한테 화낼 거야! 이쯤 하면 용서해줄 수 있잖아!"

"적반하장도 분수가 있지. 그리고 내가 언제 너에게 화를 냈어?"

"그럼 대체 왜 그러는 건데? 이미 2년이나 된 일이잖아. 너는 아직 아무와도 혼인하지 않았고, 정혼자조차 없고…… 나는 정치라는 걸 잘 모르지만 너도 소블란이 네게 든든한 후원자가 될 수 있다는 건 알고 있잖아?"

"레피스가 그리워지는 것은 처음이군."

그가 귀찮다는 듯 중얼거렸다.

"응?"

"아니, 됐다. 나는 딱히 네가 어떻게 되든 관심 없으니 돌아가."

낚싯대를 하염없이 들고 있던 알렉시스는 노곤함을 느꼈다. 어차피 잡히지도 않을 물고기를 낚으려 앉아 있는 것 또한 소일거리였을 뿐이다. 가뜩이나 뉘사나와 유스카리의 움직임으로 인해 복잡해진 머릴 식히려고 나왔는데 결론적으로는 꿀을 바르고 벌집 앞에 서 있은 격이었다.

얼마간 씩씩거리던 라니가 표독스러운 표정으로 말했다.

"그 소문의 여자 때문이야?"

"……뭐?"

알렉시스가 비로소 라니를 돌아보았다.

"요즘 그 소문 말이야. 변방에 사는 카르시탄 계집에게 구애했다고 하는 거."

"상대가 카르시탄인 걸 알고도 지금 계집애라고 한 거냐?"

"그, 그건 실언이야. 하지만 내가 그걸 믿을 것 같아? 네 성격에 거절당해가면서까지 계속 구애한다는 게 말이 돼? 그리고 어떤 여자가 왕위 후보를 거절해?"

그 여자는 하는데.

알렉시스가 기막힌 눈으로 라니를 노려보았다.

"계속 말해보지?"

"이런 소문도 있는데. 네가 나를 잊지 못해서 다른 배필을 찾지 않는다고. 그 여인은 그저 혼처를 거절하기 위한 연막이 아니냐고."

"아니, 아니, 정말 내가 이제 와 이렇게까지 말해야 한다는 게 어이가 없는데. 짚고 넘어가자. 너랑 내가 감정적으로 일말의 유대라도 있었어?"

"하, 하지만 말이 안 되잖아!"

"……추하다, 라니. 어디까지 바닥으로 떨어질래?"

알렉시스는 충격이라도 받은 사람처럼 눈동자를 떠는 라니를 향해 비웃음을 노골적으로 드러냈다.

"착각은 자유라지만 대단하네."

"뭐……?"

"거절당하면서도 계속 그러는 게, 내가 진심이라 그럴 거란 생각은 안 해봤나?"

라니의 얼굴에서 핏기가 사라졌다.

"그러면 변방에 내쳐져서 네반 플라무나에도 왕성에 들지도 못하고 일개 백작 사저에 머물다 간 방계의 카르시탄을 네가 진심으로 좋아하기라도 한단 말이야? 너 그거 알아? 나도 그 여자에 대해 좀 알아봤거든. 근데 그 여자……."

"왕족이다. 무례한 말 지껄이려는 입 다물어."

"하, 하, 하지만 난 할 말은 해야겠어. 벵제일로의 제이하이의 혈통이라지만 진짜인지 아닌지도 모르겠더라, 난!"

알렉시스가 천천히 몸을 일으켰다. 그러곤 낚싯대를 내팽개치듯 연못 속에 던졌다. 기다란 낚싯대가 서서히 물속에 잠겨 사라졌다. 매섭게 군은 알렉시스로부터 범상치 않은 살기가 어렸다. 내심 놀라 뒷걸음질하는 라니의 턱이 그의 억센 손아귀에 움켜잡혔다.

알렉시스가 서늘히 경고했다.

"이놈이고 저놈이고 짜증 나게 구는군. 숙부도, 쇼하인도 감히 나를 바보 취급하며 잘도 지껄이지. 마지막으로 말한다. 네 사정은 내 알 바 아니다. 함부로 그 가벼운 입을 놀리면 다음은 경고로 끝나지 않을 거다."

알렉시스는 이내 상종할 가치도 없다는 듯 그녀의 턱을 쥔 손을 거칠게 놓으며 몸을 돌렸다. 그는 답답하단 듯 시무룩하게 엎드린 오색 빛깔의 거대한 새를 발견했다. 답답한 건 천성적으로 견딜 수 없을 만

큰 싫었다. 사방이 꽉 막힌 곳에 갇힌 것처럼 우울해지는 기분이었다. 새의 눈꺼풀이 끔뻑끔뻑 그를 향했다.

그가 한비를 둘러싸고 있는 시녀들을 향해 명했다.

"적당히 먹이고 자유롭게 날려 보내."

시녀들은 고개를 조아렸다.

거의 그와 동시에 성미를 못 이기고 악을 부려대기 시작한 라니의 고함이 그의 뒷덜미를 할퀴었다.

"인정 못 해!"

알렉시스는 그녀의 말이 들리지 않는 사람처럼 무시했다. 라니는 계속해서 고함을 질렀다.

"얼마나 그 여자가 잘났기에 네가 나한테 이래! 나보다 잘나지 않았다면 인정 못 해! 테피온, 어떻게 네가 나한테 이럴 수 있어! 네가 어떻게 나한테! 내가 직접 가볼 거야. 내가 직접 그 여자한테 가서 확인하고 말 거야……!"

알렉시스가 우뚝 멈춰 섰다. 도저히 참아주기 어려울 정도였다. 알렉시스가 치미는 화를 이기지 못하고 뒤돌았을 때, 이미 라니는 멀찍이 달려가는 중이었다.

"환장하겠군. 저 철없는 게."

알렉시스가 머리칼을 헝클어뜨리며 고개를 젖혀 하늘을 올려다보았다.

한비는 곧 자유로워졌다. 그리고 한비가 서쪽으로 떠난 지 얼마 지나지 않아 한 후작가의 외동딸은 호화로운 마차를 타고 가출, 세간을 떠들썩하게 만들었다.

[데바람의 산나]

계속해서 서쪽으로 날아온 한비는 몹시 지쳤다. 인간들이 정해놓은 울타리 같은 경계 장벽을 넘어 서쪽으로, 서쪽으로 날았다. 다시는 잡히지 않으리라 마음을 굳게 먹은 비행은 고될지언정 평화로웠다. 얼마 지나지 않아 한비는 전에 없이 탁한 회색의 땅에 이르렀다. 거대한 성벽이 한비의 횃대가 되어주었다. 왕도 산나. 이곳 사람들은 제가 앉은 땅을 그리 불렀다.

베제스의 앞에 조아린 카르시타의 사신은 잔뜩 긴장한 듯 몸을 떨고 있었다. 베제스는 무감정한 눈으로 물었다.

"그래서?"

"데바람으로 향하던 함선이 귀국의 해적들에 의해 난파되었다는 것이 몹시도 불행한 일이라 하셨습니다."

"그게 내가 보낸 이들인가? 내게 책임을 지우겠다?"

전령은 그 말을 끝으로 입을 다물었다.

"유스카리 전하께서 친선의 의미로 데바람에게 보내려던 것들은 북서해의 어느 곳에서 침몰했습니다. 아는 이들은 몇 없었습니다. 물건은 전부 약탈당했고 생존자조차 거의 없지만, 로마탄 그레온의 소행일 거란 여론은 분명합니다. 적어도 확인을 부탁드리는 바입니다."

"그놈들과 데바람이 손을 끊은 지가 언제인데? 그래서 내가 지금 카르시타의 왕실 함대를 침몰시키고 시치미를 뗀다고 말하려는 거냐!"

베제스가 으르렁거렸다. '로마탄 그레온'이란 이름만 들어도 이가 부득부득 갈렸다. 특히나 그 해적 남매는 씹어 죽여도 시원찮을 놈의 명단 중 가장 윗머리를 차지하는 사이좋은 남매였다. 전령은 꿋꿋이 말을 이었다.

"함선 수몰의 일만 갈등 없이 해결이 된다면, 카르시타 키나 일대와 접경한 곳에 머물고 계신 루덴 각하의 군이 보상 없이 내전 종전에 군수 물자 지원을 해주실 수도 있습니다. 내전이 점차 확산되고 있다는 이야기를 들었습니다."

"내가 미쳤다고 내 땅에 카르시타의 군대를 들여! 보상이 필요 없다? 지나가던 개들이 웃다 절명하겠군."

제법 구미가 당기는 조건이었으나, 보상 없이 그들이 데바람을 도울 이유가 하등 없었다. 보상이 없다는 것은 도리어 꿍꿍이가 있다는 말과 같았다. 사신 대표는 침착하게 말을 이었다.

"더 들어주십시오. 다만, 본국의 전하께서는 곧 있을 카르시타의 후계자 공포에 데바람의 전폭적인 지지를 요청하고 싶다 하셨습니다."

베제스는 더 생각지도 않고 당장 꺼지라며 고래고래 소릴 치면서 분통을 터뜨렸다.

'이것들이 누굴 물로 보고!'

곧 그는 사신단을 내버려둔 채로 알현실을 벗어났다. 그가 향한 곳은 모후인 사얀의 거처였다.

사얀은 멍한 얼굴로 손바닥만 한 창이 전부인 방 안에 앉아 있었다. 왕성의 귀퉁이, 아무도 들지 않는 이곳에 '머물게' 된 지도 어느덧 반년이 넘어 있었다. 사얀, 그녀는 베제스의 친모였다. 시녀들 몇과 간혹 베제스 몰래 찾아와 말동무가 되어주는 몇몇 이들을 제외하고는 그녀는 늘 혼자였다.

"전하께서 드셨습니다, 사얀 님."

표백된 듯 멀겋던 그녀의 낯에 서서히 증오가 떠올랐다. 그녀가 답을 보내기도 전에 베제스가 벌컥 문을 열고 들어왔다.

"또 그리 앉아만 계셨나. 어머니는 이곳 생활이 썩 마음에 드시는가 봐."

"……"

"이봐, 어머니. 언제까지 이러실 거요?"

사얀의 표정이 싸늘해졌다. 베제스는 제멋대로 사얀의 침대 위에 드러누우며 피식 웃었다.

"내가 너를 잘못 키웠다."

"어머니가 나를 키웠다? 앉아서 손가락만 까딱하면 뭐든 해주는 하인과 시녀들이 나를 키운 것이지, 어머니가 내게 해준 것이 무엇이 있어."

"……나를 찾은 이유가 뭐냐."

쥬세의 못된 점만 두려울 정도로 빼닮은 베제스는 폭군의 길을 걷고 있었다. 그는 성군이 되어 현명한 정치를 해야 한다 조언하는 제 어미인 사얀을 유폐시키고, 그녀의 유폐에 반대하여 반발심을 가졌다 하여 사얀의 친부와 그 일가를 모조리 참살했다. 이미 베제스는 미친 왕이었다.

"이 내전이 길어지니 카르시타의 얼간이들이 자꾸 머리꼭대기까지 기어올라. 어머니는 눈치는 없어도 똑똑하시기야 제일이니 생각을 얘기해보시지요."

"나를 이 꼴로 만들고 외가를 몰살시킨 것으로도 모자랐나? 내가 기꺼이 너를 도울 것 같으냐?"

"금군 대장 케나르와 시르시아 공이 내 눈을 피해 몰래 이곳에 들른 다는 걸 내가 모를 줄 알았소?"

결국 약점을 잡힌 건 그녀라는 말과 상통했다. 사얀은 이내 흥분을 가라앉히고 자리에 앉았다.

"그들을 책잡지 마라."

"이렇게 나오셔야지, 어머니도 가끔 사내 구경은 해야 하지 않겠소? 그런 것도 이해 못 할 만큼 인정머리 없는 아들은 아니지, 내가."

"말해봐라. ……무엇 때문이냐? 왕실과 너를 따르는 군사만으로도 내란 진압은 어렵지 않을 터."

"이유라…… 멍청한 것들이 한 번에 토벌하지 못하고 질질 끄는 것 이 문제요. 자잘하게 여러 번 승전을 고하지만 나는 그것으로는 만 족할 수 없어. 게다가 이기면 뭐해? 멍청한 장군이란 놈들이 하루 걸 러 하루씩 뒈져 나자빠지는데? 지금 벌써 다섯 달이 넘었는데 반란군 의 기세는 하늘을 찌를 듯하니 이상하단 말야. 또 보고를 들어보니 그 반란 세력 미친놈들이 두 파로 갈리었다던데. 하나는 산나 쪽으로 오 기 위해 발악을 하고, 하나는 카르시타의 국경을 침범하고 있다는군. ……뭐, 다 죽이면 끝일 일이지만 내 낮이 깎이는 건 참기가 어려워서 말이야. 카르시타에선 내게 감히 모욕적인 제안을 하더군."

"……제안?"

"내란 진압을 무상으로 돕겠다는 거지. 대신 그놈들의 차기 후계자 를 전폭적으로 지지하라는데, 그 후계자란 놈, 이제 갓난쟁이 막 벗어 난 애새끼잖아? 피바람이 날 게 뻔한데 데바람이 왜 그놈들을 도와야 하지?"

베제스가 신경질적으로 말하며 손가락을 으드득 꺾었다. 곰곰이 생각에 잠겨 있던 사얀이 말했다.

"반란 세력과 카르시타가 손잡았다면?"

"이미 국경에서 카르시타군과 반란 세력이 피 터지게 싸우고 있는 것은 내가 직접 확인한 일이니까 그런 이유는 아니야. 내 생각엔 카르시타에도 곧 무슨 일이 벌어질 것 같아 경계하는 것 같은데. 내가 직접 내려가 다 찢어 죽여버리고 싶은데 성을 비울 수가 있나."

사얀이 비죽 웃었다.

오만과 잔인함으로 똘똘 뭉친 저 아이는 그저 도살장의 백정과 어울릴 종자였다. 처음부터 그랬는데 그걸 몰랐던가, 아니면 뒤늦게야 본색을 드러내 속았을 뿐인가. 사얀은 허망하게 비어버린 가슴을 부여잡았다.

어째서 이렇게 됐나. 씨가 쥬세의 것이었으니 그를 닮아 그런 거라면 어쩔 수 없었다. 제 잘못이 아니다. 이는 쥬세의 잘못이었다. 제가 악마를 낳았다. 악마가 아니고서야 제 어미의 일가를 모조리 멸문하고도 뻔뻔하게 저를 찾아올 수 있을 리가 없었다.

"그러고 보니…… 지스카르가 그곳에 있지 않으냐?"

그녀가 힘없이 물었다.

"헨솔은 멍청하긴 해도 도움이 되니까."

"쉽게도 말하는구나."

"웃긴 놈이지. 눈치는 제법 있어서 자진해서 반란군을 토벌하겠다 나서니. 사실 난 그놈이 그냥 전쟁 중에 뒈졌으면 좋겠어."

사얀이 비릿하게 웃었다.

어릴 적부터 지스카르에게 숱하게 당하던 기억 따윈 모조리 잊은 모양이었다.

물론 지스카르가 왕위를 포기하고 베제스에게 충성하며 앞장서서 반란군 토벌에 나서긴 했다만 과연 그 충정이 진심일까. 제가 우리에 호랑이 새끼를 한 마리 키우고 있다는 것은 전혀 생각지 않는 멍청함에 사얀은 헛웃음을 참을 수가 없었다.

"왜 웃나?"

"아니, 아니, 네가 그리 말하니 뿌듯해서 그런다. 스스로 생각할 줄도 알게 되었구나."

"무슨 뜻이지."

"별것 아니다. 승전을 하고 있다면 곧 적의 사기도 꺾일 터, 그러면 적의 사기가 바닥을 칠 때 한 번에 쓸어주는 것이 더 절망적이지 않겠느냐? 그리고 카르시타의 전령은 언제 왔지?"

"오늘."

"돌려보내지 마라. 기다려. 어차피 지금 국경에서 반란 세력과 대치 중이라 하니 그들이 반란 세력을 많이 죽일수록, 국경에 있는 이들을 토벌할수록 내전은 더 쉬이 끝날 것이다. 그를 돌려보내어 거절하면 그들이 데려온 군사 중 일부는 회군하여 돌아갈 터."

"……맞는 말이긴 하군. 허면 어머니는 왜 반란 세력들이 반으로 갈리어 움직인다고 생각해?"

"……난 반란의 수장이 되어본 적이 없으니 그들의 심중까지는 알지 못하지."

사얀의 얼굴에 서늘한 비웃음이 떠올랐다. 베제스 역시 꼭 그녀처럼 마주 비웃었다. 쥬세를 떠올리게 하는 경멸스러운 미소에 사얀은 황급히 고개를 돌려 외면했다.

"재밌는 건 말이오, 어머니가 생각하는 것만큼 나 바보는 아니거든?

이 내전만 끝나면 헨솔은 죽여버릴 거야.”

사얀이 싸늘하게 중얼거렸다.

“네가 어련할까.”

사령부 막사로 돌아온 지스카르는 피 묻은 투구를 내동댕이치듯 탁자 위에 내려놓았다.

분위기는 침통하기 그지없었다. 끈질긴 반란 세력과의 짧은 전투 끝에 승리하여 그들을 후퇴시켰으나 또다시 지휘자 하나를 잃은 것이다. 오늘 죽은 이의 주검은 사지가 갈가리 찢겨 짐짝처럼 되돌아왔다. 잇단 승리에도 그것을 순수하게 기뻐할 수 있는 이는 없었다. 벌써 데바람의 장군 일곱이 죽었다.

당연한 일이었지만, 그들은 서로에게 책임을 전가하기 급급했다.

“또 어찌 보고를 해야 한단 말입니까. 헨솔 장군은 대체 무얼 하셨습니까?”

“내 분명 지만에게 진영으로 돌아오라 명하였으나 그는 듣지 않았소.”

비록 부사령관이지만 그는 한때의 왕태자였던 남자였다. 차마 더 힐난을 잇지 못한 하켈은 금방이라도 멱을 쥐어틀 듯 흉흉한 표정을 짓는 것으로 답을 대신했다. 지스카르는 불쾌한 기색 없이 말을 더했다.

“애초부터 전쟁이 무엇인지 제대로 알지 못하는 무지한 이들을 선봉으로 토벌대를 편성하는 것이 근본 문제요. 멋모르는 혈기로 명령 체계를 무시하고 뛰쳐나가는 이를 구하기 위해 다른 성실한 군사들의 목숨을 몇이나 더 내어주어야 한단 말이오."

그의 지적처럼 내란의 선봉들 중 전쟁을 유기적으로 이해하는 이들은 적었다. 왕권이 교체된 지 고작 1년, 어떻게 해서든 베제스의 눈에 들고자 제 사욕만 노리고 나온 이들이 대다수인 상황에선 어쩔 수 없었다. 그나마 총사령관 하켈은 과거 누스말에서 벌어졌던 전쟁에도 참여한 적 있던, 재기 넘치는 사내였지만 전쟁은 그 혼자, 그의 계산대로만 흘러가는 것이 아니었다.

"지만은 대귀족 오르하세의 아들입니다."

한 무장 장수가 턱에 힘을 주며 말했다. 오르하세는 최근 베제스의 많은 총애를 받는 남자였다. 또한 베제스의 모후인 사얀의 외가를 모조리 도륙하는 데에 일조한 이이기도 했다. 지스카르의 시선이 날카로워졌다.

"중한 것은 저들을 진압하는 것이오. 누가 누구의 아들이건, 누가 누구의 아비이건 상관없소."

그건 한때의 왕태자인 그가 말함으로서, 누구도 부정할 수 없는 명제로 자리 잡았다.

쾅!

하켈이 신경질적으로 탁자를 내리쳤다. 분하게도 지스카르의 말에 그른 것은 없었다. 장수라는 이름을 단 오합지졸들이 연거푸 일으키는 사고는 대부분 그들 스스로의 목숨으로 벌을 대신하나, 난전 속에서 그들을 막기 위해 애쓰다 죽은 애먼 이들도 적잖았다. 하켈은 지스카르를 그다지 좋아하지 않았다. 과거 누스말 전에 참여했을 때도 어린 왕태자와 여러 차례 부딪쳤고, 모욕당한 것만 해도 손으로 꼽을 수 없을 정도였다. 다만 그의 능력만큼은 인정하지 않을 수 없었다.

어릴 때도 제법 영특하고 차고 넘칠 재능으로 주위 사람들을 압도하던 소년은, 지난 실종 기간에 어디서 무엇을 한 것인지 그때보다 한층 더 벼려져 있었다. 이르기를 그저 여행을 하며 일없이 떠돌아다녔다고 말하지만 실상은 그와 다르리라는 건 그의 존경하는 왕 베제스도 충분히 짐작하고 있었다. 그 때문에 더 억울했다. 만일 다른 장수들이 지스카르의 반만 따라갔더라도, 이런 열등감은 느끼지 않을 수 있었을 터였다.

하켈이 걸게 끓는 음성으로 말했다.

"그러나 왕께서 직접 명하신 장수들을 멋대로 전선에서 뺄 수는 없습니다."

"지휘에 능한 제대로 된 기사 몇을 앞세워 군제대를 재편하고 멋모르고 전쟁에 따라 나온 햇병아리들은 후방에 배치하는 것만이 길이오, 총사."

"그러면 반발할 것입니다."

"그들의 반발과 왕의 진노 중 무엇이 더 두려운가?"

하켈은 침묵으로 지스카르를 노려보았다. 지스카르가 피로함을 드러내며 말했다.

"실력이 없으면 죽음이 두려운 줄이라도 알아 스스로 제 몸을 사려야지. 만일 반발을 피하고 싶다면 그들에게 목숨이라도 부지하는 대신 전장에서 장수들이 세우는 공을 공평하게 나누어 베제스에게 아뢰겠다고 말하시오."

"자존심을 세우며 달려들 텐데요."

"누가 베제스의 가장 사랑받는 장군인 총사에게 달려들 수 있겠소?"

베제스. 베제스. 그리 동생 부르듯 하는 것이 거슬렸지만 지금은 그걸 지적할 때가 아니었다. 실제로 하켈이 그리 하겠다 마음먹는다면 충분히 그리 할 수 있을 것이다.

베제스의 좌수였던 오스와르 에반켈이 사지가 잘려나간 반병신이 되고 난 이후 하켈을 막을 수 있는 이는 전무했다. 그는 오스와르와는 달리 군사적으로도 뛰어나 서른여섯의 젊은 나이에 토벌군 총사령관의 지위를 받았다. 그는 베제스의 총애를 위해서라면 어떤 위험이라도 감수할 수 있었다. 실제로 그 총애를 위해 온갖 더러운 짓도 불사했다. 왕을 독살하고, 왕의 핏줄마저 때려죽이지 않았나.

"고려해보길 바라겠소, 총사령관."

그 말을 끝으로 지스카르는 적당히 무례해 보이지 않도록 모여 있는 장수들에게 예우를 갖춘 뒤 몸을 일으켜 나갔다.

지스카르는 그가 지휘하는 군사들의 둔영으로 향했다. 요 며칠 내리 무장을 풀지 못한 기사와 병졸들이 분주하게 돌아다녔다. 그들 사이를 느리게 가로질러 가는데, 모 병졸 하나가 다가와 인사했다. 지스카르는 그를 알아보고 피곤한 기색을 지워 웃었다.

"뵙습니다."

"이번에도 수고했다. 어려웠을 텐데도 잘해주었다."

"다른 이들에게도 전하겠습니다."

"앞으로도 믿겠다. 헌데, 마이테는 못 봤나?"

"그 트란실 여자는 저쪽 숲 뒤의 샘으로 가는 걸 봤습니다. 피를 씻으러 간 모양이던데요."

지스카르는 병사의 어깨를 두어 번 다독인 후 걸음을 옮겨 숲 속에 숨어 있는 샘으로 방향을 잡았다. 그가 샘에 이르렀을 때, 론희는 나신으로 물장구를 치고 있었다. 새까만 머리칼이 물 위를 둥둥 떠다니며 물결에 따라 흔들렸다. 소리 내어 부르는 대신 그녀가 물 밖으로 나오길 기다리며 바위에 걸터앉았다. 거의 동시에 그를 등지고 있던 론희가 물 위로 올라와 흠뻑 젖은 머릴 쓸어 넘기며 표정을 구겼다.

"뭐 하고 앉았어?"

"어다 씻었으면 옷부터 입어라. 그리고 카르시타 말로 떠들지 마라. 골치 아파지니까."

『꼴에 사내라고.』

찰박찰박 물 밖으로 걸어 나온 론희는 드러난 젖가슴을 가릴 생각도 않았다. 까무잡잡한 피부 위를 굴러 떨어지는 물기가 묘하게 관능적이었다. 전사답게 근육이 잘 자리 잡은 몸매엔 군살 하나 없었다.

하지만 지스카르는 감흥 없는 눈빛으로 대충 수건을 둘러 몸을 가리고 젖은 머리를 짜내는 론희를 바라보다가, 담담히 물었다.

『이제 속이 좀 풀리나?』

『뭐가?』

『너무 날뛰어서 눈에 띄지 마라. 적, 아군 가리지 않고 베는 것을 모를 것 같나?』

론희의 입가에 잔 웃음기가 어렸다.

『네 녀석들이 다 똑같이 생긴 걸 탓해.』

『말장난은 그만하지.』

『그래서 불만이냐?』

『적당히 해. 적이라고는 하지만 모두 데바람의 백성이다. 네 놀이 여흥으로 죽어나가는 꼴은 좌시하지 않을 거다.』

론희가 불퉁하게 그를 응시하다 곧 수긍했다.

『그래.』

지스카르는 만족스러운 대답에도 불구하고 찬 눈으로 되물었다.

『그건 그렇고, 내겐 아무 말도 안 할 거냐? 너희도 문제가 생긴 것 같던데.』

『우리 부락 간의 일이다. 일일이 네게 보고하듯 이야기할 이유 없어.』

『나도 듣는 귀가 있고, 보는 눈이 있다. 듣자하니 엉망이던데 돌아가지 않아도 되나?』

『엉망이 된 게 아니라 복잡해진 것뿐이다. 그리고 목적지가 코앞인데 지금 돌아갈 수는 없어. 내가 왜 나왔는데.』

『리이사의 소꿉친구 때문이라고 했지.』

『내가 언제! 그 녀석도 그 녀석이지만 난 그냥 동족끼리 싸우는 게 싫어서야!』

론희가 강하게 부정하며 그를 노려보았다. 지스카르는 어깨를 으쓱하며 자리에서 일어났다. 론희가 씩씩거리며 뒤돌아가려는 그를 잡아 세웠다.

『말 나온 김에 앞으로는 어떻게 할 거냐? 얼마나 더 걸릴까?』

『카르시타의 군사가 국경에서 대치 중이라고 하니…… 순조롭다. 내전이 마무리 지어지면 왕도로 돌아갈 테니. 몇 달이면 된다.』

『너희들은 너무 대가리 싸움을 해서 문제야. 용맹함 따위는 눈을 씻고 찾아봐도 없어. 뒈져버린 너희 장수들은 그 와중에 대가리도 나쁜 놈들이고.』

지스카르가 맹렬한 비난에 고갤 저으며 웃었다. 독설은 익숙했다.

게다가 틀린 것도 없지 않은가. 현재 토벌군의 수뇌부 중 쓸 만한 이들은 전부 소소한 전투에서 사고를 당하거나 살해당해 죽었고, 남은 이들 중 제대로 지휘를 할 만한 이는 몇 없었다.

그리고 그건, 그가 바라던 바였다.

하켈은 지스카르가 지휘관으로서 뛰어나다는 것을 꽤 오래전에 인정했다. 하지만 그를 존경한다거나, 존중하고 싶은 마음은 없었다. 오히려 그의 통솔력이 불안하게 할 때도 있었다. 당연한 이유인지, 지스카르가 직접 통솔하는 군사들은 놀라우리만치 높은 생존율을 자랑했다. 사실 보고되는 대부분의 토벌군 사상자는 지스카르의 군제대 밖의 군사들이라 해도 과언이 아니었다.

지금도 한눈에 보였다. 중앙에 자리를 잡은 지스카르의 병사들은 대열을 흩뜨리지 않고 진격을 거듭하고 있는데, 그의 좌방에 위치한 수만이 지휘하는 병사들은 우왕좌왕하느라 정신없었다.

'저…… 한심한 자식.'

이쯤 되면 정말 다 내쫓아야 하는 걸까. 잠깐 그런 고민이 들었다.

하켈은 니가 평야에서 벌어진 접전을 응시했다. 엉망진창인 수만의 좌현이 걱정스러웠지만, 수세에 몰리거나 하는 일은 없었다. 아직까지는 순조로웠다. 평야를 가로질러 달려오던 적들은 첫 기사단의 돌격에 맞부딪친 후로 크게 후진했다.

그림자의 각도로 미루어 전투의 각적이 울린 지 두어 시간쯤 지났을까 싶었다.

장애물 하나 없는 드넓은 평야 위로 7,000여 명의 아군이 적을 몰아붙이고 있는 광경은 제법 아름다웠다. 적들은 결국 저지선을 뚫지 못하고 슬금슬금 흩어지고 있었다.

　'이번에도 또 승리군.'

　기뻐할 것도 없었다. 이런 승리는 여러 차례 거머쥐었다. 다만 이리 손쉬운 승리를 얻어낸 날이면 늘 장수 하나 둘의 목이 달아난다는 게 문제였다. 교묘하게 물러나는 적들을 바라보던 하켈의 눈이 가늘어졌다. 지나치게 수동적이었다. 퇴각령이 내려온 것도 아닌데, 맞서 싸우기보다는…….

　'유도?'

　미리 수색병과 감찰병이 토벌군의 좌우, 후방을 조사했다. 매복이나 허를 찌르려는 계략은 아니었다. 가만히 생각에 잠겨 있던 하켈은 반란군이 드넓은 평야 밖으로 떠밀려 숲의 가장자리까지 이르렀을 때 기묘한 불안감에 사로잡혔다.

　하켈의 눈이 좌우의 평야를 살폈다. 위화감이 돌연 그의 목줄기를 움켜쥐었다.

　"사상자가."

　"사상자는 크게 없는 듯합니다. 이 여세를 몰아 쓸어버리면 이번에 야말로 저 녀석들을 크게 패퇴시킬 수 있습니다."

　하켈은 대답 대신 상황을 뇌까렸다.

　사상자가 없다.

　하켈은 위화감의 정체를 깨닫고 고삐를 꽉 움켜쥐었다. 1만이 훨씬 넘는 수의 군사들이 한데 뒤엉킨 싸움이었다. 곳곳에 죽은 시체들이 널브러져 있긴 했지만 접전의 규모를 고려할 때 절대 불가능한 수였다.

문득 멀리서 용맹하게 칼을 휘두르며 전장을 뛰어다니는 지스카르가 보였다. 지스카르는 곧 적들이 뒤쪽까지 물러나자 무슨 생각을 한 것인지 병사들을 멈춰 세웠다.

하켈도 덩달아 명했다.

"전군 제자리 정지!"

별안간 떨어진 명령에 부관이 당황해 머뭇거리다 달려갔다. 곧 동작 정지의 기신호가 오름과 동시에 뿔 나팔이 연거푸 하늘에 울려 퍼졌다. 후위에서 대기 중이던 하켈은 즉시 선봉으로 달려갔다. 하필이면 그 찰나, 모두가 대열을 정비하기 위해 되돌아오는 가운데 적을 쫓는 장수가 눈에 들었다.

순간 화가 머리끝까지 치밀어 오른 하켈은 활을 꺼내 들었다. 그는 제게 등을 보인 채로 앞뒤 분간 못 하고 적들의 꽁무니를 쫓는 장수를 노려보다가 시위를 메겨 쏘았다. 화살은 정확히 명령에 불복종한 장수의 다리에 명중했다. 그가 말에서 떨어지는 것을 확인한 후, 하켈이 명했다. 데려와.

곧 피범벅이 된 지스카르가 그에게 다가왔다.

"지나친 것 같은데?"

"물러나는 적의 뒤꽁무니에 어떤 가시가 달려 있을지 생각도 않고 달려가는데 어찌하겠습니까."

멀리서 군사들이 낙마한 제 지휘관을 둘러싸고 이러지도 저러지도 못하는 것을 바라보며 지스카르는 비스듬 고개를 기울였다.

"평야 너머 숲 쪽까지 유인하려는 것이었다면 빤히 보일 것을 모를 리가 없는데. 여태까지 요리조리 피해를 최소화하던 적은 간사했소.

이리 눈에 다 보이는 함정을 설치했을까.”

“혹 여태까지 너무 쉽게 데바람의 장수들이 죽어나간 것을 보고, 굳이 머리 쓸 것 없다 생각한지도 모르지요. 혹시 모르니 저 숲을 둘러가야겠습니다.”

군사들은 제법 그럴듯하게 대오를 재정비한 후였다.

“군사를 지금 반으로 나누기엔 무리요. 굳이 위태로운 모험을 할 이유는 없지 않겠소?”

“후방으로 몰래 향한 군사들이 올 때까지만 버티면 꽤 많은 이를 토벌할 수 있을 겁니다.”

“맞는 말이긴 하지만 같은 편의 장수를 화살로 쏘아버렸는데 병사들의 사기가 따라줄지……?”

하켈은 기절해 말에 실려 오는 장수를 바라보며 이를 갈았다.

와아아아아!

그때 후퇴하던 이들이 멀리서 창과 불화살을 날리기 시작했다. 놀란 병사들이 화살의 사정거리에서 벗어나기 위해 허둥거리며 달아나 대오가 흐트러졌다. 얼마 지나지 않아 숲에서 얼마 떨어지지 않은 길목에 카르시타의 매복들이 모습을 드러냈다.

제법 먼 거리에서 상황의 추이를 살피던 지스카르가 미간을 찡그렸다.

“매복병이 있긴 있었군. 과거 전쟁터를 전전했던 노장 나하르가 저런 엉성한 짓을 할 리가 없는데.”

나하르는 백전노장이었다. 데바람의 공신 중 한 명으로, 한때 데바람의 수많은 이들의 존경을 받던 이였다. 지금은 그저 반란군의 주축 중 한 명일 뿐이지만.

하켈이 분노에 찬 얼굴로 적들을 바라보았다. 매복병만 얼추 500은 상회하는 수였다.

"어쩔 수 없습니다. 헨솔 장군, 장군의 군사들을 우익으로 돌리십시오. 나는 좌익으로 갈 테니. 방패병들을 앞세워 활과 창을 무력화시킨 후 기사들을 투입. 기사들은 소중한 전력이니 내 말 잘 이해하리라 믿겠습니다. 적의 후방으로 포화가 오를 때까지, 적들을 분산시키는 것에만 목적을 두십시오. 결판을 내지 못할지언정, 패배를 베제스 전하께 전할 수는 없습니다."

지스카르가 침묵의 공백을 둔 후 고개를 끄덕였다.

얼마 지나지 않아 지스카르와 하켈은 휘하 장수들에게 일련의 지시를 내린 후, 각기 2,000여 명의 병사와 수십 기의 기사들을 이끌고 갈라졌다. 적들은 마치 유인하듯 그들을 공격하고 후퇴하기를 반복하고 있었다.

숲의 왼편으로 이동한 하켈의 등 뒤로부터 센 바람이 불어왔다. 하켈은 식은땀이 나는 것을 느끼며 고삐를 더 세게 쥐었다. 애초에 부채꼴로 몰아가려던 전술은 버렸다. 이리 된 것, 마름모꼴의 진형으로 적들을 숲에 가두어 멸살하는 것이 더 나았다. 수적으로도 토벌군이 더 우세했다. 적들의 매복은 이미 무용지물이 되었으니 이상의 어떤 수를 쓴다고 해도, 곧 그들의 후미를 몰래 습격할 3,000 군대를 포함한 도합 1만여 명의 군사를 맞서 이길 수는 없을 것이다. 만일 저들을 모조리 토벌한다면 반란군 3만 중 4분의 1이 와해될 것이다.

"들어갈까요?"

숲에 가장자리에 이르러 진군은 멈추었다. 하켈은 조심스레 상황을 살폈다. 어둑어둑한 숲길이 세로로 쩍 벌린 아가리로 속삭이는 것 같았다. 들어와라, 하고.

"진격한다."

숲의 험준한 지형은 분명 토벌군보다는 원래 이 지역의 민병이었던 반란군에게 익숙할 것임을 알지만 그것은 장애가 되지 못한다. 일단 도망칠 곳이 없도록 포위하고 나면 남는 것은 살육뿐이다.

반란군은 그들의 의도대로 숲의 입구와 그 좌현에서 몰아치는 양동에 의해 숲 안쪽 깊숙이 내몰리고 있었다. 숲 안으로 방향을 튼 하켈은 신경질적으로 나뭇가지들을 쳐내며 검을 휘둘렀다. 도망치는 적들이 간간이 보였다. 그는 곧 더 이상 말을 이용해 이 지형을 돌파할 수 없을 것을 깨닫고 신경질적으로 말에서 내렸다.

여기저기서 칼과 칼이 맞부딪치는 소리와 살갗이 찢기는 소리, 비명과 신음이 뒤섞여 들렸다. 적들의 수가 훨씬 많았다. 그러나 그들은 싸우기보다는 도망치는 데 급급했다. 바닥에 우수수 떨어진 나뭇잎을 즈려 밟으며 등을 보이는 적군의 목을 베고 그들의 절박한 칼날을 피하길 수십 차례, 하켈은 뒤도 돌아보지 않고 추격을 이어갔다. 그러는 사이 숲의 중심 근처까지 이르렀다는 것도 알아차리지 못한 채였다.

그 순간 산 뒤쪽 먼 곳으로부터 푸른 화포가 올랐다.

누군가가 소리쳤다.

"후방군이 도착했다!"

원래라면 저 후방군은 평야의 뒤쪽으로 숨어들어 적들을 호위하기로 되어 있었다. 그러나 무대가 평야의 후방으로 밀려나며, 저들은 예상보다 이르게 합류할 수 있게 되었다. 하켈로서는 숲이든 평야든 상관없었다. 포위된 적은 토벌당한다. 그가 믿는 것은 그뿐이었다. 그 힘들다는 4면 포위가 이루어졌다면 이제 남은 것은 저들에게 죽음을 선사하는 것이 전부.

아마 저들은 지난 십수 차례의 국지전에서처럼 또다시 도주를 꾀할 테지만, 이번엔 호락호락 놓아주지 않을 각오를 하고 있었다. 반란군의 포위는 금세 전해졌다. 병사들은 기세를 더해 적들을 살육하는 데에 앞장섰다. 여기저기서 전투 소리가 귀 아프게 울렸다.

그들을 주시하던 하켈은 문득 발아래가 미끄럽다는 것을 깨닫고 멈춰 섰다. 곧 아군의 기세에 몰린 적들이 흩어지기 시작했다 지겹게도, 또 도주였다. 그러나 하켈은 그들을 외면하고 천천히 한쪽 무릎을 꿇어 미끈거리는 땅을 문질러보았다. 손끝에 거뭇하고도 끈적거리는 것이 묻어났다.

'뭐지……?'

그는 퍼뜩 무언가가 생각난 사람처럼 일어서 주위를 둘러보았다. 거뭇거뭇한 나무들 사이에서 역한 냄새가 풍기고 있었다. 피 냄새와 뒤섞인 냄새를 식별하는 건 쉽지 않았지만 의식하고 나니 선명했다.

'기름?'

그의 입술이 작게 벌어졌다. 그때였다. 붉은 불길을 이끄는 불화살이 하늘을 향해 치솟았다.

"……후퇴! 후퇴하라!"

그가 고함을 내질렀지만 비명과 빼곡한 숲에 먹힌 음성은 그리 넓게까지 퍼지지 않았다.

"산개하라!"

화살이 그의 지척에 떨어지고, 이윽고 부지불식간에 치솟은 불길은 숲을 집어삼키기 시작했다.

"헨솔 장군님, 후방군이 당도한 지가 좀 되었습니다만, 왜 여기 서 계시는 겁니까? 어서 돌격을……!"

지스카르는 장수의 말을 한 귀로 흘렸다. 그의 예리하게 갈린 시선이 먼 숲의 허공을 향했다. 그는 지금 은은한 바람을 타고 풍겨오는 냄새를 감상하고 있었다. 숲에선 날 리 없는 그런 향기였다. 홰를 적시는 기름 냄새와도 흡사했다. 숲 저편에서 불어오는 바람에 섞인 냄새를 알아차린 이는 그 말고도 있었다.

이게 무슨 냄새야?

한참을 침묵하던 지스카르가 처음으로 입을 열었다.

"우리는 이곳에서 도주하는 반란군을 맞는다."

후방의 군대가 도착해 적들은 완벽하게 포위되었음을 이미 아는데, 꼼짝도 않은 채로 기다리겠다는 그를 이해하기가 어려웠다. 장수는 회의적이었다. 그들이 도망치려 한다면 정면과 후방, 좌현을 피해 우현으로 내려올 가능성이 컸지만 10할의 확률은 아니었다.

'과연 이쪽으로 나올까?'

아니나 다를까. 지스카르를 의심했던 기사는 곧 숲 밖으로 뛰쳐나온 거무잡잡한 트란실의 여전사를 발견하고 눈을 깜빡였다. 머리끝부터 발끝까지 벌건 피를 뒤집어쓴 여자는 악귀 같은 얼굴로 고래고래 소릴 지르기 시작했다.

『지스칼!』

정면을 응시하던 지스카르는 론희를 무시한 채 장수에게 명했다.

"곧, 나온다."

거의 신기에 가까운 짐작이었다. 요란한 소음이 가까워지는 듯하더니, 꼭 그의 말처럼 반란군들이 숲 밖으로 뿔뿔이 쏟아져 나오기 시작했다. 하늘 위로 불화살이 치솟았다. 수십 개의 불화살들이 포물선을 그리며 떨어지는 순간, 숲 저편에선 놀라울 정도로 빠른 불길이 치솟아 올랐다.

"저, 적들이 숲을 태울 모양입니다!"

화약과 기름의 냄새를 맡았다면 충분히 예상할 수 있는 문제였다. 지스카르는 미동 없이 삽시간에 번지는 불길을 바라보았다. 자칫 평야 전체로 불이 번질 수도 있을 위험한 도박이었다. 하켈의 군사는 어떻게 되었을까.

지스카르는 이윽고 새까맣게 하늘 위를 뒤덮는 연기를 눈에 담으며 마음을 다잡았다.

"준비."

반란군이 일제히 검을 쥐었다. 토벌군도 살의를 불태웠다.

'감상에 젖을 시간 없다.'

지스카르의 눈동자 위로 숲을 삼키는 거대한 불길과 한 치 앞도 보이지 않는 검은 연기가 드리워졌다.

그가 명했다.

"무대는 마련되었다."

누구에게 건넨 명이었나.

수백, 어느새 불어나 체감상 수천은 될 반란군이 비명 같은 고함을 지르며 달려들기 시작했다. 요란한 괴성이 일대를 뒤흔들었다. 숲이 비명을 지르는 것 같았다.

　말을 타고 있어도 빠르게 빠져나갈 수 없었던 기사들과, 방향을 잃
고 도주하던 병사들은 대부분 숲을 빠져나가지 못하고 질식하거나 타
죽었다. 하켈은 간신히 숲을 빠져나올 수 있었지만 그를 따르던 부관
들을 모두 잃은 후였다.

　'나하르으으……!'

　이 방화는 제 살을 깎아 먹어가며 토벌군의 숨통을 끊어놓겠다는 나
하르의 의지였다.

　그의 뒤를 따라 가까스로 숲을 빠져나온 병사들은 채 400이 안 되어
보였다. 몇 시간을 이어온 전투는 자연 재해보다도 끔찍한 불길에 종
지부를 찍었다.

　"미친놈들! 이 쳐 죽일 놈들!"

　하켈이 악에 받쳐 소리쳤다. 불길은 공평하게 피아를 구분하지 않고
모든 것을 집어삼켰을 터이나, 이것은 완벽한 패배였다.

　『불을 질러 숲을 태우다니 제정신이냐! 나무 한 그루를 태워 없애면
나무가 또 자라는 데 얼마나 오랜 시간이 걸리는지를 몰라서 저런 망
측한 짓을 한 거야! 그리고 무엇보다도 나까지 통구이가 될 뻔했잖아!
이 개자식들아!』

론희가 분을 이기지 못하고 질러대는 고함에 귀청이 떨어질 것 같았다. 그녀는 자칫 조금만 늦게 눈치를 챘더라면 자신 또한 고기구이가 되었을 거라며 돌아오는 내내 누구에게인지 모를 화를 표출하다 사라졌다.

진영으로 되돌아온 지스카르는 착잡하게 보고를 받았다. 사상자만 대략 3,000명이 넘는 피해였다. 하켈 또한 전신에 미온 화상을 입어 군의관에게 치료를 받고 있는 중이고, 그 와중 라할 장군이 숲을 빠져나오지 못하고 죽었다는 보고까지 들렸다.

필연적으로 그날 오후, 하켈의 치료가 끝난 즉시 긴급회의가 열렸다.

"이게 대체 무슨 꼴이야!"

긴급회의에 모인 장군 넷과 그 휘하 장수 다섯을 앞에 둔 하켈은 목에 핏대를 세우며 노성을 터뜨렸다.

"이게 대체 무슨 꼴이냔 말이야!"

뒤늦게 입석한 지스카르가 자리에 앉으며 말했다.

"나하르 장군이 아무런 생각 없이 고작 5,000으로 우리에게 맞서려 했을 리가 없지 않겠나. 그를 과소평가한 게 실책이네."

지스카르는 과거 나하르와 함께 누스말 전쟁 종전 협정을 이끌어낸 바 있었다. 나하르의 역량과 그의 승리를 향한 집착, 그리고 어쩔 수 없이 행해지는 잔인한 손속을 누구보다 잘 아는 자이기도 했다.

하켈이 이를 바득바득 갈았다.

"하지만 그대 휘하의 사상자는 고작 백여 명이라고 하셨던가?"

대략. 그리 대꾸한 지스카르가 고개를 끄덕였다. 막사는 전에 없이 숨통 조이는 냉기로 가득 차 있었다. 이번 사건은 그만큼이나 큰일이

124   125

었다.

한참이나 지스카르를 노려보던 하켈이 통탄하듯 얼굴을 덮으며 신음했다.

"베제스 전하께 이것을 또 어찌 전한단 말인가."

"미리 수를 내어보지 못한 우리의 실책이오. 이제 어찌하시겠나?"

얼마 후, 회의가 파했다.

"그럼."

지스카르는 자리에서 일어나 밖으로 나갔다. 하켈의 따가운 시선이 뒤통수를 쪼아 당기는 듯했지만 그는 무시했다. 사실, 하켈이 제시한 군을 재편하겠다는 의견은 제법 괜찮았다. 그러나 제 휘하의 군을 분할하겠다는 생각은 그다지 칭찬하고 싶지는 않았다. 질투로 눈이 멀어 멍청한 짓을 사서 하는 것과 다를 바 없다.

'하지만 상관없나.'

지스카르는 고개를 들어 하늘을 올려다보았다. 까맣게 타오르는 연기는 이미 온 하늘을 뒤덮은 후였다.

그런데 웬걸, 거뭇한 하늘을 비추는 건 오색의 거대한 새 한 마리였다. 느린 날갯짓을 하며 검은 연기를 헤쳐 멀어지는 새는 몹시도 아름다웠다. 느리게 날갯짓을 해 날아가고 있었다. 검은 연기를 헤치고 멀어지는 새는 아름다웠다.

넋을 놓고 새가 사라진 방향을 눈으로 쫓던 지스카르는 그대로 발길을 마구간으로 돌렸다. 마구간에 이르러 말 한 필을 내어놓으라 하자, 금세 대령되었다.

"부사령관님, 어디로 가십니까?"

그는 여마에 올라 혼잣말처럼 중얼거렸다.

"잠시 자리를 비울 것이다. 급한 일이 생긴다면 트란실 여자에게 나
를 찾아오라 하면 될 거야."

쓴 음성이, 짧게 남았다가 달리는 말이 일으킨 바람에 흩어졌다.

[데바람 라잘바누]

　한비는 치솟는 불길과 역한 냄새를 피해, 바람이 불어오는 방향으로
날아갔다. 이곳은 제가 떠나온 척박한 땅과 비슷해 절망적인 기분까
지 들었다.
　쉬고 싶었다. 이제 그만두고 날개를 접고 싶었다. 어디로 가야 할
까. 친구를 잃은 피 젖은 땅을 떠나, 비 내리던 차가운 북쪽의 땅을 거
쳐, 먹을거리로 풍족했던 남서쪽의 궁전을 지나, 서쪽의 위험한 성을
뒤로하고, 또다시 피로 물든 땅으로 되돌아왔다.
　한비는 우울한 날갯짓을 계속했다. 바람이 불어오는 곳으로, 평화
의 냄새가 시작되는 땅을 향해. 그리하여 반나절, 한비는 드넓은 어느
강의 중류에 이르러 땅에 내려앉았다. 우선 강물에 부리를 담가 목을
축이고 쉰 후 물을 따라 시선을 흘렸다.
　강바닥에 깔린 적토가 투명하게 비치는 강물. 한비는 강변을 떠나지
않고 하염없이 날았다.
　강을 낀 숲 저편, 뾰족한 성의 첨탑이 보였다. 더 높이 날아오른 한
비는 폐허가 된 성을 굽어보았다. 내려앉은 성벽과 돌 틈 사이로 비어
져 나온 잡초들이 규칙 없이 무성했다. 가시 돋친 넝쿨이 성벽을 기어
올라 기이한 문양처럼 보였다.
　인기척을 찾아 주위를 둘러보았으나, 기척은 어디서도 느껴지지 않
았다.
　한참을 창공을 주회하던 한비는 다시 강변으로 되돌아갔다.
　홀로 앉은 한비는 외로운 숲의 사각거림에 맞춰 크게 울었다.
　키에에에에.

말없이 흐르는 강물과 합창하듯 울었다.

폐허가 된 성터에 이른 지스카르는 침착한 눈으로 주위의 풍광을 새겼다. 많은 것이 변했다. 원래 이곳은, 이보다 훨씬 아름다운 곳이었다.

조용히 흩어지는 말굽 소리는 주위를 에두른 숲 새새로 잔잔히 스며들었다. 키에에에. 먼 곳으로부터 괴이한 짐승의 울음소리가 들렸다. 인간이 모두 떠나고 난 자리, 금수들만 똬리를 튼 모양이었다. 말에서 내린 그는 성터의 한구석을 향해 걸었다. 그의 발끝이 향하는 방향으로는 먼지 쌓인 석비 하나가 덩그러니 서 있었다. 그의 손에 쥐인, 오는 길에 꺾은 하얀 들꽃은 이미 고개 숙인 채였다. 석비 앞에 멈춰 선 그는 허리를 숙여 꽃송이들을 내려놓았다.

"잘 지내셨습니까. 몇 달 만입니다……."

서늘한 바람이 빈 사성(死城)을 휘돌았다. 그의 텅 빈 가슴도 대답 없는 바람 소리에 할퀴어졌다.

지스카르는 천천히 석비의 앞에 가부좌를 하고 앉았다.

"이 어리석은 이는 욕심을 버리지 못해 또다시 백성들의 피를 마시며 연명하고 있습니다. 또다시 많은 이들을 희생시켰습니다. 이런 나를 아셨다면 알비온 당신은 나를 어린아이 취급하였겠지요."

인적 없는 성 터에 풀벌레 우는 소리가 그윽하게 섞여들었다. 지스카르는 고개를 들어 허공을 응시했다.

입술이 굳은 듯, 한참이나 침묵하던 그가 힘없이 말했다.

"제르가 무사히 살아 있습니다. 제 눈으로 직접 그녀를 보았습니다.
……만났습니다. 제르는 갈수록 레리나 당신을 닮아가더군요. 하지
만…… 이미 예전의 그 아이가 아니게 되었습니다. 저의 죄입니다. 아
시지요. 그녀는 마지막까지 체렌시와를 위해 이곳을 아름답게 꾸며보
고 싶다고 했었습니다. 내외께서는 그 의지를 강제로 꺾은 제가 원망
스러우시겠지요."

지스카르는 그리 중얼거리며 석비에 낀 이끼를 조심스레 쓸어내렸
다.

전쟁이 끝난 지 십여 년이 되는 세월이 흘렀다. 사람 없는 이곳은,
그때처럼 평온키만 했다. 키에에에. 먼 곳으로부터 울리는 짐승 울음
소리, 바람 소리, 풀벌레 소리, 나뭇가지 부대끼는 소리……. 곧 지스
카르는 석비 옆에 조그맣게 쌓인 돌무덤으로 시선을 미끄러뜨렸다.
그는 습관처럼 폐허가 된 성터를 굴러다니는 자잘한 돌멩이를 세 개
집어 돌무덤 위에 올렸다.

"체렌시와, 엔사, 엘지. 염치없이 또 왔구나."

그는 묵념하듯 입술을 다물고 초라한 돌무덤 위의 말라죽은 들풀을
응시했다. 참으로 덧없는 조문이라. 그리 자조하면서.

얼마간 그리 앉아 있던 지스카르는 해가 많이 저물었다는 것을 깨닫
고 자리를 털고 일어섰다.

"이제 가보겠습니다. 앞으로 한동안은 이 약소한 꽃조차 놓아드릴
수 없을 것 같습니다. 다음 방문에는……."

이히히힝. 매어둔 말이 투레질을 하며 우는 소리가 들렸다. 지스카
르는 잠깐 간격을 두고 말을 이었다.

"그 아이와 함께 오겠습니다."

지스카르는 뒤돌아보지 않고 돌아가 말에 올랐다.

다그닥다그닥. 외로운 말굽 소리만이 사성의 빈 터에 울려 퍼지다 이내 사그라졌다.

이윽고 단 한 명의 방문객마저 떠난 그곳은, 묘비 하나만이 덩그러니 남아 아무도 찾지 않는 폐성으로 되돌아갔다.

무성한 수풀을 헤치고 닿아오는 햇살이 석비에 새겨진 글귀를 보듬었다.

[현명한 영주 알비온과 부인 레리나,

자랑스러운 체렌시와, 엘지, 엔사.

그리던 고향에 잠들라.]

한비는 밑동 베인 굵은 그루터기에 앉았다. 잔잔한 강바람에 노곤한 잠이 밀려왔다. 서글픈 냄새를 풍기며 멀어지는 말굽 소리를 들으며 고개를 바닥에 뉘인 한비가 깃을 가라앉혔다. 햇살이 따스했다. 키에에에에…… 작은 새 울음이 붉은 강기슭 일대로 스며들었다.

평온하게 흘러가는 강물은 한비의 가슴에 작은 파문을 일으켰다.

이곳이다.

그 먼 곳을 돌고 돌아, 제 머물 곳 이곳이라.

저무는 햇빛에 붉게 우는 강물은 멈추지 않고 흘렀다.

끊임없이, 불규칙하게, 그리 부딪치며, 깎이며.

그 안에는 작은 고기들의 죽음도, 이름 잊힌 물풀의 추억도 그대로 양분이 되어 숨겨져 있을 터다. 물살을 타고 흘렀던 핏물도, 너른 강물에 무게 더한 누군가의 설운 눈물도, 보이지 않는 자흔을 남기고 떠나갔을 터다.

키에에에. 한비는 구슬프게 울었다.

저 물살에 흩어져 흘러갔을, 많은 것이 그리워 울었다.

열 번째 장

물가에 억새가 피면

막 왕성을 빠져나가기 위해 말에 오르던 베다시아는 쇼하인을 발견하고 말에서 내렸다.

"각하."

게슴츠레하게 뜨인 처진 눈꼬리의 쇼하인 공은 이제 막 마차에서 내리던 차였다.

"오늘도 전하를 뵙고 가는 길이오?"

"예. 각하께서는 어디로 가시는 길이십니까?"

"일이 있네. 헨로 경께서도 요즘 성에 자주 드나드시는군."

베다시아가 멋쩍게 웃었다.

"요즘 이래저래 왕도가 횡하니 이런 저라도 조금 도움이 될까 하여······."

"체자스 공은 안녕하신가? 못 본 지 좀 된 듯한데."

베다시아의 표정이 미미하게 굳어졌다. 하지만 그는 내색을 지우고 유쾌하게 답했다.

"아무리 뜸하셔도 저만 하시겠습니까. 저보다는 그분들과 자주 얼굴을 마주하시는 각하께서 더 잘 아시겠지요."

"그쪽 군사들이 요즘 혹독한 수련을 받고 있다고 하던데 너무 무리하지 마시게."

쇼하인 공은 찌르듯이 말한 후 베다시아를 스쳐 지났다. 베다시아는 몸을 돌려 그의 뒷모습에 짤막한 경의를 표한 후 표정을 굳혔다. 그의 경계심이 한층 짙어졌다는 것은 피부로 와 닿았다. 그럴 만도 했다.

최근 왕성은 살얼음판 위를 걷는 것처럼 위태로운 분위기가 팽창하고 있었다. 금군 대장 제피언과 말을 맞추기로 한 건지, 주전론을 주장하던 제피언과 루덴 공의 의견에 따라 유스카리는 군사들을 출병시켰다. 루덴 공이 선봉이 되었고, 제피언은 왕성을 모조리 장악한 채로 여느 때보다 더 강한 군권을 행사하고 있다.

고개를 든 베다시아는 싸늘히 금군 부처가 있을 방향을 노려보았다.

알렉시스의 거처로 걸음을 재촉한 쇼하인 공은 주인 없는 방 앞에서 황망해졌다. 오늘은 그 여자에 대한 이야기를 담판을 지으리다, 몇 번이나 각오하고 온 방문이 무색해졌다.

"어디에 계시지?"

쇼하인 공이 침착하게 물었다. 그의 방 시중을 들던 시중인이 나와 그에게 고개를 조아렸다.

"왕하께서는 왕도를 떠나셨습니다."

마차에 오른 쇼하인은 지끈거리는 미간을 내리눌렀다. 카르시타에 눌러앉은 쥬세의 전 총비에 관한 이야기를 하고 대책을 논의하기 위해 알렉시스의 가장 충실한 심복인 레피스도 국경으로부터 불러들였다. 그런데 정작 알렉시스가 부재중이니 이를 어찌해야 하나 걱정이 앞섰다.

'……아니, 아니, 오히려 잘된 것일 수도.'

알렉시스가 당장 뉘사나의 사정권 밖이라면 혹시 모를 일에도 안전할 수 있을 것이다. 하지만 어찌 한 마디 말도 없이 떠나버렸다는 말인가. 게다가 왜 하필이면 '그곳'이냔 말이다.

한 달여쯤 전, 소블란의 외동딸인 라니가 그곳으로 떠났다는 이야기는 들었다. 알렉시스에게 모든 사실을 성토하고, 마음을 다시 다잡을 수 있도록 하려 마음먹었던 쇼하인으로서는 혼란스러운 일이었다.

아직도 그 여자는 멀쩡히 살아 있었다.

그가 곧 마차의 작은 창을 열어 자신을 엄호하는 기사를 불러 명했다.

"지금 당장 에르크의 베이하크 백작과 아라이산의 막내에게 전서구를 띄우게."

새는 사람보다 빠르니, 에들렌이 알렉시스를 막아낼 수 있기를 기도할 뿐이다.

퀸시오는 짧디짧은 가을을 떠나보내고 있었다.

가을이라고 해야 다른 지역의 초겨울만큼 차가운 날씨였다. 겨울의 도시는 다시 찾아올 추위를 방비한다. 날이 이리 추워지자 왕왕 발걸음 했던 귀족들의 걸음도 뚝 끊겼다. 나름대로의 평화를 영위하며 머물고 있는데, 누군가가 다시 퀸시오의 성문을 두드렸다.

왕도에서부터 쉬지 않고 달려와 독기가 가득 오른 손님은 라니였다. 그녀는 퀸시오에 도착한 즉시 지체하지 않고 성으로 쳐들어갔다.

"소블란 후작가에서 왔다. 이왕 들른 김에 영주를 뵈려 하니 문을 열어라."

문지기가 소식을 아뢰기 위해 제르에게 찾아가려는 짧은 시간조차 참지 못하고 라니는 마치 제 집마냥 성큼성큼 성 안으로 걸어갔다.

"영주의 방으로 안내해."

"저, 영애…….”

"안내하라는 말 안 들려!”

라니의 표독스러운 눈동자가 주위를 사납게 훑었다. 그다지 특별할 것 없는 창백한 고성. 적당히 품위를 유지할 만한 벽 장식과 적당히 깨끗한 홀은 왕도 귀족의 눈엔 질박하기 짝이 없었다.

'이 쥐방울만 한 성이 영주가 머무는 곳이라고? 수준 떨어져!'

소블란의 저택도 이보단 클 것 같았다. 라니는 인상을 찡그리며 정돈된 길을 따라 걸었다.

온갖 보석이 포도 알처럼 주렁주렁 달려 있는 차림에 평소 제르를 모셔왔던 시녀나 하인들은 눈이 돌아가는 걸 참지 못했다. 휴양이라는 명목으로 퀸시오를 찾아와 성 안에 발 들였던 귀족들이 참 많았지만, 어느 누구를 가져다 대도 소블란의 여식을 당해내진 못할 것 같았다.

'추워 죽겠네.'

라니에겐 퀸시오의 이 추위가 달갑지 않았다. 가을 해가 중천인 대낮인데도 남쪽의 한겨울 날씨만큼이나 바람이 찼다. 코끝이 간지러웠다.

결국 그녀에 의해 제르의 집무실 앞까지 떠밀리듯 안내한 시녀가 어쩔 줄 모르겠다는 듯 물러나자, 사정을 전해 들은 문지기가 아뢨다.

"영주님께서는 지금 자리에 안 계십니다.”

라니는 제 뒤를 따르는 기사들을 한 번 쭉 돌아본 후 신경질적으로 말했다.

"지금 왕도의 대귀족 소블란 후작가의 딸인 내가 직접 그분을 뵙기 위해 왔다는데, 여기 서 있으라는 건 아니겠지?”

"허, 허면……."

"근데 여긴 왜 이리 추워! 어찌 이런 데서 사람이 살아!"

"외투를 더 찾아 오라 하겠습니다."

뒤에 섰던 기사 한 명이 조용히 묻자 라니가 불같이 역정을 냈다.

"이 무거운 것들을 주렁주렁 달고 왔는데 외투를 걸치면 무슨 의미가 있어!"

라니는 꽉 닫힌 집무실의 문을 노려보더니 짜증스럽게 물었다.

"열어라."

"송구합니다만……."

"일단 들어가 있겠다. 저곳은 좀 따뜻하겠지?"

"이것들은 정말 상전 모실 줄을 모르는구나!"

라니가 어쩔 줄 몰라 하는 문지기를 확 밀친 후 문고리를 잡았다. 아슬아슬하게 문지기가 그녀를 멈춰 세웠다.

"송구합니다. 다른 곳에서……."

"지금 나를 막은 거냐?"

"이곳은 영주님의 집무실인지라 함부로……."

대부분 집무실에서 하루를 보내는 제르는 공교롭게도 지금 한 달여 반 전에 방문한 트란실 인들과 이야기를 나누기 위해 자리를 비운 상황이었다. 그들이 대거 퀸시오로 몰려왔을 때, 그녀는 기꺼이 성 밖에 그들이 머물 수 있는 자리를 마련해주었다. 오늘 그녀가 찾아간 건 그곳이었다.

라니의 표정이 더 차갑게 굳어질수록 그녀를 막아서야 하는 부담감에 문지기의 속만 새까맣게 타들어갔다. 그때, 안쪽에서 달칵 하는 소리와 함께 문이 열렸다.

"뭐예요? 왜 이리 소란스러워."

르니아가 잠이 덜 깬 얼굴로 느릿느릿 물었다. 라니는 방 안에서 나타난 여자를 발견하고 눈을 부릅떴다.

"뭐야! 있었잖아! 거짓말한 거야?"

"아, 아니…… 그것이 아니라……."

"잘 자고 있었는데 깼잖아요. 누구예요? 오늘 누가 찾아온다는 얘긴 들은 적이 없는데……."

르니아는 라니 따윈 안중에도 없다는 입이 찢어져라 하품을 하다가, 곧 라니의 화려한 행색에 살짝 눈살을 찌푸렸다.

"누구신지는 모르겠지만 시나와 님을 뵈러 오신 거라면 지금 자리에 안 계세요. 그리고 퀸시오에서 그런 것들을 덕지덕지 달고 다니다니…… 어지간하면 가볍고 따뜻하게 입으시는 게 좋아요. 곧 돌아오실 테니 조금 이따 다시 오세요, 영애."

그 말을 끝으로 르니아는 다시 문을 닫고 들어갔다. 라니의 얼굴이 모욕으로 벌겋게 물들었다. 라니는 발칵 문을 열고 따라 들어갔다. 르니아는 이미 따사로운 햇살이 내리쪼이는 창가에 기대어 다시 꾸벅꾸벅 졸기 시작하고 있었다.

"지금 시나와 님은 안 계시다니까……."

"아니, 대체 내가 누군지 알고 그리……!"

버럭 고함을 치려던 라니는 뒤늦게야 르니아의 차림을 발견하고 기겁했다.

"이, 이, 이럴 수가!"

거줌 비명이었다. 르니아는 귀찮은 기색이 역력한 게슴츠레한 눈으로 그녀를 응시했다. 모처럼 낮잠이라도 자려 했는데, 쉽게 사라질 것 같지가 않은 젊은 여자였다.

"그…… 그, 그, 그대!"

라니가 반지로 촘촘한 손가락을 들어 삿대질을 해대기 시작했다.

"이 경망스러운 옷차림은 뭔가요! 영주께서는 카르시탄이라 들었습니다. 헌데 저런 예의범절도 모르고 수치도 모르는 채로 다리를 내놓고 돌아다니는 천박한 여자와 어울리는 건가요! 당신 이름이 뭐죠?"

잠이 달아난 르니아는 심드렁하니 제 차림을 내려다보았다. 몸에 딱 붙은 짧은 치마 안에 바지를 대충 꿰어 입고 허리를 낡은 천으로 꽁꽁 동여맨, 그저 단순한 복식이었다. 귀족들에겐 생소할 수 있겠지만 해적이었던 그녀에겐 편하기만 한 옷이었다.

'경망스러워? 천박해?'

잠에서 깨고 나니 서서히 신경질이 온도를 높이기 시작한다. 르니아의 미간에 힘줄이 돋았다.

"저년이……."

르니아가 혼잣말로 중얼거렸다. 라니는 마치 하늘이 뒤집어지기라도 한 사람처럼 불가한 일이에요! 말도 안 되는 일이야! 라며 연신 소리를 질러댔다.

"아니, 퀸시오는 어째서 예의범절을 모르는 것들뿐이죠?"

문 앞에 서 있던 하인이 당혹스러운 듯이 르니아를 바라보다가, 그녀와 눈이 마주치자 고개를 조아리며 문을 닫았다.

르니아는 철모르는 어린 계집을 앞에 두고 기막힌 표정을 지었다.

"그, 그리고 왜 계집이 검을 차고 있어? 대체가……! 넌 대관절 무얼 하는……."

르니아의 손가락이 검 자루를 향해 꿈틀거리다가 거둬졌다.

'이게 갑자기 뭔 난리야.'

앙칼진 라니의 목소리에 머리가 징징 울려댔다.

"아가씨, 저는 시나와 님의 시종이에요."

"시종? 저런 천박한 계집이 시종이란 말이냐? 맙소사. 테피온은 대체 무슨 생각으로 너처럼 천박한 걸 시종으로 달고 다니는 카르시탄에게."

르니아의 미간이 좁아졌다.

"테피온? 알렉시스 테피온?"

"무엄하다! 천한 입으로 테피온 님을 입에 담다니."

순식간에 상황이 이해가 되었다. 또 알렉시스와 관련된 일이었다. 잊을 만하면 찾아와 성벽을 유혈이 낭자한 전쟁터로 만드는 자객들도 지겨운데. 르니아는 뒤통수를 헝클어뜨리며 긴 한숨을 내쉬었다.

'하여간, 그 빨간 머리는 도움 되는 게 하나도 없어.'

"아니…… 근데 아가씨, 미리 시나와 님과 만날 약조를 하고 오신 건 맞아요?"

"아, 아, 아니. 그건 아니고 내 급히 인사드리러 오게 되어……."

"그럼 다시 만날 약속을 하고 오셔요."

"고작 시종이 어찌 이리도 무례하게!"

그때였다. 르니아가 반색하며 라니의 어깨 너머로 인사를 건넸다. 문이 열리는 소리도 듣지 못했는데, 바로 등 뒤에서 느껴지는 인기척에 라니가 고개를 돌렸다.

"어, 락혼. 같이 오셨네요."

라니의 눈이 호두알만큼 커다랗게 뜨였다. 그녀의 등 뒤에는 우락부락한 근육질에 까무잡잡한 피부를 한 위협적인 남자가 서 있었다. 남자의 새까만 눈동자와 눈이 마주치는 순간 충격에 빠진 라니가 입을 떡 벌렸다.

'……!'

라니는 최대한 놀라지 않은 체 주춤주춤 물러났다. 그리고 찬찬히 남자를 살피다가 그의 허리에 검 집도 없이 매달려 있는 서슬 퍼런 칼날을 발견하고는 끝내 백안을 보이며 까무러쳤다. 라니는 쓰러질 때조차도 그 방정맞은 입을 주체하지 못하고 온 힘을 쥐어짜 내어 소리쳤다.

"야…… 야만인……!"

르니아가 얼결에 기절한 라니의 어깨를 잡아 부축했다. 당혹한 락혼에 이어 제르가 집무실 안으로 들어섰다.

"야만인? 르니아. 무슨 일이냐."

"이 아가씨가 락혼 님을 보더니 놀라서 눈을 뒤집어 까셨어요."

소식에 놀란 소블란의 기사들이 달려와 라니를 부축했다. 제르는 당황스러운 표정으로 고개를 갸웃하며 자리에 앉았다. 락혼이 떨떠름한 얼굴로 기사들에 의해 실려 나가는 라니를 쫓았다.

'내가 뭘 했나?'

조금 억울했다. 아무 짓도 안 했는데?

『내가 실수라도……?』

『대륙인들은 트란실 인을 볼 기회가 별로 없으니, 언짢아 마시게.』

『본의 아니게 소란을 일으켰군.』

집무실은 제가 떠나기 전과는 달리 어수선했다. 제르는 상황을 정리할 필요성을 느꼈다.

"누구이기에 내 집무실에 들어와 있었던 거니? 르니아."

"아, 뭐, 소블란 후작가인가 하는 곳의 아가씨인 거 같은데 느닷없이 찾아와서 시나와 님을 뵙겠다고 생떼를 쓰는 중이었어요. 빨간 머리 이야기를 하던데……."

"빨간 머리?"

"아, 그, 알렉시스 테피온요."

제르는 기억을 더듬었다.

'그러고 보니…….'

정절을 잃어 알렉시스와 정략 약혼이 깨어졌다고 했던 가문이 소블란가였다.

'그 녀석이 말한 게 이거였나.'

얼마 전 도착했던 그의 편지를 떠올린 제르가 뒤따라 들어온 테일런에게 명했다.

"클로이스 경, 왕도에서 오신 분에게 불편함이 없도록 거처를 마련해드리게."

르니아는 내심 '쌤통이다.' 하고 혀를 날름 내밀다가 제르의 말에 타박을 받고 말았다.

"무슨 생각 하는 것인지 다 보인다, 리니."

"아…… 하지만 이 날씨에 저렇게 주렁주렁 달고 다니는 여자가 어딨어요? 과시하려고 작정을 하고 온 거잖아요."

제르가 고개를 절레절레 저었다.

"아무튼, 르니아, 잠깐 자리를 비켜줄래?"

르니아가 락혼과 주먹을 맞대며 인사한 후 종종걸음으로 물러갔다.

어수선하던 집무실 안에 남은 건 제르와 락혼뿐이었다. 락혼은 답지 않게 우울한 표정이었다.

『……대륙인들은 정말 우릴 야만적이라 생각하는 모양이군.』

『생김새가 많이 다르니까. 너희는 쉽게 볼 수 있는 이들이 아니잖나.』

『너는 안 그랬잖아?』

『그런 사소한 것에 일일이 놀란다면 가슴이 남아나질 않았겠지.』

락혼이 뚱한 표정으로 시선을 내렸다. 폐쇄적이긴 했지만, 지난번 카르시타 여행에서 자신을 보고 저리 기절하는 이는 없었다. 곧 잡생각을 지운 락혼이 말을 잇기 위해 고개를 들었다. 저들만큼이나 까만 제르의 눈동자가 눈에 들었다. 문득, 정말 아무 이유 없이 그는 시간을 거슬러 상기했다.

고향으로부터 도망친 트란실 인들이 이 땅에 도착한 날이었다.

『도와주시오.』

놀라지 않은 이가 없었다. 트란실 인이 무려 40명 가까이 대거 퀸시오를 찾은 것이다. 쇼하인의 아라산을 어찌 통과한 것인지도 놀라울 따름이었다.

락혼과 구면이었던 제르는 기꺼이 그들을 성 안으로 들였다. 얼마나 모진 고생을 하고 온 건지, 그들은 생기 없이 축 늘어져 있었다. 엉망진창이 된 차림이나 무기들, 제대로 된 행장 하나 없는 모습이 거지꼴을 방불케 했다.

『트란실의 부족 사람이 이리 떼거지로 몰려나와 도움을 청한다는 이야기는 듣지 못하였는데…….』

『우리의 존속이 걸린 문제요.』

제르는 코웃음 쳤다.

144   145

『쟁탈전에서 패한 패잔병이 부락민들을 끌고 타국으로 밀입국이라. 재미있는 농담이구려.』

그녀가 건드린 건 명백한 역린이었다. 이제 쟁탈전도 뭣도 아니게 된 상황. 전사들은 분개하며 일어섰고 기사들은 칼을 뽑았다. 제르는 그 속에서도 무표정하게 락혼을 내려다보고 있었다. 꼭 지금 같은 표정으로. 자칫 칼부림이 일어날 수도 있는 일촉즉발의 상황 속에서도 그녀는 유리된 사람 같았다.

『내가 했던 제안은 여전히 유효하다, 로도.』

락혼의 기준에서 그녀는 참 이상한 사람이었다. 그러나 고마운 사람이기도 했다. 락혼은 끝끝내 '제안'에 관해서는 답하지 않았지만, 제르는 더 그들을 비참하게 만들지 않고 받아들여주었다. 그녀가 그들을 내쳤더라면 살아남은 로도들은 끝끝내 객사했을 것이다.

락혼은 잠시 생각을 멈추고 현실을 직시했다.

『차르의 자리에 관심을 두지 않겠다는 의지는 여전한가?』

『우선, 부족 내 배반자들로 인해 지금으로서는 그들을 막는 것이 시급하다. 사호의 선출자를 먼저 찾아야 한다. 지금 트란실을 쑥대밭으로 만든 리이사를 막을 수 있는 게 사호뿐이다. 듣자하니 데바람으로 갔다는 정보가 있어.』

『트란실의 그 많은 부족들이 모조리 자멸의 길을 선택했다라…….』

제르의 혼잣말 같은 대꾸에 락혼이 눈살을 찡그렸다.

『혼란기를 겪는 것뿐이다. 다만 문제는 리이사의 적륜보다도 차르다. 그는…….』

락혼이 혼란한 기색으로 고개를 숙였다.

자신의 부족이 리이사의 흉계 아래 쑥대밭이 된 후, 차르의 땅을 찾아갔을 때 차르는 그들을 죽이려 했다. 단순히 쟁탈전에서 목숨을 보존하기 위한 칼날이 아니었다. 전사는 칼을 쥐지 않은 전사를 죽이지 않는다, 는 건 불문율이었다. 차르는 그 모든 트란실의 전통을 계승해야 하는 자. 선출자인 락혼 자신뿐만 아니라 다른 부족민들도 죽이려 했다면, 그건 의심받아 마땅하다.

'만일 리이사가 차르를 등에 업었다면.'

그러나 리이사의 적륜이 차르가 된다면 현 차르는 명운을 다할 것이다. 역사 어디에도 동시대 두 명의 지도자가 있었던 적은 없었다. 마지막으로 적륜의 추격을 피해 도망칠 때 들은 마지막 이야기가 줄곧 마음에 걸린다.

『이건 마지막 쟁탈전이다.』

의미를 알 수가 없었다. 트란실을 멸망시키려는 것인가. 그러나 트란실이란 건 그저 규합된 부족민들을 통합하는 개념에 지나지 않았다. 오히려 각기 다른 부족의 연맹이라 하는 게 옳다. 락혼으로서는 도무지 이해할 수가 없었다. 지푸라기라도 쥐는 심정으로 제르에게 조언을 구하게 된 계기는 그곳에 있었다.

『이야기만 들으면 국가 발생의 시작처럼 느껴지는군.』

국가.

락혼은 거북스러움을 느끼지 않을 수 없었다.

『어째서 그게 중요한 문제인지 알 수가 없소. 이미 우리는 차르의 존재를 우리의 지도자로 인정한다. 차르의 명에 우리가 뭉치고, 차르의 명에 부락을 지키고…… 다를 것이 뭐란 말이지?』

제르가 순박하기 짝이 없는 칼잡이를 나른한 미소로 응시했다. 휩

쓸려본 적 없이 떳떳하기에 저자는 가장 중요한 사실을 간과하고 있었다.

『중요하지.』

『어째서?』

제르는 락혼의 순진하기 짝이 없는 대답에 고개를 갸우뚱했다. 어쩜 저리도 순수하게 생각할 수 있을까. 폐쇄적인 만큼 인간의 잔혹성에 대해 무지하다.

『그대들은 늘 20~30년에 한 번씩 큰 홍역을 치르지. 쟁탈전이 선포된 시기 동안 트란실은 타국을 침략할 수도 없고, 동족 살해를 우선으로 여긴다 들었소. 내가 알기로 가장 긴 시간 동안 벌어졌던 쟁탈전이 무려 십여 년이라지?』

『동족 살해가 아닌 가장 적절한 자를 추대하기 위함이다. 살인은 충분히 피할 수 있어.』

자랑스러운 전통의 결과임에도 락혼은 떳떳하게 어깨를 펴고 대답할 수가 없었다.

『어찌 되었건, 난 그대들이 참 재미있는 방식으로 계승된다고 생각한다. 다른 후보자를 모조리 앞길에서 치우거나, 지금 너희의 지도자를 죽이거나, 다른 나라의 왕을 죽이거나. 전부 피로 시작해 피로 끝나는 통치지. 그걸 카르시타나 데바람 같은 국가에서는 뭐라고 부르는지 아나?』

락혼이 말없이 제르의 대답을 기다렸다. 제르의 입술이 작게 열렸다.

『왕권 전복.』

락혼의 눈이 당혹스러운 빛으로 흔들렸다.

『모반, 반역, 역모, 다양한 이름으로 불리지. 대륙의 국가와 트란실의 가장 큰 차이는 그거라고 생각해, 나는. 너희는 왕권 전복을 상습적으로 행해서 결국 혈통이라는 걸 무력화시킨다. 그건 일견 평등한 관계를 가져다주는 것처럼 보이긴 하지만 안정적이지 못해.』

마지막으로 제르는 소파에 등을 기대며 희게 웃었다.

『아마 현재의 차르가 왕국을 꿈꾸고 있다면 차르 쟁탈전이 끝나는 날 트란실은 왕국으로 선포되고, 그 차르는 시조가 되겠지. 다만 그리이사라는 부족의 적륜, 그자의 속셈은 짐작하기가 어렵다. 그러나 또 모를 일이지. 모반에 익숙한 당신들이라면 결국 리이사가 왕좌를 차지하게 될지도.』

락혼은 본능적인 거부감을 이기지 못하고 제르를 노려보았다.

『우리는 너희처럼 패도를 잃고 의미 없는 전쟁을 거듭하지 않는다.』

『네 믿음이 모두의 믿음이라면 네가 내게 의견을 구할 이유도 없었을 거라고 생각하는데.』

제르는 확신에 찬 얼굴이었다. 그녀가 마지막 쐐기 박듯 비정하게 물었다.

『아마도 락혼 그대가 원한 대답은 이게 아니겠지. 그러나 대륙인의 관점에서, 자네들의 연맹은 이미 그 명운을 다한 듯 보여. 어찌하시겠소?』

락혼이 마지막으로 항변했다.

『너희의 말이 맞다면 너희 같은 나라에서는 동족을 죽이는 살육이 없어야 하는 게 당연하지 않나. 모순이다.』

제르가 표정을 지우고 그를 똑바로 응시했다.

『지키려는 자와 그에 반목하는 자들에겐 그들만의 정의와 명분이 생기기 마련이다. 그것에 눈이 멀면 무엇도 서슴지 않는 것이 인간이야. 그래, 그대 말대로 대륙인들도 얼간이 같기는 매한가지. 그러나 제대로 된 후계자가 제때 옹립되었더라면 카르시타에도, 데바람에도 이런 일은 없었을 터다.』

『이해할 수 없다.』

『이해할 필요 없다. 이해시키려는 것은 아니니까.』

기세를 꺾은 락혼이 시무룩하게 눈을 내리깔았다.

『……사호를 찾아야 한다. 데바람으로 갈 수 있도록 여비와 약간의 지원도 불가한가?』

제르가 고개를 저었다.

『불가능하지는 않지만 내게 득이 될 것이 없는데 어떤 것을 보답으로 줄 수 있지? 자네의 부락민들을 괜히 놀고먹게 하는 것에 퀸시오의 세금을 언제까지고 쏟아부을 수는 없는 일 아닌가.』

대가를 내놓아라. 아무것도 남지 않은 그들에게는 참으로 차가운 말이었다.

정신을 차린 라니는 낯선 방의 풍경에 벌떡 몸을 일으켰다. 자신의 방의 반이나 될까 싶을 만큼 좁고 소박한 방이었다. 그녀는 곧 마지막으로 보았던 것들을 상기해냈다.

'왕족이라는 자가 야만인과 어울리고, 천박한 시종과 어울리다니!'

"게 아무도 없느냐!"

침대에서 뛰쳐나온 그녀는 거울을 발견하고 멈칫 그 앞에 섰다. 공

들여 꾸몄던 머리와 화장이 엉망이 된 것을 발견한 그녀는 치미는 분을 이기지 못하고 발을 굴렀다. 곧 그녀가 왕도에서부터 데려온 시중인 한 명이 인기척을 깨닫고 문을 열었다.

"아가씨, 일어나셨습니까?"

"어찌 된 일이야! 그 야만인, 그 야만인은 뭐였어?"

"그…… 지금 퀸시오에 트란실 인들이 다수 머물고 있다고 합니다."

"트란실? 어쩐지! 그 야만국 트란실의 인간이었군! 내 그럴 줄 알았지!"

에흐에에, 취! 라니가 크게 재채기를 했다.

라니는 마치 충격이라도 받은 듯이 재채기를 한 후 멍하니 섰다.

"맙소사, 이런 차가운 곳에 이리 오는 게 아니었어. 감기라니!"

"성 안의 하인에게 따뜻한 차를 내오라 이르겠습니다."

라니가 어깨를 움츠리며 다시 침대로 기어들어갔다. 여긴 너무 추웠다. 날이 설 대로 선 라니는 시중인들의 시중을 받으며 온갖 짜증을 부리기 시작했다.

"내가 눈을 떴다 일렀느냐? 그런데도 카르시탄께서는 어찌 나에게 아무런 말도 없으시지? 여긴 왜 이리 예의범절을 모르는 것들투성이야?"

라니의 횡포에 가장 큰 피해를 본 건 역시나 왕도에서부터 그녀를 가까이서 모시던 이들이었지만, 퀸시오의 시녀들 역시 마찬가지였다.

그녀는 사흘째 되는 날까지도 제르를 만나지 못한 채였다.

"대체 왕하는 언제 날 만나주실 거래?"

"그, 그것이, 바쁘시다며…….."

"이런 멍청한 녀석들! 당장 나가!"

코를 팽팽 풀어대며 코맹맹이 소리로 소리치는 라니를 피해 시녀들은 황급히 물러났다.

결국 라니가 성 안을 쏘다니며 갖은 트집을 잡는다는 이야기를 전해 들은 르니아가 그녀를 찾아왔다.

"아가씨, 들어갈게요."

막 옷차림을 정돈하던 라니는 눈에 익은 갈색 머리의 여자를 발견하곤 인상을 찡그렸다.

"저, 저 천박한 것이! 난 들어오라 허락하지도 않았는데!"

'저걸 확…….'

르니아는 치미는 울화를 간신히 억누르며 웃었다.

"따라오시죠. 시나와 님이 기다리시니."

막 더 고함을 치려던 라니는 시나와 님이라는 말에 잠깐 눈을 댕그랗게 떴다. 그게 누군데? 곧 라니는 시나와 님이 이곳의 카르시탄이라는 것을 깨닫고 반색했다.

"그, 그래? 그렇다면 왕하를 뵙는데 단정히 하고 가야겠지. 잠깐 나가 있거라. 그리고 가서 분장사를 부르고, 옷시중을 드는 이들을 불러라."

르니아가 질린다는 표정을 지었다. 이미 귀걸이부터 반지까지 주렁주렁 달고 있는 주제에 뭘 그리 더 처바르려는 건지. 하지만 일단은 제르의 손님인지라, 르니아는 이견 없이 문밖에서 기다렸다.

30분 후.

"아직 멀었어요. 아가씨?"

"보채지 마라!"

한 시간 후.

"빨리 좀 하시면 안 돼요?"

"시끄러워!"

'더러워서 참. 멋대로 하라지.'

그러나 정확히 두 시간 뒤, 르니아는 안일했던 자신을 질책했다.

'이럴 줄 알았으면 그냥 끌고 가는 건데…….'

아직도 라니는 치장하느라 바빴다. 그냥 들어가서 약간 강압적으로 데리고 나올까 고민하고 있는데, 때마침 라니가 발칵 문을 열고 나왔다.

"가자!"

두 시간이 넘게 걸린 그녀의 몸치장은 거의 변장 수준이었다. 처음 이곳에 도착한 날처럼 몸을 가누기도 어려울 만큼 많은 보석들을 주렁주렁 달고, 짙게 화장을 한 라니는 성큼성큼 앞서 걸었다.

"길 아세요?"

르니아가 참지 못하고 한마디 했다. 라니는 목에 쇠로 된 지지대라도 받쳐 세운 것인지 빳빳이 고개를 들고 르니아를 돌아보았다.

"……그때 그 집무실로 가는 게 아니냐?"

"아니에요. 따라오시죠."

르니아는 또 "카르시탄이나 되는 분이 어찌 저 천한 것과 어울린다는……."부터 시작해서 온갖 험담을 해대는 그녀를 무시한 채로 내정의 누각으로 향했다. 라니는 밖에서 만날 거라는 것을 전혀 예상하지 못했는지 충격에 빠진 사람처럼 눈을 깜빡였다.

"이 날씨에 밖으로 나가는 거야?"

"아가씨, 퀸시오에서 이 정도 추위는 추운 축에도 못 끼니까 불평 좀 그만 해요."

한 발자국만 내디뎌도 쌀쌀했다. 라니는 울며 겨자 먹는 심정으로 르니아를 뒤따랐다. 누각 위에는 가지런하게 앉은 까만 머리의 여자가 먼저 자리 잡고 있었다. 저 여자였다. 라니는 누각 위로 올라 그녀의 앞에 서서 치마를 살짝 들어 올리며 무릎을 굽혔다.

"소블란 후작가의 장녀, 라니 로웬 엘 마르카 소블란. 지고한 카르시탄을 뵙습니다."

테일런과 이야기를 나누던 제르가 고개를 돌렸다. 부르긴 아까 불렀는데 꽤 오래 나타나지 않고 있어 사실 거의 잊어가던 참이었다.

제르가 눈짓으로 건넌 자리를 가리키자 라니는 사양도 없이 냉큼 앉았다.

"이미 누구인지는 알고 있네."

"아, 아신다면 이야기가 빠르겠군요. 소블란을 대표해 지체 높으시고 고명하다 소문이 자자하신 왕하를 뵙기 위해 이 추운 곳까지 왔답니다."

그녀의 음성엔 주눅 들지 않은 오만함이 가득했다. 누각의 계단 아래 난간에 기대어 있던 르니아는 라니의 뒤통수를 바라보며 손가락을 우둑우둑 꺾었다. 제르는 그런 르니아에게 작게 웃어준 후 라니를 향해 말했다.

"예상치 못한 방문에 응대가 늦어졌소. 헌데 바쁜데 부른 것은 아닌가 싶군."

"카르시탄의 앞인데 체면은 차려야 하지 않겠습니까?"

거기까지 말하던 라니는 제르의 까만 눈동자와 시선을 맞추곤 그녀도 모르게 눈을 깔았다. 빤히 저를 바라보는 눈길이 왠지 모르게 묵직했다.

제르는 쭈뼛거리며 눈을 굴리는 라니를 물끄러미 응시하다가 찬 말문을 열었다.

"용건부터 하지. 듣자 하니 아랫것들을 무척이나 혹사시키고 있다던데."

사실 제르는 소블란의 딸을 사석에서 만날 생각이 없었다. 좋지 않은 이유로 저를 찾아왔다는 것을 미리 알고 있던 탓이었다. 그러나 저 여자의 의도는 아니었겠지만, 상황이 불가피했다. 끊임없이 찾아오는 시녀와 기사들의 '그분께서 왕하를 뵙길 간절히 바라십니다.'라는 보고는 이내 애원이 되었다. '한 번만 저희 아가씨를 만나주세요.'

뿐만 아니라 제 수행원들이 아닌 퀸시오의 식솔들에게까지 함부로 하며 만용을 부린다는 이야기까지 들리니 더 좌시하고 있기가 어려웠다.

라니가 코웃음 치며 답했다.

"혹사라니요. 단지 예의범절을 모르는 녀석들에게 훈화를 좀 했을 뿐입니다, 왕하, 아무리 야만인들과 가까운 곳에 위치한 땅이라지만 왕하는 카르시탄이신데, 아랫것들의 수준이…… 보기가 언짢은 것 같아 걱정스럽습니다? 시종만 해도 저 망측한 차림새는 뭔가요. 여인의 몸으로 맨다리를 저리 내놓고 다니다니……."

라니는 르니아에게 들으란 듯 말하며 손목에 감긴 장신구들을 슬쩍 내비쳤다. 그녀의 머릿속에선 이미 제르에 대한 판단이 끝나 있었다.

'머리칼은 부드러우나 꾸밈이 없고, 손톱 또한 손질되어 있지만 덧

바르거나 하지 않았다. 귀걸이는커녕 반지조차 하나 하지 않았고, 목걸이는 그나마도 값싼 보석으로 세공되어 있고…… 옷은 고급 능라를 이용해 만들긴 했지만 자수도, 어떤 문양도 없는 밋밋한 것이다. 즉 영주의 차림새로 보아 퀸시오의 재정이 좋지 않다.'

그녀는 멋대로 제르를 재단하며 우월감에 도취되었다. 라니 로웬이 누구인가. 재력이라면 피노제의 대공 각하도 한 수 물러준다는 소블란의 딸이었다.

"적어도 카르시탄께서는 수준 맞는 이들을 곁에 두셔야지요. 어머, 그리고 왕께서도 옷이……. 이것도 영광이온데 옷을 좀 지어 올릴까요? 왕도에 아는 유명한 부티크가 있는데 원하신다면 기꺼이 제가 왕하를 위한 옷 한 벌을 지어 올리라 언질을 넣어드릴 수도 있어요."

라니의 넌짓한 음성에서 분명한 적의를 읽어낸 제르는 되레 웃으며 반문했다.

"그대처럼 화려한 옷을 입으면 누구나 귀해지나? 평민들이라도 그대의 옷을 입으면 위세가 소블란의 딸만큼이나 높아지는 건가?"

예상치 못한 반박에 라니가 눈을 크게 뜨더니 몸을 부르르 떨었다.

"그런 것은 아니지만……."

"옷차림으로 트집을 잡기로는 엘보르트 경보다 심한 영애로군. 그런 쓸데없는 사담은 그대의 기사들과 나누도록."

라니는 제르의 지나칠 정도로 직설적인 대꾸에 당황해 입술을 벌렸다. 소블란의 외동딸인 라니 로웬에게 이리 대하는 사람은 없었다. 알렉시스와의 파혼 이후 입지가 크게 줄긴 했지만 그래도 여전히 그녀는 소블란의 딸이었다.

그녀가 할 말을 잃고 입술만 뻐끔거리자 제르가 귀찮은 기색이 역력한 음성으로 화두를 돌렸다.

"자, 그리도 찾던 내가 앞에 있으니 그런 시답잖은 이야기 말고 용건을 말해보시게나."

제르는 속이 빤히 보이는 머리가 어린 계집아이를 바라보았다. 감히 르니아를 제 앞에서 천박하네 경박하네 모욕을 했으니 기를 죽여놓을 생각이었다. 라니는 잠깐 숨을 간헐적으로 몰아쉬더니 이내 반항적으로 대꾸했다.

"그저 한 번쯤, 대귀족의 딸로서 카르시탄을 뵙고 싶었을 뿐입니다."

"왜?"

대귀족이라는 말에 조금은 관대해질 거라 생각했는데, 그녀는 도리어 말문 막힐 질문만 던져댔다.

"왜, 왜냐뇨?"

"당연한 의문이라 생각하는데? 그 대귀족의 딸이 아무 이유 없이 나를 찾을 리가 없지 않나. 그 '대귀족'가에서 내게 아첨을 하려는 것은 아닐 테고…… 또 소블란이라면 막대한 부를 쌓은 귀족가, 차고 넘치는 것이 보물이니 내 무언가가 탐이 나 찾아온 것도 아닐 테고……."

라니의 입술이 우그러졌다. 제르는 분명 비꼬고 있었다. 고작 이런 쥐방울만 한 땅에 갇힌 왕족 주제에 무에 그리 잘났다고!

"올리비에 왕하께서 관심을 두신다기에 그럴 만한 자격이 있는 분인지 뵙고 싶었을 뿐입니다. 올리비에 왕하는 제 소꿉친구이기도 하거든요."

흘려듣듯 그들의 대화를 등지고 서 있던 르니아의 표정이 사납게 일그러졌다. 제르의 뒤에 장승처럼 서 있던 테일런도 짐짓 당황한 표정을 지었다.

'감히 누구한테 자격을 운운해!'

르니아가 홱 고개를 돌려 소리치려는 순간, 제르가 손을 들어 르니아를 만류했다. 르니아가 마지못해 이를 갈며 다시 뒤돌았다.

제르가 되물었다.

"그래서 보고 나니 어떤가?"

"아, 예……?"

"내가 듣기로도 소블란 후작가는 무척 유명하더군. 재미있는 이야기도 이 변방까지 흘러들어오고 말이야. 그 딸의 행실이 방만하다고 소문이 자자하던데. 이런, 그러고 보니 알렉시스 녀석의 전 정략 약혼 상대가 그대가 아니었던가?"

라니의 얼굴이 순식간에 벌겋게 익었다.

"녀석이라니…… 어떻게 그런 단어를 입에! 말이 지나치십니다."

"내가 무어라 부르든, 그대와는 상관이 없을 것 같은데? 그리고 그대야말로 고작 '대귀족'이 카르시탄인 알렉시스의 이름을 부르지 않았던가?"

"체, 체, 체, 체통을 지키셔야지요, 왕하! 모르지는 않으실 테지요! 그것은 저런 경박한 치들이나 쓰는 말입니다!"

르니아가 허공을 올려다보며 중얼거렸다.

'저년, 쥐도 새도 모르게 죽여버릴까.'

마음 같아선 저 고운 말만 지껄이는 혀를 이 자리에서 잘라주고 싶었다.

제르는 서늘하게 웃으며 물었다.

"하지만 혼약자를 두고 다른 사내와 배가 맞아버린 이보다는 고상하다 생각하는데.”

금세 일그러지는 라니의 얼굴을 보고 있으려니, 너무 순진해서 더 괴롭힐 생각도 들지 않을 정도였다. 표정 관리 하나 못해 붉어졌다 파래졌다 하는 라니의 낯빛은 여지없는 일침에 무너졌다.

정절 사건이 도마에 오르자, 라니는 당황해 감히 제르에게 언성을 높이기까지 했다.

“어쩜 이리 말하십니까! 제가 누군지 다시 한 번 말씀드려야 하는 건가요?”

제르는 침묵으로 라니를 응시했다. 싸늘한 입매, 속 읽히지 않는 까만 눈동자. 라니는 더럭 겁이 났다.

“죄, 죄, 죄송합니다.”

그녀는 본능이 울리는 적신호에 눈을 내리깔았다. 살쾡이 앞의 쥐새끼가 된 것처럼 몸이 굳어 입술이 덜덜 떨렸다. 곧 제르가 표정을 풀고 정리했다.

“그러니까 결국 알렉시스 때문에 나를 찾았다는 말인 듯한데 헛걸음 하셨군.”

라니가 멍청한 얼굴로 제르를 올려다보았다.

“예? 아, 아니, 하지만…… 그, 그 소문은 그럼 어째서 난 것입니까?”

“소문이라……. 워낙 나에 대한 소문이 많다 하였으니 영애가 무얼 말하는 것인지 모르겠는데.”

에, 에으헤취!

라니가 작게 재채기를 한 후 발갛게 물든 뺨을 가리며 말했다.

“그…… 그, 그 소문 말입니다. 올리비에 왕하께서 왕하께 지대한 관심을 보인다는…….”

라니는 손가락을 꿈틀거렸다. 주제넘었나 싶은 생각에 뒤늦게 약간
의 후회가 찾아들었으나 대답을 들어야 성에 찰 것 같았다. 우울했다.
극도의 긴장 속에서 눈동자만 데굴데굴 굴리고 있으니, 제르가 느리
게 답을 내놓았다.

“그러고 보니 알렉시스 녀석이 귀찮게도 계속 내게 서신을 보냈더라
지. 달마다 퀸시오로 찾아드는, 그 녀석이 보내는 패물도 귀찮기가 한
이 없다. 그래서?”

“…….”

“그 녀석이 아무리 나를 따라다녀도 나는 그치에게 줄 일편의 마음
조차 없으니 안심하라는, 그런 위로를 듣고 싶은가?”

라니는 패배감에 휩싸였다. 제르는 배려 없이 잔인하게 쐐기를 박으
며 일어섰다.

“알렉시스가 서간에 그대의 상황을 미리 일러준 것을 감안해 무례를
책하지는 않겠다. 하지만 퀸시오에서 내쫓기기 싫다면 죽은 듯이 지
내다 돌아가라.”

제르는 누각의 탁자 위로 고급스러운 서신을 한 장 내려놓은 후, 자
리를 떠났다. 라니는 멍청한 얼굴로 제르와 종종거리며 그녀의 뒤를
쫓는 르니아를 응시하다가 탁자 위로 시선을 옮겼다.

퀸시오로 향하는 내내 복잡다단한 심경을 가눌 길이 없었다. 알렉시
스 역시 자신이 몹시 바보 같다는 걸 알았다. 왜 이렇게 제르에게 목을

매는 건지, 하지만 정신을 차리고 나면 이미 그는 또다시 바보 같은 짓을 반복하고 있었다. 지금도 퀸시오로 향한다는 생각에 가슴이 설렜다. 라니는 사실 뇌리에서 흐릿해진 후였다.

불가능하다. 모두가 그에게 그리 말했다. 알렉시스 역시 이런저런 고민을 거듭해보았다.

제르는 데바람의 전 총비. 이름보다도 총비라는 직위가 더 유명했던 베일에 싸인 쥬세의 첩이었다. 그녀에게는 아이가 있었다. 그녀는 어떻게 카르시탄이 되었나. 그녀는 카르시타에 와 아이를 낳았다고 했다. 사실 알렉시스는 밀러로부터 이야기를 전해 들은 후, 그 아이가 죽었으리라 여겼다. 이기적인 심성에서 그러길 바란 건지도 모르겠다.

아라산의 상황을 한 번 살펴보고 오겠다는 명분하의 여로는 몹시도 초조했다. 그도 입장을 완전히 잊은 것은 아닌지라 시간이 없다는 것을 누구보다 잘 알았다. 알렉시스는 빠르게 말을 재촉했다. 뉘사나가 조만간 움직일 낌새가 보이니, 이건 그의 자유로운 시절 마지막 여행이라 봐도 무방했다.

불쌍한 사촌. 에사렛타가 그토록 원했던 아들은 세상이 어떤 것인지 알기도 전에 죽임당할 것이다.

'그토록 원했던……'

문득 이상한 소름이 돋았다. 알렉시스는 공기가 눈에 띄게 차가워졌다는 걸 깨닫고 시선을 먼 곳으로 옮겼다. 퀸시오의 창백한 고성이, 까마득 먼 곳에 외로이 서 있었다.

알렉시스가 제르에게 먼저 보낸 서신을 읽고 난 후, 라니는 앓아누웠다. 서신으로 소상히 상황을 전하고 양해까지 구하며 부디 그녀가 마음 상하지 않길 바란다는 말을 거듭하는 걸 보니 소문을 의심할 수가 없게 되었다. 그렇지 않고서야 유스카리의 불호령을 듣고도 자신을 쫓아 퀸시오까지 올 리가 없었다.

'대체 내가 그 여자보다 못한 게 뭔데!'

그리도 요란하게 굴던 라니의 기세가 꺾였다는 이야기는 제르의 귀에까지 들어갔다.

사실 제르는 라니에게 가졌던 악감정을 이미 지웠다. 소블란의 외동딸은 제법 귀여웠다. 애지중지 자란 티가 역력하여, 다소 교만하긴 했지만 그것과는 별개로 세파에 물들지 않은 모습이 눈에 찼다.

유년을 모조리 한 남자의 품속에서 잃은 제르로서는, 그녀의 어리숙함이 인상 깊었다. 제 중심으로 돌아가는 세상 속에 살며 고개를 빳빳이 들고서 종알종알…… 종알종알…….

"고집이 만만치 않아요."

"어차피 녀석이 오면 알아서 할 테지. 그리고 르니아, 야간의 수비 병력을 더 보충해. 혼자 그리 애쓸 필요 없어."

무슨 말인가 싶어 눈을 둥글게 뜨던 르니아가 이내 허탈하게 웃었다. 제르를 노리는 이들이 최근 부쩍 자주 퀸시오의 성벽을 넘어온다는 것을 그녀 또한 알고 있던 모양이었다.

"알고 계셨어요? 아스난 님이죠?"

제르가 대답하지 않겠다는 듯이 어깨를 으쓱했다. 르니아가 멋쩍게 뒤통수를 긁적였다.

"그럼 그 빨간 머리는 어쩌실 거예요?"

제르는 창 너머로 시선을 옮겼다. 르니아가 장난기 서린 음성으로 뭉근하게 물었다.

"설마 기다리시는 건 아니죠?"

"……무슨 소리야. 그리 보였니?"

멈칫한 제르가 노골적으로 미간을 좁히며 되묻는 얼굴에 르니아가 쓰게 웃었다.

"농담이었어요. 그러면 그 철부지 아가씨는 어쩔까요. 제가 잠깐 찾아가볼까요?"

"네가?"

"네, 가서 정신 차리게 속 좀 긁어줘야죠."

"곱게 자라왔으니 아무것도 모르는 게지. 너무 그러지 마라."

제르가 고개를 저으며 미소 지었다. 그런 제르를 멀거니 바라보던 르니아의 입가에도 남모를 미소가 배어들었다.

"왜 웃어?"

제르는 모르지만, 그녀는 변했다. 사람다운 사람들 사이에서 그녀 또한 눈에 띄게 안정되었다. 아무것도 모르고 방만하게 구는 이를 증오하고 멸시하던 그녀가 그 무지를 용서하는 말을 하는 날이 올 거라곤 상상도 하지 못했다.

괜히 감동적이라, 르니아는 와락 제르에게 달려가 그녀의 목을 끌어안았다.

"좋아서요. 시나와 님이 너무 좋아서요."

"후안 경이 서운해 하겠다."

"아, 아무 사이도 아니라니까요!"

르니아는 참 좋았다.

이곳이, 이 땅이, 이 사람들이.

한산하던 퀸시오의 내성은 알렉시스의 등장으로 소란스러워졌다. 라니의 여파가 미처 가시기도 전이었다. 왕위 후보의 공식 방문에 퀸시오의 식솔들은 그를 맞이하기 위해 바삐 움직였다. 곧 알렉시스는 단출한 기사와 수행원들을 이끌고 성 안으로 들어섰다.

마중을 나와 있던 제르는 지극히 화려한 망토의 남자를 이질적으로 바라보았다. 알렉시스는 말에서 내려 그녀의 앞에 섰다. 붉은 머리칼이 부쩍 자라 이젠 귀를 다 덮었다. 그는 빙그레 웃으며 주위를 연신 두리번거렸다.

"이곳도 많이 변했군. 예전에는 이런 모습이 아니었던 것 같은데 말이야."

"오랜만에…… 뵙습니다, 왕하."

비공식이 아닌, 공식적인 자리에서는 처음이라는 사실을 의식한 듯 정중한 태도를 취하는 제르를 빤히 바라보던 알렉시스가 장난스레 대꾸했다.

"그랬던가? 아닌 거 같은데."

제르가 퍽 표정을 일그러뜨리자 알렉시스는 못 본 체 제르의 뒤로 쭉 사열한 기사들을 둘러보았다. 그와 눈이 마주친 아스난이 고개를 조아렸다.

"엘보르트 경도 오랜만이군."

"모시게 되어 영광입니다. 왕하."

"아, 그래. 이쪽은 아르노만에 적을 두었다던 그 기사지."

"……테일런 클로이스 펜 세피노제입니다. 퀸시오의 기사입니다."

"오랜만에 보니 이 얼굴도 반가운걸?"

알렉시스가 테일런을 발견하고는 요모조모 뜯어보았다. 그의 기억 속에서 가장 자주 제르의 곁을 지켰던 기사였다. 제르가 뾰로통한 표정을 지으며 마음을 가라앉히는 모양새가 또 희한하게 귀여워 보였다.

그는 이리 공식적으로 만난 김에 대놓고 놀릴 마음을 먹었다.

"퀸시오의 기사들은 얼굴로 검을 휘두르나? 다들 이리도 훤칠하니 용모가 훌륭해서 질투 나는걸. 그래서 이곳의 왕하께선 그리도 눈이 높으신가."

제르의 미간에 힘줄이 돋았다.

"어찌 그런 농을 하시는지요. 날이 추운데 안으로 드시지요, 왕하. 보는 눈이 많습니다."

"내 눈은 너밖에 안 보이는걸."

"농도."

"네게만 하는 농이야."

"……."

당혹한 제르의 낯에 어쩔 줄 모르는 기색과 함께 불만의 그림자가 드리워졌다. 더 건드렸다간 이 자리에서 쓴소리를 듣겠구나 하는 걸 본능적으로 감지한 알렉시스가 너털웃음을 지으며 화두를 돌렸다.

"헌데 얼굴 하나가 보이지 않는 듯한데?"

말을 마친 알렉시스는 곧 셀파의 뒤에 서 있는 르니아를 발견해냈다.

"저기 있군. 오랜만이지?"

르니아는 알렉시스에게 폭력을 휘두르고 욕설에 힐난까지 서슴지 않았던 전적이 있던지라 영 거북스러워 물러나 있던 중이었다. 게다가 최근 퀸시오를 방문하는 밤손님들은 쇼하인의 휘하 세력들. 즉 알렉시스의 사람들이었다.

르니아가 어색하게 웃으며 손을 흔들었다. 그 모습에 경악한 아스난이 그녀를 꾸짖으려 했지만 알렉시스는 호탕하게 웃으며 그를 만류했다.

"괜찮네."

르니아가 껄끄러움으로 어쩔 줄 모르고 움츠리자, 셀파가 슬그머니 그녀의 앞을 가로막았다. 알렉시스의 눈매가 가늘어졌다. 르니아의 얼굴 위로 홍조가 떠올라 있었다.

'오호?'

"어, 거기 둘 연애하나?"

"아니라고요!"

알렉시스의 격의 없는 물음에 깜짝 놀란 르니아가 고개를 내밀고 버럭 소리쳤다. 그녀는 스스로가 말하고도 놀란 사람처럼 합죽이처럼 입을 다물고 눈동자를 데굴데굴 굴렸다. 셀파는 약간 당황한 사람처럼 그녀를 내려다보다가 옆머리를 긁적이며 시선을 내릴 따름이었다. 르니아는 셀파에게 미, 미안해요. 셀파 님, 뭘 잘못했는지도 모르며 사과했다.

짓궂게 놀리는 알렉시스를 마뜩찮게 바라보던 제르가 조용히 정리했다.

"소개와 인사는 그 정도로 하시는 게 어떨지…….."

"오랜만에 이렇게 너랑 만나게 돼서, 나도 모르게 좀 들뜬 모양이야."

고대했던 그녀와의 재회는 극적이거나 감동적이지는 않았지만 가슴이 설렐 만큼 즐거웠다.

그때였다.

"스…… 승님?"

어린 소년의 미성이 불쑥 울렸다. 알렉시스를 환대하기 위해 모여 있던 이들의 시선이 일제히 어린 목소리의 주인공에게로 고개를 돌렸다.

"마, 말도 안 돼. 이게 무슨 일이에요? 스승님이 뭐, 뭐라고요?"

늘 성에 들어와 후카를 연주하는 소년은 이미 모르는 이가 없었다. 욜랑은 휘청거리며 사람들 사이를 헤치고 다가와 알렉시스의 얼굴을 더 자세히 바라보더니 숨을 멈춘 사람처럼 경직했다.

제르가 혀를 쯧, 찼다. 사정을 모르는 이들은 욜랑을 자리에서 끌어내려 했다. 욜랑을 발견한 알렉시스 역시 당황스럽긴 매한가지였다. 욜랑이 왜 퀸시오의 성에 있는지에 대한 문제는 차치하고라도, 사람들이 모인 자리에서 스승과 제자의 관계라는 사실을 알리는 것은 여러모로 껄끄러운 일이었다. 일단 그는 지체 높은 카르시탄으로서 이 자리에 서 있는 것이었으므로.

"스, 스승님 맞아요?"

욜랑이 거듭 물었다. 알렉시스는 욜랑을 만류하는 이들을 눈짓으로 물린 후 난처한 미소를 지어 보였다. 욜랑은 부쩍 자라 있었다. 변성기를 거치고 있는 건지 묘하게 달라진 목소리는 전보다 더 귀에 단 미성이 되어 있었다. 젖살이 좀 빠진 것도 같고, 키도 컸다.

그리고 이젠 제법, 악기가 잘 어울렸다.

아무 말 않는 알렉시스를 올려다보는 욜랑의 표정이 금방이라도 울음을 터뜨릴 것처럼 흐려졌다. 한참이나 고민스러운 표정을 하던 알렉시스는 터벅터벅 욜랑에게 다가가 소년의 몸을 번쩍 안아 올렸다.

"잘 지냈어? 우리 꼬맹이."

기사, 식솔 할 것 없이 그들을 에워싸고 있던 이들의 눈이 휘둥그레졌다. 그러건 말건, 알렉시스는 능청스런 웃음을 지어 보였다.

"어, 너 이제 좀 무겁다."

역시나 체면이나 차리고 으름장을 놓는 것은 성미에 맞지 않는다.

알렉시스가 욜랑을 거둔 것은 평복을 하고 여행자 행세를 하며 돌아다니던 몇 년 전이었다. 평민 아이가 일행으로 있는 것은 괜찮은 위장이었다. 천애고아인 그 아이가 음악에 조예를 보이는 것이 갸륵하고 안타까워 거두었다. 물론 아이는 알렉시스와 레퍼스의 슬하에서 반년 가까이 지냈음에도 그들의 정체를 알지는 못했다.

퀸시오에 들르면서 욜랑을 만나야겠다는 생각은 했었다. 수선집의 인품 좋은 노부부가 그 아이를 잘 돌보고 있는지, 어려움은 없는지 신경을 쓰지 않을 수는 없었던 것이다. 하지만 자신이 누구인지까지는 밝힐 생각이 없었다.

'정말 애들은 금방 자란다니까.'

제르의 집무실에 나란히 앉은 알렉시스는 앉은키도 훌쩍 커버린 욜랑을 보며 생각했다.

망토를 벗고 나니 어깨가 가벼웠다. 체통이야 거드름 피우는 이들 앞에서만 지켜주면 그만이었다. 욜랑은 여직 혼란스러운 기색이라 조금 미안하기도 했지만, 사실을 알고도 여전히 스승이라 부르니 여간 어여쁜 것이 아니었다.

'역시 이런 게 나한테 어울리지.'

욜랑이 슬금슬금 그와 거리를 두고 시선을 내렸다.

"너 이 녀석, 왜 스승님에게 낯을 가리는 것이냐?"

"제가 어…… 어찌해야 하겠사옵니까…… 스승님!"

"어쭈? 그 낯간지럽고 어울리지도 않는 말투는 뭐야? 제르, 너 애를 왜 이렇게 만들었냐."

"그게 왜 내 탓이냐."

입술로 찻잔을 끌어 대던 제르가 기막히다는 듯 대꾸했다.

"그럼 애가 왜 이래. 예전의 그 낯짝 두껍던 꼬맹이는 어디 가고 이렇게 덜덜 떠는 거야?"

"그야 그때는 스승님이 그, 그런 지체 높으신 분인 줄 몰랐잖아요!"

욜랑의 말대답에 알렉시스는 등을 소파에 기대며 씩씩거리는 욜랑의 머릴 헝클었다.

"슬슬 성격 나오는구만? 내친김에 하나 더 알려줄까. 베이하크라는 이름 혹시 들어봤어? 레이스가 거기 대장이야."

욜랑이 흐억 숨을 들이켰다.

"그, 그, 그 레이스 형님이요? 왜 말 한 마디 안 해준 거예요! 놀라서 까무러칠 뻔했잖아요!"

168   169

"내가 언제 거짓말했어? 네가 나한테 물어본 적이나 있어?"

"그건 아니지만! 누가 그런 걸 물어봐요!"

제르가 미간을 찡그렸다. 알렉시스 저 녀석, 가만 보니 비슷한 수법으로 사람을 여럿 등쳐먹고 다닌 모양이었다.

"상습범이었군."

"뭐, 그렇게 말한다면 반박의 여지가 없지만 말이야……. 악의가 있는 건 아니었다고?"

욜랑이 고개를 휙 돌리며 구시렁거렸다. 알렉시스는 욜랑의 등에 매여 있는 후카를 제 것마냥 빼앗아 들더니 이리저리 훑어보기 시작했다.

"줄이 이렇게 닳은 것을 보니 제법 열심이었나 보지?"

"다, 당연하죠!"

"한번 얼마나 늘었는지 확인해봐야겠구나."

"저, 정말요? 봐주실 거예요?"

"그래. 나중에 찾아갈게. 그러고 보니 너 오늘은 왜 이 성까지 들어와 있던 거냐?"

"저 거의 매일 오는걸요."

"네가? 성에? 왜?"

제르가 대신 답했다.

"내가 퀸시오 성의 연주가로 고용했다."

"뭐?"

악기를 만지작거리던 손을 멈춘 알렉시스가 제르를 빤히 바라보았다.

"저 녀석의 스승이었던 자로서 객관적으로 이 녀석이 그 정도의 실력은 안 될 거라 생각하는데. 성의 공식 연주가라니 너무 과한 것 아니냐? 예전부터 실력은 젬병인 주제에 콧대만 높아가지고 걱정이었고만."

욜랑이 어깨 축 늘어뜨리며 시무룩한 표정을 지었지만 알렉시스는 냉정했다.

되레 제르가 시큰둥하게 대답했다.

"쓸 만해."

"그렇다고 해도……."

"내정 간섭이냐?"

"……그럴 리가 있겠습니까, 왕하."

알렉시스가 즉각 부정했다.

한창 투닥투닥거리던 욜랑은 역시, 오래 있기엔 눈치가 보였던지 슬금슬금 물러갔다. 능청스럽고 천진하게 웃던 알렉시스는 욜랑이 밖으로 나가는 것을 뚫어져라 바라보다가, 한결 차분한 음성으로 운을 뗐다.

"이렇게 정식으로 대면하는 것은 처음이군."

제르는 침묵으로 긍정했다. 그의 말처럼 정식 대면은 처음이었다.

"인사가 늦었네. 제르, 보고 싶었어."

막 찻잔을 내려놓던 제르의 손이 크게 떨렸다 멎었다. 제르는 입술을 그러문 채로 눈썹을 내리깔았다.

"……그런 농은, 그만해라."

조금은 거친 음성이었다. 빤히 제르의 낯색을 바라보던 알렉시스가 자연스럽게 화두를 돌렸다.

"라니의 일로 곤란하게 한 건 미안해. 그 계집애가 워낙에 오냐오냐 자라서 약간 문제가 있어. 낯짝 두껍기도 하고. 내 선에서 끝냈어야 했는데. 라니가 무례하게 굴지는 않았어?"

"그다지."

"그럴 리가 없는데."

"약간의 행패와 지적질 정도."

"지적?"

"옷차림, 수준, 자격 운운하며."

"네가 그걸 듣고만 있었어?"

"적당히만."

알렉시스가 머쓱하게 웃었다.

"근데 옷차림은 왜?"

"화려한 것에 눈이 익은 자가 소박한 것을 보면 허전하다는 생각을 하는 게 당연한 이치지. 그네들에게는 네가 오늘 입고 왔던 화려하기 짝이 없는 망토가 보통 당연한 거니까."

"내가 보내준 선물들은 어쩌고?"

"고이 모셔두었으니 나중에 다 가져가라."

알렉시스가 의자에 길게 늘어졌다. 기운이 빠진다는 기색이 역력한 얼굴이었다.

"너무한걸. 기껏 골라 보냈는데."

느른히 중얼거리는 알렉시스의 음성엔 깊은 아쉬움이 배어 있었다. 솔직하게, 저 못잖게 애잔한 사람이라. 그런 생각도 드는 남자였다. 그의 저 자유롭고 분방한 모습이 부럽다. 이상하게 밉지가 않은 모습도 눈에 든다. 붉은 눈동자는 따스하다. 그를 마주한 후로 연신 이상한 기분에 잠기는 자신이 이상했다.

에르크에서 그와 송별한 후 다달이 도착하는 그의 서신들. 인정하고 싶지는 않으나, 어느샌가 그녀는 그것을 기다리게 되었다. 그가 전해 오는 사소한 이야기들은 정답고 정성스러웠다.

알렉시스의 눈에 잠긴 듯, 이끌린 듯 그를 응시하던 제르가 천천히 시선을 회피했다.

"넌…… 참 대단하구나."

"그렇지? 내가 말했잖아. 나같이 잘난 남자 놓치면 후회할 거라고."

뜬금없이 툭 뱉는 말에도 유들유들 웃으며 넘기는 남자.

'설마 그 빨간 머리를 기다리시는 건 아니죠?'

갑자기 르니아의 농담이 떠올라 얼굴이 벌겋게 익는 기분이었다. 머리는 정신이 없고 가슴은 욱신거렸다. 알렉시스는 고개를 삐딱하게 기울인 채로 그녀를 바라보다가 눈이 마주치자 예쁘게 웃어 보였다.

"너한테 칭찬 들으니까 좋은데? 내가 보낸 선물들 중에 정말 네게 잘 어울릴 것 같은 것도 있어. 나중에 나랑 같이 가서 보자. 내가 직접 착용하는 걸 도와주고 싶기도 하고."

"대체 내게 왜 그러는 거냐?"

"뭘?"

"내게. 이러는 거."

참다못한 제르가 속에 짓눌려 있던 의문을 꺼내었다.

그녀의 표정이 평소와는 또 다르게 진지하다는 걸 깨달은 알렉시스가 몸을 앞으로 기울였다.

"그냥, 나 내키는 대로 하는 거야. 너무 기분 나빠 하진 않았으면 좋겠는데…… 이게 또 은근히 상처라."

"내게 이래서 네게 무슨 득이 되는데."

제르는 진심으로 이해할 수가 없었다. 자신에게 이리 구애를 펼친다고 해서 그에게 득 될 것은 하등 없었다. 그녀는 카르시타의 이상적인 여성상에 부합하는 여자도 아니었을뿐더러, 성정이 온화한 것도 아니었다. 가진 것이라곤 허울뿐인 왕명과 넝마가 된 오만한 자존심뿐인, 그런 보잘것없는 여자였다.

"나 그렇게 욕심 많은 사람 아냐. 득 되는 걸 쫓는 것도 좋지만, 것보다는 당장 내가 하고 싶은 걸 하는 게 더 좋은걸."

말문이 막힌 제르가 알렉시스를 의심하기 위해 그의 눈빛에 어린 거짓을 찾아 헤맸다. 그러나 어디에서도 거짓의 기미는 보이지 않았다. 하지만 그래서 심장이 덜컥 내려앉았다.

'……너는 왜.'

제르는 어지러운 마음을 다잡기 위해 애썼다. 세드로는 이제 겨우 세 살. 알렉시스는 어린 세드로를 위협하는 가장 큰 정적 중 한 명이었다.

"너와 나는 얼굴을 맞대고 즐거웠던 그런 사이가 아니잖나……."

"나는 너와 있으면 항상 좋았는데, 너는 전혀 즐겁지 않았었나."

어딘지 씁쓸한 혼잣말이었다. 알렉시스는 자세를 편히 바꾸어 등을 기댄 채 등받이 위로 고개를 젖혔다.

제르는 왠지 알렉시스의 힘 빠진 낯색에 괜스레 마음이 불편해졌다. 동시에 그러면 안 된다는 생각도 들었다. 만일 저자의 감정놀음에 말려들게 된다면 그야말로 자신은 돌아올 수 없는 길을 걷게 될 것이다. 그녀가 애써 냉정하게 말했다.

"……그래서 언제 다시 떠나지?"

"나도 시간이 별로 없으니, 한 닷새 정도."

"······그래, 잘 쉬다 가라."

알렉시스가 씨익 웃으며 몸을 일으켜 세웠다.

"그리 다신 안 만나줄 것처럼 말하지 말라고, 만찬 정도는 대접해주겠지?"

흥얼흥얼, 알렉시스가 콧노래를 부르며 문을 향해 걸어갔다. 조금 전까지만 해도 그리 침울해 보이던 남자가 언제 그랬냐는 듯 싱글거리며 돌아가는 모습이 얄미운 한편 마음이 놓였다.

이상하게도.

왕도 엘올라는 금군 대장인 제피언의 휘하 군사들과 왕도를 수호하는 수호 가문들 외의 몇몇 가문의 사병들로 보호되고 있다. 그러나 가장 큰 왕도 수호자인 칼시단과 수호 가문의 대표격인 키이브 가문의 사이가 몹시 나쁘다는 건 모르는 이가 없었다. 역사를 거슬러 올라야 그들의 악감정을 조금이나마 이해할 수 있었을 터였다. 그들 사이의 악감정은 유스카리의 치세에 이르러 최고조에 이르렀다.

그건 단편의 비극처럼 짧은 치정극에서 시작되었다.

칼시단 가문의 여인을 사랑했던 키이브 가문의 베다시아. 원수의 가문을 사랑한 두 연인의 이야기는 일견 낭만적으로 보일 수도 있는 이야기였다. 하지만 당사자들의 속은 새까만 재투성이라. 칼시단 가문의 제피언은 키이브 가문의 베다시아와 사랑에 빠진 질녀 케이슬린을 강제로 유폐했다. 그녀의 연인이었던 베다시아는 제피언의 사택 앞에서 보름 밤낮으로 무릎을 꿇고 애걸했다. 제피언은 강경하게 베다시아를 축객했고, 그럴 때마다 베다시아는 다시 돌아와 연인을 청원했다. 제피언은 결국 케이슬린을 어느 이름 없는 귀족과 결혼시켰다. 하잘것없는 가문에 귀한 칼시단의 피를 내어주는 한이 있어도, 키이브에게는 줄 수 없다는 의지였다. 그로부터 1년, 케이슬린은 스스로 목숨을 끊었다.

그의 이야기를 아는 이들은 누구나 안타까움에 꽃 대신 묵념을 보냈으니. 그들 가문 간의 악감정을 그리도 애석해했다더라.

베다시아는 그 후로 2년이 넘는 시간 동안 폐인의 꼴을 벗어나지 못했다. 그는 제피언을 저주했고, 증오했다. 그러나 제피언 또한 분노에 찬 것은 마찬가지라. 제피언은 질녀의 자살이 키이브 가문의 책임이라며 맹비난했다.

칼을 벼리며 재기한 베다시아가 뉘사나를 찾는 일은 최근 빈번했다. 친 뉘사나의 세력에 노골적으로 발 담근 그를 모르는 이는 드물었다. 최근 그의 행보에 여타 귀족들은 본격적으로 알력다툼이 심해질 것을 짐작하고 몸을 사리기 시작했다.

그러나 오늘은 평소와 같은 용건이 아니었다. 그는 벌건 얼굴로 끓는 분노를 고스란히 드러내며 언성을 높였다.

"약속이 다르시지 않습니까!"

보송보송한 아기의 얼굴을 조물거리는 소소한 일상에 흠뻑 취해 있던 뉘사나는 느닷없는 베다시아의 항거에 표정을 찡그렸다. 그는 아기를 유모에게 안겨주며 자세를 바로 했다.

"일단 앉지."

"왕하께서 저를 속이신 겁니까?"

"그럴 리가. 하지만 헨로 경도 이쪽 돌아가는 상황을 잘 알지 않나. 그대의 사정이 딱하다는 건 잘 알고 있지만 오늘 이 방문은 조금 언짢군."

뉘사나는 나른한 음성으로 덧붙였다.

"금군 대장 제피언은 작은 세력이 아니니 조심히 다루는 건 나쁠 것이 없다."

"분명 왕하께서는 그자를 제게 넘기기로 하셨습니다."

"그래, 일단은 그랬지. 나도 기억하고 있어."

"헌데 어찌⋯⋯!"

뉘사나의 시큰둥한 반응에 베다시아의 얼굴이 일그러졌다. 뉘사나는 이내 힐긋 유모의 품에 안긴 첫째 딸아이를 곁눈질하며 표정을 누그러뜨렸다.

"언성은 낮추지. 좋지 않은 이야기를 들려주고 싶지는 않거든."

"왕하께서 어떤 계획을 획책하셨다 해도 저는 따랐을 것입니다. 왕하께서 제게 약조하신 것만 지켜주신다면 저는 제피언과 함께 파멸한다 해도 기쁘게 섶을 지고 불 속으로 뛰어들었을 겁니다."

"굳이 그리 파멸을 해야 직성이 풀리겠다?"

베다시아의 눈빛에 어린 눌러 담지 못한 증오에 뉘사나는 그를 힐난하기를 포기했다.

"후일 내 그대에게 충분히, 그대가 만족할 만한 보상을 내릴 거다."

"지위나 명예 따위는 필요 없습니다."

이를 드러낸 뉘사나의 음성이 안개처럼 낮게 깔렸다.

"그래서 지척에 이른 나의 계획을 멈추겠다?"

"약조를 지켜주십시오."

뉘사나는 대답 대신 베다시아를 위협하듯 노려보았다. 베다시아는 이를 악물고 일어서며 다시 한 번 그의 의사를 확고히 표했다.

"번복하지 않겠습니다. 제피언의 목은 제 것입니다."

"그리 긴 시간 끊이지 않았던 그대들의 원한 관계를 보는 것은 즐겁지."

"지난 시간 침묵해온 것은 다 이번 거사를 위함이었습니다. 왕하를 위해 목숨 바치겠다는 각오를 다진 것 또한, 단 한 번의 보복도 행하지 않은 것 역시 단번에 제피언을 몰락시키기 위함이었습니다."

그의 반발을 예상은 했지만 지나치게 뿌리 깊은 증오는 뉘사나로서도 예상 밖의 상황이었다. 그러나 제피언이 내민 손을 잡은 것은 합리적인 결정에 따른 결과였다. 베다시아를 어찌 달래야 하나 고민하던 뉘사나가 턱을 매만지며 얕은 한숨을 내켰다.

"그대가 원한다면 언제고 칼시단은 몰락하게 될 거다. 막지 않아."

그건 베다시아가 듣고 싶었던 대답이 아니었다. 이건 일종의 배반이었다.

베다시아는 곧 몸을 일으켜 나왔다.

뉘사나의 궁 밖에 이른 그는 저를 기다리고 있던 마차에 올라 비명 같은 고함을 내질렀다.

"빌어먹을!"

놀란 마부가 마차를 멈춰 세웠다가, 다시 말굽을 재촉했다. 베다시아는 한참을 몸부림치듯 벽을 때리고 좌석을 때리고 커튼을 찢고 횡포를 부리다가, 이내 숨을 가라앉히고 허공을 노려보았다. 이미 늦어버렸다. 뉘사나의 계획은 이달이 넘어가기 전에 실행될 것이고, 자신은 그 안에서 빠져나갈 수가 없었다.

먼저 그에게 접근해 칼시단을 멸문시킬 기회를 주겠다며 회유했던 뉘사나였다. 그런 그라면 제피언과 손을 잡기 전에 이미 제 반발을 예상했을 터다. 섣불리 움직였다간 제피언에게 제 목만 내어주게 되리라.

한평생 가슴에 묻어둔 여인을 위해 그자를 죽이리라 칼을 벼려왔던 시절이 주마등처럼 스쳐 지났다. 그 끝에는 제게 연인을 죽음으로 몰아넣은 살인자라 외치던 제피언이 있었다.

퀸시오에 이르기까지 오랜 시간 말을 달려온 알렉시스는 여독을 풀기 위해 가벼운 식사를 끝마친 후 내리 잠을 청했다.

이튿날 아침, 잠에서 깬 알렉시스는 커튼을 걷어내다 말고 넋을 놓았다. 제르는 이미 평소와 다를 바 없는 차림으로 밖에 서 있었다. 기묘한 마법에 걸린 것처럼 간질거리는 하루의 시작이었다. 눈이 닿는 순간 미소가 피어올랐다.

'부지런하기도 하지.'

그녀는 늘 그녀를 따르는 테일런이라는 기사와 시종 르니아를 대동한 채 어딘가로 향하고 있었다. 창턱에 팔꿈치를 대고 턱을 괸 채로 제르의 뒷모습을 흡족하게 바라보던 알렉시스의 눈에 문득 낯선 것이 들었다.

'트란실 인?'

척 보기에도 대륙인은 아니었다. 까무잡잡한 피부, 뚜렷한 윤곽의 이목구비, 전체적으로 강한 인상을 풍기는 트란실 남성이 제르의 뒤를 몇 걸음 간격을 두고 따랐다. 곧 제르는 정원의 귀퉁이에 이르러 그 트란실 인과 마주 보았다.

까만 눈동자가 외지인에게 고스란히 매인다. 문득 질투가 났다. 그녀의 시선을 오롯이 갖고 싶다는 일련의 숨겨왔던 욕망이 슬그머니 머리를 들었다. 이내 알렉시스는 긴 한숨을 내쉬며 자조했다. 그는 가만히 손톱처럼 작게 보이는 제르의 얼굴을 응시했다. 이 거리에서 보일리가 없는데도, 그녀만큼은 선명하게 눈에 담기는 게 신기했다.

그저 보고 있는 것만으로도 시간 가는 줄 모를 만큼, 가슴이 두근거렸다. 이런 기분을 느껴본 적이 있던가. 가까이 있다는 것만으로도 기분이 들뜨게 되는 것. 이게 행복이라면 행복일 터였다. 지금처럼 방랑하며 유랑하며, 하고픈 대로 사는 것 역시 자신과 어울리는 일이다.

곧 제르는 트란실 인과 함께 시야 밖 어딘가로 사라졌다.

타닥타닥. 장작 타는 소리에 알렉시스가 정신을 환기시켰다.

알렉시스 또한 몸을 돌리며 기지개를 켰다.

'트란실 인이라……'

뉘사나가 세드로를 죽인다면 그건 유스카리와의 전쟁도 불사하겠다는 의지가 오롯해졌을 때다. 당장 뉘사나의 세력을 누를 군대가 부족하므로, 그는 뉘사나가 유스카리에 의해 깎여나가길 기다려야 했다. 그는 뉘사나가 세드로를 음해할 때, 엘올라에 있어선 안 되었다.

관건은 유스카리가 얼마나 뉘사나를 효율적으로 막아내느냐 하는 것. 그의 군사력을 많이 소모시키면 소모시킬수록 이쪽이 움직이기가 좋다.

알렉시스는 늘 최악의 상황을 염두에 두라 배웠고 그것을 충실히 이행해왔다. 기실, 최후의 수는 이미 두었다. 달갑지는 않지만 시기가 적절하게 맞아준다면 아무리 뉘사나가 수작을 부려도 걱정할 것이 없었다.

게다가 쇼하인령, 아라산이 엎어지면 코 닿을 거리에 있으니 이곳은 그에겐 좋은 피난처였다. 만일 뉘사나가 이곳까지 군대를 보낸다고 해도, 요크 반도에 다다르기까지는 달은 훌쩍 걸릴 테니 그사이 쇼하인의 사병들을 준비시키면 될 일이다.

유일하게 마음에 걸리는 것은 제르였다.

유스카리를 지지한다는 이유로 망명이 승인될 리는 없었다. 사적인 이유로 데바람의 전 총비를 카르시탄이라는 지위까지 끌어올릴 리도 없었다. 필경 어떤 내막이 있을 터인데 구체적인 이유를 알지 못하니 그에 관해 대비조차 할 수 없었다. 만일 유스카리가 실각하게 되면 그녀는 어찌 되나? 대놓고 물을까 생각도 했지만 왠지 상처를 건드리는 것 같아 내키지 않았다. 데바람의 총비라면 유명했다. 쥬세가 끼고도는 나이 어린 계집아이. 알렉시스가 어릴 적엔 데바람의 총비에 관한 이야기가 왕왕 들려오기도 했는데, 대부분이 좋은 이야기는 아니었다. 극과 극을 오가는 평가. 왕을 홀린 요부 같은 계집이라 하는 이도 있고, 아무것도 할 줄 모르는 어리석은 아이라 말하는 이도 있었다.

그러나 알렉시스가 본 제르는, 그저 분투하며 살아가는 여자였다.

'아이…… 라.'

결국 연거푸 쏟아지는 한숨에 알렉시스가 흐트러진 머리칼을 쓸어넘겼다. 그것에 관해서만큼은 제 입으로 물을 수 없을 것 같았다.

생각을 그친 알렉시스는 한참이나 제르가 사라진 길목 저편을 응시하다가 외투를 걸치고 밖으로 나섰다. 그가 왔다는 것을 알고도 코빼기 하나 안 비치는 것이 삐져도 단단히 삐진 모양이라. 라니의 일을 먼저 해결해야 했다.

라니는 침대에 누워 꼼짝도 않고 있었다. 얼굴이 벌겋게 달아올라 끙끙거리는 것이 몸이 정말 좋지 않은 모양이었다.

"아프다고 들었는데."

"테피온."

마른 음성이 애처로울 정도로 연약하게 그의 이름을 불렀다. 아파 앓아누운 것을 내려다보고 있자니 조금은 미안해졌다. 라니가 악한이 아니라는 것을 알기에 더욱 입안이 썼다. 라니의 사정은 한 번도 돌아본 적 없었고, 앞으로도 그럴 것이다.

알렉시스는 떨어지지 않는 입술을 열었다.

"많이 안 좋아 보이는데. 그러게 뭐 하러 여기까지 쫓아와서 몸을 망쳐."

"그렇게 못되게 말해야 직성이 풀리겠어?"

그녀의 표정이 금세 시무룩해졌다. 알렉시스는 조용히 침대 맡에 엉덩이를 붙이고 앉았다.

이불을 얼굴까지 끌어올린 라니가 울먹이는 음성으로 애원했다.

"날 다시 받아줘. 내가 잘못했어. 내가 많이 부족했어. 테피온, 자비를 베풀어줘."

"그만해, 그런 소리는."

이미 늦은 일이었다. 그녀의 저런 진심 어린 사과는 그가 제르를 눈에 담기 전에 했어야 했다. 제르에게 매료되기 전에 했어야 했다. 여지없는 단호한 음성은 예민한 라니에게 더욱 확연히 닿았다. 결국 라니는 울음을 터뜨리며 이불 밖으로 알렉시스의 손목을 감싸 쥐었다.

"아직도 모르겠어, 테피온? 그 여자한텐 네가 필요가 없어."

"……."

"그 여잔 네가 필요가, 없, 다고오!"

"알아."

알렉시스가 한숨을 내쉬듯 답했다.

"네가 뭘 알아! 그래, 난 사실 너도 미워. 너는 날 아무것도 아닌 사람으로 취급하고 있지만 네 친구이기도 했어. 네가 잘되었으면 하는 마음도 분명히 있다고. 하지만 나도 여자야. 같은 여자로서 알아. 제이하이는 너한테 보답할 생각이 없는 여자라고!"

라니는 엉엉 울음을 터뜨리며 알렉시스의 팔에 매달리듯 기댔다.

"아프다 하니 화도 못 내겠고……."

라니는 급기야 알렉시스의 등허리며 팔을 꼬집고 때리며 울었다. 왜, 왜, 넌 항상 나한테 이렇게 모질어. 왜!

한참이나 시선을 둘 곳을 찾지 못해 잠잠히 눈을 내리깔고 앉아 있던 알렉시스가 느릿느릿 말했다.

"라니, 너도 충분히 아름다워."

"흑, 흐허헝, 그런 입에 발린 말로, 어허헝, 넘어가려고 하지 마!"

"너는 충분히 사랑스럽기도 하고."

"……너어. 흐아아앙."

설움에 북받친 듯 눈물을 뚝뚝 떨어뜨리던 라니가 떨리는 음성으로 물었다.

"그 여자를 사랑해?"

알렉시스는 입을 닫았다. 순간 머릿속으로 수많은 단상이 스치고 지나갔다. 사랑이라 말할 수는 없을 것이다. 아직 그 정도로 절박하지는 않았다. 아니, 애초에 이런 식으로 누군가를 바라만 보는 것으로 만족한 적이 없었다. 이 정도로 신경 쓴 적이 없었다.

알렉시스는 간신히, 뱉었다.

"조금 다르지만, 좋아하는 것 같다고 생각해."

그리 뱉고 나니, 그것이 진실처럼 와 닿았다. 알렉시스는 뇌까리듯 말을 이었다.

"그래, 좋아해. 그런 거겠지. 사실 네가 다른 사내와 배가 맞든 말든 그건 애초에 상관도 없었어. 너는 내게 그런 여자가 아니었으니까. 만일 부득불 우기고 우겨 내가 널 받아준다고 해도 너는 내 후계자 생산에 이용되는 도구 취급밖에 안 될 거다."

진심이 남긴 진혹한 상처에 라니는 눈물범벅이 된 얼굴로 악썼다.

"왜 나는 안 돼! 왜 저 여자는 되는 거야! 네가 원하는 대로 맞춰줄게, 네가 바라는 대로 다 해줄게. 나도……!"

"……."

"나도…… 나는, 테피온. 나는 정말…….."

"라니, 다 나으면 왕도로 돌아가. 이건 당부도 아니고, 부탁도 아니고, 명령이다."

라니가 상체를 힘겹게 일으켜 세워 알렉시스의 등을 끌어안았다.

"제발, 제발, 제발…….."

알렉시스는 단호하게 라니를 밀어낸 후 일어섰다.

"사람을 부를 테니 잠시 누워 있어. 더 심해지면 이쪽도 골치 아파지니까."

치켜 뜬 라니의 큼직한 눈망울이 쉼 없이 눈물을 흘려보냈다.

"정말 넌 내겐 동정조차 보여주지 않는구나."

알렉시스가 뒤돌아 허리를 숙여 라니의 이마에 조심스레 입술을 눌렀다.

"나는 이미, 네게 동정을 보일 여력이 없어. 보답받지 못할 수도 있다는 거, 그래, 내가 너보다 더 잘 알고 있어. 하지만 그래도 난 제르가 좋아. 나를 싫어하는 걸 알고 있어도, 거절당해도 쫓을 수밖에 없을 만큼. 그러니 너도 이제 그만하자."

우연히 방으로 돌아가던 제르는 반쯤 열린 문 안에서 흘러나오는 이야기들을 가만히 귀에 담았다. 엿들으려는 생각은 없었지만, 발이 저절로 멈추었다. 라니가 머무는 방이라는 것을 그들의 음성을 들은 후에야 알았다.

듣지 말아야 한 걸 엿들은 듯, 가슴이 싸해졌다. 발은 붙박인 듯 멈춰 서 떨어지지 않았다. 저릿한 가슴에 이상하게 숨이 가빠지고, 열이 오르는 듯도 했다.

한 발자국도 움직이지 못하고 그리 선 그녀는 뒤돌아보지 않고 중얼거렸다.

어리석다.

그래, 그는 어리석은 남자였다. 가빠오는 가슴을 견디지 못하고 고개를 돌리려는 찰나, 낯선 감각이 그녀의 신경을 되돌렸다.

"......?"

몸을 경직시킨 제르가 고개를 돌려 테일런을 돌아보았다. 그의 투박한 손이 조심스레 그녀의 늘어진 외투를 쥐고 있었다. 감히 먼저 그녀에게 이런 식으로 의사를 표현하는 법이 없던 사내의 기행에 놀라기도 전에, 제르는 테일런의 어두운 낯빛을 보고 물었다.

"클로이스 경, 왜…….."

"가시는 게, 어떻겠습니까?"

테일런의 손은 서서히 떨어져 나갔다. 제르는 뒤늦게야 정신을 차리고 고개를 돌렸다. 그녀는 지나던 길이었다. 멈추고, 돌아보고, 의식할 여력 없이 바삐. 언제나처럼.

그녀는 마지막으로 좁게 열린 문틈 사이의 빛을 응시했다. 울음소리가 들렸다.

제르는 애써 귀를 닫고 걸음을 재촉했다.

"그래……. 가자. 일이 많구나."

❦

알렉시스는 울다 지쳐 잠든 라니를 뒤로하고 방을 벗어났다. 제르를 만나러 가고 싶었지만 그럴싸한 명분 없이 찾아갔다간 홀대만 받을 게 뻔했다.

'참, 나도 갈 데까지 갔군.'

새삼스럽다. 보통 이 정도의 대우를 받으면 화가 나야 마땅한데도 화는커녕 오히려 애가 달았다.

그녀가 좋다. 인지하고 나니 받아들이는 건 쉬웠다. 그러나 아직 그 깊이까지 가늠하긴 어려웠다.

알렉시스는 섣부르게 많은 것을 결정하면 안 되는 위치에서, 쉬이 마음 가는 대로 결정하며 살아왔다. 그러나 그러면서도 잊지 않은 것이 있다면 그것은 왕위였다. 선친의 서거 이후, 유년 시절 내리 그는 제 자리를 빼앗긴 것에 짙은 유감을 겪어왔으므로. 그것을 되찾아 정복하는 것에는 한 치의 주저도 없었다. 그저 당연히 원래 제 자리이기 때문이다.

그러나 제르는 그의 것이 아니었다.

공교롭게도 그녀는 그의 것이 아니었다. 그의 것이었던 적도 없었다. 어느 겨울 허름한 선술집에서 마주치기 전까지만 해도 그녀와 그는 완벽한 타인이었다. 사실 그는 제 것 아닌 것을 욕심내본 적이 없었다. 가지는 법도 몰랐다.

'하늘이 뒤집혀도, 그리는 안 될 거다.'

그래, 안 될지도 모른다는 것도 안다. 그렇지만 끝을 보기 전까지는 멈출 수 없지 않겠나.

그녀를 현혹할 수 있는 건 아무것도 없었다. 한때는 데바람의 총비였다던 여자, 극도의 방어적인 자세로 교류를 꺼려하는 여자, 부귀영화와 달콤한 말 몇 마디로는 쥘 수 없는 사람이었다. 강력한 왕권을 자랑하는 왕의 총비로서 그녀가 갖지 못했던 것은 없었을 것이다.

'생각했던 것처럼 좋은 시절인 것 같진 않았지만……'

사실 제르가 데바람 왕의 총비였다는 이야기를 듣자마자, 조사해보지 않을 수 없었다. 그녀에게는 미안하지만 어쩔 수 없었다. 타국 왕가의 일원들에 대한 자세한 내막은 늘 쉬쉬되고 있기에 구체적인 정보까지 얻기는 어려웠지만, 알렉시스가 알아낸 건 그녀가 한때 왕비의 지위에 추대될 만큼 총애를 받았으나 꼭 그만큼 쥬세의 폭압 속에서 유폐된 채 지냈다는 것이었다.

실제로 데바람엔 제르에 대한 것들이 크게 남지 않았다고 했다. 제르는 온전히 쥬세의 소유물이었다. 그녀가 타인의 접근을 꺼리며 강압적인 태도에 소스라쳐하는 것을 숱하게 봐왔다. 남편에 의해 억류되고 유폐되어 힘든 시간을 보냈다는 것을 감안하면 그녀의 그런 반응은 정상이었다. 사실 그래서 사람이 싫은 것이지, 자신이 싫은 건 아닐 거라는 그런 부질없는 희망을 갖는 것도 사실이다.

알렉시스는 곰곰이 생각에 잠겼다.

'갖고 싶은 게 뭐 있을까.'

보석이나 장신구 같은 것들은 역시나 눈에 차지 않는 모양이었다. 애초에 그녀는 하고 다니는 품새만 보아도 사실 사치스러움과는 거리가 멀긴 했다. 문득 시선을 돌리던 알렉시스는 창 밖으로 보이는 누각 위에 앉아 악기를 쥔 소년을 발견하고 눈을 반짝였다.

"어이, 제자."

욜랑의 건너편, 누각의 긴 목조 의자에 걸터앉은 알렉시스는 기특한 얼굴로 욜랑을 바라보았다. 따뜻한 난로를 하나 옆에 끼고서, 바람이 덜 드는 누각의 구석진 자리에 가부좌를 틀고 앉아 줄을 조율하는 욜랑은 제법 악공의 티가 났다. 욜랑은 알렉시스를 발견하곤 벌떡 일어나려다, 쥐라도 난 건지 신음하며 주저앉았다.

"아야야야야."

"앉아 있어. 매일 이렇게 이곳에서 연주하는 거냐?"

욜랑은 여전히 조금은 불편한지 조금은 거리를 두며 머릴 긁적였다.

"스승님, 이, 이렇게 혼자 다니셔도 되는 거예요?"

"여기서까지 주렁주렁 사람들을 달고 다니란 거냐? 것보다 춥지 않아?"

욜랑은 한결 경계심을 누그러뜨린 얼굴로 어색하게 웃어 보였다.

"퀸시오는 보통 이 정도는 시원한 편이고, 영주님께서도 추우면 들어오라 하셨는데 여기서 연주하는 게 더 많은 사람들한테까지 들리거든요. 가끔 마을분들이 찾아와 연주 감상을 해주시기도 해요. 영주님도 가끔 사금을 가지고 오셔서 같이 연주도 해주시기도 하고……."

"그래? 그런데 사금이라고? 꽤나 어려운 악기인데."

"영주님이 연주하시는 모습을 보면 아무리 스승님이라도 반하실걸요."

알렉시스가 머릿속으로 그려지는, 커다란 금을 무릎 위에 앉힌 제르의 모습을 상상했다. 한 번도 본 적은 없지만 제르라면 잘 어울릴 것 같았다.

"그러게, 한 번 볼 기회가 있다면 좋겠다. 그나저나 후카, 이리 줘봐."

욜랑은 머뭇머뭇하며 후카를 내밀었다. 알렉시스는 한때는 제가 들고 다녔던 귀하고 단단한 후카를 받아든 후 이리저리 줄감개와 몸통을 살폈다. 너무나도 자연스러운 손놀림에 욜랑은 입을 헤 벌리고 알렉시스를 바라보았다. 커다란 손이 이리저리 줄을 만지고 후카의 머리 부분을 더듬는 품새가 멋 부린 것도 아닌데 멋이 났다. 늘 자신만만한 장난기로 가득 차 있던 눈빛이 진지하게 물든 것을 보고 있으니 새삼 제 스승이 맞구나 싶은 생각에 욜랑은 핑 도는 눈물을 훌쩍였다.

"코는 왜 훌쩍거려. 멍청아, 여기 이 음이 틀렸잖아. 실을 조금 더 풀어줘야지. 너무 세게 조이면 안 된다고."

알렉시스가 혀를 쯧 찼다.

"아직 멀었어."

알렉시스는 그대로 조율이 끝난 후카를 쥐더니 느긋하게 손가락을 움직이기 시작했다. 투명하게 갈라짐 없이 울리는 소리는 하루 이틀로 낼 수 있는 소리가 아니었다. 투박한 후카의 음색이 천천히 속도를 높이고, 줄이며 그의 손끝에서 퍼져나갔다. 숲이 바람에 흔들리는 소리와 물고기들이 찬 연못 위로 파문을 일으키는 물소리가 그의 후카 소리와 어우러졌다.

실수 한 번 없이 연주를 마친 알렉시스가 후카를 소리 나지 않게 내려놓은 후 입매를 끌어 웃었다.

"이 정도는 해야지?"

넋을 놓고 있던 욜랑이 시무룩 답했다.

"저, 저도 충분히 많이 늘었다고 영주님께서는 칭찬해주셨어요!"

알렉시스가 크게 웃었다.

"제르는 너한테 정말 평가가 후하구나. 처음 네 엉망인 음악에 돈을 던지고 갈 때부터 알아봤지만 말이야. 인마. 기고만장하지 마. 아직 스승을 따라오려면 백 년은 일러. 그나저나 네 양부모님은 잘 계시나?"

"네. 어머니 아버지는 잘 지내세요. 요즘은 퀸시오를 찾아오는 다른 지방 사람들이 부쩍 늘어서 장사도 잘되고 있고요. 부부싸움이 쬐끔 잦아지셨지만."

"부부싸움은 칼로 물 베기라잖냐. 인사나 하러 한번 들러야겠군."

욜랑이 질색하며 고개를 저었지만 알렉시스는 웃기만 했다.

그는 곧 시선을 환기하듯 질박한 색채의 고독한 퀸시오 성을 올려다보았다.

"제르는 어때?"

"영주님이요?"

"그래, 이곳에 자주 드나든다고 하니 아는 것이 많겠지. 네가 아는 것에 대해 다 얘기해봐라. 스승님의 명령이다."

당황한 욜랑이 눈알을 굴리며 식은땀을 흘렸다. 알렉시스가 피식 웃으며 덧붙였다.

"너, 왕위 후보가 퀸시오의 여인에게 홀딱 반했다는 소식은 못 들었냐? 내가 뭐 나쁜 짓 하려고 물어보는 것도 아닌데 왜 그리 얼었어?"

유일한 관심사는 악기 연주인지라, 소문에는 몹시 둔감한 편인 그에게도 들린 이야기가 있었다. 지난해 내내 퀸시오를 찾았던 수많은 방문자들은 제2 왕위 후보의 구애를 받는 제르에게 아첨하기 위함이라고. 욜랑이 기겁했다.

"아……? 엥? 그게 스승님이었어요!"

"그럼 누구겠어. 그러니까 말해봐. 알고 싶어서 그래."

"영주님은…… 착하시고."

"착하다고? 걔가?"

"가…… 가끔 무섭지만."

욜랑의 말끝이 흐려졌다.

"그리고 기사님들도 자작님을 무척이나 좋아하시고……."

"그래, 그래, 그리고?"

"시간 나실 때마다 이곳에 들러주시기도 하고, 퀸시오 시내로 사찰을 나가시기도 하고요……."

그다지 쓸모 있는 이야기는 아니었지만 오물오물 말하는 욜랑은 썩 귀여웠다.

"……참 좋은 분이세요."

"아주 그냥, 세뇌라도 된 것처럼 칭찬 일색이네."

"있는 사실 그대로를 말씀드리는 거예요!"

대강 수긍한 알렉시스가 스치듯 물었다.

"성 안에 외지인이 돌아다니던데."

"외지인?"

"트란실 쪽 민족인 거 같던데. 너도 몰랐어?"

"아, 아, 락혼 님이요. 저도 잘은 모르는데 이번에 그 쟁탈전인가? 왕을 뽑는 싸움에서 져서 밀려 내려왔다고 성 안 사람들이 하는 얘긴 들었어요."

알렉시스는 수긍했다. 그보다 더 큰 이유가 있을 것도 같지만 욜랑이 그네들의 내막을 소상히 알고 있을 리는 없다.

'트란실…… 트란실이라…….'

곰곰이 생각에 잠겨 있던 알렉시스는 문득 욜랑이 궁금해 죽겠다는 얼굴로 자신을 바라보는 것을 깨닫고 비스듬 고갤 기울였다.

"왜?"

"스승님, 지, 진짜로, 진짜로 영주님을 좋아해요? 그럼 스승님이랑 혼인하게 되나요?"

아이의 호기심 속에 밴 묘한 우려를 잡아낸 알렉시스가 의뭉 떨며 물었다.

"그러면 안 되냐, 꼬맹이?"

"아…… 하지만 테일런 님이……. 아, 아니에요."

더듬더듬 말끝을 흐리는 욜랑을 내려다보던 알렉시스의 눈이 가자미눈이 되었다.

"하아?"

말실수를 했다는 걸 깨달은 욜랑은 몸을 배배 꼬며 눈치 보느라 바빴다.

'테일런이라면 제르의 호위 기사였던 거 같은데.'

알렉시스는 우직하게 늘 제르의 옆에 서 있던 사내를 떠올리고 이내 긴 한숨을 내쉬었다.

"이거, 조금은 질투 나는데……."

제르는 오전 업무를 끝마친 후 쪽잠에 들었다. 책상에 엎드려 잠든 제르의 어깨에 따뜻한 담요를 덮어주고 물러난 테일런은 혼란한 심경에 얕은 한숨을 내켰다. 가슴이 우그러진 듯 감각이 없었다. 그는 창가에 곧게 선 채로 머리칼을 쓸어 넘기며 제르의 엎드린 뒷모습을 내려다보았다. 소맷자락 사이로 드러난 하얀 손목이 가늘었다. 그녀는 저 가느다란 손목으로 스스로의 삶을, 퀸시오의 삶을 책임지고 있었다.

거리는 고작 몇 걸음일 뿐인데 아스라이 먼 곳에 핀 꽃처럼 멀었다. 내색하지 않으려 했다. 서글프게 아름다운 여자의 곁에서 자신은 언제까지고 기사일 뿐이라는 것을 알기에 감히 삿된 마음 드러내고 싶지 않았다. 가장 가까운 자리를 허락해준 것만으로도 충분한 영광이라.

그러나 통제를 떠난 질투는 검은 불처럼 그를 갉아먹었다. 같은 사내가 들어도 대단타 싶은 사내의 말에 그녀가 흔들릴까 두려워 감히 그녀의 길을 막았다. 그러면 안 되는 거였다.

그녀가 뒤척일 때마다 테일런의 숨소리는 더 낮아졌다. 잠이 적은 그녀에겐 쪽잠도 소중했다. 그녀가 깨지 않도록 조용히 몸을 돌린 테일런은 방 안을 둘러보았다. 익숙한 풍경 속 곳곳 밴 제르의 향기가 코끝에 걸렸다.

그는 부모 없이 거리를 전전하다 아르노만의 은혜를 입어 기사가 되었고, 제르에게 감화되어 아르노만을 등지고 이곳에 터를 잡았다. 그녀의 곁에서라면 스스로를 찾을 수 있을 거라는 믿음이었다. 그러나 믿음은 어느새 욕심이 되었다.

제르의 나이가 올해로 스물일곱이 넘었다 들었다. 이미 과거에 혼인을 했다는 것도 알음알음 들어 알았다. 그녀의 매정한 이면에 감춰진 우울한 시절이 드러날 때마다 못내 마음은 층위를 더했다. 그녀가 평생 홀로 살기를 바라는 것은 아니었다. 그러나 아주 가끔, 그녀가 저를 돌아봐주기를 바란 것도 사실이다. 불충이었다.

테일런은 그녀의 희고 가느다란 손목을 감싸고, 떠나지 못하도록 붙잡고 싶은 충동에 애써 시선을 내렸다.

'나는 이미, 네게 동정을 보일 여력이 없어. 보답받지 못할 수도 있다는 거, 그래, 내가 너보다 더 잘 알고 있어. 하지만 그래도 난 제르가 좋아. 나를 싫어하는 걸 알고 있어도, 거절당해도 쫓을 수밖에 없을 만큼.'

제르를 향해 어떠한 연심을 품었다는 부분에 관해서만큼은 그 역시 자신과 마찬가지인 남자였다. 그러나 여전히 그와 자신 사이에는 어떠한 극복하기 어려운 간극이 있었다. 테일런은 출신조차 모를 일개 천민이었지만 알렉시스는 태어나면서부터 모두의 우러름을 받은 카르시탄이었다. 그에겐 충분히 자격이 있었다. 제르 역시, 그를 싫어하지 않는다는 걸 잘 알아 가슴이 더욱 죄어들었다. 아마도 제르는 아르노만의 벗이라는 그녀의 약속을 지키기 위해 그를 거부하는 것일 터다. 홀로 방 안에 앉아 못마땅한 듯 그의 연서를 향해 혀를 차면서도 놓지 못하고 몇 번이나 반복해 읽는 것을 보았다.

그녀가 외로운 고독 속에 살다 죽기 바라지 않는 건 진심이었다. 그녀에게는 누군가가 필요했다. 그녀를 지탱해주며 그녀를 이끌어줄 수 있는 남자. 자신은 그러지 못할 것이라는 걸, 테일런은 누구보다도 잘 알았다.

얼마 후 눈을 뜬 그녀가 화들짝 놀라 몸을 일으켰다.

"어…… 내가 깜빡 잠이 들었군."

그녀는 무안해 하는 기색이었다. 테일런은 모른 체 고개를 조아렸다.

제르가 어깨를 감싸며 자리에서 일어났다.

"르니아는 아직 안 왔나……?"

"트란실 인들을 만나러 갔다가 바로 페이랑의 사가로 간 모양입니다."

그러고 보니 르니아는 비슷한 나이인 펜시를 꽤나 좋아했다. 펜시는 르니아처럼 말괄량이는 아니었지만 그녀 역시 르니아를 많이 친근하게 여기고 있는 듯했다. 참 보기 좋았다. 언제까지고 르니아가 제르 자신을 위해 모든 걸 헌신하는 삶을 살 수만은 없었다. 흘러내린 머리칼을 쓸어 올리던 제르는 피로한 낯빛으로 고개를 끄덕였다. 트란실 인들을 다루는 데에, 대륙의 엄격한 예의에 익숙한 기사들보다는 르니아가 더 원만하게 일을 끌어나가기에 적합하다 판단한 이유로 최근 르니아는 그들과의 협의를 이끌어가고 있었다.

가장 큰 논지는 그들의 생활과 거취, 그리고 론희 사호를 찾는 일의 조력에 관한 것이었다.

"르니아는 잡아떼고 있지만 이미 모르는 이가 없으니 후안 경이 원한다면 혼인이라도 시키고 싶은데. 나이도 나이고, 언제까지 저리 둘 수도 없고……."

"혼인…… 말입니까?"

"일단은, 내가 관여할 일은 아니지만……."

테일런은 무례도 잊고 똑바로 제르를 응시했다. 셀파와 르니아의 관계에 대해서는 이미 알 만한 이들은 다 아는 사실이었다. 본인들은 아니라 주장하고, 또 그리 믿는지 모르겠지만 실제로 다른 이들에 비해 그들의 관계는 각별해 보였다. 그러나 실질적으로 셀파는 낮은 작위나마 작위를 가진 귀족이었고, 르니아는 해적 출신이었다. 그들의 신분 차는 쉬이 용납될 만한 것이 아니었다. 제르도 그것을 모르지는 않을 터인데. 테일런이 막 입술을 벌리려던 찰나 노크 소리가 울렸다. 똑똑.

"들어와."

아스난이었다. 복도를 적신 따사로운 오후 햇살이 아스난의 옷자락에 매달려 그녀의 뺨을 물들였다.

최근 들어 가장 바쁘게 분골쇄신하며 발품을 파는 아스난은 최근 왕도로 보낼 공물과 퀸시오의 지난 재정의 회계 감사를 하고 있어 몹시 바쁜 와중이었다. 오늘 보고는 이미 끝이 났다 생각했는데, 빈손으로 찾아온 그를 보는 건 몹시 오랜만이었다. 제르는 등을 바르게 세우고 앉았다.

"무슨 일이 있나?"

"잠시 자리를 비켜주겠나?"

아스난의 나직한 음성에 테일런이 조용히 물러갔다. 제르의 표정이 침울히 가라앉았다.

"또 무슨 이야기를 하려고."

언뜻 투정을 부리는 듯한 음성이었다. 작은 한숨을 내쉬며 입꼬리를 올리고 웃던 아스난이 표정을 지우고 운을 뗐다.

"아무래도 걱정스러워 찾아뵈었습니다. 주군은 유스카리 전하를 따르신다 하셨지요."

제르는 타성적으로 시선을 내리며 마른 입술을 다물었다.

"혼란을 방지하기 위함입니다. 알렉시스 님께서 이곳에 머물고 계시는 게 그다지 좋아 보이지 않는 상황이란 건 주군께서도 아실 거라 여깁니다. 함께 올라온 이들 몇과 이야기를 해보니 왕도의 분위기도 그리 썩 좋은 게 아닌 듯합니다."

"그렇다고 하더냐."

"주군께서는 그분을 어찌하고 싶으신 겁니까?"

제르로서는 이미 한참 전 짐작한 정황이었다. 퀴네도사이가 그녀에게 전하고 간 왕실 서간은 엘올라가 폭풍 전야의 고요에 휩싸여 있다는 것을 상정했으므로.

그녀는 서랍에서 왕실의 서신을 꺼내어 아스난에게 건넸다.

"이게 뭡니까?"

"읽어봐."

왕실의 압인이 남은 밀봉이 험하게 뜯겨나간 것을 내려다보던 아스난이 서신을 펼쳤다. 서신을 눈으로 훑어 내리던 그의 어깨가 경직되었다.

"이건 대체 언제."

"퀴네도사이가 왕실 함대와 부딪쳤을 때 가져온 거야."

아스난의 어깨에 들어갔던 힘이 풀렸다.

'왜 이걸 숨기고 있었느냐.' 하며 화를 낼 거라 생각했는데 그는 의외로 침착을 잃지 않았다. 다만 그가 내쉬는 한숨의 깊이만큼 제르의 미안함도 무거워졌다.

"이 이야기가 사실이라면, 더욱더 민감한 상황입니다."

"그는 곧……."

제르가 잠시 씁쓸한 미소를 지었다.

"아니, 그리 신경 쓸 것 없는 사내다. 언젠간 위협이 될지도 모를 이지만 적어도 지금은 아니야."

제르의 말에 아스난이 난처하다는 표정을 지었다. 그는 곧 화제를 바꾸었다.

"기사들에게도 아무 말도 하지 않으실 생각이십니까?"

그녀가 데바람의 귀족계와 밀접한 관련이 있다는 것을 눈치 챈 이들은 더러 있지만 제르는 단 한 번도 공식적으로 언급한 적이 없었다.

"말해봐야 좋을 것이 없으니까. 설명하려면 내가 데바람에서 넘어온 전 총비라는 것까지 알려야 할 테고 상당히 귀찮은 일이야."

제르가 흘러내린 머리칼을 한쪽으로 단정히 쓸어 넘기며 입술을 삐죽였다.

숨 고르듯 호흡을 길게 끌어 침묵하던 아스난이 단호히 말했다.

"진심으로 그가 위협이 되지 않는다 판단하신 거라면, 최근 퀸시오를 번거롭게 하는 '그자들'에 대한 문제도 결판을 지으시는 것이 어떻겠습니까."

제르는 비웃음 비슷한 미소를 지으며 되물었다.

"그래야 한다고 생각하나?"

"이런 문제는 빨리 해결이 되어야 합니다. 껄끄러워질 수는 있지만."

"그는 알지도 못하고 있을 거다. 사내란 것들은 어쩜 이리도 똑같은 지……."

"그분을 전적으로 신뢰하시는 겁니까?"

담담히 돌아온 음성에 제르는 허를 찔린 사람처럼 작게 입을 벌렸다. 그녀는 곧 허한 미소로 부정했다.

"생각해보면 우습지 않나. 어미에게 혼이 나서 아비에게 달려가 미주알고주알 일러바치는 어린아이처럼."

알렉시스가 제르에게 구애를 하고 있다는 것을 과신한 것이 사실인지라, 아스난은 더 채근하지 못했다. 그녀의 말처럼 알렉시스의 세력 중 일부가 남모르게 제르에게 칼끝을 겨누는 것을 그에게 일러바치는 것도 우스운 모양새였다.

제르가 화두를 돌렸다.

"그보다 에스펠라에게선 서신은 없나?"

"예. 아직까지는……."

"그 녀석…… 이중으로 수작을 부리는 중인 것 같은데, 우리 이외의 다른 줄이 누구인지 알 수가 없으니 조금 걸리는군. 카르시타 왕실 함대의 해로를 알고 있는 이라면 어중이떠중이는 아닐 테니까. 물론 르니아가 이쪽에 있으니 직접적으로 우리에게 해 끼칠 일은 않겠지만 워낙 속을 알기 어려운 녀석이라."

퀴네도사이는 근본이 나쁜 녀석은 아니지만 믿을 수 있는 이도 아니었다. 카르시타의 어느 권력자와 붙어먹었는지 알 수 없는 노릇이니 조심해 나쁠 것 없었다.

"로마탄 그레온의 행적을 다시 조사해 올리겠습니다."

"그래, 된다면 줄이 닿은 게 누구인지도 알아보게. 적어도 적인지 아군인지는 알아야 할 테니까."

멀거니 창 밖을 돌아보던 제르가 문득 중얼거렸다.

"……. 경, 경이 훗날 작위를 정식으로 승계한다면 이곳을 떠나게 되겠지?"

"……예."

"언제쯤 그리 될 것 같은가?"

아스난은 괜스레 무거워지는 기분에 고개를 조아렸다.

"몇 년 안에 작위를 승계해야 할 것 같습니다."

"그렇구나."

그도 나이가 있고, 왕도에 식솔들도 있으니 너무 오래 잡아둘 수는 없었다. 문득 이 성의 모든 이들이 하나 둘 자리를 떠난 몇 년 후의 모습을 상상해보았다. 적막하고, 쓸쓸하고, 아무것도 남지 않은 허한 풍경 속에서 자신은 이곳을 벗어나지 못하고 있을 것이다.

사실, 지금 그녀의 인생은 데바람에 있을 적과 크게 달라진 것이 없었다.

그녀는 이 땅에 갇혀 유스카리의 명 없이는 함부로 떠날 수도 없는 몸이다. 아이는 왕의 손에 있고, 르니아는 여전히 그녀를 돕고 있고, 사별이 아니라도 어차피 퀸시오에서 만난 이들은 모두 언젠가 그녀를 떠날 사람들이었다.

'쥬세가 유스카리로 바뀐 것뿐인가.'

문득 든 자조에 제르가 자리에 앉아 제 손을 그러쥐었다. 춥지도 않은데, 손끝이 떨리고 있었다. 그런 그녀를 묵묵히 내려다보던 아스난이 그답지 않게 부드러운 음조로 말했다.

"그리 된다 한들, 변하는 건 없을 겁니다."

"……응?"

생각에 잠겨 있던 제르가 고개를 들었다.

"변함없습니다. 제가 작위를 승계한 후부터는 주군과 기사가 아닌 봉신과 주군의 관계로서 이어질 겁니다."

"……아서라, 애초에 내가 땅을 주고 서임을 한 것도 아닌데 봉신은 무슨……."

"그래도 한평생의 맹세를 바쳤습니다. 다를 것 없습니다."

가만히 그를 바라보던 제르는 울컥하는 마음 들킬세라 비스듬 고개를 비껴 돌렸다. 테일런이 의지하기에 마음이 놓이는 과묵한 나무라고 한다면 아스난은 그보다는 조금 더 큰, 다정한…… 다정한 무어라 해야 할까.

"그거, 참."

아아, 그래. 정 많은 곰.

"……. 미련한 말이구나."

그녀가 미소를 지우며 혼잣말처럼 답했다.

알렉시스는 퀸시오의 내정을 주유하고 있었다. 공기는 찼고, 타성적으로 울리는 발소리는 제법 고즈넉하게 느껴졌다. 거무스름한 하늘에 박힌 총총한 별들이 찬 빛을 흘려보내고, 알렉시스는 발치로 떨어진 별빛 위를 걸었다. 멀리 새 울음소리, 나뭇잎 사각거리는 소리들이

들리는 듯도 했다.

이런 여유로운 시간은 나쁘지 않았다. 과열된 머리를 식히기도 적당한 온도였다.

살면서 겪을 만큼 겪고 당할 만큼 당해가며, 그리 독하게 살아남았다고 생각했다. 더 이상 흔들리지 않을 거라고. 하지만 세상살이는 모르는 거라고, 그는 전에 없이 큰 감정에 휩쓸렸다는 걸 인정했다. 목구멍 안쪽이 꺼끌거리는 이 기분을 뭐라 해야 할까.

'잘될 거야.'

뭔가를 이렇게 애가 달아가며 지켜본 적이 없었다. 그는 많은 것을 가지고 태어났다. 그가 가지지 못한 것 중 가장 아름답고 찬란한 건 그의 아비가 물려주지 못한 왕좌 하나뿐. 왕재라는 사실과 헌칠한 껍데기 두 가지만으로도 그는 남부러울 것 없는 삶을 살았다. 모두가 그에게 먼저 다가오고, 먼저 호의를 건네곤 했던 것이다. 이런저런 사건도 있었지만 그는 결국 하고 싶은 것 무엇 하나 놓치지 않고, 자유롭게 원하는 대로 삶을 영위했다. 주위 사람들이 그로 인해 간 졸인다는 것을 알고도.

그러나 이번에 가슴 졸이는 것은 상대가 아닌 그였다. 그녀는 웃음 몇 번에, 다정한 말 몇 마디에 마음을 열어주는 호락호락한 상대가 아니었다. 가끔은 왜 이리도 싫다 학을 떼나, 왜 저리도 귀염성이 없나 싶은 생각에 울컥할 때도 있었지만, 결국 그녀의 앞에서는 칭찬받고 싶고 더 좋은 사람으로 보이고 싶은 마음이 앞서 누그러지곤 했다.

'레피스가 보면 아주 거하게 비웃겠군.'

알렉시스는 허탈하게 웃으며 시선을 환기했다. 제법 걸었으니 슬슬 돌아갈 생각이었다.

그러던 순간, 알렉시스의 예리한 눈에 움직이는 그림자들이 비쳤다. 그리고 그들을 향해 달려가는 건 제르의 망나니 시종이었다.

순간 곤두서는 전신의 신경. 그것은 보다 젊었을 적 몸담았던 집단에서 배운 것이다. 살기라.

분위기가 삽시간에 얼어붙는 것이, 제법 심각해 보였다.

'형님이 보낸 자객인가.'

하하하. 알렉시스는 크게 웃음을 터뜨렸다.

'여기까지?'

요크가 쇼하인의 땅과 접붙어 있다는 것을 모를 리 없을 터다. 아예 세드로와 자신을 동시에 없애기로 작정을 한 게 아니라면 예까지 함부로 자객들을 보낼 리가 없었다. 피가 차게 식는 기분이었다.

알렉시스가 느리게 기지개하듯 팔을 올렸다. 몸을 풀었다. 차라리 잘되었다. 좁은 실내보다는 밤 깔린 야외가 움직이기가 편했다. 성에도 피해가 가지 않도록 배려할 생각이었다.

터벅. 터벅.

알렉시스는 느린 걸음으로 그림자 춤추는 성벽을 향해 걸었다.

이런 일은 흔했다. 그가 나아시온에 들어가게 된 것 또한 저런 이들이 지겨워서였다. 매일같은 뉘사나의 위협, 위협, 위협. 사실 알렉시스 역시 몇 번이나 뉘사나의 목에 칼을 들이댔으니 사실 불공평하다고는 생각하지 않지만 불편했다.

'……?'

얼마간 걷던 알렉시스는 기묘한 위화감을 느끼고 멈춰 섰다. 저들은 선제 일격에 결판을 내는 이들로, 목표가 모습을 드러냈다면 달려들어야 마땅했다. 그러나 웬걸 그들은 알렉시스를 본체만체 지나쳐 성을 향해 달려갔다.

"당장 안 멈…… 아."

놓친 자객들을 쫓아 막 성벽 아래로 뛰어 내려온 르니아가 알렉시스와 시선을 마주치곤 홱 고개를 돌렸다. 그녀의 손엔 피투성이가 되어 살점을 뚝뚝 떨어뜨리는 살풍경한 도끼가 들려 있었다.

알렉시스는 상황을 이해할 수가 없었다.

"이게 지금 무슨 소란이야?"

그때였다. 머리 위에서부터 떨어지는 살기에 놀란 알렉시스가 반걸음 물러났다. 르니아 역시 마찬가지였다. 그들이 물러난 자리에 짧은 단도가 박혀 있었다.

"어휴, 어휴, 어휴! 저것들이 오늘은 작정을 하고 왔네! 이쪽 바쁜 사정도 좀 생각해달라고!"

르니아는 악쓰듯 고함을 치더니, 성 쪽으로 사라진 놓친 자객들이 신경이 쓰이는지 초조하게 고개를 돌렸다.

"이게 무슨 일이냐니까!"

"이게 지금 누구 때문인데 저한테 성질을 부리는 거예요?"

"뭐?"

"병 주고 약 주는 것도 아니고 뭐야. 마음에 안 들어."

르니아가 그리 중얼거린 후 내키지 않는 사람처럼 말했다.

"아, 빌어먹을. 이번엔 몇 명이나 보낸 거야."

곧 잇새로 우그러진 욕지거리가 흘러나왔다. 멀리서 다시 성벽을 기어오르는 검은 그림자가 눈에 띄었던 탓이다. 이번엔 너무 많았다. 벌써 확인된 것만 일곱이다. 테일런이 제르의 곁을 지키고 있기는 하지만 얼마나 더 찾아올지 모르니 안심할 수도 없었다. 르니아가 알렉시스를 향해 말했다.

"왕하, 시나와 님의 거처로 가 있으세요. 놓친 애들은 시나와 님의 거처로 갈 거예요. 제가 여기 이 녀석들을 정리하고 갈 테니 가서⋯⋯."

그 말이 끝나기도 전에, 알렉시스가 뒤돌아 달려가기 시작했다.

르니아는 그의 뒷모습을 흘깃 곁눈질한 후 한숨을 내쉬며 고개를 젖혀 올렸다. 저 멀리, 까만 어둠에 잠겨 눈만 번뜩이는 적이 또 한 명 그녀를 굽어보고 있었다.

"기사를 상대한다는 생각으로 나를 상대할 생각은 버리는 게 좋아."

르니아가 사납게 웃으며 성벽 위로 달려 올라갔다.

차가운 겨울을 부르는 달이 구름에 가려지고 퀸시오의 내성은 이내 횃불로는 밝힐 수 없는 어둠 속에 잠겼다.

'시나와 님의 방으로 향할 거예요.'

그 애길 듣는 순간 삽시간에 정리가 되었다. 자신을 스쳐 지나가던 자객들, 그리고 불시에 언급되었던 쇼하인까지. 그의 모든 예상이 빗나갔다는 걸 깨달은 순간 그는 이미 제르를 향해 달려가고 있었다.

제르가 머무는 층의 복도에 이르렀을 때, 그들은 이미 테일런과 대치 중이었다. 몇몇 병사들은 이미 숨을 거둔 채였다.

"이게 무슨 짓이냐."

"왕하, 못 본 척해주십시오."

흘깃 알렉시스를 곁눈으로 살핀 복면의 사내가 잠깐 멈칫하더니 정중히 청했다.

"왕하를 따르는 이들이 각하의 칙명을 받들기 위해 결의하였습니다. 안전한 곳으로 피해 계십……."

각하의 칙명.

각하라고 할 만한 게 누가 있나.

'당신이 모르면 누가 알아.'

르니아가 신경질적으로 쏘아붙이던 것이 떠올랐다. 알렉시스의 입가에 실소가 떠올랐다. 그럴 리 없다 여기고 싶지만, 사실 그럴지도 모른다는 믿음이 싹터 웃음밖에 나지 않았다. 한동안 경직했던 그가 복면 사내의 명치를 쳐 기절시킨 후 다른 한 명에게 명했다.

"데려가."

"저희는 명에 따라."

"네 머리 꼭대기에 있는 게 누군지, 알아야지."

"……."

"지금 당장이라도 목을 부러뜨리고 싶지만 목숨만은 살려주겠다. 당장. 꺼져라."

노여움에 찬 붉은 눈동자에, 검은 사내는 망설이다가 끝내 기절한 동료의 몸을 부축해 그림자 속으로 사라졌다.

그들이 사라지고도 한참이나 경계심을 풀지 않고 있던 알렉시스가 긴 숨을 몰아쉬며 테일런에게로 신경을 돌렸다. 어떻게 하다 다친 건지는 모르겠지만, 문에 기대어 주저앉은 테일런의 상처는 제법 컸다. 그러나 알렉시스는 그의 상처를 걱정하는 대신 사납게 쏘아 물었다.

"이번이 처음이냐?"

테일런은 침묵으로 답했다.

"그럴 리가 없지."

알렉시스는 굳게 닫힌 문을 노려보았다.

알렉시스가 방 안으로 들이닥쳤을 때, 제르는 책을 덮고 가만히 앉아 있던 중이었다. 소란한 침실 밖에서 흘러드는 적의로 오늘 밤은 정말 위험할지도 모른다는 생각을 하고 있던 차였다. 그러나 제 목숨보다는 르니아가 더 걱정스러웠다. 그들이 예까지 이른 적이 없는데, 혹 르니아가 다치기라도 한 건 아닌가.

제르는 열린 문틈 사이로 비틀비틀 일어서는 테일런의 몰골에 짐짓 놀라 힘없는 주먹을 그러쥐었다. 알렉시스가 문을 닫았다.

"소란스러운 밤이지. 그렇지 않나?"

철컥.

문이 잠겼다.

흉흉한 기세를 감추지 않은, 우그러진 알렉시스의 낯빛을 바라보던 제르가 비웃듯 말했다.

"……이번엔 네가 직접 나서기로 한 건가?"

알렉시스는 여태까지와 다른 사람 같았다.

"왜 내게 말하지 않았지?"

제르는 대답하지 않았다. 대신 조용히 자리에 앉아 얕은 한숨을 내쉴 뿐이었다.

알렉시스는 침묵에 지친 사람처럼 침실을 초조한 듯 서성거리기 시작했다.

"대체 몇 번이나."

제르가 고갤 저었다.

"너에게 책임을 전가할 생각 없어."

"책임의 문제가 아니잖나! 잘못되었다면 네가 죽을 수도 있는 일이었다. 이건 내 자존심이 걸린 문제야."

"자존심. 대단한 자존심이구나."

신경질적으로 머리칼을 쓸어 올리던 알렉시스가 제르를 향해 거칠게 다가와 섰다. 얼결에 그를 코앞에서 올려다보게 된 제르는 무의식적으로 반걸음 물러섰다. 하지만 쉽지 않았다. 알렉시스는 전에 없이 난폭하게 그녀의 손목을 잡아챘다. 습관처럼 올라오는 소름에 경직되어 무슨 반응을 보이기도 전, 그의 쥐어짜 낸 듯한 음성이 울렸다.

"그런 식으로 말하지 마. 그런 식으로!"

"그럼?"

"남자로서 지켜주고 싶은 여자를 위험에 빠뜨린 것도 모자라, 그것도 모르고 희희낙락하고 있었다는 게 얼마나 지금 날 화나게 만드는지 짐작이라도 한다면 너는 그리 말하지 못할 거다."

제르는 공허한 간격을 두고, 부정했다.

"위선."

그 역시 위선이리라. 지난 세월 보아왔던 많은 사람들처럼.

"내 분명 이야기했을 터다. 하늘이 뒤집혀도 내가 네 사람이 될 일은 없다고. 거절을 거절로 받아들이질 못해 일을 크게 만든 건 너다. 네 입장을 고려해, 네 상황에서 나는 하등 장애물 이상으로 보이지 않겠지. 그리고, 패물을 보내 환심을 사면 무언가 바뀌리라 여겼나? 데바람 왕비의 지위도 마다했던 내가? 모든 이들의 시선이 내게 향하게 하고서 그저 네 순진한 구애인 양 한 것은 네가 아니냐? 그에 뒤따를 위험은 고려하지 않은 너의 어리석음이다."

그에게 붙잡힌 팔이 덴 듯 아팠다. 제르가 힘을 주어 떨쳐냈지만 알렉시스는 쉬이 놓지 않았다.

"다, 당장 손 치워."

"그럼."

"이 손 놓으라고!"

"그럼 내가 어떻게 했어야 옳은 건데!"

그의 참다못한 고함이 거세게 귓전을 때려, 놀란 제르의 어깨가 움츠러들었다. 고함을 지르고도 알렉시스 스스로 놀란 사람처럼 잠깐 굳어진 얼굴을 하다가 이내 침울한 음성으로 이었다.

"엘올라와 퀸시오는 자유롭게 몰래 오갈 수 있는 거리도 아니다. 멋대로 이 감정을 없는 셈 치고 살지도 못해. 된다면 애초에 잊고 살았을 테니까. 나라고 지금 내 이런 모습이 달가울 것 같아?"

알렉시스는 고통을 삼키는 사람처럼 힘겹게 말을 이어갔다.

"……난 부족함을 느껴본 기억이 그다지 없어. 내가 바라기도 전에 내 곁은 늘 귀한 것들로 가득 차 있었다. 돈도 명예도 사람도, 늘 그랬어. 변명처럼 들리겠지만 그래서 나는 방법을 몰라. 값진 것들로 네 환심을 사고자 했던 것도 맞다. 그게 아니라면 내가 할 수 있던 건 고작 답이 오지 않을 서신을 보내고, 가끔이라도 날 떠올려주길 바라는 것뿐이야."

"네 서신은 충분했어. 그것만으로도 충분했어."

208   209

그가 들려준 이야기들은 제법 가슴 따뜻해지는 소소한 것들이었다. 알렉시스는 예상치 못한 대답에 허를 찔린 사람처럼 입술을 벌렸다.

"그것으로 그쳤으면, 더 좋았을 것이다. 알렉시스."

알렉시스는 곧 허탈하게 입가를 떨었다. 답지 않은 달콤한 말로 설레게 하더니.

"내가 앞으로 이런 불미스러운 일이 없도록 직접 단속할 테니까, 그리 말하지 마."

"너는 나에 대해서 아는 것이 아무것도 없어."

제르가 힘없이 조소하며 그를 외면했다.

"조금은 알아. 데바람의 전 총비. 힘들었을 거라 생각해. 그래서 카르시타로 망명한 데바라네가 되길 선택했고, 음악을 즐기고, 낮은 사람들과 뒤섞이는 것도 좋아해, 어린아이들을 돌보고 사람들을 돌보는 걸 좋아해."

"그런 말장난을 하자는 것이 아니야. 왜 이해를 못 해!"

"벵제일로의 제이하이의 족보에 이름 올린 건 내 숙부고. 너는 3년쯤 전."

"그만."

"에르크에서 자식을……."

"그만하라는 말을 왜 너는 이해를 못 하냔 말이다!"

제르의 비명 같은 고함이 적막한 방을 난타했다. 알렉시스 역시 차마 뒷말까진 꺼내지 못하고 입을 다물었다. 짧은 침묵의 분노 후, 제르가 가슴을 움켜쥐며 악을 부리듯 소리쳤다.

"너는 안 된다고. 그만하라고! 그래, 내게는 아이가 있단 말이다. 나는 그 아이 때문에라도 유스카리를 저버릴 수 없단 말이다! 너를 마주

할 적의 내 심경이 어떻듯, 네가 나를 어찌 여기든 상관없이 안 되는 일이라고……!"

"알고 있어. 빼앗겼다는 것도."

"……네가 뭘 안다고?"

한참이나 넋이 나간 사람처럼 그를 바라보던 제르가, 더듬더듬 되물었다.

"네게 아이가 있다는 것, 그리고 카르시타의 왕실에 빼앗겼다는 것도 알고 있다. 지금 살아 있다는 것도."

지금 자신이 들은 말이 무엇이지?

몸의 힘이 빠진 제르가 휘청했다가 가까스로 탁자를 짚어 주저앉는 꼴만은 피했다.

'뭐……?'

그래, 알렉시스가 자신에 대한 조사를 하지 않았을 리 없다. 데바람의 전 총비였다는 것까지 알았으니 뒷조사를 했을 터다. 그건 당연했다. 제 망명의 배경에는 아이의 존재가 널찍이 드리워져 있다. 카르시타의 고관들 중 유스카리가 그 일을 논한 이가 분명 있을 것이고, 그래. 그중 한두 명 알렉시스와 연이 닿지 않은 이가 없을 리가.

그러나, 그래서, 그렇기 때문에 더 알렉시스의 말을 이해하기 힘들었다. 세드로가 제 자식인 것을 짐작했다면 이럴 수는 없었다. 조금이라도 자신을 헤아리려 했더라면 저리 말해서는 안 되었다. 조금이라도. 아주 조금, 인간이 인간에게 기댈 수 있을 만큼의 동정심이 존재한다면.

이성이 끊겼다.

제르가 바들바들 떨리는 주먹을 그러쥐며 소리쳤다.

"내 낳고도 얼굴 한 번 보지 못한 그 아이가 네 사촌이라는 것을 알고도 그리 말한다고? 네가 그러고도 인간은 맞더냐!"

악처럼 울린 고함은 사실 절규에 더 기울어진 절박한 몸부림이었다. 단말의 절망은 침실 곳곳을 울리다 사라졌다. 그리고 곧, 두 사람의 숨소리마저도 고요하게 멎어들어갔다.

침실을 밝힌 등불마저 움츠러드는 침묵이 얼마간 이어지다, 깨졌다.

"……세드로? 내 사촌?"

초점을 잃은 알렉시스의 시선이 그저 제르의 눈 위로 머물렀다. 얼어붙은 듯 열리는 입술이 부자연스러워, 제르는 그제야 자신이 과한 억측에 실수를 범했다는 걸 깨닫고 몸을 떨었다.

제르의 가늘게 늘어진 손가락은 이내 조그만 주먹이 되었다. 한참을 어안이 벙벙한 사람처럼 서 있던 알렉시스가 느리게 걸어가 의자에 몸을 앉혔다.

"사촌?"

"…….."

"내가 지금 헛것을."

제르의 침묵에 가만히 귀를 기울이던 알렉시스가 이내 마른세수를 하며 중얼거렸다.

"……아, 그런 거였나. ……앞뒤가 이렇게 딱딱 맞는 이야기였는데 그걸 몰랐다니. 그랬던 건가."

알렉시스의 손이 미진하게 떨렸다.

"아…… 이거 생각보다 충격이, 큰데."

사실 제르에게 아이가 있다는 이야기를 들은 후 고려해보았던 경우의 수 중 하나이기도 했다. 그러나 알렉시스의 상식선에서 그녀가 세드로와 관련되어 있다는 것은 말이 되지 않는 것이었다.

그 이유엔 세 가지가 있었다.

데바람에서 유폐되어 있던 제르가 유스카리와 연결될 이유가 없다. 둘째로, 그녀의 아이를 데려갔다고 했더라도 감히 차기 왕위를 정하는 자리에 데바람의 첩이었던 여자의 아이를 데려다 앉힐 이유가 없다. 셋째로 만일 에사렛타를 보호하기 위해 피가 섞이지 않은 양자라도 몰래 들이려고 했다면 위화감 없는 카르시타의 어린아이를 데려다 앉혔을 것이다.

"그 녀석……. 내 숙부의 아이인가?"

"유스카리의 핏줄이다."

제르는 마지못해 답했다.

"꼬여도 이렇게 꼬여 있었어?"

그는 한참이나 미동 없이 앉아 있다가 얼굴을 가린 채로 조용히 말했다.

그가 돌연 탁자 위에 놓여 있던 화병을 걸리적거린다는 듯 사납게 밀어 넘어뜨렸다. 요란한 난동에 방 안이 어지러워지는 모습에 제르는 말없이 깨진 화병 파편을 내려다보았다.

"제르, 지금 숙부가 앉아 있는 그 자리는 사실 내 자리였어야 했다. 선왕이 조금만 더 늦게 붕어하셨더라면 그랬을 거야. 너무 일찍 돌아가신 선왕 탓에 나는 이 진창 속에서 벗어나지 못하고 이리 살았다."

"……."

"난 살아남으려고, 내가 살인자가 되는 길도 마다치 않았어."

나아시온이라는 것이 데바람의 제서프랑과 비슷하다는 이야기는 제르 또한 이미 들어 알았다.

제르는 대답 대신 천천히 숨을 골랐다. 찬물이라도 끼얹은 양 마음이 차게 가라앉았다.

"나를 해하려는 사람들을 피하기 위해서 나는 그 잔인한 곳에 자원해 들어갔어. 죽임당하지 않기 위해 죽이는 것을 배웠어. 한곳에 오래 머물지 않는 것 또한 비슷한 맥락이었지. 그 모든 것이 내가 살아남기 위함이었다. 이젠 그저 습관이 되어버린 모양이지만."

알렉시스가 중얼거렸다. 자괴에 가까운 목소리는 그가 금방이라도 쓰러질 듯 가느다랗게 들렸다.

"어찌 되었건, 그런 나를 지금껏 버티게 해준 사람들이 있어서."

알렉시스가 허탈한 음성으로 말을 맺었다.

"나는 내 자리를 포기할 수 없어."

알렉시스가 천천히 고갤 들어 제르를 응시했다. 제르는 그의 시선을 피하지 않고 받아들였다. 납득했다. 그가 그녀에게 답신을 기대하지 않았듯이, 그녀 또한 그가 귀에 좋은 답을 내어줄 거라곤 기대하지 않았으므로.

알렉시스는 도리어 확고한 음성으로 말을 더했다.

"지난 세월을 모두 그것을 위해 살아왔고, 그런 나를 믿고 따르는 이들의 생명을 내 어깨에 짊어지고 있으니까. 내가 왕이 되지 못한다면 숙청당할 이들의 목숨을 책임지고 지키는 것은 나의 의무야."

그는 그가 짊어진 것이 있다. 그의 길은 자신이 짊어진 운명의 반대편 언덕 위에 있었다. 그 양안의 거리는 너무나도 멀어서, 영원히 손을 뻗어도 닿지 않을 듯 그리 아스라했다.

오랜 시간이 지나고 난 후에야 알렉시스는 모든 걸 납득했다. 유스카리의 반대도, 쇼하인의 우려도, 제르의 반발도, 무엇도 이유 없는 것이 아니었다.

"숙모님이 그래서……."

그는 문득 세드로를 끼고돌며 외부에 내보이는 것을 기피하던 에사렛타를 떠올렸다. 늦둥이라 그런가 했는데 그도 아니었다. 하기야 생각해보면 석녀라 소문이 자자했던 그녀가 난데없이 회임을 하고 아들을 낳은 것은 몹시 갑작스러운 일이었다. 많은 이들을 속이기 위해 유스카리가 준비했을 수를 떠올리니 기가 질렸다.

문득 밀러의 말이 떠올랐다.

'그분은 많은 상실을 겪으며 살아온 분이십니다.'

알렉시스는 멍하니 허공을 응시했다. 차갑게 떨리는 목소리가 귓가에 다다랐다.

"그러나 네가 안다고 해도 변하는 건 없을 거다. 증좌조차 없을 테니까."

혹 제가 해 끼칠까 두려워하는 기색이 역력했다. 알렉시스는 자조하듯 고개를 저었다. 지금 당장은 그런 쪽으로 머리를 쓰기도 버거웠는데, 그녀는 벌써 거기까지 생각이 미친 모양이었다.

점차 소란해지는 문밖의 인기척에 알렉시스는 깊이 숨을 들이켰다. 이성을 찾아야 했다.

"……그보다는 내 숙부와 네가 어떻게 엮인 것인지 듣고 싶은데. 그게 가능한 이야기야?"

이미 서로가 서로의 바닥까지 보았다. 더 이상 감출 것이 없었다. 그녀는 한동안 잊으려 애썼던 가슴에 담긴 과거를 소리 냈다.

"……어릴 적 나는 데바람의 세가 작은 영주의 딸이었다. 누스말, 라잘바누 일대에서 살았지. 피잔티아 강으로 인해 벌어진 누스말 유역의 전쟁은 우리 땅을 멸망시켰다. 그리고 나는 그곳에서 지스카르 헨솔의 회유에 왕도 산나로 가게 되었지."

왕도 산나로.

그 이후는 입술 떼기조차 무거운 이야기들뿐이었다. 길게 숨을 고른 그녀는 단숨에 설명했다.

"그리하여 총비가 되었다. 그리고 몇 년 전 벌어진 마지막 전쟁에서 데바람은 또다시 패했지. 그때 유스카리가 산나를 방문했던 걸 기억하나."

"……알아."

"그때, 쥬세는 나를 유스카리에게 내주었다."

이야기를 들으면 들을수록 목과 가슴 사이 어딘가가, 도려내지는 듯 아팠다. 그녀의 음성이 담담해서 그것이 더 슬펐다.

"……얼마 지나지 않아 쥬세가 죽었을 때 나는 내가 유스카리의 아이를 수태하였음을 알았다. 나는 유스카리에게 사실을 알리고 망명을 요청했고, 그 대가로 내 아이를 에사렛타 왕비에게 양보했다."

알렉시스가 허탈한 웃음을 지었다. 그래서 죄인이라 스스로를 그리도 몰아세웠던 것인가.

"그래, 네가 세드로를 만날 수 있게 해달라 하였던 이유도, 뉘사나 형님의 무도회에서 숙부가 너를 그리도 지고하게 대했던 이유도 그래서였군."

잡힐 듯했던 제르의 과거는, 다시 상상도 닿지 않는 먼 곳으로 멀어졌다. 그녀의 삶은 제가 생각해왔던 것보다 훨씬 더 치열했을지도 모른다는 그런 생각이 들었다.

얼마간의 시간이 흘렀을까.

등잔 기름이 바닥을 보이자 등불이 흔들리기 시작했다. 초점 없는 시선으로 허공을 바라보던 알렉시스가 곧 자리를 털고 일어섰다.

"……언제나 최악의 상황에서도 좌절하지 말라 배웠지. 제르, 변한 것은 없다. 우리 사이도, 내가 왕이 될 거란 사실도."

"그 아이에게 손 하나 까딱한다면 가만 두고 보지 않을 거다."

알렉시스가 힘없이 미소 지었다. 늘 생기 넘치던 붉은 눈동자가 어둡게 가라앉았다.

"경고해줘서 고마워. 덕분에 비명횡사는 면하겠구나. ……머리 아픈 일은 잠깐 접어두고 일단 순서대로 일을 정리하는 것이 맞겠지."

알렉시스가 문을 열자, 밖엔 르니아의 부축을 받고 있는 테일런이 황망한 낯빛으로 서 있었다. 알렉시스는 고저 없는 음성으로 차게 명했다.

"소란했군. 내 대신 사과하지. 다들 함구해야 한다는 것은 굳이 말하지 않아도 알겠지."

얼결에 문 앞에서 이야길 듣고 있던 병사 둘과 르니아, 테일런은 협박 속에 도사린 살의에 무의식적으로 몸을 움츠렸다.

알렉시스는 테일런을 위아래로 훑었다. 늘 제르의 가장 가까운 곳에 머무는 기사이며 제르를 마음에 두고 있는 기사라고 했다.

'마음에 안 들어.'

부상당한 그에게까지 거센 질투가 일었다. 알렉시스는 스스로의 치

216　　　　217

졸함을 자조했다.

심상찮은 분위기에 입술을 씹던 르니아가 비교적 차분히 운을 뗐다.

"……성 안의 소란은 모두 정리되었습니다. 여덟이 죽었고……."

"보고는 따로 제르에게 해."

알렉시스가 테일런을 스쳐 지나며 르니아에게 명했다.

"르니아라고 했지. 네가 심부름을 하나 해줘야겠다."

제르보다 우위에 있는 카르시탄의 명을 거역할 수 있을 리가 없었다. 르니아는 못마땅한 기색을 감추지 않고, 테일런의 피로 물든 손을 조심스레 내리며 그를 향해 되물었다.

"……심부름이라니, 뭐죠?"

알렉시스는 뒤도 돌아보지 않고 멀어졌다.

"아라산에 머무는 공작 대리에게 퀸시오로 오라고 전해. 내 단단히 화가 났으니 각오하고 오는 것이 좋을 거라고."

르니아는 멍하니 알렉시스의 뒷모습을 응시하다가, 열린 방 문 사이로 비치는, 추락한 버들처럼 수그린 제르의 머리를 발견하고 이를 악물었다.

멈추었던 시간이 흐르기 시작했다.

저벅. 저벅.

그의 걸음이 유난히 크게 울렸다.

시체처럼 앉아 있던 제르도 이내 고꾸라졌다.

이튿날 아침, 제르는 테일런의 방에 들어 정신을 잃은 테일런의 얼굴을 한참이나 내려다보았다. 주인의 허락도 없이 든 사람치고는 뻔뻔한 태도였지만 아무래도 좋았다.

창백하고 하얀 얼굴, 또렷한 이목구비가 제법 미남이지 싶었다. 그의 눈이 어떤 빛이었더라. 늘 제 뒤를 쫓기에 제대로 들여다본 기회가 없었다는 것을 깨닫고 나자 싱숭생숭한 기분이 들었다. 그의 옷 사이로 비치는 붕대와 상처투성이인 손을 발견한 제르가 그의 머리맡에 앉았다.

의원이 말하기로 목숨에 지장은 없을 거라 했지만 당분간은 무리하지 말아야 한다더라.

인기척을 느낀 테일런의 눈꺼풀이 느리게 뜨였다.

'아, 이런 남빛이었구나. 그랬었지.'

그녀와 눈이 마주친 그는 제법 놀란 표정이었다. 제르가 짧게 말했다.

"휴가."

"주군, 어찌…….."

"휴가라고."

"예?"

"경도 휴가고, 나도 휴가야. 엘보르트 경이 알면 꾸짖겠지만 알 게 뭐람."

그냥 벗어나고 싶었다. 외로웠다. 르니아는 알렉시스의 명령을 거역하지 못하고 아라산령으로 향했고, 자신의 지친 마음을 기대기엔 아스난은 지나치게 바빴다.

그녀는 맥없는 시선으로 주위를 둘러보았다. 테일런의 방은 단조로운 장식들로 소박하기만 했다. 어찌 보면 지나치게 허름하다 싶을 만

큰 꾸밈이 없었다. 기사들의 생활에 그다지 관심을 기울여본 적이 없다는 것을 깨달은 제르가 얕은 한숨을 내쉬었다.

테일런이 일어나려 하자 제르는 가볍게 막았다.

"그대 다친 걸 이리 보고 있으니 나도 마음이 좋지 않아. 누워 있어."

"송구합니다. 이리 걸음 하시게 하여."

테일런과 눈을 마주친 제르가 노골적으로 그의 시선을 피하며 고개를 돌리더니, 이내 침대 맡에 엎드려 그를 외면했다.

"주군?"

테일런이 당혹스러운 얼굴로 고개를 살짝 든 채로 물었다.

"주군, 왜 그리……."

"사실 나도 네 방으로 도망 온 거야. 홀로 앉아 있는 것이 적적하여."

제르가 우물거리듯 중얼거렸다. 지난밤 그 난리가 있었으니 속이 뒤숭숭한 것도 어쩔 수 없었다. 촉촉이 잠기는 음성에 제르는 말없이 엎드린 채 눈을 닫았다.

"클로이스 경. 지난밤의 이야기, 전부 들었나?"

테일런의 대답은 돌아오지 않았다. 그러나 그것으로 제르는 답을 대신 들었다 여겼다.

돌연 뻗쳐오는 손이 제르의 자그마한 뒤통수를 살짝 눌렀다.

제르는 별안간의 힘에 놀라 몸을 경직시켰다. 그녀가 고개를 들려 했지만, 테일런의 손은 그녀를 그리 하게 두지 않았다. 얼마간 바동거리던 제르는 곧 몸에 힘을 풀었다. 슥. 스윽. 다치더니 정신이 나갔는가. 테일런의 손이 그녀의 뒷머리를 조심스럽게 어루만지고 있었다.

누추한 방 안으로 쏟아지는 햇빛처럼 따스한 온기였다.

"······그간 얼마나······ 힘드셨습니까."

테일런의 겸손한 위로에, 제르는 부지불식간에 눈물을 뚝 떨어뜨렸다. 지난밤, 미처 흘리지 못했던 눈물이 볼을 타고 떨어져 새하얀 침상 위를 적셨다.

그녀는 펑펑 쏟아지는 눈물로 흐려지는 시야를 다잡기 위해 눈을 감았다.

"여태까지 아무런 말도 않았던 내가 원망스럽지는 않으냐."

"저는 그저, 이제라도 알게 되어 다행이라 생각합니다······."

"그렇다면."

제르의 목소리가 잦아들었다.

따뜻한 햇살. 어디에나 공평하게 쏟아지는 이 햇살은, 저 남서쪽에 있는 자신의 아이 또한 비추고 있을 것이었다.

"너는 가까이서 그를 보아왔으니 대답해줄 수 있겠느냐."

"주군께서 바라시는 대답을 드린다는 보장은 드릴 수 없지만 제가 답할 수 있는 거라면 무엇이든."

테일런이 차분한 목소리로 답했다.

"그 아이는······."

숨을 쉬기 위해 아가미를 벌리는 물고기처럼, 소리 없이 입술을 뻐끔대던 제르가 기어코 말을 꺼냈다.

"아이는······, 아르노만이 지켜줄 것이다. 그렇지?"

"공작 각하께서는 강하신 분이십니다."

"혹시나······."

말이 끊겼다. 주저하는 음성이 뭉그러져 신음이 된다.

"혹시나 말이야⋯⋯, 에사렛타가 그를 미워하여 홀대하거나 괴롭히 지는 않겠지⋯⋯?"

"말씀드렸다시피, 많이 뵌 것은 아니나⋯⋯, 왕비 전하께서는 현명 하고 자비가 깊은 분이십니다."

늘 마음속에 품고 있던 걱정이었다. 혹여나 어미의 사랑도 받지 못 하고 외로이 자라면 어쩌나. 이유 없는 미움에 어린 가슴 멍들면 어쩌 나.

"왕비 전하는 좋은 분이시니 그리 걱정하지 않으셔도 됩니다."

숨을 쉬면 엉엉 울게 될까 봐 숨소리도 죽였다. 테일런의 확신에 찬 대답이 어찌나 고맙게 느껴졌던가. 오랜 세월 가장 듣고 싶었던 한 마 디였다. 쉴 새 없이 흐르는 눈물에 헛웃음마저 나왔다.

"그래, 잘한 거다."

제르는 뇌까리듯 스스로를 다잡으며 중얼거렸다. 그러나 조금은 지 친 음성이었다.

"틀리지 않은 선택을 한 거라는 걸 나도 잘 안다. 그런데⋯⋯, 이상 하지. 알렉시스 테피온, 그자를 생각하면 왜 이리도 가슴이 아픈지 모 르겠다. 어찌 해야 할지 모르겠어."

이어진 음성에 테일런의 손에서 힘이 빠졌다.

열한 번째 장

원추리 꽃이 고개를 든다

데바람의 내전이 고조되며, 베제스의 칙령을 받고 출병한 토벌군단은 위그라 일대에 주둔하고 있었다. 하켈을 총책임사령관으로, 그리고 폐태자 지스카르를 부사령관으로 내세운 건 베제스의 얄팍한 꾀였다. 내전이 길어질수록 실종자와 사상자가 부지기수로 늘어났다. 탈영병들도 심심찮게 있었다. 군사들도 사람이다 보니 아무리 훈련을 시켜도 이런 변수가 일어나는 법이라지만 하켈은 최근 들어 느껴지는 위화감을 무시할 수가 없었다.

늘 그를 따르던 충직하기 짝이 없던 병사들도 어느 순간 실종된 것이다. 시신을 일일이 확인할 수는 없었지만 몇몇 이들의 증언으로 인해 순직했다 기록된 그들은,

'그리 죽을 놈들이 아니었다.'

이상했다. 너무 이상했다.

그리고 지스카르의 직속 군사들도 이상했다. 하켈은 지도와 보고서를 번갈아 대차비교하며 살피더니 이내 지끈거리는 미간을 문질렀다. 지스카르의 군은 과거 발비라와 키난 등의 국경 일대를 거치며 지스카르가 거두어 온 군사들이 대부분이었다. 그들 중엔 몹시 뛰어난 기사들도 섞여 있어 지스카르의 정예군이라 해도 이상하지 않았다. 사실 여태까지는 어려운 난전을 돌파하는 데에 지스카르의 군사들이 독자적으로 많은 위험을 무릅썼기에 외려 반겼지만 이젠 아니었다.

'뭔가 이상해.'

지난번 니카 평원의 대패 이후로, 다행스럽게도 토벌군은 자잘하게 다시 세 번의 승리를 거머쥐었고, 오늘 또다시 승리했다. 허나 이번 역시 사상은 막심했다. 마치 진영 내부에서 누군가가 정보를 흘리는 것이 아닌가 싶을 만큼 간소한 차로 이어진 승리. 이젠 도리어 불안이

었다.

'과연 과거 전 데바람의 전장을 이끌었던 나하르 장군이라는 찬사가 절로 나올 만큼…… 말이지.'

적의 선봉에는 나하르가 있었다. 그의 이름은 모기처럼 그들의 용기를 빨아 마셨다. 다 늙어빠진 호랑이라 코웃음 치던 것이 바로 해 전인데, 이젠 야금야금 피를 빨려 이름만 들어도 소스라치고 싶은 기분이었다. 승리와 비례하는 사상자. 이게 진정한 승리인가.

그렇잖아도 하켈은 군대를 개편했다. 수상쩍은 지스카르의 군사들 중 일부를 제 휘하로 편입시키고 자신의 믿음직한 병사 몇을 지스카르 휘하로 보냈다. 제 쪽으로 온 지스카르의 군사는 인질이고 지스카르에게 보낸 군사는 간자인 셈이었다.

치졸한 질투라고 치부하기엔 지나치게 불안해 잠조차 편히 들지 못할 정도였다. 지스카르의 연전연승에 처음엔 그를 폐태자라며 폄하하려던 이들도 그를 경외하기 시작했다. 그럴수록 지스카르는 더더욱 빛이 나, 더 많은 불나방들을 끌어당겼다.

근 1년이 안 되는 시간 이어진 내전으로 인해 토벌군의 장수 아홉이 죽었다. 적들의 사기는 패배에도 굴하지 않고 거세어지기만 할 뿐이다. 민심마저 흔들리고 있는 상황은 아무리 좋게 생각해도 낙관적이지 않았다. 그는 한때 의심 많던 베제스의 신임을 얻어낼 만큼 똑똑하고 유능했다.

"지스카르의 진영으로 보낸 자에게선 아직 보고가 없나?"

그가 부참모이자 그의 직할 군을 지휘하는 차탄 장군에게 날카롭게 소리쳤다.

차탄이 답했다.

"없습니다."

하켈이 다시 한 번 보고서를 내려다보았다. 곧 3만 명의 왕실 지원군이 토벌대에 합류할 것이다. 그렇다면 도합 근 6만의 군사를 집결시킬 수 있다. 반으로 갈라졌던 반란 세력 역시 그 소식을 들은 것인지 일사불란하게 모이기 시작했지만 그래봐야 3만이 조금 안 되는 정도. 충분히 승리를 점칠 수 있는 상황이다.

하지만 그 대규모 토벌 작전이 벌어지기 전까지 이 위화감의 정체를 파헤치지 않으면 안 될 것 같았다.

그때였다. 하켈의 막사 문을 대신한 천이 심하게 흔들리는가 싶더니 그 안으로 한 병사가 피투성이가 되어 쓰러졌다. 놀란 하켈과 차탄이 검을 쥐고 일어섰다. 숨을 헐떡이는 이를 조용히 굽어 살피는데, 하켈의 얼굴이 기묘하게 일그러졌다.

쓰러진 병졸의 등에는 토벌군의 것으로 추정되는 화살이 꽂혀 있었는데 그도 익히 아는 얼굴이었다. 그러나 황당하게도 낯설지 않은 반군의 갑옷을 입고 있었다.

"……이게 무슨 일이지?"

"적…… 들이…… 잠…… 입을…….."

차탄이 놀라 그 병사의 몸을 흔들며 소리쳤다.

"이게 무슨 소리야!"

병사는 미처 말을 잇지 못한 채 죽어버렸다. 차탄이 놀란 얼굴로 하켈을 바라보았다. 막사 밖엔 아무도 보이지 않았다.

"……이게 무슨."

이해하지 못하겠다는 표정으로 죽은 병사의 뺨을 두어 번 후려친 그는 완전히 맥이 끊긴 것을 깨닫고 병사를 땅바닥에 내려놓았다. 하켈이 중얼거렸다.

"헨솔이 분명 무슨 짓을 꾸미고 있다."

차탄의 표정도 삽시간이 굳어졌다.

"내가 지스카르 헨솔의 진영으로 보낸 간자 중 하나다. 왜 반군의 옷을 입고 있는지, 아군의 화살을 맞았는지는 조사를 해봐야겠지."

차탄의 얼굴이 창백하게 굳어졌다.

"오래 끌 것 없다. 오늘 저녁, 지스카르를 내 처소로 불러들이겠다. 차탄 장군은 혹시 모를 일을 대비하여 군사들을 정비해라. 최악의 상황이라면 헨솔 장군을 즉각 처형할 것이다."

그래, 그는 폐태자였다. 얌전히 베제스의 밑에서 웅크리고 있을 자가 아니었다.

차탄이 입을 멍하니 벌린 채로 죽어버린 병사를 내려다보며 답했다.

"예, 그렇다면 이 일은……."

"병사의 시체는 숨겨라."

몸을 일으킨 하켈이 버석한 입술을 끌어올려 웃으며 중얼거렸다.

"이번에는, 조금 다른 의미로 베제스 전하께 커다란 승전보를 들려드릴 수 있겠구나."

하켈의 동태에 대한 이야기를 전해 들은 지스카르의 낯빛이 곤란해졌다.

"아직은 조금 시기가 이른데, 벌써 눈치를 챈 건가."

『그러게 말이야.』

론희는 걱정스러운 듯 말하는 것과는 다르게 신이 난 얼굴로 웃고 있었다.

"그리 즐겁나?"

『베제스의 목은 내 것이다. 네가 그리 약조했다. 그리하여 네 곁에서 지낸 세월만 벌써 3년 가까이 되지 않았나. 창운도 기다리고 있을 것이다. 오랜 벗이 그립구나.』

"그래, 곧 그도 만나게 되겠지."

창운은 같은 부락에서 함께 데바람으로 나온 론희의 오랜 전우였다.

"하지만 지금 당장 닥친 일이 문제인데 말이야…….."

지스카르가 어쩔 수 없다는 듯이 고갤 저으며 론희에게 말했다.

『이미 돌이킬 수 없는 것 같으니, 더 숨길 것도 없지. 나하르 장군에게 가서 전군 움직이라 전해라. 그리고 푸른 솔개에게도 곧 보자 전해.』

『하지만 너는? 지스칼.』

『도망칠 수는 없잖아.』

지스카르가 빙긋 웃었다. 론희는 영 찝찝한 얼굴이었다.

『너같이 약한 녀석이 그렇게 큰소리쳐도 믿음직스럽지 못해.』

『네 눈에 누군들 강해 보일까.』

『흥, 정신적으로 말이다. 다리가 세 개 달린 사내라는 것이 창피할 정도로 물러터지지 않았냐.』

『데바람에선 그런 낯부끄러운 말을 함부로 하지 않는다.』

『퍽이나 그렇겠지. 뭐 그리 따지는 게 많은지.』

론희가 그렇게 말하더니 기지개를 켜며 넌짓 재차 물었다.

『죽지 않겠다는 말은 약조인가?』

영 불안한 기색을 감추지 못하는 론희를 바라보며 지스카르가 웃었다.

『오늘 같은 일을 위해, 여태까지 모든 것을 준비해온 것이 아니겠냐.』

그날 밤, 예정대로 지스카르는 하켈의 초대에 기꺼이 응했다. 막사 안엔 승전을 축하한다는 의미의 자잘한 성찬이 놓여 있었다. 전쟁터에서 먹기에는 몹시도 귀한 음식들투성이라 지스카르는 새삼 쓰게 웃었다.

'최후의 만찬이라.'

썩 나쁘지 않다. 지스카르는 무장을 벗지 않은 채로 하켈의 건너편에 앉았다.

"어서 오십시오."

하켈은 지스카르에게 잔을 권하며 술병을 들었다.

"수고하셨습니다, 헨솔 장군."

지스카르는 별다른 표정 변화 없이 그 잔을 받아들며 채워지는 술을 물끄러미 응시했다.

하켈은 단정한 차림새를 하고 있었다. 그는 지스카르의 차림새를 흘깃 바라보더니 시침 떼고 물었다.

"초대에 그리 무장을 하고 오면 분위기가 퍽 죽지 않습니까."

지스카르가 대답 대신 빙긋 웃었다. 하켈은 어깨를 으쓱하더니 제 술잔에 술을 채운 후 허리를 곧게 펴고 앉았다.

"습관이 되어서. 데바람을 지키는 데에 언제 적들이 칼을 들이밀지 모르니 상시 준비는 나쁘지 않다고 생각하는데. 그렇지 않소?"

지스카르는 탁자 위엔 손도 올리지 않은 채로 대꾸했다. 맛깔스러운 음식과 술에 시선조차 주지 않는 그의 태도는 분명히 하켈을 자극했다.

"모처럼 마련한 음식과 술들입니다, 장군."

"다른 병사들이 허기를 견디는데 내가 이런 것들로 사욕을 채울 수는 없는 노릇이라. 사양하겠소."

"그런 이유뿐이라면, 청컨대."

지스카르가 슬쩍 입술 끝을 비틀어 올렸다.

"그대 또한 술잔에 입을 대고 있지 않기는 마찬가지인 듯한데? 왜 내게 그리 강요하듯 구시는지 모르겠군."

"……설마 제가 무슨 짓을 했으리라 의심하시는 것입니까?"

하켈의 분기 어린 음성에도 아랑곳 않던 지스카르는 술잔을 들고 가볍게 흔들었다.

"그렇다고는 하지 않았소. 하지만 이것을 먹고 마시며 떠드는 것보다 더 중요한 용건이 있어 보이는 듯해서. 즐기는 건 후로 미루지."

지스카르의 직설적인 말에 하켈도 더는 의뭉 떨 수 없었다.

"오늘 내내 지난 보고서를 보다 조금 이상한 게 발견되어서 말입니다."

"그렇소? 무슨 이상이 발견되었다는 건지."

"적 세력은 우리의 배에 가까운 군사를 잃었고, 이미 3만이 남지 않은 상황입니다. 그리고 우리의 지원군인 정예군이 곧 이곳에 도착할 테지요. 그리 되기만 하면 우리는 남은 성을 단기간에 수복하여 베제스 전하를 기쁘게 해드릴 수 있습니다."

"그게 무엇이 이상하다는 것이오?"

지스카르가 고개를 갸웃하자 하켈이 입술을 일그러뜨렸다.

"헌데, 나하르 장군이 아무리 과거 온갖 전쟁을 지휘하였던 백전노장이라 한들, 이리도 교묘하게 우리의 함정을 피해 갈 수 있을지 의문이 듭니다만, 그렇지 않습니까?"

"나하르 장군은 결코 얕봐선 안 될 자요."

"그런 나하르 장군과의 전투에서도 이상하리만치 헨솔 장군의 군대는 늘 무사히 귀환하지요."

"이런, 지금 이건 단순히 즐기고 축하하는 자리가 아닌 것 같군."

지스카르가 능청스레 말하며 몸을 뒤로 기댔다. 그러니 이젠 하켈도 두려울 게 없었다.

하켈이 드러내놓고 말했다.

"기실 그렇습니다. 하여 간자가 있지는 않은가 염려가 되어서 말이지요."

"반군의 간자가 내 군대에 숨어 있다는 것이 그대의 생각인가? 하지만 그렇다면 우리의 연승과 적군의 사상자의 수는 어떻게 설명할 거지?"

"그것이 이상하다는 것이지요. 분명 적군의 사상자가 우리보다 훨씬 많습니다. 우리도 작은 전투나마 계속 승전하고 있고요. 헌데 헨솔 장군, 지난 전투 중에 죽어 뒈진 장수들 말입니다."

지스카르는 묵묵히 그의 뒷말을 기다렸다.

"어째 이상하게, 시간이 지나면 지날수록 베제스 전하의 측근들이 뒈져 나자빠지는 것 같은 생각이 들어서 말입니다."

지스카르는 하켈의 검의 위치를 잠시 눈대중으로 짚어보았다. 그러곤 천천히 한 손으로 하켈이 따라준 술잔을 들었다. 그리고 그는 입꼬리를 올려 웃으며 천천히 그 술들을 바닥으로 쏟아부었다.

쪼르르 흘러내린 술들이 막사의 바닥재를 적시곤 얼룩을 남긴 채 스며들었다.

"이거, 예상은 했지만 빠져나가기 어렵군."

지스카르는 여전히 웃고 있었다.

"그래, 베제스의 세력이 뒈져 나간다……. 나쁘지 않은 추측인데 어차피 그 오합지졸의 얼간이들이 몇 뒈져 나간다 해서 베제스에게 문제가 되겠소?"

"베제스 전하를 따르는 귀족 장수들이 계속해서 전사한다면 그때는 문제가 좀 되겠지요."

하켈이 단호히 말했다. 지스카르는 그의 의심 가득한 얼굴을 물끄러미 응시했다.

"그래서 지금 내 짓이라?"

"아닙니까?"

"확신하나? 이곳은 전장이고, 어떤 우연과 기연이 겹쳐 일어나도 이상하지 않을 곳이라 생각하는데. 그 의심에 증거는?"

"미안하지만 헨솔 장군, 증거는 없습니다. 그렇지만 이참에 전군 탈복 재조사를 시행할 생각입니다. 남은 전투는 곧 합류할 군에 맡기고. 지위고하 따질 것 없이 전원 조사에 응해야 할 겁니다. 물론 그 조사에는 장군도 포함됩니다."

지스카르가 흰 이를 드러내며 웃었다.

"확실히 그대가 베제스보다는 똑똑하군. 그 녀석은 긴 시간 와신상

232　　233

담했을 나를 알면서도 고작 2년 그 밑에서 개처럼 기었다는 이유로 이 큰 군대의 부사령관 자리를 뚝 잘라주었지. 나를 토벌군에 넣어 제 위치를 더욱 확고히 하려는 다른 저의가 있을지도 모르겠지만 말이야."

지스카르가 다리를 꼬고 앉아 등받이에 등을 기대며 나른한 목소리로 말했다.

"그래서, 오늘 그것을 내 입으로 듣겠다?"

하켈의 입가가 파르르 떨렸다.

예상은 했지만 저리도 당당하게 나오는 태도, 역시 내부의 간자는 지스카르였다.

반란 세력의 구심점이 나하르였고, 토벌 세력 중 부사령관이 지스카르였다는 것은 모든 이의 눈을 가리기 충분했다. 지스카르는 베제스의 수하가, 즉 반란 세력을 토벌하는 부사령관이 되었으니 어느 누구도 그를 의심하지 않을 것이다.

"틀리지 않은 추측이지만 현명하지는 않군. 베제스의 측근들을 저승길 여행에 보낸 것은 분명 내 간계가 일부 작용했을 수는 있지만, 그 멍청한 것들이 불나방처럼 뛰어드는 것은 내 잘못이 아니었지. 그대도 보았지 않나."

"토벌군의 연전연승은 미리 나하르 장군과 계획된 일이었겠군요, 헨솔."

"하지만 자네가 생각하는 그런 계획은 아니야. 승리 따위엔 관심도 없어."

지스카르의 얼굴에 잔혹한 미소가 돌았다.

그랬다. 왕위를 포기하고 돌아와 그저 베제스의 개처럼 온갖 모욕과 수모를 참아 견딜 리가 없다 생각했던 적이 있었다. 지나치게 얌전히 지내는 시간이 길어져 희석되었었지만, 그는 아무 이유 없이 베제스의 휘하로 되돌아올 위인이 아니었다.

"미안하지만 지금 네 군은 그다지 많지 않아."

하켈이 무슨 당치도 않은 말이냐는 듯이 눈을 부릅뜨며 지스카르를 노려보았다.

"내 군대가 어째서 사상자가 적은지 의심했겠지? 애초 그대가 내어주었던 군은 대부분 전멸했다."

하켈은 순간 적군의 옷을 입고 있던 자신의 간자의 모습이 떠오르며, 소름이 돋는 것을 느꼈다.

설마…… 하는 마음으로 하켈이 말문이 막힌 듯 지스카르를 바라보고 있으니 지스카르가 서늘하게 일침을 박았다.

"죽은 아군의 옷을 벗겨, 반군이 그 갑옷을 입고 토벌군의 진영으로 들어왔지. 니카에서도 그렇기 때문에 숲에 불을 질러 그대들의 시선을 가릴 필요가 있었던 거고."

"……이 반역자! 이미 알고 있었던 거군!"

"이미 알고 있었소. 사실 그대를 싫어하는 이들이 있어 이 손바닥으로 하늘 가리는 짓을 시도해볼 엄두를 낼 수 있었지."

지스카르가 어깨를 으쓱했다.

"너도 머리가 있다면 내가 지금 왜 전부 실토하는지 알겠지."

"오늘 당신을 공개 처형하고, 당신의 군대를 몰살시킬 것이다. 차탄!"

하켈이 고함을 내질렀다. 그러자 막사 뒤에서 대기하고 있던 차탄이 빠른 속도로 막사 안으로 군사들을 이끌고 진입했다.

지스카르는 하켈과 자신의 주위를 빙 두른 군사들을 쭉 돌아보곤 싸늘하게 하켈을 향해 말했다.

"자네는, 베제스를 너무나도 두려워한 나머지 자네의 군대 안에서 벌어진 일에 대해선 아무것도 모르고 있군. 그대가 상상하는 것보다 그대와 베제스의 적은 많아."

"차탄! 저 반역자를 잡아라!"

하켈이 이를 갈며 외쳤다. 하지만 막사 안의 군사들 중 움직이는 이는 아무도 없었다.

"……차탄 장군?"

하켈이 순간 무엇인가가 잘못되었다는 것을 깨닫고 차탄을 돌아보았다. 차탄은 무표정하게 지스카르의 뒤로 가서 섰다.

"차탄 장군, 지금 뭐하는 짓이냐! 당장 저 반역자를……!"

지스카르가 심드렁한 목소리로 자신의 뒤에 선 차탄에게 말했다.

"바깥은 어찌 되었지?"

"헨솔 장군님, 하켈의 2만 군사 중 우리를 따르지 않는 약 7,000명의 군사는 모두 처리 중입니다."

하켈의 얼굴이 새파랗게 질렸다. 차탄은 자신의 참모였다. 이게 무슨 상황인지 그는 도저히 머리로 따라갈 수 없었다.

"애초부터 내란을 일으킨 건 나고, 이 진영의 수십여 명의 장수 중, 지금껏 살아남은 이들 대부분은 처음부터 나와 나하르와 뜻을 같이한 이들이었소. 이해하겠소?"

"……."

"오늘도 차탄 장군이 미리 내게 언질을 주었지. 이 술엔 독이 들었나? 아무것도 몰랐다면 의심 없이 마시고 그대의 손에 죽어 모든 계획을 물거품으로 만들 뻔했어."

지스카르가 술병을 집어 들어 통째로 바닥에 쏟았다. 병사들이 하켈에게 다가와 그를 강제로 무릎 꿇렸다.

"처음엔 야금야금, 의심받지 않도록 죽은 나의 토벌 군대에 반란군을 밀어 넣는 게 쉬운 것이 아니었지. 낯선 얼굴이 보이면 토벌군들도 이상하게 여길 테니까. 많은 눈들을 피하는 것은 무척이나 어려운 일이었어. 하지만 반절 이상이 갈아치워지고 나니 그때부터는 쉽더군."

"이…… 어찌 이런 무도한 짓을……!"

"무도한 것은 베제스지. 그러고 보니, 베제스에게 승전의 소식을 보냈나? 마지막으로 그대가 나를 위해 서신을 한 통 써주면 좋겠는데. 지스카르와 하켈의 군사가 반란군의 야습에 대패하여 현재 왕도로 밀려나고 있다고 말이야."

하켈이 입술을 깨물었다.

"시기가 이른 것 같긴 하지만 오늘 밤 베제스의 측근들은 술에 취해 미친 하켈 총사령관의 패악에 살해당했다……. 부사령관인 헨솔 장군이 그를 막기 위해 검을 뽑았다……. 이런 소문도 나쁘지 않군."

"헨솔……. 베제스 전하께서 이 일을 아시면……!"

"네가 걱정할 것 없어. 자네의 희망을 깨부순 것은 미안하지만 적은 내부에도 있지. 네가 조금만 머리를 썼다면 나를 먼저 문초하려 하기 전에 베제스에게 사실을 알렸어야 했지. 그 순진한 녀석은 상상도 못 하겠지……."

허옇게 질린 하켈이 의자에서 반쯤 넘어지듯 떨어져 엉덩방아를 찧으며 지스카르를 올려다보았다.

"대, 대체, 당신, 어디까지……."

"자네는 어차피 이 자리에서 죽을 테니 그리 궁금해하지 않아도 괜찮잖나. 내 알아보니 오스와르 에반켈과 하켈 자네가 이리 빠르게 승진을 한 이유가…… 많이 못된 짓들을 해왔더군. 전 총비를 괴롭히기도 했다지. 오스와르는 이미 카르시타에서 반신불수가 되어 돌아왔다 하니 둔다 치고 말이야."

지스카르가 느리게 몸을 일으켰다.

그는 엉거주춤하게 주저앉은 하켈의 공포에 질린 얼굴을 바라보며 비릿하게 웃었다. 그는 곧 쪼그려 앉아 하켈과 키 높이를 맞추어 그와 눈을 마주했다.

"늘, 그래서 자네 얼굴을 볼 때마다 죽여버리고 싶다고 생각하고 있었다. 자네가 조금만 덜 똑똑했든가, 더 현명했더라면 조금은 오래 살 수 있었을 텐데. 물론 시간이 많으면 많을수록 나는 자네를 어떻게 고통스럽게 죽여야 그 아이가 만족해할지 고민하고 고민할 수 있었겠지. 그래, 그래, 그녀를 괴롭히는 일이 네겐 즐거움이었던가?"

하켈은 지스카르가 누구를 언급하는지 단박에 이해했다. 지스카르는 '그 여자'를 왕비로 옹립하려던 쥬세에게 반발하여 모든 것을 내버리고 왕성을 떠난 자였다. 데바람의 선왕 쥬세의 총비.

'그 여자!'

"많은 것이 변했지? 그 아이는 쫓겨나듯 카르시타로 도망갔고 베제스는 왕이 되었고 나는 이렇게 돌아왔지. 그대는 걸맞지 않게 높은…… 아주 높은 이가 되었고 말이야."

"헤…… 헨솔! 이, 이러지 마시오!"

"그 여인은 네게 그리 말하지 않았던가? 언제까지고 베제스의 보호를 받을 수 있을 거라고 생각했나, 하켈 총사령관?"

"그, 그, 그것은 베제스 전하의 명이었습니다!"

그 말에 지스카르가 그의 턱을 움켜쥐며 으스러뜨릴 듯 힘을 주었다. 눈이 튀어나올 만큼 놀란 하켈이 침을 흘리며 공포에 젖은 눈으로 지스카르를 바라보았다.

"그건 네 사정이고."

지스카르가 그의 머리를 맨바닥에 처박았다. 무언가 으깨지는 듯한 소리가 남과 동시에 하켈의 신음 같은 비명이 단말로 끊겼다.

"차탄 장군은 예전부터 베제스에게 아주 강한 반감을 가졌던 인재다. 멍청한 베제스를 원망해라. 내가 천거하지 않아도 아주 만족스러울 정도로 보화만 주고 아양만 떨면 토벌군에 임명해주는 그 타락을 경멸하면서 죽어라. 곱게 죽이고 싶지는 않지만 지금은 너의 죽음이 나에게는 필요하니까."

하켈의 온 얼굴이 경악으로 물들었다.

"베제스는 하켈 총사령관이 이그라 전투에서 대패하여 장렬히 전사하고 군대 7,000을 또다시 잃었다는 서신을 받게 될 거야. 그리고 나는 왕도로 올라갈 테고."

"헤, 헨소오올! 으으읍!"

지스카르가 몸을 돌려 막사 밖으로 걸어 나갔다.

등 뒤로 발악하는 그를 붙잡는 병사들과 차탄이 검을 뽑는 소리가 순차적으로 울렸다. 체통을 잃은 비명 소리는 곧 사라졌다. 뒤따르는 피 냄새.

막사 밖의 대낮처럼 밝은 불빛들을 응시하던 지스카르의 시선이 허공으로 걸렸다. 저런 한심한 이들로부터 도망쳤던 자신은 변명의 여지 없는 나약한 패배자였다.

무엇을 두려워했던가. 어린 시절의 자신은 무엇이 그리도 두려웠

나. 그는 밀려오는 고함과 비명과 선득한 적의를 외면했다.

모든 것을 내던지고 갔던 자신이 달게 받아야 할 죗값이리라.

"이제 곧, 이제 곧이다."

뇌까리듯 중얼거린 그는 무거운 발걸음을 떼었다. 한 걸음. 또 한 걸음. 그리 걷다 보니, 어느덧 죄의식마저 잊었다.

데바람 왕도 산나. 반란 세력의 야습으로 인해 토벌군이 완패하여 1만 명이 넘는 전사자가 났다는 이야기를 시작으로, 현재 남은 토벌군은 2만 명이 채 되지 않고, 수복했던 성채를 다시 빼앗겨 왕도의 근처인 라그타 일대로 밀려 올라오고 있다는 소식은 베제스의 귀까지 들렸다.

가장 충격적인 것은 하켈의 전사 소식. 반란군과 용맹히 싸우다 목숨을 잃었다는 사실을 베제스는 믿을 수가 없었다.

베제스의 낯빛은 노여움으로 일그러졌다.

"지원군으로 왕실의 정예 군대를 보냈는데, 그들은?"

"지금 후발로 편제 출정한 정예군은 반대편에서 봉기하고 일어난 반란 세력에게 길목을 막혀…… 아직까지 합류하지 못한 것으로 알고 있습니다."

서신을 찢어 던진 베제스가 몸을 벌떡 일으켜 단상 아래로 내려가 전령의 머리채를 휘어잡았다.

"나더러 이 말을 믿으라고!"

베제스의 거친 분노에 전령이 눈을 내리깔았다.

"전하. 우선 진정하시고, 이 사태에 대한 논의를 나누는 것이 급선무일 듯합니다."

근위대장 케나르가 침착한 목소리로 베제스를 말렸다. 베제스가 휙 고갤 돌리며 그를 노려보았다.

"몇 놈 뒈져도 상관없지만, 하켈이? 하켈이 전사하였다고 했다! 이건 분명 무슨 음모가 있는 거야!"

케나르는 곤란하다는 표정으로 전령을 바라보았다.

가뜩이나 내전이 빨리 끝나지 않아 심기가 불편한 베제스의 면전에 대고, 완패하여 왕도 언저리까지 밀려 올라오는 반란군을 막지 못하고 있다는 소식을 전한 전령이었다. 베제스의 분노를 피할 길이 없었다.

"당장 꺼져라. 내 이 일을 제대로 해결하지 못한 지스카르 헨솔, 내 형님에게 책임을 물을 것이다! 당장 불러들여!"

조용히 서 있던 시르시아 공작이 미간을 찡그리며 베제스에게 공손히 아뢰었다.

"전하, 그리 되면 사령관의 자리가 공석이 됩니다. 지금은 헨솔 장군에게 책임을 물으시기보다는 이 상황을 타파할 묘책을 고민하시는 것이……."

"닥쳐라!"

"아뢰옵기 황공하오나, 반란 세력의 사기가 드높아지고 있습니다. 이제는 라잘바누 일대를 비롯한 이그라, 시캄프 일대까지 확산되고 있습니다. 지금까지의 반란 세력은 이그라와 라잘바누 일대 근처에 밀집해 집중적으로 그곳을 막는 것은 가능했지만, 전국으로 확산될 경우에는 더 걷잡을 수 없어질 가능성이 있습니다. 이제껏 지스카르 헨솔 장군의 공적으로 여러 번 승리했다 하였으니 감히 간언드리건대 작금의 일은 잠시 덮어두시고 진정하십시오. 토벌군에서 이리 사분오열이 일어나면 아니 됩니다."

베제스는 이내 사납게 전령을 걷어찼다. 전령은 신음조차 내지 못하고 나뒹굴었다가 재빠르게 몸을 바로 일으켜 세웠다.

"꺼져라. 제대로 하는 게 좋을 거라고 해."

전령이 허둥지둥 일어나 알현실을 빠져나갔다.

베제스는 씩씩거리며 알현실 안에 모인 여섯 신하들을 향해 몸을 돌렸다. 케나르와 시르시아 공작을 비롯해 하켈의 외가인 바스터 가문의 공신, 그리고 군사 고문의 위치로 있는 펜피스 등이 있었다.

그들은 일제히 베제스의 시선을 피해 눈을 내리깔았다.

"하켈이 전사? 이러니 반란군의 사기가 하늘 높은 줄 모르고 치솟는 것이지! 대체 저 돼지만도 못한 새끼들은 무얼 믿고 저리 봉기한 것이지? 나하르 장군은 제가 왕이 되고 말리라는 것인가! 이 무도한 놈!"

나하르는 수십 년간 데바람을 위해 싸워온 장수였다. 공적이 높았던 만큼 그의 배반은 충격적인 것이었다. 필연적으로 데바람 왕실의 가장 큰 적이 될 수밖에 없었다.

희게 센 수염을 쓸어내리며 내내 입을 다물고 상황을 지켜보던 군사 고문 펜피스가 베제스의 앞으로 다가왔다.

"전하, 전하의 정예군은 데바람의 어느 군대보다 강력합니다. 반란군의 수가 불어나고 있다는 것은 필시 무언가 좋지 않은 징조인 것은 사실이지만, 그보다 제 소견으로는 반란군이 연패하는 와중에도 사기가 치솟은 것에 어떠한 연유가 있는 것이 아닌가 하는 생각이 듭니다."

베제스가 그를 노려보며 말했다.

"생각 없는 것들이 제 죽을 자릴 모르고 뛰어드는 것이지. 모조리 죽여서 반란 세력의 뿌리까지 뽑아버려야 한다."

그의 사납기만 한 대답에 펜피스의 표정이 조금 어두워졌다.

"일단 민심을 진정시키고, 반란 세력의 요구 일부를 들어주시는 것이 작금으로서는 최선일 듯합니다."

"넌 지금 내게 그 무도하고 멍청하기 짝이 없는 가축들과 타협을 하라는 것이냐!"

"곳곳으로 퍼지는 반란 세력을 막고자 정예군과 왕실군을 파견한다 해도, 뭉쳐 있지 않으면 이 내전은 쉬이 끝나지 않으리라는 소견입니다. 일단 반란 세력에 연합하는 민중들을 달래어 그 수가 더 이상 불어나지 않도록 하는 것이 최선입니다."

시르시아 공작이 그 말을 받았다.

"한 말씀 올리겠습니다. 저 또한 펜피스 고문의 말이 현재로서는 최선의 방책이라 생각됩니다. 제 영지에서도 일부 민중들이 심하게 동요하고 있고, 굶고 병든 자들 또한 한 목숨 버릴 각오로 반란 세력에 뛰어드는 이들이 있다 합니다."

"병든 놈들이 무슨 힘이 있어 내 정예군의 목을 베겠느냐!"

"전염병처럼 퍼져나가는 여론은 염두에 두셔야 합니다. 전하."

베제스가 펄쩍펄쩍 뛰었다.

"타협은 없다!"

완고한 그의 태도에 한숨을 내킨 케나르가 조용히 입술을 열었다.

"……허면, 전하. 소신에게 한 가지 생각이 있사온데 들어주시겠습니까."

"말해라. 그대는 저 멍청이들보다 왕실에 충정이 깊은 자이니, 내가 만족할 만한 묘안을 내어주리라 믿겠다."

"최선책은 아니나 차선책은 되리라 생각합니다. 데바람 반란 세력이 카르시타의 국경까지 침입하는 행동에 노한 카르시타 왕실에서 반란군 진압에 힘을 보태겠다 하였습니다. 그들 또한 조만간 있을 후계자 관련 일로 인해 데바람이 안정되기를 바라고 있을 것입니다. 허니, 약간의 대가를 지불하고 그들의 힘을 빌어 반란 세력을 압박해 기세를 누그러뜨리는 것은 어떻겠습니까?"

베제스가 그 말에 얼굴을 구겼다.

"뭐?"

"카르시타의 군사는 강력합니다. 단순히 무력만으로 그들을 진압하시려 한다면 그들의 군대의 도움을 받는 것도 크게 손해 볼 것이 없다고 생각합니다. 내란으로 인해 반년간의 손실은 지대합니다. 농작을 할 수가 없고, 생산의 반절 이상이 멈추었습니다. 세금도 내지 못하는 이들이 많아졌습니다. 만일 그들이 딴 마음을 품는다고 해도 2만이 조금 넘는 카르시타의 군사는 데바람의 왕실 정예를 당해낼 수 없을 것입니다."

"케나르가 그리 말했다고?"

빛조차 제대로 들지 않는 방이었다. 사얀은 고고히 턱을 치켜 든 채로 입술을 만지작거리며 중얼거렸다. 사얀의 건너편에 앉은 베제스는 여전히 분을 이기지 못한 얼굴로 씩씩거렸다. 그녀를 이리 유폐시키긴 했으나 늘 골 아픈 일이 생기면 제 어미 치마폭으로 돌아오던 베제스의 방문은 놀랍지도 않았다.

"어머니께서는 어찌 생각하십니까."

"……단기간에 내전이 끝나지 않으면 나라의 근간이 흔들리는 것이 맞다. 군량조차 제대로 조달할 수 없는 상황에서 백성들에게 국고를 열어준다는 것도 현재로서는 힘들다니 케나르의 방책이 그리 화를 낼 만한 것은 아니구나."

베제스가 탁자를 쾅 내려쳤다.

"하켈이 죽었습니다. 고작 쓰레기 같은 반란 분자들 때문에."

"안타까운 일이군. 누가 더 쓰레긴지는 모르겠지만."

그녀는 별 관심 없다는 듯이 중얼거렸다.

"어머니께서는 어찌 이리 태평하십니까?"

"네가 나를 이곳에 가두어 아무것도 보지 못하고, 아무것도 듣지 못하게 만들지 않았느냐? 돌아가신 네 외조부의 넋이나 기리며 이 답답한 곳에 갇혀 지내니 무엇이 걱정이 되겠나? 네 녀석의 성정은 지기를 죽기보다 싫어하니, 결국 반란을 일으킨 백성들의 피가 온 데바람을 뒤덮고 다시 너는 의기양양하여 나를 찾지 않겠지."

"어머니께서 늘 제가 하는 일에 이래라저래라 하시니 제가 어쩔 수 없이 어머니를 이리 모신 것이 아니겠습니까?"

"내 간섭이 싫다 하는 것치고, 요즘 나를 찾는 일이 잦구나."

사양은 창백한 얼굴로 써느런 미소를 지어 보였다.

"좋습니다. 이번 내전이 끝나면 어머니를 다시 내성으로 모시겠습니다. 이 작금의 사태를 어찌 해야 옳겠습니까? 카르시타의 군대를 받아들이는 것 말고는 방법이 없다는 말입니까?"

사얀이 느리게 고갤 돌려 자신의 아들을 응시했다. 그녀의 얼굴에 슬픔이 서렸다.

"하지만 또 곧 나를 유폐하겠지."

"어머니!"

"내가 이 상황을 타개할 묘안을 내어준다고 해도, 이 상황이 끝이 나면 금세 어미를 버릴 네가 아니냐."

"당신의 아들을 믿지 못하는 겁니까?"

"네 외척들의 한이 들리지 않느냐?"

"또 이런 이야기를 꺼내시는군요. 저는 지금 이런 쓸데없는 넋두리나 하자고 어머니를 찾은 것이 아닙니다. 저를 더 이상 화나게 하지 마십시오."

사얀이 어쩔 수 없다는 듯이 서늘하게 미소 지었다.

"너도 들어 알고 있을 것이다. 카르시타의 왕은 이제 나이가 들었고, 후계자 책봉에 혈안이 되어 있을 것이다. 그곳엔 지금 왕의 적자를 제외한 두 명의 왕위 후보가 있다. 그쪽도 곧 왕위를 찬탈하기 위한 내분이 벌어질 테지. 카르시타의 왕은 그것을 위해 국경의 일을 진정시키고자 하는 것일 것이다."

"알고 있습니다."

"도대체 무슨 생각인지 알 수 없는 반란군은 분명 네 말처럼 어리석다. 데바람 왕실만이 아니라 카르시타까지 적으로 돌리고 있으니까. 내 생각도 케나르와 같다. 일을 질질 끌지 않을 것이라면 카르시타 군대의 도움을 받아 반란 세력을 토벌하고, 그에 더해 이참에 카르시타와의 관계를 조금 우호적으로 만드는 것도 좋겠지."

베제스가 고민하는 얼굴로 입술을 일그러뜨렸다.

"카르시타 또한 정복해야 할 대상입니다. 우호 관계 따윈 바라지 않습니다."

"그래, 하지만 일단은 집안의 불화를 정리하는 것이 우선이다."

베제스가 눈을 부릅뜨며 허공을 노려보다가 의자를 박차고 일어섰다.

"빌어먹을, 왜 마음대로 되는 일이 하나도 없단 말입니까!"

"나는 내 아들 하나조차 제대로 키우지 못했는데, 수십만의 백성을 돌보는 일이 그리 쉬운 것이겠느냐?"

그녀의 비웃음에 베제스가 사납게 탁자를 걷어찼다. 사얀의 시선은 언제나처럼 어둔 방 한구석에 맺혔다. 저 어딘가에서, 제 자식에게 목이 달아난 아비가, 오라비가, 누이가, 사촌이 저를 노려보고 있는 것 같다. 그들의 악에 찬 눈빛이 보이는 듯하고 피맺힌 절규가 들리는 듯하다.

자식을 잘못 키운 죄로 그들이 대가를 치러야 했으니 자신은 이 정도로 사는 것도 호사를 누리고 있는 것일 터다.

데바람을 이런 아비규환으로 만든 것도 제 탓이다. 저런 악마 같은 자식을 낳은 여인이 바로 자신이었으니까.

"대체 이 빌어먹을 것들은 뭐가 그리 문제야……!"

무언가가 깨지는 소리와, 넘어지고 쓰러지는 소리를 외면한 사얀은 덤덤히 눈을 닫았다. 까만 눈꺼풀 속, 뜨거운 것이 차오르는 것을 애써 참아 눌렀다.

그녀는 문득 이 역겨운 성에서 도망친 어떤 여자를 떠올렸다. 그리 독하게 살아남아 도망쳤으니 그 아이야말로 승자였다.

데바람의 반란 세력들이 방향을 바꾸어 공격을 개시했다는 이야기가 들렸는데, 정작 루덴이 도착한 이후로 전투라 할 만한 건 없었다. 국경을 수시로 침범하던 데바람 민병군들의 활동이 소강상태에 접어들었다는 보고가 있었다. 카르시타의 국경 총사들은 일부러 적들을 자극할 필요가 없다 판단 내렸고, 최근 국경은 전에 없던 불안한 평화로 충만했다. 결국 2만 명의 군사들을 이끌고 키나 일대까지 전진해 왔던 루덴 공작과 그의 일행들은 지루한 시간을 보내야 했다.

언덕의 끄트머리, 외딴 막사 앞에 흔들의자를 하나 둔 루덴 공작은 나름의 낭만을 영위하며 언덕 아래를 굽어보았다. 멀리서 간격을 두고 찾아드는 파발꾼들과 전서구들이 보였다. 그는 곧 제 앞으로 전해진 서간들을 야외 탁자 한편으로 치운 후 의자에 기대어 눈을 감았다. 따사로운 햇살이 제법 기분이 좋았다.

막 몽롱한 잠에 빠져들 것처럼 기분 좋게 아슬아슬한 경계 속에 잠기려는데, 그의 부관이 미지근한 차를 한 잔 건넸다.

"필요하신 것은 없으십니까, 공작 각하?"

"없네."

잠에서 깬 루덴 공작은 다소 잠긴 음성으로 손을 휘이 쳐냈다.

이제 갓 마흔을 넘긴 루덴은 이제 갓 마흔이 된 비교적 젊은 남자였다. 나이에 비해 높은 직함을 얻은 탓에 그는 때때로 호전적이고 이기적이게 돌변할 때도 있지만, 누구보다도 신의를 중히 여기는 이이기도 했다.

"이제 어떻게 하실 겁니까?"

"반란군의 세력이 완전히 이 국경 일대를 떠난 것을 확인하고 난 후에 결정할 문제지. 그때가 되면 우리의 임무는 완수한 거니까."

"이대로 끝이 날까요? 전쟁 없이 그냥 이리 신경전만 벌이다가 끝나는 건 정말 소모적인 것 같습니다."

루덴이 드물게 웃음기를 띠며 부관을 돌아보았다.

"혹시 자네, 저 땅이 탐나는가?"

"그럴 리가 있겠습니까. 다만 본국과 데바람은 늘 호시탐탐 서로를 노리고 있으니, 이번 기회에 흔들리고 있는 데바람을 노려봄직도 하다는 생각을…… 아예 안 한 건 아닙니다."

루덴이 찻물을 입에 머금으며 고갤 저었다.

"저 땅은, 우리가 약조하여 넘볼 수 없는 땅이네."

부관은 이해할 수 없다는 듯이 슬쩍 곁눈질로 루덴을 바라보았다.

"조약을 말하시는 거라면."

"그나저나 정말 경치가 괜찮군. 우리가 이 경치를 선점했다는 것만으로도 적들보다 나은 땅을 지닌 거지."

말허리를 잘린 부관은 잠깐 머뭇거리다가 루덴 공작과 시선을 나란히 했다. 그의 말대로, 언덕 아래로 드넓게 펼쳐진 데바람의 땅은 아름다웠다. 바로 얼마 전 치열한 전투가 벌어졌었다는 것을 상상하기 어려울 만큼.

"이렇게 여유를 즐기는 것처럼 보이는 이 와중에도 우리는 치열하게 싸우고 있지."

"예?"

"이해가 안 가는가? 데바람의 내란이 진정되지 않으면, 우리 전하께서 왕위에 오르시기까지의 길이 가시밭길이 될 거라는 말이네."

"각하……?"

"자네에게 이런 말을 했다고 무슨 흠 되는 것은 아니겠지?"

"무슨 말씀이신지…… 도통…….."

루덴이 근엄한 표정으로 찻잔을 내려놓고 몸을 일으켰다.

"데바람과 카르시타가 늘 원수 같은 사이로 지내기는 했지만, 이번 기회에 그 관계가 조금은 개선될 수 있길 바라볼 뿐일세. 유스카리 전하는 진정으로 현명하신 현왕이시고 모두가 다 그에 동의하리라 생각하네. 영토의 확장은 일손만 늘릴 뿐이야. 이미 카르시타는 충분히 거대하다. 그 안에서 올바른 평화를 이룩하는 것이 카르시타가 직면한 가장 중요한 난제지."

멀리서 새 한 마리가 끼악끼아악, 귓가를 위협하는 울음소리와 함께 날아드는 것이 보였다. 자리에서 일어난 루덴 공작은 익숙하게 조련대를 장착하곤 팔을 뻗었다. 얼마간 창공을 배회하던 맹금류 한 마리가 천천히 고도를 낮추었다. 날카로운 푸른 눈동자를 가진 한 마리의 솔개는 그의 팔뚝 위에 사뿐히 내려앉아 사나운 울음소릴 내며 고개를 비틀었다.

"그래, 그래, 먹이 시간이구나."

이 솔개는 루덴이 기르는 애완조였다. 부관이 눈치 빠르게 달려갔다. 루덴 공작이 손가락으로 솔개의 날카롭게 벌어진 부리를 어루만지는데, 저 멀리서부터 부연 먼지바람을 일으키는 군마 한 필이 눈에 띄었다. 데바람의 영토 방향에서였다.

"또 손님이 오셨군. 낭보인가, 비보인가는 만나봐야 알겠지."

루덴은 옷자락에 내려앉은 먼지를 조심히 털어내며 표정을 지웠다. 그 전령은 데바람 왕 베제스의 인장이 찍힌 서신을 가져왔다. 루덴은 베제스가 내건 조건을 담담히 읽어 내린 후 서신을 덮었다.

"우방의 땅으로 가자."

테일런은 잠든 제르의 머리칼을 조심스레 손끝으로 어루만지고 있었다. 혹시나 그녀가 깰까 저어하는 마음에 대담하지도 못한 그저 작은 손장난 같은 행동이었지만 그에게는 큰 용기가 필요한 일이었다.

"이야기는 들었네."

"……. 주군은 어디 가셨나 했더니만, 이곳에 계시는군."

아스난은 테일런의 방문 입구에 단정한 차림으로 서 있었다. 그는 뜻 모를 갈색 눈동자로 테일런의 어정쩡하게 굳은 손을 흘깃 바라본 후, 거두절미하고 용건을 꺼냈다.

"아직 몸이 좋지 않다는 보고는 들어 안다만, 그래도 상황 설명이 필요할 듯하니 부탁해도 되겠나."

"예를 다하지 못함을 용서하십시오. 간밤에 암살자 둘이 주군의 침실 목전까지 침입했습니다. 그리고 아시다시피 알렉시스 테피온, 올리비에 왕하께서 사실을 아시고 진노하시어 주군과 독대하셨습니다. 그 후 르니아 양에게 아라산으로 다녀오라는 명령을 내리신 걸로 압니다."

"그 밖에 두 분이 언성을 높이셨던 이야기에 대해서는."

"함구령을 받았습니다."

"……그런가."

아스난은 시선을 옮겨 제르에게로 향했다. 그녀는 곤히 잠들었는지 일어나지 않았다.

"언제부터 저러고 계셨지?"

"……한 시간쯤…… 되셨습니다. 휴가라 하시며."

"휴가?"

"주군께서도 휴가라고……."

그 말에 아스난이 기가 차다는 표정을 지으며 불만이 덕지덕지 붙은 표정을 지어 보였다. 요즘 좀 그 깐깐한 성미가 잠잠해졌다 하여 안심했는데, 이 바쁜 와중에 휴가가 웬 말인가.

"……것보다 몸은 좀 괜찮나? 자상이 깊다 들었는데."

테일런은 대답 대신 희미하게 미소 지었다.

"편히 쉬게. 내가 주군을 모셔 갈 테니."

그 말에 테일런이 잠깐 주저했다. 아스난은 그 짧은 망설임을 놓치지 않고 읽어냈다. 평소 표정이 거의 없다 해도 이상할 것이 없던 남자는, 요즘 들어 자주 그 감정을 흘린다.

"경."

아스난이 조용히 읊조리며 엎드린 제르에게 다가갔다. 그는 침대 맡에서 걸음을 멈추고 눈물로 젖은 여인의 얼굴을 내려다보았다. 채 마르지 못한 눈물이 고여 반짝이고 있었다.

"내가 왜 경에게 계속 주군의 호위를 맡기는지 아나?"

아스난은 무릎을 굽히고 손수건을 꺼내어 제르의 눈물 젖은 얼굴을 조심스레 톡톡 닦은 후 아무 일도 없었다는 듯이 몸을 바로 세웠다.

"부상당한 자네에게야 미안한 말이지만, 자네라면 주군을 위해 자신을 돌보지 않고 목숨조차 내놓을 사람이기 때문이다."

테일런이 침묵했다.

"내 사람 보는 눈은 틀리지 않다고 생각하는 바, 그대의 진정이 충정을 넘어선 것에 대해 묵인하는 것도 그러한 이유다."

지극히 사무적인 어조였다. 정 없이 덤덤한 그의 말에서 틀린 것은 없었기에 테일런은 조용히 고갤 숙일 수밖에 없었다.

그래, 아스난의 말처럼 자신은 한 가지밖에 볼 줄 모르는 사람이다. 제르의 뒷모습만을 바라보는 것, 그게 일상이 되고, 일생이 되길 바란다.

"하지만, 그렇기 때문에 경은 주군의 곁에 나란히 설 수 없을 것이다."

아스난은 정확히 그것을 꿰뚫어보고 있었다.

"이 사고뭉치 주군에게 필요한 건 당신을 위한 희생도 불사하는 사람이 아니야."

"무슨 말씀을 하고 싶으신 것인지…… 잘 알겠습니다, 엘보르트 경."

잔인한 말이었다. 테일런은 항변 없이 수긍했다. 아스난이 약간은 안타깝다는 눈빛으로 테일런을 내려다보더니 곧 제르를 번쩍 안아 들었다.

"으음……."

갑작스러운 움직임에 제르가 게슴츠레 눈을 떴다. 퉁퉁 부어버린 눈에 흐릿하게 아스난이 비치는 것이 의아한 듯 그녀가 중얼거렸다.

"설마, 일중독자가 여기까지…… 쫓아왔나…….."

아스난의 미간이 좁아졌다. 평소에도 워낙 예의 차리지 않은 독설을 남발하니 평소와 다를 것도 없었지만, 잠결에까지 저러니 기분이 묘하게 나쁘다.

"……방까지 모시겠습니다. 좀 더 주무십시오."

제르의 눈이 다시 감겼다. 아스난의 얼굴에 안쓰러운 표정이 드러났다.

통통 부은 눈으로, 안겨 잠든 모습은 영락없는 가냘픈 여인, 눈을 뜨면 온 세상이 적이라는 듯이 가시를 드러내는 작은 고양이. 평소에는 어쩌다 손을 대는 것조차 진저리를 치는 여인이 오죽이나 피곤했으면 저리도 잠이 들까 싶었다.

아스난은 제르를 안고 성큼성큼 방 밖으로 향했다. 그가 잠시 걸음의 속도를 늦추며 말했다.

"경, 고생 많았으니 당분간은 푹 쉬게. 수고했네."

테일런이 언제나와 같은 표정으로 조용히 되돌아가는 사내의 등에 예를 갖추듯 고개를 숙였다. 아스난이 나가고도 테일런은 숙인 고개를 들지 못했다.

조금 전까지 그에게 기대어 잠들었던 여자의 모습은 그저 환상일 뿐이었다. 목숨을 바쳐 지키는 기사라는 것은, 그런 것이다. 함께 살아가는 것이 아니라, 주군을 위해 한 줌의 재가 될 때까지 그 생명을 태우는 것.

그리고 자신은 그녀의 기사였다.

바람이 차가워졌다. 몸을 추스른 라니는 여느 때와 다르지 않게 한껏 치장을 했다. 알렉시스의 방문으로 인해 퀸시오 성에서 열린 작은 만찬에 그녀도 초대가 된 것이다. 식사는 알렉시스와 자신, 그리고 영주 이렇게 셋이서 하게 될 거라고 했다.

라니는 거울을 보고 또 보고, 이리 고치고 저리 고쳐가며 마음을 다잡았다. 이미 알렉시스의 마음을 얻는 것은 포기했지만 그렇다고 해서 자존심마저도 포기한 것은 아니었다. 오늘은 반드시 주눅 들지 않고 남부럽지 않은 기품을 보이겠다고 다짐하고 또 다짐했다.

'라니, 너는 소블란의 딸이야. 당당하게 가면 돼!'

그러나 불가능했다. 그걸 깨달은 건 만찬장에 들어선 지 10분도 채 지나지 않아서였다.

라니는 적당히 넉넉한 식탁의 제일 오른쪽 끝에 앉은 제르와 그녀의 반대편에 앉은 알렉시스의 사이에 자리를 잡았다. 공기가 유달리 무거웠다.

"앉게."

"아, 네, 네에."

이렇다 할 인사치레도 없어 몹시 당황스러웠다. 식사는 바로 시작되었다.

'……?'

달그락, 달그락. 식기가 접시를 스치는 미세한 소리만이 넓은 식당을 떠돌았다.

안부 같은 가벼운 사담이라도 주고받을 법한데, 제르와 알렉시스는 한 마디도 않은 채였다. 아둔한 라니가 보기에도 이건 뭔가 이상했다. 조금 전까지만 해도, 이런 말을 하고 저런 말을 해야지 하고 생각했던 라니는 끝 모를 침묵에 포크만 깨작거렸다.

결국 참다못한 라니가 감히 카르시탄들의 면전에서 먼저 운을 뗐다.

"이, 이, 음식들 참 맛있네요."

음식이 코로 들어가는지, 입으로 들어가는지조차 구분할 수 없는 상황이니 맛이고 뭐고 느낄 재간도 없었지만, 무슨 말이라도 하지 않으면 견딜 수가 없을 것 같았다. 다행스럽게도 알렉시스와 제르가 그녀의 노력에 한 마디씩 보답해주었다.

"그러네."

"그렇다니 다행이오."

그리고 또다시 침묵.

'……체할 것 같아.'

라니는 애꿎은 음식만 헤집다가 결국 포크를 내려놓았다. 그때였다. 다행이라고 해야 할까, 알렉시스가 입을 열었다.

"제르, 좀 더 많이 먹어."

조금 전까지의 이상한 고요를 떠올릴 때, 알렉시스의 음성은 비교적 쾌활했다. 눈알을 굴리던 라니는 제르와 눈이 마주치고 깜짝 놀라 고갤 돌렸다. 라니는 일부러 관심 없는 척하기 위해 물 잔에 손을 뻗었다. 제르의 한숨 섞인 목소리가 들렸다.

"뭐하자는 거냐."

"너무 깨작거리는 것 같아서 하는 말이야. 아무래도 살집이 있어야 안았을 때 기분 좋지 않겠어."

푸우우웁! 라니가 마시던 물을 뿜었다.

사레가 들린 라니가 쉼 없이 기침을 하며 더듬더듬 손수건을 찾아 입을 가렸다. 제르가 짜증스럽게 대꾸했다.

"영애가 오해할 만한 헛소리는 하지 마라."

"오해라니, 무슨 오해 했어, 라니?"

라니는 화끈거리는 얼굴을 주체하지 못하곤 알렉시스를 향해 휙 고갤 돌렸다.

"아니, 테피온. 대, 대체, 그게 무…… 무슨……!"

"난 딱히 오해할 말은 하지 않은 것 같은데, 사실이잖아?"

"알렉시스."

제르가 한숨을 푹 내쉬었다.

"응?"

"정신을 못 차린 거냐, 이해가 안 된 거냐."

"뭐가 문제인데?"

"뭐가 문제냐고 지금 내게 묻는 네 머리는 장식이냐?"

라니가 입을 떡 벌렸다.

그녀에게 저것은 거의 문화 충격이었다. 자신이 알렉시스에게 땡깡을 부리는 그런 수준이 아니다. 역시 저 여자 보통 여자가 아니었다고 다시 한 번 생각하며 라니는 알렉시스의 얼굴을 살폈다. 알렉시스는 그 모욕적인 발언에도 별다른 감흥이 없다는 듯이 고기를 썰어 입에 넣고 씹더니 꿀꺽 삼킨 후 싱긋 웃었다.

"그렇게 절절히 들었는데 상황 파악이 안 된다면 그건 바보겠지."

"그럼 네가 어떻게 해야 하는지도 알 텐데."

"내가 하고 싶은 대로 하기로 결정했는데."

라니는 알 수 없는 대화를 들으며 눈을 좌우로 움직이기에 바빠 묵묵히 음식을 삼켰다. 이젠 두 사람의 대화가 흥미진진해지기까지 했다. 라니가 왼편에 있던 와인 잔을 들었다.

"어제의 그 일이 네게는 그리 가볍게 말할 수 있는 문제라는 거냐?"

"나는 당장 너를 어떻게 해보려는 게 아니야. 뭐, 그래. 지난밤 서로 그리 은밀한 것까지 알게 되고 나니 달리 보이는 게 있긴 하지만."

푸우우웁! 라니는 이번엔 와인을 뿜어냈다. 알렉시스가 더럽다는 듯이 라니를 돌아보았다.

"라니, 오늘 왜 그렇게 식사를 요란하게 하는 거야?"

"아, 아, 아니야. 두 분 이야기 나누세요."

라니가 황급히 냅킨으로 입술 주위를 닦아내며 고갤 숙였다.

제르가 나이프를 내려놓으며 얕은 한숨을 내쉬었다. 분명 알렉시스는 왕위 후보이고, 그녀보다 우위에 있는 자였다. 지난 일이 불편해 라니를 이 만찬장에 끼워 넣은 건 제르였다. 알고 그러는 건지, 알렉시스는 노골적으로 라니를 놀렸다.

"일부러 그런 식으로 돌려 말하는 건 무슨 악취미냐."

"놀리기는 내가 뭘……. 난 진심인데?"

"속이 너무 빤히 보여서 상대하고 싶지도 않다."

귀까지 벌게진 라니는 자신이 오해했다는 것을 깨닫고 어색하게 웃어 보였다. 이런 말 하기는 뭣하지만, 저들의 대화가 조금은 우스웠다. 저리 대차게 걷어차이는 알렉시스를 보니 속이 시원한 것도 같았다.

"너랑 엮이면 정말 피곤해."

"나는 이렇게 같이 있으면 즐거운데."

제르가 신경질적으로 고개를 돌렸다. 알렉시스는 싱긋 웃으며 유쾌하게 권했다.

"그나저나, 식사 끝나고 다 같이 산책이나 할까? 날이 좀 춥긴 하지만. 어떻게 생각해, 라니?"

"……아…… 테피온……, 그게……."

라니가 당혹스러운 얼굴로 알렉시스를 바라보았다. 뭐랄까. 이런 분위기에서 같이 산책까지 하게 된다면 멀쩡한 기관지를 가지고도 질식할 것 같은 예감이 든다.

그때, 제르가 냉랭하게 입술을 뗐다.

"영애."

"……예?"

"영애는, 저런 녀석이 무에 그리 좋아 예까지 찾아왔나?"

"……에, 네? 아니……. 갑자기 그런……."

"순수한 호기심이네."

묻는 저의를 알 수 없어 라니가 대답을 망설이는 사이 제르가 다시 물었다.

"저 녀석이 뭐가 그렇게 대단하기에, 편안한 왕도를 떠나 이런 추운 땅까지 나를 찾아온 거지?"

알렉시스의 낯빛에도 서늘한 의문이 떠올랐다. 저의를 알 수 없던 탓이다.

"글쎄요……. 그냥 어릴 때부터 당연히 테피온이랑 결혼할 거라고 생각하고 자라왔었으니까. 사실 좋다기보다 그냥 테피온만 한 상대가 없어서라는 이유도 있어요. 요즘 아버지께서 저를 이상한 데다 시집 보내려 하시는 바람에 이성적으로 생각하기도 좀 힘들었던 것 같기도 하고요……."

"그럴 수도 있겠군. 하지만 걱정 말게."

"네?"

"저 사내는 아량이 너무나도 넓어서 이미 혼례를 치렀던 여인도 나쁘지 않다고 하니, 단순히 잠시 다른 사내와 눈 맞은 것쯤은 충분히 용서할 수 있을 거야."

알렉시스의 표정이 점차 굳어지기 시작했다. 라니는 당최 영문을 알 수가 없는 말에 멍하니 입을 벌리고 있을 따름이었다. 혼례를 치른 여인은 뭐고, 용서는 무슨 말인지 선뜻 이해가 가지 않은 탓이다.

제르가 알렉시스를 향해 상큼하게 미소 지으며 말했다.

"저 녀석 영애에게 양보하지. 나에게는 지나치게 과분한 사내이니, 영애쯤 되는 여자가 배필로 딱 알맞을 것 같으니까."

"어이, 제르. 지금 사람 면전에서 그게 무슨 말이야? 내가 무슨 물건이냐?"

"나도 내 하고 싶은 말 참지 않는 성격이라."

제르가 능청스럽게 웃으며 말했다. 알렉시스는 잠깐 멍한 표정을 짓더니 한 방 먹었다는 듯 물을 벌컥벌컥 들이켰다. 그는 불만 가득한 얼굴로 입술을 삐죽였다.

"하여간 성격 나쁜 건 변함이 없어. 한 마디를 안 지려고 하지."

"누가 할 소리를 하고 있는 거야? 너도 적당히 하지그래?"

"넌 진짜 한 번 져주면 세상이 뒤집히냐?"

"너야말로 싫다는 말, 그대로 싫다는 걸로 받아들일 줄을 모르나?"

"싫어도 네가 좋은데 어떻게 해!"

"너 혼자 좋아하든가, 그럼!"

알렉시스와 제르는 내내 티격태격거림을 멈추지 않았다. 이 상황이 어떻게 돌아가는지 알 리 없는 라니만이 멍한 얼굴로 눈을 끔뻑일 뿐이었다.

사랑싸움도 아니고 저게 뭐람?

그때였다.

식당의 문이 열리더니, 아스난이 조용히 제르의 곁으로 다가왔다.

"실례하겠습니다, 주군."

아스난은 자그마한 목소리로 고했다.

"아라산의 공작 대리께서 도착하실 거라는 전갈이 왔습니다."

서늘한 정적이 만찬장을 휩쓸었다.

탁.

내내 툴툴거리면서도 꾸준히 음식을 우물거리던 알렉시스가 노골적으로 식기를 내려놓았다. 놀란 라니가 몸을 움찔하며 알렉시스를 올려다보았다. 그의 표정은 무서우리만치 굳어 있었다.

제르가 덤덤히 되물었다.

"이렇게 빨리 도착할 만한 거리가 아닐 터인데."

"이유는 모르겠습니다만 이미 이레 전에, 공작 대리께서 이쪽으로 향하셨다고 합니다."

제르의 입술 사이로 한숨이 흘러나왔다.

'공작 대리…… 라.'

지난밤의 그 사달이 난 것은 쇼하인이 그녀를 적으로 간주했기 때문이었다.

"만찬은 여기까지 즐기지. 먼저 나가보겠다."

'쇼하인령에서 왜 사람이 오지?'의아해하던 라니는 자신이 모르는 무언가가 있다는 것을 알아차렸지만 한 마디도 물을 수가 없었다. 알렉시스는 주저 없이 자리를 떠났고 제르도 얼마 있지 않아 밖으로 나갔다.

라니만 홀로 남아 멍하니 앉아서 텅 비어버린 만찬장을 돌아볼 뿐이었다.

알렉시스는 퀸시오에서 가장 넓은 영주 알현실의 최상석에 앉아 있었다. 제르는 알렉시스의 오른편, 최상석보다 조금 낮은 곳의 화려한 의자에 자리하고 있었다. 그리고 라니는 알현실 왼편에서 심상찮은 분위기를 감지하고 눈만 데굴데굴 굴리고 있었다. 지금 이 자리의 주인공은 공교롭게도 그녀가 아니었다.

'이게 무슨 일인 건데?'

아무도 말을 해주지 않으니 알 리가 있나. 라니는 궁금증을 억누르며 영주 알현실 한가운데 엎드린 청년을 바라보았다.

엎드린 청년의 등 위로 알렉시스의 냉랭한 시선이 머물고 있었다.

"소신……."

청년은 에들렌이었다. 에들렌은 곁눈질로 상황을 살폈다. 알렉시스가 이곳으로 향했다는 이야기는 이미 왕도에서 날아든 전서구를 통해 알았다. 다만 소블란의 딸인 라니가 왜 여기에 있는 건지는 의문이었다.

"아라산의 공작 대리직을 수행 중인 에들렌 휘르산, 올리비에 왕하와 제이하이 왕하, 카르시탄을 뵙습니다."

그의 음성이 메아리처럼 찬 바닥을 울렸다. 아무리 좋게 보려 해도 분위기가 심상치 않았다. 식은땀이 날 정도였다. 노여움에 찬 알렉시스와 눈이 마주친 후로는 우려가 더 심해졌다.

'지금 이 상황에서 서신의 이야기를 어떻게 해.'

왕도에서 온 서신에 담긴 내용은 진심으로 충격적인 이야기였다. 저기, 알렉시스의 옆에 앉아 있는 여자에 관한 이야기. 그런 극비 사항을 그리 급히 전서구 편에 보낸 제 부친의 속 또한 짐작이 되어, 알렉시스에겐 분명 이야기해야 했다. 더 이상 알렉시스가 저 여자에게 엮이지 않도록. 그러나 사안이 사안인지라 섣부르게 말을 꺼낼 수도 없었다. 지금은 꼼짝없이 혼이 나야 했다.

"고갤 들어."

서늘한 명령에 에들렌이 용기를 내어 그를 올려다보았다.

"내게 할 말이 없나? 공작 대리."

알렉시스의 목소리는 전에 들어본 적 없을 만치 차가웠다. 에들렌이 저도 모르게 어깨를 움츠렸다.

"송구합니다. 오는 길에 이야기는 들었습니다. 하지만 황망하게도 저 또한 룬다 영지의 일은 알지 못하였습……."

"그래서."

"그, 그것은 제 권한이 아닌 것으로, 실상조차 의심스러운……."

"그래서."

"소신은 뒤늦게 그것을 알고 따로 조사를 해보아야겠다고 생각을……."

"그래서, 쇼하인은 책임이 없다?"

서슬 퍼런 그의 말에 에들렌은 토할 것 같은 위압감을 느끼며 다시 고개를 푹 숙였다. 사실을 알고 나니, 제르를 죽이려 한 아버지가 옳았다는 걸 알았다.

'세드로의 친모?'

말이 되나 싶지만 아버지의 말을 믿지 않을 이유도 없었다. 전부 다 알렉시스를 위한 것. 그러나 지금 알렉시스가 보이는 분노는 어떤 말로도 가라앉힐 수 있을 것 같지가 않았다.

"송구합니다, 왕하."

"내가 만일 끝끝내 몰랐다면 독립령인 이 퀸시오의 영주를 죽일 때까지 암살자를 보냈겠지? 너는 카르시탄이 죽어 나갈 때까지 몰랐을 테고?"

"그, 그럴 리가 있겠습니까. 이곳은 카르시타의 지존께서 인정하신 독립과 불입의 땅입니다. 이번 일은 다 제가 아랫것들을 헤아릴 역량이 부족한 탓입니다."

에들렌은 바짝바짝 말라붙는 입안에 애써 혀를 굴렸다. 바닥을 장식한 붉은 융단이 알렉시스의 눈동자인 양 느껴져 벌거벗겨진 기분마저 들었다.

"듣자하니 한두 번이 아니더군. 쇼하인령을 총괄하는 그대가 임무에 방만해 이 모든 일을 알지 못했으니, 책임은 그대에게 있다. 퀸시오의 죽은 병사들과 부상당한 기사들도 그러하지만 무엇보다 카르시탄을 시해한다는 건, 왕족 모독으로 보아도 이상할 것이 없지 않겠나?"

호락호락 넘기지 않으려는 모양이었다. 다급해진 에들렌이 고개를 퍼뜩 들었다.

"그, 그것이 아니라 왕하! 소신은 제대로 알지 못하나 그에는 왕하께서도 납득하……!"

에들렌이 말을 멈추었다.

"'내 사촌 동생'과 관련된 일이겠지."

알렉시스는 서늘하게 일침을 가했다. 붉은 기 도는 주홍빛의 눈동자는 찬 노여움으로 일렁이고 있었다. 직접적으로는 아니나 간접적으로 '세드로'를 언급한 알렉시스의 말은 많은 의미를 내포하고 있었다.

물의 자흔를 쫓는다 3

'서, 설마……. 이미 알고 계셨어?'

에들렌이 어쩔 줄 모르고 멍청하니 입만 뻐끔거렸다. 알렉시스가 이미 알고 있었다면 상황은 완전히 최악으로 치달을 것이다. 당황해 말을 잊은 그를 구해준 건 뜻밖에도 제르였다.

"왕하, 진정 몰랐을지도 모르지요. 결론지을 수 없는 질책은 이쯤 하시는 것이 어떻겠습니까."

알렉시스가 몸을 비스듬히 돌려 제르를 내려다보았다.

라니는 이틀 전 그 밤의 사건에 대해서는 제대로 알지 못했지만, 무언가 알렉시스의 심기를 단단히 거슬렀음을 알았다. 쇼하인의 공작 대리가 온다는 소식에 인맥 관리 겸, 인사라도 건네기 위해 자리하였는데 마치 이 알현실은 청문회장처럼 무겁고 숨이 막혔다.

지난 식사 때보다 더 곤란했다. 내내 표정을 굳힌 알렉시스의 모습은 소름 끼칠 정도로 두려웠다. 모두가 알렉시스의 눈치를 보며 숨조차 죽이는 그 마당에 아무렇지도 않게 시큰둥히 말하는 제르가 놀라워 보이기까지 했다. 과연 카르시탄이라.

그녀는 심지어 비웃기까지 했다.

"대저 눈이 가려진 채 알지 못한 것은 피차 같지 않겠습니까."

그녀의 담담한 태도는 도리어 알렉시스의 화를 돋웠다.

"카르시탄, 그대의 넓은 아량을 존중해주고 싶지만 사안이 사안이니만큼, 잠시 물러나주겠나? 유스카리 전하의 명에 의해 독립령으로 선포된 이 땅을 멋대로 침범하고, 카르시탄에게 해를 끼치려 한 것은 비단 퀸시오만의 문제가 아니다."

알렉시스의 완고한 태도에 제르는 작게 한숨을 내쉬었다.

"이 일을 어떻게 해결할 생각이지?"

"소신, 제 눈을 피해 이러한 패악을 벌여 독립령 퀸시오에 무단으로 발들인 룬다 백작을 엄벌에 처하고 다시는 이런 일이 없도록 직접 단속하겠습니다."

에들렌이 고개를 조아리며 간신히 말을 이었다.

"그리고?"

에들렌이 눈을 질끈 감으며 제르를 향해 말했다.

"파손된 기물과 손실된 인력에 관한 모든 것을 보상하고, 마, 만일 퀸시오의 유일한 군주이신 제이하이 왕하 카르시탄께서 명하신다면 지금 이 목숨을 버리는 것으로 사죄의 진정성을 보이겠습니다."

귀엽기까지 한 허세다.

제르가 피식 웃음을 터뜨렸다. 에들렌이 바짝 엎드리며 말했다.

"모든 책임을 달게 지겠습니다."

제르는 더 들을 것도 없다는 듯 느릿하게 몸을 일으켰다. 옷자락이 스치는 소리에 에들렌은 반사적으로 움찔하며 숨을 들이켰다. 제르가 천천히 다가왔다. 하지만 그녀는 무심한 바람을 일으키며 에들렌의 곁을 스쳐 지나갈 따름이었다.

"충정으로 행한 일에 억하심정 따위는 품지 않으니 그리 두려워할 것 없다. 저는 이만 물러나겠습니다, 올리비에 왕하."

대기 중이던 병사들이 거대한 문을 열자, 그녀는 뒤도 돌아보지 않고 문 너머로 모습을 감추었다. 르니아를 비롯해 사열하고 있던 퀸시오의 기사들도 줄줄이 그녀를 따라 나섰다. 라니 역시 자리를 피하기 위해 은근슬쩍 그들 사이에 묻어 나갔다.

그리하여 알현실에는 황망한 얼굴로 몸을 바짝 낮춘 에들렌과 아라산 일행, 침묵으로 그를 노려보는 알렉시스만이 남았다.

"저…… 저어……."

에들렌은 어색하게 애써 미소 지으며 알렉시스를 올려다보았다. 야차처럼 붉은 눈동자가 그를 뚫어져라 바라보고 있었다.

"공작 대리를 제외하고는 모두 나가라."

알렉시스의 싸늘한 명령에 일제히 밖으로 움직이기 시작했다.

"우…… 우…… 우리 도련님, 부디 무사히!"

어쩔 줄 모르고 에들렌을 바라보던 노집사 혼테가 엄지손가락을 치켜들곤 미꾸라지처럼 도망쳤다.

그들이 자리를 비키고 나자, 등골에는 한기가 찾아들어 오싹했다. 에들렌이 어색하게 웃으며 알렉시스를 올려다보았다.

"하, 하, 하, 자, 잘못했습니다. 아, 아, 알렉시스 님."

"내가 뭐 잡아먹냐?"

알렉시스의 얼굴은 한결 풀려 있었다. 에들렌은 몸을 움찔움찔하며 알렉시스를 물끄러미 바라보았다.

"……화 좀, 풀리셨어요?"

"풀려? 풀린 것 같아?"

"……아뇨."

"내가 화내는 것은 당연하지. 나 몰래 일을 꾸몄으니까."

알렉시스가 턱을 괴었다. 심란한 표정이었다.

"하지만 쇼하인 공작의 심정이 이해가 가지 않는 것도 아니고."

에들렌의 얼굴에 약간의 혈색이 돌기 시작했다.

"그, 그러면…… 왜 그렇게 화를…….."

"에들렌, 겁먹어서 생각하길 포기한 거냐. 지금 쇼하인이 벌인 것은 왕족 시해 미수 사건이라고. 본보기로 어쩔 수 없이 책임을 물어야 하는 게 당연한 거잖나. 제르도 이미 그걸 알고 있고. 감히 카르시타 독립령의 왕족을 죽이려 했는데 누군가는 희생양이 되어야지. 본 배후가 쇼하인 공작이니 쉽게 손댈 수도 없고. 네가 운이 나빴다. 숙부의 귀에 들어가면 이 문제가 얼마나 더 커질지 모르니 내 선에서 끝내는 것이 낫다. 제르는 그리 일을 크게 만들 생각도 없는 듯하니 다행이지."

"……예."

"하지만 앞으로 다시는 이런 일이 생기지 않도록 해라. 경고다."

알렉시스의 말에 에들렌이 송아지마냥 맑은 눈을 뜨고 고개를 크게 끄덕였다.

"다시는 그런 일 없도록 하겠습니다, 알렉시스 님."

"그래. 알겠다."

그러다가 에들렌은 자신의 품 안의 서신을 느끼고 퍼뜩 정신을 차렸다. 그가 눈을 질끈 감고 말했다.

"그, 그, 그런데……, 저 여인은 안 됩니다!"

알렉시스가 '저 녀석이 지금 뭐래?'라는 표정으로 에들렌을 빤히 바라보다가 곧 이해했다는 듯이 답했다.

"알아."

"아……?"

"아까 말했잖나. 나도 마르티사가 제르의 아들이라는 건 알고 있어."

너무나도 단순 명쾌한 대답에 에들렌의 얼굴에서 핏기가 가셨다. 무심해도 너무 무심히 말했다. 지금 알렉시스 자신이 무슨 말을 하고 있는지 알긴 아는지 의심스러울 정도다.

　"그, 그러면……, 이미 다 알고……."

　"제르에게서 직접 들었지. 듣자하니, 네가 여드레 전에 출발했다고? 쇼하인이 시킨 거로군?"

　"왕하를 막으라고……."

　알렉시스가 한숨을 푹 내쉬었다.

　"험난하고만. 당사자가 안 된다고 이를 세우는 것도 힘든데, 주변에서 아주 그냥……."

　"다 들으셨다면 이제, 이런 장난 그만하셔야 하는 거 알죠? 괜찮은 가문의 여식이랑 그냥 순탄히 혼례 치르시는 게……."

　"내가 지금 장난하는 걸로 보여?"

　신경질적인 알렉시스의 대답에 에들렌이 반사적으로 몸을 움츠렸다. 아직까진 조심해서 나쁠 것이 없었다. 알렉시스는 붉은 머리칼을 거칠게 쓸어 넘기며 반쯤 투덜거리는 어조로 말했다.

　"나도 그리 생각은 하는데 따라주지 않는 걸 어쩌냐. 곤란하게도 내 마음대로 안 돼."

　"왕하……."

　"그녀로부터 마르티사의 이야기를 들은 순간 가장 먼저 든 생각은 내 숙부를 죽이고 싶었다는 거다. 하지만 결국 그 덕에 그녀를 만날 수 있었으니 불평할 수도 없더군."

　에들렌은 입을 떡 벌린 채로 알렉시스가 하는 말을 멍하니 들었다. 알렉시스의 표정은 너무나도 진지했다. 그는 커다란 의자에 기대어

다리를 꼬고 앉으며 에들렌을 지그시 내려다보았다.

"그래도 걱정은 마라, 에들렌. 쓸데없는 감정에 휩쓸린다 해도, 형님에게는 지지 않을 테니까. 쇼하인에게도 전해. 계획은 변함없이 진행될 거니까, 이런 불쾌한 사건 일으키지 말라고."

　　　　　　　　　　✦✦✦

창가에 걸터앉은 그는 노곤히 창문에 머리를 기댔다. 정적인 세계와는 반대로 그의 뇌리는 빠르게 교차하는 갖가지 정보와 가능성들을 점치느라 혼잡하기만 했다. 뉘사나가 움직일 낌새를 보이고 있다는 것, 숙부인 유스카리의 아들이 제르의 자식이라는 것, 쇼하인이 그의 뒤에서 벌인 일들 따위가 그의 뒷목을 더 무겁게 했다.

그는 문득 세드로를 떠올렸다. 사실 몇 번 자세히 본 적도 없었다. 다만 유스카리를 많이 닮았던 아이는 사랑받고 자란 티가 역력한 철부지 꼬마였다.

지금 알렉시스의 머릿속을 가장 아프게 하는 건 뉘사나가 이 사실을 알고 있을까, 하는 문제였다.

그간 제 앞에 떨어졌던 이런저런 단서들을 떠올리면 뉘사나 또한 그의 측근으로부터 이미 들어 알고 있을 가능성이 높다.

'그러고 보니…….'

최근 뉘사나는 세드로에게 지대한 관심을 보였다. 사실 여태까지는 그것이 리안의 출산과 연이은 회임으로 인한 단순한 호기심일지도 모른다며 비웃었지만 다른 가능성이 열린 지금 섣불리 판단할 수 없는 일이었다.

그는 왕도를 떠나기 전에 짧게 마주친 루덴 공을 떠올렸다. 허탈한 웃음이 배 속을 간질였다.

'그래서 그놈이……. 하지만 증거가 있나?'

세드로가 제르의 아들이라는 증거는 없을 것이다. 유스카리가 저런 결단을 내렸을 때엔 필경 발각되지 않도록 많은 대비를 할 것도 각오했을 테니.

지금까지 그들이 온당히 왕좌에 오를 수 있는 가능성은 두 가지였다. 세 명 중 한 명만 남아 무혈 계승을 이루거나, 왕권을 전복할 각오를 다지고 뒤엎는 것. 그러나 세드로가 애초에 적통이 아니라면 뉘사나의 칼날은 오롯이 제게 돌아오게 될 것이다.

"돌아버리겠군."

건조하게 중얼거리던 그는 생각을 멈추고 차게 뜬 달을 올려다보았다.

타인을 위해 목숨을 버릴 생각은 없었다. 자신을 믿고 이 깊숙한 진창까지 기꺼이 따라 들어온 이들을 배반할 수도 없었다. 자신의 안위와 그들의 믿음에 부응하는 과정에서 그는 세드로도, 뉘사나도 없앨 각오가 되어 있다.

제르의 말이 옳았다. 자신은 어리석었다.

등 뒤에서 느껴진 인기척에 그는 뒤돌아보지 않고 중얼거렸다.

"이리 몰래 숨어들어왔다면, 좋은 방문은 아니겠군."

"용건이 뭘 거 같아요?"

불청객은 제르의 곁을 따라다니던 시종이었다. 심상찮은 살기에 알렉시스가 느리게 몸을 돌려 창턱에 앉았다.

"들어보지."

"전부 다 알았죠? 카르시타의 왕자님은 이제 어떻게 할 생각이죠?"

"내 머릿속을 들여다보기 위해 온 건가? 살기부터 거두지그래."

알렉시스의 비아냥에 르니아의 주먹에 서서히 힘이 들어갔다.

본성을 감추고 있다는 생각은 예전부터 했지만, 제르와 함께 있을 때의 태도와 비교할 때 지나치게 위협적인 느낌이었다. 알렉시스의 저 건조한 태도는 그녀의 분노에 불을 지피고 있었다.

"어떻게 할 생각이냐고요."

"내가 네게 앞으로의 계획을 하나하나 일러주고 납득시켜야 하나?"

달빛이 붉은 머리칼 위로 스러졌다. 르니아는 성큼성큼 그에게 다가갔다.

"죽고 싶어? 시나와 님을 온갖 곤란에 빠뜨리고서, 그분을 들쑤셔서 엉망으로 만들고서. 대체 어떻게 할 거냐고. 세드로 님이 시나와 님의 아들이라는 것을 이용할 생각인가?"

"필요하다면 그래야겠지."

그녀의 손이 허리에 매인 검집으로 미끄러졌다.

"왕자님은 눈이 너무 위에 달려서 상황 파악이 안 되시나 봐. 지금 내가 손 뻗으면 죽일 수 있는 거리라는 거 몰라, 너?"

그녀의 무례를 책하지도, 그녀의 살기에 반응하지도 않고 가만히 서 있던 알렉시스가 한숨을 내쉬었다.

"일단 그쪽이나 상황 파악을 하시는 건 어때, 시종 아가씨. 뉘사나 형님의 군대는 현재 내가 알고 있는 것만 십수 만에 이른다. 각 지방에 있는 것들을 모조리 제하고 엘올라 인근에 주둔하고 있는 세력만 친다고 하더라도 얼추 8만은 훌쩍 넘는 수지. 게다가 엘올라가 주축이 된다면 이야기는 더 심각해. 금군 대장이 그에게 붙었고 수호 가문 역시 침묵한다는 건 그와 비슷하게 회유당했다 보는 게 낫다. 이런 상황에서 군대는 머리수 싸움이다. 물론 당장은 큰일이 날 거라 여기지는 않아. 형님은 정당하게 인정받고 싶어 할 테니까. 그렇다면 장애물은 나와 내 사촌 동생인 세드로. 이 자리에서 나를 죽여 은폐하겠다? 해봐. 날 이 자리에서 죽인다면 형님을 왕좌에 앉히는 데 지대한 공을 세우게 되겠군. 로마탄 그레온의 딸. 아주 훌륭한 생각이다."

"내가 만일 오늘 당신을 죽이게 된다면, 나는 그길로 왕도로 내려가 당신의 형님이라는 그자 또한 죽일 거야. 왕재 시해자라는 낙인이 찍혀 평생 카르시타에 쫓기게 된다 해도 상관없어. 내게는 나고 자란 고향인 바다가 있으니까."

알렉시스는 끝을 알 수 없는 그녀의 집착에 어처구니가 없다는 듯 웃었다.

"대단한 충성이군. 그렇다면 제르에게 종국엔 무엇이 남지?"

"……."

"제르의 아이는 제 친모의 존재조차도 모르고, 언젠가 이곳의 기사들 중 일부는 제 직급으로 인해 떠나겠지. 내가 네 손에 죽는다는 가정을 하고, 네가 평생을 쫓기게 된다면 필경 너도 제르에게로 돌아갈 수 없겠지. 결국 제르가 얻는 것은 뭐지?"

말문이 막힌 사람처럼 신음하던 르니아가 낮게 시선을 내리깔았다. 그 틈을 타 알렉시스는 팔꿈치로 르니아의 손목을 세게 때리고 그대로 그녀의 팔뚝을 움켜쥐어 당겼다. 예기치 못한 그의 반격에 르니아의 주먹이 그대로 내질러졌지만 알렉시스의 턱을 아슬아슬하게 스치고 지났다. 알렉시스는 그대로 르니아의 반대편 팔목도 끌어 내린 후 말했다.

"……. 최후에 어떤 지저분한 상황이 벌어진다고 해도 지금 당장만큼은 공통의 적이 있다 위로하고 싶은데, 내가 잘못된 판단을 하고 있나?"

"……하지만 널 어떻게 믿고……!"

"르니아 반펠트라 했지. 로마탄 그레온의 딸."

알렉시스는 바들바들 떨리는 르니아의 양팔을 툭 놓은 후 고개를 기울여 그녀와 눈높이를 맞추었다. 르니아는 깊이를 가늠할 수 없는 눈동자에 몸을 굳혔다.

"전쟁은 이미 시작됐어."

그가 물어왔다.

"그 아이가 죽는다면 제르는 어떻게 되지?"

"시나와 님도 죽어."

예상과 크게 다르지 않은 대답이었다. 제르를 버티게 하는 건 삶의 행복이라거나 어떤 건설적인 목표 같은 게 아니었다. 그녀는 스스로의 삶에 애착이 없다. 만일 있다면, 저리 데바람을 잊은 사람처럼 굴지 못했을 것이다. 보복하고, 그대로 되갚아주어, 잃어버린 것을 조금이라도 더 그러모으기 위해 몸부림을 쳐야 했을 것이다. 쇼하인이 그녀를 죽이려 했다면 쇼하인에게 분노해야 마땅했을 것이다.

알렉시스는 가만히 눈을 감았다.

"나는 그리 바른 사람은 아니야. 왕이 된다면 장담컨대 내게 위협 되는 이들을 모조리 없애 다시는 카르시타에 이런 추잡한 내분이 일어나지 않게 할 것이다. 그것이 나의 의무이자 백성의 안녕이며 평화를 위한 길이다. 뭐, 백성의 안녕과 평화를 논한다 하면 나를 비웃을 사람들이 수두룩하긴 하지만. 어쨌든 그렇다는 말이지."

르니아의 입술이 부들부들 떨렸다.

"뉘사나 형님은 곧 움직인다. 지금으로선 그가 무슨 생각을 하고 있을지 확신할 수 없지만, 지금까지의 상황으로는 내가 죽이려 손쓰지 않아도 그 아이는 형님 손에 죽어."

"그 말을 하는 이유는 뭔데? 지금 그래서 포기하라는 거야?"

"마지막 기회다."

고저 없는 목소리, 허나 적안에 휘몰아치는 불길만큼은 선명했다.

"나를 죽이고 뉘사나 형님을 죽이겠다는 그 배짱으로, 엘올라로 내려가 세드로를 빼내. 그리고 너의 고향이라는 바다로 나가서 다시는."

르니아가 움찔하며 알렉시스를 노려보았다.

"그 아이에게 대륙의 땅을 밟게 하지 마. 그것이 세드로가 살아남을 유일한 길이다."

그 말을 끝으로 지독한 적막이 흘렀다.

이어 르니아가 폭발적으로 언성을 높였다.

"시나와 님과 세드로 님이 평생 바다를 떠돌며 대륙인의 눈을 피해 도망 다니는 삶을 살아야 한다는 거야!"

"무슨 헛소리를……."

알렉시스가 몸을 일으켜 세웠다. 달빛을 등진 그의 그림자는 거대했다. 그의 그림자 속에 잠긴 르니아는 전에 없는 공포로 그를 올려다보았다.

"지껄이는 건지 모르겠는데?"

이제껏 만났던 그 어떤 사내보다 위협적이었다.

쥬세보다, 베제스보다.

아니, 차라리 대놓고 미쳐 있는 이들은 미리 경계라도 할 여지를 주기에 나왔다. 그러나 이자는 자신의 오라비와 같은 부류의 사람이었다. 웃으면서 그 속에서 새까만 검을 벼리고 있는. 아니, 어쩌면 퀴네 도사이보다 더 질이 나쁜 종자였다. 이런 부류의 사람과 적이 되면 어느 순간, 소리 없이 잡아먹힌다는 걸 르니아는 잘 알고 있었다.

"나는 아직 제르를 놓아줄 생각이 없어. 그깟 혈육의 정조차 없는 사촌 동생의 명줄을 부지해주자고 내가 제르를 포기할 거라 생각한 건 아니겠지. 그럴 바엔 내 손으로 그 아이를 찢어 죽이는 게 낫다 생각하는 놈이야, 나는."

그래, 사실 이런 놈이지. 그의 혼잣말이 처연하리만치 힘없이 울렸다.

그녀의 본능에 적신호가 켜졌다. 르니아는 멀어지는 그의 음성을 흘리며 저도 모르게 떨리는 팔에 힘을 주었다. 환상을 보고 있는 기분이었다. 달빛이 새빨갛게 물들어 온 방을 핏빛으로 적시는 환상.

"내가 그래도 좋다 할 때까지, 제르는 어디도 못 간다. 잊지 마."

충격에 얼어붙은 르니아가 비틀거리며 물러갔다.

그녀가 나간 후, 알렉시스는 우그러질 듯 아픈 가슴을 문지르며 탁자로 돌아갔다. 그는 푹신한 의자에 몸을 파묻듯 기댄 후 시선을 내렸다. 몸을 가누는 것이 버거웠다. 그의 내리깔린 시선 한구석에, 노엘이 버려주었던 검 한 자루가 곧게 서 있었다.

'노엘.'

노엘은 그렇게나 기겁을 하며 자신을 제르에게서 떨어뜨리려고 했었다.

'당신은 어디까지 알고 있었기에.'

창백하게 부서진 달빛이 방의 일편을 밝혔다. 빛의 반대편 어둠에 잠긴 알렉시스의 지친 자조가 짧게 울렸다.

"……조금이라도 귀띔을 주셨어야지요. 너무 늦게 알아버렸잖습니까."

늦었다.

너무 늦어 되돌아갈 수도 없었다.

르니아는 도망치듯 그의 방에서 빠져나왔다.

'미친놈, 미친놈, 미친놈, 미친놈.'

그 생각만 뇌리를 떠돌았다. 그는 생각보다 훨씬 위험한 남자였다. 그의 생각을 가늠할 수가 없었다. 그와 같은 부류가 위험천만함은 제 미친 오라비를 보아 이미 알고 있다. 비록 뿌리 끝까지 썩어버린 종자가 아니라고 한들 자신이 바라는 것을 자신이 원하는 방향으로 끝끝내 이끌어낼 것이다. 그들은 이성적인 듯하지만 실제론 몹시 감성적이기도 하다. 자신이 바라는 건 어떻게든 갖고 마는. 주위를 둘러보지 않는 제멋대로의 천성은 파멸 속에서도 꺾이지 않는다.

제르에게 털어놓을 수는 없다. 제르는 이미 알렉시스에게 마음을 열었다. 아니라 해도 세상 어떤 여자가 서 정도로 마음을 두드리는 남자에게 혹하지 않을까.

게다가 르니아는, 자신이 그에게서 읽어낸 그 두려움을 제르에게 납득시킬 자신이 없었다. 여태까지 보였던 알렉시스의 가벼운 태도는 그가 무슨 말을 해도, 무슨 행동을 해도 이상하지 않게 여기기 충분했으므로 대수롭지 않게 치부될 터다.

다리가 굳어졌다. 멀거니 멈춰 선 르니아는 주체할 수 없이 떨리는 몸을 가누지 못하고 웅크렸다. 저런 남자를 상대로 맞서 싸울 수가 없을 것 같았다. 유스카리가 저자보다 비열하고 예리한 자가 아니라면 세드로는 그의 말대로 죽은 목숨이었다.

무슨 배짱으로 유스카리가 안전히 그녀의 아이를 지고한 왕으로 만들어줄 것이라고 생각한 건가. 그는 제 부인도 버리지 못해 제르의 아이를 몰래 입적한 물러 터진 호랑이었다. 그에게 저들만 한 머리가 있었다면 뉘사나와 알렉시스 둘을 이제껏 저리 내버려뒀을 리가 없다.

르니아의 얼굴에 초조함이 어렸다.

'정말로 세드로 님을 유괴해 도망쳐야 하나? 시나와 님에겐 무어라 해야 하지?'

제르와 세드로와 함께 바다로 나가는 것도 상상해보았다. 하지만 그것은 애초에 불가능하다. 알렉시스가 두려운 건 아니었다. 로마탄 그레온 해적선 중 두 번째로 빠른 홀 호는 카르시타의 전함으론 따라잡을 수 없다는 걸 잘 안다. 근본적인 문제는 제르의 건강이었다. 그녀는 거친 파도와 맞서서 살아가기엔 너무나도 약했다. 만일 세드로와 자신만이 바다로 떠난다면 알렉시스의 말처럼 제르도, 세드로도 다치지 않고 목숨을 부지할 수 있을 것이다.

하지만 그러면 제르는 어떻게 하나? 그녀는 혼자 남아서 어찌하나? 누가 그녀를 돌보고, 누가 그녀를 웃게 해주고, 누가…….

분노로 눈물이 날 것 같았다. 끝끝내 이런 꼴을 볼 줄을 알았더라면 엔사마저 죽었을 때, 그냥 제르에게 같이 죽자고 다 포기하자고 매달렸을 것이다.

'어떻게 해야 하지?'

시모레 호의 갑판 위에 느긋하게 앉은 퀴네도사이는 선상의 정원 한가운데에서 달콤한 차를 음미하고 있었다. 갑판 위에는 그의 취향에 맞춘 너른 잔디밭이 깔려 있었다. 마스트 위를 뛰어다니는 갑판병들의 생김새가 고약하지 않았다면, 유람선처럼 보였을 것이다.

그는 갑판의 정원으로 다가오는 베다시아에게 힐끔 시선을 준 후 나른히 햇살을 받았다.

"티타임이라도 즐기는 모양이군요."

"케퍼, 기사나리께 의자 하나 놔드려라."

거리가 멀어 들릴까 싶었는데, 웬걸? 1사장 제일 끄트머리에 있던 케퍼는 단숨에 알아듣고는 낡은 나무의자 하나를 대령했다. 이 해적선은 참 이상했다. 선장부터 선원들까지도 한 명 한 명, 뜯어보면 해적질에 어울리지 않는 이들투성이였다. 사실 퀴네도사이를 처음 보았을 때 베다시아는 해적선에 의탁한 어느 귀족인 줄 착각한 적도 있었다.

"볼수록 안 어울립니다."

"이런, 그런 말은 실례 아닙니까?"

베다시아가 어깨를 으쓱거렸다.

"신경도 안 쓰시면서."

"동생도 그렇고, 아는 벗도 그렇고……. 늘 만나면 내게 고상한 취미 따위 집어치우라고 하는데 저도 상처받는단 말이지요."

퀴네도사이는 대수롭잖은 투로 중얼거린 후 찻잔을 내려놓았다. 베다시아의 낯빛은 여느 때보다도 어두웠다. 돌처럼 굳어졌다. 그런 표현이 딱 어울릴 정도로.

"기사나리께선 오늘 영 표정이 아닌데."

"별일 아닙니다."

"믿었던 주인이 뒤통수라도 갈긴 모양이지. 지난번부터 위태위태해 보이더니."

"비슷한 일이라고만 말하지요."

"비슷…… 이라."

지팡이로 갑판 바닥을 건드리던 퀴네도사이가 돌연 말했다.

"잠깐, 우리랑 약속했던 것은? 보수도 어영부영 넘어가게 되는 건 아니겠지요."

"설마 로마탄 그레온을 적으로 돌릴까요."

퀴네도사이가 진심으로 불쾌하다는 듯이 얼굴을 찡그렸다.

"어차피 그럴싸한 해군도 없으면서 왜 굳이 해적들을 고용하는지 모르겠는데. 아직도 설명해줄 생각이 없습니까?"

"당신들의 역할은 어차피 크지 않을 겁니다. 그러니 너무 깊이 파고들지는 말아주시죠, 선장."

베다시아는 속 모를 미소를 지으며 퀴네도사이가 건네는 찻잔을 거부했다.

"괜찮습니다."

"독이라도 탔을까 봐."

"그런 이유로 몸을 사리는 건 아닙니다."

텅 빈 음색이었다. 가만히 그를 바라보던 퀴네도사이의 얼굴에 묘한 웃음이 떠올랐다.

"듣자하니 그쪽, 꽤 유명한 분이시더군요."

"그렇습니까."

"이쪽도 알아보지 않을 수는 없었으니까요. 꽤 고생해 재기하셨다던데, 그래서 그런가. 아는 녀석이 하나 생각납니다."

베다시아가 무표정하게 그를 응시했다.

"한 가지에 집착하는 원념만으로 버티던 계집이 하나 있었지요."

퀴네도사이는 우아하게 찻잔을 내려놓았다. 절그럭, 하는 자그마한 소리가 뱃전을 작게 울렸다.

"그래서 오늘 온 용건은?"

불쾌한 듯 표정을 굳히던 베다시아가 생각을 가다듬고 설명을 이었다.

"앞으로의 계획에 대해 설명드리려고 왔습니다."

베다시아가 돌아가고 난 후에도 퀴네도사이는 한참이나 선상 정원에 앉아 있었다. 차는 다 식었지만 아무래도 좋았다. 그의 평온한 휴식을 방해한 건 절친한 일등 항해사 아게곤이었다.

"이러면 반펠트한테 혼나는 거 아냐?"

퀴네도사이는 입술만 움직여 대꾸했다.

"왜?"

"이 근방 약탈하는 거야 뭐, 해적이니까 당연한 거긴 한데. 네가 르니아에게 대륙 일에 끼어들지 말라고 했다면서 되레 지금 우리가 너무 관여하는 것 같은데?”

퀴네도사이가 입꼬릴 끌어올리며 아게곤을 돌아보았다.

“이르려고?”

“아니, 뭐.”

“상관없지. 퀸시오는 여기서 한참이나 떨어진 극북지이니까. 우린 그냥 적당한 보수 받고 빠져나가면 돼. 어떻게 알겠어. 젠이 데바람으로 혹시나 카르시타의 함대가 다시 출항하거든 지켜보고 알려달라고도 했고. 게다가 봐. 카르시타 군함은 꼼짝도 않는걸. 아니, 군함이라 하기에도 심심하네. 그러니 우린 이런 소일이라도 해야지.”

내키지 않는 얼굴로 팔짱을 낀 아게곤이 베다시아가 돌아간 방향을 턱짓했다.

“믿을 수 있는 자냐?”

잠깐 침묵하던 퀴네도사이의 얼굴에 미소가 번지는가 싶더니, 이내 그가 드물게 큰 소리로 웃기 시작했다. 아게곤 또한 자신이 쓸데없는 질문을 보탠 것을 깨닫고는 부끄러운 듯이 얼굴을 붉혔다.

퀸시오 성의 외곽에는 대륙인이 아닌 트란실 인들이 옹기종기 모여 있었다. 그들의 일상은 매우 따분했다. 장작을 패거나, 식사를 준비하거나, 소일거리로 돌아다니는 것이 전부. 그나마도 사냥은 금지당해 퀸시오에서 내어주는 배급식만 먹을 수 있어 몸이 쑤셨다.

『요즘, 성 안쪽이 시끄러운데?』

『그러든가 말든가.』

아란은 귀한 고기를 뜯어 질겅거리며 투덜댔다.

『추워서 죽겠다, 여긴. 언제까지 이러고 있어야 해?』

『어쩔 수 없잖냐. 트란실이 지금 그 꼴인데.』

다우람의 말에 아란이 입안에서 씹던 것을 단숨에 삼켜버린 후 멀리 제 고향이 있을 방향을 응시했다.

『……대체, 어떻게 돌아가고 있는 걸까? 세상이.』

차르 쟁탈전에서의 패배는 있을 수 있는 일이다. 하지만 그 일이 전 부족을 통째로 몰락시킬 만큼 여파가 컸던 적은 없었다. 차르 쟁탈전 이란 선출자들끼리의 힘겨루기였다. 적륜과 현 차르가 정신이 나가지 않았다면 벌어지지 않았을 일.

'사호를 찾았어야 했는데.'

론희 사호를 조금이라도 더 빨리 찾아 데려갔다면 이런 일이 벌어지지 않았을지도 모른다는 진한 후회에 잠조차 설칠 지경이었다. 살아 남은 로도의 전사들은 고작 마흔도 되지 않는 수로, 트란실 내부 상황 이 어찌 되고 있는지 모르는 이상 그들이 돌아갈 길도 요원했다.

『락혼이 이상한 얘길 했지. 우리가 왕국이 된다는 그런 얘기. 그 여 자가 한 말이라던데 락혼은 그 말을 믿는 건가……. 어떻게 왕국이 된 다는 거야, 우리가?』

『그건 우리도 모르지. 현 차르가 정말 그런 거라면, 말이 돼. 적륜과 손을 잡았다는 것을 깔고 들어가서 생각해보면 모든 게 아귀가 맞지.』

『아, 아귀가 맞긴 뭐가 맞아. 개판이지. 그리고 우리가 그냥 왕국이 다! 해버리면 왕국이 되는 거야? 아니, 그렇게 쉬운 거면 그냥 이런 동 족상잔도 필요 없이 왕국이라고 해버리면 되잖아.』

『시끄럽고. 우리는 이곳에서 영주가 말한 것만 도와주면 돼. 락혼이 사호 부족의 룐희를 찾으면, 우리도 어떻게 방법이 생길 거야. 적륜은 그 짓을 벌이고도 사호만큼은 건드리지 않았잖아.』

『그놈이 사호의 선출자를 좋아한다며?』

『그보다는 존경이겠지.』

다우람이 투덜대는 아란의 어깨를 툭 건들며 시원스레 말했다.

아란은 꽁꽁 언 바닥을 긁었다.

『결국 락혼이 돌아올 때까지, 여기서 잔일이나 하는 거잖아?』

『어쩔 수 없잖아. 우리는 불청객이라고.』

주변 정찰을 하고 돌아오는 소류한의 목소리에 아란이 입을 삐쭉 내밀었다. 소류한은 그런 아란을 향해 퉁명스러운 위로를 더했다.

『락혼이 돌아올 때까지만 참아. 그럼 된다.』

락혼은 보름 밤낮을 말을 달렸다. 중간 중간 제르가 내어준 신분패로 역참에 들러 말을 바꾸고, 식사를 할 때 빼고는 잠도 거의 말 위에서 자는 지경이었다. 그들은 기마 민족, 부락이 망하면서 그의 말은 잃었지만 대륙의 말도 썩 나쁘지는 않았다. 그는 그리 달리고 달리다가, 네 번째로 교환한 말이 거품을 물고 고꾸라질 때 즈음 한 시냇가에 멈춰 섰다.

말을 매어두고 잠시 숨을 돌리던 그가 품 안의 서신을 꺼냈다.

그건 대륙인들에겐 암호문, 트란실 인인 그에게는 익숙한 언어로 쓰인 서신이었다.

그 여자는 트란실의 말뿐만이 아니라 문자까지 숙지하고 있었다. 조금 어설프긴 하지만 이 정도면 훌륭하다.

　스스로가 데바람 출신이라는 것을 실토한 그 여자는 데바람에 연줄이 없다는 것을 확실하게 함으로써 락혼을 우울하게 했다. 그러나 대신 그녀는 다른 길을 제안했다.

　『에스펠라에게 가라.』

　『에스펠라가 누군데?』

　『예전에 너를 내게로 안내했던 해적 기억하나?』

　그는 상당히 위험한 냄새가 풍기는 해적이었다.

　『그자에게로 가라. 그리고 마침 잘되었군, 내 서신을 그에게 전해주었으면 한다.』

　처음에 락혼은 이해하지 못했다. 뜬금없이 해적에게 가라는 것도 곤란한데 심지어 그를 억류한 적 있는 탐욕스러운 자였다. 또 서신으로 중요 정보를 교환할 거라면 믿을 수 있는 자국민에게 맡기는 게 당연하지 않나.

　『이해가 안 가는군. 그게 내가 데바람으로 갈 수 있는 것과 상관이 있나?』

　『에스펠라는 본래 데바람 출신의 해적이야. 어릴 적 데바람 왕도 산나의 성에서 수년간 생활했고, 그 속이 워낙 음흉해서 아마 못해도 그의 농간에 놀아날 만한 높은 귀족도 손에 꼽을 만큼은 있을 거다. 네목적은 그 트란실의 선출자를 찾는 거겠지. 그렇다면 그들에게 부탁해서 행적을 알아볼 수도 있을 거다. 무작정 찾겠다고 쳐들어가기엔 데바람은 너무 넓어.』

　락혼이 납득했다는 듯이 고갤 끄덕였다.

　『그리고 서신은 극비다.』

제르는 미리 준비해둔 서신을 내밀었다. 서신을 받아든 후에야 락혼은 그녀를 의심스럽게 바라보았다.

『그 해적은 우리말을 읽지 못할 텐데?』

『대륙인의 대부분이 읽지 못하지.』

『대륙인은 알아서는 안 되지만, 타국의 사람인 나는 알아도 상관없는 내용이라는 건가.』

『그래. 이쪽 문자로 전하기엔 민감한 사안인지라. 전령조를 보낸다면 주살당할 위험이 있고, 만일 전령이 그것을 전하러 가다가 죽거나 잡히기라도 하면 곤란하니까. 트란실 어를 아는 이는 손에 꼽으니, 네가 죽어도 그리 빠르게 그 이야기가 새나가지는 않겠지.』

정 없는 말투였지만 락혼은 개의치 않았다.

『그리고 제대로 에스펠라에게 도착했다고 해도, 그 녀석 스스로가 문자와 거리가 먼 놈이라 주변의 해적 나부랭이에게 떠맡길 가능성이 커. 입 가벼운 해적 녀석이 알게 되는 것도 달갑지 않다. 귀찮은 일이긴 하지만 혹시라도 르니아가 그 녀석과 원수지는 일이 벌어지는 건 원하지 않으니까. 어차피 자네가 그에게 직접 읽어주어야 할 텐데. 궁금하면 봐도 좋다. 단, 다른 어디에서도 누설하지 마라. 그건 퀸시오에 남은 네 동포들의 목숨을 건 너와 나의 계약…… 정도로 하지.』

『인질이라는 건가.』

『그리 손해 볼 것도 없지 않나. 너에 관한 서신은 내가 에스펠라에게 따로 쓰겠다. 시일은 꽤 걸리겠지만 그래도 무작정 찾아 헤매는 것보다는 빠를 거다.』

제르는 다시 무언가를 종이에 휘갈긴 후 그에게 건넸다.

『해적을 찾으려면 바다로 나가야 할 텐데?』

『엘올라에서 얼마 떨어지지 않은 정북쪽, 깊게 파인 만이 하나 있다. 규젤 만. 그 녀석은 거기 있을 거야.』

락혼은 다시 말을 달렸다. 차가운 땅에 제 동포들을 '인질'처럼 내버려두게 된 것은 미안하지만, 일단은 론희를 찾기 위해 뭐라도 해야 했기에 어쩔 수가 없다. 하루 빨리 그녀를 찾아 차르 쟁탈전의 엉망이 된 상황을 정리해야 했다.

'해적이라⋯⋯.'

좋지 않은 기억이 떠올라 내키지 않았지만, 어쩔 수 없었다.

한참을 말을 쉬게 한 락혼은 다시 길을 떠났다. 아직 갈 길이 멀었다.

닷새 후, 알렉시스는 쇼하인 공작 대리를 데리고 아라산으로 돌아가기로 결정을 내렸다. 그리고 이튿날 그들은 준비를 마쳤다. 그들을 전송하기 위해 모인 퀸시오의 성문 앞은 문전성시를 이루었다. 이러니저러니 해도 거물들인지라 구색을 맞추는 데에 온 도시의 사람들이 몰려온 것처럼 보일 정도였다.

그러건 말건, 알렉시스는 무감동한 얼굴로 말 위에 올랐다. 그는 왕도로 돌아가겠다 말한 라니에게 누차 당부하는 것도 잊지 않았다.

"라니, 너는 곧바로 왕도로 돌아가고. 알겠어?"

시간이 없었던 탓에 어수선한 느낌도 있었지만 별 도리가 없었다. 퀸시오에 너무 오래 머무를 수는 없는 일이었으니까. 막 말 머리를 돌리던 알렉시스가 멀찌감치 선 제르를 응시했다. 욜랑도 제르의 뒤에 머리만 내민 채 우물쭈물 서 있었다.

　알렉시스는 그들을 향해 편안한 미소를 지어 보였다.

　"이래저래 바빠서…… 뭐 제대로 가르쳐주지도 못했구나, 꼬맹이."

　암살자들이 성벽을 넘은 사건이 공론화된 후, 성을 며칠 닫아두는 바람에 욜랑은 출입조차 할 수 없었다. 알렉시스 역시 그 경황없는 와중에 욜랑을 챙길 만한 여력이 없었다.

　그는 대답 없는 제르와 욜랑을 향해 덧붙였다.

　"또 올게."

　제르는 잠깐 그의 시선을 받아내다, 곧 라니에게로 신경을 돌렸다.

　라니 역시 소블란의 마차에 막 오를 무렵이었다.

　"와, 왕하, 정말…… 너무 감명받았어요. 다음에 꼭, 다음에 꼭 소블란을 찾아주세요……. 왕하와 더 이야기 나누어보고 싶어요."

　라니는 어떻게 된 계집애인지 지난 며칠 알렉시스에게 냉담하기 짝이 없는 제르를 따라다니며 찬양하기 시작했다. 또 그녀를 따라 하고 싶어 했다. 르니아는 그런 라니를 답답히 여기며 대놓고 빈정거리기도 했지만, 라니가 적당히 멍청한 덕에 큰일은 없었다.

　제르는 라니의 간절한 작별 인사에도 아랑곳 않고 인사치레만 다 했다.

　"영애도 조심히 가시게."

　라니는 무릎을 굽혀 다소곳이 인사를 했다. 그리고 비장한 얼굴로 자신이 타고 온 마차를 쭉 훑었다. 제르를 보고 배운 것이 있다면, 할 말은 해야 한다는 것이다. 물론 지금도 할 말 못 할 말 다 하면서 살았지만 어쨌든. 라니는 돌아가 시골 촌놈에게 시집을 가느니 목을 매겠다는 의사를 분명히 할 생각이었다.

한평생 권력 있고 좋은 가문의 사내에게 시집가 사랑받는 것만 꿈꿔왔던 소녀에게 제르는 너무나도 다른 세상의 사람처럼 대단해 보였다.

　"쇼하인 공작 대리께서도, 조심히."

　기가 죽은 채 알렉시스의 뒤를 따르는 에들렌과 눈이 마주친 라니가 다소곳이 예를 갖춰 인사했다.

　"아…… 아, 예. 소블란 후작 영애. 다음에 기회가 된다면…… 한번 봬요."

　에들렌의 말에 라니가 살풋 웃으며 고갤 끄덕였다.

　"예. 소문으로만 뵀었던 분을 이리 만나 반가웠는데, 다들 다망하신지라 제대로 이야기 나눠볼 겨를도 없었네요."

　라니는 천천히 마차에 올랐다.

　먼저 말 머리를 돌리려던 알렉시스가 다소 삐진 사람처럼 제르를 향해 고갤 돌렸다.

　"정말 인사도 안 해줄 거야? 제르."

　"안녕히."

　제르는 그 못지않게 뚱한 얼굴로 중얼거렸다. 영혼 없는 대꾸에 알렉시스는 이내 뒷머릴 벅벅 긁었다. 제르의 앞에서 자존심을 다 내려놓은 지는 오래됐지만 아무래도 이건 영 아니다 싶었다.

　"그거 말고."

　"그럼?"

　"아니야. 또 보자. 보고 싶을 거다."

　알렉시스의 마지막 인사에 제르는 아주 잠깐 머뭇거렸다. 무언가 말을 할 듯 이내 다물린 그녀의 입술 사이로 엷은 한숨이 새어나왔다. 그때였다. 알렉시스를 올려다보던 제르의 눈이 휘둥그렇게 뜨였다.

알렉시스가 고개를 갸웃하며 에들렌과 라니를 돌아보았다.

'내가 뭐 잘못했어?'

제르의 시선은 그의 어깨 너머에 있었다. 알렉시스가 고개를 젖혀 하늘을 올려다보았다. 하늘 위로 평소보다 훨씬 많은 전서구들이 날아다니는 것이 눈에 보였다. 그리고 제르가 바라보고 있는 것은 더 멀리, 그 너머의 더 먼 곳이었다. 기묘한 침묵이 이어졌다.

제르가 손을 뻗어 허공 어느 한 지점을 가리켰다. 모두의 시선이 그녀의 손끝을 따랐다. 저편의 새파란 하늘 아래, 구불구불 치솟는 검은 연기가 끊일 줄 모르고 오르는 것이 비쳤다.

"불이 났나?"

그러나 연기는 한두 군데서 오르는 게 아니었다.

좋지 않은 예감이 엄습했다. 송별식은 거기서 멈췄다.

푸드득 날개를 턴 새들이 퀸시오를 스쳐 지나며 산발적으로 흩어졌다.

누구도 입을 열지 않는 의문 속, 가장 먼저 상황을 입 밖으로 낸 건 라니였다.

"저, 저, 저거…… 전쟁 나면 붙이는 불 아니에요?"

'아니.'

"……이게 어떻게 된 일이에요?"

라니는 불안에 빠진 낯빛으로 사위를 둘러보았다. 어떻게 봐도 봉화였다. 이곳저곳에서 올라오는 검은 용오름.

"설마……."

넋을 놓고 그것을 바라보던 제르가 침음성을 삼켰다. 알렉시스 역시 마찬가지였다. 그의 심장이 또 다른 의미로 쿵쾅쿵쾅 뛰었다. 몇 번의 봉화가 오르느냐. 지금 몇 번째 오르고 있느냐. 가늠하기가 어려웠다. 하지만, 봉화의 정체는 생각보다 빠르게 알 수 있었다.

땅이 진동했다. 어디선가 요란한 말굽 소리가 울려 퍼지기 시작했다.

"어?"

문 앞에서 그들을 내보내기 위해 준비하던 아스난이 성문 바깥으로 나갔다. 불시에 퀸시오를 방문한 이들의 수가 꽤 많았다.

얼마 지나지 않아 한 무리의 기사단이 귀인들을 전송하기 위해 열린 성문을 훌쩍 통과해 달려왔다. 그들은 성 앞터에 모인 무리를 발견하곤 고삐를 당겼다. 그들의 등 뒤에서는 초록의 배경색에 노란 사슴이 그려진 깃발이 휘날리고 있었다.

"베이하크?"

알렉시스가 믿을 수 없다는 표정으로 덩치 큰 준마의 등에 올라탄 기사를 바라보았다. 기사는 그의 뒤를 따르는 수십 기의 기사들을 일제히 멈춰 세우고는, 알렉시스에게 급히 다가가 흙먼지로 범벅된 투구를 벗었다.

"레피스?"

늘 잘 정돈되어 있던 금발이 땀에 젖어 헝클어져 있었다.

아스난이 뒤에서 말을 몰아 제르에게 급히 다가왔다.

"주군, 급한 일이기에, 주군의 허락 없이 제가 이들의 출입을 허가했습니다."

제르가 대답 대신 고개를 끄덕이며 레피스에게로 시선을 향했다. 엉망이 된 꼴은 그렇다고 치더라도 지금 이 시기, 이 상황은 지나치게 안좋은 예감을 건드렸다.

"왕하."

레피스가 아랫입술을 꾹 깨물었다. 그답지 않게 떨리는 음성이 분위기를 더욱더 고조시켰다. 조금 전까지만 해도 송별로 왁자하던 모두가 숨을 죽이고 그의 뒷말을 기다렸다.

투구를 허리에 낀 채, 무릎 꿇은 레피스가 통렬한 음성으로 고했다.

"전하께서, 서거하셨습니다."

싸늘한 바람이 칼날처럼 달려들어 심장을 후볐다. 레피스의 외침을 끝으로 모두 제각각의 단상 속에 잠겼다. 꿈속을 헤매는가, 의심했다. 혹은 '서거'라는 단어에 다른 뜻이 있던가.

"유스카리 전하께서 서거하시고, 왕비 전하와 세드로 저하께서는 자규 왕하의 세력에 강제 보호 구금 중이신 것으로 알려졌습니다."

유스카리가 죽었다.

가장 먼저 정신을 차리고 상황을 정리한 건 아스난이었다. 그의 제안으로 인해 집무실로 모인 이들은 총 여섯이었다. 알렉시스와 제르, 에들렌과 아스난과 레피스, 그리고 르니아. 알렉시스와 에들렌은 거의 같은 정도로 말을 잃고 침묵했고, 르니아는 반쯤 넋이 나간 사람처럼 제르의 뒤에 서 있었다.

그녀를 거슬린다는 듯 바라보던 레피스가 구체적인 설명을 이어갔다.

"유스카리 전하께서 자객에게 피살당하셨다는 부고를 들은 게 나흘 전입니다. 저는 퀸시오로 향하던 중 전서구 편으로 받았습니다. 보고된 바 자규 왕하는 때를 놓치지 않고 현재 카르시타의 수호자를 자처하고 있고, 국왕 전하를 시해한 대역무도한 죄인을 잡겠다며 일장 연설까지 마친 것으로 압니다. 그리고 제피언 금군 대장이, 알렉시스 저하를 용의자로 몰아 수배에 들어갔습니다."

"……"

알렉시스는 무표정하게 레피스의 말을 들었다. 입을 떡 벌리고 앉아 있던 에들렌이 대신 물었다.

"그, 금군 대장이요? 그자는 유스카리 전하의 최측근 아니었습니까? 그리고 시해 배후가 어째서."

"자세한 내막까지는 모르지만 에사렛타 왕비 전하께서 증언을 하신 것 같습니다. 사로잡힌 국왕 시해자가 알렉시스 님의 이름을 실토했다고 들었습니다."

"금군 대장과 왕비 전하가 자규 왕하와 손을 잡았다는 겁니까?"

제피언이 거론되자 아스난은 당황을 감추지 못했다. 한동안 교류가 뜸하긴 했지만 제피언이라면 오랜 벗이었다.

"모르지요. 자규 왕하와 왕비 전하께서 손을 잡고 금군 대장을 속인 것인지, 아니면 그 자백했다고 하는 국왕 시해자가 하는 말 이외의 아무런 증좌가 없어 그리 된 것인지는."

에들렌이 초조하게 입술을 깨물었다.

"제 아버지는, 쇼하인 공작 각하는 어떻게 되셨는지…… 혹시……."

"지금 혹시 모를 위협을 대비한다는 명분으로 대부분의 왕도 귀족들은 가택 구금 상태로 들어갔다 들었습니다."

"피노제의 대공은?"

"대공 각하께서 가장 먼저 구금당하신 것으로 알고 있습니다."

에들렌이 낮은 신음을 흘렸다. 누가 보더라도 이건 뉘사나의 간계였다.

아스난은 걱정스러운 눈빛으로 제르의 왼편에 앉아 시선을 내렸다. 제르는 넋을 놓은 사람처럼 말없이 알렉시스만 응시하고 있었다. 그는 그녀와 잠깐 눈을 맞춘 후 레피스를 돌아보았다.

'복잡하군.'

왜 세드로가 아닌 유스카리인가. 유스카리가 먼저 서거하게 될 경우 벌어질 일에 대해서는 뉘사나도 잘 알 것이다. 후계 옹립의 문제가 불거지며 카르시타 또한 내전에 휩싸이게 될 가능성이 농후했다. 아니, 거의 확정된 일이라 봐도 무방했다.

뉘사나는 리안의 외가인 소겔가드를 등에 업고 큰 세력을 유지하고 있었지만 혈통상 명분은 가장 취약했다. 에사렛타가 그와 한통속이 되었다면 달라질 수도 있겠지만 아르노만이 구금당한 이상 그건 아닐 것이다. 또한 에사렛타가 뉘사나에게로 기울어졌다면 유스카리보다 세드로를 먼저 죽이는 것이 더 쉬웠을 터다. 그리고 세드로의 시해 사건을 제게 뒤집어씌우는 편이 온당하게 명분을 가지고 왕이 될 수 있는 지름길이다. 숙부는 어차피 오래지 않아 물러날 테니까. 그러나 그는 알면서도 다른 것을 선택했다.

이제 유스카리가 죽었으니 사태는 걷잡을 수 없게 되었다. 내란이 일어나도 그걸 적절한 명분으로 중재할 수 있는 이는 없다고 봐도 무리가 아니다.

'왜 그랬습니까, 형님?'

게다가 지금 그의 아내 리안은 임신 중이었다. 그 탓에 대부분의 이들은 리안의 출산이 있을 서너 달 후로 뉘사나의 움직임을 점쳤다. 그 시기는 얼추 유스카리가 계획한 세드로의 후계 공포와 약간의 기간을 두고 맞물렸으므로 그때도 충분했다. 모두의 예상을 깬 건 대단한 모험이라는 말이었다. 이 와중에 일을 벌였다는 건 무언가 뉘사나의 생각을 바꾸게 한 것이다.

마른세수 하듯 얼굴을 문지른 알렉시스가 나직이 중얼거렸다.

"형님이 생각보다 서두르고 있었군. 반대로 생각해보지. 만약 그가 마르티사의 어미가 에사렛타가 아니라는 것을 알게 되었다면 어떻게 이용하려고 할까?"

아스난과 레피스가 무슨 말도 안 되는 소리냐는 얼굴로 알렉시스를 바라보았다.

미리 사정을 들어 알았던 에들렌이 주먹을 쥐며 답했다.

"만약 그렇다면 그것을 명분으로 에사렛타 왕비 전하와 마르티사 왕자 저하를 동시에 끌어내려 처형했겠지요. 온 국민을 기만한 왕실의 행동이니까."

"그렇다면 아직까지 마르티사와 에사렛타가 살아 있고, 에사렛타가 뉘사나 형님의 편을 들어준다는 것은 협박을 당하고 있다는 건가? 아르노만 또한 구금당했다면 그렇게 보는 게 가장 합리적이겠지?"

확신할 수는 없는 문제였다. 에들렌과 알렉시스를 답지 않게 멍청한 눈으로 바라보던 레피스가 더듬더듬 물었다.

"근데, 그게 무슨 말씀이십니까? 세드로 저하의 모친이 왕비 전하가 아니라는……?"

아스난 역시 놀라긴 마찬가지라, 무의식적으로 몸을 굳혔다.

알렉시스는 별것 아닌 문제라는 듯 신경질적으로 답했다.

"그래."

"예?"

"에사렛타의 소생이 아니라고, 마르티사는."

놀라지 않는 건 제르와 르니아, 그리고 에들렌뿐이었다. 왠지 모를 선득한 예감에 아스난이 고개를 돌렸다. 제르가 창백한 낯빛으로 시선을 내리깔고 있었다.

그는 문득 언젠가 제르가 했던 말을 떠올렸다. 모든 것을 잃고 단 하나에 집착하는, 언젠가 아이가 있었다는 것을 암시했던 그녀는 전 데바람의 총비였다. 그리고 모종의 거래를 통해 퀸시오를 하사받고 카르시탄이 되었다. 무엇을 거래했는지는 아스난조차 모르는 사실이었다.

르니아가 몸을 움찔거리며 제르의 등받이를 꽉 쥐었다.

한참을 넋 놓고 있던 레피스가 되레 언성을 높이며 성급히 물었다.

"지금 이게 무슨 말입니까? 그럼 그 어미는 누굽니까."

"네 앞에 앉아 있잖아."

제르의 건너편에 앉아 있던 레피스가 멀거니 제르를 응시했다. 아스난 또한 그답지 않게 의자까지 들썩이며 물러나 제르를 바라보았다. 그들의 쏟아지는 시선 속에서도 홀로 담담하던 제르가 나직이 입술을 열었다. 침착을 가장하지만 그 속에 밴 불안은 위태로울 정도로 선명했다.

"알렉시스, 시답지 않은 이야기는 집어치워라. 레피스의 말에 의하면 뉘사나는 지금 카르시타의 보호자의 역할을 함으로써 명분을 얻으려는 것 같은데, 그렇다면 카르시타의 보호자는 세드로를 보호한다는 의미도 되겠지? 지금 당장은 그 아이에게 해를 가하지 않을 거라고 판단해도 이상이 없나. 내가 지금 이성적으로 생각을 하고 있는 것인지 의심스러워서."

이 와중에도 세드로의 안위밖에 생각하지 못하는 제르의 까맣게 타들어간 속을 읽어낸 알렉시스가 쓰게 웃었다.

"에사렛타 왕비가 협박을 받아서 거짓을 말했다고 한다면 인질은 에사렛타의 일가인 아르노만의 피노제 가문과 세드로 정도겠지. 하지만 아르노만 대공은 호락호락한 이가 아니야. 그를 두고 협박을 한다는 건 어불성설이니."

"……."

"역시, 세드로가 인질이 되었을 수도 있지."

현기증이 일어 제르가 휘청였다. 르니아가 그녀의 어깨를 단단히 붙잡아주지 않았더라면 고꾸라졌을 것이다. 속이 칼로 쑤신 듯 아파오며 숨이 가빠졌다. 제르가 사납게 되물었다.

"진정 네 소행이 아니냐?"

"지금 레피스의 이야길 제대로 들은 게 나쁜이야? 패륜아로 몰려 국가적으로 수배당한 건 나라고."

알렉시스의 한숨 비슷한 항변에 제르의 시선이 떨어졌다. 맞는 말이었다. 뭐하러 유스카리를 시해하고 퀸시오로 와 모든 실권을 뉘사나에게 빼앗기겠는가. 저 능구렁이 같은 녀석이 그럴 리 없었다.

"그렇다면, 이제 어떻게 되는 것이지?"

"예상으로는 전 카르시타에 곧 공문이 돌아갈 겁니다. 이미 금군 대장은 엘올라 내부의 귀족들에게 카르시타 대륙의 어떤 영지에서도 국왕 시해범인 알렉시스 님을 숨겨주거나 보호하지 말라는 말을 전했습니다.”

이 얼간이. 유스카리, 이 빌어먹을 얼간이. 제 옆에 칼을 품은 독사를 데리고 있었던 것이다. 금군이라는 가장 가까운 곳에. 알렉시스는 곤란하다는 듯 턱을 괴며 중얼거렸다.

“숙부님의 장례조차도 못 가겠군. 정말 패륜아가 되겠는데, 이거.”

“예……. 송구하지만, 지금 당장은 왕도로 가실 수 없습니다.”

레피스가 여직 진정되지 않는 속을 갈앉히며 응수했다.

“이미 일이 벌어진 이상, 지금 당장 가지 않아도 상관은 없어. 왕도를 탈환한다고 해서 당장 즉위할 수 있는 것도 아니고, 지금 형님이 성을 장악했다고 해도 우리 둘 중 하나가 끝나기 전에는 정리될 일이 아니니까. 나를 먼저 처리하고 에사렛타와 세드로를 잡겠다는 수인가. 상황이 좀 복잡하게 변하긴 했지만. 카르시타의 수호자라…… 어처구니가 없군.”

제르가 뱃가죽을 그러쥐며 간신히 말을 뱉었다.

“네가 살아 있는 한은 유스카리의 피살을 억울해하는 자규가 마르티사와 에사렛타를 보호한다는 명분으로 권력을 잡게 될 거라는 건가.”

“변수는 무수히 많다. 무언가가 형님의 독단을 부추겼지. 지금 내가 천하의 몹쓸 놈이 되었으니, 아마 인덕 높은 숙부님의 아들을 섣불리 죽여서 의심을 키우지는 않을 것 같긴 하지만 마음 놓을 정도는 아니야.”

“……여유롭군.”

“시간 싸움이지. 예상치 못한 상황이긴 하지만 그건 상관없어. 어차피 무력 충돌로 마무리가 될 것 같으니.”

“넌 대체 뭘 믿고.”

알렉시스가 빙그레 웃으며 화두를 돌렸다.

"시기가 좋았다고 해야 하나. 아마 성에 있었으면 나도 위험했겠어. 네 덕분인가?"

잠깐 진지했다가 곧 다시 평소의 모습으로 돌아오는 여유 작작함에 제르가 질린다는 표정을 지었다.

"아무리 시간을 두고 볼 일이라고 해도 네게 유리하게 돌아가지는 않을 텐데."

"숙부의 세력 중에도 필경, 뉘사나의 짓임을 의심하는 이들이 있을 거다. 시간은 어느 정도 끌 수 있어. 아, 그러고 보니 데바람으로 간 루덴 공작은 어찌 되었나?"

알렉시스가 레피스에게 물었다.

"급히 오느라 그런 세세한 정보까지는 듣지 못했습니다."

"루덴 공작은 이 소식을 좀 늦게 알게 되겠군."

"알렉시스 님, 일단 저희 쇼하인령으로 가서, 군사들을 이끌고……."

에들렌이 조심스럽게 말했다. 송별식은 그대로 중단되었으나, 이제 그들은 본격 왕위 쟁탈을 위해 전투도 불사하게 될 것이다. 잠시 그의 말을 듣던 제르가 말허리를 잘랐다.

"그건 별로 현명치 못한 것 같군."

레피스가 맞장구쳤다.

"제이하이 왕하의 말씀이 맞습니다. 지금, 갑작스럽게 벌어진 일이기에 전면전을 하려면 시간이 필요합니다. 휘르산 공자, 그대의 친부 쇼하인이 엘올라에 구금되어 반 볼모가 되어 있는 상황이니……."

"그러니까, 빨리 가서 해결을 봐야 하지 않겠습니까? 베이하크 백."

"문제는 금군 제피언이 알렉시스 왕하를 숨겨주거나 보호하는 땅과의 내전도 불사하겠다는 것이지요. 이미 그들도 대부분 알렉시스 왕하의 행적을 추적하거나, 혹은 이미 알았을 겁니다. 그 상황에서 쇼하인령이 연루된다면 쇼하인 공작 각하 또한 무사하지 못할 텐데요. 그렇다면 현재 엘올라에 있는 쇼하인 공작 각하의 세력이 가장 먼저 본보기로 와해될 겁니다."

레피스의 말에 에들렌이 표정을 굳혔다. 레피스가 조심스레 제르의 눈치를 살피며 말을 이었다.

"지금 가장 좋은 해결책으로는⋯⋯."

"퀸시오에 남는 거로군."

제르가 이어질 뒷말을 받았다. 레피스는 고개를 끄덕이며 알렉시스를 돌아보았다. 에들렌 또한 무언가 깨달은 사람처럼 무릎을 탁 쳤다.

"아, 퀸시오는 불입권을⋯⋯."

"그래. 객관적으로는 퀸시오는 독립령이다. 그것도 왕의 특명으로 내려진 불입권까지 보장되어 있으니 뉘사나의 명에 항거할 수 있는 카르시타의 유일한 땅이지. 내가 시간을 끌고 지내기엔 가장 적절한 땅이라는 말이기도 하고."

아스난이 움찔하며 제르를 돌아보았다. 제르는 무덤덤한 말투로 답했다.

"무력으로 밀고 들어온다면?"

"바로 뒤엔 쇼하인령이 있다. 하지만, 만일 유스카리에게 순종하는 착한 후보의 탈을 쓰려면 함부로 무력을 동원할 생각은 하지 않겠지. 멋대로 뉘사나가 즉위식을 끝마친다면 그때는 왕명이 되니 문제가 달라지겠지만. 지금 마르티사가 살아 있는 상황에선 그가 근시일 내에 왕좌에 오르는 것은 불가능하다 생각해도 좋겠지. 게다가 엘올라에서 퀸시오까지 오가는 시간만 보름이 훨씬 더 걸려. 그 정도면 충분해."

레피스의 복잡다단한 심경으로 흔들리는 시선이 제르를 향했다. 그의 시선을 깨달은 제르가 서늘하게 입가를 올려 웃었다.

"내가 마르티사의 어미라는 것을 듣고 눈빛이 변했군."

레피스는 여전히 의심스러운지 알렉시스와 에들렌을 향해 물었다.

"믿을 수 있는 사실입니까?"

"안 믿으면 어쩔 건데요?"

내내 침묵하고 있던 르니아가 앙칼지게 답했다. 노골적으로 공격적인 그녀의 태도에 놀란 레피스가 입술을 다물었다. 팽팽한 긴장감 속에서 에들렌이 쇼하인 공의 서신을 내밀었다. 친서까지 확인하고 난 레피스의 낯빛에 낭패감이 서렸다.

'그래서 그리…… 저 여자를 감싸셨던 건가.'

유스카리의 지난 행동이 이해가 되니, 믿지 않을 수도 없었던지라 레피스는 또 다른 고민에 휩싸였다. 결국 제르는 세드로의 세력이다. 그건 어찌 떼고 접붙일 수가 없는 진실이었다. 결국 알렉시스의 적이라는 말이다. 퀸시오에 두는 건 그를 적진 한가운데에 고립시키는 것과도 같았다. 퀸시오가 군사적으로 취약하고 쇼하인령과 인접한 곳이라고는 하지만, 레피스에게는 내부에서 벌어지는 일까지 전부 통제할 권한이 없었다.

레피스의 복잡한 심상을 읽어낸 제르가 전에 없이 차갑게 빈정거렸다.

"지금 당장 내 명줄을 틀어쥔 놈이 엘올라를 차지하고 있는데, 그 공적을 내 손으로 죽일 생각은 없다. 가소로운 머리를 굴리는 소리가 여기까지 들리는 것 같군."

레피스는 무표정하게 제르의 시선을 받아쳤다. 제르는 극심해지는 현기증에 더 버티지 못하고 몸을 일으켰다. 그녀가 균형을 잃고 휘청하자 르니아가 황급히 팔을 뻗었다.

"시나와 님."

"조심해."

알렉시스도 마찬가지였다. 재빠르게 손을 내밀어 그녀의 팔꿈치를 붙잡은 알렉시스의 손길에 잠깐 멈칫하던 제르가 사납게 그를 밀쳐냈다.

"치워."

"거 참. 도와줘도 좋은 소리 못 듣는다니까."

뭉그러진 가슴이 쿵쿵 뛰었다. 제르는 눈을 감았다. 폐와 심장이 오그라들어 견딜 수가 없었다. 불안에 좀먹힌 몸뚱이를 가누는 것도 어려워 르니아를 부목 삼아 기대서자 아스난이 따라 일어섰다. 알렉시스의 따뜻한 시선이 닿았다. 이해할 수 없는 남자였다. 이 와중에도 제게 신경 쓸 여력이 있다는 게 놀라울 정도라 새삼 어떤 의미로는 감탄한다. 대단한 남자라는 것을 알겠다.

그가 몹시 좋은 사람이라는 것도 알겠다. 그가 그만큼 대단한 사람이기에 자신이 어쩔 수 없이 그를 미워해야 한다는 것도 알겠다.

"이곳에 머무는 것을 허가하겠다."

"형님이 무력으로 밀고 들어오지는 않을 테지만, 아예 형님의 눈 밖에 나면 너도 위험할 거야. 괜찮겠어?"

이 와중에도 너는 참.

제르가 희미하게 웃어 보였다.

"……넌 정말, 좋아할 수가 없겠구나."

열두 번째 장

탕아들의 공방전

엘올라는 비탄에 빠진 까만 상의로 뒤덮였다. 인덕 높은 그들의 왕이 시해되었다는 소식은 그만큼이나 우울한 일이었다. 쉴 새 없이 국왕의 서거와 그의 공적들을 기리는 행사가 열렸다. 그리고 오늘은 국왕 시해범에 대한 왕비 에사렛타의 호소까지 있었다.

엘올라의 왕성에서 얼마 떨어지지 않은 광장에 모인 백성들은 모두가 슬픔으로 에사렛타의 말을 새겼다. 까만 상복을 입은 왕비의 말 한 마디 한 마디에 새겨져 있는 울분과 비탄이 백성들의 가슴을 울렸다. 그녀가 왕실 마차로 되돌아가고 난 후, 광장에 남아 있던 체자스 공과 베다시아, 그리고 금군 대장을 등 뒤에 세운 뉘사나의 짧은 연설이 이어졌다. 그는 국왕 시해의 배후인 알렉시스를 적법하게 처리하겠다는 약속을 거듭했다.

백성들은 모두가 홀로 남은 왕비 에사렛타를 동정하며 세드로의 이름을 외쳤다. 그러건 말건 뉘사나는 마지막까지 분노한 선량한 조카의 역할에 충실했다. 에사렛타를 호위한다는 명목으로, 그녀를 위로하기 위함이라는 명분으로 감히 국왕 내외의 마차에 나란히 오른 뉘사나는 사나운 시선을 보내는 에사렛타를 향해 빙그레 웃었다.

"왜 그런 눈으로 보십니까."

"그대가 원하는 대로 해주지 않았습니까. 나를 마르티사에게 데려다주시오. 그 아이는 지금 어디 있소."

"알렉시스의 이름을 말해주었더라면 더 좋았을 것을요."

"나는 이 자리에 있고 싶지 않소, 자규. 나를 '외숙모'라고 아직도 여기고 있다면 마르티사에게 데려다주시오."

뉘사나는 그녀의 말은 전혀 듣지 않는 사람처럼 덤덤히 제 할 말만 했다.

"얼마나 상심이 크십니까, 외숙모님. 제가 반드시 외숙의 원통함을 풀어드리고, 외숙모님을 지켜드릴 것입니다."

에사렛타는 기품을 잃지 않고 턱을 꼿꼿이 든 채로 뉘사나를 노려보았다. 뉘사나. 그가 일을 벌일 것은 알았다. 하지만 이리 불시에 유스카리를 잃게 되리라는 것은 생각지도 못한 일이었다.

마차가 출발했다. 에사렛타는 몰려 있는 사람들에게 지금 당장이라도 이자가 벌인 일이라 소리치고 싶은 억울함을 참아 눌렀다.

그녀의 서슬 퍼런 적의에 뉘사나가 다독이듯 겁박했다.

"허튼 생각 하시면 안 됩니다. 숙모님, 마르티사는 친자도 아니지 않으십니까? 그게 알려진다면 단순한 일로 끝나진 않을 겁니다."

에사렛타는 그의 말을 죄 흘려들으며 마차 밖을 호위하는 제피언을 노려보았다. 그는 오랜 시간 유스카리의 최측근으로 있던 자였다. 그녀 또한 그를 믿어 의심치 않았다. 그런데 그는 이제 보니 완벽하게 뉘사나의 수족처럼 움직이고 있었다.

"어찌 저 천인공노할."

"저자는 제법 야망 있는 자였는데 숙부께서 그걸 몰라주셨으니."

창가로 시선을 돌린 뉘사나는 사납게 그를 노려보는 베다시아에게 미소로 화답했다. 그들 둘 사이로 흐르는 기묘한 적의를 깨달은 체자스 공이 베다시아를 가리며 창가로 다가와 조심스레 속삭였다. 그는 의식적으로 에사렛타의 사나운 시선을 피하고 있었다. 뉘사나는 내심 혀를 차며 고개를 저었다.

"저자를 어찌하실 생각이십니까?"

"당분간 주시하게. 엘올라를 장악하려면 대대로 엘올라를 수호하는 수호위가와 왕실의 금군이 필요해. 지금은 그보다는 리안이 머무는 소겔가드의 사저를 좀 신경 써주게. 당분간 내가 직접 신경 쓸 여력이 없을 것 같으니 말이야. 소겔가드 후에게 나를 찾아오라 전하고."

"예."

체자스 공은 한숨을 푹 내쉰 후 베다시아를 돌아보았다.

뉘사나는 창틀에 팔꿈치를 걸친 채로 온 하늘을 뒤덮을 듯 울리는 백성들의 곡소리를 들으며 쓰게 웃었다.

"눈물만으로도 바다를 만들겠어."

"우릴 어찌할 생각이오."

에사렛타가 사납게 물었다. 늘 온화하던 왕비의 뜻밖의 모습은 이미 익숙했다.

빤히 그녀를 바라보던 뉘사나가 간격을 두고 답했다.

"아직은, 결정하지 못했습니다."

"이제 겉치레도 하지 않는군."

"여기까지 왔는데 더 무슨 포장이 필요하겠습니까. 하지만 지금 당장은 알이 먼저입니다. 하필이면 그 미꾸라지 같은 녀석이 왕도 밖으로 나가버려서 조금 길어질 것 같습니다. 성 안에 있었더라면 좋았을 텐데요."

'형님은 저를 잡지 못하실 겁니다.'

뉘사나가 짙은 미소를 띠며 하늘을 올려다보았다.

'하지만 넌 도망칠 수도 없을 거다.'

언제나처럼 익숙한 관계. 종지부를 찍을 날이 다가오고 있었다.

피노제 대공 가문의 저택은 엘올라의 중심부에서 얼마 떨어지지 않은 곳에 위치하고 있었다. 왕도의 귀족들이 그래야 하듯 늘 최소한의 사병과 경비들로 한적하던 그곳이 최근 며칠 소란스러웠다. 왕실 금군의 침략에 그들은 어쩔 수 없이 문을 열어야 했다. 금군들은 정원을 짓밟는 일도 서슴지 않고 드넓은 사저를 헤집고 다녔다.

그들의 발에 짓밟혀 정원사가 심혈을 기울인 정원이 망가지는 것을 안타깝다는 듯 내려다보고 있던 아르노만이 중후한 음성으로 중얼거렸다.

"다 망치는군, 저놈들이."

그러나 침착한 음성과는 달리 그의 속은 지금 분노로 들끓었다. 뉘사나가 벌인 일은 이제 수습할 길이 없었다. 어떤 결론이 되든 간에 이제 남은 것은 무력 충돌뿐이었다. 적법한 후계자. 그런 것은 상관없는 진탕이 벌어질 것이다. 알렉시스냐, 뉘사나냐, 세드로냐. 끝까지 살아남은 한 명이 최후의 승자가 된다.

'살쾡이 새끼라고 생각했건만.'

유스카리를 직접 시해하는 말도 안 되는 짓을 할 줄은 몰랐다. 뉘사나는 미친 살쾡이였다. 어느 날 모처럼의 단잠에 빠져 있는데 느닷없이 금군이 밀려들어와 그를 구금했을 때는 영문을 몰랐다. 그러나 이젠 어찌 흘러가고 있는 건지 너무나도 잘 보였다. 에사렛타와 세드로를 인질로 잡아 피노제를 침묵시키고, 국왕 시해 배후를 확실히 밝힐 때까지라는 명분으로 왕도의 모든 내로라하는 귀족들을 구금한 행동은 치밀하게 계산된 것이었다.

사실 아르노만은 알렉시스의 세력이나 뉘사나의 세력으로 기울어 있는 누군가가 세드로의 혈통을 공론화시키는 것으로 일이 시작되리라 믿어 의심치 않았다. 누가 먼저 그 일을 떠벌리느냐를 시작으로 어느 한쪽을 완전히 무너뜨릴 계획을 세웠다. 그러나 뉘사나는 그의 허를 찔렀다. 그는 세드로와 에사렛타를 살려두는 대신 알렉시스를 국왕 시해범으로 몰고 스스로를 카르시타의 수호자로 자처했다. 그를 불신하는 귀족들도 많지만 무력도, 권세도 충분한 지금, 뉘사나에게 필요한 건 백성들의 신망뿐이다.

이런저런 생각에 잠겨 있으려니 바깥이 소란스러워졌다. 아르노만이 고개를 돌리는 것과 동시에 서재의 문이 벌컥 열리며 성난 드레크마 공이 모습을 드러냈다. 우람한 기골의 성난 드레크마 공을 막을 수 있는 경비병은 없었다.

"가, 각하. 현재 구금령이……."

"난 그딴 거 받은 기억 없다! 당장 꺼지지 못해! 잘난 자규 왕하께 고하든지 말든지!"

드레크마는 그를 붙잡기 위해 쫓아온 기사들에게 윽박을 지르며 문을 닫아버렸다. 문 앞에서 발을 동동 구르는 기사들의 목소리가 애처롭게 울렸다.

"각하, 이러시면 아니 됩니다!"

"당장 꺼지라는 명이 안 들리느냐! 한 마디만 더 하면 네놈의 입을 꿰매버릴 테다!"

쩌렁쩌렁한 그의 고함에 문밖이 금세 조용해졌다. 멀뚱히 그를 바라보던 아르노만이 낮게 웃었다.

"정문으로 오는 것은 보지 못했는데?"

"이 큰 저택에 쥐구멍 하나 없겠소?"

"그리 챙기던 체통은 어디 가고 공작이 직접 쥐구멍으로 들어오셨소."

"지금 그런 농이나 할 때요?"

덩치가 큰 늙은 공작은 대충 외투를 벗어 던지며 서재의 소파에 앉았다.

"지금 영지 시찰을 다녀오던 길이오. 이게 웬일인지 설명 좀 해보시오, 아르노만. 체자스 공이 자규와 작당하여 일을 친 게 사실이오? 인근 영지들이 전부 쑥대밭이 되었어. 그놈이 미쳤다는 생각을 하긴 했다만, 아, 왕족 모독이라 해도 내 말을 번복하진 않을 거요. 그놈은 미친놈이야, 미친놈! 오며 들으니 내 사병들도 금군에 의해 발이 묶였다더군. 댁 꼬락서니를 보니 댁도 마찬가지인 거 같은데. 제피언 그자도 정신이 나갔다지? 금군을 통째로 자규에게 갖다 바쳤다고?"

멈추지 않는 그의 투덜거림에 아르노만이 퉁명스레 대꾸했다.

"다 알면서 뭘 이리 무리해 찾아와 물으시오?"

"답답하니 하는 말이지! 어쩔 거요! 금군까지 저 꼴이 났다니."

"금군뿐만이 아니라 키이브 수호 가문도 마찬가지요. 금군 대장은 애초에 야욕이 많던 자요. 그래서 늘 그 벗이었던 에드하인다 백작자와 비교되기도 했던 것을 잊었소."

"그리고 베다시아 헨로, 그자는 미쳤다오? 그리 앙숙처럼 금군 대장을 물어 죽이지 못해 안달이던 놈이 어찌 나란히 자규의 옆에 붙었어!"

베다시아의 배반은 제피언의 배반만큼이나 놀라운 일이었다. 아니, 제피언과 베다시아가 같은 배를 탔다는 것만으로도 충격은 배에 달했다.

제피언이 통솔하는 금군은 피노제의 군사와 소겔가드의 군대를 아우를 만큼 강력한 이들이었다. 그나마도 소겔가드와 피노제의 군대는 카르시타 영지 각지에 흩어져 있지만 제피언의 금군은 오로지 왕도에 집중되어 있는, 어찌 보면 지금 가장 위험한 자였다. 그에 더해 수호 가문까지 뉘사나의 곁에 붙었으니 섣불리 손쓸 수도 없었다.

"이제 어찌할 거지? 이리 앉아 있을 거요? 이빨 다 빠졌소?"

"체통을 찾으시오. 말본새 하고는……. 일단은 자규가 무슨 생각을 하고 있는지 가늠해보는 게 최우선이오. 알렉시스 저하와 충돌해 둘 다 공멸하는 게 가장 이상적이겠지."

"올리비에 왕하도 무시할 수 없소이다. 운이 좋은 것인지, 알고 빠진 것인지는 모르겠으나 시기적절하게 성 밖을 나갔소. 듣자하니 쇼하인령으로 갔다고?"

아르노만이 고개를 저었다.

"퀸시오. 지난번 구혼 건이 있은 후로 사람을 몇 심어두었지. 지금 퀸시오에 머물고 있는 듯하더군."

퀸시오? 무심코 아르노만의 말을 곱씹던 드레크마 공의 표정이 굳어졌다. 그의 산적 같은 얼굴에 헛웃음이 어렸다.

"……. 그 여자가 있는 곳? 올리비에 왕하의 불장난이 끝나지 않았다는 건가? 대체 올리비에 왕하의 생각을 알 수가 없어. 쇼하인 공이 아무 말도 하지 않았을 리가 없지 않나?"

"거기까지는 알 수 없지."

연애질을 하건, 방탕하게 놀아나건 사실 그들에겐 상관없었다. 다만 상대가 퀸시오의 그 여자라는 게 문제였다. 그녀는 세드로의 친모였다. 3년쯤 되었나, 그녀의 망명을 승인할 때 그들은 함께 있었다. 그들은 누구보다도 그 상황을 잘 알고 있는 카르시타의 최고관들이었다.

처음 알렉시스가 제르에게 구혼하였다 했을 때 왕도의 여섯 공작가가 들썩거렸다. 가장 속이 탔던 것은 쇼하인이었을 것이다. 허옇게 질려서 아무 말도 못 하던 꼬락서니를 보는 건 썩 재미있었다. 드레크마공은 쇼하인 공과 몬테인 공을 꼭 비슷하게 싫어했으므로 고소하기도 했다. 알렉시스가 벌이는 기행이 어디까지 갈까 흥미진진하기까지 했던 것이다.

"헌데 왜 갑자기 자규가 이런 일을 친 것이오?"

"짐작 가는 것이 없지는 않지만."

아르노만이 말을 아끼듯 입을 굳게 다물어버렸다.

"왜 말을 하다 마오?"

"확실하지 않으니 묻지 말게."

못마땅한 듯 그를 흘기던 드레크마가 깊은 한숨을 내쉬었다.

"금군이 돌아섰다는 것에 얼마나 많은 귀족들이 배반하였을지조차도 짐작 가지 않으니, 정말 아무도 믿을 수가 없겠군."

"우리가 누군가를 믿고 의지했다면, 지금 이 자리에 있을 수 있었겠나."

"그건 맞는 말이군."

"자규가 어떤 연극을 하려는지는 모르겠지만. 아직 우리는 '왕'을 잃지 않았네."

"중요한 것은 당장 자규의 온 신경이 쏠려 있을 올리비에 왕하의 반응이군. 선왕의 자식이 무고하게 죄를 뒤집어쓰고 국가적 수배자가 되다니, 거 참. 선왕을 뵐 면목이 없고만."

"퀸시오가 이번 사태에서 어떤 중요한 장소가 될지도 모르겠군."

아르노만이 턱을 괴며 시선을 내렸다.

"……독립령에 불입권이라."

카르시타 왕의 서거에 관한 소식이 아직 전해지지 않은 데바람은 또 다른 사건으로 인해 전 왕도에 비상이 걸렸다. 하켈의 전사 이후 지스카르의 휘하로 임시 귀속되었던 토벌군이 반란군과 합세해 회군했다는 소식이 전해진 것이다. 베제스는 미친 사람처럼 웃으며 전령의 목을 베고 외쳤다.

"헨솔, 그 개자식을 죽여버리는 자에게는 막대한 포상을 내리겠다!"

사태는 걷잡을 수 없이 커다란 소용돌이 속으로 휘말려 들어가고 있었다.

아래로 느릿느릿 걸어가는 말들과 소란스럽게 뒤엉킨 군사들, 일부는 뒤늦은 재회에 소리 높여 웃고 있었다. 멀리로 식사를 준비하는 이들의 장작불 지피는 연기가 피어올랐다.

지금 이곳에는 기존의 토벌군과 내란 중간 토벌군의 껍질을 쓰고 잠입했던 이들, 그리고 나하르의 군과 민병들이 합세해 7만을 훨씬 웃도는 군사들이 모여 박작거렸다. 제법 많은 수였지만, 마음 놓을 만큼 큰 숫자는 아니었다. 데바람의 왕도 산나에는 근 10만여 명의 군이 상비되어 있으므로.

그럼에도 불구하고 지금 이 망루를 내려다보는 그의 기분은 썩 괜찮았다.

"전하의 목에 수만금을 걸었답니다."

　별안간 들린 정겨운 음성에 지스카르가 소리 없이 웃으며 고개를 돌렸다.

"들었습니다. 그렇겠지요. 그 정도는 걸어줘야 이쪽도 체면이 살지 않겠습니까."

"쭉 여기 계셨습니까."

　노쇠한 사내는 여전히 정정했다. 지스카르는 나하르에게서 아버지 같은 편안함을 느꼈다. 나하르는 그의 어린 시절부터 그를 감당해준 유일한 사람이자, 지금까지 그를 놓지 않은 조력자이기도 했다.

　하켈이 노골적으로 의심을 거두지 않고, 확신했다는 걸 알게 되었을 때 지스카르는 결정하지 않을 수 없었다. 나하르와의 합류는 조금 더 후일로 예정되어 있었으므로 계획에 따르기 위해서는 버텨야 했다. 그러나 반가량 와해된 토벌군의 꼭대기에 앉아 잇따를 베제스의 살의를 피할 가능성은 희박했다. 결국 더 이상의 모험을 할 수 없다는 판단 하에 그는 변경으로 흩어져 있던 나하르의 군과 합류했다. 다행스럽게도 그 시기는, 아슬아슬하게 그들의 계획을 비껴 담았다.

"그들이 국경을 넘었다는 이야길 들었습니다."

"아슬아슬했지요."

"저들은 아직도 돌아가지 않고 있습니까."

　지스카르의 한결 가라앉은 음성에 나하르가 착잡한 듯 시선을 내렸다. 그의 시선 저편엔 허름하게 쌓아 올린 장작 옆에서 쉬고 있는 민병들이 비쳤다.

"베제스의 폭정에 3년 가까이 참혹하게 시달려온 이들입니다. 너무 심려 마소서. 이미 저하께서는 충분히 그들에게 표하셨습니다. 따르 느냐 마느냐는 전적으로 그들의 선택이며 결과이고 책임입니다."

'왜 우리를 버리셨습니까.'

처음 나하르와 합류하였던 날, 사정 모르던 군사들은 그에게 돌을 던졌다.

'폐태자다. 우리를 죽인 폐태자다.'

썩어도 준치라고, 베제스보다 낫다 하여 그에게 애원하는 이들이 많은 만큼 그를 원망하는 이들도 많았다. 이 모든 사달은 제가 왕위를 버리고 도망친 결과였다. 제 아비에 실망해, 자신의 나약함을 두려워하여, 어리고 미욱한 머리는 눈앞의 칠흑 같은 미래를 외면하고 도망쳤다. 그들이 원망하는 것도 이상한 일이 아니었다.

민병들을 돌려보내려고 했다. 적어도 이 전쟁에서 더 이상의 민간 피해는 바라지 않았다. 사실 가능하다면 그대로 왕도만 수복해 베제스를 끌어 내리고 이 일을 마무리하고 싶었다. 누구도 피 흘리지 않고 일을 매듭지을 수 있다면 얼마나 좋을까.

차분히 가라앉은 지스카르의 얼굴을 살피던 나하르가 말했다.

"아직도 지난 일을 괘념하시는 겁니까."

"잊지 않기 위해 애쓰는 중입니다."

"많은 이들이 전하를 우러르고 있습니다. 저하에 대해 잘못 알고 있던 이들도 도리어 망발을 치죄해달라 스스로 고개를 조아릴 정도입니다."

치죄해달라. 지스카르는 얕은 한숨을 내쉬며 고개를 저었다.

"이제 소식이 베제스의 귀에까지 들어갔을 터인데."

"라그타에서 산나까지는 전속력으로 가면 이레밖에 걸리지 않습니다."

"하지만 아직 확신은 없지 않습니까. 우리도, 저쪽도."

"……믿어보시지요. 데바람엔 아직, 살아 있는 자들이 많습니다. 부패하여 썩어들어간 이들이 아니라 진짜 살아 있는 이들이 말입니다."

"말은 제법 그럴듯하십니다, 나하르. 언변이 여전하시군요."

지스카르가 어쩔 수 없다는 듯 웃었다.

"푸른 솔개로부터는 어찌?"

"아직 회신을 받지 못했습니다. 전해 듣기로 카르시타의 군은 이미 라그타를 우회해 왕도 산나로 향하고 있다 합니다. 파수병의 보고가 갱신되거든 따로 이르겠습니다."

"이렇게까지 했는데도 성문이 열리지 않는다면, 우리는 정말 큰 피해를 감수해야 할 거요."

큰 전투를 피해 단박에 성을 점거해 베제스를 사로잡기 위한 계획이 진행 중이었다. 그러나 그 모든 계획의 중심에는 이 세태를 개선하기 위해 목숨을 바칠 수 있는 귀족들의 헌신이 필요했다. 만일 그들을 설득하지 못해 성문이 열리지 않는다면 막대한 피해는 피할 수 없을 것이다.

지스카르는 자신을 지지하는 이들을 떠올렸다. 지난 9년간의 떠돌이 세월, 우연한 계기로 만나 우정과 이상을 쌓았던 벗도 떠올렸다.

"전하, 혹 그자가 배반한다면……."

"이번 전투의 승패를 가를 것은 우리 반란군이 아니지 않습니까. 푸른 솔개 공작과 대비인 사얀의 손에 달렸다 보아도 무방합니다. 지금 우리는 믿는 수밖에 없습니다. 지금까지 저들이 의도대로 따라와주었으니 앞으로도 그러길 바라야 합니다."

나하르는 과거 몇 번 면식이 있던 강건한 사내를 떠올렸다. 지스카르의 여행길에 가장 큰 힘이 되어주었던 카르시타의 남자는 썩 괜찮은 사람이었다. 하지만 그의 인품과 이 상황을 같은 선상에 두고 볼 수는 없었으므로 안심할 수는 없었다.

"데바람과 카르시타의 비극적인 전쟁을 반복하지 말자 서로 약조했었지만, 일이 이리 된 이상은 어쩔 수 없지 않겠소이까. 믿고, 믿되 차선의 대비책은 마련해두는 것이 우리가 할 수 있는 최선입니다."

누구도 믿어서는 안 되지만, 믿지 않고서는 함께 발을 맞출 수 없었기에 그는 굳게 믿었다. 어린 시절 그를 알아오던 산나의 귀족들을 믿었다. 비록 피는 다르나, 같은 꿈을 꾸었던 우정을 믿었다. 시를 나누고 노래를 나누고 술잔을 나누며 수십 번 별렀던 그들의 이상을, 약조를 지켜줄 것이라.

"두려우십니까."

"두려울 수밖에. 나는 지금 과거 내가 저지른 업보의 씨앗을 거두러 가는 길이 아닙니까."

지스카르의 말에 나하르가 쓴 표정을 지었다.

"어떤 열매를 맺었건, 그는 더 나은 미래를 위한 거름이라 믿겠습니다. 두려워 마십시오. 이 늙은이, 남은 목숨 기꺼이 전하께 투신할 생각입니다."

"가장 큰 오명을 감내하며 이 모든 일을 말없이 따라준 당신이 죽어버리면, 그게 다 무슨 소용이겠습니까. 다 내가 심약해 베제스가 왕좌에 오르도록 한 것의 죗값이지. 그 죗값을 내 백성의 피로 치러야 한다는 것이 가슴이 아플 뿐입니다."

나하르가 고개를 저었다.

"베제스를 막지 못한 것은 우리 가신들의 죄입니다."

왕좌를 버리고 떠난 왕의 후계자가 역사 속에서 사라졌던 긴 세월, 그를 찾으려는 생각조차 않았던 건 데바람의 수많은 가신들이었다. 베제스를 왕으로 옹립하는 데 찬동한 이들도 데바람의 가신. 한때 떠난 그를 원망한 적도 있었다. 그러나 더할 나위 없이 성숙해져 돌아온 그를 깨닫고는 그저 울었다. 이자야말로 왕이다. 이자야말로 따라야 할 전하시다.

지스카르가 분위기를 누그러뜨리며 웃었다.

"베제스 녀석, 얼마나 속이 아플까."

"농을 하시는 것을 보니, 자신 있으신가 봅니다."

"일그러진 그 얼굴을 구경거리 삼아, 오랜 벗을 만나 나란히 앉아 차라도 나눌 수 있다면 더할 나위 없이 좋겠지."

나하르가 고갤 끄덕였다.

"그리 될 것입니다."

"진군은?"

"내일 모레, 카르시타 대군과 마주하지 않는 시기에 출발할 것입니다."

그때, 광활한 하늘 아래 거대한 날개를 펼치고 날아가는 새파란 눈의 맹금류가 보였다. 멀찍이서 날아들던 한 마리의 솔개가 그들의 머리 위를 쏜살같은 속도로 스쳐 지났다. 지스카르가 고개를 돌려 새의 자취를 쫓았다. 데바람의 일대에 서식할 리 없는 날카로운 부리의 새는, 분명 이 시간 어떤 의미를 지닌 존재였다.

그 새가 머릴 향한 곳은 산나. 그가 점거해야 하는 땅이었다. 뒷목이 아플 때까지 고갤 젖혀 올려다보던 지스카르가 중얼거렸다.

"⋯⋯곧 있을 만남이 기대되는군요, 릴카인."

모든 죗값은 자신이 갚아야 할 것이다. 자신이 잃게 만든 많은 것들을 되돌리기 위해서 그는 부단히 움직일 것이다. 어깨가 무거워도 멈출 수 없었다. 용서받지 못한다 해도 물러날 수 없었다.

지스카르는 결연한 얼굴로 망루를 떠났다.

지스카르의 호위였다는 트란실 여자에 대한 소문은 이미 파다했다. 애초에 트란실 인이 대륙에선 귀했기에 발 없는 말은 이미 모르는 이가 없을 만큼 널리 퍼져 있었다. 그 여자가 워낙 활달하고 기민해 동에 번쩍 서에 번쩍 가리지 않고 나타난 것도 이유 중 하나였다. 보기만 해도 위험할 것 같은 칼집 없는 칼을 허리에 덜렁덜렁 차고 다니는 여자의 기백은 장난으로도 무시할 수 없었다. 지스카르와 합류한 지 며칠밖에 되지 않았는데 기존의 반란 군대를 제 집인 양 헤집고 다니는 여자의 존재로 인해 군사들은 혼란에 빠졌다.

빼어나게 아름답지는 않지만, 건강한 아름다움이 넘치는 여인의 위풍당당한 걸음걸이에 콩콩 뛰는 가슴을 문지르는 이들도 여럿이었다.

론희는 오늘도 어김없이 막사 사이사이를 훑고 있었다. 이 즈음 '그'가 귀환했을 거란 이야길 듣고 찾아 나선 건데 영 보이지 않았다. 트란실 인은 피부색부터 차림까지 독특해 있다면 금세 눈에 띄었을 것이다.

'이놈은 또 어디에서 처놀고 자빠져 있는 거야.'

얼마간 그리 걷던 론희의 입가에 서늘한 살기가 떠올랐다. 그녀의 시선이 멀지 않은 울타리 말뚝에 말고삐를 매어두는 남자의 뒷모습에 맺혔다. 그녀는 지체할 것 없이 칼을 뽑아들었다.

스르릉.

바람을 가르는 쇳소리. 홀린 듯 그녀를 바라보던 병사들이 깜짝 놀라 숨을 들이켰다. 그녀의 주변 공기가 온통 사납게 떨기 시작했다. 그녀가 칼부림을 낼 거란 건 예견도 아닌 사실이었다. 병사들이 막기도 전에 그녀는 이미 말을 매어두고 있던 남자에게 달려들어 칼을 휘두른 후였다.

등진 채 돌아보지 않는 남자의 여유로운 뒷모습에 덩달아 급해진 어떤 병사가 고함쳤다.

"이, 이봐! 뒤, 뒤돌아봐! 칼! 칼! 저 여자!"

순식간에 돌변한 공기에 고개를 갸웃하며 몸을 돌리던 남자는 별안간 코앞까지 날아든 칼날을 기민하게 밀어낸 후 제 허리에 매여 있던 칼을 뽑아 들었다. 그녀가 가진 것과 꼭 비슷한 종류의 칼이었다. 론희의 칼은 그대로 물처럼 흔들리더니 남자의 어깨를 할퀴고 지났다. 그녀의 칼의 옆면이 바닥에 닿은 순간, 남자는 그대로 발로 그녀의 얇은 칼날을 짓눌렀다.

둘 사이에 일었던 돌풍이 가라앉자, 까무잡잡한 피부를 한 남자의 얼굴이 뚜렷이 드러났다. 트란실 인이라기엔 조금은 하얀 축에 속하는 창운은 짧은 검은 머리칼을 가진 낭창한 사내였다. 근육질의 거구가 많은 트란실 전사라기에는 조금 왜소해 보였으나 그의 눈빛에서는 영락없는 강인함이 느껴졌다. 단정한 이목구비의 청년은 화가 났다거나 놀란 기색보다도 곤혹스러운 표정을 짓고 있었다.

『하여간 성격도 급하지.』

『창운.』

창운의 입가에 화사한 미소가 그려졌다. 갑작스러운 쇠의 파공음에 놀란 말이 푸히힝 하며 앞발을 들었지만 론희는 두려운 기색 없이 발굽을 피해 몸을 굴렸다 일으켰다.

『힘이 예전 같지 않은데, 근육이 많이 빠졌네? 놀았나 봐?』

창운이 웃으며 말의 뒤편으로 몸을 감춘 론희를 향해 칼을 겨누었다. 론희가 그 말에 코웃음 쳤다.

『다시 한 번 제대로?』

『해보자고?』

그들이 서로를 노려보며 다시 칼을 고쳐 쥐자, 그들의 대화를 알아듣지 못하고 머뭇대던 병사들이 기함했다. 다짜고짜 칼부림이 났는데, 그들이 기쁨의 재회를 하고 있다는 걸 상상할 수 있는 이는 없었다.

심상찮은 긴장감으로 그들 주위를 에워싼 병사들을 발견한 창운이 난처한 표정을 지었다.

그때, 멀리서 한 남자가 허둥지둥 다가오며 소리쳤다.

"지금, 뭐하는 짓입니까아아!"

『아, 저거 봐. 금세 달려오잖아.』

창운의 시선이 그쪽을 향했다. 그 순간 그녀의 칼이 창운의 목울대에 닿았다.

『어딜 봐? 나를 상대로 한눈팔 만큼 네 실력에 자신이 있나?』

잠깐 몸을 굳힌 창운이 이내 미소 지었다.

『내 실수다. 네 앞에서 한눈판 건 내 잘못이라는 걸 인정하지.』

창운은 칼을 다시 허리춤에 맨 후, 론희를 돌아보았다. 론희 또한 칼을 허리춤에 맨 후, 창운과 시선을 맞추었다. 그 둘은 누가 뭐라 할 새도 없이 서로를 꽉 끌어안았다. 남녀가 애정 어린 손길로 안았다기보다는, 반가움을 표현하기 위한 일종의 예식 같아 보였다.

트란실 전사 두 명이 진영 안에서 싸움을 벌였다는 소식을 듣고 달려온 반란군 부대의 부대장 힌카는 스스로 정리된 상황에 달려오다 말고 우뚝 멈춰버렸다. 조금 민망해진 그는 헛기침을 하며 곧 창운에게 다가갔다.

"이보게, 차이우. 대체 이 여인은 뭐고, 갑자기 왜 칼질을 하셨어. 장군님이 아시면 혼나는 거 알아, 몰라!"

창운이 어색하게 웃으며 몸을 돌렸다.

"미안하다. 오랜만에 동포를 만났다."

"너희는 동포끼리 만나면 바로 칼부림이여!"

"사호의 선출자는. 그렇다."

조금 딱딱한 대륙의 공용어를 구사하는 그의 말투에는 익숙하다는 듯, 힌카는 론희를 위아래로 훑었다.

"아, 이 아가씨가."

론희가 우드득 주먹을 꺾으며 목을 풀자 힌카의 목소리가 차츰 잦아들었다. 저 아가씨가 그 대단하다는 사호의 선출자라는 건가? 분명 범상찮아 보이긴 한다. 하지만 생각보다 날렵하고 건강미 넘치는 자태는 의외였다. 함께 나하르의 휘하에 머물 적 창운에게 이야기만 들었을 때는 무슨 괴물 같은 여잔가 했는데. 창운이 어색하게 웃으며 말했다.

"잠깐 시간?"

"오늘은 더 훈련도 없을 테니, 회포라도 풀어. 칼부림은 하지 말고."

론희는 처음 보는 대륙인이 제법 마음에 들어 그의 어깨를 애정으로 세게 때렸다. 아이고야! 누굴 죽이려고! 그러나 돌아오는 반응이 제법 차가워서 금세 빈정이 상하고 말았다.

트란실은 대륙의 크고 작은 국가들에 비하면 크게 낙후된 폐쇄 민족들의 집합체였다. 척박한 토지에서 식량을 지속적으로 조달하기 위해 그들은 곡류보다는 사냥을 우선시했고, 필연적으로 언제든지 휘두를 수 있는 집 없는 칼이 그들의 상징이 되었다.

한때 호전적인 부락들끼리 벌어진 전투로 크게 멸족의 위기에 이르렀던 그들은 대륙과는 다른 방식의 선출제를 유치했다. 각 부락에서 가장 인정받는 선출자를 내세워 그들 중 한 명을 전 부족을 아우르는 지도자로 만드는 것이다. 차르가 된 선출자의 부락은 많은 권한을 얻게 되고, 풍요는 응당 뒤따르는 보상이었다. 때문에 많은 부락들은 선출자를 양성하는 데에 엄청난 공을 들였다.

20년 내지 30년에 한 번씩 벌어지는 선출제, 차르 쟁탈전을 위해 그들은 내부에서 규합했다.

론희는 사호 부족의 선출자였다. 열두 살 무렵부터 다른 남자 혈족들을 제치고 부락 선출자 후보에 거론되었던 그녀는 3년 전, 오롯한 사호의 선출자로 인정받았다. 누구에게도 위축되지 않는 기백과 뭇 남성에 뒤지지 않는 난폭함, 그리고 동족을 아끼는 그녀의 신념을 인정하지 못하는 이는 없었다.

　그녀에게는 많은 추종자들이 있었는데, 그건 사호 부족에만 국한된 건 아니었다. 모든 부족을 아울러 모두가 좋아했던 그녀는 3년쯤 전, 트란실을 떠나기 직전까지만 해도 가장 가능성 있는 후보로 습관처럼 거론되곤 했다. 그러나 차르 선출제가 가까워졌다는 것을 읽어낸 후 어느 날, 그녀는 트란실을 떠났다.

　거즘 1년 만에 조우한 창운과 함께 자리를 옮겨, 햇볕만 겨우 가린 막사 아래 좌정하고 앉은 뢴희는 습관처럼 나무껍질을 씹기 시작했다.

　『나하르는 잘해주던가?』

　『지스칼이 그다지 잘해주지 않았나 보지?』

　『그놈만 소심한 게 아니라 죄 간이 콩알만 해가지고는.』

　질겅질겅. 뢴희가 턱을 괴며 막사 주위를 얼쩡거리는 이들을 노려보았다. 보다 못한 창운이 엉성하게 짠 문발을 친 후 그녀의 건너편에 자리 잡았다.

　『각설하고, 리이사가 크게 사고를 친 건 알고 있겠지?』

　『얘긴 들었다.』

　『카르시타 쪽이랑 뒷공작을 했다는 소문도 있다.』

　카르시타와의 뒷공작이라. 지금 상황 돌아가는 꼴을 보면 그럴 리가 없다 말하는 것이 더 우스워 보일 터였다. 뢴희가 씹어 뱉듯 욕지거리를 냈다.

　『하여간 그 성질 급한 새끼.』

　『우린 얼마나 더 걸릴까?』

　창운은 회의적으로 중얼거렸다.

너무 오랫동안 트란실을 떠나 있었다. 동족을 죽이느니 머리 사냥을 하겠다 외치는 론희에게 감화되어 그녀와 함께 떠난 지 3년이었다. 간간이 사호 부락에 소식을 전하는 역할을 겸하며 그녀의 연락망이 되었기에 그는 내부 사정에 비교적 밝았다.

『오래 걸리지 않아야 한다.』

창운이 고개를 저을 정도라면 그만큼 심각하다는 것이다. 거줌 1년 만에 다시 만난 창운과 회포를 풀기에 적절한 때가 아니라는 건 확실했다.

그녀 역시 지스카르가 생각만큼 빨리 움직여주지 않아 안달복달해 왔으니까. 카르시타 왕의 머리를 노렸다가는 트란실과 접경한 그들과 필요 이상의 분쟁이 날 것이 뻔해 고민을 거듭하며 떠돌던 중 만난 게 지스카르였다. 당시 지스카르는 데바람과 카르시타 남국 훼르, 이한을 아울러, 돌아보지 않은 곳이 없는 여행자였다. 대륙 생활에 적응하기 힘들었던 방랑의 시간, 론희와 창운은 단순히 그가 가진 여행 지식을 필요로 해 서로 정체를 숨기고 어울렸다. 그렇게 한 달간 이유도, 이의도 없이 함께 다니다가, 술김에 사고를 친 후에야 서로의 정체를 알았다.

머리 사냥에 집착했던 그녀는 지스카르의 상황이 몹시 반가웠고, 지스카르는 혹시 벌이질지 모를 전투를 도와준다면 그녀의 목적에 조력하겠다는 의사를 비쳤다. 그리 함께 지낸 것이 장장 2년. 시간이 너무 흘렀다.

그들이 기회를 노리며 지스카르의 곁에서 숨죽이는 동안 리이사 부족은 전에 없던 횡액을 저지르고 다녔다.

『무슨 생각 하나.』

『어떻게 하면 그 철부지 새끼의 정신을 뜯어고칠 수 있을까.』

『네가 그리 무섭게 구니 리이사가 네가 떠나자마자 일을 꾸민 거 아냐.』

『이게 지금 내 탓이야?』

『적륜의 자존심을 좀 짓밟았어야지.』

『그 새끼가 멍청한 걸 내 탓으로 돌리지 마.』

대수롭잖게 말하는 것과는 달리 론희 역시 썩 불편한 표정이었다. 질겅질겅 쓴 껍질을 씹는 그녀의 턱이 힘이 들어가 떨렸다.

적륜은 어릴 적부터 그녀와 나름대로 각별한 관계를 쌓아온 친구였다. 그는 늘 그녀에게 도전했고 그녀는 피하지 않고 그를 박살내곤 했다. 나이가 먹을수록 속이 시커메지더니 어느 순간부터 리이사의 원로들을 휘어잡아 갖가지 사고를 불러 일으켰다.

그럼에도 론희는 그를 썩 좋아했다. 그녀가 사호의 선출자가 된 것이, 그가 리이사의 선출자로 내정된 것이 화가 날 정도로.

론희는 빼도 박도 못할 이 상황에 긴 한숨을 내쉬었다. 천행 사호는 건드리지 않았다지만, 어찌 생각하면 도리어 그게 더 불쾌하기도 했다. 선심 쓰듯이 제가 돌아오길 기다린다는 의미가 아닌가. 적륜이라면 충분히 그럴 만한 놈이었다. 머리 사냥을 가겠다고 부족을 나서는 그녀를 비웃으며 우회해 말리던 그를 상기하니 오기가 솟아났다.

『머리를 가지고 돌아가면, 리이사의 머리털을 죄 밀어버려야지.』

창운이 입술을 오므리며 떫은 표정을 지었다.

『음…… 그거 정말 심한걸.』

술에 취한 베제스가 사얀의 처소에서 행패를 부리고 있다는 소식에 케나르가 황급히 달려갔다. 그러나 이미 일은 벌어진 후였다. 사얀은 흠씬 두드려 맞아 피투성이가 되어 나동그라져 있었고, 베제스는 그런 그녀를 향해 온갖 욕지거리를 퍼붓고 있었다.

　"어머니가, 네가 헨솔이 아무런 문제도 되지 않을 거라고 나를 꾀여내는 바람에 일이 이렇게 되어버린 것이다!"

　베제스는 사얀의 머리채를 끌어당겨 고래고래 소리 질렀다.

　"헨솔이 이 모든 것을 작당했던 거야! 내게 호랑이 새끼를 곁에 두라고 했던 것은 당신이야!"

　케나르는 신음하며 상체를 일으키는 사얀을 바라보다. 제가 낳은 자식의 손에 처참하게 짓밟히는 여자는 초라하기 그지없었다. 이 어두운 방과 꼭 어울리는 그만한 어둠을 품은 눈동자가, 멀거니 베제스를 향해 있었다.

　퍼뜩 정신을 차린 케나르가 막 사얀에게 두툼한 손을 올리려는 그를 만류했다.

　"전하, 전하, 잠깐 진정하시지요."

　베제스에게선 역힌 술 냄새가 풍겼다.

　"전하, 잠시 보고를 드리기 위해 찾아왔습니다. 경황이 없으신 건 알지만 들어주십시오."

　"보고, 무슨 보고? 또 나를 분통 터지게 할 이야기가 남았나!"

　케나르는 베제스가 조금이라도 사얀에게서 신경을 거두길 바라고 간절히 말했다.

"카르시타의 지원이 도착했습니다. 반란 세력이 많이 불어나긴 했지만 카르시타의 지원을 포함한 데바람 산나의 주둔군은 훨씬 수적으로 유리합니다. 그러니 흥분을 조금만 가라앉히십시오."

그의 난폭한 행패가 머뭇대는 사이 사얀이 옷깃을 끌어당기며 일어서 베제스에게 애원했다.

"내가…… 데바람을 이리 만들었다 그리 책하려면 책하세요, 베제스, 그래도 정신머리가 있다면 국고를 열고 백성들의 이야기에 귀를 기울이세요. 이유가 있을 터이니, 그러니……."

노한 베제스가 그녀를 벽으로 내던지듯 밀쳤다. 가느다란 중년 여인의 몸이 벽에 부딪혔다가 곧 스르르 허물어졌다.

"닥쳐라. 이 일이 끝나면, 그 책임을 엄중히 물을 것이다."

차마 눈 뜨고 볼 수 없는 광경이라 케나르는 고갤 돌려 외면했다. 사얀은 다리를 접질렸는지 고통스러운 얼굴로 발목을 움켜쥐었다.

"가자, 케나르. 지저분하고 초라한 곳에는 더 있고 싶지 않아."

그 지저분하고 초라한 곳에 제 어미를 유폐시킨 아들이 몸을 돌렸다. 주저앉은 사얀과 성큼성큼 걸음을 옮기는 베제스를 가운데서 황망히 바라보던 케나르가 조용히 말했다.

"제가 대비의 상처를 조금 보아드리고 따라가겠습니다."

"네놈, 아직도 내 어미에게서 미련을 끊지 못했나? 일부러 보아 넘겨주었건만 이젠 아예 내 앞에서 사랑놀음이라도 하려는 게냐!"

케나르는 침착하게 부정했다.

"그런 것이 아닙니다, 전하. 그래도 전하의 모친이십니다. 응당 전하께서 이리 화내실 만한 일이지만 외부인이 이것을 알게 된다면 전하의 위신에 좋지 않은 영향을 끼칠 것이 염려되는 것입니다."

제법 그럴싸한 변명에 베제스가 잠깐 침묵하더니, 코웃음 치며 나갔다. 그의 발소리가 완전히 사라지자 케나르가 천천히 사얀에게 다가갔다. 케나르는 깨진 유리병이나 부서진 테이블의 나무 잔해에 사얀이 다칠 것을 염려해 그녀를 조심스럽게 부축해 침대 위로 앉혔다.

"……사얀 님."

"……이런 꼴을 보이게 되다니 참으로 부끄럽군."

엉망이 된 머리칼을 떨리는 손으로 정리하며 사얀이 슬몃 웃었다. 케나르의 표정이 고통스럽게 일그러졌다.

"이제, 그만 전하를 포기하십시오."

사얀은 침묵했다.

침묵의 의미는 명백해서 케나르가 긴 한숨을 내킬 수밖에 없었다. 이내 사얀의 눈에 눈물이 고였다.

"베제스가 저리도 난장을 떨고 갔으니, 듣고 싶지 않아도 듣게 되었네. 헨솔이 기어이 산나 앞까지 진격했다고?"

"라그타와 산나의 접경까지 밀고 올라왔습니다."

"죽은 제 어미를 닮아 심성 고운 녀석이니 언젠간 이리 반기를 들지는 않을까 우려는 했지만."

"사얀 님, 그보다는 상처가 우선입니다."

케나르가 나직이 말하며 퉁퉁 부은 그녀의 발목을 조심스럽게 살펴보았다.

"많이 아프십니까?"

사얀이 고개를 저었다.

"몸이 아픈 것이 대수겠느냐."

"전하께서 약주를 하시어 이성을 잃으셨던 모양입니다. 너무 심려치 마십시오.”

케나르는 먹히지 않을 위로를 건넸다. 그것 말고는 할 수 있는 게 없었다.

“그래, 저 녀석을 저리 키운 것은 나인데 무슨 염치로 내가 불평을 토하겠나. 어릴 적부터 쥬세의 슬하에서 지스카르는 쥬세를 경외했지만 베제스 녀석은 쥬세를 두려워했었지. 하지만 우습지 않은가. 지스카르는 언젠가 시비를 판단하여 쥬세를 떠나 그와 다른 사람이 되어 돌아왔고, 내 아들…… 그토록 쥬세를 두려워했던 베제스는 쥬세와 같은 전철을 밟는구나.”

시간이 그리 지났나. 세월이 그리 모진가.

“이런 날만큼은 먼저 가신 왕후가 부럽구나.”

한때는 그녀도 아름다운 여자였다. 남부럽지 않은 권세를 누린, 위엄 넘치던 데바라네였다. 지금은 이리 초라해졌지만. 문득 스쳐 지나는 과거의 모습과 지금의 모습이 교차되자 케나르는 저린 가슴을 어찌할 도리가 없었다.

얼마간 이를 악물고 그녀의 상처를 감싸던 그가 말했다.

“그런 말씀 하지 마십시오, 사얀 님. 반란군의 진격이 코앞입니다. 헨솔의 서신은 아직 제가 보관하고 있습니다. 이제, 더 이상은 안 됩니다.”

사얀은 흔들림 없는 음성으로 되물었다. 그러나 진정 궁금해하는 투는 아니었다.

“나더러 내 아들의 목숨을 앗아가는 선택을 하라고 하는 것이냐.”

“이것이 지금 그 아들이 어미에게 할 수 있는 행동이라고 생각하시는 겁니까.”

"쥬세의 폭정에도 견뎌왔던 나다. 비록 그 말년엔 쥬세의 관심이 내게서 사라져 그 불쌍한 계집에게 쏠려 숨통이 트인 것은 맞으나, 쥬세의 곁에서 20여 년을 견뎌왔다. 그 모든 것을 견딘 내가, 고작 이까짓 것 하나 참지 못해 내 손으로 아들을 사지로 밀어 넣어야 한다고 말하는구나."

쥬세, 모든 업보의 시작이 된 잔인한 왕은 이미 흙이 되어 영안을 즐기고 있을 터였다.

"만일 내가 윤허하지 않는다면, 그대는 어찌할 것이냐."

"……. 사얀 님, 저는 사얀 님을 마지막까지 지킬 겁니다. 시르시아 공 역시 마찬가지입니다."

케나르의 말에 사얀이 힘겹게 미소 지었다. 케나르는 여전히 정 많은 남자였다. 그는 그녀가 쥬세의 후첩으로 왕실에 들어왔을 때, 그녀의 가문에서부터 함께해온 남자였다. 건강하고 총기 넘치던 젊은 기사의 얼굴은 이미 연륜이 파인 얼굴이 되어 있었다. 거울을 보듯 그녀는 자신의 얼굴을 상상했다. 시간이라는 거울 앞에서 그들은 같은 사람이었다.

"하지만 결단을 하실 때도 있어야 합니다. 베제스 전하의 즉위 이래 전에 없는 피바람이 불었습니다. 그리고 그 골은 점점 더 깊어질 것입니다. 모두가 데바람의 백성입니다. 지스카르의 토벌군 중 농민군이 대거 가세했다고 합니다. 이번 일에 사얀 님께서 결단을 내려주지 않으신다면, 수만의 애먼 목숨들이 무의미하게 죽어 나갈 것입니다. 어째서이겠습니까. 베제스 전하께서는 변하지 않으시니, 그들이 변해버린 것입니다."

"그대도 늙었구나."

그녀가 불쑥 말했다. 케나르는 울컥하는 기분을 이기지 못하고 떨리는 눈가를 손으로 가려 눌렀다.

"……그대도, 많이 늙었구나. 우리가 안 지 제법 오래되었지, 케나르. 그대도 기억하지 않나? 저 아이가 어릴 때는 어땠는지."

사얀이 천천히 발목을 감싼 케나르의 손을 떼어냈다.

"저기, 서랍에…… 꺼내주겠나?"

케나르가 몸을 일으켜 그녀가 가리킨 서랍을 열었다. 칙칙한 굴빛 초라한 서랍엔 자그마한 색색의 실로 만든 허름한 팔목 장식이 들어 있었다. 케나르는 그것을 들어 조심스레 사얀에게 가져다주었다.

"그래, 내 자식이 지금은 악마가 되어버렸다는 건 나도 안다. 내 모르는 것이 아니야."

그녀의 목소리가 심하게 떨리고 있었다. 그녀는 그 낡고 초라한 팔목 장식을 조심스레 손바닥 위에 올려 바라보았다. 장식도, 화려한 보석도 달려 있지 않은 손때 묻은 물건이었다.

그녀가 중얼거렸다.

"하지만, 이랬던 때도 있었다."

어린아이의 손때 묻은 추억은, 그녀의 인생에서 가장 찬란했던 순간이었다.

"주위 이들에게 기가 눌려 자란 탓이다. 내가 힘이 없어 그 아이를 쥬세에게서, 지스카르에게서 지켜내지 못했다. 하물며 해적 새끼마저 무시해 열등감이 깊어진 것 내 잘 안다. 그건 전부 내가 부족하기 때문이야."

"아닙니다……. 아닙니다."

"얼마나 외로웠겠느냐. 눈조차 맞춰주지 않는 아비와, 그 아비를 피해 성 안에 틀어박혀 아들을 찾지도 않는 어미 아래서."

사얀이 낡은 팔목 장식을 끌어안듯 가슴으로 끌어당기며 입술을 파르르 떨었다.

"사얀 님."

"나 때문에 죽을 무고한 백성들의 원성이 들리고, 내 아버지의 원통한 울음이, 내 형제들의 눈물 섞인 고함이 귓가에 선연한데."

사얀이 침대 위로 웅크리듯 엎드려 소리 없는 오열을 터뜨렸다.

"아직도 그때를 놓지 못해 증오스러운 악마조차도 사랑하고 있으니. 나는 어찌하면 좋으냐."

케나르는 아무 말도 하지 못한 채, 그녀의 흐느낌을 가슴에 새겼다.

그건, 감히 그로서는 어찌할 수 없는 처절한 무게의 사랑이었다. 비난할 수도 없었다.

"……만일 반군 세력으로 인해 성문을 돌파당하면 위험한 난전이 벌어질 수 있으니, 사얀 님께서도 미리 마음의 준비를 하고 계십시오. 제가, 어떻게든 막아보겠습니다. 어떻게든 전하를……."

악마라도, 그녀가 지키길 원한다면 지켜야 했다.

루덴 공은 넋을 놓고 손에 쥐인 구겨진 급보를 내려다보았다.

한참 후에야 그는 가까스로 소리를 씹어 뱉듯 말했다.

"이게, 참이란 말인가."

믿을 수 없는 일이었다. 엘올라를 떠나기 전만 해도 그리 정정하던 유스카리의 갑작스러운 부고는 필경 엘올라에 큰일이 생겼음을 암시했다. 그러나 루덴 공은 이미 엘올라에서 먼 곳까지 출정해 있었다. 최고 속력으로 돌아간다 해도 이만한 대군을 이끌고 가려면 달은 훨씬 더 걸릴 거리였다. 산나의 입구. 그는 타향에서 듣는 본국 왕의 부고에 어쩔 줄 몰라 하며 침음했다.

그의 부관은 소식을 듣고 엘올라가 있을 동쪽의 어느 방향을 향해 엎드려 울다가 졸도해 군의관에게 실려 간 후였다. 최대한 함구하라 명했지만 이런 소식은 늘 금세 퍼지기 마련이었다.

루덴 공은 한 손으로 이마를 덮어 누르며 신음을 삭였다. 북쪽 멀지 않은 능선 너머로는 산나의 성벽이 견고히 서 있었고, 남에서는 지스카르 헨솔의 반란군이 밀고 올라오고 있었다.

누군가가 말했다.

"회군해야 합니다."

루덴 공은 군사의 말을 흘려들으며 생각을 거듭했다. 유스카리의 서거는, 갑작스러운 만큼 가슴 찢기는 소식이었다. 그의 죽음이 의미하는 바 역시 금세 명백해졌으므로 마음도 다급해졌다.

돌연 소름이 끼쳤다. 심장이 쿵쿵 뛰다 못해 갈비뼈 밖으로 튀어나올 것만 같았다.

돌아가야 하나?

산나를 코앞에 두고?

'우리는 신의로 이어진 사이이며 이상으로 함께할 전우가 아닙니까. 믿습니다.'

그날의 약속은, 오늘날 발굴된 유물과도 같았다. 존재함으로써, 증명됨으로써 그 가치를 인정받는 것. 망부석처럼 서서 말없이 침묵하던 루덴 공이 입술을 열었다.

"아니."

"아니라니요. 전하께서 서거하셨습니다!"

"하지만 우리는 전하가 마지막으로 우리에게 내려주신 명을 이행하기 위해 왔다. 그리고 이대로 돌아가는 건 혼란만 가중시킬 뿐이다. 우리만으로 왕도를 정리할 수는 없다."

알렉시스는 선왕의 아들이라는 이유로, 세드로만큼이나 혈통의 명분을 가진 자였다. 그가 이런 일을 벌일 리가 없었다. 뉘사나 히리. 뉘사나의 군사력은 무시할 수 없었다. 그의 인맥 또한 소겔가드를 중추로 굳건했다.

유스카리는 하루 빨리 데바람의 안정에 힘써 그들과의 관계를 우호적으로 한 후, 마르티사의 옹립에 데바람 왕실의 지원을 받으려는 계획을 하고 있었다. 일단 데바람 같은 대륙의 3분지 1을 차지한 왕실의 인정을 받으면 일은 훨씬 수월했으니 말이다.

물론 루덴은 또 다른 이유로 이 자리에 있었지만 결과는 다르지 않았다.

'지스카르.'

루덴 공은 오랜 벗을 떠올렸다. 이 사실이 저들에게도 전해졌을까. 그는 지스카르의 도움을 받아 데바람에 발 디딜 수 있었다. 가뜩이나 수적으로 몰리는 토벌군이 양분되어 카르시타의 국경 언저리를 깔짝거린 데엔 그런 이유가 있었다. 베제스의 의심을 받지 않고 카르시타의 군대를 끌어들이기 위해서.

유스카리의 명은 '데바람의 안정'. 누가 왕이 되건 간에 상관없이 데바람의 안정이 목적이었다. 친불친을 떠나 한 사람의 국민으로서 카르시타를 향해 호전적인 베제스보다는 화합의 의지가 있는 지스카르가 왕이 되는 것이 훨씬 득이었다.

　그래서 루덴 공은 애초에 베제스를 끌어내리고 지스카르를 왕으로 앉히기 위한 계획의 일부로 참여 의사를 밝혔다. 조금 주제넘을지 모르나, 루덴 공은 자신이 데바람과 카르시타의 공존을 이룩할 수 있으리라 믿기도 했다. 과거 그가 유스카리와 공신들 사이에서 믿을 만한 정보통에 대해 언급했던 것도 바로 지스카르 헨솔이었다.

　그러나 유스카리가 서거하는 것으로 사태는 급변했다.

　이를 어쩌면 좋단 말인가?

　'시간이 없다.'

　만일 자신이 이 상황에서 지스카르의 역성을 들어 데바람의 베제스를 끌어내리려고 한다면, 농성전이 벌어진다. 데바람의 왕이 아무리 얼간이라고 한들 외세를 성도 안까지 들일 리가 없으니까.

　'농성전.'

　농성전이 벌어진다면 못해도 하루 이틀 내로는 끝나지 않을 긴 전쟁이 벌어질 것이다. 유스카리가 죽은 지금, 세드로와 에사렛타의 생사조차도 확인할 수 없었고 뉘사나와 알렉시스가 어떻게 움직이는지도 모르는 상황이었다. 장기전은 무조건 피해야 했다.

　가장 빠르게 일을 정리할 방법은 베제스를 도와 지스카르를 대패시켜 데바람을 안정케 하는 것, 그리고 베제스에게 약속받은 원조를 받아 카르시타로 돌아가는 것이다. 하지만 이 모든 것을 위해 지난 긴 시간 와신했을 자신의 오랜 벗을 알았다. 그는 지스카르가 어떤 인물인지도 알고 있었다. 그가 데바람의 왕이 된다면, 못해도 한동안은 카르시타와 데바람은 안정적으로 공존할 수 있을 것이다.

　"……하늘이, 어찌 이리 잔인해."

그러나 지금은 먼 미래의 공존보다, 당장의 자국의 안위에 투신해야할 때였다. 꽉 주먹을 그러쥔 루덴이 낮게 신음했다. 아주 멀리서, 반란군의 행진을 알리는 뿔 나팔 소리가 울리는 환청이 들렸다.

'벗의 믿음을 배반해야 하는가.'

루덴의 표정이 싸늘하게 굳어갔다. 베제스를 돕게 된다면 이 전쟁은 금방 끝이 날 것이다. 그 대가는 배반. 지스카르와 나누었던 질박하니 정취 있던 시간들, 이상과 현실에 대해 무던히도 벌였던 논쟁, 믿음 위에 쌓아 올린 우정.

무엇 하나 남지 않고 사라질 것이다.

그리고 그날 밤, 거대한 각적이 울었다.

데바람 산나를 둘러싼, 반란군과 왕실의 공성전이 시작되는 소리였다.

현기증을 이기지 못하고 침대에 누운 제르를 뒤로한 르니아는 방을 나섰다. 거의 강박적으로 최악의 상황을 반복해서 떠올리며 르니아는 마음을 굳혔다. 세드로가 제르의 아이라는 게 정식으로 알려지지는 않았지만, 어렴풋이 눈치 챈 기사들도 많았다. 적어도 유스카리의 죽음이 그로부터 봉토를 하사받은 제르에게는 좋지 않게 돌아갈 것이라는 것쯤은 추측하기 쉬운 문제였다.

방으로 돌아온 르니아는 그대로 짐을 쌌다. 구해야 했다. 약속이었다. 세상이 멸망해도 더 이상 잃게 하지 않겠다고, 그러니 믿으라고.

누군가는 위로만으로도 충분하다 말할 테지만 르니아에게는 아니었다. 체렌시와를 잃고 포기하려는 제르를 붙잡은 게 그녀였다. 엘지와 엔사를 지키면 된다고 그리 설득해 제르를 지금 이 순간까지 이끌어 온 게 자신이었다.

본능적으로 안다. 그들이 알려주었다. 알렉시스를 죽이는 건 길이 아니었다. 뉘사나를 먼저 죽여 없애버리지 않으면 이 상황은 최악으로 치달아갈 뿐이다.

모두가 잠든 시간, 조심스레 방문을 연 르니아는 문 앞에 서 있는 남자를 발견하고 우뚝 멈춰 섰다.

"어딜 가려 하는 거요."

셀파의 침착한 음성에 고조되었던 르니아의 신경줄이 삽시간에 늘어졌다.

"셀파 님은 지금 뭐 하세요?"

"주군의 명에 따라 르니아 양을 감시 중이오."

"시나와 님이요?"

"지나친 행동을 하지 못하도록 살펴달라 하셨소."

셀파는 말없이 그녀의 등에 매여 있는 작은 짐꾸러미를 응시했다. 그는 그에 대해 언급하는 대신, 그녀의 허리에 매인 두 자루의 검을 빼앗아 들었다.

"들어가서 쉬시오."

"주세요."

"내일 돌려주겠소."

셀파는 그답지 않게 완고했다. 늘 아닌 체해도 르니아에게 져주던 사내가 오늘만큼은 뜻을 굽히지 않을 듯했다. 그의 손에 들린 두 자루의 검. 한 자루는 체렌시와의 것이었다.

"내놔요."

"들어가시오."

"그건 당신이 함부로 만져도 되는 검이 아니에요!"

카랑카랑 울리는 르니아의 음성에 셀파는 그녀가 하염없이 바라보는 검으로 시선을 옮겼다.

르니아가 달려들어 검을 빼앗기 위해 발꿈치를 들어 올리는 순간 셀파가 재빠르게 검을 아래로 내린 후 그녀의 팔을 뒤로 움켜잡아 돌렸다.

"놔요! 아무리 셀파 님이라도! 놔!"

떨어지는 눈물을 어찌하지 못하고 이내 르니아가 주저앉자, 그녀의 팔을 쥐고 있던 손에서 힘을 푼 셀파가 침통한 음성으로 말했다.

"무슨 짓을 하려는 건지는 묻지 않겠소."

"묻지도 말고 잡지도 마세요."

"돌아올 수 있다면."

셀파가 잠시 말을 멈췄다. 이었다.

"돌아올 수 있다면 보내주겠소. 그리 약조한다면."

르니아의 얼굴이 일그러졌다. 뉘사나를 죽이고 세드로를 데리고 도망쳐 다시 이들에게 되돌아올 수는 없었다. 그건 아무리 긍정적으로 여기려 해도 꿈이었다.

셀파가 그녀를 잡아 일으켰다.

"르니아."

그는 검을 바닥에 내려놓고 눈물로 일그러진 그녀의 얼굴을 어루만지며 간절한 음성으로 혼잣말처럼 뇌까렸다.

"싸움은 그럴 의무가 있는 우리에게 맡기시오. 그리 가버리면 누가 주군을 다루겠소."

"잊으셨어요? 저는 해적의 딸이에요. 하고 싶은 것, 갖고 싶은 것 다 싸워서 빼앗으며 사는 이들과 저도 다를 바 없어요. 전 시나와 님을 위해서라면 왕의 머리라도 빼앗아 올 거예요."

"출신은 상관없어."

"다 죽이고 끝을 내버릴 거예요."

"누군가를 해쳐도 우리 삶은 끝나지 않소."

"믿으세요. 그럴 수 있어요. 알렉시스 테피온 그 미친놈은 시나와 님한테 미쳐 있으니 저는 세드로 님을…… 아니, 됐어요, 셸파 님. 그냥 이대로 보내주시고, 잊으세요. 시나와 님은 세드로 님만 살아 있으면 돼. 버틸 수 있어."

"당신은."

셸파가 울 것 같은 얼굴로 팔을 떨어뜨렸다.

"가끔 당신이 한 사람의 여자라는 걸 잊고 사는 것 같아."

르니아의 입술이 멎었다.

"당신이 주군만큼이나 우리에게 중요한 사람이라는 걸, 모르는 것 같아."

르니아의 큼지막한 눈동자에 괴었던 눈물이 또다시 주르륵 흘러내렸다.

"주군이 당신에게 중요한 것처럼, 우리에게…… 아니, 내게도 당신은 중요한 사람이오."

"……왜."

르니아가 입술을 우그러뜨리며 셸파의 멱을 움켜쥐었다. 그러나 위협적인 힘이 들어가 있지는 않았다.

"전 시나와 님과 함께 자랐어요. 그분의 곁에서 지내면서 그분과 닮아버려서 다른 걸 생각할 수 없어요. 시나와 님이 무너지면 나는 죽어요. 시나와 님이 죽으면 저는 이미 지옥 속에 떨어져 있는 것과 같아요. 시나와 님은 제 인생 그 자체예요. 제 모든 시간은 그분을 축으로 쌓아올렸어요. 저는 시나와 님을 위해서라면 내 오라버니도 죽일 수 있어요. 저는……."

혼비백산한 사람처럼 눈물로 토로하는 그녀의 뺨은 이미 흥건히 젖어 있었다. 말없이 경청하던 셀파가 드물게 웃었다.

"주군의 삶과 르니아 양의 삶이 같은 궤도로 흐른다면, 르니아 양도 이곳에 정박해 주위를 둘러봐주시오. 주군은…… 이제 조금은 우리를 아껴준다고 생각하오. 그분은 이제 조금은, 이곳에 마음을 열었다고 생각하오. 주군이 그렇다면 르니아 양도 그래야 해."

르니아가 아랫입술을 끌어 물며 주먹을 쥐고 셀파를 때리기 시작했다. 농담으로라도 가벼운 주먹이라 말할 수 없는, 감정 실린 그녀의 주먹을 고스란히 맞아주면서도 셀파는 아무 말도 하지 않았다.

"나도 당신들이 좋아. 셀파 님이 그중에서 제일 좋아. 그렇지만 방법을 모르겠는데 어떻게 해요! 일이 벌어진 후에는 늦어요! 알렉시스 테피온도, 뉘사나 히리도 전부 믿을 수 없는데! 저도 억울해요. 알렉시스 테피온 그 자식의 협박이 사실 최선의 길이라는 걸 인정하기 싫은데! 나도 여기가 좋은데에……!"

찬 바닥에 덩그러니 놓인 체렌시와의 검을 끌어안고 엎드린 르니아의 오열이 끊일 듯 이어졌다.

망연히 그녀를 내려다보며 주먹을 그러쥐던 셀파가 돌연 등 뒤에서 울리는 음성에 굳어졌다.

"그가 협박을 했어?"

르니아의 울음이 멎었다.

"……시나와 니이임."

눈물 범벅이 된 르니아를 바라보는 제르의 낯 위로 일그러진 비탄이 떠올랐다.

셀파가 주먹에서 힘을 풀고 일어섰다.

"주군, 오셨습니까."

말없이 선 제르는 아랫입술을 꽉 물었다. 자신만큼이나 불안에 좀먹힌 르니아를 견딜 수가 없었다. 제르가 천천히 르니아의 앞에 무릎을 꿇고 앉았다.

"……르니아."

르니아가 제르의 무릎에 얼굴을 파묻고 서럽게 울었다.

"시나와 니이임, 다 제 탓이에요. 다 좋아질 줄 알았어. 그만큼 견뎠으니 좋아질 줄 알았어요. 어허헝."

허리를 숙인 제르는 르니아를 끌어안고 울컥하는 아픔을 억눌렀다.

"……그러지 마. 너 또한 내 동생이다. 나는 체렌시와가 기사가 되길 바랐다. 엔사와 엘지가 어느 상냥한 자의 곁에서 평온히 살길 바랐어. 난 내 동생들이 내 삶의 비극을 책임지길 바란 적이 없다. 그런 나를 쭉 지켜봐왔으면서 네가 그리 목숨을 걸고 뛰쳐나간다면 기뻐할 줄 알았느냐. 나는 네게 내 슬픔을 덜어 나누고 싶지 않았어!"

제르의 격앙된 음성에 밴 것은 절절히 스민 통한이었다.

"네가 어찌 내 뜻을 몰라!"

르니아는 애처롭게 가느다란 제르의 몸에 매달려 울음을 멈추지 못했다. 제르 역시 계속해서 흐르는 눈물에 르니아의 자그마한 머리를 무작정 끌어안았다. 곧 제르가 사라진 걸 깨달은 시녀와 아스난이 복도 끝에서 모습을 드러냈다. 셀파가 턱짓하자 아스난이 거리를 두고 멈춰 섰다.

"난 내 동생이 슬픔 없이 행복하길 바랐어. 네가 그걸 이뤄주길 바랐어."

제르의 울음 섞인 음성이 그리 애처롭게 울리다 멎었다.

"너는."

하나 남은 동생이었다. 밤을 새워 조잘거리던 어린 시절의 추억을 함께 떠들 수 있는, 그녀를 이해해줄 수 있는 단 하나 남은 동생.

"아무것도, 그 어떤 일도 네 잘못이 아니야. 나는 결코 너를 원망하지 않아."

서러워 길게 울던 르니아는 결국 한참 후에야 한 병사의 부축을 받아 방으로 돌아갔다. 촉촉이 충혈된 눈으로 르니아의 뒷모습을 쫓던 제르가 몸을 바로 세웠다. 갑작스레 벌어진 울음바다에 한 걸음 물러나 상황을 살피던 아스난이 조심스레 아뢨다.

"주군, 주군께서도 아직 좀 더 쉬셔야 합니다. 우선……."

제르는 소매로 눈가를 잠시 눌러 닦은 후 어쩔 줄 모르고 서 있는 셀파를 응시했다.

"고맙다."

"……."

"르니아를 르니아로 봐주는 그대에게 고마워."

셀파는 고개를 조아렸다. 괜스레 눈가가 찡해 한참이나 눈에 힘을 주고 있어야 했다.

제르가 몸을 돌리자 아스난이 뒤따랐다.

"내 방으로는, 알아서 돌아갈 테니 경도 일 보고 있어."

언제 울었냐는 듯 서늘한 음성엔 노기가 배어 있었다. 그녀를 뒤따르던 아스난이 확인차 물었다.

"지금 돌아가지 않으실 겁니까?"

"따라오지 마."

제르의 눈빛 깊숙이 매몰된 자괴를 읽어낸 그는 걸음을 멈추었다. 제르는 뒤도 돌아보지 않고 걸었다.

그녀는 알렉시스를 찾아갔다가, 그가 방에 없다는 것을 깨닫고 그대로 걸음을 돌렸다. 그의 방을 지키던 이들에게 물으니 그가 성의 귀퉁이에 있는 실내 정원에서 쉬고 있다는 이야기가 들렸다. 실내 정원은 사실 정원이라기보다는 여러 개의 화분을 커다란 공간에 모아둔 곳이었다. 추운 겨울을 나지 못하는 연약한 식물들의 겨우살이를 위한 공간.

그녀가 정원에 이르렀을 때, 알렉시스는 푸르스름한 이파리의 묘목들 사이에 놓인 긴 의자 위에 팔베개를 한 채 누워 있었다.

'트란실에까지 손을 뻗쳤다⋯⋯?'

아라산과 접경한 트란실 일대에서 큰 움직임이 보고된 게 바로 어제였다. 트란실이 움직이면 묶이는 건 아라산뿐이다. 알렉시스가 믿을 수 있는 가장 큰 세력이 국경 보호로 꼼짝도 하지 못하게 된다는 말이다. 뉘사나는 대체 어디까지 일을 벌일 셈인가. 퀸시오에 머무는 트란실 인들에 대한 이야기를 들어보니, 저들도 내분으로 혼란한 와중이라.

"루덴 공이 움직인 걸 알았나."

중얼거리던 그가 눈두덩을 지그시 내리눌렀다. 요 며칠 예민해 잠을 설쳤더니만 머리가 지끈거렸다. 루덴 공은 비교적 젊고 깨어 있는 카르시타의 축 중 한 명이었다. 다소 괴팍하긴 하지만 신념만큼은 명확해 그에게 감화된 이들도 여럿 있었다. 그가 유스카리의 명에 군사들을 이끌고 엘올라를 빠져나가자마자 일을 벌였다는 건, 뉘사나 역시 그를 의식하고 있다는 것이다.

며칠 전 제르는 그에게 서신을 한 통 보여주었다. 원인 불명으로 난파되어 수몰한 카르시타의 함대에 타고 있던 사자의 서신이었다. 해로가 그리 되자 유스카리는 육로로 방향을 돌렸다. 그 덕에 세드로의 후계자 선포가 조금 지체되어 뉘사나와 알렉시스는 시간을 벌 수 있었다. 다만 조금 궁금했다. 세드로의 후계자 선포에 관한 건 사실 알렉시스도 얼마 전에 안 사실이었다. 유스카리가 극비리에 처리하려 하던 일을 외부로 흘린 건 누군가.

'배신자들이 너무 많아 짐작도 안 가는군.'

팔뚝으로 눈가를 누르며 얕은 한숨을 내키던 그의 입술 사이로 웃음이 걸렸다. 짧게 자조하던 그는 불현듯 머리맡에서 느껴지는 인기척에 몸을 일으켰다. 언제 온 건지, 제르가 매섭게 그를 내려다보고 있었다.

평소처럼 넉살 좋은 웃음으로 그녀를 맞이하려던 알렉시스의 낯빛이 서서히 굳어졌다.

"왜 울어."

그녀의 얼굴이 눈물 자국으로 뒤덮여 있었다. 무심코 손을 뻗어 그

344　　345

녀를 당기려던 알렉시스는 거의 본능에 가깝게 한 걸음 물러나는 제르를 차마 잡지 못하고 팔을 내렸다.

"제르, 무슨 일 있어? 그렇잖아도 혼자 누워 있기 심심했는데 잠깐 앉아 얘기할래?"

"네가 뭔데."

알렉시스가 그의 옆자리를 툭툭 때렸다.

"네가 뭔데 르니아를 협박해! 나를 두고, 세드로를 두고 르니아에게 짐을 지워!"

제르가 손을 올렸다. 충분히 피할 수 있었음에도 알렉시스는 말없이 그녀의 따귀를 받았다. 사실, 아프지 않다는 게 더 슬펐다.

"그런 협박, 내 일생 시달리고 살았다. 쥬세는 내 동생들의 목숨 하나하나에 조건을 두고 날 겁박했고, 베제스 그 정신 나간 종자의 새끼 또한 마찬가지였어. 그러나 다 참았다. 내가 버티면 내 사람이 살았으니까. 나 혼자 참으면 될 일이라 생각했으니까. 그런데 네가 감히 르니아에게 그런 선택을 강요해!"

악과 한이 뒤섞인 노성이 쩌렁쩌렁 울렸다.

알렉시스는 곧 긴 한숨을 내쉬며 허탈하게 웃었다.

"또 이렇게 나쁜 놈이 되는 거지, 난."

그녀를 탓하는 어조는 아니었다.

"너는 그럴 자격이 없다. 너는 그럴 자격이 없어!"

"나는 가장 좋은 길을 일러줬을 뿐이야."

"네가 생각하는 가장 좋은 길이 그건가. 네 손에는 피 한 방울 안 묻히고 르니아를 종용해 뉘사나의 암살을 사주하고 세드로를 도망자로 만드는 것?"

"가장."

알렉시스가 짧게 끊어 말했다.

"합리적이긴 하지. 너도 사실 알고 있잖아."

"내 삶과 네 인생을 억지로 접붙이려 하지 마! 내가 안 된다고, 하늘이 뒤집어져도 네 곁에 설 날은 없을 거라 말했는데. 너는 어째서 그리도 이기적이야!"

"그러면 내겐 그 길 말고 어떤 길이 있을 것 같아! 내 책임을 방기하지 않고, 너를 상처 입히지 않고, 너와 내가 살아남을 수 있는 길이 그것밖에 없는데!"

"왜 네가 내 삶까지 책임지려 들어, 왜 네가 나를 개의해!"

오가는 고성에 결국 참다못한 알렉시스가 박차고 일어나 소리쳤다.

"네게 미련을 두고 왔으니까! 이걸 스스로 끊어낼 수가 없다는 걸 아니까 이리 내게 소리치는 너한테 매달리는 것밖에 하질 못하는 나는……!"

잠깐 숨을 멈춘 알렉시스가 입술을 가리며 주먹을 그러쥐었다.

"네게 말했지. 내 위치, 그다지 행복한 삶은 아니었다고. 내 아비가 승냥이들 속에 날 던져두고 죽은 이후로 나는 늘 살아남기 위해 분투해왔다. 내가 세드로를 대신해 죽는 것도, 형님에게 왕위를 빼앗겨 죽는 것도 내 계획엔 없어. 오직 그것을 위해 참았다. 원래 자리를 되찾는 것. 되찾아 살아남는 것. 네가 내 인생에 나타나지 않았더라면 이런 이유로 속이 들끓을 이유도 없었겠지. 온갖 경우의 수를 생각해봤다. 뉘사나 형님과 화합하는 것, 세드로를 살릴 방도, 피 흘리지 않고 왕이 될 방법, 내 사람들이 다치지 않을 길."

오그라드는 가슴에 숨통이 막혔다. 제르가 가쁜 숨을 내키며 입술을 앙다물었다. 흐르는 침묵과 함께 노성도 씻겨나갔다. 툭 떨어지는 눈물에 그녀는 처음으로 그의 앞에서 난자된 가슴을 드러냈다.

"없어."

"……."

"알렉시스, 그런 길 따위 없다. 인정하지 않으면 견딜 수 없어. 설사 내가 마음 줄 수 있는 유일한 사람이 너라는 걸 내가 인정한다 해도."

툭. 흘러내리는 눈물을 가눌 길이 없었다. 이 남자를 이길 수가 없었다. 웃는 낯 아래 억눌려 뭉그러진 호의를 모른 체할 수가 없었다.

"네가 자꾸 나를 이리 흔들어도."

그래서 흔들려도.

"현실은 바뀌지 않잖나."

그러니 밀어낼 수밖에 없지 않나.

알렉시스가 의자에 걸터앉아 얼굴을 덮어 가렸다. 긴 한숨이 간헐적으로 떨렸다. 울분을 억누르지 못하고 턱을 떠는 그를 내려다볼 용기가 없었다.

"지금이 그렇다 해도, 앞으로도 그럴 거라 해도. 한 번만."

몸을 돌리려던 제르는 못 박힌 사람처럼 멈춰 섰다.

"안아주면 안 될까."

지친 음성에 넝마가 된 사내의 가슴을 엿본 듯했다. 지치고 지쳐서, 몰리고 몰려서, 외롭고 불안한 시간에 짓눌려 애원하는, 그녀와 마찬가지로 치열하게 살아남은 이의 청원이었다. 이자와 자신은 만나서는 안 되었다. 이리 붙잡고 붙잡다, 밀어내고 흔들리다 종국엔 아무것도 구하지 못하고 공멸하게 될 것이 자명한데.

"한 번만."

제르의 몸은 굳은 듯 움직이지 않았다. 그의 애원을 피하기엔 그녀 역시 위태로웠다. 이 순간이 지나고 나면 필경 후회하리라는 것을 알면서, 제게 맞닿는 알렉시스의 손을 피할 수 없었다. 그의 떨리는 손이 손목을 감았다. 소름이 돋았다가 이내 가라앉았다. 그가 끌어당겼다. 충분히 물러날 수 있었지만 물러나지 않았다.

제 외로웠을 적, 그리도 불쌍했다. 문밖의 웃음소리만 들리면 울었다. 누군가 제 잊힌 이름만 불러도 눈물이 났다. 삭막히 부서지는 가슴을 안고 버티는 그를 감히 가벼운 자라 말할 수가 없었다.

알렉시스가 그녀의 몸을 끌어안았다. 마지막 시간에 잠겨 목이 타는 사람처럼 그렇게 절박하게. 그녀는 그의 옷자락을 힘없이 그러쥐었다.

한참 후, 정신을 차린 제르가 그를 밀어내려 했다. 그러나 절박하게 끌어안은 남자의 힘을 이기기엔 역부족이었다.

"놔."

"아직 한 번 안 끝났어."

"그딴 말장난……."

의자 아래 기대어 앉은 알렉시스와 그의 옆에 안겨 있게 된 제르가 옥신각신했다.

"아, 정말! 이러니 네 장단에 맞춰주기 싫은……!"

제르가 홱 고개를 드는 바람에 그녀의 정수리에 대고 있던 턱을 부딪치자 알렉시스가 신음했다.

"아야."

"시끄러워."

"아픈 건 싫은데, 이대로 시간이 멈춰버렸으면 좋겠네."

그에게서 가까스로 벗어난 제르가 짧게 욕지거리를 내뱉었다.

알렉시스는 아쉬운 기색을 내비치더니 자리에서 일어서는 그녀의 옷자락을 슬쩍 끌어당겼다. 긴 치맛자락에 걸린 제르가 휘청하다가 주저앉자 그가 틈을 놓치지 않고 그녀를 넘어뜨렸다.

제르는 얼결에 그의 허벅지를 베고 누워 그를 올려다보았다. 조금 전까지 울었던 터라 꼴이 말이 아닐 거란 생각에 순식간에 민망해졌다.

"너, 너어어!"

"아가씨 얼굴이 벌건데. 열이 나나?"

그녀가 몸을 돌려 일어나려는데 알렉시스가 그녀의 이마를 따뜻한 손으로 덮었다. 그의 온기에 생긴 잠깐의 틈. 알렉시스는 조용히 따뜻한 손을 미끄러뜨려 그녀의 눈을 덮었다. 약한 풀 내음이 났다. 가슴이 편안해지는 냄새였다.

"어차피 시간은 가니까. 지금은 조금만 이러고 쉬자."

제르는 당혹을 갈무리하기 위해 숨을 죽였다. 조금만 더 움직이면 쿵쿵 뛰는 심장 소리가 그의 귀에까지 들릴까 싶어서였다. 얼마간 놀란 속을 가라앉히고 있으려니 나른한 졸음이 밀려왔다. 알렉시스가 눈 가깝게 드리워준 손차양의 그림자는 인정하기 싫지만 편안했다.

"잠깐 정도는 괜찮잖아."

잠이 들 것 같았다. 한참 후 제르가 입술을 뗐다.

"나는."

"……응."

"사실 카르시타도 싫었어. 나는 희망을 품고 이곳으로 온 게 아니었다."

"……."

"하지만 마음먹었다, 알렉시스. 나는 이 땅에서 죽겠다고."

"……."

"그 아이만 살면 된다고. 난 그리 죽은 어미가 되기 위해 매일 아침 되살아나는 나를 번번이 죽였다."

그랬다. 매일 눈을 뜨면 함께 싹을 틔우는 그리움은 계속해서 잘라내고 잘라내도 뿌리 뽑히지 않는 잡초였다. 마음을 죽이는 법은 배웠다. 마음을 죽이는 것이야말로 그녀의 인생이었으므로.

"왜 데리고 도망치지 않았어?"

"그 아이는 나라는 진창이 낳은 연꽃 같은 존재였다. 내가 누리지 못했던 것, 내 동생들이 피우지 못한 생애, 모두 다 누리게 하고 싶었다."

그 말고는 살릴 방도도 없었지만. 그녀가 자조하듯 중얼거렸다.

그녀의 늘어진 손가락 주위를 열없이 배회하던 알렉시스의 손이 힘없이 떨어졌다.

"네가 이리 여유가 있다는 건…… 수가 있다는 거겠지."

"아마."

"……."

"네가 듣고 싶은 대답은 아니겠지만, 그래. 루덴 쪽이 생각보다 더 괴짜더라고. 나는 조금 더 기다려봐야겠지. 네 덕분에 상황이 그렇게 나쁘진 않아."

알렉시스가 유연하게 화두를 돌렸다.

"처음 만났을 때는 내가 네게 이리 매달리게 될 거라 생각지 못했어."

누군들 상상했을까. 허름한 객잔의 술집에 앉아 오기로 술잔을 주고받던 순간이 결코 있어선 안 될 일이었다고. 낮은 웃음 속에는 감추려 해도 감춰지지 않는 후회가 검질기게 배어 있었다.

"그날 나는 네가 사람인 체하는 술통은 아니었을까 진짜로 의심했었는데."

"너도 참 이상한 남자야."

"나도 내가 왜 이러는지 몰라."

농담처럼 잇는 음성에 제르가 몸을 일으켰다. 알렉시스는 더는 그녀를 잡지 않았다. 흘러내린 머리칼을 쓸어 넘기던 그녀의 얼굴에, 다물린 입술에 시선을 옮기던 알렉시스가 말했다.

"제르, 내가 세드로를 죽이게 된다면 어떤 이유라 해도 너는 날 용서하지 못하겠지."

알렉시스가 제르의 머리칼 위로 손을 뻗었다.

"알아. 그러니 그리 무서운 표정 짓지 마. 그래도 이젠 네가 예전처럼 피하지는 않는 것 같으니. 이대로 만족할래."

알렉시스가 쓰게 웃으며 손을 내렸다.

냉정을 가장한 제르의 낯에 서글픔 비슷한 빛이 스쳐 지났다. 알렉시스가 눈물 자국이 안쓰러워 어쩔 줄 모르는 사람처럼 그리 조심스레, 그녀의 뺨을 감쌌다.

"만약 이 상황이 이렇지 않았다고 하면."

그의 얼굴이 바투 다가와, 금세 입술이 닿을 것처럼 간지러운 숨이 느껴졌다.

"그래도 나를 조금은 달리 생각해줄 수 있었을까."

제르가 흠칫 물러나려다가 붙잡힌 얼굴에 어쩔 줄 몰라 눈동자를 돌렸다. 안개 깔린 황혼 속을 노니는 듯한 붉은 눈동자가 고스란히 그녀를 비추었다. 코끝이 스치고, 입술이 스쳤다 떨어졌다.

"이대로 입 맞추고 싶지만."

알렉시스의 고개가 떨어져 그녀의 어깨를 내리눌렀다. 팽팽했던 긴장감이 무너지며 제르는 그제야 제가 숨을 멈추고 있었다는 걸 깨달았다.

"이젠 그럴 수 없는 거겠지."

그의 마른 음성이 귓가를 맴돌다 스러졌다.

착잡한 얼굴로 알렉시스를 찾아가던 에들렌과 레피스는 정원 입구에 이르러 걸음을 멈추었다. 묘목들 사이로 가려진 그림자, 끊길 듯 이어지는 알렉시스의 음성은 공교로웠다.

에들렌이 울상을 지으며 레피스를 돌아보았다. 레피스의 입술 사이로 얕은 한숨이 흘렀다.

해 질 녘 레피스는 알렉시스가 머무는 퀸시오의 별당으로 향했다. 에들렌의 앞에서 흔들리는 모습을 보이고 싶지 않아 침착을 가장했지만, 그 역시 속이 까맣게 타들어가는 기분이었다.

알렉시스가 누군가에게 관심을 가졌다고 했을 때, 대부분의 사람들이 그리 생각했듯이 그 역시 얼마 가지 못할 것이라 의심치 않았다. 제르는 누가 보더라도 명백히 알렉시스를 거절했고, 알렉시스는 거절당하는 일에 익숙한 자가 아니었으므로.

레피스는 귀 아래로 흘러내리는 금발을 가볍게 묶어 정돈한 후, 한숨을 내쉬었다.

데바람의 총비에 대해 크게 아는 바는 없었다. 워낙 쥬세가 끼고돌아 공식 석상에 얼굴 한 번 안 비치는 오만도 용납된다 알려진 그 여자는 왕을 홀린 젊은 요부라, 그리 알려져 있었다. 역사를 거슬러 오르면, 여자에 홀려 일국을 망국으로 이끈 왕이 몇이었고, 여자에 배반당해 목숨을 잃은 왕들이 몇인가. 수도 없으리라. 그는 알렉시스를 그런 상황으로 내몰 수 없었다. 심지어 알렉시스는 아직 왕도 아니었다.

제 옆에 있는 이도 믿어선 안 될 이 상황에.

"들어가겠습니다."

심호흡을 한 뒤 문을 두드린 레피스는 대답도 기다리지 않고 벌컥 문을 열어젖혔다. 침의를 걸친 알렉시스가 의자에 앉아 노엘이 벼려 준 검을 손질하고 있었다. 그는 돌아보지 않고 물었다.

"무슨 일이야?"

"잠깐 앉겠습니다."

"그래."

알렉시스는 그렇게 중얼거리며 날이 선 은빛 칼을 가만히 들여다보았다.

그런 그를 빤히 바라보던 레피스가 진지하게 물었다.

"죽고 싶습니까?"

고개를 든 알렉시스의 얼굴에 불쾌감이 드러났다.

"지금 네 말투가 몹시 거슬리는데."

"그 여자에게 들을 때는 거슬리지 않으셨습니까."

간격을 두고 침묵하던 알렉시스가 검을 내려놓으며 힘없이 웃었다.

"이제 너까지 나에게 충언을 하러 납셨군."

"그래서 말인데, 알렉시스 님이 좋아하는 논리 따져가며 이야기 해볼까요? 한두 가지가 아니라 수십 개라도 지금 이 자리에서 읊어드릴 수 있습니다. 장난이 아닙니다. 이 상황은 당신의 목숨이 걸린 일입니다."

"네가 걱정하는 건 내 목숨이냐? 아니면 너희의 안위냐?"

레피스가 눈살을 찌푸렸다.

"어째서 따로 생각해야 하는지도 모르겠을뿐더러, 묻는 저의도 이해가 가지 않습니다. 왕하의 안위가 최우선입니다. 다 접어두고 지금 진심이라 하시더라도, 해선 될 일이 있고 안 될 일이 있는 겁니다. 반대로 제이하이 왕하의 심정은 헤아려보셨습니까?"

"네 말대로 마음이 그리 쉽게……."

"알면 마음이 안 따라준다고 해도 그만둬야 한다 몇 번을 말해야 들으시겠습니까! 몇 번을 해야 들을래! 응?"

레피스가 탁자를 쾅 내리치며 일어섰다. 잠깐 놀란 사람처럼 미간을 좁히던 알렉시스가 이내 작게 웃기 시작했다.

레피스가 서슬 퍼런 눈동자로 그를 노려보았다.

"……웃겨? 웃기냐고. 웃기십니까, 지금 이 상황이?"

"거 참, 말본새 하고는. 너 말로리한테는 그런 식으로 말 한 마디 못 하면서, 하여간 나한테만 이러지."

"알렉시스 님에게 부려먹히는 바람에 못 만난 지도 꽤 되었으니 말로리 얘기로 더 저를 우울하게 하시려거든 그만두십시오. 자꾸 이리 정신 못 차리시면 그냥 다 내팽개치고 야반도주라도 해버릴 테니까."

무심한 체 레피스의 불평을 귀에 담던 알렉시스가 턱을 괴며 그를 바라보았다.

"그거 괜찮다. 야반도주."

"……그런 속 편한 소리가 나오냐? 괜찮아? 응? 나오십니까? 아주 왕실 족보를 개판으로 만들려고 작정했어? 작정했습니까!"

"내가 이리 될 줄 알았겠나."

레피스가 애써 마음을 진정시켰다. 하기야 그도 알고서 일부러 그런 것은 아닐 것이다.

"마지막까지 그 여자 편에 설 자신이 없고, 불가능하다는 걸 알면 알렉시스 님 마음이 찢어지건 걸레가 되건 혼자만의 일로 두라고요. 제 이하이 왕하를 진정 위한다면 사실 알렉시스 님이야말로 입 다물고 외면하는 것이 맞습니다. 말도 안 되는 감정놀음의 구렁텅이에는 혼자 빠지세요."

"하지만 갖지 못하면 안달하는 건 어쩔 수 없잖아."

"……그게 알렉시스 님 방식의 사랑입니까?"

"글쎄, 그나저나 너랑 이런 속이야기에 대해 논하게 될 날이 있다니. 살다 보니 별일이 다 있군."

레피스가 쓴 표정을 지었다. 레피스야말로 늘 알렉시스가 누군가를 만나 한곳에 정착하기를 바랐지만, 상대가 너무 나빴다.

'하필이면…….'

"그런 식으로 능치려 들지 마십시오. 왕도에도 아름다운 여자들이 많습니다. 순종적이고 현명한 아가씨들도 수두룩하고."

"성격……. 너도 들었나? 뉘사나 형님이 보낸 왕도의 전령도 단칼에 내쫓는 거. 매력 있잖아."

"그건 대단히 고마워할 만하고 존경스러울 정도이지만. 알렉시스 님, 그런 데서 매력을 느낍니까? 머리가 어떻게 되신 거 아닙니까."

딱히 부정할 말을 찾지 못한 알렉시스가 고갤 저으며 웃었다. 확실히 제르는 부인감으로는 점수를 매길 수가 없었다. 사실 알렉시스는 전 카르시타의 모든 아가씨들을 통틀어도, 제르보다 성격 나쁜 여자를 찾긴 힘들 거라 생각하고 있기도 했다.

"이쯤 되면 취향의 문제인가. 라니도 제르 옆에 두면 찍소리 못 하는 게 제법 눈에 달더라고. 내 말년도 참 고생길이 훤한데."

"헛소리는 닥치시고, 마음 가는 것까지는 막진 못하겠지만 이 이상 그 여자와 가까워지는 것은 목숨 걸고 막겠습니다. 자꾸만 일의 경중을 잊고 이런 식으로 행동하시면, 알렉시스 님을 죽이고 나도 그 충정으로 따라 죽어버리겠습니다."

"말로리는 미망인으로 만들게?"

"유언으로 재가라도 하라고 남겨놔야겠죠. 알렉시스 님을 원망하라고. 쇼하인 각하께서 저 대신 알렉시스 님의 무덤에 대못을 박으면서 저주하실 겁니다. 말로리 성격에도 가만히 있진 않을걸요."

"좀 무섭긴 하네, 그건."

"죽기 아니면 까무러치기죠."

알렉시스는 미적지근하게 대꾸하며 레피스를 빤히 바라보았다.

한동안 못 본 사이에 얼굴이 반쪽이 되어 있었다. 레피스의 얼굴에 선명히 드러난 지난 고생의 흔적들이 눈을 껄끄럽게 했다.

"알았어."

알렉시스가 느리게 고개를 끄덕였다. 아무리 쉽게 말하고 웃으며 말해도, 그는 한순간도 자신의 맡은 바를 잊은 적이 없었다. 오히려 제르의 옆에서 더욱 선명했다. 그를 위해 위험을 무릅쓴 사람들을, 그때문에 죽은 사람들을, 그를 돌봐주었던 수많은 사람들의 목숨을 자신의 등에 짊어지고서 어떻게 잊을 수 있을까.

"알았어. 그렇게 할게."

"……같이 죽자는 말이십니까? 진짜 이런 미친 소리를…….."

"나도 포기하는 척은 할 줄 알아."

알렉시스는 여느 때와 같은 얼굴로 입꼬리를 올렸다.

"최대한. 그럴 테니까."

이미 알렉시스와 함께해온 지가 십수 년이었다.

알렉시스의 눈빛을, 눈썹이 어찌 움직였는지를, 어떤 모양으로 웃는지만 보아도 그의 심정을 얼추 짐작할 수 있었다. 그는 더 타박할 마음도 들지 않아 냉히 잠든 바닷빛 시선을 내렸다.

왕도 엘올라.

카르시타의 수호자라 자처한 뉘사나의 심기는 최근 매우 불편했다.

"아니, 분명 체자스 공이 그 증좌가 있다 하지 않았나."

"……하지만 어딜 뒤져도 나오지 않습니다. 인멸된 것이 아닌가 합니다. 에사렛타 왕비 전하 역시 모른다고 부정만 하시니……. 계속 수색은 해보겠지만 긍정적으로 보이지는 않습니다."

세드로가 유스카리의 친자가 아니라는 사실을 우선 밝힐 때까지 섣불리 왕위 승계를 주장할 수 없는 입장인 만큼 그는 조급했다. 그러나 몇 주에 이르도록 증거는커녕 먼지 하나 없이 깨끗한 장부에 이젠 자신이 잘못 안 건 아닌가 의심할 지경이었다. 믿어 의심치 않는 체자스 공이 그 여자의 망명에 일조한 고관들 중 한 명이 아니었다면 필경 포기했을 것이다. 유스카리가 쉽게 발각될 만한 곳에 숨겼으리라 생각지는 않았지만 없애버리지도 않았을 거라 여겼다. 만일 그 여자가 세드로의 친모라 주장하며 되돌아올 경우에 대비해서.

'……하기야, 그럴 필요도 없나.'

왕족이란 허울을 씌워주고도 퀸시오 밖으로는 나오지 못하게 한 이유도 그에 있었던가 싶었다. 이쯤 되면 제 숙부가 사람이 좋았던 건지, 나빴던 건지.

뉘사나가 제피언을 향해 신경질적으로 물었다.

"알렉시스는?"

"퀸시오에서는 여전히…… 모른다고 잡아떼고 있습니다."

그 계집이, 기어코 일을 추잡하게 만들 심산인 모양이었다.

유스카리가 죽고, 성대한 장례를 치르고, 에사렛타를 이용해 민심을 끌어 모으는 데에 성공했다. 왕도에서 알렉시스의 입지는 점차 작아지고 있었다. 세드로에 관한 것은 차치하고 가장 걸리적거리는 알렉시스를 이참에 완전히 끝장내려 했다. 하필이면 그 시기에 알렉시스가 역마살을 이기지 못하고 또 뛰쳐나가는 바람에 일이 꼬이지만 않았더라도 속이 훨씬 편했을 것이다.

"직접 군사를 데리고 들어가서 색출해!"

제피언은 언제나처럼 평이한 어조로 대답했다.

"선왕 전하께서 특명을 내리신 독립령이고 불입권을 가진 땅입니다. 함부로 발 디디는 것은 왕권에 대한 도전으로 간주될 수 있습니다."

"그 특명을 내린 국왕을 시해한 배후가 거기에 있다고 해도 예외 인정이 안 되나?"

"알렉시스 님이 그곳에 있다는 증좌가 필요합니다. 그 여자는 시국이 어지러우니 왕의 명령이 아니면 성문을 열지 않겠다고 못 박았다고 합니다."

증좌. 증좌. 증좌. 이 빌어먹을 증좌들. 뉘사나가 짜증스럽게 말했다.

"달리 손써보라고 한 건?"

"여러 차례 시도했지만 퀸시오로 가는 길목에서 올리비에 왕하의 세력에 저지당한 것으로 압니다."

"……제길, 그 계집이 끝까지 나를 물 먹이려 하는군."

뉘사나는 깔보듯 자신을 내려다보던 여자를 떠올렸다. 데바람의 전 총비라 했다. 그러니 그리도 콧대가 오만했구나 이해는 간다. 한때 쥬세의 왕비로 거론되기도 했던 그 여자에 대한 소문 한두 가지 정도는 알고 있었다. 그리 독종 같은 여자이니, 눈에 넣어도 아프지 않을 자식을 팔아넘겨 일신 연명한 것일 터다. 세드로가 새삼 안쓰러웠다.

아무것도 모르는 그 사촌 동생은, 제 어미가 제 목숨 연명코자 내던진 폭풍의 한가운데에서 위태롭게, 그리.

그 계집은 세드로가 왕이 되기를 바랐을 것이다. 그리 될 거라 믿어 의심치 않았겠지. 지금 생각하면 다 이런 믿는 구석이 있었던 것이다.

사나운 침묵을 유지하던 뉘사나가 콧잔등을 매만지며 운을 뗐다.

"방향을 바꾼다. 퀸시오의 성문을 우리가 구태여 열라 종용할 필요는 없겠지."

"묘책이 있으십니까."

"그 여자에게 사람을 한 명 보내야겠다. 어차피 세드로가 적자가 아니라는 것을 증명할 증좌를 찾지 못하면, 그래. 그 여자라도 필요하겠지."

뉘사나가 낮게 끓는 음성으로 말을 맺었다.

"비공식으로 전해. 유스카리의 은혜로 둘러싸인 땅에서 나와 엘올라로 오라고, 그렇지 않으면 새끼의 목숨이 위태로울 거라고."

테일런은 이부자리를 정리하고 제복을 바로 입었다. 살이 좀 빠진 건지, 허리 쪽이 허한 감이 있었다. 벨트를 두르고 검을 고쳐 쥔 그는 미처 아물지 못한 뺨의 상처를 문지른 후 호흡을 골랐다. 이제 아스난에게 찾아가 제르의 호위 기사로 복직시켜달라 청할 생각이었다. 지난번 피습에 입은 부상이 제법 커서 지금까지 휴직하고 있었던 것이다.

그는 이곳에 누워 있는 동안에도 렐딘이나 페이랑으로부터 많은 것을 전해 들을 수 있었다. 왕의 서거를 알리는 장송의 소리도 들었다. 성 안의 상황이 이상하게 돌아간다는 것도, 베이하크 백이 불시에 찾아와 지금 함께 있다는 것도. 그리고 아르노만의 슬하에 적을 두었던 테일런을 배려해 아스난이 사건의 경위를 알려준 것이 일주일 전이다.

그는 그녀에게 충성 맹세를 했던 떠올렸다.

'아르노만의 벗인가, 적인가.'

감히 물었을 때, 그녀는 주저 없이 답했다.

'벗이다.'

무지는 사람을 용감케 한다고 했다.

그녀에게 감히 피아를 물었던 자신은 참으로 어리석은 이가 아닌가.

막 방을 벗어나려던 테일런은 몸을 돌리다 말고 멈춰 섰다. 문간에 기대어 서 있는 건 익히 아는 얼굴이었다.

"어쩐 일이십니까, 왕하."

테일런이 반사적으로 고개를 조아리며 시선을 내렸다.

"건강해 보이는군."

붉은 머리카락의 적주홍빛이 어린 눈동자. 편안한 하얀 블라우스와 품이 넓은 바지를 입고 있는 차림새는 여느 평민들과 다를 바가 없었지만 그는 시선만으로 테일런을 내리누르고 있었다. 기척조차 느끼지 못했다. 그가 범인이 아니라는 것은 일전 에르크에서 단신으로 적진에 숨어들어간다 할 때부터 짐작했지만 당황스럽긴 마찬가지다.

알렉시스는 느리게 시선을 옮겨 테일런을 훑더니 중얼거렸다.

"단조로운 취향이 썩 나쁘진 않군. 하지만 이쪽도 바쁘니 치레는 적당히 하고 요점만 하지."

방 안으로 들어선 알렉시스는 낡은 의자를 끌어다 앉았다. 등받이 위에 거만하게 걸쳐 올린 손끝이 따각따각 의자의 등받이를 때렸다. 알렉시스는 바쁘다 한 사람치고 꽤 오랫동안 침묵했다.

"그대가 제르를 은애한다고."

테일런이 멈칫 고개를 들었다.

"자세한 경위나 상황 같은 건 논할 필요도 없고, 논할 이유도 없으니 그리 볼 것 없고. 아르노만이 데리고 있던 자라던데 그 때문에 제르의 휘하로 들어온 건가?"

"저는 지금 온전히 퀸시오의 기사입니다."

"단순히 기사, 라는 거지."

제르와 테일런이 쌍방의 어떤 관계가 아니라는 것쯤은 잘 알았다.

"그래, 이런 사담이나 나누려고 온 것은 아니니 그건 내 알 바 아니고. 나는 이제 제르를 지키지 못해. 그래서는 안 되니까. 내가 그녀에게 관여할 수 있는 건 이제 없어. 사실 그쪽이 마음에 들지 않긴 하지만 어쩔 수 없으니까."

"……."

"네가 제르를 지켜내는 것으로 너를 증명한다면, 나중에라도 왕도에 괜찮은 자리를 하나 마련해주지."

테일런이 표정을 굳혔다.

"송구합니다. 정중히 거절하겠습니다. 그런 건 필요 없습니다."

"그럼?"

"제 임무는 제가 알아서 합니다."

알렉시스의 눈빛에 서느런 이채가 어렸다. 테일런은 표정 하나 바꾸지 않고 침착하게 그의 시선을 받았다.

"……대답은?"

"감히 여쭙습니다. 왜 제게 이리 말하시는 겁니까?"

테일런의 느닷없는 질문에 알렉시스가 살짝 미간을 찡그렸다.

"제가 주군을 은애하고 있다면, 제게 그런 부탁을 하고 싶지 않으실

362　　　363

텐데요. 그리고 엘보르트 경을 통하지 않고 저를 직접 찾아오신 이유
도."

"아아."

알렉시스가 미간을 지그시 누르며 답했다.

"그냥 에둘러 말하는 건 다 집어치우고 쉽게 쉽게 말하라는 거군."

테일런의 남색 눈동자가 알렉시스의 적주홍 눈동자를 직시했다. 불
그스름 잠긴 눈동자는 마치 밤을 집어삼키는 불길 같았다.

"그녀는 내 사람이다. 지켜내. 그러나 너와는 비교도 안 되는 귀한
사람이니까 허튼 마음 먹지 마라. 네 역할은 거기까지니까."

지스카르의 반란군 가세 소식을 들은 이들 중 일부는 기꺼이 산나로
향하는 길목을 열어주었다. 라그타 일대를 지나 산나에 이르렀을 때,
지스카르는 이미 모든 마음의 준비를 끝낸 후였다. 처음부터 이렇게
했어야 했다.

지스카르는 산나의 성벽 위에 선 베제스를 올려다보았다. 성질을 이
기지 못하고 직접 뛰쳐나온 그는 자신이 어디까지 몰려 있는지 모르는
이처럼 어리석었다. 그래도 하나 남은 이복동생이 조금은 현명하길
바랐건만. 그는 스스로의 위치도, 직분도 잊은 채 고래고래 고함을 질
러대고 있었다.

대부분이 욕과 저주였다.

데바람은 너를 용납하지 않겠다. 찢어 죽이리. 하지만 그리 고함을
지르는 그가 선 성곽을 지키고 있는 건 우습게도 카르시타의 군대였

다. 성 안으로 들이지는 않았지만, 성문 앞에 세워둔 적국의 군대는 보는 이들의 긴장을 고조시키기 충분했다.

'먼저 와 있었나.'

급히 온 탓인지 카르시타의 군 역시 지친 기색이 역력했다.

투구를 내려 쓴 지스카르가 부관에게 물었다.

"소식은?"

"아직, 조금 더 시간이 걸릴 것 같습니다. 사람을 보냈으니, 곧."

"그래."

종국에는, 좀이 쑤셔 견디지 못하겠단 듯 몸을 비틀던 론희가 달려와 물었다.

『성을 돌파하는 데까지는 얼마나 걸릴까?』

『글쎄, 일단 군사의 수는 현재 엇비슷하지만, 남하한 베제스의 정예군이 회군해서 이곳에 당도하기 전엔 성문이 열려야겠지. 만일 농성이 길어져 3만 정예군이 후방에서 치고 올라온다면 이번엔 우리가 물러나야 해.』

『언제쯤 올라오는데?』

『규모를 감안한 예상으로는 전속력으로 북상한다 가정할 때, 최소 이레, 최장 아흐레.』

안장 위에 거뜬히 올라선 창운이 손차양을 들어 성벽 위를 올려다보았다.

『그런가. 저 갈색 머리에 갈색 눈, 녹음 갑옷을 입은 사내의 머리가 우리 몫인 겁니까?』

지스카르는 대답하지 않았다. 베제스에 관한 것은 떠벌려 좋을 것이 없었다. 일단 베제스는 일국의 왕. 그의 수급을 빼앗긴다는 건 나라로서는 큰 치욕일 터였다. 성질 급한 론희가 대륙어로 떠들지 못하게 제지했던 것 또한 혹시 모를 정보 누설 때문이었다.

『만일 성문이 열리게 되면 반시간의 유예를 주겠다. 그 안에 해결하지 못한다면 데바람은 본국의 법을 즉각 이행해야 한다. 이쪽 입장이 그래.』

『몰래, 조용히, 사라져주지.』

론희가 깔깔거리며 웃었다. 창운은 훌쩍 말에서 뛰어 내려와 무기를 재점검하기 시작했다. 보는 눈도, 사람도 많아 생각처럼 쉽지는 않겠지만 그들은 개의하는 기색이 아니었다.

그때 멀리서 악에 받친 베제스의 고함 소리가 우레처럼 울려 퍼졌다.

"지스카르으으으……!"

지스카르는 천천히 말을 몰아 성벽 근처로 다가갔다. 몇몇 기사들이 그와 함께 움직여 앞으로 나왔다. 성벽 위로 늘어선 궁병들의 화살 끝이 제게 맺혀 있다는 것도 신경 쓰이지 않는 사람처럼 당당한 품새였다. 거리가 한결 가까워지자 지스카르가 말했다.

"그동안 고생이 많았겠구나, 동생아."

"그깟 오합지졸들을 이끌고서 데바람과 카르시타 양군에 맞서 싸울 수 있을 것 같으냐, 이 어리석은 새끼! 넌 예전부터 멍청했지! 멍청했어! 차라리 눈치라도 있었으면 좋았을 것을!"

고개를 돌린 지스카르가 성문 앞에 선 은빛 갑옷의 남자를 응시했다. 카르시타군의 선봉에 서 있던 그도 베제스와 지스카르의 대화를 의식한 듯 고개를 젓히다가, 지스카르와 눈이 마주치곤 말 머리를 돌려 자리를 피했다. 지스카르는 묘한 향수에 베제스에게로 신경을 돌렸다.

"네가 성문을 연다면 평화롭게 마무리할 수 있다. 더 이상 무의미한 싸움은 그만두자."

"성문이 열리는 건 네 목이 떨어지는 순간이다! 너희는 이곳에 한 발자국도 디딜 수 없다. 너희를 맞이하는 것은 저 카르시타의 군대가 될 것이고, 불화살이며, 날카로운 창이고, 무거운 돌들일 테니까!"

멀찍이 떨어진 곳에 서서 베제스의 기세를 흘려듣던 루덴 공작이 중얼거렸다.

"간특하기는……. 손 안 대고 코 풀겠다는 격이군."

지스카르는 베제스의 말에 잠시 성벽 위에 준비된 병사들을 바라보았다.

"베제스, 나는 처음부터 이런 일을 벌일 생각은 없었다. 내 죄를 갚아야 한다는 생각은 지난 11년, 하루도 잊은 적이 없지만 만일 네가 아버지와 다른 성왕의 정치를 행한다면 나는 조용히 네 밑에서 속죄할 생각이었다. 하지만 이미 너는 길을 잃었다. 지나치게."

봉화에 치솟는 불길이 어찌나 대단한지, 멀리 떨어진 반군의 진지까지 열기가 느껴지는 듯했다. 개미처럼 사열해 있는 군사들의 긴장감이 더 팽팽해졌다.

지스카르가 쓰게 웃었다.

"너는 내가 지난 시간 무얼 했는지 알았어야 한다. 조사해서 나오지 않았다면, 그 덜미가 잡힐 때까지 조사했어야 해. 그저 내가 네 발아래 고갤 숙였다고 기뻐가지고는 앞뒤 가리지도 못하고."

베제스가 버럭 소리쳤다.

"카르시타의 장군!"

무표정하게 서 있던 루덴 공작이 고개를 들어 그를 올려다보았다.

"저자를 당장 죽여버려! 갈기갈기 찢어도 좋다! 그 목만 내게 가져와!"

하늘을 찌르는 고함은 명백한 개전을 알리고 있었다. 전 군대가 일제히 신호라도 받은 양 전투태세를 갖추기 시작했다. 지스카르의 후방 기사들이 지스카르를 보호하듯 둘러쌌다.

루덴 공작은 꼼짝도 않은 채로, 곤란하다는 듯이 지스카르를 바라보았다.

"카르시타의 장군, 지금 내 명이 들리지 않는가!"

루덴 공작의 낯에 침통한 기색이 떠올랐다. 지금 이 순간의 선택은 돌이킬 수 없는 결과를 불러오게 될 것이다.

그가 타박타박 말을 몰아 지스카르와 약간의 거리를 두고 멈춰 섰다.

지스카르와 멀찍이서 시선을 마주한 루덴 공작의 눈빛에 수치스러운 죄의식이 떠올랐다. 유스카리의 죽음을 통탄한다. 왜 하필 지금, 왜 하필 이때.

그들을 노려보던 베제스가 루덴 공작에게서 묘한 기색을 읽어내곤 폭언을 퍼부었다.

"뭐하는 짓거린가! 왕명이다!"

감히 카르시타 인인 그를 제 수족 부리듯 하려는 베제스를 향한 반감이 깊어져 루덴 공작의 표정도 서서히 굳어졌다.

'사감은 접어야 한다.'

"……오랜만이네, 헨솔. 이리 되어 면목이 없소. 이쪽에 급한 일이 생겨 이상의 농성전은 불가하오."

카르시타의 군사들이 술렁이기 시작했다.

"오랜만입니다, 릴카인. 나의 벗. 푸른 솔개."

나의 벗. 그 말이 더 무섭게 들리는 건 이제 벌어질 상황이 그를 배신자로 만들 것을 예감했기 때문이다.

"말한 것처럼 사정이 생겨…… 미안한 일이 벌어질 수도 있겠군."

그를 마주 보는 지스카르의 표정도 눈에 띄게 굳어져갔다. 얼마 전까지만 해도 은밀히 연통을 주고받던 그에게서 회신이 끊긴 지 좀 되었다. 무언가 이유가 있으리라는 가능성을 짐작하긴 했지만 솔직히 조금은 충격이었다. 결과를 손에 쥘 때까지는 누구도 믿지 말라는 것을 일러주었던 것이 바로 푸른 솔개, 루덴 공작이었다.

데바람을 떠났던 긴 시간 중 일부를 함께했던, 같은 꿈을 키웠던 남자.

지스카르가 가까스로 충격을 갈무리하고 내뱉었다.

"뜻을 함께했던 것을 잊으셨습니까?"

"사정이 어렵게 되었소."

지스카르는 무표정하게 그를 바라보다가, 말 머리를 돌렸다. 그의 멀어지는 뒷모습에 광분한 베제스가 소리쳤다.

"공격! 공격해!"

수많은 화살들이 기다렸다는 듯이 하늘을 향해 치솟았다. 곧 나하르 장군을 필두로 한 반군이 기다렸다는 듯이 방패를 머리 위로 일제히 치켜들고는 두 갈래로 갈라져 성문을 향해 진격하기 시작했다.

이것은 데바람 역사에 길이 남을 배신자들의 농성, 그 시작이었다.

전투는 길어졌다. 길어질수록 무질서해지는 풍경 속에서 시체의 피가 강을 이룰 듯했다. 중장보병들을 필두로 한 카르시타의 군대는 성문을 피해 성벽 위로 사다리를 올렸다. 기어 올라가려는 반군과 떨어뜨리려는 수호군들 사이의 살육전. 비명도, 어지러운 고함도 귀에 익어갈 즈음 결국 참다못한 베제스가 미동도 않는 카르시타의 군 지휘자에게 사람을 보냈다. 그러나 돌아온 대답은 아직 전투태세를 완비하지 못했으므로 시간이 필요하다는 헛소리였다.

카르시타의 군대는 최대한 단단히 밀집해 모인 상태로 그야말로 한 발자국도 움직이지 않고 가만히 사태를 지켜보고 있었다. 어차피 카르시타의 군사들이 막고 있기에 성문이 파괴될 가능성은 적었지만 베제스는 불만을 표출하는 데에 아무런 거리낌이 없었다.

"저, 저치들이 미친 건가. 왜 아무것도 않는 거냐!"

오래도록 데바람의 군사 고문으로 자리하고 있던 펜피스가 가느다란 눈으로 미동 않는 루덴 공작을 내려다보았다. 카르시타의 유스카리가 파견한 그는 호전적인 귀족층의 대표 주자로 알려져 있었다. 곧 왕도를 떠났던 수만 방위군이 되돌아와 반란군의 꼬리를 물어뜯을 것이다. 그것을 알면서도 저리 움직이지 않는다는 건, 루덴 공작이 베제스를 돕고 싶지 않아 하는 것으로밖에 해석할 수 없었다. 하지만 지스카르를 돕는 것도 아니므로 혼란만 가중될 뿐이었다.

"펜피스, 당장 움직이지 않는다면 이번 교섭에 관한 보상 또한 무위가 될 것이라 전해!"

난전 속에 뒤섞여 칼을 휘두르고 창으로 찔러 올리면서도 연신 소리
높여 우스운 민요를 흥얼거리던 론희와 창운은, 끝날 기미가 보이지
않는 전투에 이내 질린 사람처럼 성벽 아래로 바짝 달려갔다. 뜨거운
기름이 끼얹어진 탓에 끈적하게 타들어간 잡초에서 역한 누린내가 났
다.

론희는 어디서 가져온 건지 모를 거대한 활을 들어 올렸다. 창운이
그녀의 주위로 닥치는 위험 인자들을 베어내고 떨쳐내는 동안, 론희
의 시위가 까마득히 높은 성벽 위로 향했다. 어둠이 점차 짙어져 시야
조차 제대로 확보되지 않을 거리임에도 그들은 아랑곳 않고 시위를 놓
았다.

그러나 온 힘을 다해 쏘아올린 화살은 베제스의 발치에 이르지 못하
고 떨어졌다.

『빌어먹을, 높기도 높아!』

『그런데 저놈이 앞으로 쓰러져서 성벽 밖으로 떨어지게 하려면 주살
해야 하지 않나?』

『줄을 달면 무게 때문에 저 위에까지 안 날아갈 거다.』

그들은 나름대로 귀여운 머리를 쓰고 있었다. 베제스가 성벽 아래로
뚝 떨어지면 얼마나 좋을까. 등 뒤로 흐르는 날붙이 소리를 흘려들으
며, 간혹 달려드는 병사들에겐 철퇴를 내리는 것으로 정리하고 그들
은 대화를 이어갔다.

『창을 던지면 뒤로 떨어지겠지?』

『활보다 창이 더 효율이 나빠. 그리고 론희, 아무리 네가 괴물 같은
힘을 가졌더라도 저 높이까지는 닿지 않을걸.』

론희는 퍽 자존심이 상한 사람처럼 성곽 끄트머리를 노려보다가 지

스카르에게 달려갔다. 멀찍이 떨어진 곳에 선 그는 말 위에 앉아 가만히 상황을 지켜보고 있었다.

『저 자식들은 원래 너 도와주려고 온 거 아니었어? 왜 저러고 있대!』

지스카르는 대답 대신 이미 아비규환 속에 가려져 보이지 않는 루덴 공작을 찾아 눈동자를 움직였다. 그도 알고는 있었다. 유스카리의 서거. 그러나, 그렇기 때문에 루덴은 그를 배반해선 안 될 일이었다. 어마어마한 수의 군이 성문 앞을 지키고 있으므로 지스카르 또한 어찌 손쓸 도리가 없었다. 지스카르의 속도 배신감으로 까맣게 타들어가고 있는 게 사실이었다.

진두지휘에 힘쓰는 나하르의 명령이 곳곳으로 하달되어 울렸다. 반란군은 수개월을 담금질해 만든 거대한 종을 울렸다. 뎅. 데엥. 데에엥. 종소리가 달 뜬 밤하늘에 청명하게 울려 퍼졌다. 지지부진 고전하는 이들의 기세가 꺾일수록 베제스의 더 큰 비웃음이 들리는 듯했다. 바짝 마른 입술을 끌어당긴 지스카르는 종횡무진 말을 달리는 나하르를 응시했다. 저들을 위해서라도 이 성벽을 넘어야 했다.

"혁명 1군과 2군은 위치로!"

개미떼처럼 성벽에 들러붙었던 이들이 퇴각의 징 소리에 맞추어 일사불란하게 물러났다. 시체들은 그 자리에 둔 채였다. 그들이 썰물 빠지듯 성벽 근처에서 멀어지자 잠시간의 소강상태에 접어들었다. 이윽고 지스카르의 양쪽 좌우로 거대한 네 대의 투석기가 모습을 드러냈다. 투석기는 지스카르를 지나쳐 적당한 거리까지 나아간 후 멈췄다.

그들을 내려다보던 베제스가 눈을 부릅떴다. 느릿느릿 조준된 투석기의 돌들이 일제히 맹공했다. 유서 깊은 성벽이 부서지고, 으스러지고, 뒤흔들리는 것을 바라보며 지스카르는 저린 주먹을 그러쥐었다.
누구의 편인지 모를 이들의 절망이 쟁쟁 울렸다.

지스카르는 귀를 닫았다. 눈을 감았다.

'믿어야 한다.'

그의 눈이 뜨였다. 그 순간, 공교롭게도 깃발을 쥐고 선 루덴 공작
이 보였다. 그는 동상처럼 옷깃 하나 흔들리지 않는 완벽한 정적 속에
머물고 있었다. 시선이 얽혔다. 루덴 공작이 고개를 젖혀 달을 눈짓했
다. 기한은 저 달이 저물 때까지라.

그러나 새벽빛이 밝아올 때까지 성문은 열리지 않았다.

나하르가 다가왔다. 땀과 피에 절어 성한 모습은 아니었지만 눈빛만
큼은 지치지 않고 형형했다. 오죽 격하게 움직였던지 근처에 다가오
는 것만으로도 열기가 후끈 느껴졌다.

"열리지 않습니다. 어쩔 수 없이 큰 피해를 감수해야 할 것 같습니
다."

성문이 열리지 않는다는 것은 사얀이 결국 베제스를 선택했다는 의
미였다.

카르시타군이 성문을 막고 있기 때문에, 그들을 물리치지 않으면 강
제로 성문을 돌파할 수도 없었다. 물론 그건 지스카르에게만 불편한
사실이 아니었다. 공교롭게도 카르시타군은 양방으로 몰아치는 파도
를 막을 굳건한 방파제를 자처했다. 베제스가 성문을 열어 군사를 내
보낼 수도 없었고, 지스카르가 성문을 돌파할 수도 없었으므로.

의도치 않게 그들을 소모전으로 이끈 셈이다.

'후에 당신이 왕이 된다면 그대를 기꺼이 돕지. 우리의 노력으로 카르시

타와 데바람이 전에 없는 평화를 이룩할 수 있다면 그야말로 영광이오, 지스카르.'

비록 공사가 명확하기에, 누구도 쉬이 믿어선 안 된다 말한 것이 루덴 공작이라곤 하지만 지금은 아니었다. 적어도 지금은 그가 신의를 저버려선 안 될 절체절명의 순간이었다. 며칠 지나지 않아 산나를 벗어났던 왕도군이 돌아올 것이다.

"카르시타의 푸른 솔개가 약조하지 않았습니까."

"정치놀음이나 하는 자들을 믿었나? 애초에 구두 약조였으니 그저 그가 올바른 판단을 해주길 바랄 뿐이다."

약조를 믿은 것이 아닌, 그의 신념을 믿었다. 신념이란 말과 종이 위의 약속보다도 위대하고 굳건한 것이므로. 그러나 형태가 없는 허상이기도 했다.

불타는 병사들이 도깨비불처럼 뛰어다니는 것을, 말에서 떨어져 경련하며 죽어가는 기사들을, 주인 잃은 쇠붙이와 잔재들을 눈에 담는 지스카르의 시선도 천천히 어둔 빛으로 침몰했다.

그녀는 대귀족의 딸이었다. 그러나 눈에 띄게 아름답지도, 눈에 띄게 모자라지도 않아 어린 나이에 왕의 후첩이 되었다. 쥬세, 그자는 주위 식물들을 고사시키는 괴물목(怪物木) 같은 사람이었다. 제법 큰 희망을 품고 궁에 들어간 사얀은 제니달이란 커다란 괴물목의 울타리에 꺾였다. 제니달은 쥬세의 유일한 정비였다. 그녀는 아름답지만 여린 가시처럼 위태로운 눈빛으로 보는 이들을 옴짝달싹못하게 하는 힘이 있었다. 늘 단정히 말이 올린 짙은 갈색 머리칼과 어딘지 모르게 신비로운 검은 눈동자는 그녀가 내세우지 않는 자랑거리 중 하나였다.

괴물목 쥬세는 제니달이라는 울타리 밖으로 나오는 일이 드물었다. 처음에는 자존심 때문에 무시했으나, 시간이 지날수록 애가 다는 것은 버림받은 이들이라. 그의 승은을 얻고 싶어 밤을 지새우기도 여러 날이 이어졌다.

제니달은 두 번의 유산을 끝으로 지스카르를 낳았다. 사얀이 후첩이 된 지 3년째 되던 해였다. 그녀를 거들떠도 보지 않는 제니달을 질시했던 사얀은 온갖 회유로 쥬세를 유혹해 베제스를 가졌다. 그러면 될 줄 알았다.

쥬세는 몹시 난폭한 사람이었다. 감정적인 기복이 큰 남자이기도 했고, 한번 결심한 일은 번복하지 않는 외곬의 남자이기도 했다. 그가 선택권을 하사했다. 아이를 낳고 그 아이와 함께 내쫓기겠는가, 아이를 성 밖으로 내보내 다른 이에게 넘겨버리겠는가. 사얀은 그녀의 지위가 좋았다. 제니달과 쥬세를 제외하곤 누구도 그녀를 깔볼 수 없는 자리를 지키기 위해 쥬세에게 간청했다. 둘 다 남게 해달라, 그게 안 된다면 전 이곳에 남겠다. 그 대답을 듣고 나서야 쥬세는 웃었다. 그러나 결국 사얀은 베제스를 성밖으로 내보내지 않게 되었다. 비참하게도 그것은 제니달의 한 마디 때문이었다. 비참하게도.

'지스카르에게 형제가 있다면 나쁘지 않을 거라 생각했는데요.'

가슴 무너진 간청에도 흔들림 없던 왕은 무관심하게 던져오는 그녀의 한 마디에 베제스를 위한 궁을 내렸다. 비참하게도. 대귀족이었던 사얀의 일가는 서서히 입지가 좁아졌다. 쥬세는 태어날 때부터 왕태자로 선언한 지스카르에게 정적이 될 만한 이들은 손수 정리하는 적극

적인 태도를 보여왔으므로, 베제스는 모든 귀족들에게서 백안시되었
다.

　사얀은 매일 밤을 울었다. 억울하게도 지스카르는 제 아들보다 썩
괜찮은 아이라, 그녀의 미래는 죽는 그날까지 모든 부분에서 제니달
에게 미치지 못하는 패배자의 길뿐인가 했다. 그러나 다행스럽게도
제니달이 죽었다. 가슴에 진 응어리를 안고 사얀은 정비가 되길 기도
했다. 하지만 쥬세는 1년이고, 2년이고, 3년이고 그의 옆자리를 비워
두었다. 마치 그녀가 아니면 누구도 자격이 없다는 듯이.

　그녀가 죽어도 너는 그녀의 자리를 넘볼 수 없다는 듯이.

　그래서 포기했다. 애초에 그에게 사랑받았던 기억도 없으므로, 그
를 사랑하지도 않았다. 허영심 넘치는 여자에게 자식을 볼모 삼은 협
박으로 결코 들여다보고 싶지 않았던 제 추잡함을 알게 했으니, 드러
난 추함만큼 그를 경멸했다.

　물론, 여전히 그녀는 부귀와 영화가 좋았다. 그건 천성이었다.

　하지만 그래도 인간인지라, 순수한 얼굴을 한 제 아기의 얼굴은 들
여다보지도 못했다. 그리 보고 있으면 죄책감이 밀려들어 이름 한 번
살갑게 부르지 못했다. 사랑했지만 그건 죄책감이라는 주춧돌 위에
쌓인 위선과 닮아 있었다. 그래도 어미라 따라오는 아이를 가는 눈으
로 내려다보고, 해적의 자식 새끼에게 무시당해 얻어맞는 아이를 창
피해 감싸주지도 못했다. 아이의 성격은 점점 어둡고 난폭해졌다.

　아이는 제가 관심받는 것이 큰일을 벌였을 때뿐이라는 것을 너무나
도 일찍 깨달았던 것이다.

　그래서 그 아이는 왕위를 탐냈고, 왕이 되었고, 그러고도 만족하지
못해 폭정을 벌이더니, 저를 지켜줄 수 있는 이들을 모두 내치거나 죽

였다. 그는 다스리는 법을 알지 못하는 어린아이였다. 여전히, 그녀에게 새끼 실을 꼬아 초라한 팔찌를 선물해주는 어린아이였다.

눈물이 뺨을 타고 흘러내렸다.

원혼들의 곡소리가 들리는 듯했다. 사얀의 거처 깊숙이까지 전운의 긴장감이 파고들었다. 밤이 새도록 불빛이 일렁이고 뿔 나팔의 소리가, 징소리가, 북소리가, 수레바퀴 소리가 들렸다. 그녀를 감시하기 위해 에워싸고 있던 군사들 중 일부가 열을 맞춰 어딘가로 달려갔다.

케나르는 요란한 적막 속에 홀로 앉은 그녀의 곁에 무릎을 꿇었다.

"……피해가 커지기 전에…….."

사얀은 멀거니 젖은 눈으로 손바닥만 한 작은 창문을 응시했다. 유구한 역사를 자랑하는 산나의 성벽 위로 불길이 치솟고 있었다. 아름답구나. 그녀가 혼잣말처럼 뇌까렸다.

일이 이리 되었음에도 그 아이는 모른다. 끝이 정해져 있으리라는 것을, 아직 어린 제 새끼는 알지 못했다. 그녀가 가르치지 못했다.

"베제스는 어찌하고 있더냐."

"현재 성벽 위쪽에서 보호를 받고 계십니다."

사얀이 쓰게 웃었다.

"……그래. 어떻게 될 것 같은가."

"농성이 될 것으로 전망하고 있습니다. 카르시타군이 성문을 막고 있어서 다행히 성문 돌파는 쉽게 당하지 않을 것 같습니다. 이리 청 드립니다. 결단을. 당신은 이미 수십 년 전부터 데바람의 어머니 중 한 분이셨습니다. 부디, 데바람을 위해 결단을."

긴 시간이었다. 죄의식과 향락과 오만과 외면으로 버텨온 긴 시간.

"내가 낳은 새끼를 거두는 것은, 내가 되어야 한다는 말인가. 잔인하구나."

그러나 케나르를 이해하지 못하는 것도 아니다. 그는 아주 오래전부터 그녀를 연모하여 홀로 쥬세와 맞서 싸워준, 살아남은 유일한 지기였다. 그가 구해달라 외치는 이들은 죄 없는 동포였고, 데바람의 백성이었다. 그들은 어미이자, 아비였으며, 자식들이었다.

"그리 한다면 지스카르는 그를 죽이겠지."

"……."

"제니달, 먼저 가신 비전하가 내게 베제스를 남겨주셨으니 그리 불공평하기만 한 건 아니구나."

사얀이 스러지는 한숨처럼 속삭였다.

"옳은 선택을 해주시게, 케나르."

"……그러면."

"그 어리석은 아이를 죽여 내 업보를 끊어주게. 성문을 열고, 데바람에 새로운 빛이 들도록 떠오르는 저 해가 지기 전에, 나를 미치게 하는 이 원혼들의 울부짖음이 들리지 않게 해다오."

사얀이 케나르의 뺨을 조심히 어루만졌다. 눈물이 주르륵, 턱을 타고 흘러내렸지만 사얀은 웃고 있었다. 케나르는 왈칵 치미는 것을 이기지 못하고 고개를 깊이 숙였다.

"……반드시 이 일을 정리하고, 사얀 님을 모시러 돌아오겠습니다."

"……마지막까지 그대에게 무거운 짐을 지우게 해 미안하다. 염치없는 마지막 부탁이 있어. 그 아이를 최대한 아프지 않게 보내다오."

"그리, 그리 말하지 마십시오, 사얀 님."

케나르는 눈물을 멈추지 못하고 턱을 떨었다.

달빛이 아닌, 타는 불빛이 어른거리는 사얀의 뺨 위로 떠오른 젖은 미소는 그 자체로도 지고했다. 그녀는 제니달이 죽은 지 십수 년, 이 날 이때까지 고고히 데바람을 지켜온 가장 높은 여인이었다.

"사얀 님의 명에 따라, 이 순간부터 지스카르 헨솔을 적법한 왕관의 주인으로 인정, 성문을 열겠습니다."

케나르가 뛰어 나갔다.

사얀의 젖은 속눈썹이 아래로 비스듬히 내려뜨였다.

몸을 일으킨 그녀가 방 한구석에 위치한 서랍의 하단을 조심스레 열었다. 화려한 장식의 날카로운 단도가 한 자루 들어 있었다.

지금 이 순간 가장 슬픈 이유가 무어냐 한다면.

'네 얼굴을 보지 못하고 가는구나.'

사얀은 창가에 곧게 섰다.

저 불길 치솟은 어딘가에 베제스가 있을 것이다. 아무리 못나도 제 새끼였다. 그녀가 왕실의 일원이 아니었다면, 이런 달콤하게 끔찍한 자리 탐내지 않고 떠났더라면. 그 못난 모습마저 귀애하여 영원히 안 아 놓지 않았을 것이다.

그건, 오지 않을 미래였으며 놓쳐버린 과거였다.

그녀가 창백한 입술을 끌어올려 미소 지었다.

"홀로 가게 하지는 않을 터이니……."

그녀는 검을 그러쥐며 눈물로 웃었다.

'왕후, 참으로 부러운 아들을 두셨습니다.'

미련은 없었다.

저승 가거든, 먼저 간 그녀에게 물으리라. 어찌 그리 훌륭한 아들을 두었느냐고. 대답을 듣거든 답하리라. 그래도 나는 내 자식이 더 사랑 스럽더라고.

그리고 나는,
당신만큼 좋은 나라의 어머니였노라고.

그리고 그로부터 반나절 후, 데바람의 선왕 쥬세 노늘랑의 첫 번째 후첩이자, 폭군 베제스의 육친이었던 사얀 위센 엘 비드로 데바라네는 싸늘한 주검으로 발견되었다.

카르시타의 군이 성문 앞을 막고 버틴 것은 계산된 정지였다. 루덴 공작으로서는 이 상황이 최대한 합리적이고 이상적으로 마무리되길 바랐다. 그러나 끝없이 화살을 쏘며 뜨거운 기름을 부어대는 성벽 위의 군사들보다, 성을 오르기 위해 악다구니를 쓰는 지스카르의 군사들이 더 빨리 지친다는 건 당연한 사실이었다.

동이 터오를 기미가 보였다. 어슴푸레 밝아지는 하늘을 올려다보던 루덴 공은 깊은 통한을 삭였다. 혹시나 있을 변수를 기대하여 침묵을 지켰으나, 더 이상 지켜보는 것은 시간 낭비였다. 어떻게 보아도 이 상황을 빨리 끝내는 방법은 자신들이 베제스에게 가세하여 반란군 토벌에 힘을 보태는 것뿐이다.

"……미안하군, 지스카르."

그에게 시간이 허락되었다면 이 상황을 어떤 식으로든 타개했을 것이다. 그러나 지금 이 풍경이 그의 고국에서 조만간 벌어질 참극이라는 것을 상상하면 그는 이 자리에 있는 1분 1초가 미칠 듯이 아까웠다.

"전투태세."

루덴 공이 침음을 삼키며 힘주어 소리쳤다. 휘하 부관과 대기 중이
던 각 장군들이 움직이기 시작했다. 순식간에 분위기가 반전되자 베
제스와 지스카르의 시선 또한 그에게로 옮겨 갔다.

지스카르의 표정이 서늘히 굳어졌다. 루덴 공은 그의 시선을 피하지
않고 맞받았다.

"……이게 당신의 나와 약조했던 신념의 값입니까."

자신이 지켜야 할 것을 위한 배신엔 주저할 필요가 없다. 루덴 공의
입버릇이었던 만큼 놀랍지는 않았다. 다만 그들이 다져온 각오와 이
상의 무게가 터무니없이 가볍다는 것이 서글펐다.

루덴 공이 그들을 향해 말 머리를 완전히 돌리고 검을 쥐어 올렸다.
나하르와 지스카르의 표정이 동시에 급변했다.

지스카르 역시 검을 고쳐 쥐었다. 필요하다면 단박에 달려가 그의
목을 잘라내어야 할 것이다. 적이 된다면 힘들 남자에게 시간을 주는
것은 패인이 된다. 곧 루덴 공의 입술이 열렸다.

"전……."

그의 입술이 아주 찰나의 주저를 흘려보냈을 때, 한 부관이 그를 향
해 달려왔다.

"……각하!"

"전투태세를 갖추라는 명을 듣지 못했나."

근엄한 그의 음성에도 머뭇댈 시간 없다는 듯, 부관이 빠르게 고개
를 조아렸다.

"안쪽에서 전투 소리가 들리고 있습니다!"

루덴이 고갤 돌렸다. 굳게 닫힌 성문 위로 용오름 같은 검은 연기가
여명의 하늘을 토막 내고 있었다. 공격 명령을 위해 허공에 떠 있던 그

의 손이 천천히 아래로 떨궈졌다.

이미 해는 산등성이를 딛고 올라, 그보다 높은 곳을 향해 떠오르고 있었다.

하늘이란 차양 아래, 영원히 열리지 않을 듯 굳게 닫혀 있던 성문이 육중한 호선을 그으며 열렸다.

그리고 그와 동시에, 루덴이 고함쳤다.

"전군, 반전(反轉)!"

진격의 뿔 나팔이 새벽하늘로 솟구쳐 올랐다.

"산나의 성문으로 돌격하라!"

열리는 성문의 음침한 소음에 가장 신이 난 건 지스카르도, 나하르도, 루덴 공도 아닌 트란실의 두 전사였다. 피에 젖은 검은 모포를 두르고 자세를 바로 한 론희가 피투성이 칼을 치켜들며 소리쳤다.

『때가 왔다!』

그녀가 내달리기 시작하자, 그녀의 주위로 다가오는 적들을 물리치던 창운 역시 근처에 박힌 창을 하나 뽑아 돌린 후, 허리를 낮추고 말굽을 재촉하기 시작했다.

그들은 달리는 병사들을 제치고, 좁은 성문을 비집고 들어가려는 이들의 머리 위를 말을 탄 채로 뛰어넘었다. 머리 위로 드리워지는 거대한 그림자에 놀란 카르시타군과 적군이 뒤섞인 사이 론희와 창운은 벌써 멀찌감치 피로 얼룩진 성 안에 돌입해 있었다.

『하하하! 드디어 끝이다. '머리 사냥'이다!』

『론희, 혼자 그렇게 달리는 거냐!』

『머리! 머리를 찾아!』

그들의 음성이 질풍과 함께 휙 스쳐 사라졌다. 카르시타의 군도, 남아 있던 산나의 왕실군도 놀라 입을 벌렸다. 그 보기 드물다는 트란실인이 두 명이나, 알아들을 수 없는 말을 하며 그들의 머리 위를 날아다니는 모습은 장관이었다. 기마술에 능하다는 이야긴 들었지만 믿기지 않을 정도였다.

"뭐…… 뭐지."

멀찍이서 지켜보던 나하르가 기가 막힌다는 듯이 지스카르에게 다가왔다.

"……트란실의 전사들이 개개인 역량이 뛰어난 건 알았지만."

지스카르는 익숙하단 듯 어깨를 으쓱하며 조금 전까지만 해도 베제스가 서 있던 성곽의 꼭대기를 올려다보았다. 자리는 텅 비어 있었다.

"일단은 우리도 들어가지."

"전하……."

펜피스는 그 짧은 순간, 고민에 고민을 거듭했다.

갑자기 성 안쪽에서 움직인 왕실군은 베제스를 지키던 호위 군사들을 모조리 죽이고 성문을 열었다. 그들의 뒤에는 베제스에 의해 유폐되었던 대비, 사얀이 있었다. 사얀의 배신. 베제스의 폭정. 활짝 열린 성문. 갖가지 상황을 재빠르게 재단하던 펜피스는 갑작스레 끝이 다가왔다는 것을 비로소 이해했다.

곧 올라올 3만여 명의 왕도군이 돌아오길 기다린다면 전혀 수가 없는 건 아닐 테지만, 가능성은 희박했다. 그들이 올라와 적들의 후미를 역습하는 데엔 못해도 사흘은 기다려야 했다. 이미 성문이 돌파된 상황. 시르시아와 케나르가 사얀의 명을 명분으로 산나의 왕실군 일부를 장악한 지금, 버티는 건 무리였다.

'카르시타를 믿은 것부터가 패인이었다.'

카르시타와 데바람은 아주 오래전부터 서로를 물어뜯어가며 견제해온 원수국이었다. 구체적인 속셈은 모르겠으나, 이번 일로 데바람이 크게 흔들린다면 저들에겐 좋은 일이 될 터이니 결국 집안싸움에 이웃만 덕 본 셈이다.

"전하, 더 이상은……."

"저 빌어먹을 것들이. 감히……!"

말허리를 잘린 펜피스는 해일을 연상시킬 만큼 어마어마한 기세로 밀려들어오는 병사들을 목격했다. 그들의 고함이 파도처럼 높낮이를, 크고 작음을 달리해 울렸다.

후들거리는 다리를 간신히 곧추 세운 펜피스가 성 안쪽 도르래 조종실 근처에서 검을 휘두르고 있는 케나르를 발견하고 침묵했다.

"케나르으으!"

베제스의 노호가 쩌렁쩌렁 울렸다. 투구 속, 번들거리는 케나르의 얼굴이 베제스를 향했다.

정지했던 케나르가 입을 열었다.

"정당한 왕을 위해 성문을 열라는 대비 전하의 교지가 내려왔다!"

베제스의 낯이 충격으로 일그러졌다.

"데바람의 독존으로 지난 수년간 백성들을 혹사시키고 무도한 짓을 자행해온 바. 베제스 전하, 이 순간부로 당신을 왕위 찬탈자로 규정하겠습니다. 정의는 적법한 왕태자였던 지스카르 헨솔에게 있음을 공언합니다."

그를 향해 달려오는 군사들의 발소리에 놀라 정신을 차린 베제스는 재빠르게 도망쳤다. 그를 호위하기 위해 뒤따르는 수십 명의 기사들이 하나하나 무참히 살해당했지만 그는 뒤돌아보지 않았다. 펜피스만이 아슬아슬하게 그를 놓치지 않고 뒤따랐다. 세워두었던 마차 대신, 마차에 묶어두었던 말고삐만 끊어내어 말 위에 오른 베제스와 펜피스는 왕성으로 향했다.

'당했다.'

카르시타와 시르시아, 케나르까지 다 한통속이었다.

심지어 알아들을 수 없는 외국어를 지껄이는 두 검은 괴한까지 질풍 같은 속도로 따라붙기 시작했다. 그들이 질주하며 주고받는 대화, 언뜻 드러나는 피부와 특유의 곡선 칼.

'……트란실까지!'

트란실은 최근 차르 쟁탈전으로 몸살을 앓고 있다고 했다. 트란실인이 산나에 들어왔고, 지금 그를 쫓고 있다면 짐작할 수 있는 이유는 하나였다. 역량을 아는 적보다 역량을 알지 못하는 적이 더 공포스러웠다.

그는 아직까지는 자신을 따르는 왕성의 군사들이 그들을 막을 동안, 식은땀을 흘리며 성 안으로 들어갔다. 그리고 뒤따라오려는 펜피스를 향해 사납게 명령했다.

"펜피스, 너는 지금 당장 이한으로 가 서신을 보내라."

펜피스가 그 말에 눈을 크게 떴다.

"예?"

"카르시타도, 트란실도 믿을 수 없다. 일전에 말했던 것 다 들어주겠다고 해! 그에 더해 어떤 조건이라도 응해줄 테니 이한국의 여왕에게 이 참괴한 일을 알리고 신변 보호를 요청하라는 말이다!"

⚜

왕성에 들어서 곧장 말에서 내린 베제스는 지하로 향했다.

한참을 어두운 나선 계단을 더듬고 더듬어 도망치는 그의 등 뒤로 트란실 전사들의 음성이 따라붙고 있었다. 어느 순간 탁 트인 복도에 이른 베제스는 허둥지둥 횃불에 불을 붙인 후, 벽에 복잡하게 팬 교차 무늬 양각을 더듬거렸다. 몇 번이나 비슷한 곳을 헤매던 손이 어느 순간, 교차하는 양각의 어느 틈 아래 작은 지렛대에 걸렸다.

달칵.

베제스의 낯빛에 화색이 돌았다.

『어디 갔어! 머리!』

『쫓아간다고 미리 알려주면 도망간다. 사냥의 기본을 잊었냐.』

뭐라 지껄이는지도 모르겠는데, 막연히 두려웠다. 여자의 웃음소리가 마녀의 비명처럼 귀청을 찢었다. 소리는 확실히 가까워지고 있었다. 베제스가 황급히 지렛대를 당겼다.

눅진한 먼지를 일으키며 땅이 진동했다.

『어? 흔들려? 뭐야.』

『조심.』

가까워지는 그들의 음성에 초조함을 가누지 못하고 입술만 물어뜯

물의 자흔을 쫓는다 3

던 베제스의 눈앞에, 이윽고 사람 하나 지나갈 만큼 작은 통로가 모습을 드러냈다. 절망적이게도 그와 동시에, 복도 끝에서 나타난 트란실 전사들도 복도 한복판에서 피에 젖은 그를 발견했다.

트란실 전사를 발견한 베제스는 황급히 그 안으로 몸을 숨겼다. 체구가 작은 쪽, 여자처럼 앙칼지게 소리치는 쪽은 분명 성격이 급했다. 통로로 들어가는 그를 향해 냅다 칼을 집어던지는 것만 봐도 분명하다.

“머리이이이!”

여자의 고함은 인정하고 싶지 않지만 공포스러웠다. 베제스는 걸음아 날 살려라 재빠르게 통로 안쪽의 장치를 잡아 돌렸다. 드르륵 소리를 내며 문이 닫혔다.

‘닫혀, 닫히란 말이다!’

야차처럼 달려오는 두 사람의 뒤로 수십 개는 되는 듯 울리는 발소리에 베제스의 심장은 터질 듯했다. 그리고 천행으로 그들이 코앞에 닥쳐왔을 때, 문이 완전히 폐쇄되었다.

드드드. 지하를 울리며 닫힌 문은 완전한 벽이 되어 륜희와 창운을 막아섰다. 신이 나 달려오던 륜희는 별안간 막힌 문을 어처구니없는 얼굴로 바라보았다. 그들은 이런 비밀 장치에 익숙지 않았다. 트란실엔 애초에 성이라는 개념이 없었기에 그저 귀신이 곡할 노릇이었다.

『이게, 무슨 일이야? 이거 벽 아니야? 어디 간 거야?』

『…….』

『이거 뭐야. 갑자기 사람이 어디로 꺼진 거야.』

『이 뒤에 무슨 길이 있나 본데?』

『이거 벽 부수면 되나?』

눈을 부릅뜨고 벽의 어지러운 양각을 손바닥으로 꾹꾹 눌러보던 론희가 칼을 들어 올렸다. 그녀는 마구잡이로 벽을 회치듯 내려치기 시작했다. 그러다 벽이 생각보다 두껍다는 것을 깨달은 사람처럼 주먹질이며 발길질을 하기 시작했다. 쿵. 쿵. 지하가 죄 울릴 만큼 거센 악력이었다. 그녀를 말려야 하나 고민하던 창운 역시 딱히 방도가 없다는 판단 하에 벽을 부술 만한 것을 찾아 헤매기 시작했다.

뒤따라오던 기사들이 당황하며 그들 뒤에서 멈춰 섰다. 한참을 씩씩거리며 벽을 두드려 패던 론희의 얼굴이 이내 새빨갛게 달아올랐다.

『이 빌어먹을 대륙 놈이 누굴 가지고 놀아아!』

"무, 무슨."

나하르의 부관으로 베제스를 찾아 달려왔던 기사가 온통 깎여 나간, 넝마 꼴을 겨우 면한 유서 깊은 성의 지하 벽을 황망하게 바라보았다.

곧 그들은 양각 사이에 숨어 있던 문의 개폐 장치를 발견했다. 그러나 무식하면 몸이 고생한다는 옛 격언처럼, 그 개폐 장치는 론희의 우악스러운 맨주먹에 으스러진 후였다.

병사들을 이끌고 성 안을 정리하느라 바삐 움직이던 지스카르는 급히 지하로 내려왔다.

론희는 팔짱을 낀 채로 씨근덕거리고 있었다. 예상치 못한 사고를 저지르고도 당황이나 미안함의 기색은 전혀 없는 뻔뻔한 태도였다. 사정 설명을 들은 지스카르는 작동하지 않는 개폐 장치를 바라보며 신음했다. 이런 통로는 직계들에게만 전해지는 일종의 보험 장치였다.

'잊고 있었군.'

그가 긴 한숨을 내쉬었다. 이미 엎질러진 물이었다.

"……."

"……."

베제스가 도망쳤다는 소식을 전해 들은 나하르와 시르시아, 그리고 케나르까지 한달음에 달려왔다. 그들은 발을 쾅쾅 구르며 저들끼리의 언어로 소리치는 두 외지인을 발견하고 깜짝 놀랐다가, 거의 도려져 나가다시피 한 두꺼운 벽의 일부를 기막힌 눈으로 바라보았다. 지스카르는 지하가 떠나가라 고래고래 소리치며 창운과 언쟁을 벌이는 론희에게 말했다.

"네가 부쉈잖나. 저건 장치라고. 어떤 단추 같은 것을 누르면, 통로가 개폐되도록 만들어진 비밀 통로란 말이다."

『내가 그따위 것 알까 보냐! 이 겁쟁이 같은 새끼들, 그딴 걸 왜 만들어놔. 패배했으면 명예롭게 죽어야 하는 것이 아니냐! 약아빠진 새끼들!』

그녀의 고함을 알아듣지 못하는 루덴 공을 비롯한 나하르와 케나르는 어렴풋이 그녀가 데바람을 저주하고 있다는 것만 짐작했다.

"……이거, 어떡해, 어쩌나?"

그나마 이성이 남아 있던 창운은 민망한 얼굴이었다. 하지만 역시 당황하긴 마찬가지인 듯 평소보다 더듬거리는 투였다.

케나르와 시르시아는 이런 비밀 통로가 있다는 것을 아예 몰랐던지라, 허옇게 질린 얼굴로 얼어 있었다. 베제스를 놓치면 이 지긋지긋한 싸움도 끝낼 수 없었다.

케나르가 시르시아에게 물었다.

"그 통로가 어느 쪽으로 이어진 것인지 아십니까?"

시르시아가 고개를 저었다. 대답은 지스카르에게서 나왔다.

"데바람의 정북쪽으로 향하고 있는 거다. 지하수로의 가장자리를 따라 만들어진 비밀 통로다. 정북 일대인 니란까지 거미줄처럼 이어졌을 거야."

지스카르는 이 상황의 종결과는 상관없이 책임까지 느끼고 있었다. 론희와 창운에게 반시간을 양보하기로 했고, 약조를 지키기 위해 베제스의 추격을 늦추었다. 론희가 그대로 베제스를 죽이고 머리를 잘라 달아났으면 모든 것이 깨끗하게 끝이 났을 것이다.

"일단, 군사들 중 여유가 되는 자들을 모조리 추려 정북 방향으로 배치하십시오, 나하르 장군."

"예."

얼이 빠져 있던 나하르가 언제 그랬냐는 듯 재빠르게 자리를 벗어났다.

베제스의 추격을 늦춘 것은 지스카르였다. 론희에게 약속했던 대로, 그녀가 베제스의 목을 취해 달아날 시간을 벌어주기 위함이었다. 론희의 성정이 범인의 것이 아님은 알았지만 이 정도일 줄은 몰랐다. 두꺼워 창기병도 단박에 뚫지 못할 벽을 단순히 칼질과 주먹질만으로 거의 폐허 꼴로 만들 줄이야. 기가 차서 말도 나오지 않았다.

창운이 노골적으로 론희를 향해 한숨을 내쉬었다. 그가 생각해도 론희는 지나치게 폭력적이었다.

『지스칼! 그냥 여길 다 부숴버리면 안 돼?』

"겉은 회칠한 벽이지만, 안은 강철로 막혀 있다. 불가능해."

자그마치 3년이다. 3년을 벼르고 별러온 목적을 코앞에서 놓쳐버린 론희가 사납게 발을 굴렀다. 결국 창운이 중재에 나섰다.

『이렇게 된 거, 우리가 그 녀석을 추적하지.』

지스카르가 미간을 찡그렸다.

"하지만 베제스가 죽은 것은 직접 확인해야 한다. 그리고 너희 둘은 베제스의 얼굴도 제대로 모르지 않나. 자칫 잘못하면 이걸로 끝이 아니게 될 수가 있어."

론희와 창운이 방방 뛰며 서로의 목을 쥐었다.

『내가 네 그 우라질 힘 때문에 사달을 낼 줄 알았다, 론희!』

『너도 같이 부수려고 했으면서 말은 잘하는구나!』

『네가 먼저 달려들었으니 따라 한 거지! 내 잘못이겠냐!』

그 두 전사가 서로를 향해 살기를 내뿜으며 주먹질을 하려 드는 것을 바라보던 케나르가 단호히 말했다.

"일단, 지스카르 님의 말씀처럼 베제스의 죽음은 만인에게 공포되어야 합니다. 그가 확실히 죽어야 합니다."

『그러면 지스카르 네가 우리와 함께 가면 되지 않나? 가자. 아직 약조는 이행되지 않았어. 넌 나와의 신의를 마지막까지 지킬 책임이 있다. 빨리!』

'그게 누구 때문인데.'

지스카르는 신음을 삼켰다. 이제 막 산나를 탈취한 상황이었다. 내내 기막힌 얼굴로 론희를 노려보던 루덴 공이 말했다.

"대체 이 경우 없는 사달을 낸 계집은 뭔가."

"트란실, 사호 부족의 선출잡니다."

일을 이리 만들고도 되레 큰소리치는 론희에게 어쩔 수 없다는 시선을 보내던 지스카르가 상황을 정리하기 위해 몸을 돌렸다.

"릴카인, 오랜 우정에 등 돌리지 않아준 것에 감사를 표하오. 하지만 일이 이상하게 꼬였군. 급히 이야기를 마무리하고 베제스를 쫓아가야겠소."

"직접?"

"아무래도. 그나저나, 카르시타의 왕이 타계했다는 이야기를 들었는데 바쁠 테니 자리를 옮기지. 회포를 풀 시간도 없으니 아쉬울 따름이오."

루덴 공은 꽤 놀란 표정을 지었다. 그에 지스카르가 악의 없이 덧붙이며 먼저 걸음을 옮겼다.

"모르지 않소. 나를 배반하려 했던 것도."

루덴 공은 성큼성큼 멀어지는 지스카르를 곤란한 눈으로 응시하다 뒤따랐다. 론희의 반 협박에 가까운 칭얼거림도 제법 무서운 기세로 그들을 쫓았다.

지스카르는 조용한 방을 찾아 들었다. 론희와 창운이 발을 동동 구르며 뒤따르고 있었다. 루덴 공은 그의 건너편 자리에 앉았다. 미안해하는 기색은 없었다. 촌각을 다투는 일들이 즐비해 있어, 지스카르는 인사치레 없이 운을 뗐다.

"릴카인, 언제 떠나야 하나?"

"카르시타군의 도움이 없더라도 이제 산나를 장악할 충분한 병력이 그대에게 있으니, 가능하다면 내일 아침이라도 떠나야 하오. 아, 이제 곧 왕이 될 분이니 존대해야겠군."

"편한 대로 하게."

지스카르가 픽 웃었다.

"본래 내가 데바람을 되찾고 나면 카르시타의 왕위 분쟁이 일어났을 때 내가 그대의 의사를 함께 지지하여 양국의 평화를 이룩하기로 약조했었지. 결과적으로 일이 나쁘지 않게 풀렸으니 그대가 보인 배반의 기미는 잊겠소."

"언젠가 반드시 보답하겠습니다."

"헌데 그대가 따르는 카르시타의 왕은 죽은 그자였던가. 왕자가 무척이나 어리다고 들었는데, 그 왕자가 왕위에 오른다고 해도 일이 순탄할 것 같지가 않은데."

걱정스러움이 담긴 음성에 루덴 공이 짧은 침묵 끝에 답했다.

"지스카르, 알다시피 나는 적통을 지지하는 것이 당연하다 생각하는 자입니다."

"그렇지만 핏덩이가 왕이 되면 내부 분란이 끊이지 않을 것 같은데. 내분이 일어나면 전쟁을 주도하려는 세력이 생기기 마련이고. 그것에 대해서는 생각해보았나?"

유스카리가 서거했다는 소식이 들린 지 얼마 되지도 않았는데, 이미 그에 관한 생각까지 마친 건지 지스카르의 말은 거침없었다.

"일각을 나두는 이 시기에 자세한 것까지 설명하기는 어려우나, 세드로 왕자 저하는 유스카리 전하와 에사렛타 왕비 전하 슬하의 적자가 아닙니다."

"뭐?"

"다른 여자의 씨입니다."

초조함을 이기지 못하고 눈에 불을 켜고서 그들을 노려보던 론희가 썩 놀란 표정을 지으며 중얼거렸다. 대륙 놈들은 정말 개판이군.

"다른 여자."

알려진 바로 세드로는 3, 4년쯤 전, 유스카리와 에사렛타 사이에 탄생한 적자라고 했다. 가만히 침묵하던 지스카르가 이내 기막힌 듯 한쪽 입꼬리를 끌어올렸다. 과연, 거줌 10년간 석녀였던 여자가 덜컥 아들을 낳아 안겨줄 수 있을 리가 없었는데.

'그렇다면 남은 이는……'

"그렇다면 남은 건 알렉시스 테피온이군."

내키지 않는 짐작이었다. 알렉시스는 과거 감히 자신의 목에 검을 들이대고 유유자적하게 떠났던 붉은 머리의 사내였다. 분명히 범인은 아니었고 썩 감명 깊긴 했지만 그다지 좋은 감정을 나눈 기억은 없었다.

"세드로 저하는 공교롭게도 데바람에서 망명한 여인과 유스카리 전하의 아들입니다. 적자도 아닐뿐더러, 반절은 타국의 사람입니다. 그렇기에 저는 조금 늦게 결단을 내려 알렉시스 님을 따르기로 마음먹었습니다. 올리비에 왕하는 전쟁 같은 것에는 관심이 없으신 온건한 분이시니 데바람과의 친교에도 기꺼이 응하실 겁니다."

돌연 지스카르가 노골적으로 얼굴을 구기며 루덴 공의 눈을 노려보았다. 자신이 지금 헛것을 들었나 싶었다.

"데바람에서 망명한 여자?"

"예, 4년쯤 전 망명하여 현재 카르시타의 왕족이 된 어떤 여자입니다. 그 아들을 왕실에 팔아먹어 요크 반도의 어느 땅을 차지한 여인이지요. 아마 당신께서도 익히 아시는 여자일 겁니다."

루덴 공은 불만스러운 투로 말을 맺었다. 그리고 그와 동시에 지스카르는 눈앞이 흔들리는 환각을 보고 탁자를 짚었다. 심장이 쿵쿵거렸다.

지금 카르시타의 적자로 알려진 그 어린아이가 …… 망명한 데바람 여자의 아이라고?

"그 여자의 이름이 뭐지?"

"현재 카르시타에서 제르 시나와 엘 제이하이 카르시탄으로 불리는 꽤나 유명한 여잡니다. 온갖 소문의 중심이 되고 있어서. 그 여자에 대한 이야기는 당신께서도 들어본 적 있으실 거라 여깁니다. 또 그렇지 않더라도 한때 데바람 왕실의 여자였으니."

맙소사.

"왜 그러십니까."

지스카르는 두근거리는 세게 제 가슴을 눌렀다. 놀란 루덴이 몸을 일으켜 그에게 다가오려 하는데 지스카르가 일갈했다.

"괜찮소."

'제르?'

벼락에 맞은 기분이었다.

이제야 모든 것이 명확해졌다. 데바람 안에서도 쉬쉬되던 제르의 망명에 대해 알려진 건 없었다. 마지막 남은 여동생과 함께 도망친 그녀가 사실 어디로 갔는지 정확히 아는 이도 없었다.

생각을 멈추어야 했다. 그러나 이미 제르가 언급된 이상 이건 단순히 신의의 문제가 아니었다.

'제르의 아들이 세드로? 그렇다면 알렉시스의 적이 아닌가.'

거기까지 생각한 지스카르가 입술을 작게 벌렸다. 목이 깔깔하게 잠겼다. 한참을 혼망 속에 말을 고르던 지스카르가 힘겹게 입을 열었다.

"……미안하지만 릴카인. 나는 그대를 도울 수 없다."

루덴 공의 반응이 거센 건 당연했다.

"무슨 말을 하시는 겁니까? 갑자기?"

"그대와의 우정을 잊은 것은 아니오. 결과적으로는 무척이나 감사하고 꼭 보답해야겠다 생각하는 바요. 하지만."

론희와 창운은 팔짱을 낀 채로 그들의 대화를 가만히 듣고 있었다. 론희가 작게 중얼거렸다.

『오호, 이거 재밌는데. 그 파랑새 때문이군.』

창운은 영문을 모르겠다는 듯이 론희를 바라보았지만 그녀는 설명해줄 생각이 없어 보였다.

"카르시타까지 돌아갈 군량과 각종 군수 물품은 기꺼이 제공하겠소. 하지만 알렉시스 테피온을 지지한다면 나는 그대를 도울 수 없소."

루덴 공은 갑작스러운 그의 번복에 당장이라도 고함을 지를 것처럼 목에 핏대를 세우며 으르렁거렸다.

"지금 이게 무슨 장난입니까."

루덴 공이 이곳에서 버틴 것은, 그대로 돌아가도 뉘사나의 무력을 감당할 수 없을지도 모른다는 불안감 때문이었다.

"그것은 약조가 다르지 않습니까. 제대로 된 설명을 들어야겠습니다."

지스카르는 침통하게 잠기는 음성을 애써 끌어올렸다.

"그 여자."

제르가 데바람 왕실을 버리고 카르시타의 왕족이 되었다는 것은 그녀로부터 직접 들었다.

'하지만, 그 아들이…… 있었다? 아들?'

그녀의 혈육이 또 살아남아 있다. 가슴이 미어지는 듯했다. 데바람에서도 그리 제 혈육을 놓지 못해 모진 일을 감내했던 그녀가 그리 독하게 살아남은 이유가 세드로였다는 건 누가 알려주지 않아도 짐작할 수 있었다.

세드로가 제르를 살렸다.

울컥하는 속을 갈앉히기 위해 안간힘을 쓰지만 쉽사리 진정되지 않았다.

"내 과거 그대에게 말했지. 내 한평생 속죄해야 할 여자가 있다고. 내가 어리석어 일을 그르쳤던 적이 있다고. 나는 결코 잊을 수가 없다고."

막 화를 내려던 루덴 공의 낯 위로 불길한 염려가 스쳤다.

"……일가를 죄 인질로 저당 잡혀 숨만 연명하고 있다던 그 여자 말입니까."

"그 여자가 누군지 말한 적 있던가."

루덴 공의 입술이 작게 벌어졌다.

"……설마."

지스카르는 말을 잇지 못하고 입가를 손으로 덮었다. 아직도 믿기지가 않았다. 제르의 아들이 세드로. 아이를 팔아치워 카르시타의 왕족이 되었다. 그러나 실상은 그게 아닐 것이리라는 것을 누구보다 잘 안다.

루덴 역시 황망하긴 마찬가지였다. 지스카르가 얼마나 깊은 죄의식 속에 떠돌았는지 그는 오랜 시간 지켜봐왔다. 하지만 그 여자는…… 쥬세의 총비였다. 그리고 알렉시스의 구애까지 받았다.

'대체 그 여자는.'

말문이 막혔다.

"알렉시스 테피온이 옥좌에 오르게 된다면, 그…… 적과 관련된 모든 이들을 숙청하겠지."

"…….."

"그대가 말해보게. 모든 일이 끝나면 제르와 제르의 하나 남은 혈육이 단죄의 칼날에서 벗어날 수 있겠나."

확신할 수 없었다. 세드로가 살아남는다면, 언제고 다시 아르노만과 공작하여 알렉시스를 죽이려 할지도 모르는 여인을 살려둘 수는 없는 노릇이었다. 그러나 지스카르를 오래 알아온 만큼 그는 섣불리 입술을 뗄 수가 없었다.

"내 평생의 짐이 될 그녀에게 간접적으로라도 위협이 되고 싶지 않다. 나는 그녀에게서 무언가를 빼앗는 데에 다시는 동조하지 않으리라 마음먹었으니까. 다만 그대와의 우정에 보답해야 하는 것은 마땅하니 그대들의 왕위 전쟁에 끼어들어 알렉시스 테피온을 음해하지는 않겠다."

내내 큼직이 까만 눈동자를 굴리며 그들의 이야기를 경청하던 론희가 끼어들어 소리쳤다.

『그냥 네가 가서 그 계집애를 이곳으로 데려오라니까? 사내새끼가. 결투를 해서 빼앗아 오든가.』

창운 또한 가볍게 그녀에게 동의하는 내색을 비쳤다. 트란실 인들에게는 모든 것을 단순하게 만드는 어떠한 사고방식 같은 게 있는 모양이었다.

상황이 이리 되고도 포기할 수 없던 루덴 공이 침통히 청했다.

"사정은 이해하오. 그럼에도 우정에 부탁하겠소. 우리가 펼쳤던 이상이 지금 당신의 손에 달려 있다 여겨주시오."

"미안하지만."

"만일 그리 된다면 세드로 저하까지는 감당하겠다 말하진 못하겠으나, 그 여자의 목숨만큼은 기필코 부지시켜 신병을 넘기겠소."

그 말에 지스카르가 눈을 치켜떴다.

"그건 불충분하오."

"……세드로 저하의 안위 또한 내 힘닿는 데까지 지키겠소. 다시는 카르시타의 땅을 밟지 않는다는 조건으로 가능하다면 그 둘 다를 데바람에 넘기겠소."

그건 썩 나쁘지 않은 제안이었다. 그녀의 의사가 더해지지 않은 두 사람만의 이야기이긴 하지만, 아들 때문에 그곳에 묶여 있다면 제르 역시 바라는 바일 것이다.

"그리고 또, 자규 왕하를 무시할 수 없는 상황이기에 우리 둘 다 원치 않는 방향으로 사태가 진행될 수도 있습니다. 특히나 자규는 그 여자에게 크게 망신을 당한 적이 있습니다. 서로 좋지 않은 감정을 품고 있으니 만일 그 여자의 안위를 걱정한다면 당신께서도 선택권이 없으리라 봅니다."

루덴 공은 그답게 침착히 설득했다. 지스카르로서도 부정할 수 없는 사실이었다. 현재 카르시타에 있는 왕위 후보로 거론되는 자는 셋. 적은 알렉시스 테피온 한 명뿐이 아니다.

지금은 이것 말고도 급한 일들이 많다. 베제스의 문제도 그렇다. 어지러운 머릿속을 갈앉힌 지스카르가 입술을 열었다.

"믿어도 되겠나."

"기필코."

루덴 공이 강경하게 주먹을 쥐어 보였다. 지스카르가 정리했다.

"지금 나는 왕도의 일은 케나르와 나하르 장군에게 일임한 후, 직접 베제스를 쫓아 데바람의 내란을 마무리할 생각이오. 그리고 그대가 약조를 지키는 것을 내 눈으로 확인하기 위해 카르시타로 가겠소."

루덴이 그에게 금박을 두른 어떠한 징표를 하나 건네었다.

"제 모든 명예를 이 약조에 건다는 것을 보여드리기 위한 가문의 징표입니다."

루덴 공작가의 징표. 지스카르는 주저 없이 받아들었다.

내내 불만스레 지스카르의 옆통수를 쏘아보던 론희는 다른 것은 다 제치고 '베제스를 잡으러 간다.'는 말에 반색하며 몸을 돌려 나갔다.

지스카르가 지친 한숨을 내키며 일어섰다. 한겨울의 안개처럼 나직이 깔린 그의 음성이 울렸다.

"……릴카인, 혹여라도 한 번 더 당신이 배반의 기색을 보인다면. 데바람과 카르시타 사이의 평화는 없소."

"그럴 일은 없을 겁니다. 그리고…… 늦었지만 본래의 자리를 되찾으신 것을 축하드립니다."

루덴 공이 고개를 조아리며 마무리했다. 지스카르는 방문을 나서며 덤덤히 응수했다.

"아직은, 아직은 이르지."

잔잔한 물 위에 뜬 함선들은 지루할 정도로 질서 정연히 정박되어 있었다. 북해 항만 일대의 평화가 전염병처럼 바다마저 잠재운 듯했다. 사실 퀴네도사이도 카르시타의 내부에서 무언가 일이 일어났다는 이야기는 들었지만 그다지 관심을 두지는 않았다. 그는 베다시아와의 거래를 이행하는 것 이상으로 대륙에 의미를 두지 않았으므로. 게다가 그와의 거래는 흥미조차 일지 않는 심심한 건이었다. 정체 모를 모자의 신병을 보호하는 것.

나른히 햇살을 쬐며 선상 난간에 기대어 선 퀴네도사이가 고개를 젖혔다. 마스트의 꼭대기에 묶인 해적기가 바람의 목적지를 향해 펄럭거렸다. 커다란 해적기 위에는 전에 없던 은빛 지팡이가 덧그려졌는데 그는 그걸 썩 마음에 들어 했다.

권태로운 평온을 즐기던 퀴네도사이는 돌연 등 뒤로 두다다닷 하는 요란하고 어설픈 발소리에 미간을 좁혔다.

"우다다으. 이리 와바! 저기 고기!"

그의 뒤로는 이제 겨우 네 살쯤 됐을까 싶은 어린 소년이 나타나 온 갑판 위를 휘젓고 있었다.

저 꼴을 참은 지도 제법 되었다. 선원들이 저 정체 모를 꼬마를 경계하긴커녕 신기하게 지켜보다 되레 휘둘리는 꼴에 눈살이 찌푸려졌다. 생긴 것은 험악하게 흉터투성이인 놈들이 어쩔 줄 몰라 하며 쩔쩔매니.

마지막으로 이 시모레 호에 아이가 탔던 것은 십여 년 전, 르니아가 있을 때였다.

"무음해!"

그리고 대체 뭐하다 온 꼬맹이인지는 모르겠지만, 저 꼬마는 몹시 건방졌다. 그래서 더 마음에 들지 않았다. 한때 자신도 그랬던 적이 있지만 퀴네도사이는 제게 불리한 기억은 기꺼이 쓰레기통에 처박고 죄책감을 느끼지 않을 수 있는 사람이었다.

엷은 갈색 머리칼이 제법 귀티가 났다. 눈은 신기하게도 투명한 보랏빛이라 인상이 깊었다. 볼 살이 통통히 오른 소년은 갑판병을 귀찮게 하다 그마저도 지루했던지 그에게 뒤뚱거리며 달려왔다.

나른하게 반쯤 감겨 있던 그의 눈동자 위로 엷은 짜증이 묻어났다.

지루한 것도 싫지만, 귀찮은 건 더 싫었다.

"얌. 너."

"뭐."

"어어니. 어엄마 어딨써."

"케퍼, 데려가."

분위기 파악 못 하고 퀴네도사이에게 대뜸 말을 붙이는 꼬마의 모습에 놀란 해적들이 허둥거리며 다가왔다. 꼬마는 주눅 드는 기색 없이 눈을 부릅뜨더니 주위를 휙휙 둘러보았다. 그러다 곧 머뭇거리는 선원들이 아닌 퀴네도사이를 똑바로 올려다보았다.

'……이 녀석 봐라?'

청청히 보랏빛으로 빛나는 눈동자가 어린아이 특유의 순수를 고스란히 내비쳤다. 촉촉한 듯, 말간 빛이었다. 눈싸움이라도 하려는 건지 부릅뜬 눈에 힘을 주는 핏덩이를 기막힌 듯 내려다보던 퀴네도사이의 뇌리로 순간 걸쩍지근한 기억이 스쳐 지났다.

기묘한 기시감도 함께였다.

'보라색 눈?'

어디선가 본 적이 있었다. 결국 두 다리로 버티고 선 꼬마를 어찌하지 못한 케퍼가 아이의 양 겨드랑이에 손을 넣고 번쩍 들어 올렸다. 그 순간 퀴네도사이의 다리 사이에 비스듬 누워 있던 지팡이가 일어서 케퍼의 목에 닿았다.

"내려놔봐."

케퍼가 아이를 내려놓았다. 아이는 양 볼을 부풀리며 불만스러운 기색을 드러냈다. 퀴네도사이는 허리를 숙여 아이와 눈높이를 맞추었다. 보라색 눈. 보라색 눈은 제법 귀한 빛이었다.

기시감의 정체를 더듬던 그가 이내 실소했다.

'보라색 눈…… 아아. 그 녀석 동생.'

르니아가 졸졸 따라다니던 제르의 남동생이 꼭 이런 눈동자를 하고 있었다. 이 꼬마가 마음에 들지 않았던 이유가 있었다. 그리 못마땅하게 바라보고 있으려니 꼬마의 조그만 손바닥이 쫙 펴졌다. 그리고 꼬마가 코앞에 있는 그의 뺨을 철썩 때렸다.

"……."

"……."

멀리서 그것을 바라보던 선원들의 낯빛이 굳어졌다. 케퍼가 허옇게 질린 건 두말할 것도 없었다. 퀴네도사이의 얼굴이 일그러지자 케퍼가 재빠르게 아이를 안아 몸을 돌렸다.

"이게, 진짜 죽고 싶냐."

"선장님! 애잖아요. 애! 그리고 이 애 감시해야 한다면서요!"

"이 핏덩이가."

"으아, 참아요. 참으라고!"

흥분한 퀴네도사이를 뚱하게 곁눈질하던 아이는 이도 제대로 나지 않은 잇몸을 드러내 보이며 천진하게 웃었다. 묘하게 비웃는 듯한 냉한 웃음이었다.

"뭐야, 이거. 아주 익숙하게 불쾌한데."

퀴네도사이가 신경질적으로 지팡이를 툭툭 때리기 시작했다. 이걸 어찌 말려야 하나. 아게곤을 불러야 하나.

그때, 시기적절하게 아게곤이 난간을 뛰어넘어 올라왔다. 바람을 쐬겠다며 나갔던 일등 항해사의 등장에 선원들이 안도의 가슴을 쓸어 내렸다. 르니아가 없는 배 위에서 유일하게 퀴네도사이의 행동에 제동 장치를 걸 수 있는 사람이기 때문이었다.

경직된 갑판 위의 분위기를 깨달은 아게곤이 간단히 상황을 정리했다.

"선장, 잠깐 내려가봐야겠다."

"이 쥐방울만 한 꼬마를 단단히 교육……."

"손님이다."

퀴네도사이가 말을 멈추고 몸을 바로 세웠다.

"누구?"

"락혼 로도."

사실 락혼은 그녀의 서신을 읊는 내내 퀴네도사이가 이 사실에 대해 의문을 품을 거라고 생각했다. 그러나 퀴네도사이는 미치광이처럼 웃기만 했다.

"아, 아아. 뭐? 카르시타 왕의 아들이 제르가 낳은 아이라고?"

어찌 보면 믿는 듯도, 어찌 보면 우스갯소리 취급하는 것도 같았다. 애써 조심스레 전한 이야기를 큰 목소리로 떠드는 경솔함에 뚱하게 표정을 굳힌 락혼이 서신을 다시 품 안으로 집어넣었다. 퀴네도사이는 탁자에 팔꿈치를 괸 채, 락혼을 없는 사람 취급하며 생각에 골몰했다.

"젠에게 아들이 있었다니…… 게다가 이번엔 카르시타의 왕자라. 만약 사실이라면 젠은 정말 전생에 무슨 짓을 해서 그리도 업을 쌓은 건지, 눈물이 앞을 가리는구나."

퀴네도사이의 갈색 눈동자에 이채가 서렸다. 과연, 제게 그리 오만하게 굴었던 여자다웠다. 왕의 아들? 카르시타의? 이거 제대로만 된다면 정말 엄청난 일이 되지 않겠는가.

락혼은 곧 그들의 일에 흥미가 없다는 듯 단호히 말했다.

"그럼 카르시타 왕자는 반쪽은 데바람 사람이란 건가. 하지만 정말 카르시타 왕의 핏줄인가?"

"나야 모르지. 난 그녀의 전언을 전했다. 내 용건을 말한다. 내가 데바람으로 갈 수 있도록 줄을 대줄 수 있다고 들었다."

"데바람에는 왜?"

"부족 간의 일이다."

"뭐…… 그래. 썩 재미있는 소식을 들고 왔으니 한 번 알아보지. 그러면 데바람 쪽으로 사람을 보내는 동안 배 위에 머물겠나?"

이미 한 번 납치까지 당했는데 또 속 모를 놈의 제안에 남고 싶은 마음이 있을 리가 없었다.

"아니."

눈을 가늘게 뜨던 퀴네도사이가 아무래도 좋다는 듯 입꼬릴 끌어올렸다.

"만 안쪽에 제법 쓸 만한 땅이 있으니 그곳에서 머물고 있어. 필요한 게 있다면 지원해주지."

락혼과의 짧은 대담이 끝난 후 퀴네도사이는 못다 터뜨린 폭소를 터뜨렸다. 미쳤다. 미친 거다. 보아하니 자신이 카르시타의 고관들과 모종의 연결을 가지고 있다는 것에 대한 불안의 경고였다.

카르시타의 왕자?

데바람에서 왕비 자리를 걷어차고 그리도 보는 이들의 피를 말리더니, 카르시타 왕자의 어미가 되어 이곳에서 또 한 자리 꿰어찬 것이다. 이쯤 되면 능력이었다. 꾀어내는 사내마다 감히 올려다보기도 어려운 치들이라는 건.

'카르시타의 왕자…….'

웃음을 갈앉히며 무심코 뇌까리던 퀴네도사이가 문득 눈살을 찡그렸다.

들기로 카르시타의 내부에서는 지금 난리가 났다고 했다. 유스카리가 죽었고 그로 인해 알력다툼이 크게 벌어질 거라고. 베다시아가 해적선과 연줄을 놓은 이유 또한 다툼 속에서도 그가 모시는 이들의 신변이 비밀리에 안전하길 바라기 때문이었다.

'……라고 했지.'

얼마나 소중하기에 집안싸움에 휘말려 다칠까 해적선에 가둬두려 하나. 그리 생각하며 무시했었다. 감시라거나 보호 같은 건 그의 체질에 맞지 않았으므로 사실 그 여자를 잊고 있었다. 온몸에 기품과 자존심을 입고 결코 꺾이지 않는 목으로 그를 굽어보던 여자.

퀴네도사이가 벌떡 일어나 지팡이를 짚고 조급하게 갑판으로 향했다.

"케퍼, 그 여자는 지금 어디 있지?"

갑판 위 선수 부근에 쪼그리고 앉아 예의 꼬마와 손가락 장난을 하고 있던 케퍼가 화들짝 놀라 일어섰다.

"에? 그 여자?"

"네가 데리고 놀고 있는 그 꼬마랑 같이 온 여자."

케퍼가 그레스완 호의 옆에 정박된 홀 호를 가리키며 말했다.

"저기에 있을 텐데요. 선장님이 명하셨잖아요."

"데리고 와."

"예?"

"두 번 말하게 하지 마라."

살벌하게 일그러지는 퀴네도사이의 기색을 알아차린 케퍼가 허둥지둥 달려 내려갔다. 퀴네도사이는 뿌루퉁한 눈빛으로 자신을 올려다보는 아이의 눈동자를 지그시 들여다보았다. 그래, 이런 빛은 흔하지 않았다.

"이름이 뭐냐, 너."

"……세도로."

끝은 기어들어가는 목소리였다. 카르시타 왕자의 이름이 뭐였더라. 세……, 그래. 세드로 마르티사.

"그럼 그 여자가 카르시타의 왕비라던, 그 에사렛타인가?"

아이는 슬금슬금 얼굴을 구기며 뒷걸음질했다. 그러나 아무래도 좋았다. 이 기막힌 상황에 가슴이 흥분으로 맥박 쳤다. 퀴네도사이의 입가가 희열로 떨렸다.

퀴네도사이는 그 즉시 홀 호로 향했다. 홀 호의 깊숙한 선실에는 해적과는 일생 섞일 일 없을 것처럼 고상한 여자가 머물고 있었다. 머문다기보다는 강제로 투숙하게 된 불청객 같은 존재였던지라 여태까지 눈 밖으로 치워두었던 카르시타 인이었다.

다짜고짜 그녀의 선실로 쳐들어간 퀴네도사이는 에사렛타의 등에 매달려 있는 어린아이를 내보냈다.

"잠깐 데리고 있어, 이스케."

때마침 구호품을 옮기기 위해 선실 통로를 지나던 선의가 퀴네도사이의 눈치를 보며 세드로를 데리고 나갔다. 침착하게 자수를 놓으며 마음을 다스리고 있던 에사렛타가 몹시도 불편한 얼굴로 그를 노려보았다.

"실례지만 존함이 어떻게 되십니까?"

"그대는 누구요."

"보시다시피 해적입니다. 처음 이곳에 오셨을 때 잠깐 보지 않았습니까, 왕비 전하."

에사렛타의 낯에 창백한 불안이 떠올랐다.

"……가 맞습니까?"

"내가 누구인지도 모르고 나를 이곳에 가둬두었소? 이제라도 알았다면 마땅한 예우를 보이겠소?"

"제가 관여할 일이 아니라 저쪽에서 못 박기에. 처음부터 관심을 가졌어야 했던 겁니까?"

그녀가 왕비라는 것을 알고도 어투는 그다지 달라지지 않았다. 오히려 묘한 즐거움이 배어 있었다. 에사렛타는 무표정하게 그를 응시하다가 다시 자수로 신경을 옮겼다.

퀴네도사이가 그런 그녀의 옆모습을 향해 말했다.

"저 꼬마는 그럼 왕자 저하십니까?"

바늘을 쥔 나이 든 손끝이 떨렸다.

"그렇겠지요."

객실 밖에서 세드로의 칭얼거리는 소리가 들렸다. 에사렛타가 잠시 문가로 시선을 주었다가 거두었다.

"사정을 좀 들어야겠는데."

"무슨 사정을 말하는 겐가."

"왜 왕비씩이나 되는 분이 지금 이곳에 계시는지. 처음부터 내색이라도 해주셨으면 좋았을 텐데."

"뉘사나와 결탁한 그대들을 어찌 믿고."

에사렛타의 마른 입술이 다물렸다. 퀴네도사이는 최대한 세드로와 에사렛타의 얼굴을 겹쳐 보려 노력했다. 그러나, 역시나 아무리 보아도 닮은 구석이 없었다. 힘없는 갈빛 머리칼은 어두운 노랑빛에 가까웠다. 눈동자 역시도 언뜻 녹황빛을 띠는 것 말곤 특이할 게 없었다.

보랏빛은 아니다.

체렌시와 라헬. 제르의 핏줄 중엔 저런 빛을 한 아이가 있었다. 제르를 쏙 빼닮은 흑빛도 아니지만 에사렛타를 닮은 빛도 아니다. 가능성은 있었다.

"왕자 저하의 눈이 썩 예쁘던데. 카르시타 왕가엔 보랏빛 눈이 있었군요."

"……."

"국왕 전하를 닮은 모양이지요?"

그의 의중을 알 수가 없어 에사렛타는 식은땀이 배어나는 손바닥을 주먹 속에 숨겼다.

"그대들은 지금, 그대들이 국가 반역에 동조하고 있다는 것을 알고 있는 거요?"

"그런 거 모릅니다. 맹세코 저희는 자세한 내막을 전해 듣지 못했습니다. 대가를 준다 하니 배를 제공해주는 것이 거래의 전부입니다."

"그럼 내가 그대들에게 보다 많은 대가를 치러준다면 우릴 놓아줄 수 있다는 말이오?"

퀴네도사이는 문간에 등을 기대며 다정히 미소 지었다.

"지금도 문제가 좀 생긴 듯해서 어렵습니다."

"일국의 왕비와 왕자를 이리 감금하고도 후에 탈이 없으리라 생각하나."

"그게 두려워 제가 두 분을 놓아드리면 살아남으실 수나 있겠습니까?"

에사렛타는 그의 날카로운 일침에 침묵을 택했다. 그녀는 지금 바깥 상황이 어찌 돌아가는지도 모르고 있었다. 아직까지 그녀의 옆에 서 줄 귀족들이 몇이나 되는지, 그녀의 아버지인 아르노만은 어찌 되었는지도 모른다.

용건이 끝난 사람처럼 개운하게, 어딘지 모르게 의미심장하게 웃던 퀴네도사이가 몸을 돌렸다.

"거처는 그레스완 호로 옮겨드리겠습니다. 여기보다는 머물기 좋은 환경일 겁니다."

퀴네도사이는 홀 호의 선장에게 에사렛타의 거처를 옮기도록 명했다. 가장 좋은 방을 내어주라는 그의 변덕에 몇몇 이들은 고개를 갸우뚱했다. 그는 시모레 호로 돌아가 선상 정원의 전용 의자에 기대어 누웠다. 하늘이 유독 어두워 거뭇한 구름으로 뒤덮인 모습이 썩 장관이었다.

얼마간 그리 누워 있는데 문득 옆통수가 따끔따끔 찔리는 기분이었다. 그가 곁눈을 움직였다. 언제부터 거기 있었던 건지, 난간에 기대어 서 있는 아게곤이 팔짱을 낀 채 그를 뚱하니 보고 있었다.

퀴네도사이가 느른한 음성으로 운을 뗐다.

"할 말이 있으면 해. 그리 뜨겁게 보고 있지 말고."

"그 여자를 그레스완 호로 옮기라고 했다며? 여태까지는 관심도 없지 않았나. 갑자기 왜? 그 트란실 인의 용건에 대해서 물어도 되나? 데바람으로 사람을 보냈다며?"

소식 한 번 빨라, 하고 중얼거린 퀴네도사이가 눈꺼풀을 닫았다. 그가 금방이라도 잠들 사람처럼 맥없는 음성으로 중얼거렸다.

"그보다 아게곤."

"어."

"지금 엄청 큰일 난 거 알아?"

"큰일?"

"아마 들키면 린이 날 죽이러 올지도 모르겠어."

아게곤이 퍽 미간을 찌푸렸다.

"알아듣게 좀 말해. 왜?"

"젠의 목숨줄을 지금 내가 쥐고 있는 것 같거든."

아마 세드로가 제르의 자식이라면 그건 목숨줄이라고 해도 과언이 아닐 터다. 누군가는 이해하지 못하겠다 말할지 모르나 그녀가 전 생애에 걸쳐 보여온 혈육에 대한 집착과 희생을 안다면, 절로 깨닫게 되는 성질의 것이었다. 그녀의 것을 쥐고 있다? 그건 묘하게 그의 광기를 건드렸다.

아게곤이 다가와 퀴네도사이의 이마를 툭 튕겼다.

"반펠트가 화날 일을 했다면, 너 혼자 죽어라. 나는 모른다."

아게곤은 이내 신경도 쓰고 싶지 않은 사람처럼 몸을 돌려 조타실로 향했다. 발소리가 멀어졌다. 퀴네도사이의 실실대던 낯에 서서히 무게감이 어렸다.

'……왕비.'

사실 지금 이 상황이 그리 즐거운 건 아니었다. 의도하지 않았지만 그들의 밥그릇 싸움에 깊이 관여하게 된 것이다. 복잡한 건 싫었다. 르니아가 관여된 일이라면 더더욱. 사실 왕비와 왕자라는 것을 알게 되자마자 이 길로 출항해 왕실에 몸값을 요구할까 하는 생각을 해보기도 했다. 그러나 그건 자칫 전 카르시타를 적으로 돌리는 결과가 될 것이다.카르시타의 해군은 그다지 위협적이지 않았지만 아무래도 카르시타의 범대륙적 영향력을 고려할 때, 적으로 돌리는 건 아무리 로마탄 그레온이라고 해도 어리석은 짓이었다.

"멍청한 년……."

퀴네도사이는 혼잣말처럼 중얼거렸다. 제르에게 나쁜 감정이 있는 건 아니지만 정말 대단타 싶은 한 편 한심하기 짝이 없었다. 데바람의 왕비 자리를 걷어차고 그 동생들까지 죄 죽게 만들더니, 결국 마지막 선택이 카르시타에 의탁하는 거였다. 제 삶보다 혈육의 삶을 중히 여기는 계집이었으니 아마 본인 목숨 부지하고자 그런 것은 아닐 터다.

그러니 더더욱 멍청한 것이다.

하지만 달리 보면 경국(傾國)의 여인이라 해도 이상치 않은 것도 사실. 의도 여부에 상관없이 데바람 왕실을 뿌리부터 흔들어 쥬세의 눈을 멀게 하고, 지스카르가 폐태자가 되는 발단이 되고, 카르시타 왕의 아이까지 가졌다. 그뿐인가? 소문으로는 1여 년쯤 전, 카르시타의 왕위 후보 중 한 명이 그녀에게 구애했다는 이야기도 떠돌았다.

그의 뇌리에 차갑게 쓰라린 계산이 떠돌았다. 세드로가 누구의 자식이건 사실 알 바 아니었다. 만일 제르가 이 싸움 끝에 승자가 된다면 좋겠지만, 패자가 된다면 르니아는 발 빼게 만들 생각이었다. 강제로라도 데리고 떠난다면 그들도 어찌하지 못하리라.

'문제는 그전에 정말 나를 죽이려 할 거란 말이지만.'

오랜만에 느끼는 긴장감에 그를 옥죄던 지루함이 떠밀려 사라지고 희열만이 남았다. 그는 멈추지 않는 헛웃음을 마음껏 즐겼다.

고요하던 북해의 선상에 새로운 바람이 불기 시작했다.

제르가 비스듬히 고개를 기울였다. 뼛속까지 후비는 듯 냉정한 목소리가 삭막한 홀에 메아리쳤다.

"그게 나와 무슨 상관인지 모르겠군."

온몸을 두꺼운 털옷으로 덮어 가린 여자의 오만하게 치켜 올라간 턱을 힐끗 올려다본 전령은 황망한 사람처럼 고개를 수그렸다. 지난번에 방문했던 왕도의 전령도 문전박대를 당했다는 소문이 정녕 사실이었던 모양이다. 퀸시오의 카르시탄은 전에 만난 여느 귀족보다도 몰배려하고 독선적이었다.

"납득시키지 못할 거라면 꺼져라."

인근 영주의 기사였던 전령은 어쩔 줄 몰라 침만 꼴깍꼴깍 삼켰다. 왕도로부터 내려온 전언에 의하면 국왕 시해자인 알렉시스가 이곳에 몸을 맡기고 있다고 했다. 금군 대장은 불안한 시국인 만큼 그에게 충의를 보일 것을 요구했다. 사실 그가 600여 명의 군사들을 이끌고 퀸시오의 문을 두드린 건 반 강제에 가까웠다.

"올리비에 왕하가 확실히 없다는 것을 증명해주신다면."

"내가 왜?"

"국왕 전하를 시해했다는 혐의가……."

"그게 나와 무슨 상관이냐 분명 물었거늘. 내가 그리 한가한 사람으로 보였나?"

제르의 음성이 노기로 높아졌다. 그녀의 심기가 몹시 불편하단 것을 깨달은 전령은 속 타는 심정으로 바짝 엎드렸다.

"그, 그러니 퀸시오의 병력을 운용하기 곤란하시다면 저희가 직접 수색을……."

"근본도 모를 군사들을 들여 이 땅을 소란하게 할 수는 없다. 지금은 동절기 준비 때문에 모두가 한마음으로 바쁘다. 그런 와중 증거조차 없는 몇몇 이들의 고집을 배려하자고 온 성 안을 쑥대밭으로 만들지는 않을 것이다. 정 퀸시오에 군사를 들이고 싶다면 알렉시스 테피온이 이곳에 머물고 있다는 증좌를 가져와."

사실 알렉시스가 이곳에 있다는 것을 모르는 이는 없었다. 이미 왕도로부터 공문이 널리 내려온 지 오래다. 그러나 몇 해 전부터 퀸시오에 눌러앉은 카르시탄은 호락호락 알렉시스를 내놓지 않을 듯했다.

"하지만 국왕 시해자를 옹호하신다면 카르시탄께서도……."

"귀."

단말을 뱉은 제르가 팔짱을 낀 채로 싸늘히 웃었다.

"……가 잘려야 제대로 내 말을 이해하겠나?"

등골이 섬뜩해 몸을 움츠린 전령이 곧 빳빳한 서신 하나를 꺼내 들었다. 이것은 제피언의 공문과 함께 그에게 하달된 또 다른 카르시탄의 전언이었다.

"이것은 자규 왕하의 친서이십니다."

그는 제르의 허락도 구할 정신이 없어 허둥지둥 그녀의 발아래 서신을 내려놓았다. 제르가 턱짓하자 그녀의 뒤편에 서 있던 테일런이 서신을 들어 전했다. 제르는 금색 독수리의 도장이 찍힌 서신의 겉면을 훑었다.

'저가 이미 왕인 줄 아는가.'

찬 조소가 어렸다.

성의 없이 서신을 펼치던 그녀의 손끝이 굳어졌다.

[세드로도 제 어미를 만나봐야 하지 않겠나. 이 어지러운 시국에 무슨 일이 생길지 모르니 한 번 방문하는 게 좋을 것 같군. 엘올라는 언제라도 그대를 환영한다.]

검게 가라앉은 눈동자 위로 볕 사그라진 증오가 배어들었다. 흔들리는 눈동자를 감출 수가 없었다. 힘 들어간 손이 서신을 무참히 우그러뜨렸다.

"……테일런."

제르의 분위기가 심상찮아졌다는 걸 깨달은 테일런이 한 발자국 앞으로 나왔다.

"예, 주군."

"저자와 저자의 군은 한 발자국도 성에 들이지 마라. 한 번만 더 내 성의 문을 두드린다면."

자리에서 일어선 제르가 엎드린 전령을 내려다보며 싸늘히 맺었다.

"그때는 저 목만 들어올 것을 허락하겠다."

사실 아무렇지도 않은 체했지만 그럴 수 있을 리가 없었다. 뉘사나가 기어코 세드로를 인질로 삼았다. 그가 어찌 알았는지, 누가 그 사실을 누설했는지는 관심 없었다. 그저 눈앞이 캄캄했다. 결국 먹은 것을 죄 게워내고 한참이나 엎드려 숨을 고른 후에야 제르는 안정을 되찾았다. 서신의 내용을 전해 들은 르니아가 분개하며 방방 뛰었다. 하지만 제르는 그녀의 분노를 받아줄 수 있을 만한 상황이 아니었다.

설상가상 월경까지 시작되었다. 넉 달 만이었다. 아랫배 언저리를 쥐어뜯는 것 같은 통증에 제르가 고꾸라지자 르니아가 놀라 푸링귀를 달리러 갔다. 제르가 실신했다는 와전된 소식을 전해 들은 아스난이 달려왔다.

"쓰러지셨다는 말을……."

"안 죽었어."

"아니……."

"……약. 약."

제르는 그의 말을 귀담아듣는 기색이 아니었다. 아스난이 난처한 표정으로 테일런과 시선을 맞추었다. 테일런은 평소보다 차가운 눈으로 그의 시선을 받았다.

"르니아 양이 갔으니, 곧……."

침대 위로 옮겨진 제르는 절망과 혼재된 고통 속에서 웅크렸다.

르니아가 제르에게 푸링귀를 달인 약초 물을 가져다주었다. 차마 스스로 독을 마시는 것을 보고 싶지 않았던 아스난은 그녀의 침실을 벗어났다. 한숨이 새었다. 한동안 그럭저럭 버티는 듯해 마음을 놓았었는데 다시 바짝 긴장이 되었다. 스스로 독을 마시는 것을 말릴 수 없는 상황이 암담하기도 했다. 시국이 어지러워지며 아닌 체해도 제르 역시 많이 흐트러진 게 사실이었다.

그가 막 이마를 문지르고 있는데, 뒤따라온 테일런이 문을 닫고 나직이 말했다.

"협박의 서간이 당도했습니다."

"……협박? 그게 무슨 말인가."

테일런은 죄 구겨진 서신 한 통을 소매에서 꺼냈다. 꼴이 반듯하지는 않지만 재질 귀한 종이로 만든 것은 한눈에 보였다. 서신을 건네받은 아스난의 표정이 굳어졌다. 뉘사나의 서신에 쓰인 것은 테일런이 조금 전 했던 말처럼 명백한 협박이었다.

"오늘?"

"오늘 부에일토 출신의 기사가 방문했는데 그가 가져온 것입니다."

"방문객이 있었다는 건 들어 아네."

"직접 언급은 없으셨지만 주군께서는…….."

서신의 내용을 한 자씩 새기면 새길수록 말문이 막히고 혀가 마르는 기분이었다. 세드로의 안위를 거론하며 그녀에게 퀸시오 밖으로 나오라는 말은 세드로를 인질로 삼겠다는 것과 다름이 없었다. 아스난은 왕도에 머물 적 뉘사나를 몇 번 짧게 마주한 적이 있었다. 그때의 그는 그래도 정도를 지키는 사람이었다. 지금처럼 치졸한 짓을 할 자로는 결코 보이지 않았다.

'······자규의 그릇인가.'

"왕도에서 온 서신?"

참괴한 기분에 막막한 현실을 재어보는 중 홀연 끼어든 음성에 아스난이 몸을 돌렸다. 알렉시스가 어슬렁거리는 듯한 걸음으로 그들을 향해 걸어오고 있었다. 그의 붉은 눈동자가 금빛 독수리 문양이 남아 있는 서신에 고정되어 있었다. 테일런이 길목에서 물러나며 고개를 조아렸다.

심상찮은 분위기를 읽어낸 알렉시스가 삐딱하게 고개를 기울였다.

"뭔데 이리도 심각하신가?"

아스난이 서신을 늘어뜨렸다.

"왕하, 주군을 뵈러 오셨습니까."

"오늘도 나를 내놓으라는 녀석들이 찾아왔었다지. 하여······. 헌데."

알렉시스가 눈동자만 내려 아스난의 손끝에 걸린 구겨진 서간을 내려다보았다. 아스난은 그의 냉기로 점철된 차게 붉은 눈빛에 손끝이 저린 기분이었다.

"나를 내놓으라던가?"

"그건 아닙니다."

아스난이 입술을 그러 물었다.

알렉시스의 낯빛에 째한 경계심이 떠올랐다.

막 쇼하인과 위스커의 군사력을 치밀히 정리하고, 앞으로 있을 변수들을 고려해 각지의 지지 세력에게 보낼 서신을 써내려가던 레피스는 노크도 없이 들어온 알렉시스로 인해 몹시 놀랐다. 심지어 알렉시스는 표정도 좋지 않았다. 물론, 지난번 크게 그의 부적절한 행동에 대해 나무란 후로는 늘 기분이 안 좋아 보이긴 했지만 오늘은 유독 심했다. 알렉시스는 이렇다 할 인사조차 않고 비스듬 의자에 기대어 누워 팔짱을 꼈다.

쓰다 만 서신을 내려다보던 레피스는 알렉시스의 침묵을 기회 삼아 마저 써내려갔다. 그리고 막 방점을 찍을 때였다.

"거슬려."

레피스가 펜을 내려놓았다.

"뭐가 말입니까?"

"이제 형님이 나를 끌어내리는 게 아니라 제르를 성 밖으로 끌어내려 수작을 부리더군. 세드로를 이용해서."

잠깐 입술을 작게 벌렸다 다문 레피스가 대수롭잖게 대꾸했다.

"……놀랄 일도 아니군요. 제이하이 왕하께서 퀸시오를 떠나면 감히 그녀처럼 자규 왕하의 끄나풀들을 막아낼 수 있는 이가 이 성에는 없을 테니. 하지만 나쁘기만 한 건 아니군요. 이로서 자규 왕하께서 제이하이 왕하와 왕자 저하의 관계를 알고 있다는 게 드러난 셈이잖습니까."

거기까지 말한 레피스가 돌연 입술을 일자로 다문 후, 노골적인 시선으로 알렉시스를 응시했다.

"데바람의 왕위 계승이 거즘 확정되었다 합니다."

허공을 머물던 알렉시스의 붉은 눈동자가 서서히 뜨였다.

"누구에게."

"당연히 지스카르 헨솔이지요."

"그 재수 없는 녀석이."

불편한 심기를 내색하며 자세를 바꾸어 앉은 알렉시스가 탁자에 팔꿈치를 대고 턱을 괴었다.

"마음에 안 드는데."

"하지만 루덴 각하가 지스카르 헨솔과 연고가 깊었던 자라 하였지요. 우리에게도 좋은 일입니다."

네겐 그리 보이겠지. 알렉시스는 괜히 심술이 나 퉁퉁거렸다.

적통 지지자라는 것을 공공연하게 밝히고 다니던 루덴 공은 사실 바로 몇 달 전까지만 해도 세드로의 세력이라 믿어 의심치 않았다. 그러나 그가 유스카리의 명을 받잡아 국경으로 떠나기 직전 알렉시스를 찾아왔다. 여태까지 유스카리의 적자를 지지한다 그리 떠들어댔던 자가, 하루아침에 마음을 바꿔 선왕의 적통인 그를 지지하겠다 하는 주장은 몹시 괴괴하게 들렸다.

사실 알렉시스는 그를 신뢰하지 않았다. 그러나 그는 분명 도움이 될 수 있는 인재라, 알렉시스는 기꺼이 받아들였다. 루덴 공은 자신이 데바람의 요인과 공교로운 우정을 다지고 있으며, 양국이 안정되면 우호 조약을 재가결할 수 있을 것이라 몇 번이고 그에게 역설한 후 더 큰 군대를 약속했다.

그가 군을 빌려올 수 있는 데바람의 요인이 지스카르라는 것을 안 것은 최근이었다.

"저쪽도 정리가 되었다 하니, 이쪽도 더 시간 끌지 말고 속도를 올리자. 왕도로 갈 준비를 해. 루덴 공이 회군했다 하니, 이쪽도 걸음을 재촉할 때다, 레피스."

지스카르의 도움이라. 사실 내키지 않았다. 그러나 뉘사나가 이미 쇼하인의 발목을 잡기 위해 트란실 인까지 끌어들인 마당에, 가릴 것이 없었다.

"왕도로 돌아갈 준비는 차근차근 하고 있습니다."

"차근차근 말고."

"그러면."

"최대한 빨리."

레피스의 눈이 게슴츠레 뜨였다.

"왕하, 루덴 공으로부터 정확한 날짜를 받은 후에 움직여야 합니다. 지금은 시기가 이릅니다. 무슨 다른 계획이 있으십니까?"

"너를 따르는 군사 3,000이 에르크에서 바로 북상해 엘올라 인근에 주둔하고 있지. 엘올라 안에서 은밀히 운용 가능한 군은 얼마나 되던가?"

"금군에게 발이 묶여 있다고는 해도 적당히 빼내자면 쇼하인 공작의 군사까지 포함해 8,000정도 가능할 것 같습니다만. 더 시간을 두고 끌어 모은다면 1만 군사 정도는 거뜬하죠. 문제는 그사이에 벌어질 교전인데……."

알렉시스가 간결히 답했다.

"그럼 충분하군."

"미쳤습니까? 진짜 그리 생각하시는 건 아니실 거라 믿습니다."

레피스로서는 이해가 안 갈 수밖에 없었다. 충분이라니. 뉘사나가 금군과 수호 가문을 거머쥔 이상 엘올라는 뉘사나의 손아귀에 있다 해도 과언이 아니었다. 그를 따르는 이들의 사병들마저 전부 발이 묶여 있을 이 상황에.

420　　421

"쥐방울만 한 저택 하나 점거하는 데엔 천도 필요 없지."

불신의 눈초리로 알렉시스를 곁눈질하던 레피스의 표정이 서서히 당혹으로 물들었다.

"저택?"

"형님이 그리 치졸한 수를 쓴다면 나도 기꺼이 맞장구쳐주겠다는 거다. 소겔가드를 잡는다."

최악은 아니었으나 최선도 아니었다. 아니, 오히려 악질적인 계획이었다.

조급하고, 성급하고, 대책 없는 계획이다. 그리 반발하려던 레피스는 막 입술을 벌렸다가 뒤늦게 뇌리를 관통하는 어떤 통찰을 깨닫고 다물었다. 알렉시스는 늘 최악을 염두에 두고, 최선을 행동하는 것을 신념으로 삼았다. 그렇다면 이건 적어도 알렉시스에게는, 혹은 알렉시스가 개의하는 누군가에게는 최선일 터였다. 자신의 예상이 맞다면 지금 무슨 이야길 해도 알렉시스는 뜻을 꺾지 않을 것이다.

레피스가 현실적인 문제를 들었다.

"왕도 안으로 진입하는 것은? 이쪽은 지금 당당히 성문을 통과할 수 있는 입장이 아니지 않습니까. 그에 대한 묘책도 생각해보신 겁니까?"

양 입꼬리를 매끄럽게 끌어올려 능청스러운 미소를 짓던 알렉시스가 의자에서 몸을 일으켜 그에게 다가왔다. 알렉시스는 레피스의 서신들을 하나하나 살피더니 곧 빈 종이 하나를 끌어다 서신들의 제일 윗면에 놓았다. 그러곤 레피스의 등 뒤에서 몸을 숙여, 탁자 위 빈 종이에 펜을 휘갈겼다. 멀뚱멀뚱 그를 올려다보던 레피스는 귀한 종이 오른쪽 하단에 쓰인 익숙한 이름을 발견하고 퍽 미간을 좁혔다.

소블란.

빈 종이의 하단에는 그리 쓰여 있었다.

알렉시스가 쥐고 있던 펜을 내려놓으며 확신에 찬 쐐기를 박았다.

"라니 로웬. 지금 퀸시오엔 소블란이 있잖아?"

라니가 눈을 끔뻑였다.

'……어쩐 일이람?'

라니 로웬 엘 마르카 소블란. 이미 혼기를 놓쳐버린 아가씨는 얼결에 퀸시오에 발이 묶여 진퇴양난에 빠져 있었다. 선왕 유스카리가 서거한 후, 알렉시스가 유스카리를 시해하였다는 소문이 돌며 흉흉해진 시국이 원흉이었다. 언제까지고 이곳에 있을 수는 없으나, 사정을 모르는 상황에 섣불리 움직이기도 저어했다.

그녀는 정치라는 건 잘 몰랐다. 그저 아는 거라고는 자신이 '지체 높은 여인'이라는 것과 알렉시스가 그런 흉악한 짓을 할 만한 위인이 아니라는 것뿐이었다.

이러지도 저러지도 못한 채 방 안에서 칩거하던 그녀를 부른 것은, 그녀의 존재를 잊은 줄만 알았던 알렉시스였다.

그녀도 익히 이름을 알 만한 귀족들이 모두 정갈히 앉아 있었다. 카르시탄인 알렉시스와 제르, 에드하인다의 아스난과 베이하크의 레피스까지.

뜬금없이 회의장에 끌려와 눈만 껌뻑이며 '지위는 낮지만 무시 못할 사람'들과, '조심해야 하는 높으신 분'들의 말을 경청하던 라니는 끝내 멍청한 질문을 되돌렸다.

"……내…… 내가? 나한테 하는 말이야? ……요?"

"그래. 소블란은 지금 나와 척을 진 것으로 알려져 있으니 그리 위험하지는 않을 거야. 너는 적당히 빠져나갈 수 있을 거다."

"에……?"

"발이 묶인 이 상황에서, 물론 네가 이곳에 왔다는 걸 아는 이들이 몇 있긴 하다마는…… 왕도의 말단 병사들까지 그 내막을 아는 것은 아니지. 퀸시오에서 은밀히 빠져나가는 것만 성공한다면 엘올라 입성은 그리 어렵지 않을 거다. 엘올라의 성문을 지키는 이들이 보통 주의하도록 지시받는 것은 가문의 깃발이다. 엘올라 동쪽에 소블란이 지원하는 가문들이 여럿 있다지?"

"……"

라니는 얼결에 고개를 끄덕였다.

"그곳에서 마차를 갈아탄다. 어차피 검문소엔 네 얼굴을 모르는 이가 태반일 거고, 제르는 아는 이들이 몇 없겠지. 검문만 넘으면 된다. 간단하지?"

간단한가? 라니는 여직 이해가 가지 않는다는 표정으로 얼결에 고개를 끄덕이다가 흠칫 놀랐다.

"하, 하지만 마차 안을 검사할 텐데? ……요."

"네 수완으로 그 정도도 처리 못 해?"

"무시하지 마! 태도가 그런데 도와주고 싶겠어! ……요!"

발끈한 라니가 주위 사람들의 시선을 의식하곤 말끝을 더듬거렸다.

'이래서야…….'

제르가 옅은 한숨을 내쉬었다. 알렉시스의 말처럼 드러내놓고 엘올라로 향한다는 건 무리였다. 알렉시스를 비호한다 알려진 퀸시오와 알렉시스의 우수로 명성 자자한 베이하크는 엘올라에 이르는 즉시 구금 억류될 것이 자명했다. 그러나 그들이 엘올라에 입성하려면 신분을 증명해야 했으므로 촉박한 시간 내에 이용할 수 있는 건 다 이용해야 했다.

이 와중에도 레피스는 라니를 고까운 듯이 바라보고 있었다.

"이미 한 번 알렉시스 님의 얼굴에 똥칠을 했으니, 속죄하는 셈 치시지요. 불만입니까?"

"또, 똥칠? 베이하크 백작, 지금 뭐라고 하신 거예요. 또, 똥칠이라고!"

라니의 얼굴이 붉으락푸르락해졌다.

"안 해!"

철없는 라니의 성난 대꾸에 알렉시스가 손을 들어 레피스를 제지했다.

"이 녀석이 한 말은 신경 쓰지 마라, 라니. 지금 많은 이들의 목숨이 경각에 달려 있다. 너는 도울 수 있어."

"……흐, 흥. 하지만 내가 멋대로 너를 데리고 왕도로 들어갔다가 위험해지면 어떻게 해? 요? 데피온, 더 이상 가문에 폐를 끼칠 수는 없어! 요! 그, 그리고 나는 그렇다 치더라도 제이하이 왕하와 테피온이 함께 지금 왕도로 가는 건 좀 아닌 것 같은데…… 요."

제르의 시선을 의식한 라니가 말끝을 흐렸다.

"나나 제이하이 카르시탄의 안위까지 걱정할 것 없어."

"왕도로 가면 어떻게 되는 건데…… 요!"

"아, 라니 너는 자세히는 알 거 없고."

새침하게 손가락으로 머리칼을 돌돌 말던 라니가 도도한 눈으로 알렉시스를 흘겼다.

"이용하려고 하면서 그렇게 단물만 빼먹겠다 이거지요?"

"오해하지 마. 네가 위험해질지도 몰라서 그래."

화사하게 말하는 알렉시스의 말 속엔 뼈가 있었다. 라니가 위험에 처할 가능성과 라니가 그들에게 위험한 인물이 되었을 때를 상정한 경고였다. 모두가 그의 의중을 짚어내기 어렵지 않아 침묵했다. 당사자인 라니만 빼고 말이다.

알렉시스는 능청스럽게 말을 이었다.

"잘 알겠지?"

"……그, 그래도!"

분위기가 제법 위압적이었던지라 딱 잘라 거절하지 못한 라니는 이내 이것저것 재어보기 시작했다.

"레피스 님은 여기 남나요? 왕도의 병사들 중 베이하크 백작의 얼굴을 아는 사람이 많을 텐데."

"엘올라 근처까지 같이 간 후, 중간에 찢어져 가능한 병력을 모으러 갈 겁니다."

"……아."

"그럼 그렇게 하는 걸로 치고 일단, 호위로 따르는 것은 얼굴이 알려지지 않은 이들이 좋겠지. 큰 무리로 움직여서 들키면 곤란하니 마차 한 대, 그리고 호위도 대여섯 명만 데려간다. 이의는 없나? 제이하이 카르시탄."

제이하이. 굉장히 먼 거리감이 느껴지는 음성이었다. 낯선 기분에 즉각 답하지 못하고 시선을 내린 제르가 고개를 미미하게 끄덕였다. 조용히 회의를 경청하던 아스난이 아뢨다.

"호위로는 르니아 양과 페이랑, 그리고 클로이스 경을 대동하십시오."

"엘보르트 경, 그대도 왕도에 식솔들이 있지 않나. 그대도 함께……"

아스난이 고개를 저었다.

"아니, 괜찮습니다. 에드하인다 백작가는 표면적으로 중립이기 때문에 그리 큰 문제는 없을 겁니다. 오히려 제가 주군과 올리비에 왕하와 함께 성도로 가는 것이 더 위험합니다."

"그래도……. 걱정하고 있을 줄 알았는데?"

"반드시 눈앞에서 지켜야만 지키는 것이 아닙니다. 그건 주군께서 누구보다 잘 알고 계실 거라 여깁니다."

제르가 씁쓰름하게 그를 외면했다. 아스난이 담담히 덧붙였다.

"그리고 누군가는 퀸시오에 남아야 하지 않겠습니까. 언젠가 주군이 돌아오실 곳을 지켜야지요."

가슴 저린 충의에 제르가 미소로 화답했다. 그녀는 더 말을 늘이지 않고 화두를 되돌렸다.

"헌데 페이랑은 이곳에 그 처가 있는데 그런 위험을 무릅쓰게 할 수는 없지 않겠나."

"페이랑은 에드하인다에 속해 있기도 했으니 저 대신 에드하인다 가문을 살필 수도 있을 것이고, 무엇보다 기사 제적을 당해 기사 명단에 없으니 혹 신분 증명이 필요한 상황이 되어도 무사히 넘어갈 수 있을 겁니다. 제 부친이 계시기는 하지만 일선에는 나서지 않는 분이시니 일시적으로 페이랑에게 에드하인다의 군권을 일임할 생각입니다. 주

426　　427

군께서 필요로 하실 때 그들을 움직일 수 있도록 그가 이야기를 잘 전할 겁니다. 왕도 안에 약 1,600여 사병이 머물고 있고, 그리 멀지 않은 에드하인다령에 500여 기의 기사와 1만3,000에 조금 못 미치는 사병들이 있습니다. 이미 페이랑은 기꺼이 주군께 목숨을 걸겠다 결의했습니다. 그의 안사람 또한 은혜 갚음이라면 무엇이든."

"됐다. 그쯤 해라."

제르의 잠긴 음성이 그의 말허리를 잘랐다. 그녀는 무의식적으로 알렉시스를 돌아보았다. 그는 그녀를 더 이상 의식하지 않는 사람처럼 고개를 돌리고 있었다.

눈을 멀뚱멀뚱 뜨고 자신을 배제한 채 이어지는 대화를 귀담아듣던 라니가 당황조로 화제를 되돌렸다.

"아, 아니, 아니. 제 의견은요? 무시? 그냥 무시하는 거예요? 제가 싫다고 하면 어떻게 하시려고요?"

라니는 제르와 눈이 마주치자 목을 움츠렸다. 아무리 주눅 들지 않은 체해도 깊이를 짐작할 수 없는 차갑기만 한 흑안은 무서웠다. 머뭇거리던 라니는 다시 한 번 마음을 다잡았다. 아무리 철없다는 소리를 들으며 살아왔다지만 위험한 일과 위험하지 않은 일 정도는 구분할 수 있었다. 게다가 제게 그리 막 대한 알렉시스를 도울 의리도 없었다.

"아…… 저, 전 싫……."

"잘만 된다면 좋은 집안으로 혼처를 알아봐주지."

막 거절의 의사를 내비치려던 라니가 자동반사로 되물었다.

"……저, 정말?"

레피스가 기가 막힌다는 듯 코웃음 쳤다. 라니는 자신이 너무 가볍게 처신했다는 것을 깨닫고 얼굴을 붉혔다.

"아, 아니, 나는 굳이 뭐…… 누구랑 겨, 결혼해도 뭐…….'

"카르시타의 시골 귀족과 얽혀 사는 것보다 왕도에서 사교 활동을 하며 귀한 대접을 받고 사는 게 좋지 않겠어? 과거 내 약혼녀였으니, 어느 정도 지위는 가져야 내 체면도 서겠지? 약조하지."

'아, 안 돼. 유혹당하면 안…….'

라니에게 그건 악마의 속삭임처럼 달았다. 지금은 어려워 보이지만 왕도에는 뉘사나를 견제할 대공 가문이 버티고 있었다. 서거한 유스카리의 적왕자인 세드로는 이제 겨우 네 살이나 됐을까. 알렉시스가 혹시라도 왕이 된다면 모든 것이 뒤바뀔 터였다. 그녀는 사실 그의 약혼녀로 내정되기 전부터 그가 왕이 될 것을 믿었다. 그러지 않았더라면 그와의 정혼을 되돌리기 위해 이리 체면마저 다 내버리지는 않았을 것이다.

'안 돼. 안 돼. 안 돼…… 돼…… 돼. 돼. 돼. 돼.'

"그, 그럼 계약서를 써. 여기 모인 분들이 공증인이 되어주신다면 좋겠어요. 도, 도와드릴게요. 사, 사, 사, 사심이 있어서는 아니고, 그, 그냥 호의라고 생각하세요……."

레피스가 소블란의 핏줄은 못 속이겠습니다, 불만스레 중얼거렸다. 라니는 민망함을 애써 감춘 얼굴로 헛기침을 하며 턱을 치켜들었다.

알렉시스가 정리했다.

"그래. 다만 책임지고 왕도 성문의 길을 열어야 한다는 조건으로."

"그 정도도 못 할까 봐? 소블란을 무시하지 마."

마음을 정하고 나니 라니는 평소의 그 오만방자하고 자신감 넘치는 여자로 되돌아갔다. 알렉시스로서는 외려 마음이 놓였다.

제르는 가만히 라니를 응시하다가 스르르 시선을 돌렸다. 계속 보고 있으면 저도 모르게 비웃음을 지을 것 같아서였다. 그녀는 세상 물정 모르는 어린아이였다.

라니가 밉게만 느껴지는 건 아니었다. 사실 조금은, 부러운 것도 같았다. 속내가 투명한 것이 음흉한 것보다 낫다. 강아지처럼 눈을 반짝이고, 한 조각 시선에 흠칫흠칫 놀라는 것이 되레 어여뻐도 보였다.

어째서 저리도 무례한 여인을 알렉시스가 줄곧 상대해주는지, 이제야 조금 알 것 같은 느낌이었다.

"그리고 한 가지 더!"

라니가 검지를 치켜들었다.

"뭔데?"

"레피스 님한테, 앞으로 나한테 좀 깍듯이 대하라고 해줄래? 정말이지 빈정 상해!"

레피스의 이마에 힘줄이 돋았다. 넉살 좋게 표정을 푼 알렉시스가 작게 웃으며 레피스를 돌아보았다.

"어떻게 할래. 그렇다는데?"

"……영애의 기분을 언짢게 했다면 사과드립니다. 주의, 하도록 노력, 해보지요."

"그럼 일단 마무리하지."

제르는 자리에서 일어섰다. 레피스가 회의장을 떠나려는 제르를 향해 말했다.

"그럼 출발은……."

제르는 대답 없이 회의장을 벗어났다.

일찍이 양친을 여읜 뉘사나는 토번이라는 사내의 슬하에서 자라났다. 토번은 카르시타의 제일가는 상당인 카시온 상단의 주인으로, 메린하프와 같은 악덕 귀족들과도 몹시 연고가 깊은 자였다. 뉘사나의 친부 오세스는 체자스 공과 혈연으로 가까운 관계였고, 생전 토번과도 각별했던 것으로 기억한다. 그의 어머니인 비시하는 뉘사나를 낳고 두 해가 지나지 않아 역병에 목숨을 앗겼기에 사실 잘 알지 못했다.

그리고 뉘사나가 다섯 살이 되던 해에, 카르시타의 강건한 상징처럼 군림하던 제누바시스가 서거했다. 알렉시스가 태어난 직후였다. 한 해도 채우지 못한 갓난 후계자를 두고 세상을 떠난 제누바시스의 공석은 많은 이들을 들썩이게 했다. 토번과 그의 친부 역시 마찬가지였다.

처음 알렉시스 테피온을 왕좌에 올리느냐 마느냐로 시작되었던 논쟁은 그렇다면 누가 이 왕위를 물려받아야 하는가 하는 의문으로 이어졌고, 가장 가까운 이에게 내어주어야 한다는 결론에 이르게 되었다.

제누바시스에게는 여동생 비시하와 남동생인 유스카리가 있었다. 여동생 비시하를 왕위 계승권자로 인정한다면 비시하의 부군인 오세스가 왕이 되어야 했다. 그러나 오세스는 체자스 공작가와 긴밀한 관계를 유지하고 있었으므로, 여타 귀족들의 반발을 사 명단에서 제외되었다. 자연스럽게 왕위는 유스카리에게로 넘어갔다. 당시 유스카리는 남부의 대공작으로 유구한 역사를 자랑하는 피노제 가문 장녀의 남편이자 인품 좋은 남자로 정평이 자자했다.

순히 살던 남자였고, 무난했다. 그와 연고가 없던 왕도의 일부 귀족들은 그의 승계를 거부했으나 피노제의 입김이 닿자 의지를 꺾었다.

그리고 피노제는 유스카리가 통치하던 남부 대공령을 상속받고 어엿한 대공작의 가문으로 자리매김했다.

세상 물정 모르던 시절의 일은 뉘사나에겐 중요치 않았다. 그러나 한 번 뒤틀린 왕위 계승은 많은 이들의 희비를 비틀었고, 뉘사나의 친부 오세스 역시 그들 중 한 명으로 미련의 늪에 잠겼다. 오세스는 왕좌의 문턱까지 올라갔다 추락한 자신의 비참함을 인정할 수 없었던 모양이었다. 그는 점차 생기를 잃더니 뉘사나가 열한 살이 되던 해 타계했다.

그 즈음은 뉘사나 역시 세상 돌아가는 이치를 어느 정도 이해할 무렵이었다. 뉘사나를 제 자식처럼 거둔 토번은 오세스가 이룩하지 못한 업적에 늘 통탄했다. 그리고 늘 입버릇처럼 말했다.

'너 역시 카르시탄이다. 비시하 님이 살아 있었다면 너 또한 노려봄 직했을 거다.'

매일같이 그런 이야기를 듣고 자랐다.

매일같이 듣다 보면, 거짓도 진실처럼 들리는 법이었다. 처음에는 노려봄 직했을 것이라며 아쉬워하던 토번은 종국엔 네가 왕이 될 거란 헛바람까지 불어 넣었다. 실제로 유스카리는 수년이 지나도록 아들이 없었고, 에사렛타 역시 마지막 유산을 끝으로 불임일지 모른다는 판정을 받았으므로 전혀 불가능해 보이지는 않았다.

그러나 유스카리의 후사가 영영 태어나지 않으리라는 것을 이해한 후에도 귀족들은 뉘사나를 배제하려 했다. 바로 선왕 제누바시스의 아들인 알렉시스 때문이었다. 어찌 보면 당연한 일이었지만 뉘사나는 그 처우가 몹시도 불합리하다 생각했다.

오세스의 생전과 다름없이 반복되는 도외시 속에서 토번의 집착은

날로 날카로워졌다. 그는 은밀하게, 노골적으로 어린 알렉시스를 죽이려 안간힘을 썼다. 그러다 도리어 쇼하인 공에게 참수당하는 결과만 낳게 되었다.

토번이 죽은 것은 슬펐지만 어쩔 수 없다고 생각했다. 뉘사나는 그동안 토번이 그를 위해 그러모으고 회유해 끌어들인 이들과 체자스 공의 광휘 아래 차근차근 기반을 쌓았다. 사실 스스로가 왜 그래야 하는지도 알지 못했음에도.

어느 순간부터 서로가 서로를 눈엣가시로 여기게 된 뉘사나와 알렉시스는 표면적으로는 그럭저럭 괜찮은 관계를 유지했다. 솔직히, 가끔은 마음이 놀랄 정도로 잘 맞기도 했다. 알렉시스는 싫지 않았다. 알렉시스 역시 뉘사나를 싫어하지는 않았다. 다만 그들은 스스로의 길이 다름을 알고 있었기에 웃는 낯에도 칼을 꽂는 비정함으로 우애를 다져갔을 뿐이다.

그리고 열여덟. 리안을 만났다.

뉘사나는 유연한 처세로 많은 이들의 호의를 받는 남자로 자라났다. 그때까지도 유스카리에겐 적자가 없었으므로, 먼 미래를 내다보는 이들은 그에게 먼저 다가오기 시작했다. 뿐만 아니라 그는 여자들 사이에서도 인기가 많았다. 뉘사나는 스스로가 매력적인 남자라는 걸 잘 알고 있었으므로, 자신의 오만은 당연한 것이라 여겼다. 그런 와중 눈에 든 것이 리안 류룬이었다. 처음에는 소겔가드의 환심을 사고 싶은 계산으로 그녀에게 접근했다 말하는 것이 정확할 것이다.

리안은 몹시도 신비스러웠다. 언뜻 갈빛을 띠는 금발은 태양 아래 불그스름 반짝였고, 담록빛 눈동자는 각도마다 빛을 달리했다. 그리 아름답게 빛나는 꽃이라 꼬이는 벌들도 많았다. 흔하디흔한 벌들 중

한 마리가 되고 싶지 않았던 뉘사나는 한동안 말없이 리안을 지켜보았다. 혹 그녀가 누군가의 여자가 되지는 않을까 조바심 내면서.

그러나 많은 영식들의 구애를 받으면서도 리안은 누구도 자신을 허락하지 않았다. 심지어 누구도 조건적으로 이길 수 없다 여겼던 피노제 대공가의 장남 에드난은 그녀에게 일곱 번이나 거절당했다.

그녀는 꺾을 수 없는 절벽 위의 꽃이었다.

흑심을 품기는 했으나, 만남의 시작은 우연이었다.

예술 작품을 감상하길 좋아했던 뉘사나는 아를캥의 회랑에서 우연찮게 그녀와 마주쳤다. 그녀는 화려한 것보다 소박한 예술 작품에 더 관심이 많았지만, 공통의 관심사가 있다는 것만으로도 충분했다. 개인적으로 쉬이 누군가를 만나지 않는 리안은 그와 다섯 번이나 함께 시간을 보냈다. 뉘사나는 여섯 번째의 만남에 그녀에게 청혼했다. 그리고 거절당했다.

사실 포기할 생각이었다. 그러나 마지막 헤어짐의 순간, 그녀의 한마디가 그를 진창처럼 빠져나올 수 없는 사랑 속으로 떠밀었다.

'소겔가드를 탐내신다는 걸 알아요. 나쁘다는 건 아니에요. 왕하께서 그러지 못하실 거라는 것도 아니랍니다. 저는 누구나 왕이 될 수 있다 생각해요. 백성들을 사랑한다면, 기꺼이 그들의 이야기에 귀 기울여준다면 누구든지요. 분명히, 자규 왕하께서도 그런 훌륭한 통치자가 되시겠지요. 하지만 그리 되면 저는 행복할 수 없을 거예요.'

왜 네가 행복할 수 없느냐는 물음보다 먼저, 어리석은 질문을 되돌렸다.

보석을 좋아하지 않는지.

'누가 싫어하겠어요?'

소박해 보여도 값진 그림을 좋아하지 않는지.

'좋아해요. 왕하와 유일하게 비슷한 취미가 그림인 거 아시지 않아요?'

그래서 그는 언제나처럼 오만했다. 나는 네게 무엇이든 줄 수 있어. 그녀가 답했다.

'왕하는 그 꼭대기에 무엇이 있을 거라 생각하시는 거죠?'

무엇이 있든, 지금 내가 보는 것만큼 아름다운 세상. 그리 답하자 리안은 그를 몹시 불쌍한 사람 보듯 바라보았다. 한참이나. 그녀로부터 그런 시선을 받는 건 이상하게 비참한 기분을 들게 했다. 그녀는 안쓰럽다는 듯이 그를 품에 안고 다독이며 작별을 고했다. 뉘사나는 도대체 어디서부터 잘못된 건지 알 수가 없었다. 왜 자신과 결혼하면 행복하지 않을 거라 말하는지, 이유도 몰랐다. 그러나 포기할 수 없었다.

그는 계속해서 그녀를 회유하려 애썼다. 문전박대를 당하고, 강제로 왕성으로 불러들여도 소용없었다. 소겔가드 후를 직접 만나 억지로라도 연을 접붙이려 했지만 제 외동딸을 극진히 아꼈던 소겔가드 후는 그의 제안을 정중히 거절했다. 뉘사나는 애써 마음을 다스렸다. 그저 싫은 체 버티는 것일 것이다.

하지만 리안은 끝끝내 그를 거절했다.

그는 그가 그리 비웃었던 피노제의 장남 에드난과 마찬가지로 자신역시 그저 한 마리 벌이었다는 것을 깨달았다. 그리 되자 더 눈에 보이는 게 없었다. 그는 단 한 번도 숙여본 적 없던 머리를 숙이고, 단 한번도 꺾인 적 없던 오만을 꺾고 그녀의 앞에서 애원했다.

'자규 왕하, 왕하는 정말 멋지고 사랑스럽지만. 저는 정말 왕하가 가여워요.'

그러나 마지막까지 그리 거절 같은 말로 그를 주저앉게 만든 여자였다. 결국 뉘사나는 극도의 우울증에 빠져 드러누웠다. 그리고 한 달쯤 후 그녀는 거짓말처럼 웃으며 그의 품으로 돌아왔다. 그녀가 들고 온 것은 한 손에는 사랑, 한 손에는 아버지인 소젤가드 후의 허락이었다.

뉘사나는 뛸 듯이 기뻐하며 그녀에게 사랑을 맹세했다. 그리고 1년 후, 그는 리안과 정식으로 혼인할 수 있었다.

'뉘사나, 나는 당신이 좋은 남편이 되어주길 바라요. 하지만 당신이 좋은 왕이 되길 바란다면 기꺼이 당신을 도와 당신의 삶의 일부가 될게요.'

뉘사나의 눈꺼풀이 뜨였다.

지난밤, 소젤가드 사저에서 진탕 술을 마신 탓인지 피로에 잠긴 기분이었다. 햇살이 눈가를 간질여 더 잠들 수는 없을 것 같았다. 허리에서 느껴지는 따뜻한 체온에 고개를 돌린 뉘사나는 그의 옆에 잠들어 있는 리안을 발견했다. 오래전에 그런 일이 있었다. 그의 시작은 리안을 얻은 것부터였다. 그리고 끝은 왕위를 얻는 것이다. 리안과 제일리, 그리고 곧 태어날 제 아이는 자신과 같은 일을 겪게 하고 싶지 않았다. 도외시되는 것.

외로움.

뉘사나는 잠든 리안의 보기만 해도 무거운 배 위에 손바닥을 대보았다.

언제쯤 태동이 있는지도 모르지만, 무언가 느껴지는 듯해 절로 웃음이 났다.

아이는 세상의 기쁨이었다. 만고불변의 언제나 그 자리에 있는 진실이라면, 사실 조금 더 늦게 알았더라면 좋았을 것이다.

뉘사나의 눈빛이 이내 차분한 고요 속으로 침몰했다.

"깼어요?"

뉘사나의 손길 탓인지, 발름 벌어진 커튼 사이로 스며드는 햇살 탓인지 리안이 눈을 떴다. 뉘사나는 가볍게 고개를 기울여 그녀의 눈가에 입 맞춘 후 속삭였다.

"좀 더 자도 돼."

"아니…… 저도 깼어요. 오늘은 안 가봐요?"

"가봐야겠지."

리안의 낯빛이 조금 어두워졌다. 뉘사나는 약간의 가책을 지우기 위해 화두를 돌렸다.

"지난번엔 조그만 언덕 같았는데, 곧 산만 해지겠네."

"누굴 닮아서 그런지 몰라요. 이번엔…… 아들이었으면 좋겠어요. 그렇죠?"

"힘들지는 않고?"

"힘들 게 뭐 있어. 저택에서 하루 종일 하는 쉬기만 하는걸요."

"그런 것치고는 뾰로통한걸."

"눈치는 빨라. 자주 못 보니까. 그건 좀 힘들어."

"곧 끝날 거야. 제이하이를 끌어내면 알렉시스도 나오게 될 테니까."

리안의 낯빛이 크게 어두워졌다. 그녀는 유스카리의 죽음을 에사렛타만큼이나 슬퍼한 사람 중 한 명이었다. 알렉시스의 소행이라는 말에 믿을 수 없어 하면서도 가장 분노했던 사람이기도 했다. 뉘사나는 잠깐 막힌 말문을 더듬어 열었다.

"……뉘사나, 조금만 천천히 해요. 올리비에 왕하의 일도 좀 더 조사를 해보고."

"내가."

"……."

"알아서 할게."

뉘사나가 정확히 선을 긋자, 리안은 마지못해 고개를 끄덕였다. 애초에 정치적인 사안이나 공론은 아버지와 그만의 일이었다.

리안이 그의 손을 끌어 자신의 양손 안에 가두듯 만지작거렸다.

"아이의 이름은 생각해봤어요?"

"조금 더 고민해보게. 딸이라면 고귀한 이름을, 아들이라면 늠름한 이름을 지어주자. 그리고 걱정하지 마. 네가 아이를 낳을 때에는 무슨 일이 있더라도 달려와 같이 있어줄 테니까. 그리고 일이 다 끝나면 나는."

"뉘사나……."

"너를 내 왕비로 모실 거야."

"……."

"제일리와 이 배 속의 아이에게는 좋은 것들만 보여주고, 좋은 것들만 들려줄 거야."

"……."

"너와 제일리를 위한 왕관을 아예 새로 만들까? 막내는 너무 어리니까. 역사상 없던 오직 너만을 위한 왕관을 만드는 거야. 어때?"

천진한 웃음을 짓는 뉘사나는 정말 신이 난 사람처럼 보였다. 리안이 그가 더 흥분할세라 쉬이쉬이 그를 달랬다.

"그러지 않아도 괜찮아요. 당신의 옆에 있으면 나는 자연히 빛날 테니까."

"너는 어디에 있어도 빛나. 하지만 왕비궁의 주인이 된다면 더욱 빛나겠지."

리안이 얕은 한숨을 내키며 웃었다.

첫 아이를 가졌을 때보다 둘째를 가진 지금이 더 무섭다는 것을 입 밖으로 낼 수는 없었다. 뉘사나가 지금 카르시타의 질서를 바로잡기 위해 얼마나 고군분투하는지 모르지 않으므로 그녀는 그를 지지해주어야 마땅했다. 애초에 그럴 각오로 그의 사람이 된 것이다. 애초에 이런 식으로 왕위 싸움이 시작될 거란 생각은 해본 적 없지만, 알렉시스가 방아쇠를 당겼다면 이쪽 역시 대응해야 했다.

더는 멈출 수 없었다. 뉘사나에게 이제 왕좌는 머지않았다.

"……왕비 전하는요? 왕자 저하도……."

"궁에서 잘 계셔."

"여전히 아무도 만나지 않으시겠대요?"

"상심이 크신 듯해."

뉘사나가 간격을 두고 말하며 슬그머니 시선을 내렸다.

"내가 안부 전할게."

"그래요. 정 안 되면 몸이 좀 괜찮다 싶을 때 제가 직접 찾아뵈어도 된다고……."

뉘사나는 그대로 리안의 입술 위로 제 입술을 포갰다. 말허리가 잘린 리안의 우물거리는 신음이 짧게 울렸다 멎었다. 리안의 뺨이 금세 발갛게 달아오른 것을 발견한 뉘사나는 곧 입술을 떼고 그녀의 이마에 제 이마를 맞댔다.

"너는 좋은 생각만 해."

이미 그는 제 손으로 유스카리를 죽였다.

"좋은 것만 보고."

리안은 결코 텅 빈 왕궁을 봐선 안 된다.

438   439

"좋은 것만 들어."

누구도 에사렛타와 세드로의 행방을 의심해선 안 된다.

그는 따스한 리안의 체온에 지친 마음을 기댔다. 기분 좋은 듯 입술을 오물거리던 리안이 소곤거렸다.

"당신이 정말 훌륭한 왕이 될 거라는 거 나도 알아요. 하지만 몸은 생각해가면서 해요. 그렇게 지친 얼굴 하면 보내기 싫어."

뉘사나는 와락 그녀를 끌어안고 그녀의 쇄골 위로 얼굴을 파묻었다. 눈을 마주칠 수가 없었다. 무거운 것이 뒷목을 짓눌러와 고개도 들 수 없었다.

하지만 그가 선택한 길. 되돌아갈 수도 없었다.

베다시아는 내키지 않는 걸음을 재촉해 뉘사나의 거처로 향했다. 그의 거처에 가까워질수록 이미 화석처럼 굳어진 분노로 억눌려 있던 가슴이 크게 뛰었다. 시녀들의 안내를 기다리긴커녕 말없이 제 집마냥 뉘사나의 공간을 가로지르는 그를 막는 이는 없었다. 곧 베다시아는 뉘사나가 주로 머무는 서재에 이르렀다. 서재의 문은 열려 있었다.

베다시아가 아뢨다.

"베다시아입니다."

"왕하는 부재중이시다."

뉘사나의 것이 아닌 목소리가 되돌아왔다. 목소리의 주인을 짐작한 베다시아는 문을 벌컥 열어젖혔다. 주인을 대신해 답한 사내는 푹신한 의자에 앉아 지도와 문헌들을 들여다보고 있었다.

"······왕하께서는?"

"소겔가드 저택으로 가셨다. 곧 돌아오실 거다."

짙은 녹빛 눈동자가 경멸로 그를 흘긴 후 다시 문헌 위로 되돌아갔다. 모르는 이가 보았다면 마치 그가 이 서재의 주인인 듯, 그리 보였을 터다. 배알이 뒤틀려 목젖이 꿈틀거렸다.

베다시아가 적의를 감추지 않고 물었다.

"주인 없는 방에서 무얼 하시는 겁니까?"

제피언은 그의 말을 완전히 무시했다. 베다시아는 이를 바득 짓깨물며 그를 노려보았다.

"대단하시기도 하지. 국왕 전하의 생전에는 그분에게 간이며 쓸개를 다 빼주실 것처럼 굴더니, 그리 매몰차게 배반하고 죄의식도 없는 모양이군. 작위가 그리 탐이 났나?"

"······."

"역사상 가장 수치스러운 금군 대장으로 기록되어도 상관없을 만큼?"

그의 혼잣말 같은 폭언을 흘려듣던 제피언의 손에 힘이 들어갔다. 문헌의 가장자리가 구겨졌다. 제피언이 비로소 고개를 들어 그를 똑바로 바라보았다.

"엘올라의 안녕을 위한 선택이었다고만 하지. 그리고 배반이라면 그대도 할 말이 없을 텐데."

"전 적어도 그런 추잡한 이유 때문은 아니니. 충분히 속죄하고 죽을 생각입니다."

"그렇다면 그냥 지금 속죄의 의미로 자진하지 그러나."

제피언이 섬뜩하리만치 매서운 눈빛으로 그를 노려보았다. 베다시아는 무의식적으로 살기를 감지하고는 주먹을 그러쥐었다.

"이번 일이 마무리되면, 키이브가도 끝이 날 거다. 그리고 새로운 가문을 수호 가문으로 삼아 그 명맥을 유지해야겠지. 고인 물은 갈아 줘야 하는 법이니."

무감정함에 베일 것 같은 목소리였다.

"쉽게 끝장나주지는 않을 겁니다."

"그리 쉬운 이였다면 오히려 미안한 일이지. 주제넘게 칼시단을 노린 대가가 그리 녹록지 않을 거라 경고했었잖나?"

"네가 그딴 말 할 자격 없어."

제피언이 빙그레 웃었다. 뭇 귀부인들을 설레게 하는 가식과도 흡사했지만 진의만큼은 명백했다.

"그 아이를 사지로 내몬 건 너다, 분수도 모르는 놈. 자규 왕하의 옆에 붙어 그리 제 가문을 더럽히고도 아무것도 남지 않았으니 불쌍한 놈이라고 해줘야 하나."

"감히 네가 그리."

제피언이 깔보듯 실소했다.

"각하."

"기필코…… 너만큼은!"

"알고 있겠지. 앞으로 넌 나를 그리 부르게 될 거다. 그때도 그런 말버릇이라면 그 자리에서 아까운 줄 모르는 목숨 거둬주지."

"무슨 일인가? 복도까지 소란스럽던데."

분노로 몸을 떨던 베다시아가 몸을 비껴 돌렸다. 체자스 공이 두 명의 기사들을 대동한 채 다가오고 있었다. 그가 가까워지는 발소리에 베다시아는 분노의 열기로 녹아내릴 듯한 얼굴을 한 번 쓸어낸 후 밖으로 나갔다.

'반드시, 네놈, 네놈만은 파멸시킬 것이다.'

제피언, 저놈만은 죽이리라.

재마저 불태울 듯한 온도 높은 증오에 눈앞이 어지러웠다.

분을 이기지 못하고 무례하게 돌아가버린 베다시아를 서늘히 응망하던 제피언이 일어섰다.

"오셨습니까. 각하."

체자스 공작은 비어 있는 뉘사나의 자리를 바라보더니 말했다.

"아직, 소겔가드에서 돌아오지 않으셨군. 그나저나 경은 웬만큼 이해하지 않나. 헨로 경을 자극해선 좋을 것 없네."

"주제를 알려준 것뿐입니다. 하지만 심려를 끼쳐드렸다면 자중하도록 하겠습니다."

"그리 해주게."

"앉으시겠습니까?"

제피언이 공손히 자리를 내주었다. 그러나 체자스 공은 손을 저어 사양했다.

"괜찮네. 왕하께서 아직 돌아오지 않으셨다면 용무 없으니. 그보다, 루덴 공작이 카르시타로 돌아오면 일이 어렵게 될 테니 대비를 해놓으라는 것은?"

"지금 살펴보고 있었습니다."

체자스 공은 어지럽게 펼쳐진 지도와 문헌 더미를 곁눈질한 후 고개를 끄덕였다.

"그럼 가보겠네. 왕하께서 돌아오시거든 만찬 후 다시 방문하겠다 전해주시게."

"그리 하겠습니다."

제피언이 돌아서는 그의 뒷모습에 조용히 고갤 숙여 예를 갖추었다.

뉘사나의 서재를 벗어난 체자스 공이 착잡한 표정을 지었다. 사실 그로서는 누가 살아남건 상관없지만, 베다시아와 제피언의 증오 관계만큼은 안타깝게 여기지 않을 수 없었다.

'저치들의 원한은 한배 위에서도 서로를 죽이기 위해 혈안이 되어 있으니.'

적어도 지금은 간과할 수 없는 문제였다. 더 속이 시커멓고 야망으로 이를 벼르고 있는 건 제피언이었지만, 더 위험한 건 베다시아였다. 체자스 공도 베다시아의 억울한 분노를 잘 알고 있었다.

제피언의 목을 벨 기회를 주겠다는 회유로 그를 꾀어낸 건 뉘사나였다. 뉘사나가 제피언과 손을 잡을 것을 염두에 두고도 그리 한 것은 아니었지만 결국 제피언은 그들의 배에 올랐다. 이 일이 마무리되면 가장 많은 사득을 차지하게 되는 건 제피언이었다. 적어도 세 개 이상의 공작가가 무너진다. 아르노만의 피노제와 쇼하인, 몬테인. 드레크마 역시 그리 될지 모른다.

그런 와중 공작가로 격상된다는 건 제피언의 가문에는 엄청난 영광인 것이다.

몰락하는 것은 베다시아뿐.

'안타깝군.'

많은 세파를 겪고 청춘을 흘려보낸 나이 든 남자의 눈에는 헛된 욕심으로 노회한 제피언보다는, 사랑을 잃고 상처받은 베다시아에게 더 마음이 갔다. 어리석다 여기면서도 잃어버린 열정의 찌꺼기를 분노로 불태우는 그의 젊음이 부럽기도 하다.

비록 지금은 길도 미래도 잃고 눈을 벌겋게 뜬 초라한 모습이지만 베다시아는 좋은 사내였다.

이미 한 배를 탄 이상 당분간은 자신을 죽이는 수밖에 없었다. 노여움을 꾹 눌러 담은 베다시아는 왕도에서 말을 타고 반나절의 거리에 있는 북해의 만으로 향했다. 뒤따라오는 이들을 배려하지 않고 마구 말을 재촉해는 그를 뒤따르는 기사들이 숨을 헐떡이는 소리가 들렸다. 그러나 덕분에 해 저물기 전 목적지에 이를 수 있었다. 그를 알아보는 해적들이 터주는 길을 가로질러 배 위에 오른 베다시아는 갑판 위를 뛰어다니는 세드로를 발견하고 표정을 일그러뜨렸다.

퀴네도사이는 선미의 해적상 옆에 기대어 앉아 그런 세드로를 멀찌감치 바라보고 있었다. 최근 그는 세드로가 제르의 핏줄일 가능성이 높다는 것을 숙지한 후 소소한 취미를 만들었다. 철딱서니 없이 배를 휘젓고 다니는 꼬마에게서 제르의 모습을 찾는, 그런 혼자만의 취미였다. 가끔 화난 표정을 짓거나, 한쪽 볼만 움직여 웃거나, 불쾌한 얼굴을 할 때면 그리 웃길 수가 없었다.

빤히 세드로를 바라보던 베다시아가 신경질적으로 그에게 다가갔다.

"가둬두라고 했을 텐데. 왜 밖에 나와 있는 겁니까."

퀴네도사이의 얇은 코트 아래로 은빛 커프스단추가 반짝였다. 베다시아는 뙤약볕의 태양을 향해 괜한 욕지거리를 중얼거렸다. 나이 어린 왕자는 험상궂은 해적들의 애간장을 녹이면서 난간이며 계단이며 쉼 없이 뛰어다니다가 그들을 발견하고 통통한 손가락으로 가리켰다.

"악당!"

베다시아는 자신을 빤히 바라보며 삿대질하는 어린 왕자의 모습에 일순 말문이 막혀 숨만 씨근덕거렸다.

"악당이라시네, 왕자 저하께서."

"……뭐?"

예상치 못한 퀴네도사이의 농에 놀란 베다시아가 몸을 굳혔다. 에사렛타와 세드로가 왕비와 왕자라는 건 극비였다.

"언제까지 모를 거라 생각했습니까?"

에사렛타가 스스로 왕비임을 자처했을 수도 있었을 터나, 그녀는 그러지 않았을 것이다. 이미 스무 해가 넘도록 왕가의 일원으로 살아온 그녀가 스스로를 수치로 만드는 짓을 할 리가 없었다.

"헛소리는 그만하는 게 좋겠습니다."

"없는 말을 지어낸 건 아니니 헛소리라 하면 서운하지 않겠습니까?"

"……어찌 알았습니까."

발뺌으로 넘어갈 수 있는 정도가 아님을 인정한 베다시아가 씹어 뱉듯 물었다.

"왕비 전하께서 그대들을 회유하려 하셨다면."

"귀여운 걱정은."

퀴네도사이 에스펠라 펜 로만. 베다시아의 눈에 보이는 로마탄 그레온의 선장은 도저히 믿을 만한 인물이 아니었다. 로마탄 그레온의 위명은 예전부터 높았지만, 지금 대에 이르러서는 이한의 무적함대 스

게이로 이외엔 대적할 자가 없다고 해도 과언이 아니었다. 시기가 그리 맞아떨어진 건지 십여 년 전까지만 해도 산발적으로 들끓던 해적들이 와해되고 잠적한 배경에는 로마탄 그레온이 있다는 소문도 돌았다. 그리고 이자는 잔인하고 무정하기로 유명한 도켄 루 펜 로만의 아들. 귀족처럼 스스로를 높이지만 천박한 짓은 아비 못지않게 서슴지 않는, 상대하기 어려운 이였다.

베다시아의 눈빛에 떠오른 깊은 경계심을 읽어낸 퀴네도사이가 난간을 짚고 곧게 섰다.

"왕비 전하와 왕자 저하라는 것까지 속이다니. 조금은 믿어도 좋았을 텐데."

"당신이라면 해적들에게 말했을 것 같습니까? 왕비…… 전하는 어떻게 지내고 계시지요?"

퀴네도사이는 대답 대신 뜬구름 잡는 말을 뱉었다.

"제가 아는 이 중에 꼭 왕자 저하와 같은 눈동자를 가진 이가 있었습니다."

베다시아가 눈을 가늘게 떴다. 퀴네도사이는 난간에 팔꿈치를 기댄 채로 고개를 젖혔다. 그의 묘하게 깊은 갈빛 눈동자에 하늘이 드리워졌다.

"하지만 사실 그 녀석보다는 그 녀석의 누이가 더 저와 연고가 깊지요. 저는 그 녀석을 그다지 좋아하지 않았으니까."

"……."

"그 누이에 대해 잠깐 설명하자면 삶의 불행이 온통 제 것인 양 다 놓아버린 여자였습니다. 나리처럼 죽상을 하고 견고한 체, 냉정한 체 가식의 껍질을 뒤집어쓰고. 데바람 왕실의 데바라네였습니다. 이름을

446   447

아시려나. 쥬세의 총비에 대한 이야기는 대부분이 악담이지만 실상이 그렇지 않았다는 건 데바람의 수뇌부에 잠깐이라도 몸담았던 이라면 알고 있지요."

베다시아의 시선이 퀴네도사이를 따라 하늘을 향했다. 어느새 수평선 한쪽은 저녁놀로 주홍빛 물이 들고 있었다.

"몇몇 녀석들의 욕심으로 전쟁이 났습니다. 전쟁에서 아비가 죽고 전쟁이 끝나기도 전에 어미마저 잃었지요. 썩 나쁘지 않았던 믿음직하던 남자에게 속아 이끌려 간 곳에서 원치 않는 혼인을 하게 됐다지. 남편은 그녀를 강간하고 감금하고 그녀의 친동생을 단두대에 올렸습니다. 그녀에게는 남동생 말고도 또 쌍둥이 여동생들이 있었는데. 아, 제법 귀염성 있던 녀석들이었지요. 그런데 그 쌍둥이 중 한 명이 그녀의 남편의 아이까지 가졌다더라고요. 아이가 생겼으면 낳으면 될 것을, 남편의 다른 부인이 낳은 아들이 죽이겠다 벼르고 별렀지요. 그다음엔 어찌 되었는지 잘 모릅니다. 과정은 듣지 못하고 결과만 들었거든요."

퀴네도사이가 지팡으로 선미 바닥을 퉁퉁 때렸다.

"어떤 결과?"

"둘 다 죽었답니다."

듣는 이에게도 괴로운 일화였다. 저게 진실인가 의심스러울 만큼.

"근데 불행이 그림자처럼 들러붙은 건지, 다음 이야기가 또 펼쳐지고 있었답니다."

"대체 이런 이야기를 내게 하는 이유가."

"잃을 수 있는 건 다 잃은 것 같은데, 또 뭘 잃을 수 있을까요?"

퀴네도사이는 베다시아의 반응은 아예 괘념치 않는 기색이었다. 공백을 두고 베다시아가 답했다.

"연인?"

그는 그가 상상할 수 있는 가장 끔찍한 기억을 더듬어 답했다. 드물게 내비친 진의였다.

퀴네도사이는 고개를 돌려 그를 물끄러미 응시하더니 빙그레 웃었다. 해적이라는 것을 알고도 절로 고개를 조아려야 할 것 같은 품격이 느껴졌다.

"아이가 또 생겨서."

"……."

"그리고 산 채로 잃었답니다."

베다시아는 난간으로 몸을 돌려 비스듬 기대고 선 퀴네도사이의 이어진 한 마디에 그도 모르게 한숨을 내쉬었다.

"차라리 죽는 게 더 편했을 텐데 말이야. 아직도 못 죽고 산다지요. 복수조차 꿈꾸지 못하는 어리석은 계집의 이야기는 늘 이렇게 지루합니다."

우울한 이야기였지만 배에서 내려오는 베다시아의 기분은 조금 나아졌다.

"어떠셨습니까? 옛날이야기."

퀴네도사이가 서 있던 선미의 난간 바로 아래 계단에 기대어 있던 에사렛타가 깜짝 놀라 고개를 젖혔다. 역광으로 가려진 남자의 정결한 미소가 위선처럼 거북스러웠다.

448　　　　449

"재미는 있으셨습니까?"

"……무엇이 말이오?"

"다 들으시고서는."

퀴네도사이가 훌쩍 낮은 선미의 난간을 뛰어넘어 아래층 계단 위로 착지했다. 군더더기 없이 깔끔한 동작에 감탄하기도 전에 코앞에 들이닥친 그의 얼굴에 에사렛타가 놀라 뒷걸음질했다.

"데바람의 총비라면 왕비 전하도 아실 듯한데."

에사렛타의 표정이 일그러지는 것을 재미있다는 듯 들여다보던 퀴네도사이가 반걸음 거리를 넓혔다.

"모르시는 체하시려는 거라면 실망스럽군요, 왕비 전하."

"……무, 무슨 말을 하는지."

"저 꼬마 왕자 저하는 왕비 전하의 자식도 아니잖습니까."

서늘하게 맺음된 음성에 에사렛타의 입술이 서서히 다물렸다.

"무슨 헛소리를."

"저 왕자 저하의 어미의 일생이었습니다. 제르 시나와. 우연찮게도 제가 아주 잘 아는 여자죠. 데바람의 전 총비 말입니다."

에사렛타는 현기증이 날 만큼 놀라 휘청거렸다.

유스카리가 외도한 여자가 전 데바람의 총비였다는 것은 이미 알고 있었다. 그 여자가 카르시타 북부에 홀로 살고 있다는 것도 알았다. 한때 제르에 대해 알아보기도 했었다. 그러나 데바람 왕실에선 도망친 전 총비에 대해 쉬쉬해 자세히는 알 수 없는 것이 현실. 작년쯤이었던가. 그 여자가 엘올라에 왔다는 이야기에 만나볼까 하기도 했지만 데바람 사신이 사지 근육과 힘줄과 혀가 잘려나간 채 발견되어 비상이 걸려 그럴 수도 없었다. 사태가 표면적으로나마 잠잠해진 직후에는 이미 그 여인은 왕도에 없었다.

"부정하셔도 소용없습니다. 보아하니 거짓말도 그다지 능숙하지 않으신 듯하군요."

"내게…… 그런 이야기를 하는 이유가 뭐요?"

"재미있어서요."

"지금 그대가 논하는 것이 카르시타의 왕비와 왕자라는 것을 잊지 마시오."

가까스로 세게 내뱉은 에사렛타의 가시 돋친 음성에 퀴네도사이가 어깨를 으쓱했다.

"하지만 왕비 전하께서도 아셔야 공평하지 않겠습니까? 이게 뭡니까. 빼앗아서 제 것처럼 기르고 있었다면 끝까지 잘 지키셨어야지요. 명색이 일국의 왕비가 되어 이리 포로처럼 해적선에 붙잡혀서."

에사렛타는 말을 잇지 못하고 침묵했다. 그러면서도 빳빳한 고개는 꺾일 줄 몰랐다. 곧 퀴네도사이의 입가에 해적에겐 어울리지 않는 고상한 아름다움이 묻어나는 미소가 번졌다.

"잘하셨습니다. 아주 잘하셨어요."

"……무슨."

불쑥 내뱉어진 음성에 에사렛타가 그를 응시했다. 퀴네도사이가 허리를 기울여 그녀와 눈높이를 맞추었다. 달처럼 휘어진 눈꼬리가 여우처럼 가늘었다.

"그녀가 불행할수록, 저는 행복한 사람이란 걸 알게 되거든요."

이건 또 무슨 말인가.

에사렛타가 어찌 대꾸할 말을 찾지 못하고 넋 놓고 섰다. 저 남자의 의중을 알 수가 없었다. 해적선의 선장이라는 자는 마치 수십 년 정치판에서 묵은 구렁이처럼 시커먼 속을 가지고 있었다. 더 이상 그를 상대하고 싶지 않았다.

그때 머리 위 선미 난간에서 한 그림자가 드리워졌다.

"엄마."

난간의 나무살 사이로 세드로의 조막만 한 얼굴이 쑥 나와 그들을 내려다보고 있었다. 에사렛타가 당혹스럽게 그와 눈을 마주쳤다.

"위험합니다, 왕자."

세드로는 고개를 갸우뚱하며 퀴네도사이와 에사렛타를 번갈아 응시하더니 보석 같은 눈에 힘을 주었다.

"너 뭐어하는 고야?"

"나 참."

퀴네도사이는 명백하게 적대적으로 제게 명령하는 세드로를 올려다보다가, 뒷목이 저려올 즈음 물러났다. 에사렛타는 재빠르게 계단 위로 뛰어올라가 난간 사이에 머리를 내밀고 있는 세드로를 떼어내 갑판 저편으로 돌아갔다.

제르와 알렉시스가 떠난 것은 트란실과 아라산의 국경 일대에 긴 흑발을 한 청년이 나타나 일대를 마구잡이로 침략하기 시작했다는 이야기가 들려올 무렵이었다. 아라산이 공격당한다는 것은 퀸시오까지 긴장하게 했다. 그럼에도 제르는 왕도로의 걸음을 재촉하지 않을 수 없었고, 알렉시스 역시 쇼하인령의 군사들이 발이 묶였다는 것을 알게 되자 깨끗하게 미련을 버렸다.

꾸준히 감찰이나 정보 수집 활동을 하고 있었는지, 퀸시오 외부에 모여 지내던 로도 부족인들도 소식을 듣고 그녀를 찾아왔다. 그들은 긴 흑발의 청년이 침략을 자행하고 있다는 이야기에 길길이 날뛰며 복수심을 불태웠다. 락혼이 떠난 지금, 그들의 우두머리 노릇을 하고 있던 한 남자의 요청에 제르는 아라산 국경으로 보내는 지원군에 그들을 포함시키고 셀파를 선두로 보냈다.

아스난과 렐딘은 성에 남아, 호시탐탐 성 안으로 들어오려 수를 쓰는 왕도의 군대를 막는 역할을 하게 되었다.

그리고 그로부터 이틀 후 자정, 제르는 소블란의 깃발을 내린 후작가의 마차를 타고 퀸시오의 작은 쪽문을 빠져나갔다. 알렉시스도 함께였다. 제르와 알렉시스, 그리고 라니는 마차에 함께 올랐고 마차의 호위는 페이랑과 레피스, 그리고 이름 모를 열 명 남짓의 기사들이 도맡았다. 르니아는 마부석의 옆자리에 앉았다.

환한 등불이 마차가 덜컹거릴 때마다 덩달아 흔들렸다. 소블란 후작가의 화려한 구릿빛 마차는 넓고 쾌적했다. 제르는 마차의 푹신한 의자에 몸을 파묻은 채 책을 읽어 내렸다. 알렉시스 역시 팔짱을 낀 채로 창 밖을 주시하고 있었다.

소리 죽여 걷는 말굽 소리밖엔 들리지 않는 새벽. 지나친 고요함을 이기지 못한 라니가 슬그머니 운을 뗐다.

"저어, 다들 심심하지 않으세요?"

돌아오는 대답이 없어 민망해지려는 찰나 알렉시스가 입을 열었다.

"그다지."

"……혹시 두 분, 다투신 건 아니죠?"

"다투기는 뭘."

452　　453

"너무 조용해서…… 어머, 왕하. 무슨 책을 그리 열심히 읽으세요? 흔들려서 잘 보이지 않으실 텐데 우리 담소나……."

"그다지."

라니가 울상을 지으며 시무룩한 눈길을 보냈지만 제르는 거들떠도 보지 않았다.

이쯤 되니 숨이 막히기 시작했다. 알렉시스와 제르는 서로를 백안시하고 있었다.

'좋다며. 저 여자가 좋다며!'

제르는 그렇다 치더라도, 그리도 제르가 좋다고 제게 면박을 그칠 줄 몰랐던 알렉시스가 입을 다무는 건 원망스러울 지경이었다.

"오늘따라 테피온, 너도 굉장히 조용한…… 조용하네요."

라니가 말끝을 흐렸다. 두 사람 다 그녀를 없는 사람 취급하고 있었다. 왕도까지는 적어도 보름은 더 걸릴 터였다. 가는 내내 이런 상태가 유지된다면 아를캥을 지나기도 전에 미쳐버리지 않을까.

울상으로 그들의 눈치를 살피던 라니가 최후의 힘을 짜내 꾸역꾸역 말을 이었다.

"재, 재미있는 이야기 같은 거라도 할까. 혹시 제이하이 왕하께서는 예전에 테피온이 어땠는지 아세요?"

사실 이번에도 답이 돌아오지 않는다면 정말 라니도 입을 다물어버릴 생각이었다. 하지만 다행스럽게도 이번에는 알렉시스와 제르가 동시에 반응을 보였다.

"예전?"

"무슨 소리를 늘어놓으려고."

무심한 듯 살짝 올라간 말끝에 걸린 호기심을 읽어낸 라니가 반색했다.

"아아, 그래! 우리, 옛날 얘기! 옛날 얘기라도 하는 건 어때요? 제가 테피온에 대한 재미있는 이야기들 많이 알아요. 왕하도 예전에 어떻게 지내셨는지 얘기해주세요. 궁금해요!"

그러나 라니는 말을 끝내기도 전에 뱉은 말을 죄 주워 담고 싶은 충동을 느꼈다. 잘못한 것도 없는데 말실수라도 한 건가 하는 생각이 들어 숨이 턱 막혔다.

"……"

소름이 돋을 만큼 차게 굳은 제르를 흘끔거리던 라니가 목을 움츠렸다.

"제, 제가 무슨 실수라도……"

결국 알렉시스가 긴 한숨과 함께 입을 열었다.

"그럼 네 이야기를 해보지그래?"

라니는 고양이 앞의 쥐처럼 잔뜩 얼어 있다가, 금세 활력을 되찾았다.

"내 얘기 말고 네 얘기가 더 재미있지 않아?"

"내 출생이나 상황은 카르시타에서는 모르는 이들이 없을 테고……"

"하지만 테피온 너는 어릴 때 아주, 아주 악동이었잖아."

"내가 뭘?"

"네가 강제로 피노제 공작가의 장남…… 그, 이름이 뭐였더라. 에드, 아! 그래! 에드난 공자의 왼쪽 머리카락 반을 엉망으로 잘라버린 이야기, 그런 거!"

"아, 그거."

알렉시스는 까맣게 잊고 있었던 어릴 적의 이야기였다. 열 살쯤이었으나, 피노제 공작가의 장남이라는 이유로 거드름을 피워대던 녀석이 마음에 안 들어 단도로 그의 머리카락 반을 그대로 잘라버렸던 적이 있었다. 당시 그 녀석도 윗어른들에게 무례를 저지르는 게 일상이었던 터라 크게 문제 되지는 않았지만 바람직한 행동은 아니었다.

사실, 아르노만의 큰아들인 에드난은 과거 말 그대로 그와 뉘사나의 심심풀이 대상이었다. 질풍노도의 시기, 모두가 예민할 시절, 알렉시스와 뉘사나의 기분이 좋지 않은 날 마주치기라도 하면 대공가의 적자는 온갖 구박과 모욕을 삼키고 거의 울기 직전의 얼굴로 돌아가곤 했다. 나이가 먹으니 제법 성깔도 부렸지만 그다지 신경 쓰이지도 않았다.

"그랬었지. 그 녀석, 이상하게 마음에 안 들었다고. 하지만 가장 악질적인 짓을 한 건 내가 아니라 형님이었어."

알렉시스가 억울하다는 듯 말했다.

실제로 가문을 등에 업고 빠닥빠닥 대들기 시작한 에드난에게 가장 큰 일격을 가한 것은 뉘사나였다. 에드난이 소젤가드의 리안 류룬을 얼마나 좋아하는지 모르는 이가 없었다. 만날 때마다 혼인하자 고백하고, 아르노만에게 소젤가드의 리안이 아니면 독신으로 살겠다고 울며 매달렸다는 소문이 돌 정도였으니까. 뉘사나가 천신만고 끝에 리안을 차지한 건, 에드난의 순애보를 모조리 짓밟아버리는 결과를 낳았다.

심지어 그들의 혼약이 공표된 후, 에드난은 그의 부친인 아르노만에게 비 오는 날 먼지 나게 얻어맞아 한동안 거동조차 못 하는 수모까지 겪었다. 그 일의 충격이 컸던 탓인지, 아니면 아르노만이 수를 쓴 건지, 에드난은 그로부터 얼마 후 왕도를 떠나 유학길에 올랐다.

"불쌍하긴 했지."

벌써 그것이 십여 년 전의 일이다. 가물가물 떠오르는 옛 기억에 알렉시스는 묘한 향수에 감겼다. 그리고 쓸쓸한 한숨을 삼켰다.

'과거라……'

제르에겐 물어선 안 될 종류의 것이었다.

"아, 맞아. 라니, 네가 백작가 영애랑 머리채 잡고 싸운 것도 유명하지?"

"그건, 바세 그 계집애가 감히 나한테 대들었단 말이야!"

"그리 잘난 체하더니 결국 사교장에서 몸싸움이라니. 아주 재미있었지. 창피한 줄을 알아야지."

라니가 입술 끝을 오물거렸다.

"어쨌든 이젠 안 그래. 좋은 사내랑 혼인만 하게 된다면 기품 있게 지낼 거란 말이야. 우아하게 앉아서 차 마시고, 귀부인들이랑 담소도 나누고."

그녀가 말하는 '좋은 사내'라는 것은 '그만한 지위와 명예'가 있는 사내라는 것과 동의어일 것이 뻔했지만 알렉시스는 굳이 지적하지 않았다. 그들의 대화에서 한 걸음 물러나 있던 제르가 홀연 고개를 돌려 물었다.

"……영애는 대체 왜 그리 혼인에 집착하나?"

"왜냐뇨? 당연한 거라고 생각하는데……."

"왜 보다 높은 자에게 의탁해야 하지? 부와 명예, 소블란은 이미 충분히 지니지 않았나?"

"부와 명예…… 도 나쁘지 않지만 그보다는 저와 미래의 제 자식을

456   457

안전하게 해줄 사람을 찾는 거라고 생각해요. 사실 부나 명예…… 도 그렇지만."

라니는 겸연쩍은 얼굴로 더듬더듬 속마음을 털어놓았다.

"시골의 졸부에게 시집을 가고 싶지 않은 것도, 그런 이유인걸요. 왕도의 귀족만큼 그들이 단단한 울타리를 가지고 있지 않은 것처럼 느껴져서. 어쩔 수 없잖아요? 그리고 이왕 하는 혼인, 화려하고 누구나 부러워하는 그런 사람과 해서 예쁘게 살고 싶어요."

제르는 이해할 수 없는 성질의 진심이었다. 그녀에게 혼인이란 속박이었다.

"그리고 다들 그러지 않나요? 왕하께서는 안 그러셨어요? 어릴 때는 정말 멋진 왕자님이랑 결혼하는 걸 꿈꾸잖아요. 그게 자라면서 조금 더 현실적이 되고…… 그래도 포기할 수는 없는, 그런 거요."

순수하게 꿈에라도 잠긴 듯 몽롱한 목소리였다. 시선을 내린 제르는 가만히 그녀의 음성을 귀에 담았다.

"테피온이랑 그렇게 되고서 다 망친 것 같지만."

라니가 손끝을 만지작거리며 흘끔 알렉시스를 바라보았다.

"그치만 제가 그런 건 테피온이 왕성에 붙어 있는 적도 거의 없었고, 나한테 관심도 없었으니까 그렇게 된 거라고요."

제르는 반박하지 않는 알렉시스를 물끄러미 바라보았다. 라니가 계속해서 투덜거렸다.

"다행히 그때 그리 기분이 상하지 않은 건, 저뿐만이 아니라 아무한테도 관심이 없었으니까요. 도대체 어디 한구석에 진득하니 붙어 있는 꼴을 본 적이 없으니, 얼굴 한번 보는 것도 힘들었고…… 저한텐 관심도 없고. 그러다 세반테 경을 알게 된 거고……."

"형님의 기사가 뭐 얼마나 잘해줬기에?"

침묵으로 그녀의 불만을 감수하던 알렉시스가 결국 고깝다는 듯 한 마디 했다.

"그, 그, 그냥. 상냥하고 배려심 넘치는 것처럼 보였단 말야. 어쨌든 그래서 테피온이 왕하께 구혼했다는 이야기가 돌았을 때는…… 사실 안 믿었어요."

"……하긴."

제르의 맞장구에 알렉시스가 억울한 얼굴을 했다.

라니의 토로는 이어졌다.

"오죽 성격이 이상했으면 그랬겠어요? 제가 약혼녀인데도 여자에 관심이 있기라도 한 건지 의심스러울 정도였다니까요. 그래서 제가 테피온한테……."

"여자 좋아하니까 그 이야기는 그만하자."

알렉시스가 말허리를 잘랐다. 라니는 혀를 날름 내밀며 생글생글거리는 얼굴로 제르를 돌아보았다. 제법 예쁘장한 얼굴이 살갑게 웃음을 던지니 돌연 가슴 한편이 아릿했다. 제르가 물었다.

"바라던 혼인을 하고 나면, 행복해질 거라 믿는 건가?"

"네."

"그게 반드시 연애의 행복을 가져올 거라고 확신하나?"

"당연하죠."

"불행해진다면?"

"그래도 희망을 버리고 싶지는 않아요. 희망이란 게 그래서 희망이잖아요. 없으면 사는 게 재미없는 거."

스스로 썩 멋들어진 말을 했다 생각했는지 라니는 쑥스럽게 웃었다.

마른 입술을 다문 제르는 제게 향한 알렉시스의 시선을 깨닫고 그를 외면했다.

　느리게 달리는 마차와 나란히 기우는 흰 달은 어느덧 산 중턱 너머로 기울어져 오늘의 마지막 빛을 발하고 있었다. 부연 달의 눈물 빛이, 그녀의 검은 눈동자에 소리 없이 스며들었다.

　인근 평야의 저지대에서 야영을 한 이튿날, 눈을 뜬 알렉시스는 평소와는 다른 풍경을 응시했다. 몽롱한 시야로 르니아와 제르가 승강이를 하는 것이 보였다. 그 두 여자가 다투는 걸 보는 건 처음이라 조금 당황스럽기도 했다. 제르는 식은땀을 흘리며 신음하고 있었는데, 르니아는 한참이나 머뭇거리더니 곧 그녀에게 약병을 내밀었다.

　아직 잠에서 깨지 않은 라니와 달리 레퍼스는 착잡한 얼굴로 그들을 바라보고 있었다.

　황갈색 액체가 담긴 작은 병을 건네받은 제르는 병을 쥘 힘도 없는 사람처럼 두 번이나 떨어뜨렸다. 결국 르니아가 울상을 지으며 자그마한 물병에 황갈색 액체를 몇 방울 떨어뜨려 제르에게 건넸다.

　대체 저게 뭔가 싶어 마른세수를 하며 일어난 알렉시스가 다가갔다.

　"그게 뭐야?"

　제르는 창백한 낯으로 르니아가 건네준 수통을 조심스레 쥐었다.

　"시나와 님, 정말, 조금 더 참으실 수 있으면……."

　르니아는 발을 동동 구르며 간곡히 말했다.

　"잠은 좀 잔 거야? 왜 이렇게 땀을 흘려?"

　초점 흐린 제르의 눈동자를 내려다보던 알렉시스가 고개를 갸웃했다. 무언가 이상했다. 얼굴은 평소보다 훨씬 창백해 오히려 파랗게 보일 정도였고, 그녀의 이마며 목 언저리가 온통 땀에 젖어 있었다. 퀸 시오에서 그리 멀지 않은 곳이니 더워서 땀이 날 리가 없었다.

"신경 끄세요."

르니아가 중간에서 사납게 응수했다. 알렉시스는 불쾌감을 억누르고 제르에게 다가가 그녀의 이마에 손을 뻗었다. 제르는 피할 힘도 없는지 마른 입술을 달싹이며 고개를 돌리는 게 전부였다. 이내 제르의 미간이 좁아지는가 싶더니 그녀의 몸이 앞으로 기울어졌다. 수통의 물을 벌컥벌컥 들이켠 제르는 이내 르니아에게 수통을 돌려준 후 배를 움켜쥐고 엎드렸다. 르니아는 제르의 손을 주무르고 그녀의 팔다리를 안마하듯 꾹꾹 몇 번 누른 후 다시 수통을 채워 오겠다며 일어섰다.

제르는 마치 곧 죽을 사람처럼 가쁘게 숨을 내쉬었다. 그녀는 그의 목소리가 들리지 않는 사람처럼 여전히 초점 없는 시선을 떨어뜨리고 있었다. 엄습하는 당혹감에 알렉시스가 다그쳤다.

"뭐야, 어디 아파? 말을 해봐."

"그만 이쪽으로 오세요, 알렉시스 님."

멀찌감치 서서 그녀들을 보고 있던 레피스가 마지못한 사람처럼 다가와 말했다. 몸을 일으킨 알렉시스가 눈살을 찌푸리며 돌아가려는 르니아를 붙잡아 세웠다.

"그게 뭐냐? 네가 제르에게 먹인 것."

"모르셔도 됩니다, 왕하."

"묻잖아."

"놔주실래요?"

"두 번 묻게 하지 마라."

알렉시스의 선득하게 날이 선 음성에 르니아가 마지못해 약병을 소매 속으로 감추며 대꾸했다.

"무감초예요."

르니아가 그의 손을 쳐내며 싸늘하게 말했다.

"뭐?"

"푸링귀요."

알렉시스는 자신의 귀를 의심했다. 그건 독약이었다.

"그걸 왜?"

"집요하시네요."

"네가 지금 제르에게 먹인 게 무감초라고? 그게 뭔지 몰라 그리 답하는 거냐! 시종이라는 게 기본적인 지식도 없어? 푸링귀가 어디에 쓰이는 약초인 줄 알아!"

"알렉시스 님, 그쯤하고 우선."

레피스가 말리려 했지만 소용없었다. 언성을 높이는 알렉시스에게 붙잡힌 제 팔을 도려내기라도 할 듯 사납게 노려보던 르니아가 도리어 성을 냈다.

"하늘에 맹세코 제가 댁보단 많이 알걸요!"

그들의 반감으로 가득 찬 언쟁을 중단시킨 건 제르의 힘에 겨운 음성이었다.

"이것 말고는, 편해질 길이 없는 지병이다."

"뭐?"

"유난…… 떨 거 없어. 르니아를 놔줘."

이번에는 알렉시스의 안색이 하얗게 질렸다.

"……무슨 병이라도 걸린 거냐?"

제르가 고개를 돌려 웅크린 채 눈을 감았다. 죽어버린 사람처럼 꼼짝도 않는 모습. 등줄기를 더듬는 한기에 알렉시스는 르니아를 내팽 개치듯 내버려둔 채 제르에게 다가가 그녀를 강제로 일으켰다.

"어이, 야, 눈⋯⋯."

"내버려둬. 피곤해⋯⋯."

"자면 안 돼. 네가 지금 먹은 게⋯⋯!"

알렉시스의 다급한 음성에 르니아가 표정을 구긴 채로 작게 말했다.

"그 정도로 많이 드리지 않았어요. 그러니 시나와 님을 쉬게 두세 요."

"너 대체 어디가 아파? 눈 좀, 눈 좀 떠봐."

그러나 제르는 잠이라도 든 사람처럼 이내 그의 품으로 고꾸라졌다. 알렉시스는 이 말도 안 되는 상황을 어찌 이해해야 할지 갈피를 잡지 못한 사람처럼 멍하니 레피스와 르니아를 번갈아 바라보았다. 레피스 는 대충 상황을 전해 들은 사람처럼 침착했고, 르니아는 제르를 꽉 쥐 고 놓지 않는 알렉시스를 못마땅한 눈으로 내려다보고 있었다.

알렉시스가 르니아에게 물었다.

"무슨 병인데."

"아무 병도 아니에요. 몸이 가끔 좋지 않으신 것뿐이니까 그만 좀 해 요."

만일 그때, 찬 바닥에선 자지 않겠다며 기필코 좁은 마차 안에서 구 겨져 자겠다 고집을 부렸던 라니가 마차 밖으로 나왔다. 잠이 덜 깬 건 지 눈을 비비는 그녀의 얼굴이 뿌루퉁했다.

"하암, 벌써 출발 준비를 하는 거예요? 왜 이렇게 시끄⋯⋯."

막 눈을 비비던 라니는 묘하게 따가운 시선에 주위를 찬찬히 둘러보 았다. 사정이 어찌 된 건지도 모르는 상황에서도 한 가지만큼은 알 수

462   463

있었다.

'괜히 나왔어.'

시간이 촉박했기에 일행은 다시 출발했다. 잠든 제르와 알렉시스의 건너편에 앉아 시무룩한 기색을 지우지 않고 꽁하게 앉은 라니는 불평을 늘어놓는 대신 연거푸 한숨만 내쉬었다. 제르가 아프다는 건 처음 알았다. 깡마르고 창백한 피부도 그저, 추운 곳에 머물며 많이 먹지 않아 그런가 보다 했다. 하지만 생각해보면 어딘가 몸이 좋지 않다는 것도 충분히 가능할 법한 얘기였다.

마주 앉은 알렉시스는 잠든 제르를 제 무릎에 기대게 한 후 말없이 내려다보고 있었다. 석상처럼 꼼짝 않고 앉아서, 그나마 하는 행동이라고는 마차가 흔들릴 때면 조심스레 그녀의 몸이 떨어지지 않게 붙잡아주고, 간간이 그녀의 식은땀을 닦아주는 게 전부였다.

그는 전에 없이 지쳐 보였다. 눈치가 없다며 애물단지 취급을 받는 라니라도 알 수 있을 만큼. 그는 정말로 제르를 좋아하는 사람처럼 보였다. 오랜 시간 알렉시스를 알아왔고, 한때 그의 약혼녀였던 라니조차도 처음 보는 모습이었다.

"가면 어떻게 할 거야……?"

라니가 최대한 목소리를 죽여 소곤거리듯 물었다.

"그렇게 보면 왕하 얼굴에 구멍 나겠다."

"실없는 소리는."

"테피온, 너 정말 취향이 이상해. 왕하가 나쁘다는 건 아니지만…… 보통은…… 그러지 않잖아."

혹시라도 제르가 들을까 조심스레 말을 잇던 라니는 곧 마지막 한숨을 내쉬며 고개를 돌렸다.

제르의 안색을 살피던 알렉시스의 시선은 이내 그녀의 마른 입술에 머물렀다. 늘 거절의 말과 거부의 쓴소리밖에 하지 못하는 입술이 얌전히 다물려 있다는 것이 묘했다. 손가락으로 그녀의 뺨 위로 흐트러진 머리칼을 조심스레 쓸어 넘긴 알렉시스는 모른 체 그녀의 입술을 훑었다. 순식간에 피어오른 욕망이 그를 발끝까지 집어삼키려 했다. 그는 아쉬움을 뒤로 한 채 손을 뗐다.

"라니, 세반테를 좋아했다고 했나?"

"……꽤. 좋은 사람이었으니까."

"지금은?"

"잊었어. 소문이 퍼지자마자 자규 왕하가 시골 영주의 딸과 혼사를 주선해서 혼인했으니, 지금은 아마 거기서 잘 살고 있을 거야."

잊었다.

제법 희망적인 말이었다. 하기야, 제게만 이리 특별한 마음이 생긴 건 아닐 터였다. 모든 이들이 겪고 흘려보내는 일련의 아픔이며, 성장의 과정일 뿐이라는 것도 안다. 하지만 그럼에도 인정하지 않고서는 견딜 수가 없었다.

"내가 무서워."

라니가 물끄러미 그를 응시했다.

"왜?"

"좋지 않은 생각을 멈출 수가 없어."

"무슨 생각을 하는데?"

알렉시스는 제르의 잠든 낯을 눈에 담았다. 가슴부터 좀먹는 충동은 이내 발끝까지 그를 쥐고 흔들었다. 해선 안 될 생각을 한다. 제르의 납득되지 않는 집착을 강제로 잘라내고, 그녀를 끌고 어딘가로 도망이라도 쳐버린다면 어찌 될까.

그녀가 독을 마시지 않으면 견딜 수 없을 만큼 망가진 사람이라는 걸 알았을 때, 세상 꺼지는 듯했다. 세드로가 알 게 뭐란 말인가. 왕위 따위 내버리고, 자신을 믿는 이들을 다 던져버리고 그리 떠나 숨어버리면 누구도 그를 잡을 수는 없을 것이다. 그러나 있을 수 없는 일이었다. 자신이 미쳐간다는 사실을 인정하고 싶지 않았다.

그다지 인정하고 싶지 않지만, 제 인생은 타인의 무게에 짓눌려왔다. 어려서는 먼저 죽은 아버지가 썼던 왕관의 무게, 나이가 먹어서는 그를 따르는 이들의 기대에 부응해 카르시타를 지켜야 한다는 책임의 무게. 사실 이날까지도 그는 자신이 불운할지언정 불행하다 여기지는 않았다. 주어진 외길 위에서 그는 나름대로의 방식으로 만족하며 살아왔다.

불운.

제르를 만난 건 불운일까. 아니면 불행인가.

이제 와서 다른 길이 보인다고 해도 이미 그는 멀리까지 와 있었다. 한평생을 다져온 길 위에 그가 보답해야 할 사람들이 많았다. 세드로를 죽이고 왕위에 올라 그녀에게 속죄를 한다면 그녀는 언젠가 용서할까. 자답할 수 있었다. 용서받지 못하리라. 세드로를 죽이는 것은 제 손으로 그녀를 죽이는 것과 진배없었다.

"모두가 행복한 결말은 있을 수 없다는 생각."

라니는 제법 진지한 알렉시스의 혼잣말에 작게 입술을 벌렸다.

"……너 정말 왕하를 좋아하는구나. 부러워서 질투 나게."

"……."

"여자는 말이지, 테피온."

쓸쓸히 일그러진 그의 얼굴을 길게 응시하던 라니가 인심 쓰듯 운을 뗐다.

"사랑받는 게 가장 행복하다고 했어. 아무리 무서워도 왕하도 여자인걸. 진심으로 네가 왕하를 대한다면 왕하 또한 언젠가는 네 마음을 조금이라도 이해해주실 거라 생각해. 뭔가 사정이 더 있는 것 같지만 거기까진 모르겠고…… 사실 이것저것 계산하는 건 마음이 퇴색되어버리잖아. 나는 네가 지금 잘하고 있다고 생각해."

라니다운 긍정적인 이야기였다.

"네가 그런 말을 해줄 줄은 몰랐지만 너라도 그리 생각해준다니 고맙다."

"……그리고 사실 너를 왕도의 여우같은 계집애들한테 뺏기느니, 왕하가 더 나은 것 같다는 생각도 들어. 왕하는 거들먹거리지 않으실 것 같거든."

알렉시스가 끝내 낮게 웃음을 터뜨렸다. 라니는 능청스레 입을 우물거리며 힐끔 잠든 제르를 응시했다. 깨어 있을 땐 무서웠지만 저렇게 아파 잠든 모습을 보고 있으니 아주 조금 걱정이 되기도 했다.

제르가 눈을 뜬 건 어슴푸레한 초저녁의 어둠이 길 위로 내려앉을 무렵이었다.

제르는 한결 가라앉은 통증과 더불어 가시지 않는 졸음에 눈을 껌뻑였다. 잠든 라니가 보였다. 뒤통수는 이상하리만치 편안하고 따뜻했다. 누워 몽롱히 허공을 응시하던 제르는 문득 익숙지 않은 손길이 제 머리칼을 쓸어내리고 있다는 걸 깨달았다.

"일어났어?"

알렉시스의 음성이 바로 머리 위에서 울렸다. 어찌 된 영문인가 싶어 고개를 돌리던 그녀는 자신이 알렉시스의 무릎을 베고 누워 있었다는 것을 깨달았다. 제르의 힘 빠진 팔을 주무르듯 쥐었다 놓고 있던 알렉시스가 설명했다.

"지금 브린네를 지나고 있어. 조금만 더 가면 아를캥 일대야."

서서히 정신을 차린 제르가 휘청이며 상체를 일으켜 세웠다. 알렉시스의 손이 닿은 팔에 화끈거리는 소름이 일어 견딜 수가 없었다. 비틀거리며 그의 반대편으로 옮겨 가 몸을 경직시킨 제르가 힘겹게 눈을 깜빡이는 것을 가만히 돌아보던 알렉시스는 얕은 한숨을 내쉬었다.

그 짧은 와중에도 제르는 몇 번이나 힘이 부친 사람처럼 느리게 고개를 흔들다 벽에 기댔다.

알렉시스는 아무것도 드러나지 않는 담담한 표정으로 그녀를 응시했다.

"히나 백작령에 도착한 후에 의원에게 상태를 보이고, 몸이 나으면 네가 다시 돌아갔으면 좋겠다."

"……웃기는 소리."

제르가 간신히 씹어 뱉듯 대꾸했다.

"편히 잠 한숨 못 자고 좁은 마차에 틀어박혀 있다가 사지로 들어가야 하는데 그 몸으로 가능하겠냐는 말이야. 엘올라에 들어가면 그때부터는 정말 숨 돌릴 틈도 없을 거다."

"네가 상관할 바가 아니지 않나."

아직도 가시지 않은 약효에 혀가 얼얼했지만 제르는 최대한 또박또박 말했다.

"가서 자결이라도 할 셈이냐? 내 형님이 너를 귀빈으로 대접할 거라는 환상에라도 젖어 있는 건 아니지? 진지하게 하는 말이야. 무슨 꼴을 볼 줄 알고, 그리 약한 몸으로."

순수한 우려의 음성이었다. 그렇지만 제르는 물러날 수 없었다.

"이미 각오했어."

"그런 아집 같은 각오는 버려. 어차피 네가 가서 할 수 있는 것도 없다는 거 잘 알잖아."

"입 다물어. 그가 나를 끌어내리려는 이유를 모르는 바 아니다. 너와 이제 와 이런 이야기를 나누고 싶지 않아."

알렉시스가 드물게 노여운 눈빛으로 제르를 응시했다. 그의 속은 아닌 체해도 이미 다 타들어간 후였다. 제르가 건강한 체질이 아니라는 것은 이미 짐작했다. 그러나 무감초를 복용해야 할 정도라고는 생각지도 못했다. 푸링귀, 다른 말로 무감초라 불리는 그 약초는 한 뿌리만으로도 불면의 사람을 내리 잠들게 하고, 두 뿌리면 가사 상태에 이르게 하고, 세 뿌리 이상이면 반드시 죽는다.

그런 위험한 약을 간헐적으로 복용하지 않고서는 견디기 어려운 통증에 시달린다는 걸, 그는 상상도 할 수가 없었다.

줄곧 노력했다.

제르의 상황을 이해하려고 했다. 그녀가 다치지 않도록 도와주고 싶었다. 하지만 지금 그는 제르가 한심해 미쳐버릴 지경이었다. 이미 그의 머릿속에서는 세드로에 관한 것도 모조리 날아가고 없었다.

제 몸이 그 꼴인데, 자신은 돌보지 않고.

"그 애가 왜 그렇게 중요해."

잠깐 이해하지 못한 표정을 짓던 제르는 알렉시스의 냉담한 음성에 밴, 스스로도 어쩌지 못하는 분노를 읽었다.

"세드로 그 녀석이 네 존재를 알기나 하나? 숙모를 진짜 친모로 알고 따르고 있는데, 지금 네가 자처하는 역할은 내 숙모가 대신 해야 하는 거 아닌가? 네가 그 녀석을 기른 게 아니잖아? 네가 키웠어? 그 녀석은 네 존재도 모르는데 왜 네가 목숨을 걸려고 해!"

제르는 대답하지 않았다. 그녀 또한 알 수 없었다. 그건 응당 그래야 하지만, 어째서 그래야 하는지는 모르는 일생의 지침이었다. 자신이 이해하지 못하는 행동의 당위를 타인이 이해해주리라 믿지 않았다. 하지만 한 가지 확실한 건 세드로를 잃게 된다면, 동생들의 시체를 딛고 따르지 못하고 살아남은 이유마저 사라져 스스로를 용서할 수 없을 자신이었다.

너희를 따르리라. 베제스를 죽이고 그리 따르겠다 마음먹었다. 일생 처음으로 느꼈던 복수심이었다. 그러나 한순간에 그것을 꺾어버린 게 세드로였다.

"난 충분히 이기적으로 행동하고 있어."

"그리 이기적이라면서 왜 네 목숨 하나 제대로 건사할 줄을 몰라!"

"그래."

"그런 식으로 대충 대답하지 마. 너 그거, 집착이라고."

"안다."

"진짜 불쌍한 집착처럼 보인다고."

그의 폭언에도 아랑곳없이 침묵하던 제르는 희미한 미소까지 지어 보였다. 알렉시스가 신음처럼 작게 숨을 내쉬며 입술을 일그러뜨렸다.

"제르."

"……."

"쥬세를 사랑했던 적은 있었어?"

제르의 시선이 그에게로 꿰어 박혔다. 낮은 긴장 속을 오가는 음성에 잠에서 깬 라니가 눈을 비볐다.

'쥬세?'

알렉시스는 라니가 보이지 않는 사람처럼 제르의 시선을 맞받았다.

"내 숙부를 마음에 둔 적은 있었어?"

불안과 비탄이 새겨진 음색은 듣고 있기 버거웠다.

"네가……, 네가 알 바 아니야."

"한 번이라도 좋으니 묻는 말에 대답해줄 수는 없어? 너는 어떻게 이렇게 끝까지."

"……나는."

제르는 아린 가슴을 지그시 내리 눌렀다. 이런 상황이 아니었더라면 자신을 달리 보아줄 수 있었을까. 처연히 묻던 알렉시스의 음성이 귓가에서 되살아났다. 이번엔 그녀가 되묻고 싶었다. 그랬더라면, 조금은 달랐을까.

제르는 보고만 있어도 가슴이 저린 남자의 얼굴을 새기듯 눈에 담았다. 전엔 느껴본 적 없는 외로움이 그녀를 흔드는 듯했다.

"원래 이리 추한 사람이야."

제르는 시선을 내렸다. 하고 싶은 말, 드러낸 적 없는 진심 모두 속절없이 흩어지는 시간 속에서 그녀는 다가오지 않은 이별을 상상했다.

'어리석어.'

그녀가 손으로 얼굴을 덮었다.

오가는 언성에 깼지만, 심상찮은 분위기에 내색하지 못하고 눈을 감고 있던 라니도 덩달아 숨을 죽였다.

'숙부? ……쥬세?'

숙부는 이제는 고인이 된 유스카리이고, 쥬세는 데바람의 선왕이었다. 그러나 차마 더 물을 수가 없어 호기심만 커져갔다.

마부는 말을 재촉했고 기사들은 그를 쫓았다.

시간을 쫓아, 저무는 달로부터 도망치는 한 마차. 그리고 달이 산등성이 끝자락에 걸렸을 때 알렉시스는 마차에서 내렸다.

보름 후, 그들은 엘올라와 하루 거리에 위치해 있는 히나 백작령에 당도했다. 예상보다 나흘 가까이 늦은 도착이었다. 몸도 마음도 녹초가 되었지만 누구 하나 쉬자는 말을 꺼내지 않았다. 다행스럽게도 아직 히나 령까지 뉘사나의 손길이 뻗치지 않은 듯했다.

라니는 알렉시스와 제르까지 일부러 얼굴을 보일 필요는 없다며 혼자 마차에서 내렸다.

"영애, 어찌 이리 갑자기 방문을…… 어서 오십시오!"

히나 백작은 그녀를 맞이하며 유난스러운 호들갑을 떨었다. 오랫동안 헤어졌던 가족이라도 만난 것처럼 반가워하는 그를 머쓱하게 올려다보던 라니가 말을 골라 설명했다. 사정을 들은 그는 언제 활짝 웃었냐는 듯이 하얗게 질렸다. 때마침 레피스가 말에서 내려 그에게 다가왔다.

"베이하크 백이 여기 있다면. 설마……."

"왕하들은, 마차에 계셔요."

으아아. 히나 백작은 제 얼굴을 감싸며 조금 전, 라니가 가뿐히 내려온 마차를 돌아보았다. 살짝 걷혀 있던 커튼이 쳐졌다.

'맙소사!'

"문제 있소? 히나."

"아, 아닙니다."

히나 백작은 레피스와 눈이 마주치자 황급히 고개를 돌렸다. 소블란은 본디 저들과 함께 알렉시스를 지지하는 세력이었으나, 라니가 파혼당한 지금은 서로 손을 끊는 바람에 몹시도 어색한 관계가 되어 있었다. 게다가 알렉시스는 지금 국왕 시해범으로 몰리고 있는 상황이니 그의 낯짝이 반가울 수가 없었다. 대체 이 철부지 아가씨는 어쩌려고 이리 사건사고를 몰고 다닌단 말인가. 히나 백작은 내심 우울해하며 라니를 바라보았다.

"그럼 도와주실 거죠?"

"영애……! 대관절 후작께서는 이 일을 아십니까?"

소블란 후가 알렉시스에게 '위자료'로 갈취당한 재화와 보물이 얼마던가. 그가 자다가도 벌떡벌떡 일어나 "라니 이 계집이 일만 안 쳤어도!" 하며 외친다는 소문이 가라앉은 지도 얼마 되지 않았다.

라니가 혀를 넙죽 내밀었다.

"아버지한테 비밀."

"대체 왜 영애께서……!"

"아, 자꾸 이렇게 꼬치꼬치 캐물을 거예요? 싫으면 다른 데로 가고요."

히나 백작은 정말 자리를 박차고 떠나버릴 기세의 라니를 이기지 못

472   473

하고 합죽이처럼 입을 다물었다. 히나 백작은 그들에게 새로운 말과 마차를 제공하기로 했다. 그는 계속해서 미행은 없었는지, 후환이 생길 가능성은 없는지를 추궁했다. 그때마다 라니는 시큰둥하게 콧방귀만 뀌어댔지만 어쨌건.

"제발 부탁이니 이번엔 사고 치시면 안 됩니다. 왕도로 돌아가시면 저택으로 바로 가셔야 합니다. 아시겠습니까?"

"이예, 이예."

"영애……."

"알았다니까요!"

라니가 빽 소리쳤다.

"그나마, 다행이군. 소블란이 완전히 뉘사나에게로 돌아섰다면 이것도 어려웠을 텐데."

하지만 그럼에도 여전히, 이곳은 그들이 안전히 있을 수 있는 장소도 아니었다.

작은 창 밖을 물끄러미 응시하던 알렉시스가 커튼을 치며 중얼거렸다. 제르 역시 말은 않았으나 내심 불편한 기색이었다.

곧 마차를 바꿔 타게 될 것이 확실시되자 알렉시스가 일어섰다.

"마차를 옮겨 타야 하니까 슬슬 일어나자. 바깥 공기도 쐬고."

그는 제르에게 손을 내밀었다가 그녀가 차분히 바라만 보자 머쓱해져 거두었다.

"신경 쓰지 마."

도리어 제르가 해야 할 말이었다. 돌아서는 그를 바라보던 제르가 굳은 입술을 열었다. 지금이 아니라면 기회는 없을 것 같아서였다.

"……알렉시스, 고맙다."

생각을 거르고, 거르고, 걸러서 한다는 말이 고작 고맙다는 한 마디일 뿐이지만 그조차도 쉽지 않았다. 그래도 내내 입안에서 맴돌던 것을 뱉어내고 나니, 그제야 가슴속이 조금 위로가 되는 듯했다. 말을 마치고 일어선 제르는 그와 눈 한 번 마주치지 않고 그를 스쳐 지났다. 그녀의 걸음 따라 고개를 돌리는 알렉시스의 눈동자가 더디게 그녀를 쫓았다.

마차의 문고리를 향해 손을 뻗던 제르는 조금 더 깊숙이 숨겨두었던 진심을 답했다.

"만일…… 네가 죽게 된다면."

"……."

"조금은, 슬플 거다. 그리고……."

그를 등진 채 멈춰 있던 제르가 천천히 손잡이를 돌려 문을 열며 내내 삭여왔던 한마디를 내뱉었다.

"나는 쥬세의 죽음도, 유스카리의 죽음도 슬퍼한 적이 없다."

그 순간 예고 없이 손이 뻗쳐왔다. 암연 속을 헤치고, 그대로 거침없이.

쾅. 제르의 옆을 스치고 지난 알렉시스의 손이 반쯤 열리려던 마차의 문을 그대로 다시 닫았다. 놀란 제르가 반사적으로 뒤돌았다가 바짝 얼어붙었다. 그의 얼굴이 바로 코앞에 닥쳐 있었다. 알렉시스의 표정은 무어라 설명하기 어려운 그런 빛이었다. 기쁜 듯도, 슬픈 듯도 한 그런.

마차 밖에서 웅성거리는 소리가 났다. 레피스와 테일런이 문 반대편으로 다가왔다. 알렉시스는 귀찮다는 듯 눈살을 찌푸리며 반대편 마차의 창문마저 닫고 커튼을 쳤다.

갑작스레 들이닥친 어둠에 놀란 작은 등불만이 산 것처럼 움직였다.

알렉시스는 지금 약간은 정신이 나간 사람처럼 보였다. 두근두근. 두려움 탓인지, 놀란 탓인지 쉴 새 없이 뛰는 가슴이 마치 벌거벗겨진 사람처럼 부끄러웠다.

"왕하, 무슨 일 있습니까?"

바깥이 조금 소란해졌다. 제르가 간신히 물었다.

"뭐하는 거냐?"

"제르."

"무슨 생각으로 지금 이러는 거냐?"

"나를 믿어."

"……뭐?"

"아니, 믿지 않아도 좋아. 너는 나를 적이라고 생각할지 모르겠지만."

제르는 뜻 모를 말을 홀로 늘어놓는 그의 입술을 응시했다.

"주군."

테일런의 음성에 제르가 고개를 돌리려는 순간 강한 손이 그녀의 뺨을 감싸 고정했다.

"지금은 나만 봐."

뚜렷이 울리는 청원. 제르는 눈동자조차 움직이지 못하고 그를 망연히 응망했다.

"쥬세의 죽음을 슬퍼했어도 상관없어."

"……."

"다들 미쳤다고 하겠지만 네가 내 숙부를 사랑했다고 해도 상관없어."

제르의 입술이 작게 벌어졌지만 아무런 소리도 나오지 않았다. 정신 나간 사람처럼 형형하던 알렉시스의 눈빛이 순식간에 따스한 빛으로 물들더니 눈꼬리가 부드럽게 휘어졌다.

"잘 들어, 제르."

"……."

"나는 지금 너에게 입 맞출 거야. 네가 뭐라고 해도 지금 당장 네게 키스할 거니까 놀라지 마."

"……뭐? 무슨……."

제르는 말을 맺을 수 없었다.

홀로 외롭게 달궈진 등불만큼 따스한 입술이 그녀의 입술 위로 포개졌다. 무의식적으로 뒷걸음질해보지만 이미 등 뒤는 꽉 잠긴 문이었다. 그는 얼어붙은 그녀를 놓아주기는커녕 더욱 세게 움켜쥐었다.

미세하게 떨리는 알렉시스의 입술이 세게 그녀를 눌렀다가, 조심스레 떨어져 나가는 듯 가벼워졌다. 그리고 비스듬 그의 고개가 도는 것을 효시로, 그의 입맞춤은 점점 더 노골적으로 바뀌었다. 그가 천천히 그녀의 입술을 혀로 핥아 더듬어 벌렸다.

그때까지도 넋을 놓고 있던 제르가 놀라 짧게 신음하며 고개를 돌리려는 순간, 작게 벌어진 틈을 비집고 들어온 그의 혀가 부드럽게 그녀의 입술 안쪽을 더듬었다.

이런 식으로 누군가와 입 맞춰본 기억이 없었던 그녀는 어찌해야 할지를 몰랐다. 위협하지 않고, 고통스럽게 하지 않는. 절박한 손길을 어찌 받아들여야 할지 몰랐다.

무심코 그의 숨결을 받아 삼킨 제르가 신음을 삭였다. 입술이 문질러지고, 절박하게 엉겨 붙는 혀가 맞닿고, 숨결이 흐트러지는 시간은 그리 길지 않았다.

숨이 찰 때까지도 밀어내지도, 그렇다고 반응하지도 않는 제르의 뺨을 손바닥으로 더 꽉 끌어 감싸 마지막으로 세게 입술을 눌렀다 뗀 알렉시스가 그녀의 머리를 그대로 끌어안았다.

"미친놈 같다고 해도 상관없어."

그가 떨리는 음성으로 뇌까렸다.

"네가 좋다. 아니, 너를 사랑해. 네가 누구라도 상관없이."

부지불식간에 차오른 눈물이 툭 떨어졌다. 제르는 그가 알아차리지 못했으면 바랐다.

"그래, 누가 뭐라 해도 상관없어. 너와 내가 처한 상황이 얼마나 뒤틀려 있는지도 상관없어. 나를 받아주지 않아도 상관없어."

제르는 치미는 울음을 감당하기 위해 안간힘 썼다. 턱에 힘이 들어가며 입술이 우그러졌다. 그는 모르는 사람처럼, 아니면 모르는 체하고 싶은 사람처럼 계속해서 뇌까렸다.

"지금 이 순간, 나는 너를 사랑해."

알렉시스는 언제나처럼 기분 좋은 웃음소리를 내며 제르의 뒷머리를 얼렀다.

"그러니 노력할 거야."

알렉시스는 곧 떠들썩해진 바깥을 의식하고는 그녀를 품에서 놓은 후, 먼저 문을 열고 밖으로 나갔다.

등 뒤로부터 쏟아져 들어오는 햇빛에 제르는 멀거니 마차 안에 드리워진 자신의 그림자를 내려다보았다. 시커멓고, 시커먼 그림자가 그녀의 발치에 들러붙어 있었다.

"주군, 괜찮으십……."

테일런이 다가오는 소리가 들렸다.

제르는 그대로 무릎을 굽히고 웅크렸다. 눈물이 멈추지 않았다. 어째서 그는 웃을 수 있는 건가. 아직까지도 입술이 뜨끈거렸다. 처음 겪어보는 생소함은 뒤늦게야 그녀의 몸을 경직시켰다. 잇따라 벌어져선 안 될 일이 벌어졌다는 데에 대한 후회가 밀려왔다. 제르는 한참이나 그리 속을 다듬다가 눈물 자국을 소매로 닦아 훔친 후 일어섰다.

이미 알렉시스는 레피스의 잔소리와 함께 멀찍이 걸어가고 있었다.

그녀의 시선은 망연히 그의 뒷모습에 머물렀다.

그런 그녀를 따라 비스듬 고개를 돌리던 테일런이 서글프게 웃었다.

"……가시지요, 주군."

테일런이 묵묵히 내밀어준 손을 잡고 마차에서 내려오면서도 그녀는 웃으며 떠난 남자의 뒷모습을 쫓았다. 뒤늦게야 벌어진 일을 되새길 정신이 돌아왔지만, 기억나는 거라고는 그의 다정한 음성뿐이었다.

'누가 뭐라 해도 상관없어. 너와 내가 처한 상황이 얼마나 뒤틀려 있는지도 상관없어. 나를 받아주지 않아도 상관없어. 지금 이 순간, 나는 너를 사랑해.'

또다시 눈물이 날까 두려웠던 그녀는 턱을 들었다. 시야의 위편, 파란 하늘이 끝 모르는 너비로 펼쳐져 있었다. 그리고 하늘 아래를 떠도는 하얀 구름. 한참이나 붙박인 듯 서 있던 그녀가 몸을 돌렸다.

입술의 온기가 식을 즈음이면, 이 가슴 저미는 서글픔도 사그라져라. 그러길 바랐다.

미꾸라지처럼 빠져나간 베제스의 흔적을 쫓아 데바람의 북쪽 숲에 들어선 지스카르와 트란실 전사들의 뒤로 백여 명의 군사들이 뒤따랐다. 숲의 험준하고 복잡한 길을 따라 달린 그들은 두어 차례 베제스가 버리고 간 부상병들을 발견했지만, 베제스는 없었다. 그와 조금 가까워졌다 싶으면 다시 놓치고, 또다시 쫓아 거리를 좁히고 수색하기를 반복.

다행스러운 건 창운이 추적에 몹시도 능했다는 사실이었다. 론희가 무턱대고 감에 의존하는 여자였다면 창운은 비교적 논리적으로 움직였다. 일부러 버려놓은 옷가지나, 흩뿌려놓은 핏자국 따위에 흔들리지 않고 방향을 잡을 수 있었던 건 창운이 있었기 때문이었다.

'벌써 며칠째인가.'

하루 종일 계속된 행군의 여파로 짙은 피로가 밀려왔다.

"잠깐 멈춘다."

해저물녘, 지스카르는 조그만 시냇물을 발견하고 명했다. 행군이 멈추고 휴식령이 떨어지자 그의 부관과 추적대 병사들은 야영과 식사를 준비하기 시작했다. 지스카르는 시냇가에 서서 물이 흐르는 방향을 바라보았다. 그리고 이 냇물을 건너 조금 더 동쪽으로 향하게 된다면…….

곧 그의 부관이 조심스레 다가와 아뢨다.

"카르시타의 국경과 가까워졌습니다."

"그런 것 같군."

카르시타였다. 베제스가 향하는 방향이 카르시타라면 그건 그것대로 웃긴 우연이었다.

론희가 신경질적으로 투덜거리며 시냇가 근처의 굵은 참나무 아래 좌정했다.

『이 쥐새끼 같은 놈.』

"괜찮을까요."

『안 괜찮으면 뭐 어쩔 건데?』

어차피 알아듣지도 못할 테지만, 론희는 몹시 공격적이었다. 질경질경 나무껍질을 씹으며 눈을 부라린 론희와 눈이 마주치자 부관은 그도 모르게 황급히 시선을 내렸다. 곧 수통에 물을 받아 와 그녀의 옆에 앉은 창운이 핀잔을 놓았다.

『괜히 시비 걸지 마.』

『저놈이 답답한 소리를 하잖아.』

『사흘이면 카르시타 국경이라더라. 어차피 우리가 부락으로 돌아가려면 트란실을 거쳐야 한다. 해로를 통하는 게 아니라면. 신선한 머리가 좋아. 썩은 냄새는 싫잖아.』

론희는 콧방귀를 뀐 후 정자세로 호흡을 가다듬었다.

지스카르는 창운이 론희를 다루는 모습을 물끄러미 바라보다가, 냇가 저편으로 시선을 옮겼다. 베제스가 카르시타의 국경으로 향한다는 것은 이 상황에선 썩 이싱했다. 그는 루덴 공의 일로 카르시타가 그를 배반했다고 여기고 있을 터였다. 또한 카르시타를 지나 트란실로 간다는 건 더더욱 말이 안 된다. 차르 쟁탈전에 타국의 왕이 영향력을 행사할 수 있는 건 목을 내놓았을 때뿐이다.

"빌터, 이 방향의 국경을 넘어가면 무엇이 있지? 엘올라가 남쪽으로 가까운 거리에 있지 않나?"

"이레쯤 걸리는 거리에 카르시타의 왕도 엘올라가 있습니다. 그리고 가는 길목 북동쪽에는 칠로스 산과 늪이 있고, 정북쪽으로는 규젤만이 있습니다."

거기까지 말한 부관이 문득 생각난 것이 있는 사람처럼 당황을 이어붙였다.

"아, 헨솔 저하. 그리고 보니…….'"

"그리고 보니?"

"카르시타의 정북해에서 로마탄 그레온이 뱃놀이를 하고 있다는 소문이 있었습니다."

"로마탄 그레온?"

지스카르가 눈살을 찌푸렸다.

'도켄인가? 아니, 도켄은 생사조차 불명이라 했다. 그렇다면…….'

퀴네도사이 에스펠라 펜 로만. 지스카르는 그다지 유쾌하지 않은 유년 시절의 기억을 상기했다.

"두 달쯤 전의 소식이라 지금까지 머물고 있을지는 확신치 못하겠습니다."

"……카르시타의 북해라면 범위가 굉장히 좁을 테니 여전히 그곳에 있지는 않을 확률이 높다."

카르시타의 북해는 이한의 영해와 나뉘어 있었다. 이한은 무적함대를 보유하고 있는 연합국이었으므로 해적들이 자유로이 횡행하기에는 좋지 않았다.

'이한?'

문득 지스카르는 기묘한 가능성을 떠올렸다.

그가 알기로는 카르시타의 북해에 이한의 해상 기지 중 하나가 있다. 이한은 과거 로마탄 그레온을 뒤에서 조종하려 했던 데바람 왕실과 큰 마찰을 빚었던 국가이기도 했다.

"이한이 로마탄 그레온을 저들의 영해 근처에서 두고 볼 리가 없는데?"

"자세한 상황까지는 전해 듣지 못했습니다. 무적함대에 관한 것은 극비에 가까워서 데바람 측에서도 알기가 어렵습니다. 하지만 이한의 여왕이 해적들을 곱지 않은 눈으로 보고 있는 것은 맞습니다."

내내 멀지 않은 곳에서 그들의 대화를 못마땅하게 경청하던 론희가 물었다.

『이한? 그 바다 건너 나라 말하는 거냐? 그게 지금 무슨 상관인데.』

『상관이 없길 바라야겠지.』

『듣기로는 그 녀석들도 우리와 비슷하다고.』

론희의 혼잣말 같은 물음에 고개를 갸우뚱하던 지스카르가 뒤늦게야 이해하고 고개를 끄덕였다.

『저쪽은 여인국이라는 걸 제하면.』

『여인국이라.』

『여자들만이 지도자가 돼.』

이한은 오래전부터 대지의 어머니라는 이유를 붙이며 여자들을 왕으로 선출해왔다.

『그래?』

『하지만 여왕은 발언권이 낮다더군. 여왕 직속 함대인 무적함대를 뺀다면 행정권의 일부만 쥐고 있다고 보는 게 맞겠지. 하지만 이한의 힘은 해상에 있기 때문에 여왕이 무적함대를 보유하고 있는 것만으로도 근간은 단단하다.』

창운이 곧 지루한 사람처럼 몸을 일으켜 시냇가 저편을 어슬렁어슬렁 걸었다.

론희의 시선이 잠깐 창운에게로 머물렀다. 그녀 특유의 짜증과 신경질적인 눈빛 속에서 옅은 우울함이 묻어났다.

『고국이 걱정되나?』

『안 될 리가 없지.』

『네가 나온 후로 일이 많다고 하던데. 차라리 너도 다른 선택을 하는 게 나을 뻔했군.』

『동족을 죽이고 싶지는 않았다. 지금도 마찬가지야.』

론희는 턱을 괴며 혼잣말처럼 중얼거렸다.

지스카르는 곧 신경을 거두었다. 트란실의 일은 트란실 인들끼리 해결해야 할 문제였다. 게다가 지금 그의 앞에는 보다 더 큰 문제가 있었다.

그의 입장에서는 베제스가 어떤 방향이든 간에 오래 살아남을수록 불리했다.

어딘가로 사라졌던 창운이 되돌아와 훌쩍 냇물을 뛰어넘었다. 그가 턱짓으로 물에 젖은 신발을 벗어 짜낸 후 커다란 바위들이 놓인 방향을 가리켰다.

"흔적은 저 방향으로 이어져 있다."

창운은 커다란 바위들이 험하게 놓인 숲 속 언덕을 가로지른 북동의 언덕을 향해 턱짓했다.

예상과는 크게 다르지 않았다. 저 방향은 분명 카르시타의 국경이었다.

"일부 군사들은 추려내어 돌아간다. 전부 다 국경을 넘을 수는 없을 테니까."

지스카르가 손을 털며 몸을 바로 세웠다. 제 죽을 무대를 적국으로 정했다는 건, 한때 왕이었던 자의 선택이라기엔 지나치게 구차한 일이었다.

"반시간 후, 다시 출발한다."

제피언은 내달 있을 뉘사나의 '대 엘올라 선언'의 준비와 함께 치안 강화의 책임자를 맡고 있었다. 유스카리의 국상으로 인해 전반적으로 침체된 분위기 속에서 그 역시 검게 물들인 술을 어깨에 달고 있었다. 그는 국왕 시해에 일조했다는 명분으로 수감된 수십 명의 시녀, 병사, 일반 백성, 귀족들 중 세 명의 시녀와 마부 한 명이 참수당하는 것을 보고 오는 길이었다.

일은 순조롭게 흘러가고 있었다. 처음 알렉시스가 거사 직전 왕도를 빠져나갔다는 이야기를 들었을 때는 몹시 당혹했지만 결과적으로 나쁘지는 않았다. 다만 뉘사나가 방치하고 있는 세드로가 조금 마음에 걸렸다.

대 엘올라 선언은 세드로가 살아 있음으로써 효과가 반감될 수밖에 없다. 카르시타의 번영을 위해 어쩔 수 없이 왕위를 물려받아야 한다는 슬픈 즉위 선언은 물려받을 자가 없을 때에야 완벽했다.

여러 차례 체자스 공과 함께 세드로를 처형해야 한다 했지만 뉘사나는 대신 세드로의 출생의 증거를 찾길 바랐다. 그러나 유스카리가 공작들 앞에서 손수 불태웠던 서신이 마지막 증거였던 건지, 어디서도 찾을 수가 없었다.

이렇게 시간을 끄는 와중 루덴 공이 돌아온다면 일은 더 어렵게 될 것이다.

루덴 공이 아니라면 솔직히 아르노만도, 알렉시스도 당장은 두려울 게 없었다.

'올리비에 왕하의 움직임은 아직 없는 것인가.'

뉘사나가 퀸시오로 전령을 보낸 지도 시간이 흘렀다. 뉘사나는 그들이 은밀히 움직일 가능성이 높다 예측했다. 제피언 역시 언제까지고 알렉시스가 퀸시오에 숨어 있으리라 여기지는 않았지만, 아직 소식이 없는 것을 보면 시간 끌기를 계속하고 있는 모양이었다. 대 엘올라 선언이 있은 후에 뉘사나는 공식 즉위에 앞서 유스카리의 모든 전권을 위임받게 될 것이다. 그리 된다면 퀸시오의 문을 여는 건 시간문제였다.

얼마간 걸어 광장 밖으로 빠져나온 제피언은 성벽 외곽 쪽으로 발걸음을 돌렸다.

혹시 모를 불온분자와 왕도 안으로 섞여들려 하는 견제 세력들을 걸러내기 위해 철저한 검문을 하명해둔 후였다. 성문 근처에 이른 제피언은 문득 눈에 익은 휘황한 마차를 발견하고 그쪽으로 향했다.

멈춘 마차는 움직일 줄을 몰랐다. 자세히 보니 하필이면 검문소에서 마차 바퀴가 빠진 데에 불만을 토하며 바퀴를 살펴보는 마부가 병사들 사이에 쪼그리고 앉아 있었다.

"……무슨 일이지?"

마차는 아예 검문소 한가운데를 막고 있어서, 뒤따라 방문하는 이들이 여간 곤란한 게 아니었다.

"마차가 돌부리에 걸린 건지, 갑자기 바퀴가 빠지는 바람에. 지금

수리공을 불렀습니다."

제피언은 눈에 익은 깃발이 걸린 마차를 가만히 응시했다.

'벤테이스…… 였던가.'

벤테이스라면 엘올라의 동부 자그마한 주류 도시였다. 그곳의 주인인 벤테이스 가문은 히나 백작이 돌보는 이들 중 하나였다.

'히나?'

제피언은 묘하게 꺼끌거리는 기분에 고개를 비스듬 기울였다. 히나 백작이 어떤 사람이었던가, 잠시 고민하던 그는 익숙한 이름을 떠올렸다.

'소블란 후.'

벤테이스가 히나를 지붕 삼았다면, 히나는 소블란을 기둥 삼아 기대고 있는 백작가였다. 그리고 소블란가의 딸이 거사가 있기 직전 퀸시오로 떠났다는 건 암암리에 떠돌고 있는 기정사실이었다.

거기까지 생각이 미친 순간 기묘한 소름이 그를 휘감았다. 그는 자신의 감을 믿어 의심치 않는 이였다. 이런 소름 끼치는 기분이 들 때면 늘 들어맞았다.

제피언은 느긋한 걸음걸이로 마차로 향했다.

'……잡았다.'

그는 확신했다. 저 마차 안에 누가 타고 있건 간에 아마 그것은 뉘사나를 기쁘게 할 것이다.

"지금 이럴 시간이 없다고, 몇 번을 말해야 알아듣겠어요!"

병사는 살짝 열린 창문 틈으로 소리치는 라니를 곤란한 듯 바라보았다. 무작정 빨리 통과시켜달라는 그녀의 투정 아닌 투정은 들어주기 어려운 요구였다.

"몸이 좋지 않아 왕도 의원에게 보이러 가는 길이라고 분명히 말했을 텐데요!"

"하지만 확실하게 증명해주시지 않으면…… 일단 저희도 임무인지라 마차 안을 의례적으로 검열하도록……."

"이 마차에 걸린 문양이 보이지 않아요? 교육이 대체 어떻게 된 거야?! 당신 이름이 뭐죠? 영애를 의원에게 안내한 후 내 기필코 당신의 무례와 무지함을 당신의 상관에게 일러두겠어요."

막 열여섯 살쯤 된 히나 백작의 장녀와 제르의 외모는 간극이 제법 되었지만, 병사들은 그 부분을 감히 지적할 수가 없었다. 사실 제르의 얼굴을 보인 것만으로도 큰 모험이라 여기기에 라니는 더욱 조급해졌다.

"그러면 소란스럽지 않게 주의할 테니, 잠시만 마차 문을 열어주시면……."

"지금 소블란의 딸인 내 앞을 막아서고 꼬박꼬박 말대꾸를 하는 건가요?"

라니는 진심으로 울분을 터뜨리는 것처럼 보였다.

마차의 휘장 너머 외부 병사들에게 보이지 않도록 몸을 낮추고 숨을 죽인 알렉시스는 라니의 건너편에 앉아 후드를 고쳐 덮는 제르와 눈을 마주쳤다.

"아니, 아닙니다. 죄송합니다!"

"그래, 그쪽은 말이 좀 통하네."

한 병사가 다가와 소리치자 라니가 특유의 교만한 눈빛으로 그를 응시하다가 홱 고개를 돌렸다.

"만일 끝까지 번거롭게 하고 싶거든 소블란으로 찾아와. 소블란 후계 직접 아뢰라. 그럼, 출발해."

라니가 병사들이 무어라 답할 시간도 주지 않고 커튼을 쳤다. 얼마간 멈춰 있던 마차 주위의 문지기들이 주저하는 듯 서로 어떤 대화를 주고받더니, 곧 마차가 움직이기 시작했다.

"나, 참……."

무사히 검문을 통과했다는 것을 깨달은 알렉시스가 긴 한숨을 내쉬었다. 라니의 저런 막돼먹은 고집을 당할 수 있는 이는 몇 없다는 걸 알았지만, 막상 시도해보니 지나친 모험이 아니었나 하는 생각을 떨칠 수가 없었다. 만일 조금이라도 의심 많은 자에게 검문당했다면 조금 더 일이 복잡해졌을 수도 있었다.

"자, 됐지?"

그러나 라니는 여전히 의기양양한 표정이었다. 저리 순진하니 도저히 미워할 수가 없는 게다. 알렉시스가 어쩔 수 없다는 듯 웃었다.

"되긴 뭐가 돼. 나는 네가 조금 더 나은 방법을 쓸 줄 알았다."

"이미 같이 마차 타고 온 시점에서 더 나은 방법이 있을 리가 없잖아."

"이번엔 운이 좋았다."

"운이라니!"

라니가 새침하게 삐진 표정을 지으며 가자미눈을 떴다.

"뭐, 됐어. 잘되면 약속은 지켜, 테피온."

"아, 그래, 그래. 걱정하지 마."

"위험한 일은 하지 말고. 조심하고."

"그래, 그래."

"너 그렇게 두 번 대답하는 거, 내 말 하나도 안 듣고 있다는 거잖아. 다 알아!"

라니의 예리한 지적에 알렉시스는 유연하게 대처했다.

"수고했어, 라니 로웬."

라니는 그제야 만족스러운 표정을 지어 보였다.

그때, 얼마간 느리게 움직이던 마차가 다시 멈추었다.

알렉시스가 고개를 들어 마차의 벽을 조심스레 손끝으로 짚었다. 작고 균일한 진동이 느껴졌다. 발소리들이 여럿 다가오고 있었다. 이는 강도 높은 훈련을 받은 이들의 걸음이었다.

"뭐지?"

슬그머니 커튼 사이로 손가락을 넣어 밖을 살피던 라니의 낯빛이 순식간에 허옇게 질리기 시작했다. 라니가 입술을 가리며 더듬더듬 말했다.

"마…… 맙소사. 저분이 왜 여길."

알렉시스와 제르는 순식간에 반전된 예감에 숨을 죽였다. 누구냐 묻기도 전에 걸음 소리는 이미 지척에 다가와 있었다. 조심스레 마차의 벽에 바짝 등을 붙인 알렉시스가 검을 집어 들었다.

"이 마차는?"

마차 밖에서 울리는 목소리가 묘하게 귀에 익었다.

"소블란 영애께서 타고 계신다 합니다. 동석한 히나 영애께서 몸이 좋지 않으셔서 왕도의 의원에게 진료를 받으러 오셨다고…….""

제르가 고개를 비스듬 돌렸다. 벽 너머의 목소리가 귀에 익었다. 좋지 않은 예감이 등줄기를 훑었다.

숨을 크게 들이켠 라니가 알렉시스와 제르를 번갈아 보았다. 마차 밖의 음성이 비웃듯 말했다.

"히나 영애라면 내가 익히 알고 있지."

이윽고 목소리는 바로 문 건너편에서 멈추었다.

곧 끼기긱 하는 경첩 소리와 함께 마차의 문고리가 돌았다. 경첩 소리에 돋아난 소름이 살갗을 뒤덮었다. 입을 떡 벌린 채 바라보고 있던 라니는 거의 거품을 물 것 같은 얼굴로 손을 들어 신음을 막았다. 제르의 심장도 터질 것처럼 뛰기 시작했다. 알렉시스의 적주홍 눈동자에 살기가 서렸다.

그들의 발치로 길죽한 방형의 빛이 드리워졌다.

제르는 반쯤 열린 문틈 사이 엿보이는, 눈에 익은 남자와 눈을 마주쳤다. 그는 어둑어둑한 마차 안을 가늘게 뜬 눈으로 살피더니, 곧 천연덕스러운 미소를 지으며 인사를 건넸다.

"'두 분' 다 이리 방문해주셨군요. 오랜만에 인사드립니다."

제르의 시선이 낯설지 않은 자의 시선과 허공에서 뒤얽혔다.

"기다리고 있었습니다. 이쪽이…… 히나 영애시군요."

낮은 웃음을 삼킨 목소리가 귓속을 파고들었다.

승리감에 도취된 제피언의 행동엔 거침이 없었다. 한달음에 마차로 다가가, 병사들을 밀친 그는 마차의 문을 활짝 열어젖혔다. 잠시 후, 제피언의 눈이 가늘어졌다.

"······?"

예상했던 사람의 모습이 보이지 않았다. 마차 안엔 두 사람이 앉아 있었다. 다리를 꼰 채 무언가를 중얼거리며 짜증스러운 표정을 짓는 갈색 머리의 여인과, 와인빛 머리칼을 한 남자 한 명.

"······그대들은?"

눈이 부신 사람처럼 미간을 좁히던 갈색 머리의 여자가 퉁명스레 답했다.

"저희는 심부름을 가는 중인데 바퀴가 고장 났다고 해서요."

그럴 리가. 의심을 거두지 못한 제피언이 고개를 들이밀고 마차 안을 샅샅이 살폈다. 아무리 봐도 알렉시스는 없었다. 사람이 숨을 만한 곳도 없었다. 짙은 와인빛의 머리칼을 한 청년이 그를 향해 넙죽 신분증명패를 내밀어 보였다.

"저희는, 벤테이스의 영주님과 약간의 친분이 있는 사람들입니다. 수상한 자들은 아닙니다."

제피언은 페이랑이 내민 증명패를 받아 살폈다. 그의 말처럼 수상한 점은 없었다. 순식간에 고조되었던 흥분을 가라앉힌 제피언이 얼굴을 찡그리며 딱딱하게 말했다.

"일반민인가?"

"예."

여자는 몹시 신경질적으로 보였지만 남자 쪽은 굉장히 정중하고 예의발랐다. 못마땅한 눈으로 여자를 주시하던 제피언은 돌연 당황했다. 허벅지를 훤히 드러낸 짧은 치마는 파격적이었다. 그는 늘씬하게 빠진 다리 여기저기에 흥이 남은 여자를 빤히 바라보다가 몸을 바로 세웠다.

"마차가 한가운데에 있어 통행에 불편이 생길 수 있으니 우선 한쪽으로 옮기도록 하겠다."

"아, 예. 예."

서글서글하게 웃는 청년을 바라보던 제피언은 문득 기묘한 기시감을 느끼고 고개를 갸웃했다. 청년의 얼굴이 왠지 모르게 익숙한 듯도 했다.

'어디선가 본 적이 있는 것 같은데…….'

"날 만난 적이 있나?"

"예? 아, 아뇨. 어디서 제가 금군 대장을 뵈었겠습니까! 저희는 이제 막 시골에서 올라온 참인걸요."

제피언은 수긍했다. 그는 평민과 어울리는 성정이 아니었으므로, 벤테이스와 연고가 있다는 저자를 만났을 리는 없었다.

실망을 감추지 않고 문을 닫은 제피언은 몰려 있던 병사들에게 마차를 한쪽으로 옮길 것을 명했다. 막혀버린 행길 위에서 어찌할 바 모르고 목 빼고 수리공만 기다리던 병사들은 제법 큰 마차를 들어 옮기란 말에 당혹한 듯했지만 토 다는 일 없이 빠르게 움직였다.

장정 서넛만으로는 엄두도 낼 수 없어, 마차 안에 있던 페이랑도 나와 돕는 체했다. 결국 검문소 근처에 있던 십여 명의 병사들이 임무마저 멈추고 달라붙어야 했다.

퉁하게 그들을 뒤로한 채 걷던 제피언이 문득 걸음을 멈추고 고개를 돌렸다.

'방금 저치가 뭐라고 했지?'

마차는 검문소에서 조금 떨어진 성벽 아래로 옮겨지는 중이었다. 그가 잘못 들을 리가 없다. '어디서 금군 대장을 뵈었겠습니까.'라고 말했다. 자신의 얼굴이야 익히 알려져 있긴 하지만, 그 짧은 순간 자신을 보고 '금군 대장'이라는 것을 떠올릴 치라면 보통 평민은 아닌 것이다. 잇따르는 어떠한 예감. 한 치의 의심도 허용할 수 없는 상황이었기에 제피언이 빠르게 몸을 돌렸다.

그때였다.

어디선가 빠른 말굽 소리가 울려 퍼지기 시작했다.

"멈추시오!"

그리고 텅 빈 검문소를 훌쩍 넘어 들어오는 일곱 필의 말, 마차 주위에 몰려 있던 병사들은 벙찐 얼굴로 그대로 성 안으로 들이닥친 기병대를 바라보았다. 멈추라는 고함에 주춤하는 일도 없이 그대로 쏜살같이 지나치는 기사들을 바라보던 제피언의 눈이 크게 뜨였다. 그들의 선두로 달리는 남자는 분명.

'베이하크!'

그자였다.

제피언이 황급히 몸을 돌려 군사들에게 명했다.

"저자를 잡아라!"

어찌 된 상황인지 이해하지 못하고 멍청하니 서 있던 병사들이 마차를 뒤로한 채 허둥지둥 달려가기 시작했다. 몇몇 병사들은 근처에 매어둔 말에 올라 재빠르게 그들을 쫓았다. 제피언 역시 한 기사의 말을 빼앗아 탔다. 조금 전까지 그를 껄끄럽게 했던 벤테이스의 두 평민에 대해서는 완전히 잊었다.

얼마 지나지 않아 바퀴가 고장이 났다며 멈추었던 마차가 느릿느릿 움직이기 시작했다.

심장이 떨어질 것 같은 긴장감 속에서도 홀로 웃고 있는 남자는 제르가 아는 사람이었다. 그는 마차의 벽 옆에 바짝 붙어 제 목에 검을 겨눈 알렉시스를 의식한 후에도 미소를 거두지 않았다. 도리어 한결 여유로워진 사람처럼 침착하게 그의 등 뒤에 서 있는 이들을 향해 손을 흔들기까지 했다.

"오랜만에 뵈어 인사라도 하려는 거니까, 너희들은 돌아가보도록."

그를 뒤따랐던 병사들은 일제히 물러갔다. 그는 병사들의 발소리가 충분히 멀어지자 정중하게 물었다.

"잠깐 오르겠습니다."

마차에 승합한 이는 다름 아닌 베다시아였다. 얼어붙은 라니의 옆에 자리를 잡고 앉은 그는 벽을 툭툭 치며 마차를 출발시키기까지 했다. 당장 병사들을 불러 그들을 연행하게 한다면 모든 것이 쉽게 돌아갈 터인데도, 전혀 그럴 생각이 없어 보였다. 딸꾹질을 시작한 라니가 입을 틀어막은 채 끅끅거렸다.

제르는 속 모를 남자를 꼿꼿이 허리를 세운 채로 응시했다. 베다시아는 여전히 제 목에 겨눠져 있는 알렉시스의 검을 곁눈질로 흘긴 후 운을 뗐다.

"올리비에 왕하, 잠시 검을 내려주실 생각은 없으십니까? 제가 또, 겁이 많아서 말입니다."

베다시아가 조심스럽게 검 끝을 붙잡아 내렸다. 알렉시스는 경계를 늦추지 않은 채로 사납게 쏘아붙였다.

"넌 키이브의 아들이 아닌가? 무슨 속셈이냐."

"그리 긴장하지 마십시오. 어차피 이 마차엔 저 혼자뿐이지 않습니까?"

"기다리고 있었다는 것은 무슨 말이냐."

"요크 반도에서 몰래 빠져나오시려고 많이 노력하신 듯하더군요. 하지만 이쪽도 바보는 아닙니다. 바로 엘올라로 향하지 않고 히나 백작령으로 향하셨다는 소식에 저는 시간을 조금 벌었습니다. 쭉 언제 오시려나 기다리며 근방을 살피고 있었지요. 지루해지려던 참이었습니다."

알렉시스의 짙어지는 살의에 베다시아가 황급히 말을 덧붙였다.

"아, 물론 지금 두 분을 잡아가려는 것은 아닙니다. 그럴 생각이었다면 아까 전에 병사들을 물리지 않았겠지요."

"왜? 네가 내 형님에게 빌붙었다 들었는데 형님이 무슨 명을 내렸기에."

"자규 왕하께서는 아직 올리비에 왕하가 퀸시오를 떠나셨다는 것을 모르십니다. 제가 중간에 보고를 가로챘으니까요."

상황을 이해하기도 전에 납득되지 않는 말이 연이었다.

"정리하지요. 히나 백작가의 마차 한 대가 이쪽으로, 벤테이스의 마차 한 대가 정문으로. 맞습니까?"

그는 손바닥 읽듯 훤히 꿰고 있었다. 르니아와 페이랑이 타고 있는 마차에 대한 것까지 미리부터 알고 있었다는 듯 구는 태도는 제르를 불안하게 했다. 그들이 굳이 갈라져야 했던 건, 레피스가 왕도 안으로 쉬이 들어갈 수 있도록 돕기 위함이었다.

'설마 잡혔나.'

그럴 리가 없다 낙관적으로 보기에는 상황이 좋지 않았다.

딸꾹질이 멎지 않아 입술을 꼬집으며 히끅거리는 라니를 딱하다는 듯 바라본 베다시아가 고개를 절레절레 저었다.

"소블란 후작이 히나 백작과 수작하여 자규 왕하를 물 먹이려 한 것은 보고하지 않을 생각이니, 그리 놀라지 마십시오, 영애."

신뢰할 수 없는 협박이었지만 말만으로도 크게 안심이 되었다. 라니는 한숨 돌린 표정으로 어색하게 미소 지었다.

제르가 마른 입술을 열었다.

"……헨로 경, 그렇다면 지금 이건 무슨 의도인지 알고 싶다. 사정을 잘 알고 있을 터."

"더 아름다워지셨습니다, 제이하이 왕하."

"입에 발린 소리를 듣고 싶어 이러는 게 아니다."

"여전히 차가우시고."

그들을 따르는 이들의 기척은 느껴지지 않았다. 그의 말처럼 베다시아는 혼자였고, 만일 보고를 하지 않았다는 사실이라면 아직은 기회가 있었다.

알렉시스가 위협적인 어조로 검을 그의 목울대 아래까지 들이밀며 서늘히 웃었다.

"너밖에 모르고 있다면 너를 죽이면 완전히 비밀이 된다는 말이군."

"제 부관은 알고 있습니다. 두 분의 왕하께서 퀸시오를 떠나 히나령으로 향하셨다는 걸 일러준 게 그 녀석이니까요. 저를 죽이시면 제 부관이 자규 왕하께 전부 소상히 아뢸 테니 그리 좋은 방법으로 보이지는 않는데, 그래도 그리 하시겠습니까."

"지금 나를 협박하나? 네 목숨이 끝장이 난 후에 벌어질 내 안위까지 걱정할 여유는 없을 텐데. 우리가 그런 사이도 아니고 말이야."

베다시아는 당장이라도 살갗을 파고들 듯 힘이 들어간 알렉시스의 검을 의식하고 마지못한 사람처럼 시선을 내렸다.

"용서하십시오. 저는 단지, 올리비에 왕하께 한 가지 제안을 드리고 싶어서 이리 찾았습니다."

베다시아가 나직하게 말했다.

"제안? 형님의 개가 된 왕도의 수호자가, 나에게 제안?"

알렉시스가 코웃음 쳤다.

"예. 제안입니다."

"……뭐지?"

"잠깐 이 목에 검 좀 치워주시면 안 되겠습니까? 저는 지금 무방비 상태입니다. 그리 경계하실 것 없다는 건 왕하께서 더 잘 아실 겁니다."

기세를 누그러뜨린 알렉시스가 천천히 검을 내렸다. 그 말처럼 그는 베다시아가 헛수작을 부리기 전에 먼저 그의 숨통을 끊어놓을 자신이 있었다.

"감사합니다."

"왜 이딴 짓을 하나?"

결린 목을 풀듯 좌우로 고개를 기울이던 베다시아가 뱉은 말은 알렉시스도, 제르도, 라니도 예상치 못한 것이었다.

"제피언의 목을 두고 왕하와 거래하고 싶습니다."

"거래?"

알렉시스가 즉각 비웃음을 터뜨렸다.

"형님의 개가 지금 나한테 거래를 청한 건가?"

"제피언은 자규 왕하의 명을 받고 유스카리 전하를 시해했습니다."

"가문 간의 사사로운 일로 배신을 밥 먹듯 하는 네놈을 어찌 믿고."

"어차피 그는 죽어 마땅한 종자입니다. 국왕을 보호해야 하는 상비 군장이 되어 군주의 머리를 쳤으니 그만한 대역죄가 있겠습니까? 사 감이 있는 건 인정합니다."

"이것도 내 형님의 계략이 아니라는 증거를 보일 수 있나?"

"증거는 없지만 이유는 설명드릴 수 있습니다. 처음 자규 왕하께서 저를 회유하실 적에 제게 칼시단 백작, 제피언의 몰락과 그 수급을 제 게 약속하셨습니다. 하지만 제피언이 돌연 자규 왕하에게 기울 의사 를 표하고 그리 했습니다. 그는 대가로 작위를 약속받았습니다."

"작위?"

"곧 네골타 홀에 앉을 수 있는 공작 가문 중 몇은 정리가 되지 않겠 습니까?"

베다시아가 희미한 미소를 지어 보였다. 알렉시스는 순식간에 이해 했다. 금군 대장씩이나 되는 녀석이 뉘사나에게 붙었다는 이야기에 대체 어찌 꾀어냈나 싶었는데. 공작위쯤 되는 미끼라면 충분했다. 제 피언의 가문은 대대로 왕실 수호 역할을 역임했기에 세력 균형으로 인 해 그들의 공적에도 불구하고 오랜 시간 영지 없는 백작으로만 머물고 있었다. 그에 불만이 생겼다면 그럴 만도 하다.

한결 긴장을 푼 알렉시스가 정리했다.

"그래서 내게 지금 제피언의 목을 바란다……?"

"아니요."

"그럼?"

"그자와, 그 일가와, 모든 추종 세력들의 파멸을 원합니다."

숨 막히는 경멸이 밴 음성이었다.

제르는 가만히 그들의 대화를 경청하고 있었다. 베다시아가 어떤 연유로 저리 악독하게 구는지 짐작할 수는 없지만, 그건 얼핏 예전의 자신과도 닮아 있었다. 데바람에서 머물 적 자신은 그리도 악에 차 있었다.

무슨 사연인지 궁금하기도 했지만 라니와 알렉시스는 이미 아는 사람처럼 덤덤했다.

"……추종 세력들까지 일시 멸문이라."

"자규 왕하가 그를 버리지 않으실 것은 자명하니 저도 제 살길은 찾아야 하지 않겠습니까?"

"내가 순순히 응하지 않는다면?"

"어차피 이미 자규 왕하께 배반당한 지금 저는 누구도 믿지 않습니다."

"……우선 들어보지. 너는 그럼 내게 뭘 해줄 수 있는지."

"내달, 자규 왕하께선 즉위의 첫 주춧돌을 쌓으실 겁니다. 대 엘올라 선언식이 그것입니다. 이미 엘올라의 모든 백성들에게 알렸고, 공문은 곧 카르시타 전역을 돌 것입니다."

제르의 눈빛이 싸늘히 가라앉았다. 그녀는 굳은 혀를 움직여 가까스로 물었다.

"……그 말은 자규가 왕이 된다는 말인가? 세드로…… 가, 아직 살아 있는데도?"

제르를 조금 가여운 눈으로 바라보던 베다시아는 담담히 설명을 이었다.

"당장은 아니지만 그 시작입니다. 그날, 올리비에 왕하의 국왕 시해 혐의로 인한 폐위가 있을 것이고, 자규 왕하께서는 서거하신 유스카리 전하의 전권을 위임받으실 겁니다. 그 후에는 왕이 되겠지요. 피노제와 쇼하인과 몬테인은 몰락할 것이고 체자스와 칼시단이 부상하겠지요. 왕자 저하와 왕비 전하의 생사 역시. 글쎄요. 낙관해도 괜찮을까요."

크게 흔들리는 제르와 달리 알렉시스는 여전히 객관을 유지했다.

"하지만 그 사실은 내게 아무런 도움이 안 되는군."

"맞습니다. 이건 지금 상황을 말씀드린 것뿐입니다."

"그럼."

"먼저 약조해주시겠습니까?"

확신에 찬 베다시아의 음성에 알렉시스가 잠깐의 공백을 둔 후 입꼬리를 끌어올렸다.

"싫어. 하지만 나는 받은 만큼 돌려준다. 그거면 충분한가?"

"나쁘지 않군요."

"그럼 말해봐라."

묵묵히 알렉시스를 응시하던 베다시아가 소란스러워진 바깥으로 시선을 돌렸다. 그는 살짝 열린 창 틈으로 어디론가 분주히 뛰어가는 수십 명의 병사들을 발견하고는 굳게 입술을 다물었다.

"무언가 피노제의 저택 쪽으로 몰려가는 것을 보니, 소란이 일어난 것 같군요."

알렉시스는 내색하지 않고 안도했다.

'레피스는 무사히 들어온 모양이군.'

베다시아는 이내 아무래도 좋다는 듯 말을 이었다.

"일단은 저도 시간이 없으니…… 바로 용건으로 돌아가겠습니다. 저는 왕자 저하와 왕비 전하의 소재에 관해 지금 당장이라도 일러드릴 수 있습니다.”

그에 가장 크게 동요한 건 제르였다. 작게 벌어진 그녀의 입술 사이로 신음 같은 음성이 흘러나왔다.

“뭐……?”

“지금 그 두 분은, 엘올라에 계시지 않습니다.”

“엑? 없어요? 어디 가셨어요?”

내내 불안하게 눈을 굴리며 그들의 대화에 귀를 세우던 라니가 화들짝 놀라 물었다. 베다시아는 정중하게 답했다.

“왕성에 있으면 그 두 분을 탈취하려는 자가 생길 테니까요. 올리비에 왕하께서도 왕도로 오신 것은 왕성 탈환을 위함이 아니십니까?”

“엘올라에 없다면 어디에 있지?”

“북서해를 종횡 무진하는 악명 높은 해적단을 아십니까?”

제르의 고개가 기울어졌다. 북서해의 악명 높은 해적단이라면 하나뿐이었다.

“로마탄 그레온?”

라니가 ‘로마탄 그레온’이라는 이름에 고개를 갸웃거리다가 손뼉을 쳤다.

“아! 그 도켄이라는 자의 해적단이라는…… 그 해적단이요?”

“예. 지금 선장은 그 아들입니다, 소블란 영애.”

“지금 왜 그 녀석들이 거론되는지 이해가 안 가는데.”

알렉시스가 서늘하게 그들의 말을 가로막았다. 베다시아는 빙그레 웃으며 제르를 응시했다.

“지금 북해의 규젤 만에 해적선들이 정박 중입니다. 그리고 두 분은 그 배에 모셔져 있습니다.”

소리 죽은 침묵이 이어졌다. 알렉시스 역시 당황스러운 기색을 감추지 못했다. 로마탄 그레온이라면 제르의 시종이 속한 해적단. 그런데 그 해적단이 지금 왕비와 왕자를 데리고 있다?

제르 또한 전혀 몰랐다는 창백한 얼굴이었다.

제르는 깊이 떨리는 가슴을 가라앉히기 위해 손을 그러모으고 허리를 숙였다.

알 리가.

그런 것, 알 리가.

왕도 내에 있는 베이하크 가문의 별장과 사저로 군사들을 보낸 제피언은 재빠르게 왕성으로 돌아갔다. 뉘사나와 체자스 공이 마주 앉아 작금의 상황을 논의하는 회의가 한창 진행되고 있을 때였다.

"트란실 인들이 아라산의 쇼하인들의 발목을 붙잡고 있는 일은 훌륭히 수행 중입니다만, 지나치게 기세가 위협적이라 왕도 지원 병력이라도 요청하게 된다면 문제가 조금 다른 방향으로 흐르게 될지도 모르겠습니다."

"리이사의 그자를 다룰 수 있을 거라는 생각은 않았다. 어차피 한 번쯤 벌어졌을 일이야."

뉘사나는 덤덤히 대꾸하면서도 불편한 기색을 감추지는 않았다. 애초에 트란실 인들을 종용한 건 뉘사나였다. 그들의 부족들은 수세대 동안 동족상잔을 거듭하며 견고하게 사회를 이루고 있었다. 뉘사나는 다른 이들보다 훨씬 빨리 차르 쟁탈전의 기미를 알아차렸다. 사호 부족의 선출자가 대륙으로 빠져나왔다는 첩보에 의한 판단이었다. 머리 사냥이라 불리는 그들의 극악무도한 전통을 수행하기 위함이라.

그는 즉시 은밀하게 트란실의 부족들 중 가장 호전적인 이에게 접근했다. 그게 바로 리이사의 적륜이라는 자였다. 건장하고 호방한 사내는 제법 머리 회전이 빨랐다. 또한 야심 또한 원대했다. 그는 트란실의 차르에게는 아라산이 트란실에게 있어 대륙으로 가는 발판이 되리라는 점을 강조했고, 리이사의 선출자에게는 왕국의 이점과 절대왕권의 강대함을 속삭였다.

그럭저럭 돌아가는 자급자족에 만족하는 차르는 시간을 두고 보겠다는 의사를 피력했으나, 리이사는 기꺼이 그의 미끼를 물겠다 했다. 그리고 약속된 시간, 뉘사나의 지원으로 갖가지 무기와 물자를 지원받은 리이사는 트란실 전역을 공포에 떨게 만드는 배율자가 되었다. 작금 그들이 움직이고 있는 것이다.

사실 그들에게 손을 뻗친 것은 트란실과 접경한 쇼하인의 발을 묶기 위함이었다. 그러나 그들의 기세와 역량이 생각보다 대단한 모양이었다.

"정말 아라산을 내어주실 겁니까?"

"나는 아라산을 개혁하고 싶을 뿐. 그곳은 너무 오랫동안 쇼하인 하나에 의존해오지 않았나?"

체자스 공은 잠깐 간격을 둔 후 납득했다는 듯 고개를 끄덕였다.

"그곳의 일은 그들에게 맡긴다. 당장은 선언식 전 있을지 모를 불미스러운 일을 예방하고 길목의 장애물들을 치워야겠지."

팔짱을 끼고 앉은 뉘사나의 낯빛에 이채가 돌았다. 이제 에사렛타가 전 카르시타 인들을 대변하는 왕도의 백성들 앞에서 알렉시스의 완전한 폐위를 선언하고, 유스카리의 모든 권한을 제게 넘긴다는 한 마디만 공포하면 더는 두려울 게 없었다. 아직까지는 입을 다물고 협조의 의사를 비치지는 않지만 피노제와 세드로의 목숨줄이 걸린 만큼 그녀 또한 어찌할 수 없으리라.

"베다시아는 아직도 설득하지 못했나?"

"난항인 듯합니다. 아시다시피 왕비 전하께서는 그분 잣대의 심지가 곧으신 분이시니."

"그래, 어쩔 수 없지. 하지만 베다시아의 무능력을 책하지 않을 수는 없겠군. 다른 인재를 찾아봐."

체자스 공이 고개를 조아렸다.

그때 제피언이 황급히 뉘사나의 방으로 뛰어 들어왔다. 예고도 없이 들이닥친 그의 모습에 체자스 공작과 뉘사나는 낯을 찡그렸다. 그들의 불쾌감을 짧은 시간 읽어낸 제피언이 즉각 뉘사나의 앞에 무릎을 꿇었다.

"긴급 사안이라 미처 예우를 갖추지 못했습니다. 용서하십시오."

"됐다. 무슨 급한 일이 생겼기에?"

"돌아왔습니다."

"누가."

"요크 반도로 올라갔던 베이하크 백이 조금 전, 왕도 안으로 들어왔습니다."

별 기대 없이 그의 말을 듣고 있던 뉘사나의 표정이 비로소 묘하게 변했다.

"알렉시스는?"

"올리비에 왕하의 모습은 확인하지 못했습니다만. 베이하크 백작이 돌아왔다면 올리비에 왕하 또한 돌아오셨을 가능성이 높습니다. 현재 군사들이 베이하크 백을 추적 중입니다."

무례가 순식간에 용서될 만큼 큰일이었다. 체자스 공은 더 기다릴 것도 없다는 듯 일어섰다.

"왕성으로 군을 집결시키겠습니다."

뉘사나는 동의했다. 하지만 무언가 찜찜했다.

루덴 공이 데바람에서 떠나 회군하고 있다는 보고를 받은 것이 고작 열흘 전. 지금 그들이 돌아올 국경의 길목은 소겔가드의 사병들이 막고 있다. 빠른 시일 내에 그들이 엘올라에 입성하리라는 희망은 없다 해도 무방했다.

'이상하군.'

루덴 공이 돌아오기 전에 그가 먼저 돌아왔다는 건 죽고 싶어 발악을 하는 것 이상의 의미가 없었다. 자신이 유스카리의 서거 이후 제일 먼저 할 일이 그의 세력들을 동결시키는 것이란 걸 영악한 알렉시스가 몰랐다면 그건 그것대로 몹시 실망스러울 터다.

"……헌데, 왜 알렉시스가 퀸시오를 빠져나왔다는 보고가 없었지? 퀸시오의 계집도 함께 발견되었나?"

"그것까진 저 또한 보고받지 못했습니다. 자세한 경위는 베이하크 백을 사로잡은 후에 조사를 해봐야 할 것 같습니다. 금군의 운용을 윤허하십시오."

"그래. 성문을 굳게 닫고 금군은 재배치한다. 나머지는 왕성 주변으로 집결시키도록."

뉘사나는 곧 대수롭잖다는 투로 말을 맺었다. 에사렛타가 어차피 그

의 손에 있으므로 알렉시스가 무슨 수작을 부려 왕성으로 숨어든다 해
도 소용없는 짓이었다.

"······하여간 멍청한 녀석."

반생보다 더 긴 시간, 다른 이유로 같은 것을 목적해 치열하게 살아
왔다. 그의 삶과 자신의 삶은 놀라우리만치 비슷했다. 그러나 시작이
달랐으니 끝도 다르다. 홀가분하면서도 아쉬운 끝을 그는 기꺼이 웃
으며 맞이할 생각이었다.

그러나 즉시 제 사병들을 움직여 왕성으로 돌입할 계획을 실행할 거
라는 다른 이들의 예상과는 달리, 레피스는 베이하크와 관련된 곳으
로 가지도, 왕도 내의 가장 큰 아군인 쇼하인 공이 기회를 엿보는 저택
으로 향하지도 않았다. 계속되는 추격을 피해 다른 기사들과 뿔뿔이
흩어진 그는 주저 없이 피노제의 저택으로 내달렸다.

피노제 저택에 큰 소란이 인 건 당연했다. 아직 베이하크의 소식을
듣지 못한 듯 설렁설렁 일대를 순시하는 금군을 피해 낮은 담을 그대
로 뛰어넘은 레피스는 디근자 형으로 거대하게 지어진 저택의 한가운
데에서 멈췄다. 별안간 나타난 묘령의 기사를 향해 달려오던 이들 중
몇 명이 그를 알아보고 소리쳤다. 베이하크다! 그러나 발각이 된 후로
도 레피스는 침착하게 자리를 지켰다. 움직이지 않는 그를 둥글게 에
워싼 이들이 금방이라도 달려들 듯 자세를 낮추었다. 레피스가 소리
쳤다.

"나는 대공 각하를 뵈러 왔다. 아뢰라!"

3층의 서재에서 책을 고르고 있던 아르노만은 갑작스러운 소란 속에서 당당하게 빛나는 금발을 늘어뜨린 남자를 발견하고 저택의 중앙 정원으로 내려왔다.

금군뿐만 아니라 피노제의 군사들의 경계를 온몸으로 받고 서 있던 레피스는 뒷짐을 진 채 걸어 나오는 호랑이처럼 강인한 인상의 중년 남성을 발견하고 말에서 내렸다. 아르노만의 주위로는 피노제의 기사와 더불어 금군의 갑옷을 입은 병사들이 뒤따르고 있었다.

레피스는 그들을 뒤로한 채 아르노만에게 다가갔다.

"이게 무슨 소란이지?"

"각하, 시국이 위태로운 와중 불가피한 무례한 방문에 양해를 구합니다. 베이하크의 가주, 저는 지금 알렉시스 님의 대리로서 이 자리에 섰습니다."

"……그대가 누구인지 모르는 이는 흔치 않지. 헌데 혼자 오셨소? 문은 어찌 열고 오셨는가. 저들은 들어오지 못해 저리도 아우성인데."

사슬로 감겨 있던 육중한 대문 너머로는 제피언의 명으로 그를 추격하던 금군들이 안달복달하며 저택 내부를 노려보고 있었다. 오죽이나 철통처럼 묶어놨던지, 사슬을 푸는 게 더 일이었다.

빤히 그들을 응시하던 아르노만이 엄한 음성으로 소리쳤다.

"내 저택의 문을 여는 것은 나의 명령이 있기 전까지는 불허한다. 아무리 금군 대장의 명이 있었다 해도 이곳은 내 집이다."

아르노만의 엄포가 떨어지자 피노제의 기사들이 일제히 금군들을 향해 몸을 돌렸다. 금군 병사들은 곤혹스러운 표정을 지으며 그들을 가로막으려는 피노제의 기사들을 마주 보았다. 상황이 조금 정리되자 아르노만이 레피스에게로 시선을 되돌렸다.

"목숨을 건 모양인데, 무슨 일로 나를 찾았지?"

"제 주군이, 왕도로 돌아오셨습니다."

"……나와 올리비에 왕하는 그리 사이가 좋지 않다는 것을 모르나? 보아하니, 왕도 여기저기의 소란이 그 때문인 것 같은데."

"알렉시스 전하께서는 대공 각하와 이야기를 나누고 싶어 하십니다."

"자네 재미있는 농담도 할 줄 아는군, 베이하크 백. 내가 이 자리에서 자네를 금군에 넘기면 어떻게 되는 줄 아나?"

아르노만은 그리 비웃다가 대문의 사슬을 풀고 저택 안으로 들어서려는 금군 기사들을 향해 노호했다.

"불허한다 하였다! 썩 꺼져 있어!"

감히 항명할 수 없는 패기였다. 금군이 잠시 멈칫하자 그는 도리어 투덜거렸다. 저 한심한 놈들. 오지 말란다고 저리 멍청하니 서서는. 쯧.

아르노만은 한결 냉정한 음성으로 느긋느긋 물었다.

"국왕 시해범으로 몰린 왕위 후보와 만나 작당을 한다면 내 목조차 위험해지는데, 내가 그것에 응할 거라 보는가."

"그리 말하신다면 이 말씀을 전하라 하셨습니다."

레피스가 마른 입술을 살짝 혀끝으로 적신 후 또박또박 그에게 말했다.

"세 가지를 다 잃으시겠습니까. 두 가지를 잃으시겠습니까."

아르노만의 표정이 묘하게 일그러졌다. 긴장으로 떨리는 음성을 진정시킨 레피스는 심호흡과 함께 마지막 한 마디를 더했다.

"한 가지를 잃으시겠습니까."

아르노만이 고개를 다부진 턱과 흰 빛 성성한 수염을 매만졌다. 두 가지를 잃을 것이냐고 묻는 것까지는 무슨 말인지 짐작이 갔다. 하지만 마지막 마디가 묘했다.

"……그뿐이냐?"

"예. 이 정도만 이야기한다고 해도 각하는 알아차리실 것이라 하셨습니다."

알렉시스는 지금 무얼 생각하고 있나. 왕도 저택에 구금된 지 한 달이 훌쩍 넘었다. 자신뿐만이 아니라 사병을 보유하고 있는 대부분의 귀족들이 비슷한 신세가 되었다. 피노제는 세가 가장 큰 가문으로 사실 충분히 금군과 맞붙을 여력이 되는, 몇 없는 존재였다. 그러나 그는 에사렛타와 세드로의 신병을 뉘사나에게 빼앗긴 후 감히 섣불리 움직일 수 없는 위치에 처했다. 이런 와중 알렉시스는 자신에게 바라는 것이 무엇인가. 그로서는 지금 레피스가 찾아와 내민 손이 도발인지, 회유인지, 속임수인지조차도 확신하기가 어려운 게 사실이었다.

한참이나 침묵하던 아르노만이 이내 큰 소리로 웃기 시작했다.

'여전히 정신 나간 짓을 하고 다니시는군.'

하지만 정신 나간 짓을 하지 않았다면 알렉시스는 지금 살아 있지도 못했을 것이다. 그는 신뢰할 수 있는 남자는 아니었지만 어리석은 이도 아니었다. 아르노만이 자신의 바로 뒤에 선 기사에게 명했다.

"요제이, 군대를 준비시켜라. 금군과의 전투도 각오하여 움직일 것을 불사한다."

"……왕실군과 싸우실 생각이십니까?"

별안간 떨어진 명령에 당황스레 되묻던 요제이는 황급히 고개를 조아린 후 대답도 듣지 않고 저택을 향해 달려갔다.

'셋이냐, 둘이냐, 하나냐…….'

"왕하는 왕성으로 향하고 계신가?"

낙관적으로 누그러진 경계심을 읽어낸 레피스가 표정을 풀며 공손히 조아렸다.

"소젤가드로 가시는 길은 조금 험난하실 겁니다. 각오하십시오."

잠시 어처구니없는 얼굴로 레피스를 내려다보던 아르노만이 이내 큰 웃음을 터뜨렸다.

"그 맹랑한 소젤가드 꼬맹이를 혼쭐을 내주겠다는 것은 구미가 당기는군."

얼마 지나지 않아 금군과의 전투로 아수라장이 된 아르노만가 저택의 상공으로 연기가 피어올랐다. 이어 잠들어 있던 유스카리의 군대를 일깨우는 뿔 나팔 소리가 두 번, 울렸다.

피노제의 저택과 그리 멀지 않은 곳에 위치한 사택에 앉아 낮술을 들이켜던 드레크마 공이 가장 먼저 나팔 소리를 인식했다. 뒤이어 화포도 솟아올랐다. 가만히 방향을 가늠하던 드레크마 공의 눈에 이채가 어렸다.

"아르노만이 노망이 났나."

에사렛타와 마르티사의 행적이 묘연한 지금, 왕의 죽음에마저 침묵했던 아르노만이 검을 쥐고 일어서기로 마음먹은 걸까. 그것도 혼자서? 광증이라도 보이는 건가 싶은 생각에 혀를 차던 드레크마는 얼마 지나지 않아 저택 바깥으로 대거 빠져나가는 금군을 발견했다.

감시 인력들이 죄 빠져야 할 만큼 아르노만이 두려운가, 제피언.

드레크마 공이 크게 웃음을 터뜨리며 일어섰다.

"거 참, 거하게 하시는군! 대공이 혼자 저지르는 일은 아닌 모양인데……."

잔에 술이 남긴 했지만, 사실 그냥 할 일이 없어 마시고 있던 것뿐이다. 얼마 지나지 않아 드레크마의 사택에서 또 다른 뿔 나팔 소리가 울려 퍼졌다. 피노제의 단발적 궐기로 인해 망설이던 잠든 유스카리의 군대는 드레크마의 잇따른 궐기에 용기를 내어 무기를 들기 시작했다.

쇼하인 공, 페닌은 긴 한숨을 내쉬었다. 요 몇 주 사이에 제 얼굴이 푹 꺼진 것이 보약이라도 한 첩 지어 먹어야 할 모양이었다.

'이 일이 잘 마무리된 후에 말이지.'

쇼하인은 밀러로부터 온 서신을 못마땅히 응시했다. 루덴 공이 에르크 일대를 지나 소겔가드의 영지를 피해 길게 우회하며 왕도로 향한다는 말이었다. 소겔가드의 군대와 부딪치는 것보다는 훨씬 나은 선택이라는 건 동감하지만 시일이 더 오래 걸릴 터.

"바람 잘 날이 없군."

당장에야 어찌 움직일 수 없는 것은 차치하고라도 알렉시스가 무사하다는 서신이나마 좀 받고 싶었는데, 에들렌마저 묵묵부답이었다. 퀸시오에서는 알렉시스가 없다 잡아뗐고, 아라산은 트란실 인들의 침략으로 정신이 없다던가. 퀸시오에 알렉시스가 있다는 것이야 기정사실이지만, 하필이면 이 시기에 트란실 인들의 침략이라는 건 공교로운 재앙에 가까웠다. 계략이 아닌가 하는 의심이 들기도 했다.

그때, 한 기사가 문을 박차고 들어왔다.

쇼하인 공은 푹 꺼진 제 눈덩이를 문질문질했다. 주름이 더 늘어나는 건 사양이었다.

"각하."

"왜?"

쇼하인 공은 조금 신경질적으로 되물었다.

"보고드릴 것이 있습니다."

"그래, 그래 보인다만."

또 어떤 얘기로 제 복장을 터지게 할 것인가. 마지막 뉘사나의 대 엘올라 선언에 관한 이야기를 들었을 때는 아주 그냥 피가 정수리까지 거꾸로 솟구치는 바람에 혼이 났다. 나이가 들어 이제 그리 채신머리없이 흥분하면 아니 될 일이거늘.

"아르노만 대공 각하의 사병들이 움직이고 있습니다. 그리고 잇따라 드레크마 각하, 타이라 백작, 그리고 리트허프 백작가의 군대도 일부 들고 일어났습니다. 그리고…… 또…….."

이건 또 뭔 소리람. 쇼하인 공이 헛것이라도 들은 사람처럼 고개를 돌렸다. 그러고 보니 창 밖이 유난히 소란스러운 느낌이었다. 낮은 건물들로 촘촘한 엘올라의 저편에 길게 솟아오르는 검은 연기가 보였다. 그리고 아스라이 울려 퍼지는 웅장한 각적 소리.

'……피노제가 미치지 않고서야 이럴 리가. 에사렛타 전하와 세드로 저하를 되찾았나?'

그의 의문은 금세 풀렸다.

512 513

"베이하크 가문도 함께 움직이기 시작했습니다. 이 모두 베이하크 백작께서 왕도 안에서 목격되고 벌어진 일입니다."

"확실한 거냐?"

"예. 곳곳에서 작은 전투들이 벌어지는 것으로 압니다."

쇼하인의 표정이 기묘하게 변했다. 그 말은 피노제의 움직임, 드레크마의 움직임, 타이라와 리트허프의 봉기에는 어떤 이유가 있다는 말이렷다.

"올리비에 왕하께서는?"

"아직까지 목격된 바는 없습니다."

레피스가 돌아왔다는 건 어떤 움직임을 취하기 위해서일 터다. 쇼하인은 아주 잠깐 그들을 따라 일어서야 하는가 고민했다. 하지만 계획 없이 움직인다는 건 필패의 지름길일진대, 고민하지 않을 수가 없었다.

쇼하인 공은 앉은 자리에서 뾰족한 턱을 어루만지며 물끄러미 혼란한 왕도를 응시했다.

엘올라 곳곳에서 산발적으로 일어난 궐기에 백성들은 문을 걸어 잠그고 몸을 움츠렸다. 거리 골목골목마다 군사들로 붐볐고, 일부 지역에서는 이미 전투가 벌어져 유혈 사태에 직면해 있었다.

알렉시스와 제르 일행이 탄 마차는 대담하게도 군사 이동이 가장 많은 난잡한 광장 한가운데에 서 있었다. 등잔 밑이 어둡다는 말처럼, 바쁜 병사들은 누구도 그들을 눈여겨보지 않았다.

"맙소사. 맙소사. 이게 무슨 일이야."

좌불안석이 된 라니는 갑작스럽게 혼돈에 빠진 왕도를 절망적으로 바라보았다.

한참이나 물끄러미 창 밖을 내다보던 알렉시스가 고개를 돌렸다.

"너는 어떻게 할 거냐? 해적선이라면…… 네 시종을 데려가는 것이 나을 텐데. 네 시종은 그 기사와 함께 나중에 소켈가드에서 합류하기로 했으니 지금 당장은 나와 함께 소켈가드로 가는 것이 낫지 않겠나?"

'소, 뭐? 소…… 응? 소, 소켈가드! 흐이이익!'

기겁한 라니가 다시 멈췄던 딸꾹질을 시작했다.

"딸꾹, 아, 테, 테피오온, 왕성으로 가는 게 아니었, 었어요?"

"나 그리 안 미쳤다, 라니. 이미 레피스의 소식을 듣고 금군과 형님을 따르는 사병들이 왕성 도처에 포진하고 있을 텐데. 제 발로 죽을 곳에 들어가기엔 삶에 미련이 많아서."

"하, 하지만 리안 님은 내가 알기론…… 아, 아냐."

고개를 수그린 라니는 차마 뒷말을 잊지 못했다. 알렉시스는 라니에게서 완전히 신경을 거둔 후, 창 밖으로 달려가는 피노제 가문의 군사들을 눈에 담았다.

"레피스가 잘해줬군."

"물어도 되나……? 근데 웬 피노제 가문의 군사들이야? 베이하크백이 쇼하인 각하를 뵈러 가는 줄 알았는데?"

"지금 내가 국왕 시해 배후로 지목된 상황에서, 나를 따르는 이들이 먼저 움직이면 더 크게 반감을 살 수가 있으니까 어쩔 수 없잖나."

라니로서는 전혀 생각지도 못한 사실이었다.

'아, 그렇구나.'

하기야 유스카리와 에사렛타를 사랑하는 엘올라의 백성들이 알렉시스가 나타났다는 말을 듣게 된다면 그에게로 분노를 향할 터였다. 하지만 유스카리를 쭉 따랐던 나라의 존경을 받는 인물이자, 에사렛타의 친부인 아르노만이 움직인다면? 퀸시오를 떠나기로 마음먹은 순간부터 알렉시스는 그것을 염두에 두었다. 쇼하인 공의 군사들이 아무리 강력하다 해도, 다른 이들을 납득시키지 못하면 소겔가드를 점거하는 것에도 아무런 의미가 없었다.

"그, 그, 그럼 나는 이제 어떻게 해야 해?"

"너는 이 일에서 빠지면 돼. 제르, 너는 어찌하고 싶나. 시간이 없어."

베다시아는 마차에서 내리기 전 몹시도 거절하기 어려운 제안을 하나 더 남기고 갔다. 그와 함께 간다면 왕도를 무사히 빠져나가 규젤 만으로 안내할 수 있다는 이야기였다. 그는 알렉시스가 에사렛타를 탈취해 오기를 바라는 듯 보였다.

선행되는 계획이 있었기에 알렉시스는 일언지하에 거절했지만 제르는 그러지 못했다. 어차피 왕성에 마르티사가 없다면 자신이 굳이 뉘사나를 찾아가 붙잡힐 이유가 없지 않은가.

제르는 더 생각할 것 없다는 듯 답했다.

"나는 베다시아 헨로에게 가겠다."

"네 시종은?"

"르니아가 오면 네가 사정을 전해줘. 일각을 다투는 일이니까."

"……베다시아가 함정을 판 거라면?"

제르는 쓰게 웃었다.

"그럼 내 사람 보는 눈이 거기까지인 것을 통탄해야겠지. 적어도 지금 나는 그자의 한을 의심치 않는다."

알렉시스는 더 붙잡지 않았다.

"그러면, 일단은 이곳에서 갈라져야겠군."

"나, 나, 나는?"

"지금 그…… 클로이스 경이라고 했던가. 제르 너는 그 기사와 함께 베다시아가 말한 곳으로 향해라. 위치는 그가 잘 알 거야. 피노제에 적을 두었던 적이 있다 하니."

"테피온, 나는!"

라니가 놀라며 꽥 소릴 질렀다.

"아직도 안 내렸어? 이제 조용조용 집에 돌아가면 너희 가문엔 별 문제 없을 거야."

라니의 얼굴이 믿을 수 없다는 듯 하얗게 질렸다가, 곧 우스꽝스러운 푸르딩딩한 빛으로 물들었다. 그녀의 떨리는 눈동자가 아비규환이 된 광장의 풍광을 곁눈질했다.

"서, 서, 서, 설마 진짜 여기서 그냥 내리라고?"

"그래. 내가 살아야 네가 시집을 가지. 또 네가 지금 내려야 내가 실패해도 너희 가문은 살아남는다."

하나하나 그른 말이 없는데 울분이 치미는 것도 사실이라 라니는 울컥한 얼굴로 마차에서 내렸다. 그나마 위안이 된 것은 제르 역시 함께 내렸다는 것이다. 라니는 알렉시스에 대한 온갖 욕지거리를 중얼거리며 쿵쾅쿵쾅 광장을 가로질러 갔다.

마차에서 내린 제르는 마부의 조수석 옆에 앉아 있던 테일런에게 손짓했다.

"그에게 가자. 니사랄프라는 곳으로."

"안내하겠습니다."

조수석에서 뛰어내린 테일런은 두건을 고쳐 쓴 후, 마차에 매여 있던 말 한 마리를 빼냈다. 그러고는 그녀에게 정중히 양해를 구한 후 그녀를 안장 위에 올리고 뒤따라 올라탔다.

작게 걷은 커튼 틈새로 못마땅하게 그들을 응시하던 알렉시스가 툭툭 마차 벽을 쳤다. 막 베다시아와 약속한 니사랄프의 거리로 향하려던 테일런이 말을 멈추었다.

"조심해, 제르. 그리고 제르의 기사, 너는 네 소임을 잊지 마라."

물끄러미 그를 바라보던 테일런은 말 머리를 돌려 질주에 박차를 가했다.

뉘사나는 왕성을 빙 둘러 모인 수천의 군사들을 만족스럽게 바라보았다.

대다수의 금군과 정예군은 봉기를 제압하기 위해 빠져나간 상태였지만, 그에겐 차고 넘치는 군사들이 남아 있었다. 알렉시스가 어떤 방식으로 왕성을 공략하려 하건 간에 충분히 지켜낼 자신이 있었다. 또한 국왕 시해에 관한 오명을 씻어내지 않는 이상 알렉시스가 정상적으로 왕이 될 수는 없으나 에사렛타와 세드로 역시 그의 손에 있었다.

하늘로 뭉게뭉게 피어오르는 가는 연기들을 가소롭단 듯 응시하던 뉘사나는 느긋하게 알렉시스를 기다리기로 마음먹었다. 그러나 꽤 긴 시간을 기다렸음에도 왕성으로 이르는 길목은 여전히 평화로웠다. 금군과 진압군들이 맡은 바 임무를 잘 수행해 그를 막았다고 생각할 수도 있었지만, 일대는 부자연스러우리만치 조용했다.

한참이나 기다린 끝에 전해 들은 보고는, 전혀 예상치 못했던 인물의 궐기였다.

"아르노만이?"

미친 것인가? 에사렛타와 세드로는 여전히 자신의 손아귀에 있었다.

"……베이하크가 대공을 찾아갔었다고?"

"예. 대공 각하께서 베이하크 백을 비호하시는 바람에 생포하지 못했다 전해 들었습니다."

레피스와 아르노만. 이건 알렉시스와 세드로의 규합이라 보아도 무방했다. 그럴 만한 시간이 있었는가. 언제부터 그들이 한통속이 되었는가에 관해서는 차치하고.

"아르노만이 미쳤거나, 세드로와 에사렛타를 포기하고 알렉시스에게 붙기로 했거나. 둘 중 하나겠군."

뉘사나는 생각해낼 수 있는 가장 합리적인 대답을 중얼거리며 서늘하게 웃었다. 예상 밖의 이 상황은 어느 쪽이든 즐겁지 않았다. 아르노만과 규합해 왕성으로 쳐들어올 생각이라면 사실 썩 나쁜 생각은 아니었다. 물론, 그래봐야 그들에게 희망이란 한 터럭만큼도 남지 않았다는 건 변하지 않는다.

얼마 지나지 않아 체자스 공이 그들의 진압에 앞장섰다는 보고가 잇따랐다.

"해적들에 관한 건 헨로 경에게 일임했었지."

언젠가 문제가 되리라 생각했던 수호 가문 키이브의 사병들은 침묵하고 있다는 보고도 함께였다. 베다시아의 소재가 파악되지 않는다는 말은 그를 불길한 예감 속으로 밀어 넣었다. 갑작스럽게 궐기한 아르노만과 사라진 베다시아 헨로. 베다시아 헨로의 역할은 에사렛타와 세드로를 감시하는 것이었다.

불안할 정도로 고요한 왕성의 입구를 내려다보던 뉘사나가 낮은 음성으로 뇌까렸다.

"왕비와 왕자의 신병에 관한 것은 베다시아가 맡고 있었지."

"예."

"제피언에게 가서 확인해라 명해라."

에사렛타와 마르티사의 소재는 극비. 그것을 아는 이는 지금 산발적으로 일어난 전투를 진압하기 위해 자리를 비운 체자스 공과 제피언, 그리고 베다시아뿐이었다. 조심에 만전을 기하려면 어쩔 수 없는 선택이었다.

"하지만 만일 그사이에 적들이 쳐들어온다면…….."

말끝을 흐리던 병사가 황급히 물러났다. 뉘사나는 혼란에 빠진 왕도의 풍경을 굽어보며 턱을 괴었다. 알렉시스가 지금 저곳 어딘가에 있을까. 가장 큰 의문은 이것이었다.

'있겠지.'

확신하고 있기도 했다. 하지만 퀸시오에서 빠져나왔다면 보고가 들어오지 않을 리가 없었는데 자신은 어째서 모르고 있었나.

'어떻게 살금살금 왕도로 들어온 거냐? 알렉시스.'

그러나 그의 여유는 끝났다. 그의 앞에 무릎 꿇은 한 기사가 아뢨다.

"와, 왕하. 귀족들의 군대가…….."

"……군대가?"

"소겔가드의 저택으로 향했습니다."

디딘 땅이 꺼지기라도 한 사람처럼 놀란 뉘사나가 벌떡 몸을 일으켰다.

도처에 병사들의 시신이 널린 가운데 개중에는 얼결에 휘말린 일반 백성들의 시체도 드문드문 보였다. 일부 가문의 사병들은 무리한 궐기였던 탓에 금세 진압되었지만, 그들이 진압되는 사이 가장 큰 축이었던 아르노만의 사병들은 무리 없이 길을 열어 소겔가드의 저택을 에워싸는 데 성공했다.

그가 알렉시스와 손을 잡았다는 소문은 순식간에 퍼져나갔고, 피노제의 기사들과 더불어 베이하크가의 사병들은 소겔가드를 점거하는 데에 성공했다.

공교롭게도 그 시기 소겔가드의 강력한 사병군단들은 루덴 공의 행군을 막기 위해 엘올라 밖으로 대거 빠져나가 있었다. 아르노만에게 있어 지금 이 순간 가장 큰 위협은 단연 체자스 공과 금군이었다. 그러나 여기저기서 일어난 궐기 탓에 뿔뿔이 흩어진 적의 병력은 그들에겐 시간을 벌어주는 결과를 낳았다. 소겔가드 저택의 반쯤 뜯겨나간 철문을 지나치던 아르노만의 눈에 알렉시스의 뒷모습이 들었다. 곳곳에 시체가 널린 정원의 한가운데에 서서 피 묻은 검을 내려뜨리고 있는 남자의 뒷모습은 이질적으로 붉었다.

마찬가지로 그를 발견한 레피스가 아르노만을 앞질러 알렉시스에게 다가갔다.

"알렉시스 님."

"아, 레피스. 왔나?"

몸을 바로 세운 알렉시스가 몸을 돌려 아르노만에게 뜻 모를 미소를 지어 보였다.

"대공, 오랜만에 뵙는군요. 잠시, 이 상황을 먼저 정리하고 이야기 나누었으면 합니다."

알렉시스는 제 발치에서 피거품을 물고 경련하는 금군 병사를 내려다보더니, 손속을 두지 않고 그대로 목을 베어냈다. 솟구치는 핏물이 그의 옷자락 위로 스며들었다. 곧 이름 모를 병사가 달려와 아뢨다.

"저택에 남아 있는 소겔가드의 가솔들을 모조리 생포했습니다."

"그래. 수고했다."

무심하게 울리는 알렉시스의 음성에 눈살을 찌푸리던 아르노만은 이내 소겔가드의 저택으로 신경을 돌렸다.

"상태는 괜찮군. 소겔가드 후도 안에 있습니까?"

"예."

알렉시스는 소겔가드 저택의 주위를 에워싸는 적들과 저택 안에서 경계를 고조시키는 우군들을 번갈아 바라본 후 손을 툭툭 털었다.

"레피스, 지금 이 주변의 병사들은 얼마나 되지?"

"저희 가문과 피노제 가문, 드레크마 공의 지원 병사들만 해서 8,000 정도가 포진하고 있습니다."

"에드하인다에서 왔다던 그 시종과 기사는?"

"아직 소식을 듣지 못했습니다. 우선적으로 에드하인다의 저택으로 향한다 했으니 지금쯤 그쪽도……."

"그런가."

"……헌데 '그분'은 어디 계십니까?"

알렉시스의 표정이 어두워졌다. 레피스는 그와 함께 움직였던 제르의 부재가 퍽 이상하단 얼굴이었다. 얼마간 잠자코 그들의 대화를 듣던 아르노만이 통고하듯 말했다.

"저는 왕하의 뜻이 제 뜻과 맞지 않다면 제 사람들을 이끌고 돌아갈 것입니다."

피노제의 군은 지금 이 저택을 점거한 군대의 반이나 된다. 그건 레피스에게는 제법 효과적인 위협이었다. 지금도 소겔가드의 저택 주위로 뒤늦게 연락받은 병사들이 모이고 있긴 하지만, 만일 아르노만이 바로 발을 뺀다면 이 저택을 지키고 소겔가드의 일가를 볼모로 삼는 것은 실패로 돌아갈 것이 자명했다.

그러나 알렉시스는 들은 체 만 체 하며 턱짓했다.

"걱정 마십시오. 아주 흥미 있으실 겁니다. 나머지는 맡기고 안으로 들어가시겠습니까? 제 집은 아니지만, 대공의 집처럼 편히."

피로해 보였지만 빈틈은 보이지 않는, 기묘한 남자였다.

소겔가드 저택의 이리저리 이어진 복도로 수십 명의 병사들이 뛰어다녔다. 저택을 차지하는 것은 쉬웠다. 뉘사나와 소겔가드의 군사들로 보호되고 있었으나, 주력인 소겔가드의 병사들 중 정예병들은 대부분 엘올라 밖으로 출정을 나간 상태였고, 그 외 남은 병력들은 왕도에서 벌어진 산발적인 전투로 인해 분산되어 허점이 생긴 탓이었다.

실제로 대부분의 이들이 알렉시스가 왕성으로 향할 것이라고 믿었기에 일은 수월했다.

아르노만과 함께 소겔가드의 저택 안으로 든 알렉시스는 가장 먼저, 레피스가 내어온 편안한 검은 옷으로 갈아입었다. 숙부인 유스카리의 장례에 참석하지 못한 것을 마음에 걸려 하는 그를 헤아린 사치스러운 배려였다.

그는 아르노만에게 가기 전, 뉘사나의 부인인 리안이 붙잡혀 있는 2층의 넓은 방으로 향했다.

"들어가겠습니다."

감시병들이 그의 방문을 아뢰기도 전에, 알렉시스는 서슴지 않고 문을 열었다. 방 안에는 어린 소녀의 손을 움켜쥔 채 그를 노려보는 젊은 여자가 앉아 있었다.

그와 눈이 마주치자 안색이 곧 파랗게 변하는 그녀의 배는 작은 둔덕처럼 불룩했다.

"이게 대체 무슨 망측한 짓인지 모르겠습니다, 왕하."

"세상에 이런 일도 있고 저런 일도 있는 거죠."

"대체 무슨 생각으로 이런 짓을 하시는 건지요? 대체 어디까지 떨어지시려는 건가요!"

알렉시스는 그녀를 지나쳐 발름하게 열린 창틈을 내다보았다. 그녀의 방에서는 소겔가드의 정면이 훤히 보였다. 저택의 울타리 밖을 둘러싼 왕실군들은 끊임없이 검을 휘둘렀다. 섣불리 안으로 들어오지 못하고 대치 교전 상태만을 유지하는 이들이 흘린 피에 저택의 울타리 경계는 자연스럽게 붉어졌다.

알렉시스가 창을 등지고 팔짱을 끼며 웃었다.

"태교에 좋지 않은 광경입니다, 형수님."

알렉시스는 뉘사나를 꼭 닮은 작은 소녀를 바라보았다.

"예전에는 정말 조그만 살덩이처럼 보였었는데, 세드로도 그렇고…… 제자놈도 그렇고. 참 애들은 빨리 자라는 것 같다니까요."

"우리를 이제 어쩌려는 거죠?"

"인질이죠."

"대체…… 왜."

"형님한테 먼저 물어보시죠. 치졸하게 인질을 잡고 협박한 건 형님이 먼저니까."

"그게 무슨 소리예요?"

알렉시스는 빤히 리안의 손을 쥐고 겁먹은 눈을 깜빡거리는 제일리를 내려다보았다. 그의 묘하게 곤두선 시선을 깨달은 리안이 제일리를 등 뒤로 끌어다 감추었다.

"지금 당장 무슨 짓을 하려는 건 아닙니다. 살아 있을 때 가치 있는 인질이니까."

알렉시스가 싸늘한 눈으로 리안을 노려보았다. 그의 눈빛에 기가 눌린 리안이 몸을 움츠렸다. 도망칠 곳도 없었다. 이미 소켈가드는 포위되어 있었고, 이곳을 점거한 이들의 수괴는 바로 눈앞에 있는 자였다.

"그나저나, 한 가지 궁금했던 게 있는데…… 형님은 왜 세드로를 죽이지 않았답니까?"

리안이 말문이 막힌 듯 입을 다물었다.

"무슨 소리예요. 뉘사나가 그럴 리가 없잖아요!"

"그럴 리가 없다니."

거짓의 기색을 찾아내기 위해 가는 눈으로 그녀의 낯빛을 샅샅이 살피던 알렉시스가 어깨를 으쓱했다.

"모든 이야기를 나누는 건 아닌 모양이군요. 뭐…… 세드로를 먼저 죽였다면 대공도 꼼짝 못 했을 거라는 걸 모를 형님이 아닌데 아직 이 해가 안 간다 이 말이죠. 숙모님의 인정을 받겠다는 계산은 이해가 갑니다만, 이미 숙부마저 제 손으로 죽여놓고 무슨 왕비의 인정? 너무 비열한 거 아닌가."

이해가 가지 않는 말을 쏟아내는 알렉시스를 멍하니 바라보던 리안이 재빨리 제일리의 양쪽 귀를 손바닥으로 덮었다.

"제일리, 다 거짓이란다. 이런 건 들으면 안 돼."

"형님이 숙부님을 죽였다는 게 거짓이라니. 알 만한 이들은 다 압니다."

"누가 그런 모함을 믿을까……!"

리안은 지지 않고 소리쳤다. 그녀의 고함에 결국 어린 제일리는 울음을 터뜨리며 리안의 치맛자락에 매달려 칭얼거렸다. 한참을 씩씩거리며 그를 노려보던 리안이 이마를 짚으며 주저앉았다.

알렉시스가 다가가 그녀를 번쩍 일으켜 세워 침대로 옮겼다. 질질 끌려오던 제일리가 결국 그녀의 치맛자락을 놓치고 넘어져 서럽게 울기 시작했다. 울음소리와 고함 소리와 빈정거림이 뒤섞인 소란스러운 방이었다.

그의 손에 이끌려 침대에 걸터앉은 리안이 무의식적으로 배를 감싸며 소리쳤다.

"뉘사나는 왕하가 이런다고 해서 호락호락 포기할 위인이 아닙니다!"

강제로 그녀를 눕힌 후 대충 그녀의 몸 위에 이불을 덮어준 알렉시스가 서늘히 웃었다.

"압니다."

"그런데 왜!"

"간단하게 두 가지 이유, 정도로 하죠."

"……."

"첫 번째 이유는 제가 이 왕도에서 형님의 칼날을 피할 수 있는 피신처로 이곳이 최적이라는 것이고."

리안은 흐에에엥 울음을 터뜨린 제일리와 알렉시스를 번갈아 바라보며 어찌할 바를 모르는 사람처럼 표정을 일그러뜨렸다. 그러나 약한 모습을 보이지는 않았다. 알렉시스는 시끄럽게 울어대는 제일리를 못마땅한 눈으로 내려다보더니 다가가 번쩍 들어 품에 안아 올렸다.

"둘째는."

알렉시스의 입가에 정중한 미소가 떠올랐다.

"감히 내 여자의 목숨줄을 쥐고 흔들어대려는 게 화가 나서죠. 형님께 말씀드렸었지요. 당하고 사는 취미 없다고. 말만으로는 이해를 못하시니 직접 보여줘야 하지 않겠습니까."

"대체 지금, 그건 또 무슨…… 제일리를 이리 내세요!"

알렉시스는 쉬이 하고 낮은 휘파람 소리를 내며 제일리의 뒷머리를 어루만졌다. 그에게 안아 올려져 목청이 떠나가라 울던 아이가 바동거렸다.

"왕하!"

"이로서 공평히 형수님의 목숨줄, 제가 쥔 것으로 하죠."

알렉시스의 여지없는 선언에 리안은 벼락 맞은 듯 몸을 굳혔다. 알렉시스를 나쁘다고 여긴 적은 없었다. 뉘사나가 그랬듯 알렉시스 역시 꽤 안타까운 남자였다. 그가 유스카리를 시해했다는 이야기를 들

526   527

었을 때도 완전히 믿지는 않았다. 일이 이 지경이 된 데에는 분명 어떤 사연이 있으리라. 그러나 그녀의 보금자리를 망가뜨린 침략자는 두려울 만큼 낯설었다.

가볍게 제일리를 안아 든 알렉시스를 바라보며 리안은 입술만 짓씹었다.

알렉시스가 다정한 체 속삭였다.

"……가자, 제일리. 네 엄마는 좀 쉬어야 할 거 같으니까."

"왕하, 그러지…….."

애원조로 말하는 리안을 무시한 알렉시스는 그대로 뒤돌아 문밖으로 향했다.

문을 연 알렉시스는 언제부터 기다린 건지 모를 레피스를 발견하곤 얕은 한숨을 내쉬었다.

"대공은?"

"조금 전부터 응접실에서 기다리고 계십니다."

알렉시스는 그대로 레피스의 품에 제일리를 떠안겼다.

"데리고 있어."

"……보모 노릇은 지금 돌보는 한 명만으로도 충분합니다만."

레피스는 제게 안겨 금방이라도 울음을 터뜨릴 듯한 어린 소녀를 내키지 않는 듯 내려다보았다. 정말 알렉시스는 자신을 뭐라고 생각하는 건지.

- 4권에서 계속.